本书是以下项目的成果：

2020 年创新强校工程项目"广东海洋大学海上丝绸之路文化研究院平台"（230420026）

"汉语言文学"省级一流本科专业建设点（教高厅函〔2021〕7 号）、省级特色专业建设项目（粤教高函〔2020〕19 号）

"海洋文学研究书系" 编委会

主　编：孙长军

副主编：蔡　平　邓　建　叶澜涛

编　委：(按姓氏音序排列)

安华林　董国华　胡根法　林年冬

刘　刚　卢月风　鲁义善　马瑜理

汪东发　闫　勖　阎怀兰　颜云榕

海洋文学研究书系

主编 孙长军

外国海洋文学作品评析

胡根法　阎怀兰◎编著

暨南大学出版社
JINAN UNIVERSITY PRESS

中国·广州

图书在版编目（CIP）数据

外国海洋文学作品评析/胡根法，阎怀兰编著．—广州：暨南大学出版社，2022.6

（海洋文学研究书系/孙长军主编）

ISBN 978 - 7 - 5668 - 3360 - 0

Ⅰ．①外⋯　Ⅱ．①胡⋯②阎⋯　Ⅲ．①文学研究—世界　Ⅳ．①I106

中国版本图书馆 CIP 数据核字（2021）第 276068 号

外国海洋文学作品评析

WAIGUO HAIYANG WENXUE ZUOPIN PINGXI

编著者：胡根法　阎怀兰

出 版 人：张晋升
策划编辑：杜小陆
责任编辑：潘江曼
责任校对：刘舜怡
责任印制：周一丹　郑玉婷

出版发行：暨南大学出版社（511443）
电　　话：总编室（8620）37332601
　　　　　营销部（8620）37332680　37332681　37332682　37332683
传　　真：（8620）37332660（办公室）　37332684（营销部）
网　　址：http：//www.jnupress.com
排　　版：广州良弓广告有限公司
印　　刷：广东信源文化科技有限公司
开　　本：787mm×960mm　1/16
印　　张：24.25
字　　数：410 千
版　　次：2022 年 6 月第 1 版
印　　次：2022 年 6 月第 1 次
定　　价：72.00 元

（暨大版图书如有印装质量问题，请与出版社总编室联系调换）

总 序

地球是浩瀚太空中因海洋而获称"蓝色星球"的天体，海洋与陆地的二元地表构造使其成为人类赖以繁衍生息的天赐之地。无论是作为"人的无机的身体"，抑或是"人的精神的无机界"，海洋早已成为人的生命活动、科学活动和艺术活动的一部分。借用海德格尔的话来说，海洋与陆地因为人的艺术的存在已然成为敞开的"大地"和建立的"世界"。

人类对海洋自然的审美观照虽然在时间维度上难以稽考，但可以确定的是，以海洋为对象的审美活动的发生标志着人类审美意识的全面觉醒，海洋文学就蕴含其中。换言之，人海关系以及伴生的海洋意识的发生发展是海洋文学产生的基本前提，人类对海洋审美观照的历史与海洋文学发展史是同一部历史。职是之故，海洋文学史"是一本打开了的关于人的本质力量的书，是感性地摆在我们面前的人的心理学"①。关注和研究海洋文学究其实不过是关注和研究人类自己，是人类的一种理性自觉。

在中外文学史的书写中，海洋文学是与陆地文学相对应的特殊的文学类型，海洋文学特有的美学特征和审美意蕴使海洋文学研究成为文学史研究乃至文化史研究中最动人的篇章。缺少海洋文学研究客体的文学史充其量只能算是半部文学史。进而言之，即便以人类与陆地关系为审美对象的文学作品，鉴于陆海互相依存的事实，其叙事结构中也难免隐含着海洋这一不在场的"在者"，尽管海洋可能只是为叙事的主要背景和故事的场景被间接地书写。

在中国海洋文化及海洋文学的认知与评判问题上，必须打破黑格尔在《历史哲学》中所炮制的"海洋没有影响中国的文化""中国没有海洋文化"②的理论魔咒，避开其所谓的东方世界中以农耕文明为主的传统民族国家对海洋缺乏热情的话语陷阱。我们再也不要拿着中国古代农耕文明"重陆轻海""重农抑商""人必与土地相附"的预置性判断去应和黑格尔《历史哲学》中漠视中国海洋文学的陈词滥调。长期以来，人们总是跨语境地拿黑格尔历史

---

① （德）马克思著，中共中央马克思恩格斯列宁斯大林著作编译局编译：《1844 年经济学哲学手稿》，北京：人民出版社 2002 年版，第 88 页。

② （德）黑格尔著，张作成、车仁维译：《历史哲学》，北京：北京出版社 2008 年版，第 37 页。

地理论的那套充满西方中心主义偏见的说辞来臧否中国海洋文学，在中国海洋文学的确立与评价上习惯性地拾了黑格尔的牙慧。中国海洋文学研究建构一套自己的话语体系实乃当务之急。这套话语体系应廓清如下问题：第一，在人海关系的维度上，清理人类中心主义的谬误，建立以海洋为主体的海洋生态伦理体系，修正将海洋视为"他者"的陆地思维惯性，迈向人海关系和谐共生的理论觉醒之境；第二，在中国海洋文学价值判断的维度上，清除西方中心主义的迷障，基于马克思主义文艺学的美学观点和历史观点，如其本然地评价中国海洋文学的价值与意义；第三，在海洋文学研究范式之维度上，清理审美中心主义的迷障，基于中国海洋文学的叙事语体以提炼出原创性的概念范畴，建立能够发现和阐释海洋之美的海洋文化美学体系。

西方海洋文明的起源可以追溯到大洋洲和美洲，大洋洲原始居民的海洋航行最早始于公元前 5000 年，出现在美索不达米亚地区，而南美洲和加勒比海的海上贸易则在公元前 3000 年就已经开始了。① 通过考古可以发现在东北亚地区，距今 6500 年前甚至更早的阶段，北起辽东半岛，南至广东、海南岛沿岸已经出现了频繁的海上航行活动。② 虽然中国对于海洋的开发和利用时间很早，但长期以来中国的海洋文化本质上难以脱离农业特征。③ 中国古代海洋认知的巅峰之作是《海错图》，虽然在分类和描述上不够精确，却已极尽搜罗之能事。

就文学而言，中国古代海洋文学的主体是诗词赋等韵文。《列子》的出现标志着古代海洋文学的诞生。与其他题材的诗词作品一样，言志与缘情是其主要功能。与数量庞大的海洋诗歌相比，海洋小说略逊一筹。古代海洋小说始于神话，兴于博物志，盛于传奇，终于小说，其演进一波三折。从《山海经》起，古人便开始了对海洋天马行空的想象。在唐代的传奇小说《古镜记》《梁四公记》《柳毅传》，宋元时期的志怪小说《异鱼记》《梦溪笔谈》，明清时期的《西游记》《老残游记》等作品中，古人以海为背景演绎了悲喜交加的各色故事，对海洋既有好奇更有畏惧。④

这一点与西方海洋文学有着明显的差异，虽然作为西方海洋文学起点的

---

① （美）林肯·佩恩著，陈建军、罗燚英译：《海洋与文明》，成都：四川人民出版社 2019 年版，第 10 - 27 页。

② 曲金良主编，陈智勇本卷主编：《中国海洋文化史长编（先秦秦汉卷）》，青岛：中国海洋大学出版社 2018 年版，第 19 页。

③ 宋正海：《以海为田》，深圳：海天出版社 2015 年版，第 186 - 189 页。

④ 李松岳：《中国古代海洋小说史论稿》，北京：中国社会科学出版社 2019 年版。

《奥德赛》构建了完整而庞大的海洋神祇谱系，但西方的海洋文学作品早在
15 世纪哥伦布发现新大陆之后就转向了现实主义风格，哥伦布的《航海日
记》即为一例。18 世纪后，随着西方人借助海洋探险征服世界，西方海洋文
学也步入了繁荣期，笛福的《鲁滨孙漂流记》、斯威夫特的《格列佛游记》
等即为证明。① 19 世纪后，西方海洋文学中充斥着爱国者、海盗与超人，《白
鲸》即为明证，这一时期的海洋文学既是海洋冒险史，也是殖民扩张史。②

　　中国近现代海洋文学史充满了屈辱的书写，无论是苏曼殊的《断鸿零雁
记》、杨振声的《渔家》中展现的国贫家困，还是闻一多的《七子之歌》、阿
英的《海国英雄》中强烈的沦丧之伤，都成为中华儿女民族记忆中抹之不去
的悲痛印记。中华人民共和国成立后海境不宁，人民拿起钢枪涌向海岛戍边
卫防，黎汝清的《海岛女民兵》、张永枚的《西沙之战》等小说记录下当时
激烈的斗争。改革开放后，科学开发和认知海洋的号角才真正吹响。邓刚的
《迷人的海》让我们重新领略到海的博大与宏阔。

　　21 世纪，中国迎来了海洋时代。党中央明确提出要建设海洋强国，推动
构建海洋命运共同体，描绘共建"一带一路"新蓝图，切实打造一条跨越太
平洋的合作之路。作为南方重要的海洋特色类高校，广东海洋大学在推动海
洋基础研究包括海洋文化研究方面有着自觉的使命意识和责任担当。具体到
文学与新闻传播学院，就是要讲好新时代的"海洋故事"，传播海洋文化，为
新时代中国的海洋宏图呐喊助威。为了实现这一目标，学院特别成立了海上
丝绸之路文化研究院，以此为平台组织我院优秀教师联合攻关，编写了大型
丛书"海洋文学研究书系"。这套丛书在编写之初就定位清晰，试图遴选古今
中外海洋文学代表作品，为读者描绘较为清晰的海洋文学整体面貌和发展
概观。

　　本套丛书在编写体例上，基本结构涵盖作家简介、遴选作品、赏析评价
三部分。考虑到读者阅读古代文学作品的难度，《中国古代海洋文学作品评
析》特别增加了注释和选评部分。需要强调的是，在文本赏析的过程中，编
者为了凸显问题导向，着意将不同时代的"海洋意识"贯穿于文学解读的过
程中，即通过不同时代、不同地域、不同风格的作家的海洋文学作品窥测出
人们认知海洋方式的变迁史。这一点说起来简单，但实践起来难度不小，效

① 刘文霞：《大海的回响：西方海洋文学研究》，北京：中国社会科学出版社 2017 年版，第 11 - 16 页。
② （英）玛格丽特·科恩著，陈橙、杨春燕、倪敏译：《小说与海洋》，上海：上海译文出版社
2018 年版，第 231 页。

果是否理想，还有待各位读者的鉴定。本套丛书可视为对海洋文学通史编撰工作的一次"试水"，为后续的工作积攒史料和经验。海洋文学的研究任重道远，作为专业的研究和教学机构，广东海洋大学文学与新闻传播学院具有责无旁贷的时代使命。希望本套丛书的出版能够促进该领域研究的深入和知识的推广，若有此功效，是为慰藉。

谨序。

孙长军

2022 年 1 月

前　言

一

世界上的海洋浑然一体，海水每天都在浩浩荡荡、循环往复地流动着。跨界和联通是海洋最重要的特点之一，它总是不停地在跨越族界、国界、域界和洲界，同时又不停地把这些地域紧密地联系在一起。世界各地的人们基于对它的体验和理解，创造了丰盛璀璨、蔚为大观的海洋文学和文化。

改革开放以来，中国极其重视海洋文明建设，并提出了海洋强国发展战略。2019 年 4 月 23 日，国家主席习近平在出席中国海军成立七十周年之际，提出了"海洋命运共同体"理念："海洋对于人类社会生存和发展具有重要意义。海洋孕育了生命、联通了世界、促进了发展。我们人类居住的这个蓝色星球，不是被海洋分割成了各个孤岛，而是被海洋联结成了命运共同体，各国人民安危与共。"① 这一理念，跟中国海洋强国发展战略和维护世界海洋和平安宁的追求相一致，对于推进中国海洋文明建设具有重要指导意义。我们有理由相信，作为中国海洋文明重要组成部分的海洋文学也将因此得到进一步发展。

在这种背景下，我们编写了《外国海洋文学作品评析》一书。此为广东海洋大学文学与新闻传播学院"海洋文学研究书系"之一，是为响应国家海洋强国发展战略和海洋命运共同体构建蓝图而做的初步尝试。本书主要特点之一，如流动不居的海洋一样，是跨界——跨越国界、域界和洲界，跨越民族、语言、文化和文明之界。

需要说明的是，目前国内已经出版了一些跟外国海洋文学相关的著作。其中一些为海洋文学作品选集，如吴主助编《海洋文学名作选读》（人民交通出版社 1992 年版），王松林、芮渝萍主编《英美海洋文学作品选读》（上海交通大学出版社 2011 年版），朱志强编《海洋文学》（中国海洋大学出版社 2011 年版）等。另有一些为海洋文学类专著，如汪汉利、王建娟著《外国海洋文学十六讲》（海洋出版社 2017 年版）、刘文霞著《大海的回响：西方海洋

---

① 参见 http://cpc. people. com. cn/n1/2019/0423/c64094 - 31045360. html。

文学研究》（中国社会科学出版社 2017 年版）等。这些著作的出版推动了国内外国海洋文学研究的发展，对相关教学和研究工作提供了诸多便利。总体而言，它们大多偏重于介绍和编选英美经典作家的海洋文学作品，因此内容范围稍显狭窄，如《海洋文学名作选读》涵盖中外诸多海洋文学作品，但它出版于近三十年前，编选体例稍显故旧，且书市上已难得一见。

我们这本书与上述诸书有所不同。首先，它选编有亚洲、欧洲、北美洲、非洲多国的海洋文学作品，因此内容范围相对宽广一些，并体现出一定的世界海洋文学特点。此外，本书按照原著初次发表的时间对编选作品做了排序，这有利于读者对外国海洋文学发展史有一个大略的了解。一般认为，英国诗人约翰·弥尔顿的两部史诗，即《失乐园》（*Paradise Lost*）和《复乐园》（*Paradise Regained*），既是欧洲古典史诗最后的杰作，也标志着欧洲英雄史诗的结束。而在此后不久的 1719 年，英国作家丹尼尔·笛福发表长篇小说《鲁滨孙漂流记》，这是欧洲现实主义小说的早期尝试，作者也被视为英国小说真正的创始人，而 18 世纪则被认为是欧洲文学的散文时代，与 17 世纪明显有别。这是我们把本书分为上、下两编的重要依据，即我们把上编的文学时期下限定为 17 世纪，下编的文学时期为 18 至 21 世纪。这种简单的分期或有欧洲文学中心主义之嫌，但也基于两个不得不考虑的事实：一是欧洲文学与中国文学甚至东方文学相比，更具海洋特征，也拥有更多的海洋文学作品；二是本书并不考察中国海洋文学的发展及其特点。

二

关于"海洋文学"的概念，我国学界至今尚未形成定论。但近年来研究者不断参与相关讨论，已经取得一些成果。[①] 如杨中举认为："那种渗透着海洋精神，或体现着作家明显的海洋意识，或以海或海的精神为描写或歌咏对象，或描写的生活以海为明显背景，或与海联系在一起并赋予人或物以海洋气息的文学作品都可以列入海洋文学的范畴。"[②] 2008 年 9 月，在宁波大学外国语学院联合《外国文学研究》编辑部等单位举办的"海洋文学国际学术研

---

① 本书不拟详细介绍这些研究成果，下文仅列举部分学者的观点，以为讨论之便。关于"海洋文学"概念的讨论和总结，可参见段汉武：《〈暴风雨〉后的沉思：海洋文学概念探究》，《宁波大学学报》（人文科学版）2009 年第 1 期，第 17 – 19 页；段波：《"海洋文学"的概念及其美学特征》，《宁波大学学报》（人文科学版）2018 年第 4 期，第 111 – 113 页。

② 杨中举：《从自然主义到象征主义和生态主义——美国海洋文学述略》，《译林》2004 年第 6 期，第 195 页。

讨会"上，与会学者关于何谓"海洋文学作品"形成以下主要观点：①"以海洋为活动舞台，展现人类物质生产与精神活动的作品"；②"以海洋为背景或以海洋为叙述对象，反映海洋、人类自身及人与海洋关系的作品"；③"具有鲜明海洋特色与海洋意识的文学作品"。① 在此之后，其他学者相继对何谓海洋文学发表自己的见解，如段汉武认为，海洋文学指"以海洋为背景或以海洋为叙述对象或直接描述航海行为以及通过描写海岛生活来反映海洋、人类自身以及人类与海洋关系的文学作品"②。总体而言，关于"海洋文学"之界定，研究者们见仁见智，可谓众说纷纭，这也表明中国学界对于海洋文学研究有着日渐浓厚的兴趣。

　　基于这种现状，有学者认为，"既然很难给出一个清晰而准确的关于'海洋文学'的界定，那么可尝试建立一个阐释性的界定"③。此种尝试已经出现，这里列举两例。如段波认为："海洋文学（Sea Literature）有广义和狭义之分。广义的海洋文学可以指以文字或口头形式记录与流传下来的、与海洋有关的文献或资料；狭义的海洋文学是指以海洋或海上经历为书写对象、旨在凸显人与海洋的价值关系和审美意蕴的文学作品，包括海洋诗歌、海洋戏剧、海洋小说、海洋神话、海歌等，这也是文学研究中需要重点关注的文学形态。"④ 另一位学者刘文霞亦云"海洋文学有广义和狭义之分"，并认为："广义上说，海洋文学是指所有与海洋有关的作品，也就是说，那些以海洋景观、海洋生物和从事海洋活动的人类为描写对象的文学作品都属于海洋文学，既包括神话和诗歌，也包括戏剧、散文和小说等各种体裁。狭义上说，海洋文学是指那些深刻展现海洋精神，并且深入探讨人与海洋生息与共、密不可分的关系的文学作品。"⑤ 但我们不难发现，段波和刘文霞的上述观点有较大的不同：二人眼中的"广义的海洋文学"在内涵和外延上均不相同；后者所理解的"广义的海洋文学"，稍近于前者所理解的"狭义的海洋文学"。因此，这种关于海洋文学的"阐释性的界定"，也是一个值得进一步探讨的问题。

---

① 李越、柳旦、段汉武：《和谐的对话：寻找那一片蓝色——2008年国际海洋文学研讨会综述》，《外国文学研究》2008年第6期，第163页。
② 段汉武：《〈暴风雨〉后的沉思：海洋文学概念探究》，《宁波大学学报》（人文科学版）2009年第1期，第19页。
③ 段波：《"海洋文学"的概念及其美学特征》，《宁波大学学报》（人文科学版）2018年第4期，第113页。
④ 段波：《"海洋文学"的概念及其美学特征》，《宁波大学学报》（人文科学版）2018年第4期，第113页。
⑤ 刘文霞：《大海的回响：西方海洋文学研究》，北京：中国社会科学出版社2017年版，第9页。

其实，至晚在 20 世纪 90 年代初，就已经有学者对"海洋文学"做了较具概括性的界定。吴主助在其所编《海洋文学名作选读》中认为："'海洋文学'顾名思义是写海洋的文字。具体说，它包括了以海洋为题材的各种文学作品。就内容而言，或描写海洋的自然景物，或借大海之景抒发作者情怀，或表现人类海上生活和斗争，或反映人类对海洋的幻想、探索和征服等等。就形式而言，它包括了神话、传说、寓言、诗歌、散文、童话、小说、报告文学等等各种文学体裁。"① 该学者是从作品的题材、内容和文体等维度，对海洋文学的概念加以界定的。在我们看来，他这个概念虽然没有谈及"海洋文学有广义和狭义之分"，但就界定形式而言，或许亦可称为一种"阐释性的界定"，其内涵和外延接近段波所谓的"狭义的海洋文学"或刘文霞所谓的"广义的海洋文学"。值得注意的是，吴主助这个界定的提出时间，要比上文所示诸种都要更早一些，且比段、刘二位的界定早了二十多年。

笔者认为，上述关于海洋文学的"阐释性的界定"，较为符合学界目前关于海洋文学的理解以及海洋文学研究的现状。毫无疑问，学界关于何谓"海洋文学"的讨论仍将持续，我们期待相关研究的新进展。

三

从世界范围看，海洋文学的起源很早，至少远远早于海洋和海洋文学研究。如段波所说，"人类文明同海洋具有悠久而密切的渊源"，人类系统地研究海洋和海洋文学"却是 20 世纪下半叶以来才发生的事情"。②

海洋文学的产生，至晚可以追溯到公元前 20 世纪。根据李川的研究，产生于古埃及中王国时期的《遇难水手的故事》，堪称目前已知世界上最早的海洋文学作品。③ 众所周知，古埃及是四大文明古国之一，地处亚、欧、非三大洲之间，又处在地中海、红海、印度洋的交汇处，因此长期以来它既是农业大国，也是海洋强国，这与古巴比伦、古印度和中国这样鲜明的农业大国很不同。就此而言，海洋文学作品较早地出现在古埃及，或许本就是情理之中的事情。《遇难水手的故事》已是较为成熟的海洋文学作品，故事情节完善，尤其可贵的是，它含有后世海洋文学中常见的一些要素，如大海、水手、海

---

① 吴主助：《海洋文学名作选读·编者的话》，北京：人民交通出版社 1992 年版，第 1 页。
② 段波：《"新海洋学"视阈下欧美海洋文学的研究现状及趋势》，《外国语文研究》2019 年第 4 期，第 21 页。
③ 李川：《〈遇难的水手〉：海洋文学的早期探索》，《外国文学动态研究》2019 年第 6 期，第 55－57 页。

船、海岛、海上风暴、海难、海上历险和海上奇遇、神秘的海上生灵（故事中的巨蛇，或可称为海神）、海上贸易（有可能）等，因此这部作品被研究者称为"最早的海洋文学样板"。①　很显然，《遇难水手的故事》这个样板及其含有的海洋文学要素，反复出现在后世的各种海洋文学作品中，但我们难以在它和其后继者之间建立事实上的联系或影响关系，尽管学界早已确证古代埃及文明曾对古希腊及其他一些文明产生过重要影响。另外，从文本内容（详见选文和编著者评析）可知，这个目前所知世界上最早的海洋文学故事发生地是印度洋，具体来说是红海或者阿拉伯海。

继古埃及之后，较早出现著名海洋文学作品的地方是古希腊。生活在三面环海之地的古希腊人，很早就意识到海洋的存在和海洋的重要性，并通过各种海上活动来彰显自己的活力，并努力获得自己的生存利益。同时，海洋的自然伟力、人海之间的复杂关系，也必然对古希腊文化传统与民族精神的形成产生重要而多样的影响，这些都在荷马史诗和其他文学作品中有充分的展现。

古希腊诗人荷马的两部史诗，即《伊利亚特》和《奥德赛》，一向被认为是西方文学的源头，也是西方海洋文学的源头，对后世影响深远。其中《伊利亚特》是西方文学史上第一部涉海战争史诗，主要讲述古希腊人渡海攻打东地中海沿岸特洛伊城的故事；《奥德赛》则是西方文学史上第一部航海史诗和第一部海上流浪历险史诗，主要讲述希腊英雄奥德修斯在特洛伊战争结束后漂泊海上并历险返乡的故事。从这个意义上讲，特洛伊战争堪称古代世界最著名的涉海战争，奥德修斯可称为古代文学史最早、最著名的航海英雄和海上流浪汉。这两部书中的故事主要发生在地中海及其周边，因此它们又可称为地中海英雄史诗。

相比而言，《奥德赛》比《伊利亚特》明显更具海洋性，很多学者也把它视为西方海洋文学的鼻祖。希腊联军攻陷特洛伊城后，幸存的英雄们相继返回家乡，唯有奥德修斯因为得罪海神波塞冬，不得不在凶险的大海上长期飘荡流浪。奥德修斯在其十余年的海上航程中，经历并探索过很多神秘凶险的未知海域，如斯库拉墨西拿海峡中的斯库拉巨石和卡律布狄斯旋涡（彼特拉克的诗歌也提到了它们）、独眼巨人之岛、女神卡吕普索之岛、赫拉克勒斯之柱（卢奇安的小说也提到了它）等。赫拉克勒斯之柱即直布罗陀海峡，是地中海与大西洋的边界线，这意味着奥德修斯从地中海东岸一直漂泊流浪到

---

①　李川：《〈遇难的水手〉：海洋文学的早期探索》，《外国文学动态研究》2019 年第 6 期，第 57 页。

西岸，其海上踪迹和历险故事贯穿了差不多整个地中海及其沿岸。

从这两部书的描述看，古希腊英雄们还兼具其他多重海洋类角色。在《伊利亚特》开篇，希腊英雄阿基琉斯与联军统帅迈锡尼国王阿伽门农之间发生严重争执，并拒绝出战，原因即与海上劫掠战利品（如女奴）的分配有关。而在攻陷特洛伊之后，希腊勇士们大肆抢劫城中的财富和女人，然后乘船渡海，满载而归。徐松岩研究认为："对于特洛伊战争时期的希腊人来说，暴力掠夺是他们所崇尚的事业，是不折不扣的'英雄行为'。后世希腊人所崇拜的英雄，大都有在陆上或海上掠夺财富和女人的'光辉业绩'。""那些跨海远征的希腊人正是当时的海盗，因而特洛伊战争是古代地中海历史上一次大规模、有组织的海盗劫掠活动。"① 另外，从《奥德赛》主人公奥德修斯的自述可知，他在出征特洛伊之前，就曾亲自参与海盗营生和海上贸易。历史学家斯塔夫里阿诺斯在其《全球通史：从史前到21世纪》中说："史诗《奥德赛》描述了墨涅拉俄斯和奥德修斯在爱琴海上半海盗、半经商的探险活动，说所有参加探险的人在海上与其他人相遇时，总是很自然地问他们是不是海盗。"② 要之，奥德修斯兼具海战英雄、航海英雄、海盗、海上流浪汉等多重与海洋相关的形象。

跟特洛伊战争密切相关的另外一部著名史诗，是罗马诗人维吉尔的《埃涅阿斯纪》。这部史诗的前半部分模仿《奥德赛》，讲述特洛伊英雄埃涅阿斯率领部众，逃离已经陷落的故乡特洛伊，在地中海上漂泊并前往意大利重建邦国的故事，因此它跟《奥德赛》一样，也是地中海英雄史诗和航海史诗。

17世纪以前发生在地中海区域的著名海洋文学故事，至少还有莎士比亚和塞万提斯的作品。英国作家莎士比亚晚年创作的传奇剧《泰尔亲王配瑞克里斯》和《暴风雨》都是欧洲文艺复兴时期的海洋文学代表作品，前者的主人公为古希腊泰尔亲王配瑞克里斯，剧情发生在东地中海及沿岸诸国，主要情节包括海上漂泊、海难、海上奇遇等；后者的主人公为米兰公爵普洛斯帕罗，剧情主要发生在米兰附近的海中荒岛上，含有海上逃难、海洋风暴、海难、海洋精灵等海洋文学要素。莎翁另一部戏剧《威尼斯商人》也受到一些海洋文学研究者的重视，但受篇幅所限，本书没有选录其文。西班牙作家塞万提斯与莎士比亚同时，其小说《堂吉诃德》有部分内容讲述堂吉诃德和桑丘在巴塞罗那海岸和附近海域的经历和见闻，堪称主仆二人的地中海故事。

---

① 徐松岩：《关于特洛伊战争的若干问题》，《世界历史》2002年第2期，第71 – 82页。
② 参见（美）斯塔夫里阿诺斯著，吴象婴、梁赤民译：《全球通史：从史前到21世纪》，北京：北京大学出版社2020年版，第125页。

另一位与莎士比亚同时代的著名作家、葡萄牙国父卡蒙斯，著有《卢济塔尼亚人之歌》。这是一部航海史诗和英雄史诗，是 15—16 世纪欧洲地理大发现和新航路开辟时代的产物，主要讲述葡萄牙航海家达·伽马率舰队绕过好望角、开辟欧洲通往印度的新航路的经历。在《卢济塔尼亚人之歌》中，史诗英雄的活动范围不再是地中海之类相对狭小的海域，而是广袤的大西洋和印度洋，因此这部作品可称为大航海史诗和大洋史诗。

在《卢济塔尼亚人之歌》之前，以大西洋及其中岛屿为故事发生区域的海洋文学名作，有古罗马政治家和文学家凯撒的《高卢战记》、古罗马作家卢奇安（一译琉善）的《真实的故事》和英国史诗《贝奥武甫》等。《高卢战记》记述公元前 58 年至前 50 年凯撒在高卢的作战经历和心得，其第四、五两卷记载他在公元前 55—前 54 年两次率军从大陆渡海远征不列颠之事，内容中多有关于航海和海战的形象描述。而这个"海"，根据笔者分析，应该指大西洋东北部的北海（详见相关选文评析部分）。卢奇安被很多人视为现代科幻小说的古代先驱，其《真实的故事》是迄今已知最早的科幻小说作品。此"故事"讲述主人公和同伴们乘船出海游历，从地中海进入大西洋，随即遭遇海上风暴，漂流到一个神奇之岛，然后又被旋风吹到月球上，一番神奇经历后返回地球，却在海面上被巨鲸吞入腹内，在其中生活近两年后方才逃出。《贝奥武甫》成书于 10 世纪，是迄今为止年代最早、篇幅最长的一部英国史诗，也是英国文学的开山巨著，主人公为北欧高特（在今瑞典南部）英雄和国王贝奥武甫。史诗始于一场盛大的国王海葬，终于另一场盛大的海边葬礼，主体部分描述贝奥武甫在青年和老年时代的英雄壮举。贝奥武甫青年时代的一场英雄经历与海洋相关：他曾率领本国勇士渡海抵达丹麦，为友国灭除魔怪，并在丹麦王宫宴会上自述在海中搏杀九头食人怪兽之事。从史诗内容看，贝奥武甫的活动范围在今天北欧瑞典南部和丹麦一带，因此诗中的"海"应指波罗的海或北海，它们都是大西洋的附属海域。

从文学史的角度看，17 世纪以前的世界海洋文学作品主要集中在亚洲、欧洲和北部非洲国家埃及。如前所述，此期的欧洲海洋文学多以大西洋（包括其附属海域如地中海、北海等，以及其中的岛屿）及其海岸为海洋空间背景。而此期亚洲海洋文学的海洋空间背景则相对多元，如中国、日本列岛、朝鲜半岛等濒临太平洋；印度有漫长的印度洋海岸线；以色列濒临地中海；阿拉伯帝国（传统中国称其为"大食"）曾横跨亚欧非三洲，濒临印度洋、地中海甚至直布罗陀海峡之外的大西洋。受篇幅所限，我们在本书中选录了两部亚洲古典文学名著：日本的《源氏物语》和《平家物语》。日本女作家紫式部的《源氏物语》，被称为世界文学史上第一部长篇写实小说，它以平安时代（794—1192）的历史为背景，主要描写主人公源氏的生活经历和爱情故事，并对当时日本社会的基本特征和精神面貌做了深刻的描绘。小说部分内容讲述源氏曾因失势于朝廷而在远离京城的海边避祸蛰伏之事，是海洋文学中的佳作。日本无名氏的《平家物语》完成于镰仓时代（1192—1333），是杰出的战记文学作品，记述1156—1185年间两大武士集团源氏和平氏争夺统治权之事，其中第十一卷描写两大集团最后的海上决战，我们读后很可能会想起南宋与蒙元之间的崖山海战（1279），二者之间相距不过百年。

上文提到，产生于古埃及中王国时期的《遇难水手的故事》，是目前所知世界上最早的海洋文学作品，距今已有四千年之久，这跟埃及源远流长的海洋文明密切相关。到16世纪，一部举世闻名的文学巨著经过长期流传后成书于埃及，它就是《一千零一夜》。[①] 这部作品中的海洋故事很多，较为我们熟悉者是其中的《辛伯达航海旅行的故事》（共包括七篇，每篇均由主人公辛伯达讲述一个自己亲身经历的航海旅行故事），属于海上商贸、海上旅行和航海历险文学作品。埃及地处非洲东北部，从公元前6世纪开始，它先后被波斯帝国、马其顿王国（亚历山大帝国）、罗马帝国、阿拉伯帝国征服，并在17世纪初成为奥斯曼帝国的一部分，《一千零一夜》大概于此时定型成书。但据学者研究，"《一千零一夜》的故事集中产生于印度、波斯、伊拉克、埃及"[②]，因此它虽然最后定型于埃及，其故事来源其实甚广。另外，此书中的故事大多形成于阿拉伯帝国阿拔斯王朝时期（750—1258），帝国以伊斯兰教为国教，崇商且重视海上贸易，《一千零一夜》中多有海上商贸故事，即与这个特点有重要关系。但几大帝国在鼎盛时期均幅员辽阔，横跨亚欧非三洲，与地中海、黑海、大西洋甚至印度洋相连，加上《一千零一夜》的海洋类故事（如七篇《辛伯达航海旅行的故事》）中，并未透漏海洋空间位置信息，因此我们难以推知故事发生的具体海域。

《一千零一夜》对后世文学影响深远，意大利文艺复兴时期作家薄伽丘（一译为卜伽丘）受它启发，创作了《十日谈》，其中的一篇讲拉韦洛富商兰多福·鲁福洛海上历险记，与《辛伯达航海旅行的故事》有颇多相似之处。它们都属于海上商贸类和商旅类航海历险故事，其中的主人公均为从事海上贸易的商人，基本情节包括憧憬海上商贸、携货出海、海难逃生、海上奇遇、携财渡海返乡等。我们不难从这些方面看出，商旅类海洋文学与史诗类海洋

---

① 参见李唯中译：《一千零一夜·译者小序》，银川：宁夏人民出版社2006年版，第4页；纳训译：《一千零一夜·前言》，北京：人民文学出版社2015年版，第2页。

② 纳训译：《一千零一夜·前言》，北京：人民文学出版社2015年版，第3页。

文学之间存在明显的区别。

　　与薄伽丘同时的意大利诗人彼特拉克，以抒情诗闻名于当时和后世，其代表作《歌集》收录有多篇海洋诗歌。其中两首诗以"生命之舟"为题（《歌集》第 80 首题为"谁决心驾驶着生命之舟"，第 189 首题为"严寒的午夜我生命之舟"，另外，诗题即为诗篇首句），有以舟船喻人生之意。诗人认为，人生就像在黑暗中穿行于险礁暗滩和惊涛骇浪间的海中帆船，随时会驶入死亡之地，随时会面临倾覆之险；他希望在天主的引导下，驶入爱情的港湾，如果相见爱人无望，死亡则是可以接受的安排。很显然，这两首诗中的海、舟、水手、礁石、海浪、港湾等，充满着想象和象征的味道。类似的作品还有美国诗人朗费罗《停船》一诗，其中的海其实是思想和心灵之海，写诗被比喻为心灵之船在思想海洋中航行的过程，笔端完成的诗篇则象征着这一航程的目标海港。

　　17 世纪以前外国海洋文学当然还有很多其他作品，如古希腊诗人阿尔凯奥斯的《海上风暴》、古希腊诗人西摩尼德斯的《达娜埃》、古希腊作家伊索的涉海寓言故事、古罗马诗人奥维德《变形记》中的涉海传说故事、日本和朝鲜半岛的海洋诗歌等，这里无法一一介绍，我们这本书对它们中的部分篇章做了介绍和评析，敬请参阅相关部分。

　　综合上文分析，从产生时间看，古埃及中王国时期的作品《遇难水手的故事》是目前已知外国海洋文学的渊源，荷马的两部史诗《伊利亚特》和《奥德赛》则是西方海洋文学的直接源头。三部作品中含有诸多为后世常见的海洋文学要素，如大海、海船、水手（荷马史诗中的希腊联军战士往往也是水手）、海洋战争、海岛、海滩、海盗、海神、海上风暴、海难、海上历险和海上奇遇、海上贸易等。从这个意义上说，这三部作品都堪称世界文学的早期"海洋文学样板"，是海洋文学的奠基之作。荷马史诗的产生时间，虽然远晚于《遇难水手的故事》，但其对世界文学和海洋文学的影响远甚于后者，其中《奥德赛》对西方海洋文学的影响尤甚，后一点已是学界的共识。

　　从文学地理的视角考察，我们可以大略看出 17 世纪以前外国海洋文学与海洋空间的关系及其涉海空间的演变。在《遇难水手的故事》中，故事的发生地是红海或者阿拉伯海，这表明目前已知世界上最早的海洋文学作品跟印度洋及其附属海域直接相关。在此很久之后，地中海长期成为欧洲海洋文学的基本要素和地理空间，这方面的早期代表为荷马史诗《伊利亚特》《奥德赛》和维吉尔的《埃涅阿斯纪》，它们都是公元前的英雄史诗，可称为地中海英雄史诗。同样完成于公元前 1 世纪但稍早于《埃涅阿斯纪》的《高卢战记》，记载有凯撒渡海远征不列颠之事，跟北海密切相关，这表明：至晚在公元前 1 世纪，大西洋或其附属海域已经成为海洋文学地理空间。在 17 世纪以前，以大西洋或其附属海域为文学空间的海洋文学名作，至少还有古罗马小说家卢奇安的《真实的故事》、英国史诗《贝奥武甫》和葡萄牙诗人卡蒙斯的史诗《卢济塔尼亚人之歌》。由印度洋而地中海再到大西洋，这可能是外国海洋文学第一次重要的海洋地理空间演变；而从地中海到大西洋，则毫无疑问是欧洲海洋文学地理空间第一次重要的嬗变。值得注意的是，凯撒的《高卢战记》和英国史诗《贝奥武甫》都跟北大西洋有关，这表明这片海洋区域，尤其是北海，至晚在公元前 1 世纪就已经登上了文学、政治和军事的舞台，而随着英法两国从 16 世纪开始的快速崛起，北海将日益为世人瞩目。

完成于 16 世纪下半叶的《卢济塔尼亚人之歌》是大航海史诗，跟达·伽马开辟通往印度的新航路有关，因此印度洋也跟大西洋一样，同为史诗的基本要素和海洋地理空间，它隔着三千多年的岁月，与《遇难水手的故事》在烟波浩渺的印度洋上遥相呼应。此后，为我们熟知的欧洲海洋文学名著的地理空间再次回到古老的地中海：莎士比亚晚年传奇剧《泰尔亲王配瑞克里斯》和《暴风雨》中的海洋故事，发生在这里；塞万提斯在《堂吉诃德》中，将堂吉诃德和桑丘主仆二人唯一的涉海故事，也放在了这里，而这里也是作家年轻时以海军战士身份为自己国家浴血奋战之地。由以上诸例可见，在 17 世纪以前，地中海在欧洲文学中的地位，远比大西洋厚重；而大西洋要扭转这一局面，最早也要等到 18 世纪。

以上关于海洋文学地理空间演变的分析，主要围绕 17 世纪以前欧洲海洋文学展开，至于同期中国之外亚洲海洋文学与海洋空间的关系及其涉海空间的演变情况，因笔者能力有限，留待以后再论。

17 世纪以后，外国海洋文学进入了更加繁荣的发展时期。

四

18 世纪以来欧美海洋文学的繁荣，是建立在 15 世纪葡萄牙和西班牙最先开始的航海大发现及此后大西洋西方强国海洋扩张的基础上的。到 17 世纪末，大西洋沿岸的西方强国依靠海洋公共资源所开展的海洋活动，如非洲奴隶买卖、美洲和亚洲商业贸易激增、海外殖民地扩张、海上捕捞业发展等，已经成为重要的社会主题。

18 世纪以来欧美海洋文学的繁荣，可以从以下几个方面理解：一是海洋文学作品数量的激增，体裁上包括小说、戏剧、诗歌、散文、童话、寓言等；

二是海洋文学作家的增加，这些作家大多有过丰富的海上生活，有的甚至常年作为水手漂泊海上，他们中的一些人写作有多种海洋文学作品，如詹姆斯·费尼莫尔·库柏、赫尔曼·梅尔维尔、约瑟夫·康拉德、杰克·伦敦等；三是海洋文学作品中展现了多个领域波澜壮阔的海上活动，如海盗活动、海洋贸易、海外殖民地发展、海洋战争、捕鲸和捕鱼活动等，它们揭示了当时人们的海洋意识和海洋精神的变化；四是作品中海洋文学形象丰富，构筑了瑰丽宏大的海洋世界。

为全面把握 18 世纪以来欧美海洋文学的概貌，我们可以从文学形象的角度来梳理 18 至 21 世纪的欧美海洋文学作品，可以归纳出三种海洋文学形象：场域形象、人物形象、事物形象。

场域形象主要是海洋形象和岛屿形象。欧美 18 世纪以来海洋文学作品中涉及的海洋几乎遍布全世界，有时虚指某处的大海。海洋诗歌中的海洋大都没有明确的方位信息，它们是诗人情感的依托，富有象征意味，所以其形象意蕴深刻、深入人心。爱伦·坡《海中之城》的大海上弥漫着诡异死亡的气息，普希金《致大海》中的大海是自由的象征，约翰·梅斯菲尔德《航海热》中的大海是理想的象征，阿诺德《多佛海滩》中的大海是思想之海信仰之海，朗费罗《潮水升，潮水落》中的大海身上有诗人对人生与思想的思考，塞尔努达《绯红的海》和《水手是爱的翅膀》中的大海是情欲的化身，洛尔迦《海水谣》中的大海是獠牙利齿、吞噬人生命的苦海形象。

小说中的海洋一般确有实指，不仅是故事展开的背景，还是小说重点塑造的形象。"作为海洋小说，基本要素是对海洋本身的出色描写，能够表现出海洋本身的独特魅力和威力，这是文本故事得以发生的客观环境，海洋环境描写是否成功直接影响小说的质量。一部杰出的海洋文学作品不仅仅是出色的海景、海事的白描，也不是单纯的以感官刺激为目的的海洋探险故事，而是通过航海体验，传达普适价值。"[①] 赫尔曼·梅尔维尔的《白鲸》以写实主义风格展现了波诡云谲的大西洋和太平洋，雨果的《海上劳工》以浪漫主义手法描写了地中海的伟大力量，理查德·康奈尔《最危险的狩猎》和欧内斯特·海明威《老人与海》中的加勒比海危险重重，约瑟夫·鲁德亚德·吉卜林《少年与海》中的北大西洋和大浅滩美丽、慷慨而又残酷，杰克·伦敦《海狼》中的旧金山海湾内大雾迷蒙、太平洋和白令海上抑郁阴沉，儒勒·凡尔纳《海底两万里》中的海底魅力无穷，约翰·班维尔《海》中的海滩、海

①　施经碧：《美国海洋小说传统的构建——〈海洋的弟兄：从莫比·迪克至当代美国海洋小说传统〉评述》，《南京理工大学学报》（社会科学版）2010 年第 5 期，第 45－49 页。

岸则是一副忧郁莫测的形象。

岛屿在海洋文学作品中往往是富有想象力的形象。航船来往于欧洲与亚洲、美洲等地的长途贸易过程中，风暴、海难时有发生，岛屿可能是安全的希望，依托了水手及乘船者求生、求富的幻想。丹尼尔·笛福《鲁滨孙漂流记》中的鲁滨孙在荒岛生活二十七八年，荒岛最终被建设为文明之地，成为其个人领地；乔纳森·斯威夫特《格列佛游记》中四个风俗奇幻、居民奇特的小岛代表了人类对海岛的魔幻想象；罗伯特·路易斯·史蒂文森《金银岛》中人们前往争夺宝藏的金银岛象征了人们对财富的追求；詹姆斯·马修·巴里《彼得·潘》中的缥缈岛是以童话方式反映了人们的无忧和永生诉求；司各特·奥台尔《蓝色的海豚岛》中的海豚岛隐喻了人们的诗意栖居之地；扬·马特尔《少年 Pi 的奇幻漂流》中的食人岛隐喻了人们对宗教信仰的思考。

事物形象主要是船只、海洋生物以及礁石。人们借助于船只才能航行于海洋上，因此对船有着深厚的感情和生命的依赖，而船作为海洋文学作品中最为常见的事物形象，不仅是人物海洋活动的工具，还是人物海洋精神的寄托。《海的女儿》中的豪华游轮是美人鱼可望而不可即的人类生活圈子，《海上劳工》中的杜兰特号是不可能完成的任务，《海底两万里》的海底潜艇鹦鹉螺号是独立于殖民统治、超前于社会的新生世界，《金银岛》中的大帆船伊斯班袅拉号是财富之路，《冰岛渔夫》中的渔船玛丽号和《少年与海》中的双桅纵帆渔船是渔民艰难生活和乐观精神的见证，《海上扁舟》中的救生艇和《老人与海》中的小木舟是生命、勇气、智慧、坚韧的象征，《蓝色的海豚岛》中的单人帆船和《少年 Pi 的奇幻漂流》中的小船是一个人的战场，《黑暗的心脏》中的游船和《战争风云》中的战舰是一个时代的风云变幻的缩影，《醉舟》中的小船象征自由，《啊，船长！我的船长》中的大船是国家之譬喻。人物的命运、人性的多样、社会的变化与船只息息相关，船上人物的活动揭示了文学作品的主题。

独特的海洋生物也是海洋文学作品海洋特色的体现。这些海洋生物不仅是海洋风景的组成部分，还可能是人物情感和思想的依托，或者是人物完成不可能任务的障碍。柯勒律治《古舟子咏》中为航船带来好运的信天翁被老水手射杀而死神降临，波德莱尔在诗歌中以信天翁在船上的窘困比拟自身不被社会认同的境遇，《蓝色的海豚岛》中的海豚是女孩海上遭遇危难时的救星，《老人与海》中老人捕获的大鱼是人生的隐喻，《白鲸》中的白鲸兼具大海中的传奇英雄和夺取一船人生命的恶魔的双重特质，《海上劳工》中"从来没有描写得如此深入"的暗礁①无处不在地埋伏在吉利亚特的征途中，《海燕之歌》中的海燕是迎接暴风雨无惧困难的革命者，《海的女儿》中有对美人鱼们最满腔柔情的赞美。

随着人类航海技术、医学水平等的不断提高，如远程航海中对败血症的认识和克服、船只安全性能越来越高，人类能够到达的海上领域越来越宽广，从海滨、近海、浅海到远海和深海，从以古代的地中海海域为中心，到沿大西洋海域，直至白令海、太平洋、印度洋等全世界的海洋，反映在文学作品中是海洋场景、海洋形象、岛屿形象的丰富。人类海洋活动越来越多样，对海洋及其事物的态度也不断变化。粗略看来，在18—19世纪的海洋文学作品中，探险和征服海洋、抢夺海洋资源、借由海洋通道发财致富、一切海洋生物皆为人用，这些以人为中心的海洋观是较为普遍的。到了20世纪前后，海洋文学作品中越来越多对海洋生态的观照，海洋、海岛、船只、水鸟、海鱼等更多成为作品中的审美对象，富有了更多样深远的精神意蕴。

人物形象是海洋文学形象的主体，海洋文学作品中独有的海盗、海员、海上殖民者、捕鲸者、船长、渔民、海军等人物形象，是最能打动读者的力量。

海盗是海洋文学作品中历史悠久且颇具浪漫气质的人物形象，这实际上缘于人们对海盗的误解。现实生活中的海盗在海上抢掠，看似财富唾手可得，实际可能非常危险。以英国为例，16世纪政府鼓励海盗和走私活动，很多下层青年赶赴海上发财。但自17世纪开始，大西洋的欧洲海洋强国着手培育更有效的海军力量，展开对海上霸权的争夺。海盗逐渐被边缘化，受到政府和国家海军力量的夹击。以现实为背景，欧美海洋文学作品中的海盗形象丰富多样：有的狡猾残暴，见于《金银岛》；有的抢掠而不嗜杀，见于《鲁滨孙漂流记》和《格列佛游记》；有的追求自由反对暴政，见于拜伦的《海盗》。具有高度想象力和浪漫传奇色彩的海盗形象，甚至溢出海洋文学作品范围，成为欧美现代文学作品中普遍性的文学符号。

海员和海上殖民者也是海洋文学作品中的重要人物形象。基于欧洲海洋强国在海洋贸易、海外殖民、海军活动范围等方面的扩张，荷兰、西班牙、葡萄牙、法国、英国等国因争夺海上霸权和海外殖民地而冲突不断，各国都有很多青壮年男性出海谋求个人发展，到殖民地区开拓进取。作为现代小说萌蘗的《鲁滨孙漂流记》，就是通过英国中产阶级青年鲁滨孙这样一个海员和

---

① （美）玛格丽特·科恩著，陈橙、杨春燕、倪敏译：《小说与海洋》，上海：上海译文出版社2018年版，第348页。

殖民者形象，叙述了一个财富积累、殖民地开拓的历程。这本书的畅销，有效地激发了英国社会乃至英语国家大众对海洋的激情，自此海员成为18世纪以来海洋文学作品中最主要的人物形象，海上殖民者形象也成为欧美海洋文学作品中的独特类型，甚至在其他类型的文学作品中也屡见不鲜。"在18世纪初，航海被认为是异乎寻常的甚至可能是致命的，之后才逐渐变成司空见惯之事。探险者们开拓了此前遥远而陌生的陆地，发现了新的人群，由此建立起与世界其他国家之间的联系。"① 在这个过程中，有个人、航队的成功，以至于捍卫了民族和国家安全；但遭遇挑战、磨难甚或失败，也是海员海上活动的常态。很多欧美海洋文学作家亲身体验过艰苦不为外人所知的海上生活，以自己的海上经历为创作素材，刻画了深刻立体的文学形象。如《领航人》的故事原型是美国独立战争的一个卓越的航海家；《鲁滨孙漂流记》和《格列佛游记》中一门心思远航发贸易财的主人公，可谓艰苦卓绝、九死一生。远航海上的生活异常艰辛，船员们的报酬却很少，如尤金·奥尼尔《天边外》的哥哥罗伯特出海多次，最终不过财去人单。

捕鲸者是欧美18世纪以来海洋文学作品中特有的人物形象。捕杀怪兽一般的庞然大物鲸鱼，刺激而又血腥，从业者往往在文学作品中被赋予浪漫英雄主义色彩，如《海底两万里》中的捕鲸手内德·兰德，其原因可能在于捕鲸是危险的海上活动之一。在18世纪以前，捕鲸业受到鲸脂提炼技术所限，只能与海滨驻点密切联系在一起，巴斯克、荷兰和英国的捕鲸船长期活跃在纽芬兰和北极圈附近的海域。18世纪中期开始，随着船上鲸油提炼炉的采用，捕鲸船可以远航至南大西洋、印度洋、太平洋、巴西及马尔维纳斯群岛，需要航行海上数月数年之久。捕鲸航行时间漫长，捕鲸船上生活乏味难熬，捕杀鲸鱼危险难料，提炼鲸鱼油工作疲劳。这些都反映在赫尔曼·梅尔维尔的《白鲸》中，这部小说塑造了一群在陆上世俗社会看来潦倒不堪的捕鲸者，他们在大海上英勇坚韧，齐心协力挑战力量远超个体人类的鲸鱼。除此以外，捕鲸船与世隔绝，船上就是一个独立社会，船长具有无上权威，会虐待船员，船员也可能杀害船长、造反夺船。如《白鲸》中的埃哈伯和《海狼》中的拉森，是性情暴躁、暴力统治、心理扭曲的船长形象。

生活贫穷且以捕鱼为生、命运悲惨的渔民，也是海洋文学中常见的人物形象。从文学作品中可以得知，小团体、小规模的捕鱼业在世界各地分布十分广泛，一直是近海渔民赖以为生的手段。《渔夫和他的妻子》中渔夫与妻子

---

① （美）林肯·佩恩著，陈建军、罗燚英译：《海洋与文明》，成都：四川人民出版社2019年版，第525页。

穷苦一生，一有致富显贵的机会便失去了理智；《少年与海》中的渔民们常年在海上冒着生命危险打鱼杀鱼，不过仅够各家维持生计而已；《老人与海》中老人住在棚子里，捕鱼八十多天、与鲨鱼搏杀后只剩下一副巨大的鱼骨靠岸。

　　海洋文学中的多种人物形象，无一例外与海有着紧密的联系，对海都有着深厚的感情，虽然可能爱恨交织，但都是靠海而生，他们可能是海洋的迫害者和征服者，也可能是海洋的敬畏者和守护者。尤其随着世界海洋捕鲸捕鱼业的发展，过度捕捞严重地威胁海洋生态，例如 20 世纪鲸鱼已濒临灭绝，海洋污染渐趋严重。人与海洋的关系、海洋生态问题，越来越成为人们解读海洋文学的角度。《鲁滨孙漂流记》《海上劳工》《海底两万里》等，反映了人类征服海洋的坚强意志和伟大成果；《白鲸》《黑暗的心脏》《最危险的狩猎》等，描写了人类的贪婪自私，揭示了放任疯狂本性掠夺大自然就必被大自然埋葬的道理；《蓝色的海豚岛》刻画了人爱惜海洋生物、与海洋和谐相处的美好场景；《环绕我们的海洋》探索海洋奥秘，表达敬畏和爱护海洋之情。海洋文学作品中形形色色的人物形象，方方面面的人类活动，反映了"人类由求生到求真再到求善的追寻历程，以及由利用海洋、征服海洋到尊重海洋、亲近海洋"① 的可喜变化。

　　18 世纪以来的环太平洋欧美资本主义诸国，文学作品的创作和传播越来越注重市场运作，更好的海洋文学作品要满足更多读者的阅读期待。这些惊险奇幻、波澜壮阔的场域形象，新鲜奇妙、异与日常的事物形象，经历奇特、性格鲜明的人物形象，对读者有着强烈的吸引力，尤其适合青少年亲近之。很多 18—21 世纪的欧美海洋文学作品，被划归经典儿童文学，有的还被中小学列入阅读书目，如笛福的《鲁滨孙漂流记》、斯威夫特的《格列佛游记》、格林兄弟的《渔夫和他的妻子》、安徒生的《海的女儿》、史蒂文森的《金银岛》、吉卜林的《少年与海》、巴里的《彼得·潘》、海明威的《老人与海》、奥台尔的《蓝色的海豚岛》等。这些作品有着高超的艺术水准，用制造现场感、绘制插图、使用现在时、使用对话等童趣化写作②固然是吸引儿童以及成人读者的艺术手法，但它们成为经典海洋文学作品的原因主要还是其中的丰富生动的文学形象，是描述了海洋风暴、海难事故、海洋生物、荒岛求生、海上捕鲸等极富震撼力的海洋场景和故事情节，展示了远洋荒岛、海上孤岛、

---

　　① 　关合凤：《从海洋文学名著看海洋意识的嬗变——以〈鲁滨孙漂流记〉〈白鲸〉和〈蓝色的海豚岛〉为例》，《河南社会科学》2009 年第 4 期，第 146 - 148 页。
　　② 　张军平：《谁是〈彼得·潘〉的读者——儿童小说之成人书写》，《外国文学评论》2017 年第 4 期，第 178 - 192 页。

海底猛兽的海洋事物形象，塑造了开荒勇者、捕鲸英雄、杀鲸老人、捕鱼少年等丰富立体的人物形象，揭示了征服、成长、自由、独立的主题思想，蕴含了奋斗、坚毅、冒险、财富追求、个人价值实现、民主平等的海洋精神，表达了对人与自然、人与人、人与自我关系的思考，向社会大众尤其是青少年、儿童群体展示了惊险、富有、自由、奇幻的海洋和海外世界，有助于增强读者的海洋意识、强国意愿和人生自信。

五

本书是一部具有明显跨界特征的作品，关注并节选中国之外主要文学国家中具有代表性的海洋文学作品，并通过简洁的评析，揭示海洋在这些作品中展现的特点和扮演的角色，以及它与人类之间的互动关系和它在文学家笔下的形象变迁。

受篇幅所限，本书在编选时主要考虑已被译成中文的外国作品，尤其是经典作家的代表作品。也由于这个缘故，很多典型的外国海洋文学作品没有出现在本书之中。我们对此感到遗憾，并向读者致歉，希望以后能有扩充和改进的机会。另外需要说明的是，本书在编选作品时，按照原著初次发表的时间顺序，为相关作家作品排列了次序。

它山之石，可以攻玉。我们也希望通过对外国海洋文学作品的编选和介绍，推动中国海洋文学的发展。

因编著者能力所限，本书难免会有错误和不当之处，请各位专家和读者不吝批评和建议，以助于我们学习和完善。

胡根法　阎怀兰
2022 年 2 月 23 日于湛江玛珥湖畔

目 录
CONTENTS

下 编

18 世纪海洋文学

19 世纪海洋文学

20 世纪海洋文学

21 世纪海洋文学

上　编

5 世纪以前海洋文学

▌遇难水手的故事

（古埃及）佚名

作者及作品简介

古埃及佚名作品《遇难水手的故事》，亦名《遇难的水手》，是目前已知世界上最早的文学作品之一，"是世界文学史上第一次描写海难的文字，也是最早的海洋文学样板"①。

这篇文献的成文时代极为久远，因此尽管作者信息不详，但在世界文学史上仍具有重要意义。学者李川在近期的一项相关研究中认为，"根据文本的语法及文字的书写断代"，此文"产生于古埃及中王国时期，相当于中国历史上的夏代早期，距今四千年前"。他还认为：

在起源问题上，研究者通常将西方海洋文学的开山之作认定为古希腊的《奥德赛》，而中国海洋文学则溯源于战国时代成书的《山海经》。从世界文学史的视域看，这种观点应当予以修正。《奥德赛》史诗主人翁的主要活动场所为大海和海岛，固是典型的海洋文学作品，较之《遇难的水手》却晚了一千多年，因此只能是海洋文学作品中的鸿篇巨制，却不是海洋文学的源头。当然，希腊文学与埃及文学之间是否存在渊源关系，因文献不足征，殊难定论。而《山海经》中的"精卫填海""鲧禹治水"、《吕氏春秋·求人》"大禹求贤"等段落虽有海洋文学的因子（以内容论，鲧禹故事产生年代不晚于《遇难的水手》），却是为了说明"唯圣人能通其道"（《山海经·海外南经》）等义理，而非有意为文学。若论情节之完整、叙事之婉曲、情感之丰沛、形象之丰满的海洋文学作品，不得不首推《遇难的水手》。

---

① 李川：《〈遇难的水手〉：海洋文学的早期探索》，《外国文学动态研究》2019 年第 6 期，第 57 页。

根据上述观点，《遇难水手的故事》应为目前已知世界上最早的海洋文学作品，即李川所言，"从文学题材的开拓性上看"，它"是先驱、鼻祖"。①

故事主要讲述一位埃及水手（即作品中的"我"）随同伴乘船渡海去国王的矿山，途中遭遇海上风暴，只有他一人幸免于难；他随后到达一座小岛，结识岛主巨蛇，得到后者的热情款待和丰厚馈赠；按照巨蛇的预言，他在四个月后搭上了回埃及的航船，并得到国王的接见与封赏。

从选文相关信息看，故事中的海难大概发生在索马里、也门一带的印度洋海域。

选 文

遇难水手的故事（节选）

故事的缘起②

诚实的随从③说："放宽心吧，主人④，看，我们已经到家了。船已驶进港口，缆绳已系在岸上。欢呼吧！但大家在热情相拥之前别忘了感谢神灵。我们的船员平安归航，队伍安然无恙。我们将瓦瓦特⑤抛在了身后，我们通过了森姆特⑥，最终平安归来，回到了我们的故乡。主人，现在您请倾听我的诉说，我将如实讲述。请沐浴更衣，然后垂询你时你再讲述。向国王禀报时，你应沉着并娓娓道来。一个人的言语能拯救他，就像你所希望的那样，他的言语会让一些人宽恕他，虽然他的话让人有些厌烦。我将告诉你一些我亲身经历的故事。"

---

① 以上引用均参见李川：《〈遇难的水手〉：海洋文学的早期探索》，《外国文学动态研究》2019年第6期，第55-56页。

② 参见郭丹彤译著：《古代埃及象形文字文献译注（下卷）》，长春：东北师范大学出版社2015年版，第874-879页。

③ 指下文中的"我"，即故事的第一人称叙事人，是一位水手。

④ 指船队长官。从下文看，这支船队损失惨重，先行人员中只有一位水手（即"我"）侥幸生还，长官因此担心在觐见国王时难逃惩罚；在这种情况下，作为随从的水手尽力宽慰他的主人。

⑤ 古代埃及人对下努比亚（今天苏丹和埃及接壤地区）的称呼，特指阿斯旺和第一瀑布以南地区，古代埃及人很早就征服了这一地区，并曾向该地区移民。——原书译者注

⑥ 阿斯旺附近的尼罗河上的一个小岛，现代名为"比伽"，据传说该岛上有冥界之神奥西里斯的坟墓。——原书译者注

水手遇难

我乘坐一条长 120 肘尺①、宽 40 肘尺的大船去国王的矿山。那船上有 120 名从全埃及选来的最优秀的水手，他们上通天文，下知地理。他们每人都有一颗比雄狮还勇敢的心。他们都能预知风暴和大雨，当然那是在它们来临之前。② 当我们未到达陆地而还在海上航行的时候，海上出现了巨大的风暴，波浪汹涌滔天，最后一个约有 8 肘尺高的巨浪打断了桅杆，船翻了。除了我以外，船上的人无一幸免。

后来海浪把我冲到一个岛上，我孤单一人度过了 3 天，晚上睡在树洞里，我只能拥抱我的影子。后来我活动了一下四肢，开始到四周找些能吃的东西。我发现了无花果、椰枣、黄瓜和各种蔬菜，那里的物产丰富，并且还有鱼和各类的鸟。岛上简直是应有尽有，对此我非常满意。我采摘了不少吃的，将他们放在地上。接着，我砍断了一些树枝并钻着了火。随后我烧了一些祭品献给神。突然，我听到一阵雷鸣般的巨响，我认为是海浪。大地乱颤，树枝也震断了不少。当我抬头正要看个究竟时，我发现一条蛇正向我游来。他约有 30 肘尺长，他的胡须就至少有 2 肘尺长。他全身金光闪闪，而他的眉毛则是珍贵的天青石③，他曲身在我面前。

他向我张开了嘴，我则匍匐在他面前。他问我："是谁带你来的？是谁带你来的？可怜的家伙。如果你不赶快告诉我是谁带你到这个岛上来的，我将把你化为灰烬，并让你灰飞烟灭。"在他面前我万分紧张，以至于他说的话我根本没有听清。后来他把我含在嘴里，将我带到了他休息的地方，他放下我后就没再碰我，因而我毫发无损。

他对我又张开了嘴，我又匍匐在他面前。然后他问我："是谁把你带到这个岛上的，可怜的家伙，是谁把你带到这个四面临水的海岛之上来的？"我曲臂施礼回答道："我是奉国王之命乘一艘 120 肘尺长、40 肘尺宽的大船去采矿的，我们船上有 120 名从全埃及选出的最优秀的船员，他们懂天文知地理，他们有比狮子还勇敢的心，他们能在暴风雨来临之前预知它，他们中的每个人都身强力壮，他们皆非等闲之辈。当我们还没到达陆地正在海上航行的时候，风暴袭来。于是，狂风大作，巨浪滔天，海浪足有 8 肘尺之高。风浪打

---

① 肘尺是古埃及的度量单位，1 肘尺 =52.5 厘米。——原书译者注。

② 李川认为，这些句子"折射出古代的航海经验"。参见李川：《〈遇难的水手〉：海洋文学的早期探索》，《外国文学动态研究》2019 年第 6 期，第 57 页。

③ 即为一种呈深蓝色的不透明宝石，常带白色斑点、花纹或纹理。埃及本土产量较少，近东地区天青石主要来自今阿富汗东北地区，该宝石常被古埃及人用于制作装饰品和雕像。——原书译者注。

断了桅杆，船沉了。船上的人除我有幸见到您之外，其余全都葬身鱼腹。后来海浪将我带到了这儿。"

他听完后对我说："别害怕，别害怕，可怜的人。没必要为此而脸色苍白，因为你已遇见了我。看哪，这就是神灵为你安排的生活，是神把你带到了'卡'之岛①，这个岛上无所不有，妙趣横生。记住，你将月复一月地待在这儿，直到满4个月为止。那时就会有船来这儿，船上都是与你相识的人。然后你将和他们一起返回故乡，让你终老故里。灾难过后，这段经历将让你回味无穷。我将告诉你一些发生在岛上的事。"

大蛇的故事

"以前我与我的兄弟姐妹以及孩子们一起生活在这儿的。我们一共是75条蛇，我的孩子和兄弟姐妹，这其中没提到我的因祈祷而得到的小女儿。"

"有一天，一颗星星从天而降，（在地上）燃起了大火。这一切发生时我刚好没和亲人在一起，所以我得以幸免。当我回来看到亲人横尸惨死时，我立刻就昏死了过去。如果你勇敢并有自制力的话，你会拥抱你的孩子，亲吻你的妻子，你会重见家舍，还有什么能比这更好的呢。你将回归故里，并且和你的兄妹们生活在一起。"

我在他面前躬身施礼，匍匐在地，我对他说："我将向国王述说你的力量，我将告诉他你的伟大。我将让人给你带来罂粟、赫克努油、伊乌德奈布油、桂皮以及在庙里供奉诸神用的香料，我将述说发生在我身上的事，述说我所看到的你的力量。有人将会在全国官员面前为你向神祈福的，我将向你奉献公牛，为你而宰杀家禽。我将让人为你带来满船的埃及珍宝，就像为那些住在遥远且不为人知之地而又热爱埃及人的神所做的那样。"听了我说的那些，他莞尔一笑，好像在奚落我，他说："虽然你们拥有香料，但没药对你们而言并不富足。事实上，我是蓬特②的统治者，那儿的没药是属于我的。你所说的赫克努油，难道这个岛上还不够多吗？岛现在是存在的，而当你离开这

---

① 即为故事中提到的岛屿的名称，关于该岛的真实性和具体位置，至今学界没有取得一致意见。——原书译者注。

② 原书译者于此注曰：蓬特为"地名，古埃及文献中经常提到的一个盛产香料的地区，古埃及人为了获取香料，经常派远征队到这一地区。关于蓬特的地理位置，一些学者认为是在索马里附近"。李川认为："蓬特，通常被指认为索马里或者也门，乃香樟树木的产地，也是埃及远征军的通常目的地。"参见李川：《〈遇难的水手〉：海洋文学的早期探索》，《外国文学动态研究》2019年第6期，第60-61页。

儿后，你就再难看到了，因为这儿从此将变成一片汪洋。"

后来正如他所说的那样船来了，我跑向岸边并爬上一棵大树，我认出了船上的那些人。当我向大蛇提起这件事时，我发现他早就知道了。他对我说："再见吧！再见吧！可怜人。你回到家将会见到你的孩子，在你们所在的城市传颂我的美名吧，这是我对你的要求。"我躬身行礼，并且在他面前微曲双臂，然后他给了我大量的没药、赫克努油、伊乌德奈布植物、桂皮、提仕普斯植物、沙塞赫、黑色涂眼颜料、长颈鹿尾、大块的香料、象牙、猎犬、猿猴和狒狒等各种各样珍宝，然后我把东西装上船，再次躬身向他表示感谢。最后他对我说："两个月后你将回到故里，你将拥抱你的孩子们，你将青春焕发，你终将落叶归根，归葬故里。"

水手返乡

随后我来到停靠船的岸边，并向船上的人致敬。我在岸上歌颂了岛之主人，而船上的人也纷纷效仿。之后，我们向着北方——国王的驻地航行，如其所言，两个月后，我们回到了祖国，最终见到了国王。我献上从岛上带回的东西，国王当着所有官员的面，替我向神祈福。后来，我被任命为国王的侍从，还被赐予了奴仆。看，经历了一番磨难后，现在我回到了祖国。倾听我的述说是有益处的。

作品评析

《遇难水手的故事》的情节并不复杂，主要讲述一位水手在海上遇难、在海岛避难并有奇遇、收获巨大、最终搭乘顺风船回归故里的故事。后世的很多故事，如《一千零一夜》中《辛伯达航海旅行的故事》、《十日谈》第二天中兰多福·鲁福洛的海上经商历险故事等，都有类似的情节和要素。关于此类现象的成因，李川猜测说："或许这是遭遇海难者的共同经历，或许是文学类型的传播和影响所致。"[1]

这篇故事还有以下几点值得我们注意。首先，它在叙事上采取了倒叙的手法，先写遇难水手从海上平安回到故土，然后由水手讲述自己的历险故事；同时采取故事套故事的讲述方式：水手在讲自身故事的过程中，插入了巨蛇

---

[1] 李川：《〈遇难的水手〉：海洋文学的早期探索》，《外国文学动态研究》2019年第6期，第58页。

自述的一个故事，后者"可谓故事中的故事"①。

其次，水手遭遇海难的空间，并非我们在文学作品中习见的地中海或大西洋，而是一个在大航海时代之前的叙事中相对罕见的海域。从"故事的缘起"一节看，讲故事的水手跟随返航的船队长官，经过"瓦瓦特"和"森姆特"之后回到家乡，这表明他们是从当时埃及的南部一路向北返乡的。此外，故事中提到"蓬特"这个地方，且巨蛇自称"蓬特的统治者"，而学界通常认为"蓬特"指非洲最东部的国家索马里或者阿拉伯半岛西南端的国家也门。综上，我们可大抵推知，遇难水手所讲的海难发生在现今索马里和也门附近的印度洋海域。也就是说，目前已知世界上最早的海洋文学发生地，不是地中海，也不是大西洋或太平洋，而是印度洋，具体来说，是红海或者阿拉伯海。

最后，故事中提到，在海难发生前，水手及其同伴乘坐大船渡海去"国王的矿山"，随后又提及"没药、赫克努油、伊乌德奈布植物、桂皮、提仕普斯植物、沙塞赫、黑色涂眼颜料、长颈鹿尾、大块的香料、象牙"等种种香料和珍贵物品。大概基于这些细节，郭丹彤认为："可以肯定的是，这个故事在某种程度上反映了埃及人的对外商业远征。"② 李川则进一步认为，蓬特作为香料的产地，乃"埃及远征军的通常目的地"，且"从埃及到蓬特，字里行间透露出早期香料之路的存在"。③ 在后世的很多文学作品尤其是航海故事中，"香料"和"香料之路"都是常见的词语，它们是欧洲航海家开辟新航线最重要的驱动力之一。

荷马史诗

（古希腊）荷马

作者及作品简介

荷马史诗是西方文学的源头，也是西方海洋文学的源头。

---

① 郭丹彤译著：《古代埃及象形文字文献译注（下卷）》，长春：东北师范大学出版社 2015 年版，第 874 页。

② 郭丹彤译著：《古代埃及象形文字文献译注（下卷）》，长春：东北师范大学出版社 2015 年版，第 874 页。

③ 李川：《〈遇难的水手〉：海洋文学的早期探索》，《外国文学动态研究》2019 年第 6 期，第 60 – 61 页。

学界对于荷马（Homer）的出生地和生活时代，至今未有定论，但学者对其成就和影响都赞誉备至。荷马史诗的翻译者与研究者陈中梅在其所译注的《伊利亚特》和《奥德赛》的译序中说，大多数学者认为荷马出生在小亚细亚的希腊人居住区，大约生活在公元前九或八世纪。① 这篇译序对荷马有如下评价：

> 他站立在西方文学长河的源头上。他是诗人、哲学家、神学家、语言学家、社会学家、历史学家、地理学家、农林学家、工艺家、战争学家、杂家——用当代西方古典学者 E. A. Havelock 教授的话来说，是古代的百科全书。至迟在苏格拉底生活的年代，他已是希腊民族的老师；在亚里士多德去世后的希腊化时期，只要提及诗人（ho poiētēs），人们就知道指的是他。此人的作品是文艺复兴时期最畅销的书籍之一。密尔顿酷爱他的作品，拉辛曾熟读他的史诗。歌德承认，此人的作品使他每天受到教益；雪莱认为，在表现真理、和谐、持续的宏伟形象和令人满意的完整性方面，此人的功力胜过莎士比亚。他的作品，让我们援引当代文论家 H. J. Rose 教授的评价，"在一切方面为古希腊乃至欧洲文学"的发展定设了"一个合宜的"方向。这位古人是两部传世名著，即《伊利亚特》和《奥德赛》的作者，他的名字叫荷马。②

在荷马的这两部作品中，《伊利亚特》是西方文学史上第一部涉海战争史诗，主要讲述一场发生在东地中海地区的战争，战争双方为希腊人和特洛伊人；而《奥德赛》则是西方文学史上第一部航海史诗和第一部海上流浪历险史诗，主要讲述希腊英雄奥德修斯于特洛伊战争结束后，在地中海上漂泊多年并最终返乡的故事。从以上意义看，荷马史诗即《伊利亚特》和《奥德赛》堪称地中海史诗，较具体一点说，是地中海英雄史诗。

《伊利亚特》全诗共二十四卷，共 15 693 行，目前国内较为常见的是为罗念生、王焕生的合译本和陈中梅的译注本。下面的选文出自陈中梅所译《伊利亚特》，分别为第十九卷第 1～18、40～46、352～403 行，以及第二十卷第 1～60 行。

---

① （古希腊）荷马著，陈中梅译注：《伊利亚特·译序》，南京：译林出版社 2017 年版，第 1－4 页。另一位较早的荷马史诗译者王焕生也认为："公元前九至八世纪是古希腊口传文学流行的时代，游吟诗人辈出，荷马显然是其中一位技艺超群的佼佼者。" 参见（古希腊）荷马著，罗念生、王焕生译：《荷马史诗·伊利亚特·前言》，北京：人民文学出版社 2003 年版，第 1 页。
② （古希腊）荷马著，陈中梅译注：《伊利亚特·译序》，南京：译林出版社 2017 年版，第 1－2 页。

第十九卷的故事，发生在希腊联军主将阿基琉斯的海船及其周边。这位希腊联军最著名的英雄，因好友帕特罗克洛斯战死沙场，而处于极度悲痛之中，此时母亲塞提斯女神来到他的海船中，给他以慰藉和鼓励，并授予其匠神亲手铸造的战甲。阿基琉斯受到鼓舞，为替好友复仇，决定重新率军出战特洛伊。在第二十卷中，阿基琉斯带领希腊联军，从自己的海船营地出击，与特洛伊人开战，诸神则在宙斯的指示下，分别加入双方阵营，于是希腊人与特洛伊人之间的激烈争战，再一次在海船、海岸及其周边展开。

《奥德赛》全诗共二十四卷，共 12 110 行，目前国内较为常见的是杨宪益、王焕生、陈中梅的译本。下面的选文出自陈中梅所译《奥德赛》，分别为第 1~21 行和第十二卷第 1~58、142~200 行。《奥德赛》第一卷的卷首已经为读者介绍了故事的背景，这里不再赘述。

选 文

伊利亚特（节选）

第十九卷①

> 其时，袍衫金红的黎明从俄刻阿诺斯河②升攀，
>
> 洒出晨光，给神明，也给凡胎。
>
> 塞提斯③临抵海船，带着赫法伊斯托斯④的礼件，
>
> 眼见心爱的儿子⑤搂着帕特罗克洛斯⑥，
>
> 嘶声叫喊，身边站着众多伙伴，
>
> 举哀。她，闪光的女神，站在他身边，
>
> 握着他的手，对他说话，呼唤：

---

① 参见（古希腊）荷马著，陈中梅译注：《伊利亚特》，南京：译林出版社 2017 年版，第 524 – 541 页。

② 亦称欧申纳斯（Oceanus），希腊神话中的大洋河流神。

③ 塞提斯（或译为忒提斯）是希腊神话中的海洋女神之一，阿基琉斯之母，凡人英雄裴琉斯之妻。

④ 赫法伊斯托斯为奥林波斯主神宙斯和天后赫拉之子，希腊神话中的匠神。在这场战争中，他站在阿开亚人一方对付特洛伊人，并亲手为阿基琉斯铸造铠甲。

⑤ 指阿基琉斯。

⑥ 帕特罗克洛斯为阿基琉斯的好友，在阿基琉斯与希腊联军主帅阿伽门农产生矛盾并拒绝出战期间，替前者出战，但死于特洛伊主将赫克托耳之手。阿基琉斯因此极度悲伤和愤怒，准备出战特洛伊，为好友报仇。

"现在，我的儿，我们必须让他这样躺翻，
他已被杀，是的，神的意志使然。
倒不如接受赫法伊斯托斯光荣的甲械，
如此绚丽多彩，从未出现在凡人的膀肩。"

言罢，女神将甲械放在阿基琉斯
身前，铿锵作响，精美璀璨。
恐惧逮住了慕耳弥冬①军汉，谁也不敢
正视甲械，吓得惶然，只有阿基琉斯举目
视看，看着更觉盛怒炽蛮，双目
在睑盖下闪光，凶狠，火焰一般。
他高兴，手抱赫法伊斯托斯光灿灿的礼件。
…………

其时，卓越的阿基琉斯迈步海岸，
发出可怕的啸喊，催激阿开亚英男。
即便是以往留守海船的人员，
包括领航的和操纵舵把的船员，
以及分管食物的后勤人员，就连他们，
其时也集中到聚会地点，因为阿基琉斯，
在长期避离悲苦的鏖战后，如今复又出现。②
…………

阿开亚人动作迅捷，开始武装。女神把
奈克塔耳和甜润的仙液滴入阿基琉斯的胸腔，
使难忍的饥饿不致临附膝盖——这会使他悲伤——
然后返回强有力的父亲坚固的宫房，
而阿开亚人则从快捷的船边散开进发。
犹如宙斯撒下密匝的雪片纷扬，

---

① 古希腊人的一个部落，归阿基琉斯及其父亲裴琉斯统辖。
② 阿基琉斯先是因阿伽门农抢走自己的战利品女俘，而与后者发生争执，并在盛怒之下，拒绝为联军出战，后来又因好友帕特罗克洛斯战死而悲伤多日，如今终于复出，准备参战。此即这句话隐含的意思。需要说明的是，下面省略的文字内容，主要与阿基琉斯与阿伽门农之间的和解相关。

挟着北风吹送的寒流，由晴亮的天空养育，
地面上眼下铜盔簇拥，射出灼灼的光芒，
人群涌出船边，装备中心突鼓的盾牌、
条片坚固的胸甲和梣木杆的矛枪。
明光冲刺天穹，整片大地笑声朗朗，
撑托青铜的闪熠，将士的腿脚踏出隆隆的
震响；人群中，卓越的阿基琉斯开始武装。
他狠咬牙齿格格喞喞，双目生辉，
似燃烧的火球闪光，心中满怀
难以抑制的悲伤。挟着对特洛伊人的酷怒，
他穿戴起神赐的礼物，由赫法伊斯托斯艰工铸打。
首先，他戴上精美的胫甲，裹住小腿，
焊着银质的搭扣，在脚踝处箍紧，
随之系上护甲，遮掩起胸背，
然后斜垂肩头，挎上柄嵌银钉的劈剑，
青铜铸就，背起巨大、沉重的盾牌，
明光耀射远处，宛如月亮闪出的莹彩。
犹如一堆燃烧的火焰，被远处漂泊的
水手眺见，腾起在山野里一处荒僻
的羊圈，当他们违心背意，被风暴
卷至鱼群游聚的洋面，远离朋伴；
就像这样，流光射出阿基琉斯艳丽、铸工
精致的盾牌，冲指高天。他拿起硕大的战盔，
压护头颅，顶着缀饰马鬃的盔冠，
像星星一样光灿，黄金的冠饰摇曳，
赫法伊斯托斯将其嵌置上面，贴着硬角旁边。
卓越的阿基琉斯试着穿用铠甲，察其是否贴合
自己的身段，光荣的肢腿能否在甲内自由动弹；
甲衣合身，托升兵士的牧者，像鸟儿的翅膀一般。
接着，他从支架上抓取父亲的矛杆，
粗长、硕大、沉重，阿开亚人中谁也提拿
不起，只有阿基琉斯挥洒自如，用得熟练。

此枪以裴利昂梣木作杆，长戎①送他亲爹的礼件，

采自裴利昂的顶峰，作为夺杀英雄的利械。

奥托墨冬和阿尔基摩斯②牵过驭马，套入

轭架，围上精美的肚带，塞进嚼口，

在两颌之间，勒紧绳缰，朝对制合坚固

的车辆。奥托墨冬抓起马鞭闪亮，

紧紧握在手中，跃至车上。

阿基琉斯从他身后登车，武装赴战，

铠甲闪闪发光，像似火红的太阳，

朝着父亲的驭马，用可怕的声音喊响：

"珊索斯③、巴利俄斯④，波达耳格⑤著名的儿马！

这回可得小心，以另一种方式，将你们的驭手

载回达奈人⑥的群伴，当我们战罢疆场——

别让他挺尸卧躺，像对帕特罗克洛斯那样！"⑦

…………

第二十卷⑧

就这样，阿开亚人武装起来，在弯翘的船边，

围绕着你，阿基琉斯，裴琉斯的儿男嗜战不厌，

而特洛伊人迎战在平原的高处，对面。

---

① 一译为"喀戎"。他是阿基琉斯的老师，曾在阿基琉斯父母的婚礼上，送给其父裴琉斯一件礼物，即文中提到的用裴利昂山顶梣木制成的长枪。

② 奥托墨冬和阿尔基摩斯均为阿基琉斯的御者，即为阿基琉斯驾驭战车之人。

③ "珊索斯"是阿基琉斯的战马名，罗念生、王焕生译作"克珊托斯"，参见（古希腊）荷马著，罗念生、王焕生译：《荷马史诗·伊利亚特》，北京：人民文学出版社2003年版，第456页。需要注意的是，特洛伊主将赫克托耳的战马之一也同样叫"珊索斯"或"克珊托斯"；特洛伊地区有一条名为斯卡曼德罗斯的河流，其别称为"珊索斯"或"克珊托斯"，这也是此河之神的名字。

④ "巴利俄斯"是阿基琉斯另一匹战马的名字，它同"珊索斯"一样，均为西风之神仄费罗斯和鹰身女怪波达耳格所生。文中"珊索斯、巴利俄斯，波达耳格著名的儿马"之意，即在于此。

⑤ 参见注释④。

⑥ 希腊人亦称阿开亚人、达奈人。

⑦ 在这几句阿基琉斯说给驭马的话中，"你们的驭手"指阿基琉斯和帕特罗克洛斯，"他"指阿基琉斯本人。阿基琉斯在这里和在本卷结尾所说的话表明，他本人非常清楚自己将死于这场战争。

⑧ 参见（古希腊）荷马著，陈中梅译注：《伊利亚特》，南京：译林出版社2017年版，第542–563页。

宙斯命嘱塞弥斯①召聚所有的神祇集会，
在山脊耸叠的奥林波斯的峰巅，女神四处
奔走传告，要各位前往宙斯的房殿。
除了俄刻阿诺斯，所有的河流都来到议事地点，
连同所有的女仙，无一例外——平时，她们活跃在
河流的溪源和多草的泽地，在婆娑的树边。
他们全都汇聚在啸聚云层的宙斯的宫殿，
在溜光的柱廊里坐排，赫法伊斯托斯的杰作，
为父亲宙斯，以他的工艺和匠心筑建②。

众神聚会在宙斯的宅邸，连裂地之神③
亦不曾忽略女神传送的谕令，从海里出临，
介入他们之中，在神祇群中坐定，询问宙斯的用意：
"这是为何，主掌霹雳的王君，再次把我们召到这里？
你在为特洛伊人和阿开亚人的战事费心？
战火即将燃起，战斗即将在两军间进行。"

其时，汇集云层的宙斯对他发话，答接：
"裂地之神，你已看出我的用心，为何
我把你等召聚此地；我关注他们，虽说他们正在死去。
尽管如此，我仍将留驻奥林波斯的山脊，
静坐赏析，愉悦我的心灵。但你们
可即时下山，介入特洛伊和阿开亚军兵，
分助交战中的双方，任随你们的心意。
须知如果让阿基琉斯独自杀冲，特洛伊人
便挡不住裴琉斯捷足的儿子，一刻也不行。
即便在此之前，他们见了此人也会抖悸，
眼下，他的内心悲愤，为死去的朋伴，充满怒气，
我担心他会冲破命运的制约，荡扫他们的墙基。"

---

① 古希腊神话中的法律和正义女神，宙斯的第二位妻子，亦常译为"忒弥斯"或"特弥斯"。
② 赫法伊斯托斯是个多面手，不仅能制作甲械、胸针和各种饰件，而且还会盖房。——原书译者注。
③ 指下文即将提到的海神波塞冬，他不但是海神，也司掌地震，因此有"裂地之神"之称。

克罗诺斯之子言罢，挑起不止的战击，
众神下山介入拼斗，带着相反的用意。
赫拉前往云聚的海船，和帕拉丝·雅典娜一起，
连同环绕大地的波塞冬和善喜助佑
的赫耳墨斯①，怀揣聪灵的心计，
赫法伊斯托斯同行前往，凭恃自己的勇力，
轻巧地挪动干瘪的腿脚，瘸拐着走去。
但头盔闪亮的阿瑞斯②行往特洛伊军兵，
偕同长发飘洒的阿波罗、射手阿耳忒弥斯③、
莱托、珊索斯④和爱笑的阿芙罗底忒⑤一起。

只要神祇远离会死的凡人，
阿开亚人便能争获巨大的荣誉，因为阿基琉斯，
在长期避离悲苦的鏖战后，如今复又出击。
特洛伊人腿脚颤抖，无不胆战心惊，
眼见裴琉斯捷足的儿子，全身的铠甲明光闪熠，
一介凡胎，却像杀人狂阿瑞斯一样的神明。
然而，当奥林波斯诸神汇入凡人的队列，
强健的争斗，兵士的驱怂，发力爆迸，雅典娜
大吼出声，时而站立墙外，挖出的沟边，
时而又在海涛轰响的滩沿伫立，发出疾厉的啸音。
对面，阿瑞斯像乌黑的风暴咆哮，劲吹，
时而励声催促，从城堡的顶端督励特洛伊军兵，
时而又从西摩埃斯河畔，奔跑在卡利科洛奈的坡地。

就这样，幸福的神明催励敌对的双方
厮杀，也在他们自己中间展开艰烈的争拼。
高处，神和人的父亲⑥炸开可怕的雷霆，

---

① 宙斯之子，古希腊神话中众神的信使，也是商业、旅行和畜牧之神。
② 宙斯与天后赫拉之子，古希腊神话中的战神。
③ 宙斯与女神莱托之女，希腊神话中的狩猎女神，光明之神阿波罗的孪生姐姐。
④ 这里指特洛伊地区的一位河神，前面已有相关的注释说明。
⑤ 一译为"阿佛洛狄忒"，古希腊神话中的爱与美的女神。
⑥ 指宙斯。在古希腊神话中，他是众神之王，被称为天父和众神之父，司掌雷霆。

地下，波塞冬震摇陡峻的群山

险峰，摇撼着无边的陆基。

多泉的伊达，它的每一处座基都在颠悸，连同

所有的岭峰、阿开亚人的海船和特洛伊人的城区。

……

奥德赛（节选）

第一卷①

告诉我，缪斯②，那位精明能干者③的经历，

在攻破神圣的特洛伊高堡后，飘零浪迹。④

他见过众多种族的城国，晓领他们的心计，

心忍了许多痛苦，挣扎在浩森的洋域，

为了保住自己的性命，也为朋伴返回乡里。

但即便如此，他却救不了伙伴，尽管已经

尽力：他们遭毁于自己的愚蛮、粗劣，这帮

蠢货，居然把赫利俄斯·徐佩里昂⑤的牧牛吞咽，

被日神夺走了还家的天日时机。

诵述这些，女神，宙斯的女儿，随你从何处讲起。

那时，所有其他壮勇，只要躲过灭顶的灾虐，

都已回抵家园，从战争和大海里捡得性命，

惟独此君一人，揣怀思妻和还乡的念头，

被高贵的海仙拘禁，被卡鲁普索，女神中的姣杰，

在那深旷的岩洞，意欲招作郎配联姻。

随着季节的逝移，转来了让他还乡的

---

① 参见（古希腊）荷马著，陈中梅译注：《奥德赛》，南京：译林出版社 2017 年版，第 1—28 页。

② 在古希腊神话中，缪斯（Muse）为九位文艺女神，都是主神宙斯和记忆女神谟涅摩叙涅的女儿，她们知识渊博、通晓古今，分别掌管史诗、音乐、悲剧、天文、历史等九种文艺方面的技艺。

③ 指奥德修斯（Odysseus）。

④ 此句表明《奥德赛》为《伊利亚特》的姊妹篇，是在后者的基础上，叙述奥德修斯设计并率领希腊联军攻破特洛伊之后漂泊流浪的经历。

⑤ 即下行的"日神"（太阳神），罗马神话中与其对应的神祇是索尔。

岁月，神明织纺的时节，让他回返
伊萨卡故地——其时，他仍将遭受磨难，
即使置身朋亲。神祇全都对他怜悯，
只有波塞冬①例外，仍然盛怒不息，
对神样的奥德修斯恨怨，直到他回返乡里。
…………

第十二卷②

"③当我们驱船离开俄刻阿诺斯④的水流，
驶向大海的波涛，浩森的洋面，回返
埃阿亚岛，那里有早起黎明的舞场，
她的家院，赫利俄斯⑤亦在那里露脸。
我们及达，将海船靠岸，停驻沙滩，
踏走浪水拍击的岸旁，举步向前，
躺倒睡觉，等待神圣的黎明到来。

"当早起的黎明垂着玫瑰红的手指显现，
我派遣伙伴去往基耳刻⑥的房居，

---

① 波塞冬为主神宙斯之兄。奥德修斯曾在归国途中，刺瞎波塞冬之子独目巨人波吕斐摩斯，因而受到海神的怨恨和报复，此为奥德修斯长期漂泊海上的重要原因。

② 参见（古希腊）荷马著，陈中梅译注：《奥德赛》，南京：译林出版社2017年版，第361-390页。

③ 此处及下文多处使用了引号，因为史诗从第九卷至第十二卷，其内容均为奥德修斯自述的故事，他在向其他人讲述自己离开特洛伊城后的海上经历，而我们这里从第十二卷中节选的片段，只是奥德修斯所讲自身故事的一部分。在第六、七卷中，奥德修斯漂流到法伊阿基亚人的土地，后来在法伊阿基亚国王阿尔基努斯的宫中做客；在第八卷结尾时，阿尔基努斯对奥德修斯说："来吧，告诉我此事，要准确地述陈：/你曾浪迹哪里，去过哪些人居的邦城，/他们墙垣坚固的城市，那里的民生，/哪些暴虐、野蛮，法规全无，/哪些善待生客，心中敬怕众神。/告诉我为何哭泣，伤悲在你的心中，/当听知有关阿耳吉维人、达奈人和伊利昂/的传闻。……"奥德修斯应此要求，讲述了自己离开特洛伊城后的海上漂泊经历。

④ 俄刻阿诺斯是主神宙斯第一个妻子的父亲，其地位后来被宙斯之兄波塞冬取代。

⑤ 即上文提到的日神赫利俄斯·徐佩里昂。

⑥ 基尔刻（Circe），中译名尚有"咯尔刻""咯耳刻"等，是希腊神话中居住于埃阿亚海岛的女巫神，为日神赫利俄斯之女。当奥德修斯的同伴抵达这个海岛后，基尔刻邀请他们上岛就餐，却在食中施药，把他们变形为猪。众人中只有一名警惕未食的船员逃脱，并将此事禀告奥德修斯，后者在信使之神赫尔墨斯（Hermes）的帮助下，克制了女神的巫术，并使那些变形为猪的同伴恢复人形。基尔刻随后与奥德修斯相爱，并设计帮助后者踏上返乡之旅。参见陈中梅译注《奥德赛》第十卷。

抬回厄尔裴诺耳①的遗体，此君死在那边。
然后，我们劈砍树段，在突岬的边端
将他掩埋，热泪滚滚，悲哀。
焚毕尸体，连同他的甲械，
我们堆垒坟茔，在上面竖起墓碑，
将他造型美观的船桨插入坟的顶端。

"就这样，我们忙完这些，一件一件，
而基耳刻亦已知我们从哀地斯②回返，
当即整装前来，女仆们跟随，遵命
携带面食、大量的肉肴和暗红的醇酒亮闪。
丰美的女神开口说话，站在我们中间：
'粗蛮的人儿，活着走入哀地斯的房院，
如此将丧生两度，而别人只死一遍。
来吧，吃用食物，饮酒开怀，
在此享过一个整天，待等明日，拂晓时分，
即可启航归返，我会给你们指路，把所有的
细节交代，使你们不致吃苦受难，
出于歪逆的谋划，无论是在陆地，还是大海。'

"她的话说动了我们高傲的心灵。
整整一天，直到太阳沉寂，
我们坐着吃喝肉肴和香甜的醇酒无尽。
当太阳落沉，昏黑的夜晚来临，
他们躺倒入睡，在船尾的缆索边将息，
但基耳刻握住我的手，避开亲爱的伙伴，
让我坐离，开始谈话，详问一切，仔细；
我对她顺序讲说，尽诉每一件事情。
其时，女王般的基耳刻对我发话，说及：
'如此，这一切均已做毕。听着，我要

---

① 奥德修斯的伙伴之一。他醉酒后在屋顶上睡觉，被惊醒后从房顶踏空坠落而死。
② 哀地斯（Hades），中译名尚有"哈迪斯""黑帝斯""哈德斯"等，为希腊神话中冥王和冥府之称；作为冥王，他是主神宙斯的长兄。

对你说话，神明会让你牢记我的叮咛。
首先，你将遇见塞壬，她们魅迷所有的
生民，只要谁个过去。倘若不加防范，
有谁向她们靠近，喜欢塞壬的歌声
聆听，他便归家无望，不会有团聚
站等的妻子和幼小儿女的欢欣；
塞壬的曲调清亮，会把他魅迷。
她们坐栖草茵，身边白骨堆垒遍地，
到处是烂死的人们，挂着皱缩的灰皮。
你必须驱船一驶而过，烘暖蜜甜的蜂蜡，
用以充填伙伴们的耳朵，使其，我指的是别人，
不能聆听。但是，如果你自个想要耳闻，
那就让他们在快船上把你的手脚绑紧，
贴站桅杆之上，绳端将杆身箍起，
如此你便能听闻塞壬的歌声，欢喜。
不过，倘若你恳求，央求他们松绑为你，
他们要用更多的绳索，把你捆得更紧。

"'当你的伙伴划船旁经她们而去，
其后的路程我将不能确切为你指明，
那里有两条航线，你必须自己思考
用心。我愿把这两条路径说与你听。
…………'"

"她言罢，享用金座的黎明随即临降。
丰美的女神离去，登坡岛滩。
我站临木船，命嘱伙伴们
全都上来，解开船尾的绳缆，
众人坐入桨位，迅速登船，
依次坐好，荡桨拍打灰蓝的海面。
美发的基耳刻，可怕和通讲人话的神仙，
送来顺吹的长风，一位佳好的伙伴，
从乌头海船的后面推送，兜起布帆。
我们把船头的各种索具调紧妥善，

坐下，任凭海风和舵手定导航船。

"其时，尽管心里悲痛，我出言告诫伙伴：
'朋友们，既然此事不妥，只让一两个人
知晓基耳刻、丰美的女神告我的谕言，
所以我将通报此事，好使大家明白，
我们是死，还是逃避灾亡，躲过毁败。
首先，她要我们避离神奇的塞壬，
避开她们的歌唱和鲜花盛开的草野。
只有我，她说，可以聆听一番，但你们
必须用痛苦的绳索将我捆紧，
让我贴站桅杆之上，被绳端箍围在上面；
倘若我恳求，央求你们为我松绑，
你们要把我捆得更紧，用更多的绳线。'

"就这样，我把详情转告伙伴，
与此同时，制作坚固的海船疾驰，
临近塞壬的岛滩，顺吹的海风送它向前。
突然，徐风停吹，凝止的静谧笼罩
洋面，某种神力停息了海浪的滚翻。
伙伴们站立起来，取下风帆，
放入深旷的舵内，各就各位，荡开
船桨，溜光的桨板划开雪白的水线。
其时，我抓起一大盘蜡块，用锋快的
铜刀切出小片，在我粗壮的手掌里磋磨，
蜡团很快软化，经不住赫利俄斯
日照的炽烈和徐佩里昂王爷①的强健。
我用软蜡依次塞封耳朵，给所有的伙伴，
而他们则绑紧我的腿脚，在迅捷的海船，
让我贴站桅杆之上，绳端将杆身箍圈，
复又坐下划桨，荡击灰蓝色的海面。
当我们离岸的距程近至喊声可达的范围，

---

① 即前面提到的日神赫利俄斯。

海船走得轻巧、迅捷，塞壬看见了

疾临的船儿，对我们送来歌声，酥甜：

'过来吧，尊贵的奥德修斯，阿开亚人的光荣伟烈！

聆听我们的歌唱，停住你的航船。

但凡有人打此经过，驾驱乌黑的海船，

都会聆听甜美的歌声，飞出我们的唇沿，

然后续航，带着喜悦，所知超胜以前——

我们知晓一切，阿耳吉维人和特洛伊人

在宽广的特洛伊苦熬，出于神的意愿。

我们知晓每一件事情，在丰产的大地上实现。'

"她们如此引吭，歌声甜香，我的心灵

亟想聆听，点动眉毛，示意伙伴们

给我松绑，但他们趋身向前，拼命划桨，

裴里墨得斯和欧鲁洛科斯起身，当即

增添绳条，把我勒得更紧，加力捆绑。

当他们划过塞壬栖居的地方，我等

远离她们的声音，听不见歌声，

我的好伙伴们立即从耳朵里取出我给

填入的蜂蜡，解除绑我的绳圈。"

…………

作品评析

荷马史诗与海紧密相关，这表明西方文学在起源时期就跟海发生了联系。如上文所说，这个"海"指地中海（偶尔涉及毗邻地中海的黑海和大西洋），荷马史诗是地中海史诗，其中《伊利亚特》描写古代希腊人与特洛伊人在一个地中海东部海城的涉海战争故事，《奥德赛》则讲述古希腊传说人物奥德修斯于特洛伊战争后，在地中海漂泊冒险、艰难返家的海上流浪故事。

这两部史诗都有一个中心人物和一个中心线索，并以精妙的叙事结构和引人入胜的故事情节，表现了当时的人海关系。这在《伊利亚特》中表现为英雄阿基琉斯及其海啸般的愤怒，在《奥德赛》中则是英雄奥德修斯及其神奇曲折的海上历险。《奥德赛》的译者王焕生认为："《奥德赛》也像《伊利亚特》一样，叙述从接近高潮的中间开始，叙述的事情发生在奥德修斯漂泊的第十年里，并且只集中叙述了此后四十天里发生的事情，此前发生的事情则由奥德修斯应费埃克斯王阿尔基诺奥斯的要求追叙。……诗人通过奥德修斯这一人物形象，歌颂了人与自然奋斗的精神，歌颂了人在这种奋斗过程中的智慧。"① 另有学者认为："荷马在他的长篇史诗《伊利亚特》和《奥德赛》中，讲述的一系列优美故事表现了古代人类对海洋的认识和理解、希望和寄托。"②

从上面的选文内容看，阿基琉斯和奥德修斯都闪烁着人类英雄的光辉。阿基琉斯因为好友之死，将自己的滔天怒火从希腊联军统帅阿伽门农，泄向特洛伊人及其主将赫克托耳；他不再躲避在消极和悲痛之中，而毅然决然地走出海船，走向复仇的战场，勇敢且坦然地挑战死亡的命运。奥德修斯则因为得罪海神而难以返乡，不得不在凶险的大海上漂泊流浪；但他凭借自己的勇气、智慧和果敢，一次次成功地躲过死亡、抵挡致命的诱惑，艰难但坚定地迈出回家的步伐。在大海的见证下，在荷马不朽的诗行中，阿基琉斯和奥德修斯成就了各自的不朽声名。

《伊利亚特》和《奥德赛》都属于地中海英雄史诗。希腊勇士们乘船渡海，攻打东地中海港口特洛伊城，与当地人历经十年鏖战；而特洛伊的陷落则导致战争的幸存者，不管是希腊还是特洛伊的英雄们，主动或被迫地在广袤的地中海上漂泊和游弋，留下一个个动人的传奇故事。

古人云"浪花淘尽英雄"，岂其然乎？荷马史诗中的英雄们因地中海而成就英名，地中海见证了他们的不朽壮举，以永恒的涛声和浪花回响着他们的豪情和叹息。古老的地中海亦因英雄们更显传奇色彩，并在其自然属性的基础上，洋溢着厚重的历史文化气息：它是荷马之海、史诗之海和英雄之海。

海上风暴

（古希腊）阿尔凯奥斯

作者及作品简介

阿尔凯奥斯（Alcaeus of Mytilene，约前630—约前590）是古希腊抒情诗

① （古希腊）荷马著，王焕生译：《荷马史诗·奥德赛·前言》，北京：人民文学出版社2003年版，第3页。

② 段汉武、范谊主编：《海洋文学研究文集·序言》，北京：海洋出版社2009年版。

人，出生于希腊莱斯沃斯岛（Lesbos，位于北爱琴海）首府米蒂利尼（Mytilene）的贵族世家，与当时的著名女诗人萨福（Sappho，约前 630—约前 560）为同乡。因为自身的政治立场，也由于在诗中记叙了家乡当时的党派斗争和革命风暴，阿尔凯奥斯被后人称为"西方思想史上最早的反革命诗人"[1]。

下面的选文为阿尔凯奥斯的诗篇《海上风暴》。由其标题可知，我们正在进入一篇海洋文学作品的世界，而且这个世界显然并不平静。

选 文

海上风暴[2]

不知怎的起了这动乱的风暴。
波涛卷向这边，波涛卷向那边。
　　我们坐在黑木船[3]上，
　　漂向这边，漂向那边。

这狂风让我们吃尽了苦头。
桅杆下的船舱里全灌满了海水，
　　帆篷都被吹破烂，
　　裂开一个个大口子。

前浪过去了，后浪又涌上来，
我们必须拼命地挣扎。
　　快把船墙堵严，
　　驶进一个安全港。

我们千万不要张皇失措，
前面还有一场大的斗争在等着。

---

① 刘小枫：《城邦航船及其舵手：古希腊早期诗歌中的政治哲学举隅》，《文艺理论研究》2013 年第 2 期，第 24 页。

② 参见（古希腊）荷马等著，水建馥译：《古希腊抒情诗选》，北京：商务印书馆 2013 年版，第 99 – 100 页。

③ 指涂了沥青的船。参见（古希腊）荷马等著，水建馥译：《古希腊抒情诗选》，北京：商务印书馆 2013 年版，第 99 页。

前次吃过的苦头不要忘，

这回咱们一定要把好汉当。

作品评析

这首诗题为"海上风暴"，诗文中诸如风暴、波涛、海水、（海）浪、船等字眼，也对此作了非常形象的描绘，但诗人实则写的是政治上的风暴。这一点可见于诗的首尾，如诗的首句说"不知怎的起了这动乱的风暴"①；诗的结尾则提到"还有一场大的斗争在等着。／前次吃过的苦头不要忘，／这回咱们一定要把好汉当"。"动乱的风暴"很容易使我们想到政治的风暴，而"大的斗争"和"把好汉当"等语词，无疑增加了这种设想的真实性和联系。

我们或可由此推知，此诗整体上是一个隐喻，充满着显见的象征意义。但其所喻者和所象征者究竟为何，或有哪些？这就需要读者去认真体会和挖掘。整首诗充满着昂扬的斗志和顽强拼搏的精神，这无疑是其永久魅力之一。

伊索寓言

（古希腊）伊索

作者及作品简介

《伊索寓言》相传为古希腊人伊索（Aesop，约前 620—约前 564）所作。据古希腊历史学家希罗多德（Herodotus，约前 484—约前 430）的《历史》考证，伊索其人真实存在，是一位获释的奴隶。伊索因善讲寓言故事而闻名于世，但也因所讲的故事，引起祭祀太阳神阿波罗的德尔斐神庙祭司的忌恨，被诬陷致死。②

目前国内较为常见的《伊索寓言》中译本，有周作人译本（人民文学出版社 1963 年版）、罗念生等合译本（人民文学出版社 1981 年版，后收入上海人民出版社《罗念生全集》第七卷）和王焕生译本（人民文学出版社 2008 年

---

① 刘小枫将此诗首句译为"我搞不懂这动乱的风暴"，两种译文的最后六字完全相同。参见刘小枫：《城邦航船及其舵手：古希腊早期诗歌中的政治哲学举隅》，《文艺理论研究》2013 年第 2 期，第 24 页。

② 参见（古希腊）伊索著，王焕生译：《伊索寓言·前言》，北京：人民文学出版社 2008 年版，第 1-2 页。

版）等。下面的选文出自周作人译本。

选文

伊索寓言（节选）①

翡 翠

翡翠是喜欢荒僻的地方、常居住在海上的鸟。据说因为防备人类的捕捉，在海边的岩穴上做巢。有一回到了孵卵的时候，她走到一处海岬，看见临海的一块岩石，便在那里营巢。一天她出去觅食，忽然因了暴风，海上起了波浪，涌到那巢边，把她卷了去，小鸟都死了。翡翠回来，见了这事件的时候，她说道：“我真是不幸的了，我用心防备那陆地，逃到这里来，可是他却是更靠不住。”

这就是说，世间有些人防备他的敌人，却不知道落在比那敌人更为利害的友人手里。

遇难的人与海

难船的人被卷上海岸，因了疲劳而睡着了。但是不久随即起立，看着那海，责备他说，用了他外观的平静引诱人们，及至将他们接收到了的时候，就变成凶暴，把他毁灭了。海成为一个女人，对他说道：“喊，朋友，你不要责备我，只责备那风吧！因为我在本性上原是如你现在看见我的那样的，只是他们忽然袭过来，发起波浪，使我变成凶暴了。”

因此我们关于坏事，若是做这事的人是隶属于别人的，不当责备他，而应责备那命令他的人。

猴子与海豚

航海的人习惯带着玛耳塔狗和猴子，以供旅行中的消遣。有航海者在他身边带了一只猴子，他们到了亚帖开的海岬苏尼恩的时候，起了很大的风暴。那船翻了，大家都泅水渡海，那猴子也游泳着。有海豚看见了他，以为他是

---

① 参见（古希腊）伊索著，周作人译：《伊索寓言》，北京：人民文学出版社 1963 年版。

一个人，便去钻在他底下，支住他送往陆地去。来到雅典海港沛赖欧斯时，他问那猴子是不是雅典人。他答说是的，而且他的祖先是那里有名的人，又问他知道沛赖欧斯么，那猴子以为他所说的也是个人，所以答说那是他非常要好的亲友呢。海豚因了他这样的谎话很生了气，把他沉到水里淹死了。

这故事是说那些不知道真实，想要骗人的人。

航海者

有些人乘船去航海。他们到洋面上的时候，恰值起了非常的风暴，那船几乎沉没了。航海者的一个人撕碎衣服，大声悲叹，呼吁本国诸神，如得救助，必当还愿。风暴停止了，回复了平时的平静，大家得免于意外的危险，大开宴会，舞蹈跳跃起来。舵工是个切实的人，对他们说道："朋友们，我们应当这样地高兴，因为说不定风暴还会再来的。"

这个故事教示人，要知道时运善变，不可因好运而太得意了。

作品评析

两位著名的《伊索寓言》中译者周作人和王焕生，都对这部作品有过评价，我们这里摘其要者，以飨读者。

周作人："'伊索寓言'这名称在中国大概起于十九世纪末，林琴南翻译此书选本，用这四个字。1840 年教会出版的英汉对照本则名为《意拾蒙引》。'意拾'与'伊索'都是原名的拉丁文排法，再用英文读法译成的，原来应读作'埃索坡斯'（Aisopos）才对。'寓言'这名称也是好古的人从庄子书里引来的，并不很好，虽然比'蒙引'是现成些。这种故事中国向来称作'譬喻'，如先秦时代的'狐假虎威''鹬蚌相争'，都是这一类。佛经中多有杂譬喻经，《百喻经》可以算是其中的代表。在希腊古代这只称为故事，有'洛果斯'（logos），'缪朵斯'（mythos）以及'埃诺斯'（ainos）几种说法，原意都是'说话'。第三少见，在本书中常用第一第二，别无区分。虽然后世以'缪朵斯'为神话的故事，'洛果斯'为历史的故事，当时则似'洛果斯'一语通用最广，如伊索本人即被称为'故事作者'（logopoios），与小说家一样称法。"[1]

---

[1] （古希腊）伊索著，周作人译：《伊索寓言·译本序》，北京：人民文学出版社 1963 年版，第 1 页。

王焕生:"《伊索寓言》是古代希腊人传给后世的一部饱含生活智慧的文学作品,成为世界文学遗产的瑰宝。……寓言作为人们日常生活体验、智慧的结晶,目的在于形象性地反映人们生活中种种有趣而发人深思的现象,给人以启示和教训。《伊索寓言》充分说明了这一点。"[1]

达娜埃

(古希腊) 西摩尼德斯

作者及作品简介

西摩尼德斯 (Simonides of Ceos, 约前556—前468) 是古希腊抒情诗人,出生于爱琴海中的凯奥斯岛 (Ceos, 一译为希俄斯岛),因此常被称作"凯奥斯岛的西摩尼德斯"。下面的选文为其诗作《达娜埃》。

"达娜埃" (一译为达那厄) 既是作品的题目,也是其中的女主人公和说话人。在古希腊神话中,她是阿尔戈斯国王阿克里西奥斯的女儿、宙斯的情人和著名英雄佩尔修斯的母亲。当时有一则神谕说,达娜埃将来所生之子将杀死她的父亲,阿克里西奥斯为阻止此神谕应验,把她囚禁在一座铜塔中。但众神之父宙斯爱上了这位美丽的少女,便化作金雨,在铜塔中与她结合。达娜埃随后生下儿子佩尔修斯,但她此时并不知道宙斯乃孩子的生父。阿克里西奥斯由此更加担心神谕成真,便把达娜埃和新生的婴儿装进一个制作精巧的木箱之中,并命人将之投入大海。后来宙斯暗中护佑母子二人抵达塞里福斯岛定居。以上为《达娜埃》一诗的背景信息,诗歌描写女主人公及其婴儿身处暗箱之中,在波涛汹涌的大海中漂流,她对着婴儿喃喃自语,祈祷平安,并向天父宙斯恳求佑护。

阿尔戈斯是位于伯罗奔尼撒半岛上的古希腊城市,而塞里福斯为地中海岛屿,因此《达娜埃》一诗中的"海"应该是地中海。

---

[1] (古希腊) 伊索著,王焕生译:《伊索寓言·前言》,北京:人民文学出版社2008年版,第1页。

达娜埃（节选）①

狂风吹打着那个精巧的方舟②，
海上波涛汹涌颠簸，
她心惊胆战，脸上泪水不干。
她伸手搂着佩尔修斯说道：
"儿呀，你这样苦却不知道哭，
仍像乳儿般低头睡熟，
睡在这个铜钉钉成的木箱中，
睡在这光照暗淡的黑夜，
感觉不到浪花打来，

在你发间留下厚厚盐渍；
觉察不出海风呼号，
只管在这紫色襁褓中脸儿贴着我熟睡。
你如果知道可怕的事情可怕，
就会竖起小耳朵来听我说话。
我让你小宝贝安睡，让大海安睡，
让我们的无穷的灾难安睡。
天父宙斯啊，但愿快从你那儿
发来我们转危为安的兆头！

我这恳求，也许冒昧，
不近情理，请你宽恕。③"

作品评析

西摩尼德斯说过一句名言："诗是有声画，画为无声诗。"此为西方最早

---

① 参见（古希腊）荷马等著，水建馥译：《古希腊抒情诗选》，北京：商务印书馆 2013 年版，第 177 – 178 页。

② "精巧的方舟"即后面诗行中"铜钉钉成的木箱"，参见"作者及作品简介"中的内容。

③ 最后两行诗表明，达娜埃此时尚不知道宙斯是孩子的生父。

的关于诗画关系的表述。而这句名言的前半句，即"诗是有声画"，可从《达娜埃》一诗中得到极其形象的见证。

从诗篇的字里行间，我们仿佛可以看到一幅海上孤箱漂浮于滚滚波浪的画面，听到"海上波涛汹涌"之声、"海风呼号"之声、海浪拍打木箱之声、慈母对熟睡婴儿低语的爱怜细柔之声、深海绝境中人对天神发出的祈求之声。我们亦可从这诗、画、声的交织和缠绕中，感受到母爱那无比伟大的力量，跟它相比，大海所代表的自然伟力似乎黯然失色。

高卢战记

（古罗马）盖乌斯·尤利乌斯·凯撒

作者及作品简介

《高卢战记》是具有传记性质的报告文学作品，作者是盖乌斯·尤利乌斯·凯撒（Gaius Julius Caesar，前100—前44）。需要说明的是，"凯撒"亦常译为"恺撒"，我们在此处使用"凯撒"这一译名，是为了与下面的选文译本保持一致。

凯撒是古罗马共和国末期的政治家、军事家和文学家，罗马帝国的奠基者。他一生战功卓著，声名显赫，位高权重，在公元前44年成为罗马共和国终身独裁官，但在同一年，他被以布鲁图为代表的罗马元老院共和派成员谋杀。凯撒兼擅文治武功，极具文史才华，其代表作《高卢战记》和《内战记》均为罗马史学和文学名著。

《高卢战记》共八卷，其中凯撒亲笔写成前七卷，记述公元前58年至前52年他自己在高卢作战的经历和心得；第八卷由凯撒的幕僚奥卢斯·伊尔久斯（Hirtius，一译为希尔提乌斯）续写而成，记述凯撒在高卢最后两年（前51—前50）的作战经历。这部作品历来受到罗马文学和罗马历史研究者的重视。

目前国内较为常见的《高卢战记》中文全译本为任炳湘的译本（商务印书馆1979年版）。下面的选文即取自此译本第四卷第20~28节，讲述的是凯撒在公元前55年率军渡海远征不列颠之事。凯撒这次远征，是罗马历史上首次渡过英吉利海峡对不列颠采取军事行动。从凯撒的叙述来看，它具有明显的涉海战争性质，而选文中的海，应该是大西洋东北部的北海。

高卢战记（节选）

卷四①

二〇、夏季②还只留下很少日子，虽则因为整个高卢都朝着北方，冬天来得特别早，但凯撒还是决意到不列颠去走一遭。因为他发现差不多在所有的高卢战争中间，都有从那边来给我们的敌人的支援。他认为，即使这一年留下来的时间已经不够从事征战，但只要能够登上那个岛，观察一下那边的居民，了解一下他们的地区、口岸和登陆地点，对他也有莫大的用处，而这些却是高卢人几乎全不知道的。因为除了商人之外，平常没有人轻易到那边去，即便是商人们，除了沿海和面对高卢的这一边之外，其余任何地方也都茫无所知。因此，他虽然把各地的商人都召来，但既不能探询到岛屿的大小和住在那边的是什么样的居民，有多少数目，也无法问到他们的作战方式如何，习俗如何，以及有什么港口适于停泊大量巨舶等等。

二一、他认为最适当的办法是在他自己前去探险之前，先派该犹斯·沃卢森纳斯带一艘战舰，去侦察一下。他嘱咐他仔细地观察一切，然后尽快地赶回来。凯撒自己带了全部兵力前往莫里尼，因为从那边出发到不列颠航程最短。他命令所有邻近各地区的船只、以及去年夏天为要和文内几人作战而建造的舰只，都到该地集中。当时，他的计划已经被人家知道，而且由商人们报告了不列颠人，岛上有很多邦的使者来到他跟前，答应愿意交纳人质，并服从罗马人的号令。他倾听了他们的申述，宽大地接受了他们的请求，鼓励他们信守自己的诺言，然后打发他们回去，还派康缪斯陪他们一起去。这康缪斯是他在征服阿德来巴得斯人之后，安置在那边做国王的，他赏识他的勇敢和智略，信任他对自己的忠心，而且他在那一带很有威信。③ 凯撒命令他遍访所有可能去的国家，劝他们向罗马人民投降，同时宣布他本人也将很快到达。沃卢森纳斯没有敢轻易离开船只，到蛮族中间去，只尽可能地对所有各地进行了观察，第五天就回到凯撒这边，把在那边看到的情况报告了凯撒。

二二、当凯撒为了准备船只，停留在那地方时，莫里尼人中大部分都派代表到他这里来，解释他们前次所采取的行动，说是由于他们粗野、也不懂

---

① 参见（古罗马）凯撒著，任炳湘译：《高卢战记》，北京：商务印书馆1979年版，第89–97页。
② 指公元前55年的夏季。
③ 指在不列颠岛上。——原书译者注。

得我们的习惯，才冒失地攻击罗马人的，他们答应现在愿意执行他的命令。凯撒认为这个建议来得非常及时，因为他既不希望留一个敌人在自己的后方，这一年余下来的时间却又不够他再进行一场征战，再说也不该先忙着这些小事情，反把不列颠的远征搁下来。因此，便命令他们交出大批人质，在他们交来后，他接受了他们的投降。在征召和集中了大约八十艘运输舰，估计已经足够运送两个军团之后，把其余所有的战舰都分配给他的财务官、副将们和骑兵指挥官们。除了这些船只之外，还有十八只运输舰，被风阻在八罗里①之外，没有能赶到集中的那个港口②，他把它们都分配给了骑兵们。其余的军队，他全部交给副将奎因都斯·季度留斯·萨宾努斯和卢契乌斯·奥龙古来尤斯·考达，命他们带着去征讨门奈比人和莫里尼人中没派使者到他这里来的各地区。他又命令他的副将布勃留斯·塞尔匹鸠斯·卢富斯带着一支他认为足够的驻军，留守那港口。

二三、这些事情安排好之后，趁一个适于航行的晴朗天气，大约在第三更，起锚出发，并命令骑兵赶到较远的那个港口去，在那边上船，跟他一起启航。他们的行动似乎太慢了一些，他自己和第一批舰只，大约在白天第四刻时，就一起到达不列颠。在那边，看到所有的山上，都布满了武装的敌人。那地方的地形大致是这样的：岸上屏列着群山，离开海边十分逼近，矛枪从高处掷下来，几乎可以一直到达海边。考虑到这地方完全不适于登陆，他就停泊在那边，一直等到第九刻时，其余的船只全部到达。这时，他召集了副将们和军团指挥官们，把沃卢森纳斯所探知的一切和他自己希望做到的事情，告知他们，并警告他们说：由于战略的需要，特别是由于倏忽无常、千变万化的海上战斗的需要，一切事情他们都得在一声号令之下立刻做好。遣走他们之后，正好风和潮水都已转向顺利的方向，信号一下便拔锚起航，赶到离那达七罗里的地方，把他的舰队停泊在一片空旷平坦的岸边③。

二四、蛮族已经看出罗马人的打算，他们首先派出骑兵和战车——这是他们在战争中通常使用的一种武器——其余的军队，也在后面跟上来，企图阻止我军离舰。登陆是一件极为艰难的事情，原因在于那些舰只过于庞大，除深水的地方外，不能停泊。兵士们虽然不熟悉那个地方，双手也不空，身上又压着又大又笨的武装，行动不能自如，但还是同时跳下船来，屹立在海浪中，迎击敌人。敌人方面却四肢可以自由运动，地形也十分熟悉，不是立

---

① 罗里，即罗马里，为古罗马长度单位，1 罗里相当于 1.49 公里。
② 大约就是今天的布洛涅（旧译布伦）。——原书译者注。
③ 约在今天的华尔茂和第尔之间。——原书译者注。

在干的地上，就是刚入水不多一点儿路，奋勇投掷他们的武器，或者驱着他们训练有素的马，往来冲刺。我们的士兵完全没有经历过这种战争，被这些行动吓呆了，因而不能用平常陆上战争习有的那种敏捷和热情去应战。

二五、当凯撒注意到这点时，他命令那些战舰——它的外形，对土人说来比较陌生，必要时，行动也比较自如——稍离开运输舰一些，然后迅速地鼓桨划行，驶到敌人暴露着的侧翼去，就在那边用飞石、箭和机械，阻截和驱走敌人。这一着对我军极为有利，因为那些蛮族看到我们舰只的形状、排桨的动作、以及机械的陌生式样，大为吃惊，便停下步来，而且稍稍后退了一些。当我军士兵主要因为海水太深，还在迟疑不前时，持第十军团鹰帜①的旗手，在祷告了神灵，请求他们垂鉴他的行动，降福给他的军团之后，叫道："跳下来吧，战士们，除非你们想让你们的军鹰落到敌人手中去，至于我，我是总得对我的国家和统帅尽到责任的!"他大声说完这番话后，从舰上跳下来，掮着鹰帜向敌人冲去。于是，我军士兵们互相激励着说："千万不能让这种丢脸的事真正发生。"他们一下子全都从舰上跳下来。离他们最近的舰上的士兵看到之后，也同样跟着跳下来，接近了敌人。

二六、双方战斗得都很激烈。但我军士兵因为不能保持阵列，站又站不稳，也无法紧跟着自己所属的连队，随便哪只船上跳下来的人，都只能凑巧碰上哪一个连队的标志，便跟了上去，因此十分混乱。但敌人是熟知所有的暗滩的，他们在岸上一看到成群兵士从战舰上一个一个跳下来时，就驱马迎上去，乘我军还没摆脱困难时加以攻击，有的以多围少，有的又用矢矛攻击已集中了的我军暴露着的侧翼。凯撒注意到这点，就命令战舰上的舢板、同样还有那些巡逻艇，都装满士兵，看到哪部分遇到困难，就派去支援他们。我军一到完全站定在干燥的地面上，所有同伙也都在身后跟上来时，就开始攻击敌人，并击溃了他们，但却不能追得很远，因为骑兵没有能掌握航向，未能及时赶到该岛。就缺了这一点，凯撒才没获得惯常得到的全胜。

二七、敌人在战斗中被击溃，逃了一阵之后，很快就安定下来，立刻遣使者来向凯撒求和，答应交出人质，并执行他所命令的一切事情。陪那些代表一起来的还有前述由凯撒派到不列颠去的阿德来巴得斯人康缪斯。当他一登岸，以使者的身份把凯撒的指示传达给不列颠人时，他们抓住了他，还给

---

① 鹰帜（aquila）——军团的标志，作用就像我们现在的军旗，是一只铜或银铸的鹰，张开双翅站在一根长竿顶上，有专人负责掮着它并保管它，称为鹰帜手（aquilifer）。行军时它走在军团的最前列，驻营时它放在帅帐中的神坛上。罗马军中对它尊崇备至，认为它是军团保护神的化身，如果在战争中丢失了它，必千方百计夺取回来才罢休，有时甚至因为丢失了鹰帜，整个军团都被解散。——原书译者注。

他加上了镣铐，经过现在这场战争，才把他送回来。在恳求和平时，他们把过失全部推在群众头上，要求看在他们的鲁莽和无知份上，宽恕他们。凯撒责备他们：虽然他们自动派使者到大陆上去向他求和，现在却又无缘无故地攻击他。但他终究还是答应宽恕他们的无知，命他们交出人质。其中一部分，立刻就交了出来，还有一部分，他们说要略等几天，到较远的地方去召来之后再交给他。同时，他们又命令自己的部下各自回到田里去，首领们则纷纷从各地赶来，把自己和自己的国家，奉献给凯撒。

二八、和平就这样建立起来。在凯撒到达不列颠之后的第四天，前面提到过的载运骑兵的十八艘船，在微风中起锚，离开了那个稍处于上方的港口。当他们的船靠近不列颠，从我军营中已经可以望到他们时，突然刮起一阵极为猛烈的暴风，竟使他们中间没有一只船再能掌握自己的航向，有些被迫仍返回到他们出发的那个港口，有些经历万分危险，被风直刮到岛屿的更下端，即更西部的地方去。虽然他们抛了锚，但在他们的船快被浪潮灌满的时候，又不得不在这种极不方便的深夜里，重行出海，摸回到大陆去。

作品评析

选文生动地记叙了凯撒渡海远征不列颠的经历。从文本内容看，凯撒此行仅获小胜，算是一次试探性的军事行动，但它为第二次远征及其胜利积累了必要的经验。

从凯撒的叙述来看，这次远征具有明显的涉海战争性质，也就是说，我们自荷马的《伊利亚特》后，再次读到较为著名的涉海战争文学作品。所不同在于，《伊利亚特》中的海，主要是地中海，而上述《高卢战记》选文中的海，是大西洋东北部的北海。但两处文字中的海，都属于大西洋水域，具体来说是大西洋的附属海，此即二者之同。

凯撒在自己的记录中，特别强调远征不列颠的军事行动与高卢乃至罗马共和国事务之间的联系。比如他在上述选文中说：

凯撒还是决意到不列颠去走一遭。因为他发现差不多在所有的高卢战争中间，都有从那边来给我们的敌人的支援。他认为，即使这一年留下来的时间已经不够从事征战，但只要能够登上那个岛，观察一下那边的居民，了解一下他们的地区、口岸和登陆地点，对他也有莫大的用处，而这些却是高卢人几乎全不知道的。因为除了商人之外，平常没有人轻易到那边去，即便是商人们，除了沿海和面对高卢的这一边之外，其余任何地方也都茫无所知。

　　显然，凯撒是在告诉他的读者，征服不列颠可以切断它对"我们的敌人的支援"，这就在不列颠和高卢事务之间建立起有效的联系，从而使得征服不列颠的军事行动具有了合法性。而在第一次远征不列颠获得胜利后，元老院"因这些战绩"，在"收到凯撒的书信便决定举行 20 天的谢神祭"。① 这表明，凯撒通过这次不列颠远征，获得了不小的政绩，也进一步提升了自己在罗马元老院的影响力。而这些收获，既与凯撒的实际军事行动有关，也跟他的文字表达（如上面提到的战记和书信）能力和写作风格有关。

　　关于凯撒的写作风格，《高卢战记》的翻译者和研究者有切身的体会。如任炳湘认为："他谦逊地把这部书叫做'Commentarii'，即'随记'或'手记'之意，表示不敢自诩为著作，只是直陈事实，供人参考而已。在叙述过程中，他处处用第三人称称呼自己，自首至尾，通篇都用异常平静、简洁的笔调叙说战事的经过，不露丝毫感情，既不怪怨他的政敌，也不吹捧自己，即或在一两处地方提到自己的宽容和仁慈，也都只是转述别人对他的看法。这似乎是一种极为松散的平铺直叙，使不明当时凯撒处境的人读后，不知不觉会以为作者是以极坦率的胸怀，不加雕饰地随手叙写的，这正是凯撒写作时一心要追求的效果，就连当时最著名的文学家西塞罗也禁不住赞扬它的'朴素、直率和雅致'，一般人自然更不会猜疑到这种朴素和直率背后隐藏着什么。"② 我们从上述选文中，不难体会到凯撒的这种风格特点。

　　另外，凯撒在《高卢战记》中并不掩饰自己在军事行动中的不足甚至重大失误。如在这次不列颠远征中，他的战舰遭受了海潮侵袭，损失惨重；在接下来对第二次不列颠远征的描述中，他也坦承未能汲取首次的经验教训，以至于重蹈覆辙，在一次海上风暴中，几乎损失了所有战船。由此可知，作为军事统帅，凯撒并不讳言自己在军事行动中的策略失误，在一定程度上显示出他为人的坦荡胸怀和诚实态度，以及在记史叙事上的务实性和可信度。而其《高卢战记》正因"叙事翔实精确，文笔清晰简朴，历来很得到爱好罗马历史、拉丁文学和军事史等各方面人物的推崇"③。

---

　　① 参见《高卢战记》第 97 页。谢神祭是罗马共和国和帝国时期的一种宗教祭祀仪式，通常在国家获得重大胜利或渡过灾难后举行，以感谢神的护佑。在此仪式期间，罗马城的神庙都对外开放，并在公共场所陈列神像和圣物，供民众参与祭祀活动。谢神祭的时间长短，由元老院决定。

　　② （古罗马）凯撒著，任炳湘译：《高卢战记·凯撒和他的〈高卢战记〉》，北京：商务印书馆 1979 年版，第 9 页。

　　③ （古罗马）凯撒著，任炳湘译：《高卢战记·凯撒和他的〈高卢战记〉》，北京：商务印书馆 1979 年版，第 11 页。

埃涅阿斯纪

（古罗马）维吉尔

作者及作品简介

维吉尔（Virgil，前70—前19）是古罗马文学黄金时期的代表诗人，也是罗马帝国时期成就最大、地位最重要的诗人，在欧洲文学发展史中也有重要的地位。他的代表作是《埃涅阿斯纪》，重要作品还有《牧歌集》和《农事诗》。

《埃涅阿斯纪》是西方文学史上第一部文人史诗，也是罗马帝国第一部和最重要的史诗。史诗的译者杨周翰指出：维吉尔"开创了一种新型的史诗，在他手里，史诗脱离了在宫廷或民间集会上说唱的口头文学传统和集体性。他给诗歌注入了新的内容，赋予它新的风格，产生了深远的影响"①。《埃涅阿斯纪》共十二卷，全诗近 12 000 行，在特洛伊战争传说的基础上，叙述特洛伊王子、英雄埃涅阿斯在特洛伊被希腊联军覆灭后，率领部众离开故土，渡海前往意大利重建邦国的故事。史诗将罗马人的祖先追溯至具有天神血统的特洛伊英雄埃涅阿斯，歌颂罗马人祖先英勇建国的光辉历史和不朽功绩，并歌颂盖乌斯·屋大维·奥古斯都本人，这些都有助于激发和增强罗马人民的爱国热情和民族凝聚力。

目前国内较为常见的《埃涅阿斯纪》为杨周翰的译本（译林出版社 2018 年版）。下文的选文为此版本第一卷第 1 ~ 222 行，主要讲述埃涅阿斯在渡海前往意大利的途中，受到天后尤诺的仇视和阻挠，后者使他在海中遭遇狂风巨浪并损失惨重，埃涅阿斯在海神的帮助下才侥幸逃过劫难。

---

① 参见（古罗马）维吉尔著，杨周翰译：《埃涅阿斯纪·译本序》，南京：译林出版社 2018 年版，第 1 页。

埃涅阿斯纪（节选）

卷 一①

（1～33 行　引子）

　　我要说的是战争和一个人的故事。这个人被命运驱赶，第一个离开特洛伊的海岸，来到了意大利拉维尼乌姆之滨。因为天神不容他，残忍的尤诺②不忘前仇，使他一路上无论陆路水路历尽了颠簸。他还必须经受战争的痛苦，才能建立城邦，把故国的神祇安放到拉丁姆，从此才有拉丁族、阿尔巴的君王和罗马巍峨的城墙。③

　　诗神啊，请你告诉我，是什么缘故，是怎样伤了天后的神灵，为什么她如此妒恨，迫使这个以虔敬闻名的人遭遇这么大的危难，经受这么多的考验？天神们的心居然能如此愤怒？

　　且说有一座古城，名唤迦太基，居住着推罗移民，它面对着远处的意大利和第表河口，物阜民丰，也热心于研习战争。据说在所有的国土中，尤诺最钟爱它，萨摩斯也瞠乎其后。她的兵器，她的战车都保存在迦太基，她早已有意想让这座城池统治万邦，倘若命运许可的话。但是她听说来了一支特洛伊血统的后裔，他们有朝一日将覆灭推罗人的城堡，从此成为一个统治辽阔国土的民族，以煊赫的军威，剪灭利比亚。④ 这是命运女神注定了的。尤诺为此感到害怕，而对过去那场特洛伊战争，她记忆犹新，在这场战争里她率先站在心爱的希腊人一边和特洛伊人作过战。至今她心里还记得使她愤怒的

---

　　① 参见（古罗马）维吉尔著，杨周翰译：《埃涅阿斯纪》，南京：译林出版社 2018 年版，第 1－28 页。

　　② 一译为朱诺（Juno）。她是罗马神话中的天后，众神之父朱庇特（Jupiter）之妻，对应希腊神话中的天后赫拉（Hera），司掌婚姻、女性等。关于朱庇特，参见下页与"尤比特"相关的注释。

　　③ 特洛伊族和意大利的拉丁族混合，成为一个民族——拉丁族。这句话指三个开国阶段：埃涅阿斯在拉丁姆建立拉维尼乌姆，他的儿子建都阿尔巴·隆加，罗木路斯和雷木斯建都罗马。——原书译者注。

　　④ 指未来的罗马与迦太基进行的三次布匿战争。——原书译者注。

根由和刺心的烦恼，在她思想深处她还记得帕里斯的裁判①。帕里斯藐视她的美貌，屈辱了她；她憎恨这一族人；她也记得夺去加尼墨德的事是侵犯了她的特权。这些事激怒了她，她让这些没有被希腊人和无情的阿奇琉斯②杀绝的特洛伊人在大海上漂流，达不到拉丁姆，年复一年，在命运摆布之下，在无边无际的大海上东漂西荡。建成罗马民族是何等的艰难啊。

(34~80行　尤诺命令风王埃俄路斯吹翻埃涅阿斯船队)

正当特洛伊人轻快地扬起风帆，青铜的船首驶入大海，激起咸涩的浪花，西西里③的土地还遥遥在望，这时候尤诺心中怀着无法消除的苦恨，对自己说道："难道我就放弃我的计划，认输了吗？难道我就不能阻止特洛伊的王子到达意大利吗？可不是嘛，命运不批准。为什么由于小阿亚克斯一个人的疯狂罪过，雅典娜就能够烧毁希腊舰队，把他们淹死在大海？她亲手从云端投下尤比特④的闪电之火，又是驱散舰只，又是兴风作浪把大海搅翻，阿亚克斯胸膛被刺穿，口吐烈焰，雅典娜祭起一阵旋风把他摄起，钉在一块嶙峋的岩石上。可是我呢，贵为众神的王后，既是尤比特的姊妹，又是他的配偶，单单跟特洛伊这一族就打了这么多年的仗。今后谁还崇拜尤诺的神灵，谁还把牺牲奉献在她的祭坛上，祈求她呢？"

尤诺女神怒火填膺，一面这样自说自话，一面向埃俄利亚行去。这是乱云的故乡，这地方孕育着狂飙，在这儿埃俄路斯王把挣扎着的烈风和嚎叫的风暴控制在巨大的岩洞里，笼络着它们，使它们就范。狂风怒不可遏，围着禁锢它们的岩洞鸣吼，山谷中响起了巨大的回声。但埃俄路斯王高坐山巅，手持权杖，安抚着它们的傲慢，平息着它们的怒气。的确，如果他不这样做，

---

① 帕里斯（Paris），又名亚历克山德罗斯，是希腊神话中特洛伊国王普里阿摩斯之子。文中的"帕里斯的裁判"，发生在阿基琉斯父母裴琉斯和塞提斯的婚礼上。不和女神厄里斯因没有收到婚宴邀请而记恨在心，于是在婚礼上投下一个写有"献给最美女神"字样的金苹果，这引起赫拉、雅典娜、阿佛洛狄忒（罗马神话中分别对应尤诺、密涅瓦、维纳斯）的争执，三位女神均想获得这一称号，连众神都难以裁决金苹果的归属，宙斯（罗马神话中对应朱庇特）于是让特洛伊王子帕里斯做评判。帕里斯接受了爱与美的女神阿佛洛狄忒给予他的报酬（许诺他拥有世间最美的女子），将金苹果判给了她。但天后赫拉对帕里斯的判决深为不满，记恨在心，如下文所说，她认为"帕里斯藐视她的美貌，屈辱了她；她憎恨这一族人"，因此迁怒于特洛伊人。另外，帕里斯后来在阿佛洛狄忒的帮助下，拐走了美丽的斯巴达王后海伦，此举成为引发特洛伊战争的导火线。

② 亦译为阿基琉斯、阿喀琉斯。

③ 埃涅阿斯从特洛伊出走，在海上漂泊了七年，在他旅程将近结束时，才到达西西里，从西西里他计划去意大利。这段经历的详细情况，见卷三、卷四。——原书译者注。

④ 一译为朱庇特，他是罗马众神之父，对应希腊神话中的主神宙斯，司掌雷霆和闪电。

疾风必然把大海、陆地、高天统统囊括以去，一扫而空。不过，万能之父有鉴于此，就把它们关进黑洞，在上边压了一座大山，派了这个王，定下严格的条例，按此来约束它们，但一旦有令，也可以放它们出来。

尤诺就用这样的话语向他请求道："埃俄路斯王啊，众神之父和万民之王给了你平息波涛和搅起风暴的权力，有一支我所憎恨的族系正在提连努姆海上航行，他们想把被征服的特洛伊的家神带往意大利，重建特洛伊。你让那风加足气力，让他们的船只颠覆沉没，让他们四散分离，把他们的尸体撒在大海上。我有二七一十四名体态窈窕的仙女，其中最美的要数黛娥培亚，我一定把她配给你做偕老夫妻，归你所有，为了酬答你的功劳，我让她跟你一辈子，让你当上可爱的孩子们的父亲。"

埃俄路斯回答道："天后，你考虑你想要什么，这是你的事；我的职责是执行你的命令。我这小小王国的一切都是你的赏赐，我的权力、尤比特的恩典都是你给的，我能参加神的宴会也靠你，又是你给了我呼风兴云的力量。"

（81～123 行　大风暴中，埃涅阿斯惊慌求死。船队遇难，沉了一条船）

埃俄路斯说完，掉转枪头向空心的山的侧面击去，风就像排成队列一样，从敲开的豁口冲了出来，旋转着掠过大地，转眼之间刮到了海上。东南风、东风、非洲吹来的孕育着暴雨的风把一座大海翻了个个儿，把大浪推上了海岸。接着就是人们的呼喊声，缆索的嘶叫声。霎时间，乌云遮住了天光，特洛伊人眼前一片昏暗，黑夜覆盖着大海。从南极到北极，雷声隆隆，天空中不断地闪耀着电火，死亡的威胁迫在眉睫。立刻，埃涅阿斯又冷又怕，四肢瘫软；他呻吟着，两只手掌伸向星空，呼喊道："你们这些有幸死在父母脚下、死在特洛伊巍峨的城墙之下的人，真是福分非浅啊！狄俄墨得斯呀，最勇敢的希腊人，为什么你没能够在特洛伊的战场上亲手把我杀死，断了这口气？而勇猛的赫克托尔①却在战场上死于阿奇琉斯的枪下，身躯高大的吕西亚王撒尔佩东也死了，多少勇敢的战士的盾、盔和尸体被西摩伊斯河的波涛吞没卷走了啊！"

在埃涅阿斯这样呼号的时候，一阵呼啸的北风迎面吹向船帆，激起天样高的浪头，船桨折断，船头打歪，船侧受到波涛的冲击，接着海水像一座巉岩的大山一样涌起。有的船上的人高悬在浪头的顶端，另一些人则看到了大海张开大口，露出海底，汹涌的波涛搅起海底的泥沙。一阵南风又把另外三

---

① 一译为赫克托耳，特洛伊主将。

条船吹开，撞在暗礁上——这些海中的礁石，像隐藏在海面下的一条巨大的脊背，意大利人把它们叫作祭坛。还有三条船被东风从深海驱赶到浅滩流沙之中，好悲惨的景象啊，冲上浅滩之后就被围困在沙堆里了。还有一条船载着吕西亚人和忠实的俄朗特斯，埃涅阿斯亲眼看见被大海的巨浪从高处击中船尾，把一个舵手打落舷外，一头栽进了大海，这条船就在原处打了三个转，一个漩涡把它吞进了海里。可以看到稀稀疏疏有几个人在荒凉的大海上漂浮着，还有战士们的武器、船板和特洛伊的珍宝也漂在海面。伊利翁纽斯的坚固的船，勇敢的阿卡特斯的船，阿巴斯所乘的船，年迈的阿勒特斯所乘的船，都经不住风暴，船身的榫头松了，接缝开裂，先后漏进了无情的海水。

（124～156 行　海神涅普图努斯①出面干涉，训斥风神，平息了风暴）

这时，涅普图努斯意识到海上闹声喧天，是风暴放出笼了，平静的海水被彻底搅翻了，他十分愤怒。他把安详的面孔伸出水面，眺望大海。他看到大海上到处是埃涅阿斯的吹散了的船只，特洛伊人被波涛和倾覆的风云所压垮。他看出这是他妹妹尤诺生气而玩的花招。他把东风和西风召到面前，随即对他们说：

"是不是你们出身高贵就让你们忘乎所以了？你们这些风没有我海神的批准竟敢翻天覆地，掀起这么巨大的浪潮？我非把你们——不过且慢，先得把汹涌的波涛平息，然后我再用另外的处罚叫你们补偿过失。赶快退下，去跟你们的主子说：统治大海的权力和这支无情的三叉戟，不属于他，而是注定属于我的。他统治的是险恶的岩石，那，东风，就是你们的家；让埃俄路斯在他那厅堂里称霸去吧，在那禁闭各路大风的牢房里称王去吧。"

他的话音未了，就把汹涌的大海平息下来了，驱散了浓云，让太阳重新露出光芒。海仙库摩托埃和海神特里东并肩用力把船只从嶙峋的岩石缝里推了出来，涅普图努斯自己用三叉戟把它们撬起，在大片流沙中开出一条路，平息了大海，然后乘上轻车沿着水面飘翔而去。就像在群众集会上时常发生的叛乱一样，那些下等的黎民百姓因激怒而骚动，火把和石块乱飞（动了怒火是会动武的），这时倘或他们看见了一个德高望重、受人尊敬的人物，就会安静下来，竖起耳朵肃立谛听他说什么，他的话果然平息了他们的怒火，使他们的心情平定下来；同样，当海洋之父展望着大海，在开阔的天空下，乘上战车，松开骏马的缰绳，车轮飞滚而去之时，澎湃的大海也全部平静下来了。

---

　　①　一译为尼普顿、涅普顿，罗马神话中的海神，对应希腊神话中的波塞冬。

（157~222 行　特洛伊人在非洲登陆。埃涅阿斯射鹿，众人餐鹿。悼念亡者）

　　疲惫的埃涅阿斯一行立刻挣扎着寻求最近的海岸，他们向利比亚驶去。这里是个深邃的海湾，一座岛屿形成大门，大门两侧把海湾掩护起来，海上来的一切浪潮撞着它就破裂成越来越弱的微波。港口两侧有巨大的岩石，形成一对险恶的峰峦，耸入天空，在峰峦的遮荫之下，宽阔的水域显得安全而宁静；峰峦后面，是一片枝叶摇摆的大树，像挂着的一幅垂幕，那幽暗的灌木丛的阴影高高在上，阴森可怖；就在这海湾入口处，在高悬的岩石之下，有个岩洞，洞内有甘泉和天然的石头形成的座位，这是海仙们的洞府；在这里，埃涅阿斯的疲惫的船只不需要缆索笼络，也不需要用船锚的弯钩固定。埃涅阿斯把残余的七条船①集合到这里。渴望陆地的特洛伊人离开了船踏上了使他们感到无限欣慰的沙地，还在滴着咸涩海水的身躯便躺倒在沙滩上了。阿卡特斯做的第一件事就是拿出火石打火，点着了树叶，四周围上干柴，很快干柴就发出火焰。历尽艰辛而感到疲劳的特洛伊人把被海水泡烂的粮食和石磨、面缸等拿出来，开始在火上把保住了的谷粮烘干，再用石磨碾碎。

　　再说埃涅阿斯，他这时爬上了岩顶，想上上下下瞭望一下大海的全貌，看看能否找到被风暴吹散了的安泰乌斯的船，或任何特洛伊船只，或卡皮斯，或凯库斯高挂在船头的甲胄。他一眼望去，看不见任何船只，只见海岸有三头鹿在徘徊着，后面跟着一大群鹿，排成一长列沿着山谷在吃草。埃涅阿斯立刻停步，拿起弯弓和快箭（这些武器，忠心的阿卡特斯早已携带着了），他首先射倒了那几头昂着头、角似杈丫的领队的鹿，又射其余的鹿，这些鹿乱成一团窜进了茂密的树丛，埃涅阿斯仍不罢手，最后他胜利地把七头鹿都射倒在地才停止，这数目恰恰相当于他七条船只的数目。接着，他回到海湾，和同伴们分享一切。然后，他把善良的、英雄的西西里王阿刻斯特斯在西西里海滨作为临别馈赠装入坛里的酒，分给众人，接着为了安慰众人忧伤的心情，说道："同伴们，我们不是没有经历过痛苦的，我们忍受过比这更大的痛苦，神会结束这些痛苦的。你们尝到过斯库拉的愤怒，你们驶近岩石之际听到过岩石内发出的吼声，你们也到过独眼巨人库克洛普斯的岩洞。振作起精神来吧，抛掉悲伤和恐惧吧，也许有一天我们回想起今天的遭遇甚至会觉得很有趣呢。经过各种各样的遭遇，经过这么多的艰险，我们正在向拉丁姆前

---

　　① 埃涅阿斯最初有二十条船。关于此信息，卷一后文会提到埃涅阿斯自己的说法："我顺从命运，带了二十条船驶上弗利吉亚海，我的母亲女神维纳斯指引着我；在东南风和惊涛骇浪的袭击之下，只有七条船保存下来了。"

进，命运指点我们在那儿建立平静的家园；在那儿特洛伊王国注定要重振。忍耐吧，为了未来的好时光保全你们自己吧。"

这就是他说的话，他虽然因万分忧虑而感到难过，表面上却装作充满希望，把痛苦深深埋藏在心里。

…………

作品评析

《埃涅阿斯纪》是英雄史诗，在某种程度上，其前半部分是与《奥德赛》相似的航海史诗。上述选文足以使我们产生这样的感觉。

史诗的开篇数句让人印象深刻。如果我们了解荷马史诗，很快就能发现这段话包含以下几点信息：一是《埃涅阿斯纪》所说的"战争"和"故事"，是承续特洛伊战争而发生的；二是它所说的"战争"和"故事"与海有关，正如《伊利亚特》和《奥德赛》中的"战争"和"故事"与海相关一样，这些都发生在地中海及其沿岸；三是它所说的是"一个人的故事"，且与海有关，说明它是类似于《奥德赛》这样讲述主人公个人海上漂泊流浪故事的作品；四是它与《伊利亚特》和《奥德赛》一样，其中的"战争"和"故事"都少不了天神，尤其是分别作为敌对者和护佑者的天神的参与；五是同样都讲述"战争"和"故事"，但《埃涅阿斯纪》是在讲述一个英雄被迫背井离乡、重建邦国的故事，而《伊利亚特》和《奥德赛》中的英雄，不管是奥德修斯，还是阿基琉斯或阿伽门农等，都没有这样的经历；第六点与第五点有关，《埃涅阿斯纪》一开始就简要地回顾了罗马建国的几个重要历史阶段（埃涅阿斯在拉丁姆建立城邦、拉丁族形成，埃涅阿斯之子建都阿尔巴，其后人建都罗马），维吉尔在开篇就告诉我们，他写的是一部罗马民族形成和罗马建国的史诗。很明显，《埃涅阿斯纪》是对荷马史诗的继承和革新，显示了作者将英雄事迹述说融入民族形成、开邦建国叙事的意图和追求。

变形记

（古罗马）奥维德

作者及作品简介

奥维德（Ovid，前43—17或18）是古罗马奥古斯都时期诗人，与《埃涅阿斯纪》的作者维吉尔齐名。其主要作品有《变形记》《爱的艺术》《爱情三论》和《岁时记》，其中《变形记》共 15 卷，为这位诗人最重要的代表作。与维吉尔备受罗马帝国首任皇帝奥古斯都（屋大维）器重不同，奥维德在晚年遭到流放，并在公元 17 年底或 18 年初客死异乡，原因在于他的一些爱情诗创作，尤其是《爱的艺术》，与奥古斯都的道德教化意图相悖。

《变形记》是一部包含 250 篇故事的长诗。奥维德按时代顺序，以天神创世开篇，一直写到当代的重要事件，如凯撒之死和奥古斯都继位，并成功地将古希腊、古罗马的神话故事、英雄传说、历史人物事迹汇集在一起，对后世艺术家和研究者影响深远。

目前国内较为常见的《变形记》为杨周翰的译本，下面的选文即出自杨译（人民文学出版社 1958 年版）第一卷第 244～451 行，主要讲述众神之主朱庇特因人类堕落腐朽而发动洪水灭世，以及普罗米修斯之子丢卡利翁和妻子皮拉在神意指引下创造新人类的故事。选文之前的内容，主要讲述天神普罗米修斯用土和泉水造出人类以后，人世先后经历了黄金、白银、青铜和铁器四个阶段，但人类的生活从黄金时代的幸福无忧状态，趋向艰辛困苦的境地；尤其在第四个阶段即铁器时代，人类过着极其悲惨可怜的生活，道德水准普遍低下，罪恶滔天。诸神对此极为失望，纷纷离开人世，返回天界，并放弃了对人类的庇护。在这种情况下，朱庇特在天宫召开诸神大会，宣布了他将毁灭现在的人类和造新人类的决定。

选 文

变形记（节选）

卷 一①

（244～349 行 洪水的传说）

朱庇特说完这番话，有的天神表示赞同，并且还火上加油；有的则尽其本分加以默许。但是大家都因为人类遭受毁灭的威胁而感到难过，便问道，世界上若没有了人会成个什么样子？谁还来给神烧香呢？难道朱庇特想把世界移交给野兽去掠夺么？他们提出了这样的疑问，众神之主朱庇特就安慰他

---

① 参见（古罗马）奥维德著，杨周翰译：《变形记》，北京：人民文学出版社 1958 年版，第 1－21 页。

们，只要他们不担心，其余的事都包在他身上，他自会为他们重新创造奇妙的人类，和初次的人类迥乎不同。

说着他便要举手用霹雳火击毁全世界，但是他又怕万一这么一场大火波及了天堂圣境，会把天堂从南到北烧个精光。他又想起命运曾经注定有一天海、陆、天堂的殿宇、艰苦缔造的世界都将付之一炬。想到这里，他便把库克罗普斯①所锻铸的霹雳棒放在一边，心想不如用另外一种惩治的办法，用大水把人类淹死，从天空各个角落降下大雨去。

他立即把北风和凡是能把云吹散的风都关闭在埃俄罗斯的山洞里②，却把南风放了出来。南风飞起，翅膀上滴着水，他的可怕的面部笼罩在漆黑的黑暗里。他的胡须上，雨水是沉甸甸的，水也从他的白发上泻下来，彤云锁住了眉毛，他的两翼和长袍的褶缝间露水涟涟。他用两只大手把低垂的云彩一挤，发出震天的声响，接着从密云中落下倾盆大雨。彩虹女神伊里斯，这位身穿五彩衣的、天后的信使，又把水吸起来，给云彩输送食粮。笔直的庄稼倒下了，农夫日夜祷告的收成毁坏了，一年漫长的辛苦到头来落了一场空。

朱庇特在盛怒之下，看看自己天上落下的水还不满意。他的弟弟海神又发动海浪支援他。海神把他属下的河流都召来商议。这些河神来到了海神宫中之后，海神便道："现在不是长篇大论的时候。把你们的全部力量都用出来，现在是需要你们力量的时候。打开你们的大门，冲破拦阻你们的堤岸，让你们的河水毫无拘束地奔流。"他下完命令，各河回去，打开源头，河水就毫无遮拦地向大海狂奔而去。

海神自己也用他的三叉戟敲打着陆地，陆地害怕了，战战兢兢给水让出一条路来。各条河的河水，像决了堤一样，冲过平原旷野。不要说果园、庄稼、牛羊、人畜、房屋，就连庙宇和庙里的神像、神器都给一股脑儿冲走。就算有的房屋牢牢站稳，抵过了这场大灾难没有毁掉，但是上涨着的大浪还是把屋顶盖过，高楼也淹没在大水里。现在是海陆不分，都成了海，而且是没有岸的海。

有的人逃到山顶上；有的乘着鹰钩鼻子似的小船，在原来是他的耕地的上面摇着桨；有的扬着帆在自己的麦田上、自己的淹在水里的农舍的屋顶上行驶着；有的在榆树顶上钓着了一条鱼。也有这样的事：船锚扎进了绿草坪，月牙似的船底碰着了下面的葡萄园。不久以前苗条的山羊吃草的地方，现在丑陋的海豹在休息。水中的女仙们看见水底下有树林、有城市、有房舍，不觉大吃一惊。海豚冲进了树林，在高枝间穿梭来往，把老橡树撞得直发抖。

---

① 库克罗普斯（Cycolpes），独眼巨人的统称，他们都是海神涅普图努斯所生。——原书译者注。

② 埃俄罗斯是风神，埃俄罗斯的岛屿在意大利与西西里之间。——原书译者注。

豺狼在羊群中只顾得游泳,深黄色的狮子和老虎也只好随波逐流。雷霆般的力量也帮不了野猪,梅花鹿的快腿也跑不动了,都是因为大水冲着它们。彷徨的飞鸟长久找不着落脚的地方,飞累了,落进海里。大海现在是肆无忌惮,淹没了山岭,山峰被那陌生的海浪冲击着。大部分的生物都淹死了。没有叫水淹死的,最后因为没有吃的,也都慢慢饿死。

弗奇斯位于俄塔和阿俄尼亚①两大平原之间,当它还是陆地的时候,是一片肥沃的土地。但是在洪水时期,它却成了海的一部分,成了一大片临时的海洋。在这里帕耳那索斯②的双峰插入天表,高耸入云。丢卡利翁③和他的妻子驾着小舟在这高峰上着陆,因为海水把其余一切全淹没了。丢卡利翁和妻子朝拜了本山的女仙和山神和预卜未来的女神忒弥斯,忒弥斯这时是掌管预言的。④丢卡利翁是当时最好的好人,热爱正义,妻子是女人中最敬神的一个。朱庇特看到世界全部变成了一潭死水,又看到数以千计的男人中只剩了一个,女人也只剩了一个,两个人又都是天真无邪,都信奉天神,于是他拨开云头,让北风把云吹散,让大地露出在天光之下,让天空又看见大地。愤怒的海水也跟着退落,统治海洋的海神放下了三叉戟,平息了波涛。他把海蓝色的特里同⑤唤了出来。特里同从海底深处冒出水面,两肩厚厚地长满了一层蛤蚌。海神命令他吹起响亮的海螺,用这个信号收回洪水和巨流。他举起空心而弯曲的海螺,特里同在海中央一吹,声音就能传到比日出日落之处更远的地方。因此,当特里同把海螺放到湿漉漉的胡子和嘴唇边,吹出了收兵的号令,不论陆地上或海里的水都听见了,凡是听见号令的水都听从约束。于是,海有了海岸,河水虽满但不盈溢,洪水退落,山峰露顶,随着水落,土地不断出现。最后,长期淹没在水里的树木露出树梢,枝叶上却还沾着洪水留下的污泥。世界恢复了。丢卡利翁举目一看,却是空无一物,满眼荒凉,死一般的沉寂。

(350~451行 丢卡利翁和皮拉的故事;
人类和万物的再生;阿波罗杀死巨蟒)

丢卡利翁流着眼泪对妻子皮拉说道:"妹妹啊,妻子啊,唯一遗留下来的

---

① 弗奇斯(Phocis)、俄塔(Oeta)和阿俄尼亚(Aonia),均为希腊地名。——原书译者注。
② 帕耳那索斯(Parnasus),希腊山名,诗神所居。——原书译者注。
③ 丢卡利翁(Deucalion),普罗米修斯之子,和他的妻子是洪水中仅存的人类。——原书译者注。
④ 后来由阿波罗(Apollo)司掌此职。——原书译者注。
⑤ 特里同(Triton),海神之子,半人半鱼,专司兴波息浪之职。——原书译者注。

女性，同族同宗之谊，后来又是婚姻，曾把你和我结合在一起，如今共同的患难又把我们结合起来了。在这旭日和落日所照临的大地上，我们两个是唯一的人群了，其他都已被海洋吞没。即便我们的生命也不十分可靠，迄今天上的乌云还使我心里害怕。假定命运把你单独救了出来，而没有救我，那么，可怜的人儿啊，你现在的心情该是什么滋味呢？你又如何独自一个忍受惊怕呢？谁又来安慰你的苦痛呢？如果大海也把你吞没了，那么我一定跟你去，也让大海把我吞没，这一点，我的妻，你可以相信。我真希望我有我父亲①的本领能够重新创造人类，把生命吹进塑造的泥胎。现在人类的未来就靠我们两人了。这是天意，我们是仅存的人类的范本了。"他说完，两人相对而泣。随后他们决定向天上的神明祈祷，向神签求援。

…………

于是他们走下山坡，蒙上头，解开束衣带，一路走一路按神谕把石头扔向身后。那些石头——若不是有古老的传说为证，谁能相信啊？——开始丧失它们的坚硬性，慢慢地变软，变软之后，就变了形状。当这些石头体积胀大，石质也变得柔和了，它们显出某种的人形，可以看得出，但不明显，就像用大理石刚刚开始刻的雕像，轮廓还不够清楚，粗看已有点像了。那些像泥土的、潮湿的部分变成了肌肉；坚硬的部分、不能揉曲的部分，就变成骨骼；石头原来的脉络，仍然保留原来的名称。这样，就在很短的时间内，按照天神的意志，男人扔出去的石头就变成男形，女人扔出去的石头就变成了女人。因此，我们人类的坚强性质，耐苦的能力，证明了我们的根源所自。

至于其他族类的形状则是大地按照自己的意思造成各种各样的，潮湿的泥土受火一般的太阳照射而变热，烂泥和浸泡着的沼泽发热而膨胀，万物肥沃的种子经哺育生命的土壤的滋养，就像在母胎里那样，生长起来了，到一定的时候就成了形。这情况就像七个口的尼罗河的河水从被它淹没的田地退走，又回到它原来的河床之后，新成的污泥在太阳的照射下变热，农夫翻耕，在泥土里发现许许多多生物一样。这些生物有的刚刚开始具有生命，有的尚未成形，缺少应有器官，有的在同一躯体上，一部分已有生命，其他部分还是生土。大凡湿度和温度调和得当，便能产生生命，一切生命都从这两者生发，虽说水火互不相容，但万物均由水火产生，这就是相反相生。因此，当大地经过近期的洪水变成泥泞，禀承天上太阳的温暖，又变热了，就会产生数不清的生命，她所滋生的物种，有的是以前就有过的，有的则甚

---

① 丢卡利翁的父亲普罗米修斯创造了人类。——原书译者注。

新奇。

　　大地也正是在这当儿生出了你，巨蟒皮同①，虽然她并不情愿；你这条蛇是以前从未有过的，给新生的人类带来了恐惧，因为你大得可以铺满一座山的地段。这条蛇，射手阿波罗神用从来不用的武器（只除射那奔鹿和野山羊时才用的），发出一千支箭，几乎把箭袋里的箭用光，才把它镇住杀死，它那乌黑的创口，毒血直流。为了使这件业绩不致因岁月的推移而被人遗忘，他建立了神圣的竞赛会，让很多人来参加，命名为皮同竞技会，纪念征服巨蟒。在这竞技会上，青年人凡是在角力、赛跑和赛车各项获得优胜者都可获得橡冠的荣誉。当时还没有月桂树，日神常随意摘一棵树的叶子编成环戴在头上，覆盖着他美丽的长发。

作品评析

　　中外都有关于洪水灭世和人类再造的神话传说。中国古籍记载华夏先祖伏羲、女娲兄妹在大洪水后结婚并繁衍人类；古希伯来《圣经》记载诺亚一家人在渡过上帝所发的洪水灾难后，成为新的人类种子。而上述选自奥维德《变形记》中的文字，则讲述朱庇特在海神的协助下，发动灭世洪水，丢卡利翁及其妻子（也是妹妹）皮拉在危机中逃出生天，成为仅存的人类遗民，然后他们遵照神意，用石头造人，大地母亲则按照己意再造万物。可见，在人类起源这种根本性的问题上，中外先民都早有自己的想象和解释。相比之下，中国现存与创世、洪水遗民及人类再造等主题相关的传说可谓言简意赅、惜墨如金。中国的洪水和创世神话故事，也没有像一些外国同类神话那样，将海洋作为基本要素。显而易见的是，中外这类故事虽然在具体表现形式上多有不同，但其中蕴含的理念基本相通，甚至多有相同之处。

　　顾名思义，史诗《变形记》的基本主题是"变形"，选文可为一证。在天神的灭世洪水消退后，作为人类遗种的丢卡利翁及其妻子皮拉，依照神谕将一块块石头扔在身后，它们在天神意志的作用下，分别变成新人类男女；其他万物则在大地的滋润和太阳的温育下，各自蜕变成形。由此可见，天神、洪水、大地、遗民、石头等，是万物重新"变形"的核心因素，也是新人类起源的关键因素。在此故事中，洪水是朱庇特在海神的协助下发动的，诗人也多次用"大海""海洋"和"海水"等词来指称它。这表明此则故事具有

---

　　① 皮同（Python），为阿波罗所杀，为了纪念此事，人们举行"皮同竞技会"。——原书译者注。

明显的海洋文学特征，也表现了古希腊罗马创世神话与中国、希伯来同类故事的不同之处。

真实的故事

（古罗马）卢奇安

作者及作品简介

卢奇安（Lucian，一译为琉善、吕西安，约125—约180）是罗马帝国时代的希腊语讽刺散文作家。他被很多人视为西方文学史上最早的小说家之一，代表作为《真实的故事》和《卢奇安对话集》，前者是其最有名的作品。

《真实的故事》讲述第一人称叙述人"我"和同伴们出海游历，结果遭遇海上风暴，漂流到一个神奇的海岛上；然后他们又被强力旋风吹到月亮上，见证了月亮王与太阳王争夺启明星殖民地的战争；随后他们辗转返回地球，但甫一降落海面，即被巨鲸吞入腹中，被迫在其中生活近两年之久，并在成功逃出鲸腹后经历了一系列其他事情。

我们由此可知，卢奇安的《真实的故事》已经涉及现代科幻小说的一些常见主题。如小说谈到星际旅行及人类定居太空（在《真实的故事》中，叙述人在龙卷风的裹挟下登上月亮和金星，发现其上居住着大量人类，而这些人也来自地球）之事，还对星际战争（月亮人和太阳人之间为争夺启明星而战）做了绘声绘色的描述。事实上，卢奇安被很多人认为是现代科幻小说的古代先驱，而《真实的故事》被认为是迄今已知的最早的科幻小说。

关于《真实的故事》的中译本，目前国内较为常见的是周作人译本和水建馥译本。下面的选文取自水建馥译本，讲述主人公"我"登月前后的一段海上历险故事。

选 文

真实的故事（节选）

第一卷①

5. 且说我坐船出发，从赫剌克勒斯双柱②，进西方大河③，一路顺风航行。这次航行的动机和计划，无非是好奇，追求新事物，想探查大洋尽头到底是个什么样子，那边住的是些什么人。于是，我装满一船粮食，盛上足够的淡水，纠集五十名志同道合的同年伙伴，置备一大批兵器，又花大价钱请了一位最好的舵师驾船——我们的船不大，这么着就准备好了一次困难的旅行。

6. 第一昼夜，风小，走得不远，还能看见陆地。第二天太阳刚出来，就刮起大风，起了大浪，一时天昏地暗，连收帆也来不及。我们由大风吹刮着，任凭它摆布，一连七十九天。第八十天，太阳忽然出来，阳光普照，我们放眼一看，不远处有个很高的岛屿，岛上树木茂密，四周发出一阵轻细的浪潮声，看来风暴的势头已经小下去了。

我们把船靠过去，上了岸，由于多日来太过疲劳，不由睡倒在地，睡了很久。后来大家爬起来，我就分三十个人在船上留守，另外二十人跟我进岛去了解情况。我们离开海滩以后，钻进森林。

7. 走了约莫一里多地光景，看见前面立着一根铜柱，上面刻有希腊文，字迹已经磨损，不太清楚，只见上面写的是："赫剌克勒斯和狄奥尼索斯④曾到此一行。"附近一块岩石上还有两个足迹，一个十丈，一个略小。据我看，大的一个是赫剌克勒斯的脚印，小的一个是狄奥尼索斯的脚印。我们顶礼膜拜，然后继续前进，没走很远，就来到一条河边，河中流的是酒，酒质竟和开俄斯酒⑤差不多。河水满满溢溢，浩浩荡荡，有的河段简直可以行船。我们

---

① 参见（古希腊）泰奥弗拉斯托斯等著，水建馥译：《古希腊散文选》，北京：商务印书馆 2013 年版，第 111 – 133 页。

② 原书译者注："赫剌克勒斯双柱，即今日直布罗陀海峡两岸相对峙的两座陡山。"按：赫剌克勒斯即赫拉克勒斯（Hercules，亦译为海格力斯），为宙斯之子，古希腊神话中的大力神，罗马神话中对应的神祇为赫丘利；所谓"赫剌克勒斯双柱"即赫拉克勒斯之柱，即今直布罗陀海峡，位于地中海最西端的西班牙和北非海岸之间，为地中海和大西洋之界。

③ 古代所谓大河指环绕大地的大水，状如环河，其概念犹如我国古代所谓瀛海。——原书译者注。

④ 狄奥尼索斯是酒神。——原书译者注。

⑤ 开俄斯，小亚细亚海岸外一大岛，以盛产葡萄酒著名。——原书译者注。

看见这个表明狄奥尼索斯来过的证据,对铜柱上的文字更加深信不疑。我想探索一下这酒河的源头,便溯流而上,结果并未找到什么泉眼,却看见许多大葡萄树,结满果实,每棵的根脚下,滴成一条清澈的酒溪,汇流而成一条大河。河中看见许多游鱼,色味也极像酒。我们捉几条一吃,居然醉了。我们打开鱼肚看,里面果然尽是酒渣。我们想,不如拿淡水的鱼来掺在一起,这才冲淡了酒的冲劲儿。

8. 我们找一个可以涉水的地方,过了河,又发现葡萄树的一件怪事。那边的葡萄树从地面长出来的主干又粗又壮,往上却长出一个女人来,从臀部以上,上半身完完整整的,哪部分都不短缺,正像我们家乡画儿上的达芙尼①被阿波罗追急时变成树的那个样子。她们的手指尖长出枝叶,结满葡萄。我们走过去,她们就来拥抱、欢迎。她们有些人说吕底亚话,有些人说印度话,大多数人说的却是希腊话。她们来吻我们,谁被她们一吻,谁就会醉。她们也不让人摘她们的葡萄,一旦有人摘,她们就喊疼。她们之中有些人想和我们交合,我们的两个伙伴刚和她们接近,就脱不开身,那话儿和她们接合在一处,连根长到一块儿了。

9. 我们只好撇下他们,连忙逃回船去,把两个伙伴和葡萄树结合等一切经过讲给留守的人听。然后,我们拎了几个水罐,取了淡水,又打了些河里的酒,当夜在海滩上歇宿,次日天一破晓,趁着海风不猛,便出了海。

到中午,那岛屿已在眼界之外,忽然狂风大作,竟把我们的船卷到半天空,足有一千丈高,再不放回海上。我们的船浮在太空中,风把帆肚吹得鼓鼓的,飘然向前航去。

…………

30. 我们接触到水,高兴之情异乎寻常,于是尽情欢乐,又跳下船去自在地游泳。当时,海面上正是风平浪静。

但是好景不长,交了好运之后往往又有大祸临头。头两天倒还一路顺风,第三天日出时,不料遇见一群巨鲸。其中最大的一匹,竟有一万五千丈长。他张着大口,排开海水,披着一身白沫,直奔我们而来。它龇出的几根槽牙,其长无比,不但比我们家乡酒神节抬着的那阳物儿②长,而且此尖桩还锋利,比象牙还白。我们大家于是拥抱道别,只等一死。一时间,它已游过来,把

---

① 在古希腊神话里,达芙尼是一位河神的女儿,为光明之神阿波罗所爱。阿波罗热烈地追求她,她惊慌而逃,并在即将被追上之际,向天神祈祷求助,天神于是将她化作一株月桂树。因此,达芙尼被称为月桂女神。

② 古代民俗于节日抬着它游行,以之象征生命繁衍,算是吉祥物。——原书译者注。

我们连船带人一口吞进去，幸亏还没来得及咬碎，船已通过一条狭窄的甬道，掉进那肚里去了。

31. 进到里头，黑糊糊一片，初无所见，后来它张开嘴，才看见是个大洞窟，整个儿开旷而高朗，足能容纳一个大城市。洞窟中间，遍地是鱼，大大小小都有，还有别的水生物、船桅、铁锚以及人骨和货物。正中央有块陆地，上面丘陵起伏，据我看，准是由吞进的泥沙堆积而成的。那块陆地上杂树丛生，而且生长着蔬菜，一望便知是有人栽种的。这块陆地方圆二十七里。可以看见鹭鸶、翠鸟等水禽，正在丛树间抱窝。

32. 我们不觉潸然泪下，过了好一阵，我叫伙伴们起来，大家把船支撑好，然后钻木取火，生起一个火堆，取眼前现成食物做了一顿饭。我们身边就有大量的杂样鲜鱼，又有从启明星①带来的淡水。第二天起来以后，每逢鲸鱼张开大嘴，我们就忽而看见山岭，忽而看见天空，还时常看见岛屿，由此知道，这条巨鲸正风驰电掣遨游于沧海之中。后来，我们渐渐过惯这种生活，我就带上七个伙伴到森林中去，打算调查一下全部情况。没走出五里，却遇见一座海神庙——这是上面写明的。离庙不远有许多坟冢和墓碑，那附近有股流泉，水清见底，还听见犬吠声，又看见远处有炊烟，似有人家。

33. 我们连忙走上前去，不料却遇见一位长者同一位少年，正聚精会神莳弄园子，取泉水灌溉。我们又惊又喜，停下脚步，他们两人大约也是同样心情，一时也呆立在那里，说不出一句话来。过了好一阵，那老者才开口说道："客人，你们是谁？是海上的尊神，还是人类，和我们一样？我们是人，本是生活在陆地上的，后来才变成海中的生物，住在这庞大海兽里，跟它一起漂游。我们的景况，自己也摸不清，原以为已经是死了的，现在才知道还活着。"听他这么说，我便回答道："我们也是人类，是新来户，昨天才连人带船一齐被吞进来。现在出来是想探听一下这森林情况，看来这森林很大，茂盛得很呢。我看是某位尊神有灵，指引我们来看望你们，也让我们知道关在这巨兽中的不单单我们。请谈谈你们的遭遇，说说你们是什么人，讲讲你们到此的经过吧。"他说先不谈这些，也先不打听我们的情况，首先要用他的食品请我们饱餐一顿。说着就领我们到家里。他的房屋很宽敞，屋里造了床，还布置着其他用具。他给我们端上蔬菜、水果、鲜鱼以及满杯的美酒。酒足饭饱之后，他问起我们的遭遇。我从头到尾讲出来，把遇上台风，登上海岛，

---

① 启明星即金星，为后者的古称。叙述人及其同伴被龙卷风带上太空，并先后登上月亮、太阳和启明星，请参看本篇"作者及作品简介"部分。

航行太空，参加战争，等等①，直至跌进鲸鱼，通通说了一遍。

34. 他听了大为诧异，便也讲起他自己的经历来，说道："客人们，我本是塞浦路斯人氏，从家中出来经商，随身带了你们看见的这个孩子，还有几个奴仆。我们携带各色货物，坐上一艘大船，往意大利去，不料却撞坏在这头鲸鱼口中。最初我们向西西里岛航行，一路还很顺利，后来被大风从那里刮进大洋，漂流了三天，碰上这头鲸鱼，连人带船一口吞进来，别人都死了，只活下来我们两个。我们掩埋了那些朋友，修起一座海神庙，过上这样的生活，种些蔬菜，用鱼类和坚果做食物。你们看见的这片森林很大，里面葡萄树很多，生产甘甜的美酒。你们一定也看见了那个泉眼，那泉水清凉可口。我们用树叶做床，又有木柴足够生火，还能捕捉飞进来的鸟类，跑到鲸鱼的鳍上去钓鱼，高兴起来还到那儿去洗澡。离此地不远还有个大湖，方圆二十里，湖中有各种鱼类，我们还常去游泳，或乘坐我自制的一条小船。我们被吞进来，如今已二十七年。"

35. "别的倒还可忍受，唯独此地的乡邻难处、麻烦，既不合群，又很野蛮。"我问道："莫非这鲸鱼里还有别人？"他说道："多的是。他们既不好客，相貌又古怪。森林尽西头，住着枯槁人，他们是鳝鱼眼、螃蟹脸，凶悍好斗，彼此蚕食。靠左边那头，住着半身人，他们上半身像人，下半身是花貂，比起别种人来，倒还不太霸道。最左边住的是蟹爪人和鲔头人，他们是盟友，彼此很和睦。腹地住的是蟹箝人和平鱼脚人，都骁勇善战，而且跑得极快。东边，靠鲸口一带，因为常被海水淹没，所以没有人烟。我住在此地，每年须向平鱼脚人进贡五百只牡蛎。"

36. "这地方就是这个样子。所以你们想想，怎样才好打败这些民族，让我们生活下去。"我问道："他们总共多少人？"他说："一千多。"我又问："他们用什么兵器？"他说道："别的没有，只用鱼骨。"我就说："他们没武器，我们有武器，那就跟他们打一仗，打败他们，以后便得安居乐业。"

事情一经决定，我们便上船准备。这时进贡的日期已到，不缴纳贡品正好挑起衅端。他们派人来讨贡品，他气势汹汹一口回绝了，并且撵走了那些来使。平鱼脚人和蟹箝人对斯铿塔洛斯——这是长者的名字——先是大怒，继而大喊大叫前来进攻。

37. 我们早猜准他们是要进攻的，因此早已武装好，严阵以待，还在阵前布置了一支二十五人的队伍，呼他们打好埋伏，一旦看见敌人过来，就起

---

① "航行太空，参与战争，等等"见于《真实的故事》第10-29节，因与海洋并无直接关系，选文省略了相关内容。

来攻打。他们依计而行。他们攻打后路，切断敌军，我们这头二十五人——斯铿塔洛斯父子也一同出征——顶住敌人，奋不顾身，一齐冲杀，最后终于将他们击退，追至他们巢穴，歼灭一百七十人，我方只死亡一人，即我们的舵师，他的后背被鲻鱼骨头刺穿了。

38. 那一昼夜，我们在战场歇宿，用晒干的海豚脊椎骨立了根纪功柱。第二天，另外那些人听到消息，又开来。右翼是枯槁人，由皮拉摩斯率领；左翼是鲔头人，中间是蟹箝人。半身人究竟和哪边结盟，自己暂时犹豫不决，所以还按兵不动。我们开到海神庙附近和他们交战，一边大喊大叫，声音在鱼腹中回荡，竟仿佛在一个大山洞中。他们都是轻装步兵，我们将他们击溃，一直追进森林，从此统治了这片国土。

39. 不久，他们派使者来收尸，并谈判结成友好。我们却无意和他们讲和。第二天，我们又向他们进攻，把他们全部消灭，只剩半身人未除。他们看见大势如此，便从鱼鳃跑出去，都跳海了。我们占领该地，地方上再没有敌人，从此我们安居乐业，不时做做体操，打打猎，收拾收拾葡萄树，摘摘树上的果实，仿佛住在一座无从逃走的大监狱中，过着富富足足悠游自在的生活。

我们过这种生活，历时一年零八个月之久。

作品评析

作为《真实的故事》的读者，我们若仅仅顾名而思义，则可能会真的相信，卢奇安将在这部小说中讲述具有一定真实性的故事。但当我们怀着期待开卷之后，竟有大跌眼镜的感觉：这部作品的内容竟然尽是些"诡谲怪异、荒诞不经的事情"[1]！在这一点上，卢奇安跟很多其他作家似乎无甚不同，而且犹有过之。不过他讲的故事确实引人入胜。

《真实的故事》主要讲述了"我"和同伴们乘船出海游历过程中的离奇故事。"我们"想探索大洋的尽头及其风土人情，于是带着好奇心乘船出海，结果遭遇海上风暴，于是漂流到一个海岛上；然后被超强龙卷风裹挟到月亮上，正赶上月亮人与太阳人之间的战争，虽然后者战胜了前者，但双方仍达成和平协议；随后"我"考察了月亮和地球上的人们在生活习俗上的不同之处，并在离开月亮后，辗转返回地球；不幸的是，"我们"刚刚在海面上降

① 参见（古希腊）泰奥弗拉斯托斯等著，水建馥译：《古希腊散文选》，北京：商务印书馆2013年版，第111页。

落，就被一头巨鲸吞入腹中，不得不在其中生活近两年，其间为争夺生存权，向同样生活在鲸鱼腹中的几个海洋人族发起战争；"我们"最终获胜，随后设计烧死鲸鱼，成功从其腹中逃出；接下来"我们"乘船到了乳海，又和古希腊的智者及特洛伊战争中的英雄们相处，之后来到牛头人和驴脚女人国；最后进入大洋中的一个裂缝，经此进入家乡对面的一块大陆，并决定去探索它，至此本卷故事暂告结束，"我"让读者"且听下回分解"。

这样的故事，自然很难冠以"真实"二字，事实上作者也承认这一点。卢奇安在《真实的故事》的开篇，即向他的读者坦言：

> 我没有什么真事可写——我没有值得一提的经历——那么，我就只好理直气壮地讲假话。不过，我讲假话，就老老实实说我讲的是假话。我想我既承认讲的并非真话，总可免受谴责了。总之，我写的事情，从来没看见过，从来没经历过，从来没听人讲述过，压根儿没有来头，完全莫须有，所以读者大可不必相信。

这位作者还"理直气壮地"说，他写的书"不但高雅，有风趣，不带烦琐考据，引人入胜，而且绝不显得粗俗"，"这本书之引人入胜，不仅因为题材怪异，情节雅致，把莫须有的事情说成实有其事，令人信以为真"，还因为其"写的每件事都是亦庄亦谐，戏拟古往今来的某些诗人、历史家、哲学家"。① 引文中"我讲假话，就老老实实说我讲的是假话"一语，实际上是在挪揄"古往今来的某些诗人、历史家、哲学家"，认为他们讲了不知道多少"诡谲怪异、荒诞不经的事情"，却从来不怕读者识破。我们据此可知，卢奇安实际上是在告诉我们：他与其他作者不同，他是个真正的老实人，是个"老老实实"即"真实"地讲"假话"的老实人；而"假话"即"故事"，他要给读者讲的"假话"即这篇《真实的故事》。

选文所讲的海上历险故事，表明作者确实是在"戏拟"，具体来说，是在"戏拟"诗人荷马在《奥德赛》中的写法。海岛上有流淌美酒之河，以及主干长有女人的葡萄树；鲸鱼腹中有众多物种和奇异景象，对于此类海洋叙事，卢奇安坦承他师法于荷马：

---

① 参见（古希腊）泰奥弗拉斯托斯等著，水建馥译：《古希腊散文选》，北京：商务印书馆 2013 年版，第 111 – 112 页。

带头写这类海外奇谈的祖师爷，正是荷马笔下的那个俄底修斯①。他在阿尔喀诺俄斯王②一伙人中，大讲被拴住的风，独眼巨人，吃人生番，多头怪兽，以及他的伙伴被人用药变了形状。他用诸如此类的故事，在淮阿喀斯岛③的那般呆子面前讲得天花乱坠。④

荷马对后世作家影响深远，卢奇安的上述观点以及他在《真实的故事》中对《奥德赛》的"戏拟"写法，可为一个显证。

5—13 世纪海洋文学

贝奥武甫

（英）佚名

作者及作品简介

《贝奥武甫》是迄今为止最早和最长（共 3 182 行）的一部英国史诗。译者冯象认为，《贝奥武甫》是"古代日耳曼人文化的结晶，中世纪欧洲第一篇民族史诗，英国文学的开山巨著"⑤。另一位译者陈才宇指出，这部史诗"早在六七世纪就以口头形式流传于日耳曼民族聚居的北欧沿海"⑥。由此可知，英国文学在发端之时，即因《贝奥武甫》的存在而与海洋有了密切的联系。

由于《贝奥武甫》形成年代相对久远，流传过程较为复杂，其作者信息已经难以具体考证。陈才宇研究认为：

盎格鲁—撒克逊人入侵不列颠以后，它随着征服者的足迹来到新的土地

---

① 即奥德修斯。

② 在陈中梅所译《奥德赛》中，此人之名为阿尔基努斯。

③ 在陈中梅所译《奥德赛》中，此地之名为法伊阿基亚。

④ 参见（古希腊）泰奥弗拉斯托斯等著，水建馥译：《古希腊散文选》，北京：商务印书馆 2013 年版，第 112 页。按：此处引文中"那般呆子"一语疑为"那帮呆子"之误。

⑤ 佚名著，冯象译：《贝奥武甫：古英语史诗·中译本前言》，北京：生活·读书·新知三联书店 1992 年版，第 1 页。

⑥ 佚名著，陈才宇译：《贝奥武甫·译序》，南京：译林出版社 2018 年版，第 1 页。

开花结实。如果说英国民族是一个"舶来的民族",那么,《贝奥武甫》就是一部"舶来的史诗"。①

这部史诗八世纪初就已初具文字规模,但我们今天读到的本子是十世纪某个僧侣修订的。这个不知名的僧侣与荷马一样没有包揽,也不可能包揽整部史诗的创作工作,他只是搜集整理了前人的创作成果。在众多参与创作的人中,他不是最初的作者,而是最后的一位。在他以前,参与史诗集体创作工作的是一些吟游诗人。在我们充分肯定最后一位定稿者的特殊贡献的同时,这些吟游诗人的作用是不可轻易忽视的。②

以上信息表明,《贝奥武甫》是一部经由集体创作的史诗,其"最初的作者"并非英国人,后世"众多参与创作"之人的国籍也难以考查。上述引文提到,"我们今天读到的本子是十世纪某个僧侣修订的",而"这个不知名的僧侣"是史诗的"最后一位定稿者";陈才宇还指出,这个本子的"手稿现藏于大英博物馆,采用的语言是韦塞克斯和西撒克逊语"③。考虑到所谓"韦塞克斯和西撒克逊语"是现代英语前身的中世纪英语(或古英语),我们可以知道,上述那位作为史诗"最后一位定稿者"的不知名僧侣,应是一位中世纪英国人。由于以上原因,历来的《贝奥武甫》研究和翻译者以"佚名"二字称呼其作者。

《贝奥武甫》如冯象所说,"讲的是英雄和英雄之死这个古代日耳曼人最关切的问题"④。史诗结构足以支持这一论断:它以一场盛大的海葬作为引子,复以一场盛大的海边葬礼作为终结,中间则由两部分组成,分别讲述贝奥武甫在青年和老年时代的英雄壮举。在第一部分,即贝奥武甫的青年时代部分,丹麦国王赫罗斯加修建了一座名为"鹿厅"的宴乐大厅,然而这座殿堂却遭到魔怪格兰道尔长期的血腥侵袭,国王对此悲痛不已,但束手无策;英勇的贝奥武甫听闻这个消息后,决定救助邻国,于是亲率一批勇士,从自己的国家高特⑤赶到丹麦,并凭一人之勇,经过浴血奋战,先后击杀魔怪格兰道尔及其母亲。在第二部分,即贝奥武甫的老年时代部分,他在高特国王海格拉克

---

① 佚名著,陈才宇译:《贝奥武甫·译序》,南京:译林出版社 2018 年版,第 1 页。
② 佚名著,陈才宇译:《贝奥武甫·译序》,南京:译林出版社 2018 年版,第 2 页。
③ 佚名著,陈才宇译:《贝奥武甫·译序》,南京:译林出版社 2018 年版,第 2 页。
④ 佚名著,冯象:《贝奥武甫:古英语史诗·故事梗概》,北京:生活·读书·新知三联书店 1992 年版,第 1 页。
⑤ 在今天的瑞典南部。——原书译者注。

父子死后继承王位，国家在其统治下强盛一时，但当其在位五十年时，国内的一条毒龙因自己守护的宝藏失窃而暴怒，大肆残杀百姓；贝奥武甫为了护佑国民，亲率武士进入龙窟，与毒龙奋力鏖战，最终艰难地将它杀死，但自己也因受伤过重而去世；国人在海边为其举行盛大的葬礼并修建了雄伟的陵墓。陈才宇认为："贝奥武甫扮演了武士（广义指臣僚阶层）的楷模和理想的国王双重的角色。史诗的作者塑造这个人物，表现了他们对于这两种人的道德与行为规范的期待与渴望。"①

目前国内较为常见的《贝奥武甫》译本有两种：冯象译《贝奥武甫：古英语史诗》（生活·读书·新知三联书店 1992 年版），陈才宇译《贝奥武甫》（译林出版社 2018 年版）。

下面的选文取自陈才宇译本，为其引子、第二章、第三章的部分内容。

选 文

贝奥武甫（节选）

引子　丹麦早期的历史②

诸位安静！我们已经听说，
在遥远的过去，丹麦的王公、首领，
如何将英雄的业绩一一创建。

　　斯基夫之子希尔德，常常从敌人手中，
从诸多部落那里，夺得领土，
想当初他孤苦零丁，如今却
威镇四方首长；他已如愿以偿，
在天地间建功立业，声誉日增，
直到鲸鱼之路③四邻的部落
一个个不得不向他臣服，
向他纳贡；哦，好一个强大的国王！
…………

　　时限一到，希尔德一命归天，

---

① 佚名著，陈才宇译：《贝奥武甫·译序》，南京：译林出版社 2018 年版，第 7 页。
② 参见佚名著，陈才宇译：《贝奥武甫》，南京：译林出版社 2018 年版，第 1—3 页。
③ "鲸鱼之路"为海洋之代称。

这位勇士回到了主的身边；
遵照他的嘱咐，亲密的伙伴们
把他抬到海边，这位丹麦人的朋友，
可敬的国王，曾经发号施令，
长久地治理过这个国家。

　　港口停泊着国王自己的灵船，
船身结着一层冰，正准备起航；
他们将可敬的首领抬进船舱，
就这样，这位项圈的赐予者①
荣耀地靠近桅杆。他的身边
堆着来自四方的无数财宝；
我从未听说世上有哪只航船
曾装载过那么多的武器和甲胄，
那么多的战刀和锁子甲；他的胸前
还摆满金子银子，它们将随着他
一道远远地漂流，进入大海的怀抱。
他们把礼物慷慨地送给国王，
那都是人民的财物，想当初，
襁褓中他独自漂洋过海，带来一船财宝，
这次他带走的礼品决不比那次少。
在他头顶，他们还树起一面锦旗，
然后才让海水把他卷进海洋。
他们的内心是何等的悲伤！
无论宫廷的智者还是天下的英雄，
没有人能够确切地知道，
这一船货物最后到了谁的手中。

从此以后，贝奥成了可敬的国王，
治理一座座城堡，在黎民百姓中
长久地享有盛誉，（他的父王已经去世，
告别了自己的家园，）直到后来，

---

① 在中世纪以来的欧洲和西亚地区，国王通常将象征身份、地位和荣誉的项圈（史诗中有时候称之为"金环"）、戒指等物，赐予接受册封和奖励之人（如骑士等）。

贝奥又生下了伟大的哈夫丹，

他一生驰骋疆场，庇护希尔德的子孙。

人们都说他生有三子一女：

军事统帅希罗加和赫罗斯加①，

好人儿哈尔格，我还听说

公主伊丝成了奥尼拉的王后，

那位骁勇的瑞典人的伴侣。

…………

二　贝奥武甫来到鹿厅②

就这样，哈夫丹之子赫罗斯加

整日忧心忡忡；那班智慧的王公

也无法为他排忧解难；因为这场灾难——

这黑暗的恐惧，降临在百姓身上，

实在太残酷，太可憎，太漫长！

格兰道尔的暴行传进高特王国，

传到海格拉克③手下一位勇士耳里；

这位英雄出身高贵、勇力过人，

同时代人当中堪称卓绝超凡。

他命人马上为他备好一艘快船，

他说他要跨过天鹅之路④，

拜访一下那位著名的国王，

因为他此刻正需要有人出力相助。

智慧的族人没有人说他太冒险，

虽然他们一个个与他相处亲善。

他们反而鼓励他，为他择定良辰。

---

① 希尔德死后，他的两个儿子先后继位。在下文中，赫罗斯加亲自对贝奥武甫说："哈夫丹之子——/我的兄长希罗加刚刚去世，/他是一位比我更优秀的国王。"选文下面所讲贝奥武甫的故事，即发生在赫罗斯加继位的初期。

② 参见佚名著，陈才宇译：《贝奥武甫》，南京：译林出版社 2018 年版，第 8 – 20 页。

③ 史诗中高特王国的国王，贝奥武甫是其外甥和侍臣。下文对此有交代。

④ "天鹅之路"与上文的"鲸鱼之路"一样，均为海洋之代称。

在高特人中，贝奥武甫精心挑选
一批最勇敢的武士偕他同行，
连他自己在内，一共十五位壮士
一道奔向快船；这位老练的水手
很快把他的勇士带到海岸。

良辰一到，停泊在岩石下的船只
即刻下了水。武士们争先恐后
登上甲板；潮水汹涌激荡，
冲击着沙滩；勇敢的武士们
把闪光的盔甲、珍贵的兵器
搬进船舱；然后船儿被推进深水，
武士们登上了备受祝福的航程。
木船乘着劲风，船首飞溅着浪花，
航行在大海的波涛上，它像一只鸟
在海面飞翔，直到第二天，
航海者从曲颈的木舟上
已经看得见前方的陆地，
看得见闪光的岩石、高耸的山脉，
以及突兀的岬角。大海已经渡过了，
航程结束了。高特的勇士们
停泊好木舟，很快登上海岸，
身上的盔甲和战袍叮当作响。
他们衷心地向上帝表示谢意，
因为他们已平安地到达目的地。

这时，在岸上巡逻的丹麦哨兵，
发现那金光闪闪的盾牌
以及全副武装的一班勇士
出现在他面前；他心中十分焦急
急切要弄清这些人的来历。

这位赫罗斯加手下的将官
于是挥舞着手中的长矛
驱马上前，用严厉的声音吆喝：

"你们是什么人，竟如此大胆，
全副武装乘坐高大的战船

跨洋过海侵犯我们的边界！
听着！长期以来，我一直
守卫在这海岸上，负责监视
任何敌人从海上乘船而来，
可能把我们丹麦的领土侵犯！
从来没有持盾者①像你们这样
明目张胆，闯入我的地盘，
你们显然答不出军士的口令，
显然没有得到我的同胞的批准。
不过，你们那位披甲的勇士
那么英武，这我倒从未见过，
如果堂皇的仪表没有骗人，我敢说，
他决不是凭武器乔装的侍臣。
在你们从我这里继续前进以前，
我必须首先弄清你们的身份，
我不能让间谍混入丹麦国土，
远道而来的陌生人和航海者，
请听清楚我的问题并马上回答：
你们这班人究竟来自哪里？"

　　航海者的首领、武士的统帅
打开言词的宝库这样回答：
　　"我们是属于高特部落的人，
我们是海格拉克国王的亲信。
我的父亲出身高贵，大名鼎鼎，
艾克塞奥就是他的大名；
他在世生活了无数个冬天，
才抛下家园去世；普天下
所有的智者都对他深切怀念。
　　我们此行怀着友好的意愿
拜访你们的主人哈夫丹之子——
百姓的庇护人。请你指示我们：

---

① "持盾者"指武士。

我们负有伟大的使命，要见见
丹麦的国王；我觉得此事
用不着保密。你一定知道，
我们听到的传闻是否真实：
在丹麦人中间出现了某个敌人，
他利用黑夜犯下可恨的罪行，
令人恐怖地宣泄他的仇恨，
施行伤害与屠杀。此行我诚心诚意
来向赫罗斯加进献良策，
帮助这位贤明的国王降伏仇敌，
也许他能从此时来运转，
摆脱恶魔的骚扰，并平息
他胸中无法平静的忧虑。
否则他就得继续蒙受祸患，
受恶魔的压迫，只要那宏伟的大殿
继续高耸在丹麦的高地上。"

　　勇敢的哨兵坐在马背上
如此回话："每个聪慧的军士
只要他保持清醒的头脑，
便能辨别是非，判断好恶。
这会儿我明白了，你们是一支
与丹麦国王友好的队伍。
带上你们的武器，继续上路吧，
我将为你们带路，我还要吩咐
我的同胞把你们的船只——
那艘曲颈的木舟推上沙滩，
严加看管，以防它落入敌手，
直到它将载着可敬的勇士
穿过大海返回高特国土。
但愿命运保佑如此勇敢的人
安然无恙度过争战的风暴。"

　　他们继续进发。船舱宽敞的木舟
用缆绳系住，稳稳地停泊

在沙滩上。
．．．．．．．．．．．

贝奥武甫开口说话，身上的盔甲闪亮，
那精制的环锁见证铁匠的手艺高强。
"向你致敬，赫罗斯加国王！
我是海格拉克的外甥和侍臣。
少年时代，我便建立过许多功勋。
格兰道尔的恶行我早有耳闻；
航海归来的人都对我说，
这座人间最漂亮的大厅，每当
夜幕降临，天光淹没在苍穹，
里面就空空荡荡，一片凄凉。
因此，我的同胞——那些智慧的大臣，
就建议我踏上此次征程，
来此拜见你赫罗斯加国王，
因为他们知道我力量非凡。
他们曾目睹我从战场凯旋，
浑身沾满血污，在一次争战中，
俘获了五个巨人，捣毁了巨人家族；
有天晚上，我还在波涛中历经艰难
杀死众多海怪，替高特人报了仇——
把怪物撕成碎片——而这一次，
我打算单独跟魔怪格兰道尔
较量较量。因此，我请求你——
丹麦人的国王，希尔德子孙的庇护人，
武士的避难所和百姓的朋友，
此次我漂洋过海远道而来，
请你千万不要拒绝，允许我
独自率领我手下的一班勇士
将作崇鹿厅的恶魔铲除。
我也曾听说，这个怪物一旦发怒，
任何武器都对他无济于事。
因此，为了让我的主公——
海格拉克为我感到欣慰，

我不屑于使用刀枪和盾牌，
要跟恶魔来一番徒手交战，
与他针锋相对，拼个你死我活。
最后到底是谁被死神擒获，
那只有让上帝来为我们判决。
我并不怀疑，如果他获得胜利，
他会在血战的大厅吞噬
高特的子民，就像他以往
吞噬高贵的丹麦人那样。
如果我死了，你们无需把尸体掩埋，
那时我一定被咬得血肉模糊。
他会把我的尸体带走，返回
他居住的巢穴，然后残忍地
大吃大嚼。你们再用不着
为我的尸体费心。如果我打败了，
就请把我这一身漂亮的盔甲
派人交还给海格拉克国王，因为
它是雷塞尔的馈赠，威兰德①的杰作。
命中注定的事，你无法抗拒。"
…………

三　鹿厅盛宴②

于是在宴乐厅为这班高特人
腾出了座位。勇士们一个个
气宇非凡，坐到各自的座位上。
这时有一位执勤的侍臣
端上一只镂金的大酒杯，
给他们倒上美酒。吟游诗人
则放声歌唱。丹麦人与高特人
一起饮宴作乐，那气氛好不欢畅！

---

① 古代斯堪的纳维亚人的冶炼神。——原书译者注。
② 参见佚名著，陈才宇译：《贝奥武甫》，南京：译林出版社 2018 年版，第 20－26 页。

　　坐在丹麦国王身边的安佛斯——
艾格拉夫之子，这时提出挑衅；
贝奥武甫这位勇敢水手的壮举
深深刺痛了他的心，因为
他不愿看见别人比他更荣耀，
普天下不管谁取得成就，
都会使他感到十分难受：
"你就是那位跟布雷克争胜，
在茫茫大海上游泳的贝奥武甫？
是你为了虚荣潜入大海探险，
为了愚蠢的吹牛把自己的生命
当成儿戏？当你决意下海，
不管是谁，无论是仇是友
都无法劝说你把计划放弃。
你用双臂拥抱大海的浪花，
用胳膊丈量海水，挥舞双手。
滑行在海洋上；冰冷的海水
波涛汹涌。你在大海的巨掌里
挣扎了七天。但结果他胜了你，
因为他更强大。第二天一早，
大海把他抛上希塞里姆海岸。
他从那里开始返乡的路程，
回到布朗丁人可爱的家园，
坚固的堡垒，那里有他的乡亲、
城堡和财宝。那位比斯丹之子
对你夸下的海口得到了证实。
因此，如果你胆敢在格兰道尔身边
待上一个晚上，我可以预见
你的结局一定很不幸——尽管你
在别的争战中一次次保住了性命。"
　　艾克塞奥之子贝奥武甫说：
"哟，我的朋友安佛斯，你唠唠叨叨
说了那么多有关布雷克的话，

一定喝醉了，我可以告诉你事实，
比起你所提到的那个人，
在海上我确实更强大，历险更多。
我们像孩子一样吹嘘打赌——
当年我们两人的确年纪轻轻——
决计拿生命在大海上冒险，
这事我们而且说到做到。
游泳时我们手上握着宝剑，
以便在鲸鱼向我们袭击时，
用来保护自己。在大海的波涛上，
他根本无法超到我的前面，
而我也未能把他抛在背后。
整整五天五夜，我们并肩前进，
直到汹涌的潮水把我们分开。
当时海浪滔天，天气寒冷，
北风呼啸，黑夜渐次深沉，
一切都于我们不利，大海变得凶险无比。
海怪此时也惹得怒气冲冲；
多亏了坚固的盔甲保护着
我的身体，使我免遭他们的袭击，
那镶金的护胸甲为我抵御
来犯之敌。然而，一头凶残的怪兽
还是把我紧紧抓住，并把我
拖进大海的深渊；幸好，
我及时腾出手，用锋利的宝剑
向那头怪物刺去；就这样，
我亲手铲除了一头海中巨兽。

　　"别的海怪来势汹汹，继续向我
频频攻击。但我不失时机
挥舞着宝剑，跟他们周旋。
这班食人怪兽未能如愿以偿，
在海底围着我举行盛宴，
把我当成他们的美餐。相反的，

第二天早上，他们带着致命伤
被海水冲上岸，就此长眠不醒。
从那以后，在大海的深渊，
他们再不能兴风作浪，阻挡
航海者的行程。上帝的明灯
从东方升起，大海复归宁静，
我又能看见前方的陆地，以及
迎风的峭壁。只要他意志坚强
命运之神常常放过不甘失败的英雄。
　　"不管怎么说，我用我的宝剑
杀死了九个海怪。我从未听说
天底下有谁经历过更艰苦的夜战，
有谁在海里遭际更多的凶顽。
筋疲力尽的我活着逃出
敌人的魔掌。然后汹涌的海浪
托起我的身子，把我带到
芬兰人的土地上。而我从未听说
你也经历过如此激烈的争战，
如此可怕的冒险。布雷克也从未
参加过这样的战斗，无论你还是他
都没有用宝剑建立过辉煌的功绩——
我并没有过分夸耀我自己，
你只屠杀过你的同胞兄弟，
由于那桩罪行，你将永远
受地狱之苦，你的聪明也救不了你。
我跟你说句实话，艾格拉夫之子，
如果你在战场上十分勇敢，正如
你自己声称的那样，魔怪格兰道尔
对你的主公就犯不下这么多罪行，
就不能把鹿厅搅得鲜血淋淋。
正因他发现他用不着害怕
与你们的人交战，用不着提防
胜利的希尔德子孙的刀剑，
他才强行征税，对你们丹麦人

毫不留情；他从此随心所欲，
大肆杀戮，从不指望你们
会奋起抵抗。如今我要让他看看
高特人在战场上的勇气和力量。
当明晨的天光，那火红的太阳
从南方照临人类的子孙，那时，
人们只要乐意，就可以喜气洋洋，
回到宴乐大厅作乐寻欢。"

财宝的赐主，白发苍苍的老英雄
听后十分高兴；丹麦人的国王
有了指望；百姓的庇护人
听见了贝奥武甫坚定的声音。

英雄们一个个喜笑颜开，大家
吵吵嚷嚷，好不欢畅！
…………

作品评析

选文可分为三个部分，都跟海有关，分别是丹麦老国王的海葬；贝奥武甫率领勇士从高特渡海抵达丹麦王宫；贝奥武甫在王宫宴会中讲述自己的一场海战壮举。如果联系"作者及作品简介"部分的内容，我们不难发现，史诗《贝奥武甫》中的海，既是英雄的战场和英雄事迹的见证者，也是英雄最后的归宿。

《贝奥武甫》与《伊利亚特》《奥德赛》《埃涅阿斯纪》相比，虽同为具有海洋特点的史诗，对主要英雄人物的描绘和刻画却有所不同。《伊利亚特》中的英雄阿基琉斯武功卓越，视个人荣誉和个人尊严重于一切；《奥德赛》中的奥德修斯勇猛超人，睿智如神。要之，荷马史诗中的主要英雄人物多为个人主义式的。《埃涅阿斯纪》中的英雄，已经与荷马史诗中的英雄有所不同，埃涅阿斯除英勇过人外，其族群使命感、集体荣誉感和家国责任感都非常强烈。就此而言，《贝奥武甫》中的英雄与《埃涅阿斯纪》的较为接近，即具有强烈的责任感和集体主义精神。但贝奥武甫准备独斗魔怪的承诺和计划，以及后来击杀魔怪过程中表现出来的个人英雄主义，却更接近《伊利亚特》中的阿基琉斯；其聪明睿智，则接近《奥德赛》中的奥德修斯。因此，就对英雄人物形象的描绘而言，《贝奥武甫》实际上综合了古希腊和古罗马史诗的特点。

源氏物语

（日）紫式部

作者及作品简介

　　《源氏物语》是日本古典文学名著，平安时代（794—1192）物语文学的典范，既是日本最早、最完整的长篇小说，也是世界文学史上第一部长篇写实小说。

　　其作者紫式部（むらさきしきぶ，约973—约1015）是日本平安时代女作家。据《源氏物语》译者和研究者叶渭渠介绍：

　　作者紫式部，本姓藤原，原名不详。因其长兄任式部丞，故称为藤式部，这是宫里女官中的一种时尚，她们往往以父兄的官衔为名，以示身份；后来她写成《源氏物语》，书中女主人公紫姬为世人传诵，遂又称作紫式部。作者生卒年月也无法详考，大约是生于九七八年，殁于一○一五年。紫式部出身中层贵族，是书香门第的才女，曾祖父、祖父、伯父和兄长都是有名的歌人，父亲兼长汉诗、和歌，对中国古典文学颇有研究。作者自幼随父学习汉诗，熟读中国古代文献，特别是对白居易的诗有较深的造诣。此外，她还十分熟悉音乐和佛经。……后来应当时统治者藤原道长之召，入宫充当一条彰子皇后的女官，给彰子讲解《日本书纪》和白居易的诗作，有机会直接接触宫廷的生活，对妇女的不幸和宫廷的内幕有了全面的了解，对贵族阶级的没落倾向也有所感受。这些都为她的创作提供了艺术构思的广阔天地和坚实的生活基础。[①]

　　引文中的"藤原道长"是日本平安王朝的外戚和摄政权臣；"一条彰子皇后"即藤原彰子，为藤原道长的长女，一条天皇（日本第六十六代天皇）的皇后，紫式部正是其宫中女官。藤原道长在当时权倾一时，与其子长期把持朝政，日本也在他们执政期间强盛一时，但也出现了很多危机，盛极而衰的趋势已经不可避免。

　　《源氏物语》正产生于这一时期。小说共54贴，近百万字，以平安时代

[①]（日）紫式部著，丰子恺译：《源氏物语·译本序（全三册）》，北京：人民文学出版社1980年版，第1－2页。

的历史为背景，以主人公源氏的生活经历和爱情故事为中心，并以高超的文学手法和典型的艺术形象，对这个时代的精神面貌和社会特征做了深刻细致的描绘。紫式部最重要的作品即这部《源氏物语》，其主要作品还有《紫式部集》和《紫式部日记》。

目前国内的《源氏物语》译本较多，其中全译本有丰子恺译本、林文月译本、殷志俊译本、郑民钦译本、康景成译本、叶渭渠和唐月梅合译本、姚继中译本等。

下面的选文出自丰子恺译本（人民文学出版社 1980 年版）第十二、十三回的部分内容，主要写主人公源氏在 26～27 岁时，因在朝中失势而远离京城、先后避居须磨和明石的故事。

选 文

源氏物语（节选）

第十二回　须磨①

源氏公子渐觉世路艰辛，不如意之事越来越多；如果装作无动于衷，隐忍度日，深恐将来遭逢更惨的命运。他想自动离开京都，避居须磨。这地方在古昔曾有名人卜居，但听说现今早已荒凉，连渔人之家也很稀少。住在繁华热闹的地方，又不合乎避地的本意；到离开京都遥远的地方去，又难免怀念故里，牵挂在京的那些人。因此踌躇不决，心乱如麻。

反复思量过去未来一切事情，但觉可悲之事不胜枚举。这京都地方已可厌弃，然而想起了今将离去，难于抛舍之事，实在甚多。其中尤其是紫姬②，她那朝朝暮暮惜别伤离、愁眉不展的样子，越来越厉害，这比任何事情更使他痛心。以前每逢分别，即使明知必可重逢，即使暂时离居一二日，他也总是心挂两头，紫姬也不胜寂寞。何况此度分携，期限无定。正如古歌所云"离情别绪无穷尽，日夜翘盼再见时。"③ 如今一旦别去，则因世事无常，或许即成永诀，亦未可知。——如此一想，便觉肝肠断绝。因此有时考虑："索

① 参见（日）紫式部著，丰子恺译：《源氏物语（全三册）》，北京：人民文学出版社 1980 年版，第 268－301 页。原书译者注："本回写源氏二十六岁三月至二十七岁三月之事。须磨位在神户西面的南海岸。此时大约已有革职流放的消息，故被迫自动离去。"

② 源氏公子心目中的完美女性，后成为他的正室夫人，也是《源氏物语》中最重要的女性人物。源氏公子后因紫姬之死而悲痛不已，不久便出家，随后去世。

③ 此古歌见《古今和歌集》。——原书译者注。

性悄悄地带她同行，便又如何？"然而在那荒凉的海边，除了惊风骇浪之外无人来访，带着这纤纤弱质同行，实在很不相宜，反而会使我处处为难。——如此一想，便打消此念。紫姬却说："即使是赴黄泉，我也要跟你同行。"她怨恨源氏公子的犹豫不决。

············

一路行去，紫姬的面影常在眼前。终于怀着离愁乘上了行舟。暮春日子甚长，是日又值顺风，申时许已到达须磨浦。旅途虽甚短暂，但因素无经验，觉得又是可悲，又是可喜，颇有新奇之感。途中有一个地方，名叫大江殿，其地异常荒凉，遗址上只剩几株松树。源氏公子即景赋诗：

"屈原名字留千古，
　逐客去向叹渺茫。"

他望见海边的波浪来来去去，便吟唱古歌："行行渐觉离愁重，却羡波臣去复回。"① 这古歌虽是妇孺皆知，但在目前情景之下，吟之异常动人，诸随从听了无不悲伤。回顾来处，但见云雾弥漫，群山隐约难辨，诚如白居易所云，自身正是"三千里外远行人"② 了。眼泪就像桨水③ 一般滴下来，难于抑止。源氏公子又吟诗道：

"故乡虽有云山隔，
　仰望长空共此天。"

触景生情，无不辛酸。

············

且说须磨浦上，萧瑟的秋风吹来了。源氏公子的居处虽然离海岸稍远，但行平中纳言所谓"越关来"的"须磨浦风"④ 吹来的波涛声，夜夜近在耳边，凄凉无比，这便是此地的秋色。源氏公子身边人少，都已入睡，只有公

---

① 此古歌见《伊势物语》。——原书译者注。
② 白居易《冬至宿杨梅馆》诗云："十一月中长至夜，三千里外远行人。若为独宿杨梅馆，冷枕单床一病身。"——原书译者注。
③ 古歌："今夕牛女会，快桨银河渡。桨水落我身，点滴如凝露。"见《古今和歌集》。——原书译者注。
④ 行平中纳言的歌："须磨浦风越关来，吹得行人双袖寒。"见《续古今和歌集》。——原书译者注。

子一人醒着。他从枕上抬起头来，但闻四面秋风猛厉，那波涛声越来越高，仿佛就在枕边。眼泪不知不觉地涌出，几乎教枕头浮了起来。他便起身，暂且弹一会琴，自己听了也不胜凄楚之感。便停止了弹琴，吟诗道：

"涛声哀似离人泣，
疑有风从故国来。"

随从者都惊醒了，大家深深感动，哀思难忍，不知不觉地坐起身来，偷偷地揩眼泪，擤鼻涕。源氏公子听见了，想道："此等人不知作何感想。他们都为了我一人之故，抛开了片刻不忍分离的骨肉，飘泊来此，身受此种苦楚。"他觉得很对他们不起。心念今后如果长此愁叹，他们看了一定更加伤心。于是强自振作起来，昼间和他们讲种种笑话，借以消愁遣怀。寂寞无聊之时，将各种色彩的纸黏合起来，作戏笔的书法；又在珍贵的中国绢上戏笔作画，贴在屏风上，画得非常美妙。以前身居京都，听人描述高山大海的景色，只是遥遥地想象其姿态而已。如今亲眼目睹，觉得真山真水之美，绝非想象所能及，便作了许多优秀无比的图画。随从人等看了都说："应该召请当今有名的画家千枝和常则来，教他们替这些画着色才好。"大家觉得遗憾。他们接近这个亲切可爱的人物，便可忘却尘世之苦患。因此有四五个人时时随侍在侧，他们认为亲近公子乃一大乐事。

有一天，庭中花木盛开，暮色清幽。源氏公子走到望海的回廊上，伫立栏前，闲眺四周景色，其神情异常风流潇洒。由于环境岑寂之故，令人几疑此景非人世间所有。公子身穿一件柔软的白绸衬衣，上罩淡紫面、蓝里子的衬袍，外面穿着一件深紫色常礼服，松松地系着带子，作随意不拘的打扮。念着"释迦牟尼佛弟子某某"而诵经的声音，亦复优美无比。其时从海上传来渔人边说边唱地划小船的声音。隐约望去，这些小船形似浮在海面的小鸟，颇有寂寥之感。空中一行塞雁，飞鸣而过，其音与桨声几乎不能分辨。公子对此情景，不禁感慨泣下。

············

三月初一适逢巳日①。随从中略有见识的人劝道："今天是上巳，身逢忧患的人，不妨前往修禊。"源氏公子听了他们的话，到海边去修禊了。在海边张起极简单的帐幕，请几个路过的阴阳师来，叫他们举行祓禊。阴阳师把一

---

① 阴历三月上旬之巳日，谓之"上巳"，中国自古亦有修禊之俗。临水祓除不祥，谓之修禊。——原书译者注。

个大型的刍灵放在一只纸船里，送入海中，让它飘浮而去。① 源氏公子看了，觉得自身正像这个飘海的刍灵，便吟诗道：

"我似刍灵浮大海。
随波飘泊命堪悲。"

他坐在海边天光云影之下赋诗之时，神态异常优美。是时风日晴和，海不扬波，水天辽廓，一望无际。过去未来种种情形，次第涌上心头。又赋诗云：

"原知我罪莫须有，
天地神明应解怜。"

　　忽然风起云涌，天昏地黑。被禊尚未完成，人人惊慌骚扰。大雨突如其来，声势异常猛烈。大家想逃回去，却来不及取斗笠。不久以前，风平浪静，此时忽起暴风，飞沙走石，浪涛汹涌。诸人狂奔返邸，几乎足不履地。海面好像盖了一床棉被，膨胀起来。电光闪闪，雷声隆隆，仿佛雷电即将打在头上。众人好容易逃进了旅邸，惊诧地说："这样的暴风雨，从来不曾见过。以前也曾起风，但总先有预兆。这样突如其来，实在可惊可怪！"雷声还是轰响不止。雨点沉重落地，几乎穿通阶石。众人心慌意乱，叹道："照这光景，世界要毁灭了！"独有源氏公子从容不迫地坐着诵经。

　　日色近暮，雷电稍息，惟风势到夜犹不停止。雷雨停息，想是诵经礼佛愿力深宏之故吧。大家互相告道："这雷雨如果再不停息，我等势必被浪涛卷去。这便是所谓海啸，能在顷刻之间害人。以前只是传闻，却终未见过此种骇人之事，此次才目击了。"

　　将近破晓，诸人均已酣眠，源氏公子亦稍稍入睡。梦见一个素不相识的人，走进室内，叫道："刚才大王召唤，为何不到？"便向各处寻找源氏公子。公子惊醒，想道："听说海龙王最爱美貌之人，想是看中我了。"这就使得他更加恐惧，觉得这海边越发不堪久居了。

---

　　① 刍灵即草人，将草人在人身上磨（摩）擦一下，表示让灾殃移在草人身上，然后将草人放入船中使飘（漂）海而去，此即所谓被除不祥。——原书译者注。

第十三回　明石①

　　风雨依然不止，雷电亦不停息，一连多日了。忧愁之事，不可胜数，源氏公子沉湎于悲惧之中，精神振作不起来了。他想："怎么办呢？倘说为了天变而逃回京都，则我身未蒙赦罪，更将受人耻笑。不如就在此间找个深山，隐遁起来。"继而又想："若然，世人又将谓我被风暴驱入深山，传之后世，讥我轻率，永作笑柄。"为此踌躇不决。每夜梦中所见，总是那个怪人，缠绕不休。

　　天空乌云密布，永无散时。日夜淫雨，永不停息。京中消息沉沉，益觉深可悬念。感伤之余，想道："莫非我将永辞人世，就此毁身灭迹么？"但此时大雨倾盆，头也不能伸出户外，因此京中绝无来使。只有二条院的紫姬不顾一切，派来一个使者，其人浑身湿透，形态怪异。倘在路上遇见，定要疑心他是人是鬼。虽然是这样丑陋的一个下仆，以前必然赶快把他逐去，但现在源氏公子觉得非常可亲。他亲自接见下仆，自己也觉得委屈，可知近日心情已经大非昔比了。此人带来紫姬的信，写道："连日大雨，片刻不停。层云密布，天空锁闭，欲望须磨，方向莫辨。

　　　　"闺中热泪随波涌，
　　　　浦上狂风肆虐无？"

此外可悲可叹之事，一一写告，不胜记述。源氏公子拆阅来信，泪水便像"汀水骤增"②，两眼昏花了。

　　使者告道："此次之暴风雨，京都亦疑是不祥之兆，宫中曾举办仁王法会③。风雨塞途，百官不得上朝，政事已告停顿。"此人口齿笨拙，言语支吾。但源氏公子为欲详知京中状况，召他走近身边，仔细盘问。使者又说："大雨连日不停，狂风时时发作，亦已继续多天。如此骇人之天气，京中从未有过。大块冰雹落下，几乎打进地底下。雷声惊天动地，永不停息，都是向来没有的事。"说时脸上显出恐怖畏缩之状，令人看了更增忧惧。

　　源氏公子想："此天灾倘再延续，世界恐将毁灭！"到了次日，破晓即刮

---

　　① 参见（日）紫式部著，丰子恺译：《源氏物语（全三册）》，北京：人民文学出版社1980年版，第302–331页。原书译者注："本回写源氏二十七岁三月至二十八岁八月之事。"

　　② 古歌："居人行客皆流泪，川上汀边水骤增。"见《土佐日记》。——原书译者注。

　　③ 仁王法会是请僧众诵《仁王经》，以祈"七难即灭，七福即生"。——原书译者注。

飓风，海啸奔腾而来，巨浪扑岸，轰声震天，有排山倒海之势。雷鸣电闪，竟像落在头上，恐怖难于言喻。随从诸人，没有一个不惊慌失措。相与叹道："我们前生犯了什么罪过，以致今世遭此苦难！父母和亲爱的妻子儿女的面也见不着，难道就这样死去么？"只有源氏公子一人镇静，他想："我究竟有何罪过？莫非要客死在这海边不成？"便强自振作，但周围的人骚扰不定，只得教人备办种种祭品，向神祈祷："住吉大神①呵！请守护此境！神灵显赫，定能拯救我等无罪之人。"便立下了宏誓大愿。

左右见此情景，都把自己的性命置之不顾，而同情源氏公子的不幸。像他这样身份高贵的人物，而身逢古无前例的灾厄，他们觉得非常可悲。凡是能振奋精神而稍稍恢复元气的人，都真心感动，愿舍自身性命，以救公子一人。他们齐声向神佛祈祷："谨告十方神灵：我公子生长深宫，自幼惯享游乐，而秉性仁慈，德泽普及万民；扶穷救弱，拯灾济危，善举不可胜数。但不知前生有何罪孽，今将溺死于此险恶之风波中？仰求天地神佛，判断是非曲直。无辜而获罪，剥夺官爵，背井离乡，朝夕不安，日夜愁叹。今又遭此可悲之天变，性命垂危。不知此乃前生之孽报，抑或今世之罪罚？倘蒙神佛明鉴，务请消灾降福！"他们向着住吉明神神社方向，立下种种誓愿。源氏公子也向海龙王及诸神佛许愿。

岂料雷声愈来愈响，霹雳一声，正落在与公子居室相连之廊上，火焰迸发，竟把这廊子烧毁了。屋内诸人都吓得魂飞魄散。慌忙之中，只得请公子移居后面形似厨房的一室中。不拘身份高低，多人共居一室。混乱杂沓，呼号哭泣，骚扰不让于雷声。天空竟像涂了一层墨水，直到日暮不变。

后来风势逐渐减弱，雨脚稀疏，空中闪出星光。定心一看，这居室实在简陋之极，对公子说来真太委屈了。左右想请公子迁回正屋，但已被雷火烧残，形迹可怕，加之众人往来践踏，零乱不堪。而帘子等又被狂风吹去。只得等到天明后再作计较。诸人周章狼狈之时，源氏公子惟专心念佛诵经，想到今后种种事宜，心情亦甚不安。

不久月亮出来了。源氏公子开了柴门，向外眺望，但见附近浪潮袭击之处，痕迹显然，并且还有余波来来去去。附近一带村民之中，知情达理而懂得过去未来、天变原因的人，一个也没有。只有一群无知无识的渔夫，知道这里是尊贵之人的住处，大家聚集在垣外，说些听不懂的土话，模样甚是奇特，然而也不便驱散。但闻渔夫们说："这风若再不息，海啸就涌上来，这一带地方将完全淹没呢！全靠菩萨保佑，功德无量！"如果认为源氏公子听了渔

---

① 日本神话中的海神，负责保护航行和沿海安全。

夫这番话提心吊胆，那样说未免太愚蠢了。源氏公子便吟诗：

> "不是海神呵护力，
> 碧波深处葬微躯。"

大风骚扰了一昼夜，源氏公子虽然强自振奋，毕竟十分疲劳，不知不觉地睡着了。这住处实在太简陋，没有帐幕，公子只是靠在壁上打瞌睡。忽见已故的桐壶上皇站在眼前，神态全同生前一样，对公子说道："你怎么住在这肮脏的地方？"握住了他的手，拉他起来，接着又说："你须依照住吉明神指引，火速开船，离去此浦！"源氏公子不胜惊喜，奏道："父皇呵，自从诀别慈颜以来，儿子身受了不知多少苦难！此刻正欲舍身投海呢！"桐壶上皇的阴魂答道："岂有此理！你此次受难，只是小小罪过的报应而已。我在位时，并无何等大罪。但无意之中，总难免犯下小过。我为了赎罪，近来非常忙碌，无暇顾及阳世之事。但闻你近遭大难，我坐立不安，故特由冥府穿过大海，来到此浦，旅途非常疲劳。我还须乘此机会，到宫中一见皇上，有所叮嘱。现在即刻动身入京了。"说罢便走。

源氏公子依依不舍，哀声哭道："我跟父皇同去！"抬头一看，不见人影，只有一轮明月照耀天空。并不像是做梦，但觉父皇面影隐约在目，天空飘曳的云彩也很可亲可爱。年来渴慕慈容，却一次也不曾入梦。今晚虽然刹那，但是分明看清，现在还闪现眼前。我今遭此苦厄，濒于死亡，父皇在天之灵特地飞翔到此，前来救助，令人不胜感激。如此想来，倒是托这暴风雨之福。希望在前，不胜欣幸。对父皇的恋慕之情充塞胸中，反觉心情忐忑不安。便忘却了现世的悲哀，而痛惜梦中不曾详细晤谈。他想或许可以再见，便闭上眼睛，希望续梦。然而心目清醒，直到天明。

忽见一只小船驶近岸边，有两三个人上岸，向着源氏公子的旅舍走来。这里的人问他们是谁，据回答是前任播磨守明石道人从明石浦乘船来此相访。那使者说："源少纳言①陪随侍在此，敝主人欲求一见，有话面谈。"良清闻言，吃了一惊，对源氏公子说："这道人是我在播磨国时的相知。虽然交游多年，但因略有私怨，以后音信亦不相通。久无往还，今忽在此暴风雨中来访，不知有何要事？"他觉得很诧异。源氏公子恍悟此事与父皇托梦有关，便命他立刻来见。

良清莫名其妙，心中想道："在这猛烈的风波中，他怎么会发心乘船来访

---

① 即良清。——原书译者注。

呢?"便上船与明石道人相见。道人言道:"以前,上巳日之夜,我梦见一个异样的人,叮嘱我来此相访。起初我不相信,后来再度梦见此人,对我说:'到了本月十三日,你自会看到灵验。快准备船只!那天风雨停息了,你必须前往须磨。'于是我试备船只,静候日期来到。后来果然风雨大作,雷电交加。在外国朝廷,相信灵梦而赖以治国的前例甚多①。因此之故,即使贵处不信此事,我亦当遵守梦中所示日期,乘船前来奉告。岂知今天果然刮起一股奇风,安抵此浦,与梦中神灵所示完全相符。我想贵处或许也有预兆,亦未可知。敢烦以此转达公子,唐突之处,不胜惶恐。"

良清回来,将此情悄悄禀告源氏公子。公子左思右想,觉得梦境与现实,都是不可思议之事,都是显然的神谕。他把过去未来之事考虑一番之后,想道:"我倘一味顾虑今后世人的诽议,而辜负神明真心的佑护,则世人对我的讥笑,恐将更甚于目前。辜负现世人的好意,尚且于心不安,何况神意。我已身受种种悲惨教训,现在应当听从这个年长位尊、德隆望重之人,遵照他的指示。古人有言:'退则无咎。'我实在已被逼得濒于死亡,身受了世无其例的苦楚。今后即使不顾身后浮名,也无甚大碍了。况且梦中亦曾受父皇教谕,命我离去此地。我还有什么疑虑呢?"他下决心之后,便命答复明石道人:"我身飘泊来此异乡,身受莫大苦楚,而京都并无一人前来慰问。惟有仰望缥缈行空的日月光华,视为故乡之亲友。今天想不到'好风吹送钓舟来'②。你那明石浦上可有容我隐遁之处?"明石道人欢喜无限,感激不尽。

随从人等便向公子劝请:"无论如何,请在天明以前上船。"源氏公子照例只带亲信四五人,登舟出发。和来时一样又是一阵奇风,轻舟飞也似的到达了明石浦。须磨与明石近在咫尺,本来就片时可到,而今天特别迅速,竟像神风吹将过去似的。

作品评析

　选文讲述源氏公子自行避离京都,先后在须磨和明石海岸蛰伏隐居的故事。

　源氏的海岸之行,在其感情经历中具有重要的意义。他在奔赴须磨之前,考虑到海边生活的荒苦,曾在是否携紫姬同行一事上犹豫不决,"心乱如麻",紫姬则表示"即使是赴黄泉"也要与他同行。这表明二人情深意笃,接下来

---

① 指殷王武丁。武丁三年不言,政治决于冢宰。后以梦求得傅说,以为相,国大治。——原书译者注。

② 古歌:"泪眼未晴逢喜讯,好风吹送钓舟来。"见《后撰集》。——原书译者注。

他们的一系列互动，则显示出源氏这次海边避居行为，对他们之间的感情而言，堪称一次深化和升华。而源氏在出发前，将府邸事务交由紫姬总管①，显示出他对后者毫无保留的信任，并在事实上确立了后者的正妻地位。

源氏到达须磨后同爱人和宠幸之人间的情书互动，以及他和家臣在海边赋诗感怀的行为，都表现出"物哀"式的真情流露。紫姬在回信中附诗说："海客潮侵袖，居人泪湿襟。请将襟比袖，谁重复谁轻?"② 在此诗中，紫姬称身在京都的自己为"居人"，旅居须磨的爱人源氏公子为"海客"，并以自己衣襟上的思念之泪与爱人衣袖上的海潮之水相比，抒发了自己对爱人的相思之苦和深切怀念，并委婉地提醒爱人将心比心，勿忘思人深情。

源氏毕竟是才俊貌美的多情公子，他虽然深爱紫姬，但仍在海边邂逅了一段被人为设计的爱情。在一场毁灭性的海啸和暴风雨中，源氏惨遭生命危险，虽然最终幸运地躲过此劫，但住所毁坏殆尽。此时明石浦的明石道人驾船来到须磨，请源氏到其海边豪宅居住，其主要意图在于为自己的女儿创造攀龙附凤的契机③。

而须磨的这场海啸和暴风雨无疑具有隐喻意义，皇宫中有人将其视为"不祥之兆"，而且它与京都的天灾相呼应。此外，先皇的灵魂在海啸后现身，并先后托梦给源氏和天皇。这些都预示着朝政将会发生一场重大变化，源氏的命运也将迎来转机。

▌平家物语

（日）佚名

◖作者及作品简介◗

《平家物语》是日本镰仓时代（1185—1333）的古典文学名著，记述1156—1185年间"日本两大武士集团源氏和平氏争夺权力的彼此兴衰的始

---

① 参见（日）紫式部著，丰子恺译：《源氏物语（全三册）》，北京：人民文学出版社 1980 年版，第 276 页。

② 参见（日）紫式部著，丰子恺译：《源氏物语（全三册）》，北京：人民文学出版社 1980 年版，第 285 页。

③ 参见（日）紫式部著，丰子恺译：《源氏物语（全三册）》，北京：人民文学出版社 1980 年版，第 310 - 320 页。

末"。它是杰出的战记文学作品，被称为"军记物语"，即以军事和战争为主要题材的历史小说，并与《源氏物语》一起，被称为日本文学史上的两大物语经典之作。①

关于《平家物语》的作者，日本和中国学界迄今均无定论，国内中译本多以"佚名"表示作者信息。目前国内较为常见的《平家物语》中译本有：周启明、申非合译本（人民文学出版社 1984 年版）；周作人译本（中国对外翻译出版公司 2001 年版）；王新禧译本（上海译文出版社 2011 年版）；郑清茂译本（译林出版社 2017 年版）。下面的选文取自周启明、申非译本第十一卷第七至十一节，讲述源、平两大集团争夺统治权过程的尾声——最后的海上决战。

选 文

平家物语（节选）

第十一卷②

七 坛浦③会战

且说九郎大夫判官源义经强渡周防④，与其兄三河守汇合一处；而平家则退至长门国的引岛⑤。源氏大军进抵阿波国的胜浦，击退屋岛的守军之后，得悉平家退至引岛，便出其不意，挺进到阿波国的追津⑥。

熊野别当⑦湛增，盘算着归顺平家好，还是归顺源氏好。为此，在田边⑧的新熊野神社献奏神乐，向权现大神祈祷。虽然得了"即挂白旗"的神示，仍觉狐疑，又取白鸡七只，红鸡七只，令其在权现大神座前一赌胜负。结果

---

① 参见佚名著，周启明、申非译：《平家物语·译本序》，北京：人民文学出版社 1984 年版，第 1 页；佚名著；郑清茂译：《平家物语·关于〈平家物语〉》，南京：译林出版社 2017 年版，第 1 页。
② 参见佚名著，周启明、申非译：《平家物语》，北京：人民文学出版社 1984 年版，第 448 - 460 页。
③ 即今日本山口县下关市坛浦。
④ 周防在今山口县东部。
⑤ 引岛即今下关市彦岛。引是退的意思，与下句的胜浦、追津相对，以示地名与胜败的巧合。——原书译者注。
⑥ 追津即今下关市满珠岛。——原书译者注。
⑦ 这里的别当是掌管庄园的官吏。——原书译者注。
⑧ 田边，今和歌山县田边市有新熊野神社，亦称斗鸡神社。——原书译者注。

红鸡无一获胜，悉数败北。于是决心归顺源氏。乃召集族中勇士，共得两千余人，搭乘船只二百艘向坛浦进发。船上载着若王子的神体①，旗上端的横木上写着金刚童子四字，看来像是追随源氏，又像是追随平家，而其实已经归心源氏，对平家早就心灰意冷了。再有伊豫国的住人河野四郎通信，率领一百五十艘兵船驶来，与源氏汇合一处，判官义经方面壮大了自己的军力。至此，源氏兵船达三千余艘，平家仅有一千余只，而且其中杂有一些唐式的大船②。源氏军力得到增强，平家军力显著削弱了。元历二年（1185）三月二十四日卯时，源平两军决定在门司、赤间③两处关隘进行决战。那天，判官义经同梶原发生抵牾，几乎演出同室操戈的事来。梶原对判官答道："今天让我梶原打头阵吧！"判官答道："假如义经不在，当然可以。""那不妥当吧，您是大将军呀……"判官说："岂有此理，镰仓公才是大将军哩。义经奉命担任指挥，和你们是一样的。"梶原觉得抢当先锋已属无望，便嘟囔道："这一位，天生就不是当将军的材料。"判官听了斥道："你这全日本数第一的大笨蛋！"说着便伸手紧握刀柄。"除了镰仓公，我不承认任何主公。"梶原也攥紧刀把。这时梶原的长子源太景季、次子平次景高、三子景家，都聚拢在父亲身旁。众人看了义经的神色，奥州的佐藤四郎兵卫忠信，伊势三郎义盛，源八广纲，江田源三，熊井太郎，武藏坊辨庆，这些以一当千的勇士，把梶原团团围住，个个表现出奋不顾身的样子。当此紧急之际，判官给三浦介拦住，梶原被土肥次郎抓牢，两人合十恳求道："在此大敌当前的时候，我们同室操戈，岂不是助长平家的势力吗，尤其是倘若镰仓公知道，恐怕有些不太稳便吧。"判官听了这话便镇静下来，梶原也不好再动手。但是，自此以后，梶原深恶判官，卒至屡进谗言，使判官丧了性命。这是后话。

且说源平两军对阵，在海面上相隔三十余町④。门司、赤间、坛浦三处正值潮水翻腾奔泻，源氏兵船迎潮驶去，力不从心，又被海浪冲了回来，而平家的兵船却得趁潮前进。由于海湾中潮水甚急，梶原沿着海岸行驶，不意迎面来了一艘敌船，被他用挠钩抓住；父子主从十四五人跳了上去，拔出兵刃，由船首到船尾，乱砍乱杀一气，剿获了很多物资，当天立了头功。

不久，源平两军对阵，各自发出呐喊，真个是上惊梵天上帝，下惊海底

---

① 若王子即熊野神社第四殿崇祀的天照大神，相传为十一面观音在日本的垂迹显化。神体是象征神灵的器物，一般为玉、剑、镜等。——原书译者注。

② 即中国式大船。

③ 赤间即今下关，隔关门海峡与门司相对。——原书译者注。

④ 町是日本长度单位，一町约相当于109.09米。

龙王。新中纳言知盛卿①站在船篷下高声喊道:"胜败就在今天这一仗,大家不要有丝毫退缩。不论在天竺、震旦②,不论在我朝日本,你们都是英雄无比的名将勇士,如果天命当绝,那是人力不能挽回的。但是,我们要珍惜自己的名誉,不要向东国的人示弱。今天不正是我们应该拼出性命的时候吗!我想说的就是这一点。"在他身边的飞骅三郎左卫门景经立即传达命令说:"诸位将士,刚才的话大家要牢牢记住!"上总恶七兵卫进前说道:"东国的武士惯于马上交锋,对海上作战缺乏训练,就好比让鱼儿上树一样。一个一个地把他们都浸到海里去吧!"越中次郎兵卫说道:"让俺跟那位大将军源九郎厮杀吧,九郎生得面白身矮,板牙突出,非常显眼,但他常常更换盔甲,一下子很难辨认。"上总恶七兵卫说道:"他虽然气盛,但毕竟年少,有什么了不起。让俺用一只胳膊把他挟起来扔到海里去吧!"新中纳言这样下达命令之后便去见内大臣,说道:"今天武士们士气很盛,但阿波民部重能似乎已经变心,莫如斩了他的首级。"内大臣说:"没有证据,怎能斩首,况且他一向也是为我们效力的。"于是传令把重能叫来。重能穿着黄赤稍带黑色的直裰,外披白素皮革缝缀的铠甲,诚惶诚恐地来到大臣面前。大臣说道:"喂,重能,变心了吗? 今天精神为什么这么不好? 告诉四国的军兵,今天要奋勇作战,不许有畏畏缩缩!""绝不会有半点怯阵。"重能回完话便退了下来。新中纳言紧握刀柄想削取重能的首级,频频望着大臣的眼色,但卒未获准,使他难以下手。

平家将一千余艘兵船分作三路,山贺的兵藤次秀远以五百余艘为第一路率先驶出,随后是松浦族人以三百艘为第二路,平家的公子们以二百余艘殿后,是为第三路。兵藤次秀远所率军兵在九州最为能弓善射,虽然比不上秀远本人的箭法,但也称得上是像样的射手,于是从中选出强弓手五百人,在各船首尾列成横队,把五百支箭一齐射了过去。源氏共有三千艘兵船,军力虽很旺盛,但各船射出的箭都算不上硬弓强弩。大将军九郎大夫判官亲自率领士卒战斗在最前面,但铠甲和盾牌抵挡不住敌箭,被射得狼狈不堪。平家方面自以为得胜,连连击鼓,欢呼雀跃。

八 远矢

源氏方面有一位叫和田小太郎义盛的,他没乘船,跨坐雕鞍,立马岸边,

---

① 中纳言为官名。

② 古代中国、日本及其他东亚国家称印度为天竺;古代印度人称中国为震旦。

摘下头盔叫人拿着，紧踩马镫，拉满了弓，射出箭去。他是三町左右无不中的强弓手。这时他射出一支最远的箭，高喊道："有能耐的把这支箭射回来。"新中纳言平知盛取过这支箭来一看，白篦的箭杆上结扎着下白上黑的鹤翎和鹳翎，是一支十三把半长的大箭，箭杆嵌入镞头的部分用丝线牢牢缠着，箭杆上漆着"和田小太郎义盛"几个字。平家方面同虽说也有不少能弓善射的人，但能射这么远的人却不多。忖度少顷，叫人把伊豫国住人仁井纪四郎亲清唤来，让他把这支箭射回去。他立即将这支箭从海湾射回岸边，超过三町的射程，落在和田小太郎身后一段多远的地方，着着实实射断了三浦的石左近太郎的左腕。三浦的人们见了，笑道："和田小太郎自以为没人比他射得更远，招来这等羞辱。你们看呀！"和田小太郎听了不胜气恼，立即乘上小船，驶离岸边，朝着平家阵中搭好箭，扯满弓，连连射去。很多人或中箭而倒，或被射伤手臂。且说判官义经的船上，也有一支白色大箭从海湾上射了过来，那人同和田小太郎一样，也挑衅地高喊："把箭还给我！"判官拔过箭来一看，白篦箭杆结扎着山鸡的尾翎，是十四把三指长的大箭，上写"伊豫国住人仁井纪四郎亲清"。于是他向后藤兵卫实基问道："我们有谁能还射这支箭？""甲斐国源氏族中的阿佐里与一是个强弓手。""那就唤他来。"阿佐里与一奉命走近前来，判官吩咐道："对方从海湾射来了这支箭，并要我们给他射回去，你能射吗？""给我看一下。"与一用手指弯弄了几下说道："这箭，篦子稍软些，杆子也短了一点，莫如用我的箭还射吧。"于是取出九尺来长油漆缠藤的弓，搭上箭杆涂漆的黑色鹰羽箭，以他那只大手握住十五把长的大箭，扯满了弓，嗖地射了过去。射程大概超过四町，恰好射中站在大船前头的仁井纪四郎亲清的胸部，但见他立即跌倒船头，生死难卜。阿佐里与一本来就是有名的强弓手，据说他在距离二町左右射杀奔跑着的鹿，从来都是百发百中。之后，源平两军各各拼命向前，呐喊厮杀，一时难分胜负。因为平家拥戴着万乘之君，携带着传国神器，源氏觉得难操左券①，正自狐疑，忽见白云一朵在空中漂浮，其实这并不是云，而是一幅没主的白旗，飘然而下，好像就落在源氏船头的旗杆上一样。

判官说道："这是八幡大菩萨显灵了。"赶紧净手漱口，顶礼膜拜。众军兵也都纷纷下拜行礼。这时，有海豚一二千只从源军方面向平家船队游来。内大臣见了，便召来阴阳博士安倍晴信，问道："海豚向来成群活动，但这么大的鱼群是罕见的，你看主何吉凶？""这群海豚倘若游回源氏那边，源氏必

---

① 即难操胜券。《史记·田敬仲完世家》有"公常执左券以责于秦韩"一语，"执左券"或"操左券"意为有成功之把握。

亡，如向我方穿游而过，我方必败。"这话未及说完，便已从平家船底穿游而去了。晴信说："看来，大势去矣！"

且说阿波民部重能，近三年来为平家克尽忠心，多次冒死奋战，但其子田内左卫门已被源军生俘，他认定平家必败，于是怀有二心，想归顺源氏。恰巧平家方面出于策略上的考虑，让有身份的人搭乘战船，一般军兵搭乘唐式大船，一旦源氏为大船所诱，向大船进攻，平家便以战船围而攻之。这个计谋为阿波民部泄漏给源氏，因而源军不向大船进攻，径直向平家大将隐蔽其中的战船袭来。新中纳言说道："实在可恨，重能这厮，真该千刀万剐。"尽管他百般后悔，终究无济于事。

这期间，四国九州的军兵，悉数背离平家，归顺源氏。过去依附门下的人，如今对主公弓矢相向，拔刀相对。想驶船靠近对岸，但波高浪大，欲近不能；想驶往另一滩头，又有敌军埋伏，弯弓以待。源平逐鹿，眼看就要定局了。

九 幼帝投海

源氏军兵既已登上平家的战船，那些艄公舵手，或被射死，或被斩杀，未及掉转船头，便都尸陈船底了。新中纳言知盛卿搭乘小船来到天皇的御船上，说道："看来，大势已去，必将受害的人，统统让他们跳海吧！"说完便船前船后地乱转，又是扫，又是擦，又是收集尘垢，亲自打扫起来。女官们交口问道："中纳言，战事怎么样？怎么样""东国的男子汉，真了不起，你们看吧！"边说边呵呵大笑。"这时候，还开什么玩笑！"个个叫喊起来。二品夫人见此情形，因为平时已有准备，便将浅黑色的夹衣从头套在身上，把素绢的裙裤高高地齐腰束紧，把神玺挟在肋下，将宝剑插在腰间，把天皇抱在怀里，说道："我虽是女人，可不能落在敌人手里，我要陪伴着天皇。凡忠心于天皇的，都跟我来。"于是，走近船舷。天皇今年刚八岁，姿容端庄，风采照人，绺绺黑发，长垂后背，其老成懂事，超逾年齿，见此情景，不胜惊愕地问道："外祖母，带我到哪儿去？"二品夫人面向天真的幼帝拭泪说道："主上你有所不知，你以前世十善戒行的功德，今世得为万乘之尊，但因恶缘所迫，气运已尽。你先面朝东方，向伊势大神宫告别，然后面朝西方，祈祷神佛迎你去西方净土，同时心里要念诵佛号。这个国度令人憎厌，我带你去极乐净土吧。"二品夫人边哭边说，然后给天皇换上山鸠色①的御袍，梳理好两

---

① 山鸠色即蓝色中略带黄色。——原书译者注。

鬓打髻的儿童发式。幼帝两眼含泪，合起纤巧可爱的双手，朝东伏拜，向伊势大神宫告别；然后面朝西方，口念佛号不止。少顷，二品夫人把他抱在怀里，安慰道："大浪之下也有皇都。"便自沉到千寻海底去了。可悲呀，无常的春风不移时吹落了似锦繁花；可叹呀，无情的海浪刹那间浸没了万乘玉体。有一殿，名叫长生，意在长栖久住；有一门，号曰不老，意在永葆青春。而今，不满十岁，便沦为水藻了。冥冥中加于万乘之尊的果报，其冷酷无情是难以尽言的，云中之龙忽焉降为海底之鱼了。昔日皇宫之中可称为大梵高台之阁，帝释喜见之城①；大臣公卿簇拥于宝座之前，亲族姻戚相从于玉辇之后；而今出于御舟之中，沉于波涛之下，转瞬间断送了至尊的性命，岂不哀哉！

作品评析

　　1185 年 3 月，源氏、平氏两大集团之间的最终决战在坛浦海面开启。在战役初期，平家海军由于潮流的因素而占据优势，但由于阿波水军和四国九州军兵的背叛，而军心浮动，大势已去。源氏军队随着海水潮流的转变而乘势靠近平家，和对手展开白刃战，进一步扩大战场优势。平氏的将士被迫纷纷投海自尽，幼帝安德天皇也被外祖母二品夫人抱着沉入大海，海面死尸遍布，平氏集团全军覆没。此为选文内容梗概。

　　选文关于坛浦海战的描述多有精彩之处，如双方神射手在海战初期的箭艺比试，源、平双方主要将领在战船上的言谈举止，以及幼帝投海前后宫女性的表现等，都给读者留下了深刻的印象。

　　1279 年 3 月，南宋与元朝两军在崖山（今广东省江门市新会区南）展开最后的决战，这同样是一场海战。宋军在此战中大败，十余万军民投海自尽，丞相陆秀夫背着幼帝赵昺入海殉国。

　　崖山海战与坛浦海战，在时间和空间上的距离均不算太远，在其他方面也颇多类似之处。比如，两地海域都在不断地见证时代历史的兴衰，都曾浮载过无数的鲜血和死尸，都曾容纳过帝王将相和英雄豪杰的身影。《平家物语》的作者在记述幼帝安德天皇沉海后，感慨地说："可叹呀，无情的海浪刹那间浸没了万乘玉体。""大臣公卿簇拥于宝座之前，亲族姻戚相从于玉辇之后；如今出于御舟之中，沉于波涛之下，转瞬间断送了至尊的性命，岂不哀

_____

　　①　大梵高台之阁，帝释喜见之城，都是比喻皇宫之巍峨高大。前者是指梵天王所住天上仙宫，后者指帝释天（佛法守护神之一）所住的喜见城。——原书译者注。

哉!"这种感叹大概亦可用于形容陆秀夫与南宋幼帝沉海事件。然而,大海浩浩荡荡,兼容并包,除在神话传说中外,何曾对人的地位和身份有过丝毫的在意?

14—17 世纪海洋文学

▌歌　集

（意）彼特拉克

作者及作品简介

《歌集》是彼特拉克（Francesco Petrarca，1304—1374）用意大利俗语写成的抒情诗集,也是其代表作,主要歌咏诗人对其女友劳拉的爱情。

彼特拉克是意大利著名学者、诗人,欧洲文艺复兴时期第一个人文主义者,被后人誉为"文艺复兴之父"和"人文主义之父"。他与但丁（Dante Alighieri，1265—1321）、薄伽丘（Giovanni Boccaccio，1313—1375）均为文艺复兴先驱,三人有"早期文艺复兴三杰"、意大利"文艺复兴三巨头"、佛罗伦萨"文坛三杰"等称呼。其一生著作颇丰,重要作品除《歌集》外,还有叙事长诗《阿非利加》《名人列传》《秘密》等。

《歌集》是彼特拉克最重要的作品,奠定了其在世界文学史上的地位。这部诗集收入诗歌366首,其中绝大部分是十四行诗,共317首。彼特拉克以自己的天赋才华和长期创作,将起源于意大利的十四行诗臻至完美,使其成为一种新诗体,即"彼特拉克诗体",对后世欧美诗歌影响深远,他本人亦因此被尊为"诗圣"。

目前国内常见的《歌集》中译本有两种,即李国庆、王行人合译本（花城出版社2001年版）和王军译本（浙江大学出版社2019年版）。下面的选文取自王军译本,分别为《歌集》第80首《谁决心驾驶着生命之舟》和第189首《严寒的午夜我生命之舟》。

两首诗歌的首句即其题目,有明显的海洋文学特征,但"生命之舟"四个字透露出异样的信息,暗示着诗歌中的海洋似乎不同寻常。

选 文

歌 集（节选）

第 80 首
谁决心驾驶着生命之舟①

谁决心驾驶着生命之舟，
穿行于礁石和阴险浪间，
距死亡仅仅有咫尺之遥，
其生命离结束已经不远：
趁帆船还服从水手操纵，
应即刻入海港寻求安全。

我将舵和船帆托于和风，
希望能随风入平静之湾，
投身于爱情中，安稳生活，
和风却推我至千礁水面；
我已经被危险团团包围，
痛苦的结局②已闯入吾船③。

我长期被封在木船之中，
盲目地漂泊着，方向不辨④，
船载我提前至死亡之地⑤，
天主却愿见我转身回返，
他引导我生命躲避礁石，
要使我能遥见远处家园⑥。

---

① 参见（意）弗朗切斯科·彼特拉克著，王军译：《歌集：支离破碎的俗语诗》，杭州：浙江大学出版社 2019 年版，第 191－193 页。

② 指死亡。——原书译者注。

③ "船"隐喻诗人的内心。诗人觉得自己不仅被外部的危险（指劳拉美貌的诱惑）包围，而且自己的内心也早被攻破，痛苦的死亡之感已涌入。——原书译者注。

④ 隐喻诗人长久盲目地纠缠于尘世快乐，丝毫辨别不出人生的真实目的。——原书译者注。

⑤ 指年纪轻轻的便要死去。——原书译者注。

⑥ 隐喻天国。——原书译者注。

就好似从远海木船望见，
宁静港夜色中灯光闪闪，
暴风雨与礁石难阻其路；
我也在鼓起的风帆上面，
看见了另一种生命旗帜①，
因而对我结局发出哀叹②。

并不因我对死胸有成竹③，
却期盼入港于天黑之前④：
短暂的生命中仍须跋涉，
我担心脆弱船难拒艰险；
不希望帆被风满满鼓起，
是恶风推我至礁石之间⑤。

如若我能活着摆脱险礁，
漂泊的结局也十分圆满，
真希望快转动船上风帆，
入某座避风港抛锚脱险。
即便我尚不似点燃之木，
再改变己生活已经困难⑥。

噢，掌控我生死的仁慈天主，
在疲惫木舟被击碎之前，
你引它避礁石进入港湾。

---

① 指生命的另一种意义，即中世纪天主教价值观念所追求的天国的永福。——原书译者注。
② 诗人希望死去，却担心死后无法进入天国，为此他发出哀叹。——原书译者注。
③ 诗人对死后是否能进入天国并没有把握。——原书译者注。
④ 诗人希望尽早离弃尘世，进入安宁的天国。——原书译者注。
⑤ 诗人并不希望自己的生命之船鼓满风帆飞速前行，因为风可以推船在正确的航线上前行，也可以像诗人的处境这样把船推入布满危险礁石的海面。——原书译者注。
⑥ 即使我还没有像被点燃的木头那样熊熊地燃烧，欲火也使我难以改变自己已经习惯的追求现世快乐的生活方式。——原书译者注。

第 189 首
严寒的午夜我生命之舟①

严寒的午夜我生命之舟，
游弋于苦涩的波涛海面，
要穿过斯库拉、卡律布狄②，
主宰我之恶敌③站立舵前。

摇桨者一个个心怀鬼胎④，
死与风却如同儿戏一般：
潮湿的狂猛风吹破帆布，
席卷走叹息和欲望、期盼。

泪的雨从天降，怒云笼罩，
打湿和松解了疲惫索揽⑤：
桅牵索混乱地搅成一团。

遮住我常见的两盏明灯⑥，
理智与手段都死于波澜⑦，
我开始不期盼入港避险⑧。

作品评析

《歌集》第 80 首《谁决心驾驶着生命之舟》共七个诗节，抒写追求世俗

---

① 参见（意）弗朗切斯科·彼特拉克著，王军译：《歌集：支离破碎的俗语诗》，杭州：浙江大学出版社 2019 年版，第 440–441 页。

② 斯库拉是墨西拿海峡（位于意大利半岛和西西里岛之间）的一块危险的巨岩，卡律布狄是它对面的一个著名的大漩涡。希腊神话中有关斯库拉和卡律布狄的神话便来自墨西拿海峡的这块巨岩和危险的大漩涡。据说，女海妖斯库拉身上长着六个头和十二只脚，她守护在墨西拿海峡的一侧，另一侧则是可怖的卡律布狄漩涡（另译：卡律布狄斯漩涡）；当船只要穿越墨西拿海峡时，只能选择经过危险的漩涡或者经过斯库拉的领地，若经过她的领地，便要吃掉船上的六名船员。——原书译者注。

③ 指爱神。——原书译者注。

④ 因为他们或者将葬身于漩涡，或者将被斯库拉吞食。——原书译者注。

⑤ 指下一句中"桅牵索"。——原书译者注。

⑥ 隐喻劳拉的美丽双眼。——原书译者注。

⑦ 求生的理智和手段都被淹没在惊涛骇浪之中。——原书译者注。

⑧ 诗人不再对生活抱有任何希望。——原书译者注。

欢乐的诗人驾驶生命之舟，想要扬帆驶入平静的港湾，从而享受爱情的幸福，却不料被风卷入布满礁石和险浪的死亡海域；最后幸蒙天主指引，诗人绝处逢生，生命之舟有望到达目的地。

诗歌首节说生命如舟，即人生就像"穿行于礁石和阴险浪间"的海中帆船，与死亡咫尺相伴，随时面临倾覆之险，除非它能够及时驶入安全的港湾。在这种情况下，诗人将生的希望寄托于外界的因素（"和风"）和爱情的力量，然而它们都不可靠，生命之舟此时"被危险团团包围"，死亡的结局已经不可避免。痛苦的诗人随即意识到，目前这种结局其实是自己亲手造成的：长期以来，他沉醉于世俗的欢乐，因情迷心窍而偏离了人生的方向（即宗教信仰），致使生命之舟提前驶入了"死亡之地"。在这个危急时刻，天主让诗人迷途知返，引导他驾驶生命之舟避开航行中的风险，使其心中重燃生命期盼。显然，诗歌前面提到的死亡危局实际上是信仰迷失的后果，而信仰的力量，才是诗人走出这一困境的途径和关键。诗人深知这一点，也知道自己已经深陷世俗的情爱之中难以自拔，以至于难以在死后进入永恒幸福的天国；他不准备改变这一点，不过仍希望在天主的帮助下，平安地投入爱情的港湾。关于这首诗，《歌集》的译者王军有如下评论：

> 诗人用驾驶帆船航行于巨浪险礁之间来比喻自己的生命历程。本来诗人把自己生命之舟航行的方向托付给和顺的微风，希望和风将其平稳地推入港湾，从而投入幸福的爱情生活，然而，风却把船吹向满是礁石的危险海面，诗人焦虑不安，期盼在天主的帮助下调转航向，尽快回到平静的港湾。①

诗中的海、舟（帆船）、水手、礁石、浪、海港等，既是现实之物，也喻指它们在人们想象或思想中的对应物，从而使此诗充满譬喻和象征意味。

《歌集》第 189 首《严寒的午夜我生命之舟》是一首十四行诗，抒写诗人在严冬的深夜，驾驶生命之舟航行于凶险的海面，在暴风雨和惊涛骇浪之中陷入死亡绝境，并失去了求生的信念。王军在评论此诗时认为：

> 诗人用漂泊在大海惊涛骇浪之上的小舟来比喻自己不平静的一生，他对

---

① （意）弗朗切斯科·彼特拉克著，王军译：《歌集：支离破碎的俗语诗》，杭州：浙江大学出版社 2019 年版，第 191 页。

此生已不抱幻想，不再期盼船入港湾获得安宁。[1] 由此可知，跟第80首相比，此诗的风格更为沉郁灰暗，弥漫着煎熬、无助、绝望的情绪。

此诗同样充满譬喻。如译者所说，诗歌首节中"主宰我之恶敌"一语"指爱神"，而末节中"我常见的两盏明灯"隐喻诗人女友劳拉的"美丽双眼"。如果我们接受这一解读，则诗中的"海"可以理解为情欲之海、思念之海。诗人深陷情网之中，将自己对女友的思念和所受情欲的折磨，比喻为生命之舟于"严寒的午夜"在"苦涩的波涛海面"孤独无望地"游弋"的过程。由于看不见自己的爱人，诗人对未来不再抱有"期盼"，感到生无可恋，对于他来说，死亡是可以接受的安排。

十日谈
（意）薄伽丘

作者及作品简介

薄伽丘（Giovanni Boccaccio，1313—1375），一译卜伽丘，是意大利著名诗人、小说家，彼特拉克的好友，二人与但丁并称意大利"文艺复兴三巨头"、佛罗伦萨"文坛三杰"。《十日谈》是薄伽丘最重要的代表作，其主要作品还有：传奇小说《菲洛柯洛》；史诗《菲洛斯特拉托》和《苔塞伊达》；牧歌《亚梅托的女神们》；长篇抒情诗《爱情的幻影》（亦译作《似真似幻的爱情》）；长篇叙事诗《菲埃索勒的女神》；传奇小说和爱情心理小说《菲亚美达的哀歌》；学术著作《异教诸神谱系》和《但丁传》。

《十日谈》是薄伽丘用意大利托斯卡尼方言写成的小说。作者在小说的扉页中说："名为《十日谈》（亦称《加莱奥托王子》[2]）的书由此开始，包括一百个故事，是七位女郎和三个青年在十天之中讲述的。"我们由此可知，《十日谈》是一部短篇小说集，事实上它被很多人视为欧洲第一部短篇小说集。此外，《十日谈》还被誉为欧洲文学史上第一部现实主义巨著，意大利近

---

[1] （意）弗朗切斯科·彼特拉克著，王军译：《歌集：支离破碎的俗语诗》，杭州：浙江大学出版社2019年版，第410页。

[2] 加莱奥托是著名的中世纪传奇《湖上的朗斯洛》中撮合圆桌骑士朗斯洛和王后圭尼维尔相爱的人物，后来成为"爱情撮合者"的代称。——王永年译本注。

代评论家桑克蒂斯曾把它与但丁的《神曲》并列，称之为"人曲"。①

《十日谈》由薄伽丘以 1348 年流行于意大利和佛罗伦萨的鼠疫为背景写成，主要讲述十位佛罗伦萨年轻人（包括七位女士和三位男士）带着仆人，结伴到郊外躲避瘟疫，并商定在此期间，每人每天讲一个故事，并由轮流担任的"女王"或"国王"规定故事的主题和讲述的次序，以打发令人煎熬的时光，于是他们在十天内共讲了一百个故事，愉快地度过了这段难熬的疫情时期。

目前国内较为常见的《十日谈》中文版有四种，分别是：方平、王科一合译本（上海译文出版社 1980 年版）；王永年译本（人民文学出版社 1994 年版）；钱鸿嘉、泰和庠、田青合译本（译林出版社 1994 年版）；肖天佑译本（中央编译出版社 2010 年版）。

下面的选文取自王永年所译《十日谈》中第二天第四个故事。故事自带的小序对其内容梗概作了介绍，这里不再赘述。

选 文

十日谈（节选）

第二天②

《十日谈》的第一天已经结束，第二天由此开始，在女王菲洛梅娜③的主持下，大家讲了历尽艰辛，逢凶化吉，达到圆满结局的故事。

四

兰多福·鲁福洛破产后沦为海盗，为热那亚人掳去，又遭海难，抱住一只箱子漂到古尔福，被一妇人救起，箱内竟是贵重珠宝，他回乡发了财。

---

① 参见（意）薄伽丘著，王永年译：《十日谈·译本序》，北京：人民文学出版社 1994 年版，第 3 – 4 页。

② 参见（意）薄伽丘著，王永年译：《十日谈》，北京：人民文学出版社 1994 年版，第 67、86 – 90 页。

③ 《十日谈》中讲故事的十位年轻人中，七位女士分别是：潘皮内娅、菲亚梅塔、菲洛梅娜、艾米莉娅、劳蕾塔、内菲莱、艾莉莎；三位男士分别是：潘菲洛、菲洛斯特拉托、狄奥内奥。他们十人商定，每天让一个人担任首领（女士称女王、男士称国王），以决定躲避瘟疫期间大家的生活地点和方式，包括讲故事的顺序和故事的主题。潘皮内娅最为年长，被大家推选为首日女王，她在完成自己的首领使命后，指定菲洛梅娜为第二日的女王。

　　劳蕾塔坐在潘皮内娅旁边，听她的故事已有圆满结局，不多等待，开始讲下面的故事。

　　可亲可爱的姐妹们：潘皮内娅的故事叙述了穷困潦倒的阿莱桑德罗一夜之间成了皇亲国戚，平步青云。照我看来，命运弄人再也没有比这更大起大落的了。今天讲的故事都要围绕同一个主题，我不怕献丑，也讲一个。我的故事里虽然有更大的苦难，结局却不那么辉煌。我知道，和前一个故事相比之下它不会引起很大兴趣，但也只能这么讲了，希望大家包涵。

　　人们公认雷焦和加埃塔之间的海岸是意大利风光最旖旎的地区。那里萨莱诺附近一段被当地居民称之为阿马尔菲海岸，城镇、花园、喷泉星罗棋布，居民以善于经商著称，都很富有。一个名叫拉韦洛的小城里有许多富人，最富的一个叫兰多福·鲁福洛。他对自己现有的财富还不满足，希望翻它一番。哪知几乎因此丢掉全部财富，还差点搭上一条性命。

　　他再三盘算，像商人常做的那样，买下一艘大船，用全部钱财购进许多货物，装上船，驶向塞浦路斯。到那个岛时，发现许多别的船已先他抵达，装运的货物和他的一模一样。这一来，他的货物削价都没人要，按几乎白送的价钱才能脱手。他走投无路，懊恼万分，一下子从富翁变成穷汉。他想，要么自杀，要么去抢，捞回损失，否则没有颜面回家。他找到一个买主，卖掉了他那艘大船，用这笔钱加上贱卖的货款，买进一条适于海盗用的快船，配备好必需的武器和航海用品，开始在海上抢劫商船，特别是土耳其人的商船。

　　他干这一行没本钱的买卖比经商更得命运之神的青睐。一年之后，他劫掠了大量土耳其商船，非但捞回了经商的损失，还赚了一倍。他汲取了第一次失败的教训，不想再冒风险，既然所得颇丰，准备见好就收，洗手回家。他不敢再办货物，就乘着快船，带着靠快船抢来的钱，吩咐水手们启航返回家乡。

　　他们到了爱琴海，一天下午刮起了强烈的西罗科风①，波涛汹涌，快船偏离了航线。快船结构不坚固，经不起大风大浪的冲击，他们便躲进一个小岛的湾汊，等待风浪平息。过不多久，两艘大船也驶进兰多福避风的湾汊。大船来自君士坦丁堡，水手是贪婪爱财的热那亚人，看到快船，打听到船主是他们早就闻名的富翁兰多福，立即起意抢他的钱财。大船横在湾口，切断快船的退路，又派出一部分水手登岸，带了弩弓和其他武器，占据有利地形，

　　① 亦译为西洛可风、锡罗科风、热风，源自撒哈拉，常见于地中海地区，有时在北非、南欧地区会变为飓风。

叫他们一看到快船上有人企图从陆路逃跑就射箭。大船上其余的水手跳上舢板，靠海浪的推送靠近兰多福的快船，没花多大力气和时间就抓住了兰多福和快船上的全部水手。他们把快船上的财物掠劫一空，只给兰多福留下身上穿的马甲，把他押上两艘大船中的一艘，关进底舱，然后把快船凿沉。

　　第二天风向变了，两艘大船扬帆向西驶去，起初顺顺当当，傍晚时分海上起了风暴，浊浪滔天，冲散了两艘船舶。倒霉的兰多福所在的那条船被风刮到切法洛尼亚岛附近，猛地撞上沙洲，像摔在墙上的玻璃瓶似的碎成片片。像任何船只失事的现场一样，海面上杂乱地漂浮着包裹、箱子和木板。这时天色已黑，风浪又大，落水人中间水性好的见到什么就游过去抓住什么。兰多福连连遭难，好几次想到不如一死了之，免得不名一文地回到家乡更丢人现眼，可是死到临头又害怕了，和别人一样，看到一块木板就紧紧抱住，似乎天主相助，不让他没顶。他使尽全力抱住木板，顶着风吹浪打，在海里浮沉，一直熬到第二天早晨。天亮后，兰多福四下张望，只见海天相连，水面上漂着一只箱子，有时离他很近。他怕箱子漂过来砸着他，每当箱子挨得太近时他就使出残剩的气力把箱子推开。

　　但是突然起了一阵羊角风①，激得海水直打旋涡，箱子果真撞上木板，兰多福连人带板没入海浪中。他已筋疲力竭，惊慌之下不知哪里来的力气，居然又挣扎着浮出水面，只见木板离他很远。他自忖没有再游过去抓木板的气力，便朝比较近的箱子游去，扑在箱子上，用双臂划水，不让箱子翻转。他在海浪中颠簸着，没有任何食物进口，却灌了一肚子水，只见水连天，天连水，不知自己身在何处，这样又过了一天一夜。

　　后来，不知由于天主的旨意还是风的力量，落难的兰多福像一块浸透水的海绵，和行将没顶的人抓住什么东西一样两手死死抓住箱子的边缘，随波逐流漂到古尔福岛海滩，那里正好有个穷苦的女人在用沙子和海水擦洗器皿。女人看到伏在箱子上的兰多福漂来，不知是什么怪物，吓得叫起来，往后退缩。兰多福这时说话的气力也没有了，视物也不清了，当然没法呼救。幸好海浪把他推上沙滩，女人定下神，看清是个箱子，箱子上面有两条胳臂，再看到一张脸，心里当即明白是怎么一回事。她不再害怕，为恻隐之心所驱，跑到海边，一把抓住那个遭难的人的头发，连人带箱子拖上岸来。她费了好大的劲才把他的手指从箱子上掰开，叫她的女儿把箱子顶在头上，她自己则像抱小孩似的把兰多福抱回家，放在一桶热水里，又洗又擦，慢慢使他有了

---

　　① 羊角风是我国古人对龙卷风的称呼，如《庄子·逍遥游》曰："有鸟焉，其名为鹏，背若泰山，翼若垂天之云，抟扶摇羊角而上者九万里。"

一点热气和力量。等他缓过来时，女人给他喝了一点酒，吃一些糖果，养了他几天，尽可能照顾好他，终于使他恢复了体力，神志也完全清醒过来。那个善良的女人认为可以把他赖以逃生的箱子还给他了，对他说，靠天主保佑，他可以走了。兰多福记不起箱子的事，既然那个女人给他，他也就收下，即使里面没有值钱的东西，多少也可以贴补回家的盘缠。他一拿箱子，觉得很轻，未免有点失望。那女人不在时，他打开箱子，看看里面究竟是什么。不看则已，一看竟发现许多宝石，有的已经镶嵌成首饰，有的还没有镶嵌。他对珠宝这一行略知一二，看出这些东西很值钱，喜出望外，感谢天主并没有抛弃他。

他两次受到命运的拨弄，吃足苦头，唯恐事不过三，这次带珠宝回家要多加小心。他严严实实地用布包好，对那个善良的女人说他不要箱子了，可以奉送，如果有口袋的话，请给他一个。女人很乐意留下箱子，给了他一个口袋，他再三谢了女人救命之恩，把口袋往肩上一搭就走了。他先乘小船到布林迪西，再沿海岸航行到特拉尼。在那里遇到几个布商，攀谈起来竟是同乡。他谈了自己的不幸遭遇，只是未提箱子一节。布商看他可怜，给了他一身衣服，借给他一匹马，还找到可以陪他到拉韦洛的同伴。到了那里他就自己回家了。他到家以后，先感谢天主保佑他平安归来，然后打开包裹，仔细察看珠宝，发现都是精品，按时价出售的话，所得钱财要比他离家时多出一倍。他卖了宝石，寄了一大笔钱给古尔福岛上那个善良的女人，报答她把他从海里拉上来的救命之恩，又寄一笔钱给特拉尼那个送他衣服的布商，其余的钱自己留着安度晚年，不想再做买卖了。

作品评析

在上述选文中，劳蕾塔讲述的故事是拉韦洛富商兰多福·鲁福洛的海上历险记。故事的主要情节包括主人公海上经商失败、化身海盗发财、遭遇致命海盗、惨遭海上风暴、有幸海滩遇救、暴富泛海荣归。这一天的主持人或女王要求大家讲"历尽艰辛，逢凶化吉，达到圆满结局的故事"，因此兰多福的海上历险记完全契合这一要求。

从这则故事中，我们不难看出欧洲文艺复兴时期人与海洋关系的几个方面，如繁荣的海上贸易、海洋冒险、海难、海洋与命运、海盗、海洋上的民族冲突等。我们不妨结合这则故事和莎士比亚的《威尼斯商人》，对比其中的几个方面。两者都在讲述喜剧故事，故事中都有重要人物从事海上贸易，因此也颇有一些类似之处。

　　在兰多福的海上历险故事中，主人公本身已经是拉韦洛小城首富，但"他对自己现有的财富还不满足，希望翻它一番"，于是经过"再三盘算，像商人常做的那样，买下一艘大船，用全部钱财购进许多货物，装上船，驶向塞浦路斯"。在《威尼斯商人》中，商人安东尼奥的"全部财产都在海上"以至于当他急需钱时，竟然"既没有钱，也没有可以变换一笔现款的货物"（《威尼斯商人》第一幕第一场）。可见，兰多福与安东尼奥二人都有极大的魄力和追逐商业利益的强烈欲望，敢于把所有的积蓄都投入海上贸易，这也从一个层面表明，当时海上贸易的利润回报应该是非常丰厚的。

　　但大海广袤无际，洋面风险无数，变幻莫测，因此他们自身的命运也跟他们的商船一样，随着大海的呼吸节奏而跌宕起伏，惊心动魄。当兰多福孤注一掷，倾其所有投入海上贸易后，他悲哀地发现自己的货物和其他人的"一模一样"，因此"一下子从富翁变成穷汉"，竟然不得不去做海盗以"捞回损失"；但更让他想不到的是，他在海上打劫致富后，刚刚金盆洗手，扬帆返家途中，却被更强的海盗洗劫一空，并遭受谋杀和海难所带来的生命危险。在《威尼斯商人》中，安东尼奥的商船在途中遭难，据说竟然没有一艘平安到港，这意味着他所有的财产都打了水漂，在海上一去无回，他也因此面临着在法庭上被夏洛克割心头肉的致命危险。但所幸聪慧的鲍西娅破解了法庭危局，安东尼奥得以幸免，并在随后得到确切的消息，自己有三艘船也幸运地逃过一劫，平安抵达港口（《威尼斯商人》第三幕第二场；第五幕第一场）。同样，兰多福在遭遇海上风暴后，在生命垂危之际，幸运地得到救治，并获得巨额财富。

　　劳蕾塔在听完潘皮内娅讲的故事后说："照我看来，命运弄人再也没有比这更大起大落的了。"然后她就讲了一个海上历险故事。是啊，还有什么比海洋与命运联手弄人之事更"大起大落"的呢？对于这一点，莎士比亚的传奇剧《泰尔亲王配瑞克里斯》做了完美的诠释。

▌一千零一夜

（阿拉伯）佚名

▌作者及作品简介

　　《一千零一夜》（又名《天方夜谭》），是一部阿拉伯民间故事集，也是世界文学名著，据说其在世界上的翻译和发行量仅次于《圣经》①。

关于《一千零一夜》的书名、内容结构、作者、流传和成书过程等，学者仲跻昆有如下介绍：

> 《一千零一夜》的书名是来自其主线故事：相传古代有一个萨桑国，国王山鲁亚尔发现王后不忠，一怒之下，除将她及与其私通的奴仆杀死外，还存心向所有的女人报复：每娶一个处女，枕宿一夜之后便将其杀掉再娶。如此三年，全国一片恐慌。聪慧、美丽的宰相女儿山鲁佐德为使姊妹们不再惨遭虐杀，毅然挺身而出，让父亲将自己送进宫去。她请国王允许将其妹敦娅佐德召进宫，以求死别。其妹按照事先约定，要求姐姐讲个故事以消遣一夜。于是山鲁佐德便征得国王同意，开始讲起故事。翌晨天刚亮，那引人入胜的故事却正值精彩之处，留下悬念。国王受好奇心驱使，想知道故事结局，只好免山鲁佐德一死，让她第二夜接着讲。就这样，故事接故事，故事套故事，每到夜尽天亮时，正是故事兴味正浓处，"欲知后事如何，且听下回分解"，一直讲了一千零一夜。其间，山鲁佐德还为国王生了孩子。最后，国王受到那些神奇迷人的故事感化，幡然悔悟，弃恶从善，决心与聪明、美丽的山鲁佐德白头偕老。
>
> 这部鸿篇巨制的民间故事集并非一时一地一人所作，它实际上是古代东方，特别是阿拉伯地区的民间说唱艺人与文人学士历经几世纪共同创作的结果。
>
> 值得注意的是《一千零一夜》发源、流传、成书、定型过程的空间与时间。须知，《一千零一夜》的故事集中产生于印度、波斯、伊拉克、埃及。这些地区有人类最古老的文明——古埃及文明、两河流域文明、古印度文明和古波斯文明的积淀，而且由于伊斯兰初期的开疆拓域、阿拉伯帝国的建立，通过战争、占领、混居、通婚、商业贸易、作品的译介……阿拉伯、印度、波斯、希腊—罗马、希伯来、柏柏尔……乃至中国等各国、各民族的文化，以及印度教、袄教、犹太教、基督教等各种宗教文化，都在这一空间、这一时间，相互撞击而融会于阿拉伯—伊斯兰文化中。②

研究者认为，《一千零一夜》从口头文学到最后成书，其过程经历七八百

---

① 李唯中译：《一千零一夜·译者小序》，银川：宁夏人民出版社 2006 年版，第 1 页。
② 纳训译：《一千零一夜·前言》，北京：人民文学出版社 2015 年版，第 1—4 页。

年之久，最后"定型于公元 1517—1535 年之间的埃及"①。由以上信息可知，此书的定型时间为 16 世纪，它是集体长期创作的结晶，作者身份难以具体考证。

目前国内常见的《一千零一夜》中译本有三种：一是纳训译本，可见于人民文学出版社诸版；二是李唯中译本，主要见于花山文艺出版社、宁夏人民出版社、中国文联出版社诸版；三是郅溥浩等译本（书名为"天方夜谭"），见于译林出版社诸版。其中，李唯中译本是足译本，其他两种均为删译本（或称洁本）。

下面的选文取自纳训所译《一千零一夜》（人民文学出版社 2015 年版）中的《辛伯达航海旅行的故事》。主人公辛伯达是一位成功的商人兼航海家，他亲口为亲友们讲述了自己的七次航海旅行经历，选文与其第一次航海经历相关。

选 文

辛伯达航海旅行的故事②

第一次航海旅行

家父原是生意人，他的买卖很兴旺，拥有无数财产，生平乐善好施，在当时是有数的富商兼慈善家。他过世时，我还年幼。他留下的遗产中，有现款、房屋田产、货物等，数目很多。我成年后，自己管理财产，过享乐生活。我吃山珍海味，穿绫罗绸缎，住高楼大厦，结交酒肉朋友、纨袴子弟，挥金如土，浪费无度。当时我以为我的财产够我生平之用，毫不在意，一直过着挥霍、豪华的生活。

后来我发现自己昏聩，这才恍然觉悟，可是为时已晚，自己的环境、情况，早已今非昔比，钱财也全都花光了。我自顾孑然一身，两手空空，满腔愁闷、恐怖，眼看就要陷于绝境。这时候我忽然想起先父所谈关于大圣苏莱曼③的遗训："三件事比其他的三件较好：死日比生日好，活狗比死狮好，坟墓比穷困好。"于是我振作起来，收检余存的家具、衣物和田产，全部拍卖，总共获得三千金币，作为旅费，决心作长途旅行，到远方去经营生意。

---

① 纳训译：《一千零一夜·前言》，北京：人民文学出版社 2015 年版，第 2 页。
② 纳训译：《一千零一夜》，北京：人民文学出版社 2015 年版，第 52 – 57 页。
③ 苏莱曼是伊斯兰教中的先知使者，别名所罗门。

主意打定了，我便收拾准备，买了货物和需要的行李，决心由海路出发。于是我和其他的商人一起去巴士拉，乘船出发，在海中航行了几昼夜，经过许多岛屿。每到一个地方，我们都从事买卖，有时以物易物，海上生活倒很快乐有趣。

有一天路过一个小岛，景致非常美丽、可爱，像乐园一般，因此船长吩咐靠岸停泊，抛下铁锚，架上跳板。旅客们都舍舟登陆，有的搬锅碗去烧火煮饭，有的从事洗涤，有的去各处欣赏风景。大家吃喝的吃喝，玩耍的玩耍，正在欢欣快乐，流连忘返的时候，船长忽然高声喊道："旅客们！为了安全起见，你们赶快上船来吧。为了保全生命，你们扔掉什物，立刻回到船上来吧。你们要知道：这不是岛，而是漂在水上的一尾大鱼。因为日子久了，它身上堆满沙土，所以长出草木，形成岛屿的样子。你们在它身上生火煮饭，它感到热气，已经动起来了。它一沉下海底，你们会被淹死的。你们扔掉东西，赶快上船来吧。"

旅客听了船长的呼唤，争先恐后，扔掉什物，急急忙忙向船奔去。他们有的赶到船上，有的还来不及上船，那所谓小岛已经摇动起来，接着沉了下去，小岛上的人们全都淹没在海里。

我自己也是淹没在海里的人。正当危急存亡、快要淹死的时候，幸蒙真主保佑，我发现身旁漂着一个旅客遗弃的大木托盘，便伸手抓着托盘，伏在上面，两脚左右摆动，像桨一般，努力和波涛搏斗，希望漂到船边，能够得救。可是船长不顾被淹的旅客，张帆扬长而去。我望着船身渐渐远去，失望到了极点，确信自己非葬身鱼腹不可了。

在这样的情况下，我在海中任凭风吹浪打，整整漂流了一天一夜。次日被风浪推到一个荒岛上，我抓着垂在水面上的树枝，爬上岸去，两脚被鱼咬得皮破血流。当时我疲弱、疼痛得不能动弹，好像立刻就要气绝身死，因此我倒在地上，昏迷不省人事。在这样的昏迷状态中，直至次日太阳出来，才慢慢地苏醒过来；可是两脚又肿又痛，不能行动，只能慢慢匍匐着爬行。

岛上有各种各样的野果，还有清泉。我摘野果充饥，喝泉水解渴，安安静静地休息了几天，待精神慢慢恢复过来，体力逐渐增强，可以自由行动了，才打算寻找出路。于是我折根树枝当拐杖拄着，在海滨漫游，观看各种奇异、美丽的景象。

我继续沿海滨漫步。有一天，在很远的地方，出现一个隐约可见的影子，我以为那是野兽，或者是海中的动物。于是我怀着好奇心向那方面走过去，仔细一看，原来是一匹高大的骏马，被人拴在海滨。我走过去，它长嘶一声，吓我一跳。我正打算退走，不想有人从地洞里钻了出来，大吼一声，走到我面前，问道："你是谁？你从哪儿来？你到这儿来做什么？"

"我是旅客，乘船到海外经营生意，中途遇险，我和其他一部分旅客落在海中，幸而抓住一个大木盘，在波涛中漂流了一天一夜，才被风浪推到这儿来的。"

听了我的叙述，他伸手拉着我，说道："跟我来吧。"于是领我去到地窖里，走进一个大厅，让我坐下，拿饮食招待我。当时我饿得要命，狼吞虎咽，饱餐了一顿。继而他询问我的身世、经历，我便把自己的遭遇从头到尾，详细叙述一遍，他听了非常惊奇。我又说："指真主起誓，我的情况和遭遇已经告诉你了，请你别见怪！现在希望你告诉我：你是谁？为什么住在地洞里的这间大厅里？你把那匹马儿拴在海滨是什么意思？"

"我们是替国王麦希尔嘉养马的人，分散在岛中的每个地区。每当月明时候，我们选择高大、健壮的牝马，把它拴在海滨，然后躲到这个地窖里，静观动静。过一些时候，海马嗅到牝马的气味，跑出海面来引诱牝马，要带它到海里去。可是牝马被拴着，无法逃脱，于是它们相对长嘶，继而踢打、交尾。我们闻声跑出去，大声一吼，吓跑海马；从此牝马受孕，杂交生出来的小马，每匹值一库银子，小马生得美丽无比。现在已是海马登陆的时候，若真主愿意，我带你去见国王麦希尔嘉，让你参观我们的国土。你要知道，这里荒无人烟，倘若遇不到我们，你一定孤单、寂寞，甚至牺牲了性命还无人知道。我们不期而遇，这是你的生命有救、可以转回家乡的原因呢。"

我祝福他，谢谢他的好意。彼此正在谈话之际，有匹海马来到岸上，长嘶一声，跳到牝马面前，要带走它；接着它们踢打起来，牝马惊叫不止。养马的闻声拿起宝剑、铁盾，跑出地窖，大声呼唤他的伙伴："海马登陆了，大伙快出来吧！"

他边喊边敲铁盾，于是许多人应声而出，手持武器，从四面八方跑了出来，喊声震野，把水牛般的海马吓跑了。

霎时间，那些管马的每人牵着一匹骏马，来到我们面前。他们看见我和他们的伙伴在一起，便问我的情况。我把自己的经历叙述一遍，博得他们的同情，于是他们都走近我，席地坐下，铺开一块布单，拿出饮食，大伙围着吃喝。吃完以后跨马动身，我也骑着一匹马，随他们继续向前迈进，从郊外去到城中，走进王宫。他们先向国王麦希尔嘉报告、请示，得了国王允许，这才带我进去。我毕恭毕敬地向国王祝福、致敬。他欢迎我，尊敬我，问我的情况。我把自己的经历、见闻，从头叙述了一遍。他听了感到惊奇，说道："孩子！指真主起誓，你安然脱险了。你要不是长寿的人，这是很难摆脱那种灾难的。赞美真主，你算是脱离危险了。"于是他优待我，尊敬我，好言安慰我，留我在宫中任职，做管理港口、登记过往船只的工作。

从此我在宫中服务，勤勤恳恳，小心谨慎地做事，博得国王的赏识、重视，给我华丽的衣服穿，经常陪随国王，并参与国事，替庶民谋福利。就这样我留在那儿，过了很长的一段时间。那时候我每到海滨，经常向商旅和航海的人打听巴格达的方向，也希望有人上那儿去，我便可以和他同路回家。可是始终没有人知道去巴格达怎么走，也没有谁要上巴格达去，我大失所望，郁郁不乐，过了很长的时期。有一天，我进宫谒见国王麦希尔嘉，在宫中碰到一帮印度人，就向前问候他们。他们热情地回答我，和我谈话，问我的国籍。

我打听他们的乡土，据说他们是不同的民族，有的属于沙喀尔人，是个良善的民族，性格敦厚，不虐待亏枉别人；有的属婆罗门，这个民族不喝酒，环境好，生活富裕，相貌漂亮，情感丰富，善于饲养家畜。他们告诉我，在印度共有七十二种民族；我听了感到十分惊奇。

国王麦希尔嘉的管辖区内，有个叫科彼鲁的小岛，通宵达旦，可以听到鼓锣之声。当地的人和旅行家告诉我们，岛上的居民全是精明强干的。在那里的海中我看见过二十丈长的大鱼，也看见过猫头鹰鱼。此外还有许多形形色色、奇奇怪怪的事物，要详细说，话就长啦。

我在那里照例不间断地拄着拐杖，在海滨巡视游览。有一天，我看见一只大船向岸边驶来，船中旅客很多。船拢岸后，船长吩咐落帆停泊，架上跳板，水手们搬出货物，经我的手登记下来。我问船长："船中还有其他货物没有？"

"有，先生；船里还有一部分货物，不过它的主人在别的岛上遇险落海淹死啦，因此他的货物由我们代为保管。我们打算卖掉他的货物，把钱带回巴格达去，还给他的家属。"

"货物的主人叫什么名字？"

"他叫航海家辛伯达，已经淹死啦。"

听了船长的回答，我仔细看他，立刻就认出他来了，抑制不住失声大喊起来，说道："船长哪！你要知道，我就是你所说的那些货物的主人呀！我就是那天跟旅客们一起去岛上的那个航海家辛伯达啊！当时我们在这条大鱼的身上，当它动的时候，你大声呼唤，叫我们赶快上船；可是有的赶上船去，有的赶不上去，就都落到海里。我自己也是落在海里的一个。幸而真主保佑我，让我抓住旅客遗弃的一个大木托盘，伏在上面，被风浪推到这个岛上，碰着替国王麦希尔嘉养马的人，带我去见国王，我对国王叙述了自己的身世、遭遇，蒙国王赏识、优待，派我管理港口。我任劳任怨，忠心耿耿，博得国王信任。你船里的那些货物，它是我的财产呀！"

"毫无办法，只望伟大的真主拯救了！这么说，从此人间没有忠实、信义的人啦。"

"船长！你听了我的话，为什么这样大惊小怪呢？"

"这是因为你听得货主淹死，才来假冒，企图夺取货物的。这是不义的事。我们明明亲眼看见货主和其他许多旅客同时落海遇难，谁也不曾脱险，你怎么能冒称是货主呢？"

"船长，请你听一听我的故事，明白我的情况，这就证明我不是说谎；因为说谎骗人，那是坏人的行为。"

于是我对船长详细叙述从巴格达出发，直至岛上遇难的经过，所有货物的种类，以及旅途中我和他之间的交往。这样一来，船长和商人们才承认我，证实我不是说谎骗人。大家喜笑颜开，祝我安全脱险之喜，说道："凭着真主起誓，我们一直没有相信你会安全脱险，这是真主使你再生啦。"于是他把货物赔给我；没有一点损失，都原封不动，写着我的名字。我打开货物，选择几种最名贵而值钱的，叫水手带着随我进宫，作为礼物，献给国王，告诉他我所乘的那只商船来到港口，我的货物全都带来，并把一部分货物送给国王作礼物。国王感到十分惊奇，证明我过去所说的全都是事实，因而越发爱我，非常地尊敬我，也回赠我许多礼物。

我卖掉自己的货物，赚了一笔巨款，然后收购当地的土特产，装满船舱，待船快要启航，才去谒见国王，感谢他对我的恩情，求他准我起程回乡。国王慨然允许，并送我许多土特产。于是我辞别国王，随商人们重过旅行生活。孤舟在茫茫的大海中，不分昼夜地继续向前航行，最后顺利、安全地回到巴士拉。我能够安全回到家乡，感到无限的高兴、快乐。我在巴士拉逗留、休息几天，然后携带货物，满载而归；到了巴格达，许多亲戚朋友都来看我。

我用做买卖赚得的钱，制备家具什物，购买婢仆车马，广置田地产业。我在短时期内成家立业，拥有的财产，比先父遗留给我的财产不知增加了多少倍。从此我广交朋友，经常和文人学士往来，终日追求享受，生活比从前更舒适、优越。过去的艰难困苦，旅途中的颠危，全都忘得一干二净。这是我第一次航海旅行的经历；若真主愿意，明天再谈第二次航海旅行的情况吧。

作品评析

《一千零一夜》中的《辛伯达航海旅行的故事》，与《十日谈》中兰多福·鲁福洛的海上历险记类似，都属于海外商旅类航海历险故事。在这些故事中，主人公均为从事海上贸易的商人，叙事大致围绕携货出海、惨遭海难、幸获奇遇、发财而归等基本情节展开。就此而言，这类航海故事，与《奥德赛》中英雄奥德修斯和莎士比亚《暴风雨》中王公贵族的海上历险故事有一些不同之处。但它们的相同之处也颇为明显，毕竟这些故事的空间背景都是海洋，而在这个广袤无际、千变万化、神秘莫测的地域中发生的故事，往往充满着悬念、曲折和紧张的气氛。

《辛伯达航海旅行的故事》共七篇，而在每一篇的开端，讲述人辛伯达均会提到他出海的缘由。他本来出身富商之家，但因生活奢侈无度，几乎将父亲遗留的财产挥霍一空，好在及时幡然醒悟，决心出海经商，重振家业，这也是他第一次航海旅行的原因。而他的首次海上贸易获得巨大的成功，所获财产竟然是之前父亲所留的数倍之多。至于他的其他六次航海旅行，则具有差不多的原因。比如第二篇航海故事的开篇提到："可是有一天我突然起了一个出去旅行的念头，很想去海外游览各地的风土人情，并经营生意，赚一笔大钱回来过好日子。"第三篇开头说："后来我心中又产生一个到海外去经营生意，参观游览各地风光的念头；古人说得好，人性是贪得无厌的。"第四篇提到："我第三次航海旅行归来，和家人亲友见面言欢，过着比从前更舒服、更快乐的幸福生活，终日逍遥寻乐，开怀聚饮，过去旅途中惊险颠危的遭遇，一股脑儿忘得干干净净，因此经不起肮脏的欲望的怂恿、诱惑，总是念念不忘旅行生涯，渴望着和各种各样的人群结交，经营生意买卖，赚它一大笔钱。"① 由此可知，辛伯达航海旅行的主要原因有两个：一是通过海上生意"赚它一大笔钱"；二是"去海外游览各地的风土人情"。另外，在《辛伯达航海旅行的故事》的引言部分，辛伯达告诉"同名同姓"但生活窘迫、口有抱怨的脚夫辛伯达："我今天的幸福生活和你所见的这个地位，是从千辛万难，惊险困苦的奋斗中得来的。我曾经过七次航海旅行，在旅途中每次遭遇到的颠危，都是惊心动魄、别人想象不到的。"② 此语显然充满着说教的成分，但我们将它与上述辛伯达航海旅行的两点主要原因相结合，当不难理解：变幻莫测、危机重重的海洋，是勇敢者、奋斗者、求知者、猎奇者的舞台和竞技场。

---

① 纳训译：《一千零一夜》，北京：人民文学出版社 2015 年版，第 57、62、67 页。
② 纳训译：《一千零一夜》，北京：人民文学出版社 2015 年版，第 52 页。

卢济塔尼亚人之歌

（葡）路易斯·德·卡蒙斯

作者及作品简介

《卢济塔尼亚人之歌》（*The Lusiads*）是葡萄牙诗人路易斯·德·卡蒙斯（Luís de Camões，一译为贾梅士，约1524—1580）的代表作，一向被视为葡萄牙民族史诗和最伟大的葡萄牙语文学作品。

卡蒙斯是文艺复兴时期葡萄牙著名诗人和剧作家。他出生于里斯本的一个没落贵族家庭，在大学接受过古典和人文主义教育，后以军人身份参加了葡萄牙与阿拉伯人的直布罗陀海战，但不幸在战争中受伤且失去右眼。之后不久，卡蒙斯被派往葡属东方殖民地（印度、中国澳门等地）工作十多年，其间，致力于《卢济塔尼亚人之歌》等作品的写作。殖民地生活严重损害了卡蒙斯的身心健康，也使他穷困潦倒，代表作《卢济塔尼亚人之歌》的发表也没能有效地缓解其经济负担。诗人晚年生活凄惨，于1580年在病困交加中去世。除《卢济塔尼亚人之歌》外，他还写有大量十四行诗、戏剧等，其创作奠定了现代葡萄牙语的基础，并推动了葡萄牙人的民族和身份认同。卡蒙斯因其文学成就而被葡萄牙人尊为国父。

目前国内关于卡蒙斯作品的译介主要有两种，分别为《卡蒙斯诗选》（中国社会科学院外国文学研究所、葡萄牙古本江基金会1981年版）和张维民译《卢济塔尼亚人之歌》（中国文联出版公司1998年版，四川文艺出版社2020年版）。

《卢济塔尼亚人之歌》由十个诗章共一千多个诗节组成，主要讲述达·伽马（约1469—1524）及其他葡萄牙航海家绕过好望角、开辟通向印度新航路的英雄壮举，歌颂了葡萄牙波澜壮阔的历史和卢济塔尼亚人英勇坚强、激情好战、奋进开拓的民族精神。史诗内容跟葡萄牙人15—16世纪开辟新航路的历程密切相关，在写作上深受荷马和维吉尔的影响，评论家们常将它跟维吉尔的《埃涅阿斯纪》相提并论。

下面的选文取自张维民译《卢济塔尼亚人之歌》（四川文艺出版社2020年版）第一章，主要讲述葡萄牙著名航海家达·伽马率领本国舰队抵达非洲东部的莫桑比克岛海域并与当地阿拉伯人相遇的故事。

选 文

卢济塔尼亚人之歌（节选）

第一章①

一

雄壮的船队②，刚强的勇士
驶离卢济塔尼亚③西部海岸，
经过从未有人穿越的大洋④
甚至跨越塔普罗瓦纳海角⑤。
艰险的经历，不断的战争
超出人力所能承受的极限，
在荒僻、遥远的异域拓建
新的帝国，使之辉煌灿烂。

二

那些为了传播他们的信仰⑥
实行开疆拓土的历代君王，
在阿非利加和亚细亚⑦大地

---

① 参见（葡）路易斯·德·卡蒙斯著，张维民译：《卢济塔尼亚人之歌》，成都：四川文艺出版社2020年版，第2–55页。

② 指瓦斯科·达·伽马统率的葡萄牙船队，参见下文第四十四节。

③ 卢济塔尼亚（Lusitania），古罗马行省名，范围包括葡萄牙的大部分和西班牙西部的一部分，后成为葡萄牙的代称；卢济塔尼亚人即指葡萄牙人。文艺复兴时期，葡萄牙学者认为这个名字源于卢索（Luso），罗马神话中酒神巴克科斯的朋友或儿子；卡蒙斯认为卢索定居葡萄牙，成为卢济塔尼亚的名祖。巴克科斯还有个朋友叫利萨（Lysa）；拉丁语演变成葡萄牙语时，i（y）有时写成u，Lusitania（卢济塔尼亚）本写成Lysitania（利西塔尼亚），意为"利萨之野"或"卢索之野"。无论葡萄牙人是卢索还是利萨的后人，都与酒神有密切关系。——原书译者注。

④ 这里指印度洋。下文第五十诗节提到："我们是西方的葡萄牙船队/前往东方，寻找印度大地。"

⑤ 塔普罗瓦纳海角（Taprobana），欧洲传说中的亚洲东南隅，现代学者认为是锡兰或苏门答腊。这里所指相当于"天涯海角"。——原书译者注。

⑥ 指基督教信仰。

⑦ 非洲（Africa）的全称为阿非利加洲，亚洲（Asia）的全称为亚细亚洲。

他们的名字全部得以传扬。
还有那些，因其丰功伟绩
从而超脱死神法律的英灵①，
为了这世间永远都能说出
那些名字，愿我心手相应。

三

智慧的古希腊人和特洛伊人
其宏伟远航，已泯灭于忘川。
也无人再谈论亚历山大②、
图拉真③之流的不世壮举。
我要激扬卢济塔尼亚精神
涅普顿④、玛尔斯⑤也退居一侧，
缪斯女神不再吟诵往昔
有更为绚丽的诗，她要传扬。

…………

四十三

海风，温柔地推送着航船
上天仿佛他们的亲密朋友，
天空晴朗，风平浪静
不见一丝乌云危险和恐惧。
船队已越过了普拉索海角⑥

---

① 指因建功立业而声名不朽之人。

② 亚历山大（Alexander the Great，前356—前323），即亚历山大大帝，马其顿国王，前336年即位，欧洲最著名的世界征服者之一。——原书译者注。

③ 图拉真（Marcus Ulpius Trajanus，53—117），古罗马皇帝，98年即位，五贤帝之一；他发动的一系列战争把罗马帝国的版图扩张到了最大范围。——原书译者注。

④ 涅普顿（Neptune），罗马神话中的海神，相当于希腊神话中的波塞冬，也是养马业和赛马的保护神。——原书译者注。

⑤ 玛尔斯（Mars），罗马神话中的领土和战争之神，相当于希腊神话中的阿瑞斯。——原书译者注。

⑥ 即莫桑比克海角。海角上生满密林，普拉索（Prasso）在希腊语意为"翠绿的"。——原书译者注。

这是那条海岸的古老地名，
就在这时，茫茫的大海上
渐渐浮现出一群新的海岛。

四十四

坚强的船长瓦斯科·达·伽马①
献身于伟大而崇高的事业，
具有骄傲不凡的雄心壮志
一向受到命运的殷勤保佑。
他觉得没道理在那里停留
岛上荒无人迹，更无鸟兽，
因此他决定继续向前航行
事情的发展却出乎他想象。

四十五

海面上忽然出现一群小船
朝着他们，扬帆破浪驶来，
远远望去那些船似乎来自
距离陆地最近的那座海岛②。
船队上下快乐得无法形容
只知道向着来者欢呼雀跃，
他们心中自问，来者何人
有什么风俗、法律和国君？

四十六

只见那些小船飞快地行驶

---

① 原书译者在第一章第十二节注曰："达·伽马（Vasco da Gama，约1469—1524），葡萄牙航海家、探险家，大航海时代的象征。1497—1498年，他率领四艘船和约一百六十名水手，从里斯本出发，绕过好望角，到达马林迪后获得阿拉伯领航员的帮助，终于开辟了欧洲到印度/东方的新航路；1502—1503年，他率领二十三艘船第二次前往印度，期间制造了米里号事件；1524年，他被任命为印度副王、葡属印度总督，第三次到印度，逝世于卡利卡特。"
② 即第五十四诗节所说的莫桑比克岛。

船体又细又长，十分狭窄，
每条船上都扯起一面风帆
是用棕榈叶片编制成的席子。
船上的人完全是肤色如炭
这要怪法厄同①当初的鲁莽，
使那片大地燃起熊熊烈火
让兰珀提亚②在波河③边哭泣。

四十七

船上的人们穿着棉布衣裳
有的是白色，有的是条纹，
有的人把衣服缠系在腰间
有的人潇洒地，交搭着双臂。
人人都袒露出结实的胸膛
手中握着锋利的匕首短刀，
他们的头上都裹着缠头布④
驾着船，吹响震天的号角。

四十八

看啊，他们摇着旗，并招手
向船队示意等待他们前来，
船队轻捷的船头掉转航向

---

① 法厄同（Phaeton），希腊神话中太阳神赫利俄斯的儿子。赫利俄斯向冥河立下誓言，要满足法厄同的一个愿望，法厄同趁机要求驾驶太阳车一天，但他缺乏能力，致使缰绳脱落，马匹拖着太阳车乱跑。大地被炙烤，河流开始干涸，森林纷纷起火，宙斯只好用雷霆把法厄同从太阳车劈下来，他燃烧着坠入了波河。据说非洲人的皮肤是因为他的过失而烤焦的。他的母亲和姐妹（其中之一是兰珀提亚）悼念他，在河边哭了四个月，身体化作白杨树，眼泪化作琥珀。——原书译者注。

② 希腊神话中太阳神赫利俄斯的女儿，法厄同的姐妹之一，她在法厄同死后悲哭而死，身体化为白杨树。参见上文关于法厄同的注释。

③ 波河（Po River），发源于科蒂安山脉，支流众多，沿岸分布有都灵、米兰、博洛尼亚、威尼斯等城市，最后注入亚得里亚海，为意大利第一长河，两岸多白杨树。

④ 以上信息大致表明这些人是穆斯林，第五十节提到他们"用阿拉伯语仔细盘问"，进一步确定了这一身份特征；接下来第五十六节说这些人是"摩尔人"，从而具体确定了其穆斯林身份。关于摩尔人，请看看下文相关注释。

驶向那些岛屿，停泊收帆。
船上的水手一阵手忙脚乱
仿佛一路艰辛已到达终点，
他们收落主帆，卸下帆桁
大铁锚在海面上溅起浪花。

四十九

奇形怪状的人不等船停稳
就攀缘着缆索，爬上船舷
一个个笑逐颜开欢天喜地。
高贵的船长①非常懂得礼节
即命人抬来桌子款待来宾，
透明的玻璃酒杯里斟满的
都是列欧②酿造的葡萄美酒，
法厄同烤焦的人③一饮而尽。

五十

他们兴高采烈，大吃大喝
一面用阿拉伯语仔细盘问，
这只船队到底从哪里驶来
一路上已航行过哪些水域。
坚强的卢济塔尼亚航海者
措辞谨慎，恰当地回答道：
我们是西方的葡萄牙船队
前往东方，寻找印度大地。

五十一

我们的航船已经驶越过

---

① 指达·伽马，参见第四十四诗节。
② 即巴克科斯。列欧是他的别名。——原书译者注。
③ "法厄同烤焦的人"之类说法一般指非洲人，参见前文关于法厄同的注释，这里兼指摩尔人。
关于摩尔人，请参看下文相关注释。

南北两极间的一切水域，
绕过整个阿非利加大陆
阅历了无数地形和气候。
我们臣属于强大的国王
他是受人民爱戴的仁君，
为了他，我们闯荡大海
哪怕去到地狱赴汤蹈火。

五十二

遵从王命，我们前去寻觅
那印度河浇灌的东方沃土，
在茫茫无际的大海航行
一路只见到丑陋的海狗。
我已说明了自己的来历
你们如不拒绝讲出实情，
请问你们是谁，此处何地
你们是否知道印度的消息？

五十三

只听一个岛上人回答道：
我们并不是当地的土人
大自然在这里繁育出了
毫无宗教和理智的野人①。
亚伯拉罕之后②传授我们
光辉完美的宗教③，如今
他已统治了整个世界，

---

① "土人"和"野人"均为外来者对非洲原住民的贬称，此二语主要指班图尼格罗（简称"班图"）人。

② 指默罕默德（Muhammad，约570—632），伊斯兰教的创始人，安拉的使者和先知。默罕默德自称是亚伯拉罕与夏甲的长子以实玛利的后人；卡蒙斯在这里说他的父系不是犹太人、母系是犹太人，所据不详。——原书译者注。

③ 这里指伊斯兰教。

他有希伯来之母，异教之父①。

五十四

我们所居住的这座小岛
扼守着吉洛亚②、蒙巴萨③、
索法拉④一带沿海的咽喉，
是航海者必经的中途站。
只因为它是兵家必争之地
我们才像土人生活在这里，
这些，你们都已亲眼目睹
这座岛的名字叫莫桑比克⑤。

五十五

你们已远远地，航行至此
去寻找炎热的印度河流域，
就会从这里获得领航向导⑥
让他来英明地领你们前去。
你们最好在这里暂作休息
从陆地补充些清新的淡水，
这里的统治者会接见你们
向船队提供些急需的用品。

---

① 参见上面关于默罕默德的注释。
② 吉洛亚（Giloa），桑给巴尔的古城。——原书译者注。按：桑给（jǐ）巴尔现属坦桑尼亚。
③ 蒙巴萨（Mombasa），非洲东南部的港口城市。——原书译者注。按：蒙巴萨为肯尼亚最大的港口城市。
④ 索法拉（Sofala），非洲东南部的港口城市，位于莫桑比克索法拉河口，葡属东非最重要的城市。——原书译者注。
⑤ 莫桑比克岛（Island of Mozambique），位于莫桑比克北部近海区域。长期以来，此岛为阿拉伯商人在印度洋的重要贸易中心，但达·伽马在1498年到来后，它成为葡萄牙的一个殖民地中心和印度洋贸易重要口岸。
⑥ 事实上，达·伽马正是在阿拉伯领员员的帮助下，才成功地到达印度并开辟出欧洲到印度的新航路的。

五十六

摩尔人①说着，即率领随从
回到他们驾来的小艇之上，
告别了船长和他的水手们
表现得彬彬有礼周到客气。
这时，福玻斯②驾驶水晶车
关闭了大海上光明的白昼，
休息时把照耀世界的职责
托付给他一母同胞的妹妹③。

五十七

在那个夜晚，疲惫的船队
感到平生未尝的难言快乐，
在那万里遥遥的异域他乡
竟然获得久已渴望的佳音④。
每个水手心中都暗自思量
这儿的人民和怪诞的风俗，
惊奇妖言惑众的异端邪说⑤
怎么会流传到这天边地角。

五十八

宝石般的夜空，皎皎月光

---

① 原书译者在第一章第六节"摩尔族人"一语处注曰："摩尔人（Moors），欧洲人对穆斯林的笼统称谓。先是指征服伊比利亚半岛的穆斯林，后来指居住在伊比利亚半岛及周边、北非和西非等地的穆斯林；大航海时代，印度洋原住民中的穆斯林也被称为摩尔人。"

② 原书译者在第一章第四节"福玻斯"一语处注曰："福玻斯（Phoebus），希腊语意为'光灿夺目的'，是光明和预言之神阿波罗的别称。阿波罗也是音乐和医药神，缪斯们的首领，航海的保护神。"

③ 指狄安娜（Diana），罗马神话中的狩猎女神、月神，福玻斯的孪生妹妹（但比福玻斯先出生并帮助哥哥分娩），相当于希腊神话中的阿尔忒弥斯。——原书译者注。

④ 这个"佳音"指他们能够在此地获得带领他们前往印度的领航员，参见第五十五节中的诗行。

⑤ 指伊斯兰教。葡萄牙人普遍信仰天主教，因此视其他宗教为"异端邪说"。

> 在银色的海浪上闪闪跳跃，
> 满天，镶嵌着耀眼的星斗
> 仿佛漫山遍野盛开的雏菊。
> 狂暴的风神此刻已钻进了
> 幽深而奇妙的洞府里酣息①，
> 可是，远航船队的水手们
> 依然一如既往地警惕戒备。

作品评析

从《卢济塔尼亚人之歌》开头的几个诗节来看，它深受荷马《奥德赛》和维吉尔《埃涅阿斯纪》的影响，对后者的模仿尤其明显。《埃涅阿斯纪》开篇即说，它要讲的是战争和埃涅阿斯的故事，此人"被命运驱赶，第一个离开特洛伊的海岸，来到了意大利拉维尼乌姆之滨"，并要在意大利建立自己的民族和邦国。《卢济塔尼亚人之歌》开篇则说，"刚强的"卢济塔尼亚"勇士"，驾驶"雄壮的船队"，从祖国的西海岸出发，历经艰险和战争，并历史性地横跨印度洋，在"遥远的异域"建立"辉煌灿烂"的"新的帝国"。两部史诗之间的影响和承续关系是显见的。

此外，两部史诗的开篇诗节都介绍了各自的基本主题，如英雄、航海、战争、开疆拓土等，而海洋是史诗故事最重要的背景和英雄最主要的活动场所，因此二者都是典型的英雄史诗和海洋史诗。

二者的不同之处也有很多。比如《埃涅阿斯纪》主人公埃涅阿斯本是特洛伊王子，在失去故国家园后，他被迫率领遗民乘船去海外建设新的家国，然而其活动的海域一直不出地中海范围。而《卢济塔尼亚人之歌》不同，其主人公达·伽马是一位航海家，受本国君主资助和派遣②，率领庞大的船队，怀着征服海洋的雄心，前去开辟新航路和建立殖民帝国；其活动的区域不再局限于相对狭小的海域，而是广袤的大西洋和印度洋。《卢济塔尼亚人之歌》所展现的这些方面，在地理大发现和新航路开辟之前几乎不曾出现，它们体现了大航海时代的典型特点。从这个意义上说，同为海洋史诗和英雄史诗，

---

① 希腊和罗马神话中的风神是埃俄罗斯。古罗马诗人奥维德的《变形记》卷一中提到：朱庇特"把北风和凡是能把云吹散的风都关闭在埃俄罗斯的山洞里，却把南风放了出来"。本书选有奥维德《变形记》卷一中的诗行，可参看。

② 在选文《卢济塔尼亚人之歌》第五十二诗节中，卢济塔尼亚航海者告诉摩尔人："遵从王命，我们前去寻觅／那印度河浇灌的东方沃土……"

荷马和维吉尔的史诗是地中海史诗，而《卢济塔尼亚人之歌》是大航海史诗和大洋史诗。

与荷马和维吉尔的史诗相比，《卢济塔尼亚人之歌》还有一个重要的特点：颂扬基督教信仰及其传播者、描述宗教冲突和战争。这一点我们根据选文内容略作介绍。在史诗第二节中，卡蒙斯说："那些为了传播他们的信仰/实行开疆拓土的历代君王，/在阿非利加和亚细亚大地/他们的名字全部得以传扬。"这里"信仰"一词显指基督教信仰。而第四十七、五十、五十三、五十七诗节分别描述了东非莫桑比克岛一带的阿拉伯人及其伊斯兰教信仰，以及葡萄牙航海者对此宗教的评价（"妖言惑众的异端邪说"）。在第五十四和五十五诗节，来自莫桑比克岛的阿拉伯人告诉葡萄牙人，此岛是东非和东南非洲"一带沿海的咽喉，/是航海者必经的中途站"和"兵家必争之地"，而且可以"从这里获得"前往印度的"领航向导"。我们读到这里，应该会猜到史诗接下来将描述葡萄牙航海者和阿拉伯人之间的冲突和战争，以及莫桑比克岛控制权的转移。限于篇幅，我们没有节选史诗中的相关文字。

事实上，在达·伽马到达莫桑比克岛之前，它早就是阿拉伯商人在印度洋的重要贸易中心。但达·伽马来到这里后，通过武力使其成为葡萄牙人在东非的殖民地中心和贸易口岸，并在这里经由阿拉伯领航员的帮助，最终开辟出到达印度的新航路。

泰尔亲王配瑞克里斯　暴风雨

（英）威廉·莎士比亚

作者及作品简介

《泰尔亲王配瑞克里斯》（*Pericles, Prince of Tyre*，一译为《泰尔亲王配力克里斯》）和《暴风雨》（*The Tempest*），均为威廉·莎士比亚（William Shakespeare，1564—1616）晚期传奇剧，是欧洲文艺复兴时期的海洋文学代表作品。

莎士比亚是英国著名诗人和剧作家，欧洲文艺复兴时期最重要的作家，也是英国最重要的作家，其作品中闪耀着人文主义的光辉，充满人性的永恒魅力。莎士比亚的传世作品包括 39 部戏剧、2 首长诗、154 首十四行诗及其他一些诗歌；其创作生涯可分为三个阶段：历史剧和喜剧时期（1590—

1600)；悲剧时期（1601—1608）；传奇剧时期（1609—1612）。人们习惯上将莎士比亚四大悲剧，即《哈姆雷特》《奥赛罗》《李尔王》和《麦克白》，视为其最重要的代表作。

目前国内较为常见的《莎士比亚全集》中译本主要有四种，分别出自人民文学出版社、译林出版社、上海译文出版社和中国广播电视出版社。人民文学出版社和译林出版社的《莎士比亚全集》，均在朱生豪（译有31部莎剧）译本的基础上校订和补译完成，区别在于两个版本的校订和补译人员不同；上海译文出版社的《莎士比亚全集》由方平主编，是诗体版译本；中国广播电视出版社的《莎士比亚全集》为梁实秋单独完成的译本。

下面两剧的选文均取自译林出版社2016年版《莎士比亚全集》。

《泰尔亲王配瑞克里斯》由莎士比亚和别人合作完成，剧情发生在地中海东部诸国，主人公为古希腊泰尔亲王配瑞克里斯。剧本讲述配瑞克里斯在向安提奥克国王安提奥克斯之女求婚时，无意间猜出国王父女的乱伦关系，被迫将国事托付于臣下后，匆匆航海逃亡；他在海外漂泊期间，与潘塔波里斯国王之女泰莎结婚，并在乱伦的安提奥克斯父女死于天罚后，携孕妻返回自己的领地泰尔，但不幸在海上遭遇风暴，妻子于此时生女并遇难，他被迫中途将幼女玛琳娜交给塔色斯总督夫妇抚养，只身回到泰尔；后来塔色斯传来女儿玛琳娜死去的消息，配瑞克里斯在极度悲伤之中，再度浪迹海外，且寡言少食，生命堪忧，却不料迎来机缘巧合，先是在以弗所海域与女儿相逢，随后在海岸边的狄安娜神庙与妻子团圆。

《暴风雨》的剧情发生在海船和海岛上，主人公为米兰公爵普洛斯帕罗。剧本讲述痴迷并精通魔法的普洛斯帕罗，在被弟弟安东尼奥串通那不勒斯王阿朗索篡夺公爵之位后，携带幼女米兰达逃到一个海中荒岛上生活，并收服爱丽儿等精灵为仆；后来当那不勒斯王阿朗索、王子弗迪南德及安东尼奥等陪同人员乘船经过荒岛时，普洛斯帕罗施展魔法，制造了一场暴风雨，将船只掀翻，使这些人饱受折磨；在历经海难的过程中，阿朗索、安东尼奥等人已经迷失的本性逐渐回归，普洛斯帕罗看到目的已经达到，便宽恕了他们曾经的罪过，并乘机促成了女儿米兰达和弗迪南德之间的爱情；最终普洛斯帕罗恢复自己的爵位，父女乘船返回米兰。

《泰尔亲王配瑞克里斯》一剧共五幕，我们选取的内容即"选文（一）"，为其第三幕第一场、第五幕第一、三场。《暴风雨》一剧共五幕，我们选取的内容即"选文（二）"，为其第一幕第二场。

选 文

泰尔亲王配瑞克里斯（节选）①

第三幕②

第一场　海船上

[配瑞克里斯上。

配瑞克里斯　大海的神明啊，收回这些冲洗天堂和地狱的怒潮吧！统摄风飙
的天使啊，呼召它们离开海面，用铜箍把它们捆束起来吧！啊，
止住你震耳欲聋的惊人雷霆，熄灭你迅疾的硫火的闪电！啊！
莉科丽达，我的王后怎么样啦？你发着这样凶恶的风暴，你是
要把所有的海水一起翻搅出来吗？水手的吹啸像死神耳旁的微
语一般，微弱得没有人能够听见。莉科丽达！卢西娜③，神圣的
保护女神，夜哭人的温柔保姆啊！愿你的灵驾来到我们这一艘
颠簸的船上，帮助我的王后早早脱离分娩的苦痛吧！

[莉科丽达抱婴孩上。

配瑞克里斯　啊，莉科丽达！

莉科丽达　这小东西太稚弱了，不应该让她在这样一个环境里；要是她懂
事的话，一定会因悲伤而死去，正像我现在痛不欲生一样。请
把您那已故王后的这一块肉抱了去吧。

配瑞克里斯　怎么，怎么，莉科丽达！

莉科丽达　宽心点儿，好殿下，不要用您的悲号痛哭替那海上的风涛添加
声势。这是娘娘遗留下来的唯一的纪念品，一个可爱的小女儿；
为了她的缘故，请您鼓起勇气来，不要悲伤吧。

配瑞克里斯　神啊！你们为什么把美好的事物赏给我们，使我们珍重它，爱

---

① 参见（英）莎士比亚著，朱生豪等译：《莎士比亚全集（增订本）（第7卷）》，南京：译林
出版社 2016 年版，第 1 - 88 页。

② 第三幕剧情背景可见于"作者及作品简介"中相关部分。第三幕第一场，主要讲述配瑞克里
斯在潘塔波里斯赢得招亲比武并与公主泰莎成亲后，得到了安提奥克斯国王父女双亡的消息，于是决
定携已怀身孕的妻子乘船渡海回国；但他们在归途中遭遇了一场可怕的海上风暴，泰莎在暴风雨中产
下一女，并"死"去；船上的水手强烈要求将泰莎的"死尸"抛入大海，以保证航程的安排，配瑞克
里斯被迫准备把爱人置于箱子里并投入海中。

③ 卢西娜，希腊罗马神话中保护妇女分娩的女神。——原书译者注。

惜它，然后又突然把它攫夺去了呢？我们凡人是讲究信义的，决不会把已经给了人的东西重新收回。

莉科丽达　为了这一位小公主起见，好殿下，宽心点儿吧。

配瑞克里斯　但愿你的一生安稳度过，因为从不曾有哪一个婴孩在这样骚乱的环境中诞生！愿你的身世平和而宁静，因为在所有君王们的儿女之中，你是在最粗暴的情形之下来到这世上的一个！愿你后福无穷，你是有天地水火集合它们的力量，大声预报你降生的信息的！当你初生的时候，你已经遭到无可补偿的损失；愿慈悲的神明另眼照顾你吧！

［二水手上。

水手甲　您有勇气吗，殿下？上帝保佑您！

配瑞克里斯　勇气是有的。我不怕风暴，它已经把最不幸的灾祸加在我身上了。可是为了这一个可怜的小东西，这一个初历风波的航海者的缘故，我希望它平静下来。

水手甲　把那边的舷索放下来！您还不肯停？吹，尽管吹你的吧！

水手乙　只要船掉得转，尽管让这些浪花跳上去和月亮亲嘴，我也不放在心上。

水手甲　殿下，您那位王后必须丢到海水里去；海浪这样高，风这样大，要是船上留着死人，这场风浪是再也不会平静的。

配瑞克里斯　这是你们的迷信。

水手甲　原谅我们，殿下，对于我们这些在海上来往的人，这是一条不可违反的规矩，我们的习惯是牢不可破的。所以赶快把她抬出来吧，因为她必须立刻丢到海水里去。

配瑞克里斯　照你们的意思办吧。最不幸的王后！

莉科丽达　她在这儿，殿下。

配瑞克里斯　你经过了一场可怕的分娩，我的爱人，没有灯，没有火，无情的天海全然把你遗忘了。我也没有时间可以按照圣徒的仪式，把你送下坟墓，却必须立刻把你无棺无椁投下幽深莫测的海底；那边既没有铭骨的墓碑，也没有永燃的明灯，你的尸体只能和单调的贝壳为伍，让喷水的巨鲸和呜咽的波涛把你吞没！啊，莉科丽达！吩咐涅斯托替我拿香料、墨水、白纸、我的小箱子和我的珠宝来；再吩咐聂坎特替我把那缎匣子拿来；把这孩子安放在枕上。快去，我还要为她作一次诀别的祷告。快去，妇人。（莉科丽达下）

水手乙　殿下，我们舱底下有一口钉好、漆好的箱子。

配瑞克里斯　谢谢你。水手，这是什么海岸？

水手乙　我们快要近塔色斯了。

配瑞克里斯　转变你的航程，好水手，我们向塔色斯去吧，不要到泰尔了。什么时候可以到港？

水手乙　要是风定了的话，天亮的时候可以到了。

配瑞克里斯　啊！向塔色斯去吧。我要到那边去访问克利昂，因为这孩子到不了泰尔，一定会中途死去的；在塔色斯我可以交托他们①留心抚养。干你的事去吧，好水手，这尸体等我把它安顿好了，立刻就叫人抬过来。（同下）

第五幕②

第一场　米提林港外，配瑞克里斯船上。
甲板上设帐篷，前覆帏幕。
配瑞克里斯偃卧帐中榻上。一艇停靠大船之旁

[二水手上，其一为大船上者，其一为艇上者；赫力堪纳斯上，与二水手相遇。

泰尔水手　（向米提林水手）赫力堪纳斯大人不知道在什么地方，他可以答复你的。啊！他来啦。——大人，有一艘从米提林来的艇子，艇子里面是拉西马卡斯总督，他要求到咱们船上来。您看怎么样？

赫力堪纳斯　请他上来吧。叫几个卫士们出来。

---

①　指塔色斯总督克利昂及其夫人狄奥妮莎。配瑞克里斯曾流浪到塔色斯，他在泰尔就听说塔色斯正在闹饥荒，因此随身满载了当地人急需的粮食，从而帮助克利昂消除这一危机，因此得到克利昂及其夫人狄奥妮莎的感激和友谊。

②　在第五幕的剧情展开前，配瑞克里斯因为担心新生婴儿玛琳娜无法活着跟他到达泰尔，于是中途转道，并将孩子交给塔色斯总督克利昂及其夫人狄奥妮莎抚养；与此同时，盛放其夫人泰莎身体的箱子被海水冲到以弗所，泰莎被当地德高望重的名医塞利蒙救活，并在塞利蒙的安排下做了狄安娜神庙的修女；十六年后，泰尔的女儿玛琳娜成长起来，比总督克利昂的亲生女儿更美也更有才华，为此其夫人狄奥妮莎甚为忌恨，便设计谋杀玛琳娜，但玛琳娜碰巧落在海盗手中，随后被卖给米提林的一家妓院；玛琳娜在妓院中不甘受屈，极力捍卫自己的贞操，引起顾客和老鸨的恼怒，但她在当地总督拉西马卡斯的资助下，开始了传授多种手艺技能的教学生活。第五幕的序诗和第一场，主要讲述配瑞克里斯从克利昂那里得知独女玛琳娜"死亡"的消息后，痛不欲生，于是再度浪迹海外，其间寡言少食，生命堪忧，但当他抵达米提林的海域时，奇迹开始发生。

泰尔水手　喂，卫士们！大人在叫着你们哪。

〔卫士二三人上。

卫士甲　大人呼唤我们吗？

赫力堪纳斯　卫士们，有一个很有地位的人要到我们船上来；请你们去迎接一下，不要失了礼貌。（卫士及水手等下船登艇）

〔拉西马卡斯率从臣及卫士、二水手等同自艇中上。

泰尔水手　大人，这一位老爷可以答复您所要询问的一切。

拉西马卡斯　祝福，可尊敬的老大人！愿天神们护佑你！

赫力堪纳斯　大人，愿你的寿命超过我现在的年龄；愿你富贵令终，泽及后人！

拉西马卡斯　您真是善颂善祷。我刚才正在海滨举行海神祭典，忽然看见你们这艘富丽的船舶经过我们的海面，所以特来探问一声，你们是从什么地方来的。

赫力堪纳斯　第一，先请你告诉我你是一位何等之人？

拉西马卡斯　我就是你们眼前这一座城市的总督。

赫力堪纳斯　大人，我们的船是从泰尔来的，船里载的是我们的王上；他这三个月来，不曾对什么人讲过一句话，虽然勉强进一点饮食，也不过为了延续他的悲哀。

拉西马卡斯　他为什么会变成这个样子？

赫力堪纳斯　说来话长。他的悲哀的主要原因，是失去他的亲爱的女儿和妻子。

拉西马卡斯　我们可以见见他吗？

赫力堪纳斯　你可以见他，可是见了他也是徒然；他是不会向任何人说话的。

拉西马卡斯　可是让我达到我的愿望吧。

赫力堪纳斯　瞧他！（揭幕见配瑞克里斯）他本来是一位仪表堂堂的人物，直到那一个不幸的晚上，意外的惨祸把他害到了这等地步。

拉西马卡斯　王上陛下，万福！愿天神们护佑你！万福，尊严的王上！

赫力堪纳斯　这是毫无用处的，他不会对你说话。

臣甲　大人，在我们米提林地方有一个少女，我敢打赌她有本领诱他说出几句话来。

拉西马卡斯　你想得很好。凭着她的曼妙的歌声和种种动人的优点，她一定会打开他的闭塞不通的心窍。她是所有女郎中最美貌的，现在正和她的女伴们在岛旁的树荫下面谈笑。（向臣甲耳语，臣甲下艇）

赫力堪纳斯 什么都是毫无结果的，可是无论什么治疗的方法，只要有万一的希望，我们都不愿意放过。多蒙阁下这样热心相助，真是感激万分。我们还有一个冒昧的要求，因为我们航海日久，粮食虽然贮备得很多，被那风吹浪打，早已霉烂不堪，所以我们想要出钱向贵处购办一些食物，不知道阁下能不能允许我们？

拉西马卡斯 啊！大人，要是我们不愿意尽这一点点的地主之谊，公正的天神一定会在我们每一颗谷粒中降下一条蛀虫，使我们全境陷于饥馑的。可是让我再向你作一次请求，请把你们王上悲哀的原因详细告诉我知道吧。

赫力堪纳斯 请坐，大人，我可以告诉你。可是瞧，有人来打断我们的谈话了。

〔臣甲率玛琳娜及另一女郎自艇中重上。

⋯⋯⋯⋯⋯⋯

第三场　以弗所。狄安娜①神庙。

泰莎是女祭司，立神坛近旁；若干修道女分立两侧。

塞利蒙②及其他以弗所居民均在坛前肃立

〔配瑞克里斯③率侍从，拉西马卡斯、赫力堪纳斯、玛琳娜及其女伴同上。

配瑞克里斯 万福，狄安娜女神！我是泰尔的国王，奉了你的公正的命令，特来向你顶礼致敬。当初我因为避难离国，在潘塔波里斯和美貌的泰莎缔为夫妇；不幸她在海上死于产褥，却生下了一个名叫玛琳娜的女孩，这孩子，女神啊！现在还穿着你的银色的信徒的制服。她在塔色斯由克利昂抚养长大，当她十四岁的时候，他蓄意把她谋杀；可是她的幸运把她带到了米提林，我的船只正在向那边的海岸驶过，冥冥中的机缘把这女郎带到了我的船上，凭着她自己的清楚的记忆，她向我证明她是我的女儿。

泰莎 同样的声音和面貌！你是，你是——啊，尊贵的配瑞克里斯！——（晕倒）

---

① 罗马神话中的月亮、狩猎和青春女神，对应希腊神话中的阿尔忒弥斯。

② 塞利蒙即救活配瑞克里斯夫人泰莎的以弗所当地名医，参见前文注释。

③ 配瑞克里斯在海船上与女儿玛琳娜相认，随后狄安娜女神出现在配瑞克里斯的梦中，让后者去女神在以弗所的神庙。配瑞克里斯从梦中醒来，按照女神的嘱咐，乘船到了以弗所的狄安娜神庙。

配瑞克里斯　这尼姑是什么意思？她死了！各位，看看她有没有救。

塞利蒙　陛下，要是您在狄安娜神坛前所说的话没有虚假，这就是您的妻子。

配瑞克里斯　老先生，不，我用这一双手亲自把她投下海里去的。

塞利蒙　我敢断定您把她投海的地方就在这儿海岸的附近。

配瑞克里斯　这是毫无疑问的。

塞利蒙　好好看顾这位王后。啊！她不过是喜悦过度。在一个风暴的清晨，她被海浪卷到了这儿岸上。我打开了箱子，发现其中藏着贵重的珠宝；我把她救活过来，让她在这狄安娜神庙之内安身。

配瑞克里斯　那箱子里的东西可不可以让我看看？

塞利蒙　陛下，您要是愿意光降舍间，我一定可以让您看个仔细。瞧！泰莎醒过来了。

泰莎　啊！让我看！假如他不是我的亲人，我就要斩断情魔，不让它扰乱我的清净的心田。啊！我的主，您不是配瑞克里斯吗？您说话也像他，模样也像他。您不是说起一场风暴、一次生产，和一回死亡吗？

配瑞克里斯　死去的泰莎的声音！

泰莎　那泰莎就是我，虽然你们都以为我早已死在海里。

配瑞克里斯　永生的狄安娜！

泰莎　现在我认识你了。当我们挥泪离开潘塔波里斯的时候，我的父王曾经给你这样一个指环。（出指环示配瑞克里斯）

配瑞克里斯　正是这一个，正是这一个。够了，神啊！你们现在的仁慈，使我过去的不幸成为儿戏；当我接触她的嘴唇的时候，但愿你们使我全身融解而消亡。啊！来，第二次埋葬在这双手臂之中吧。

玛琳娜　我的心在跳着要到我的母亲的怀里去。（向泰莎下跪）

配瑞克里斯　瞧，谁跪在这儿！你的肉中之肉，泰莎；你在海上的重负。她名叫玛琳娜，因为她是在海上诞生的。

泰莎　天神加佑你，我的亲生的孩子！①

---

①　接下来的剧情和剧本篇幅较为简短，主要讲述配瑞克里斯与妻子泰莎、女儿玛琳娜在以弗所狄安娜神庙前团圆后，当即表示向女神献祭，并将玛琳娜许配给塞利蒙。这时塞利蒙得到消息，说泰莎的父亲潘塔波里斯国王西蒙尼第斯已经去世，这意味着配瑞克里斯和泰莎可以继承潘塔波里斯国的王位；配瑞克里斯于是决定在潘塔波里斯为女儿玛琳娜和塞利蒙举行婚礼，并让二人婚后去泰尔主持国政。

暴风雨（节选）

第一幕①

（第二场　岛上。普洛斯帕罗所居洞室之前②）

[普洛斯帕罗及米兰达上。

米兰达　亲爱的父亲，假如你曾经用你的法术使狂暴的海水兴起这场风浪，请你使它们平息了吧！天空似乎要倒下发臭的沥青来，但海水腾涌上天，扑灭了火焰。唉！我瞧着那些受难的人们，我也和他们同样受难：这样一只壮丽的船，里面一定载着好些尊贵的人，一下子便撞得粉碎！啊，那呼号的声音一直打进我的心里。可怜的人们，他们死了！要是我是一个有权力的神，我一定要叫海沉进地中，让它不会把这只好船和它所载着的人们一起这样吞没。

普洛斯帕罗　安静些，不要惊骇！告诉你那仁慈的心，一点灾祸都不会发生。

米兰达　唉，不幸的日子！

普洛斯帕罗　不要紧的。凡我所做的事，无非是为你打算，我的宝贝！我的女儿！你不知道你是什么人，也不知道我从什么地方来；你也不会想到我是一个比普洛斯帕罗——一所十分寒伧的洞窟的主人，你的微贱的父亲——更出色的人物。

米兰达　我从来不曾想到要知道得更多一些。

普洛斯帕罗　现在是我该更详细地告诉你一些事情的时候了。帮我把我的法衣脱去。好，（放下法衣）躺在那里吧，我的法术！——擦干你的眼睛，安心吧！这场凄惨的沉舟的景象，使你的同情心如此激动。我曾经凭借着我的法术的力量非常妥善地预先安排好：在这里你听见他们呼号，看见他们的船沉没，但没有一个人会送命，甚至连一根头发也不会损失。坐下来，你必须知道得更

---

①　参见（英）莎士比亚著，朱生豪等译：《莎士比亚全集（增订本）（第7卷）》，南京：译林出版社2016年版，第301–374页。

②　剧情概要可参见"作者及作品简介"部分。在第一幕第二场的剧情展开之前，精通魔法的米兰公爵普洛斯帕罗，因被弟弟安东尼奥（串通那不勒斯王阿朗索）篡夺公爵之位，被迫携带幼女米兰达逃到一个海中荒岛上；多年后，当阿朗索、王子弗迪南德及安东尼奥等乘船经过这个荒岛时，他以魔法唤起暴风雨，将船只掀翻，阿朗索等人落入海中，受到折磨，狼狈不堪。

详细一些。

米兰达 你常常刚要开始告诉我我是什么人，便突然住了口，对于我徒然的探问，你的回答只是一句："且慢，时机还没有到。"

普洛斯帕罗 这时机现在已经到了，此时此刻就要叫你撑开你的耳朵乖乖地听着啦。你能不能记得在我们来到这里之前的一个时候？我想你不会记得，因为那时你还不过三岁。

…………

米兰达 唉，可叹！我记不起那时我是怎样哭法，但我现在不禁又要哭泣起来。这是一件太叫人想起来伤心的事。

普洛斯帕罗 你再听我讲下去，不久我便要叫你明白眼前这一回事情；否则这故事便是一点不相干了。

米兰达 为什么那时他们不把我们杀害呢？

普洛斯帕罗 问得不错，孩子，谁听了我的故事都会产生这个疑问。亲爱的，他们是没有胆量，因为我的人民十分爱戴我，而且他们也不敢在这件事情上留下太重大的污迹，他们试图用比较清白的颜色掩饰去他们的毒心。一句话，他们把我们押上船，驶出了十几里以外的海面；在那边他们已经预备好一只腐朽的破船，帆篷、缆索、桅墙，什么都没有，就是老鼠一见也会本能地退缩开去。他们把我们推到这破船上，让我们向着周围的怒海呼号，望着迎面的狂风悲叹；那同情于我们的风的叹息，反而更加添了我们的危险。

米兰达 唉，那时我对你来说是个多大的累赘啊！

普洛斯帕罗 啊，你是个小天使，幸亏有你我才不致绝望而死！上天赋予你一种坚忍，当我把热泪洒向大海，因心头的怨苦而呻吟的时候，你却向我微笑；为了这我才生出忍耐的力量，准备抵御一切接踵而来的祸患。

米兰达 我们是怎样上岸的呢？

普洛斯帕罗 靠着上天的保佑，我们有一些食物和清水，那是一个那不勒斯的贵人贡札罗——那时他被任命为参预这件阴谋的使臣——出于善心而给我们的；另外还有一些好衣裳、布帛和各种需用的东西，使我们受惠不少。他又知道我爱好书籍，特意把我的书都让我带走，那些我看得比一个公国更宝贵。

米兰达 我多么希望能见一见这位好人！

普洛斯帕罗 现在我要起来了。(把法衣重新穿上) 静静地坐着，听我讲完我们海上的惨史。后来我们到达了这个岛上，就在这里，我亲自做你的教师，使你得到比别的公主小姐们更丰富的知识，因为她们大部分的时间都是花在无聊的事情上，而且她们的师傅也决不会这样认真。

米兰达 真感谢你啊！现在请告诉我，父亲，为什么你要兴起这场风浪？因为我的心中仍是惊疑不定。

普洛斯帕罗 你已经知道了这么一段情节；现在由于奇怪的偶然，慈惠的天意眷宠着我，已经把我的仇人们引到这岛上来了。我借着预知术料知福星正在临近我命运的顶点，要是现在放过了这机会，以后我的一生将再没有出头的希望。别再多问啦，你已经倦得要睡去；放心睡吧！我知道你身不由己。（米兰达入睡）出来，仆人，出来！我已经预备好了，来啊，我的爱丽儿，来吧！
[爱丽儿上。

爱丽儿 万福，尊贵的主人！威严的主人，万福！我来听候你的旨意。无论在空中飞也好，在水里游也好，向火里钻也好，腾上云头也好，凡是你有力的吩咐，爱丽儿愿意用全副的精神奉行。

普洛斯帕罗 精灵，你有没有按照我的命令指挥那场风波？

爱丽儿 桩桩件件都没有忘失。我跃登了国王的船上；一会儿在船头上，一会儿在船腰上，一会儿在甲板上，每一间船舱中我都煽起了恐慌。有时我分身在各处放起火来，中桅上，帆桁上，斜桅上，都一一燃烧起来；然后我再把各个身体合拢来，即使是天神的闪电，那可怕的震雷的先驱者，也没有这样迅速而炫人眼目；火光和硫磺的轰炸声似乎在围攻那摇挥着威风凛凛的三叉戟的海神，使他的怒涛不禁颤抖。

普洛斯帕罗 我的能干的精灵！谁能这样坚定，在这样的骚乱中不至于惊惶失措呢？

爱丽儿 没有一个人不是发疯似的干着一些不顾死活的勾当。除了水手们之外，所有的人都弃船而跳入泡沫腾涌的海水中。王子弗迪南德头发像海草似的笀乱着，是第一个跳水的人。他高呼着，"地狱开了门，所有的魔鬼都出来了！"

普洛斯帕罗 啊，那真是我的好精灵！但是这是不是就在靠近海岸的地方呢？

爱丽儿 就在海岸附近，主人。

普洛斯帕罗 但是他们都没有送命吗，爱丽儿？

爱丽儿 一根头发都没有损失，他们穿在身上的衣服也没有一点斑迹，反而比以前更干净了。照着你的命令,我把他们一队一队地分散在这岛上。国王的儿子我叫他独个儿上岸,把他遗留在岛上一个隐僻的所在,让他悲伤地抱着两臂,坐在那儿望着天空长吁短叹。

普洛斯帕罗 告诉我你怎样处置国王的船上的水手们和其余的船只?

爱丽儿 国王的船安全地停泊在一个幽静的海湾;你曾经有一次在半夜里把我从那里叫醒,起来前去采集永远为波涛冲打的伯摩地斯岛上的露珠:船便藏在那个地方。那些水手们在精疲力竭之后,我已经用魔术使他们昏睡过去,现今都躺在舱口底下。其余的船舶我把它们分散之后,已经重又会合,现今在地中海上;他们以为他们看见国王的船已经沉没,国王已经溺死,都失魂落魄地驶回那不勒斯去了。

普洛斯帕罗 爱丽儿,你的差使干得一事不差,但是还有些事情要你做。现在是什么时候了?

爱丽儿 中午已经过去。

普洛斯帕罗 至少已经过去了两个钟头了。从此刻起到六点钟之间的时间,我们两人必须小心不要让它白白过去。

············

[爱丽儿隐形复上,弹琴唱歌;弗迪南德随后。

爱丽儿 (唱)来吧,来到黄沙的海滨,

把手儿牵得牢牢,

深深地展拜细吻轻轻,

叫海水莫起波涛——

柔舞翩翩在水面飘扬;

可爱的精灵,伴我歌唱。

听!听!(和声)

汪!汪!汪!(散乱地)

看门狗儿的叫声,(和声)

汪!汪!汪!(散乱地)

听!听!我听见雄鸡

昂起了颈儿长啼,(啼声)

喔喔喔!

弗迪南德 这音乐是从什么地方来的呢?在天上,还是在地上?现在已经静止了。它肯定是为岛上的神灵而弹唱的。当我正坐在海滨,

思念我的父王的惨死而重又痛哭起来的时候，这音乐便从水面掠过，飘到我的身旁，它那甜柔的曲调平息了海水的怒涛，也安定了我的感情的激荡；因此我跟随着它，或者不如说是它吸引了我——但它现在已经静止了。啊，又唱起来了。

爱丽儿　（唱）五呼①的水深处躺着你的父亲，

他的骨骼已化成珊瑚，

他眼睛是耀眼的明珠；

他消失的全身没有一处不曾

受到海水神奇的变幻，

化成瑰宝，富丽而珍怪。

海的女神时时摇起他的丧钟，（和声）

叮！咚！

听！我现在听到了叮咚的丧钟。

弗迪南德　这支歌提到了我的溺死的父亲。这一定不是凡间的音乐，也不是地上来的声音。我现在听出来它是在我的头上。

普洛斯帕罗　抬起你那被睫毛深掩的眼睛来，看一看那边有什么东西。

米兰达　那是什么？一个精灵吗？啊上帝，它是怎样向着四周瞭望啊！相信我的话，父亲，它生得这样美！但那一定是一个精灵。

普洛斯帕罗　不是，女儿，它也会吃也会睡，和我们有同样的各种知觉。你所看见的这个年轻人就是遭到船难的一人。要不是因为忧伤损害了他的美貌，你确实可以称他为一个美男子。他因为失去了他的同伴，正在四处徘徊着寻找他们呢。

米兰达　我简直要说他是个神圣，因为我从来不曾见过宇宙中有这样出色的人物。

普洛斯帕罗　（旁白）哈！有几分意思了，这正是我心中所乐愿的。好精灵！为了你这次功劳，我要在两天之内归还你的自由。

弗迪南德　再不用疑惑，这一定是这些乐调所奏奉的女神了！——请你俯允我的祈求，告诉我你是否属于这个岛上；指点我怎样在这里安身；我最后要说的一大请求是，神奇的女郎啊！请你告诉我你是不是一位人间的女子？

米兰达　不是神奇的人，先生，我确实是一个凡间的女子。

弗迪南德　天啊！她说着和我同样的言语！唉！要是我在我的本国，在说

---

① 呼，即英寻，为英、美等国计量海水深度的单位，1 英寻 = 6 英尺 ≈ 1.829 米。

这种言语的人们中间，我要算是最尊贵的人。①

普洛斯帕罗 什么！最尊贵的？假如给那不勒斯国王听见了，将怎么说呢？

弗迪南德 我是一个孤独的人，如同你现在所看见的，但我惊异着听你说起那不勒斯；因为我正是那不勒斯王位的继承者，亲眼看见我的父亲随船覆溺；我的眼泪到现在还不曾干过。

米兰达 唉，可怜！

弗迪南德 是的，溺死的还有他所有的大臣，其中有两人是米兰公爵和他的卓越的儿子。

普洛斯帕罗 （旁白）现在假如是适当的时机，米兰公爵和他的更卓越的女儿就可以把你操纵在手掌之间。才第一次见面他们便已在眉目传情了。可爱的爱丽儿！为着这我要使你自由。（向弗迪南德）且慢，老兄，我觉得你有些转错了念头！我有话跟你说。

米兰达 （旁白）为什么我的父亲说得这样不客气？这是我一生中所见到的第三个人，而且是第一个我为他叹息的人。但愿怜悯激动我父亲的心，使他也和我抱同样的感觉才好！

弗迪南德 （旁白）啊！如果你是个处女，还没有爱上他人，我愿意立你做那不勒斯王后。

普洛斯帕罗 且慢，老兄，有话给你讲。（旁白）他们已经彼此情丝互缚了；但是这样顺利的事情我需要给他们一点障碍，因为恐怕太不费力的获得会使人看不起他的追求的对象。（向弗迪南德）一句话，我命令你用心听好。你在这里僭窃着不属于你的名号，到这岛上来做密探，想要从我，这海岛的主人的手里把这岛盗了去，是不是？

弗迪南德 凭着堂堂男子的名义，我否认。

米兰达 这样一座殿堂里是不会容留邪恶的，要是邪恶的精神占有这么美好的一所宅屋，善良的美德也必定会努力把它争夺过来。②

普洛斯帕罗 （向弗迪南德）跟我来。（向米兰达）不许帮他说话，他是个奸细。（向弗迪南德）来，我要把你的头颈和脚枷锁在一起，给你喝海水，把淡水河中的贝蛤、干枯的树根和橡果的皮壳给你做食物。跟我来。

---

① 弗迪南德之所以说他要是在自己的本国"要算是最尊贵的人"，是因为他以为自己的父亲已经死了。

② 米兰达这里说的"这样一座殿堂"和"这么美好的一所宅屋"都指弗迪南德。

弗迪南德	不，我要抗拒这样的待遇，除非我的敌人有更大的威力。（拔剑，但为魔术所制不能动。）
米兰达	亲爱的父亲啊！不要太折磨他，因为他温和并不可怕。
普洛斯帕罗	什么！小孩子倒管教起老人家来了不成？——放下你的剑，奸细！你只会装腔作势，但是不敢动手，因为你的良心中充满了罪恶。不要再想抵抗了，走过来吧，因为我能用这根杖的力量叫你的武器落地。
米兰达	我请求你，父亲！
普洛斯帕罗	走开，不要拉住我的衣服！
米兰达	父亲，发发慈悲吧！我愿意做他的保人。
普洛斯帕罗	不许说话！再多嘴我不恨你也要骂你了。什么！帮一个骗子说话吗？嘘！因为你除了他和卡列班之外不曾见过别人，你就以为世上没有和他一样的人。傻丫头！和大部分人比较起来，他不过是个卡列班，而和他比起来，他们都是天使哩！
米兰达	真是这样的话，我的爱情的愿望是极其卑微的，我并不想看见一个更美好的人。
普洛斯帕罗	（向弗迪南德）来，来，服从吧，你已经软弱得完全像一个小孩子一样，一点力气都没有了。
弗迪南德	正是这样，我的精神好像在梦里似的，全然被束缚住了。我父亲的死亡，我自己所感觉到的软弱无力，我的一切朋友们的丧失，以及这个将我屈服的人对我的恫吓，这些对于我全然不算什么，只要我能在我的囚牢中每天看见这位女郎一次。让地球的每个角落都充满了自由吧，我在这样一个牢狱中已经觉得很宽广的了。
普洛斯帕罗	（旁白）事情进行得很顺利。（向弗迪南德）走来！——你干得很好，好爱丽儿！（向弗迪南德）跟我来！（向爱丽儿）听我吩咐你此外应该做的工作。
米兰达	宽心吧，先生！我父亲的性格不像他的说话那样坏；他一向不是这样的。
普洛斯帕罗	你将像山上的风一样自由，但你必须先执行我所吩咐你的一切。
爱丽儿	一个字都不会弄错。
普洛斯帕罗	（向弗迪南德）来，跟着我。（向米兰达）不要为他说情。（同下）

　　《泰尔亲王配瑞克里斯》和《暴风雨》都是以地中海及海岸城邦国家为主要背景的传奇剧，上述选文凸显的正是这一特点。

　　在《泰尔亲王配瑞克里斯》中，主人公配瑞克里斯厄运加身，遭遇种种不幸；他口中也不断在重复"不幸"这两个字眼，如"不幸的命运""我不怕风暴，它已经把最不幸的灾祸加在我身上了"。这些"不幸"之事，基本上都发生在海上。当配瑞克里斯最终在以弗所海边与妻女团聚后，他感慨地喊道："够了，神啊！你们现在的仁慈，使我过去的不幸成为儿戏……"他说得非常好！很多传奇故事的一大特点即在使"不幸成为儿戏"，海洋传奇戏剧尤其如此。

　　在《暴风雨》的第五幕第一场，普洛斯帕罗准备释放那些曾经迫害过他的人，并对精灵爱丽儿说：

　　虽然他们这样迫害我，使我痛心切齿，但是我宁愿压服我的愤恨而听从我更高尚的理性，道德的行动较之复仇要可贵得多。要是他们已经悔过，我的唯一的目的也就达到了，不再对他们更有一点怨恨。去把他们释放了吧，爱丽儿。我要为他们解去我的魔法，唤醒他们的知觉，让他们仍旧恢复本来的面目。

　　我们从剧本中看到，普洛斯帕罗那"高尚的理性"和"道德的行动"，是在一座远离人类社会的海中荒岛上产生，并借助魔法、海洋、暴风雨等神秘、超人的力量实现的。对普洛斯帕罗来说，其"道德的行动"是一个原谅和宽恕他人、放下和走出过去的过程；对阿朗索、安东尼奥等人来说，这种"道德的行动"是拷问本心，使其自我"悔过"、回归人性的过程；对米兰达和弗迪南德这对年轻恋人来说，它是一个使自身经受锻炼、认识人性、坚定本心的成长过程。在这一行动和过程中，海洋、海岛、海上风暴等因素既提供了关键的背景，又是叙事中举足轻重的节点，对剧情的展开起着极其重要的作用。

堂吉诃德

（西）盖尔·德·塞万提斯·萨阿维德拉

作者及作品简介

　　《堂吉诃德》是享有巨大国际声望和世界影响的文学经典，作者是西班牙著名作家米盖尔·德·塞万提斯·萨阿维德拉（Miguel de Cervantes Saavedra，1547—1616）。

　　塞万提斯是欧洲文艺复兴时期小说家、剧作家和诗人，也是西班牙文学黄金时代的代表作家，被誉为世界最伟大的西班牙语作家。他与英国的莎士比亚、中国的汤显祖在同一年（1616）逝世，三人都是诗人和戏剧家。巧合的是，塞万提斯虽比莎士比亚年长，但二人在同一天即1616年4月23日去世，而汤显祖则在三个月后辞世。

　　除长篇小说《堂吉诃德》外，塞万提斯还写有小说《伽拉苔亚》、剧本《奴曼西亚》、短篇小说《惩恶扬善故事集》、长诗《巴尔纳斯游记》、《八出喜剧和八出幕间短剧集》、长篇小说《贝尔西雷斯和西希斯蒙达历险记》等。

　　尽管塞万提斯在死后也像莎士比亚那样享誉世界，但其生前际遇不太如意，甚至称得上惨淡失意。如《堂吉诃德》的译者杨绛所说，塞万提斯"是一个穷医生的儿子"，"一辈子只是个伤残的军士、潦倒的文人"，以致"后世对他的生平，缺乏确切的资料"。他曾在西班牙驻意大利军队中服役，但不幸在一场战役中受伤致使左手残废，此后又在回国途中遭海盗俘虏，因家人无力支付巨额赎金，不得不"在阿尔及尔做了五年奴隶"，但最终还是被亲友赎回。此时的塞万提斯"一贫如洗，当兵已无前途，靠写作也难以维持生活……由于工作不顺利，再加无妄之灾，他曾几度入狱；据说《堂吉诃德》的第一部就是在塞维利亚的监狱里动笔的"。《堂吉诃德》分为上下两部，分别出版于1605年和1615年；然而，"这部小说虽然享有盛名，作者并没有获得实惠，依然是个穷文人，在高雅的文坛上，也没有博得地位"。一年后，塞万提斯因患水肿病在马德里去世。①

　　《堂吉诃德》是塞万提斯的代表作，小说的题目即其主人公的名字。作品

---

① 以上详见（西）塞万提斯著，杨绛译：《堂吉诃德·译本序》，北京：人民文学出版社1987年版，第1–2页。

描写一位年近五十的没落乡绅因沉迷于骑士小说，而经常幻想自己是一名中世纪骑士，自称"堂吉诃德·台·拉·曼却"（即拉·曼却的守护人，其中"拉·曼却"是这位绅士的家乡地名），视一位不知情的普通邻村姑娘为意中人，并邀请邻居桑丘·潘沙为自己的侍从。他志在单枪匹马周游天下，以骑士精神行侠仗义，以维护世界公义和正道为己任，却做出了许多匪夷所思、荒唐可笑的事情；堂吉诃德因其思想和行径不合时代发展，而备受挫折，吃尽苦头，最终被迫回到家乡，并在临终前幡然醒悟，意识到骑士小说的毒害。

《堂吉诃德》是一部鸿篇巨制，以堂吉诃德和桑丘·潘沙的视角和经历，全面而深刻地展现了 16—17 世纪西班牙的社会生活和现实图景，表达了塞万提斯这位文艺复兴巨匠的人文主义理想。在小说的字里行间，堂吉诃德主仆二人的言行举止虽然不乏荒唐滑稽、令人啼笑皆非之处，但他们善良正直、怀揣正义、充满理想、勤于实践，路见不平时不畏强权，能够见义勇为、挺身而出，甚至不惜牺牲自己的生命。这些最为可贵的品质，使他们身上闪耀着高贵人性的光辉，也使得堂吉诃德成为代表人文主义理想的重要人物形象之一。

这部小说在中国深受读者喜爱，因此中译本也较多。林纾、陈家麟的合译本（题为"魔侠传"，商务印书馆 1922 年版）可能是最早的一种，此后国内断断续续出现了二十多种中译本，目前较为常见者为杨绛、董燕生、唐民权、张广森、屠孟超、孙家孟、刘京胜等人的译本。

下面的选文取自杨绛所译《堂吉诃德》（人民文学出版社 1987 年版），讲述堂吉诃德和桑丘在巴塞罗那海岸和海上的经历和见闻。巴塞罗那是西地中海岸边的一座西班牙城市，因此选文也称得上是堂吉诃德主仆二人的地中海故事。

选 文

堂吉诃德（节选）

第六十一章①

堂吉诃德到了巴塞罗那的见闻，还有些岂有此理的真情实事。

---

① 参见（西）塞万提斯著，杨绛译：《堂吉诃德（下）》，北京：人民文学出版社 1987 年版，第 490 – 492 页。

…………

罗盖①带着堂吉诃德、桑丘和六个喽啰抄荒僻小道到巴塞罗那去。圣约翰节②的前一晚，他们到了城外海边。罗盖拥抱了堂吉诃德和桑丘，给了桑丘上次许他的十个艾斯古多③，和他们主仆客套一番，郑重告别。

罗盖走了，堂吉诃德就在马上等天亮。一会儿东方发白，晨光静穆，照得花儿草儿欣欣向荣。忽听到悦耳的喇叭、铜鼓和铃铛声，还有"走开！走开！靠边儿！靠边儿！"的喝道声，好像有人从城里出来。太阳要亮相，驱开朦胧晓色，露出它那个比盾牌还大的脸盘儿，从海上缓缓高升。

堂吉诃德和桑丘放眼四看，见到了生平未见的大海，只觉浩浩渺渺，一望无际，比他们在拉·曼却所见的如伊台拉湖大多了。海边停泊的一艘艘海船，正在卸船篷④，上面张挂的许多彩带和细长三角彩旗在风里抖动，蘸拂着水面。船上喇叭、号角众音齐奏，远近军乐一片悠扬。海船开动了，在平静的水面摆出交战的阵势。顿时有无数骑兵应战似的从城里奔驰而来，都制服鲜明，马匹雄健。船上的战士连连放炮，城上也放炮回敬。城上炮声震天，惊心动魄，海船的大炮也声声相应。大地如笑，海波欲话，天气清朗，只有炮火的烟雾偶尔浑浊了晴空；这种情景好像使人人都兴致勃发。桑丘不明白怎么海上浮动着的庞然巨物会有那么许多脚⑤。

那群穿制服的骑兵声声欢呼，呐喊着"利利利"⑥，奔驰到堂吉诃德面前，弄得他莫名其妙。其中一个是得到罗盖传信的朋友；他高声向堂吉诃德说：

"欢迎啊，游侠骑士道的模范和师表、启明星⑦和北极星⑧——您的名称一时上都说不尽。英勇的堂吉诃德·台·拉·曼却，欢迎您到我们城里来！

---

① 即下文提到的罗盖·吉那特。堂吉诃德和桑丘在赶往巴塞罗那的途中遇到一群强盗抢劫，后来才知道他们是罗盖的属下；罗盖现身后，决定送堂吉诃德主仆二人到巴塞罗那。据原书下部第六十章第480页译者注，罗盖·吉那特是"西班牙人民所爱戴的侠盗，一六一一年带着部下二百人投诚，转入拿坡黎斯境，把部下组成军队，自己当了队长"。

② 基督教纪念基督施洗者圣约翰的节日，时间在每年的6月24日。

③ 据原书上部第六十章第191页译者注，艾斯古多（Escudo）是一种币名，其中金的值四十瑞尔，银的值十瑞尔。按：瑞尔是一种西班牙银币，曾于17世纪至19世纪初期在中国市场流通。

④ 这是遮阳挡雨的帆布顶篷。——原书译者注。

⑤ 指划船的桨。——原书译者注。

⑥ 或"雷利利"，阿拉伯人战斗和庆祝时的呐喊，参看本部第三十四章第277页注①。——原书译者注。译本中第277页注①内容是："雷利利"（leilili）是阿拉伯语 le ilah ile alah，意思是"只有一个上帝。"阿拉伯人战斗或庆祝时这么呐喊。亦作"利利利"。

⑦ 即金星。在地球上仰望黑暗的夜空时，它是亮度仅次于月亮的天体，还往往在天亮之前出现，因此它象征着黑暗中的光明，同时也预示着光明的到来。

⑧ 北极星象征忠诚和守护。

您是历史家熙德·阿默德·贝南黑利①笔下那位真实的堂吉诃德，不是那部骗人的新书②里伪造的冒牌货。"

堂吉诃德还没答话；那几个骑兵不等他开口，领着队伍围绕着他左旋右转，转成个螺旋形。堂吉诃德回身对桑丘说：

"这些人认识咱们。我可以打赌，他们读过咱们的故事，连阿拉贡人新出版的那一部③都读过。"

和堂吉诃德攀话的骑兵又转回来说：

"堂吉诃德先生，请您和我们同走吧。我们都是为您效劳的，都是罗盖·吉那特的好朋友。"

堂吉诃德答道：

"骑士先生，大概礼貌是孳生不息的；罗盖大王对我的盛情传给你们，你们又对我这样客气。我一定追随你们，惟命是从；如果我也能为你们效劳，我就更高兴了。"

那位绅士也照样客套一番，大队人马就簇拥着堂吉诃德，在喇叭铜鼓声里进城。

············

第六十三章④

桑丘·潘沙船上遭殃；摩尔美人意外出现。

············

且说那天下午堂安东尼欧⑤和两个朋友带着堂吉诃德和桑丘到海船上去。舰队司令已经知道堂吉诃德和桑丘要光临，急要看看这两位大名鼎鼎的人物；

---

① 塞万提斯在《堂吉诃德》上部第九章中提到：他在市场上，看到一个小孩正"拿着些旧抄本和旧手稿向一个丝绸商人兜售"，并注意到这些阿拉伯语材料中有关堂吉诃德的故事，其作者是阿拉伯历史家熙德·阿默德·贝南黑利，于是他"花半个瑞尔收买了那孩子的全部手稿和抄本"，并出资请一位摩尔人"把抄本里讲到堂吉诃德的部分全翻成西班牙文，不得增删"；摩尔人"答应一定翻得又好、又忠实、又迅速"，并在一个半月后，完成了整部小说的翻译，而"以下都是他的译文"。由此可知，所谓熙德·阿默德·贝南黑利，其实是塞万提斯的化名或化身。

② 《堂吉诃德》上部出版后深受读者欢迎，多次再版，并被译成多种欧洲文字。但在1614年，书市上出现冒名出版的《堂吉诃德》续作，塞万提斯被迫加快《堂吉诃德》下部的写作进度。

③ 指上文提到的"那部骗人的新书"，参见上一条注释。

④ 参见（西）塞万提斯著，杨绛译：《堂吉诃德（下）》，北京：人民文学出版社1987年版，第506－515页。

⑤ 堂安东尼欧是上文中跟堂吉诃德说话并带他回府的绅士。

他们俩刚到海边，几只海船就放下船篷，奏起军乐来。司令船立即放小艇去接；艇上铺着华丽的花毡，安着大红丝绒靠垫。堂吉诃德刚踏上小艇，司令船就带头放礼炮；其他船上一齐响应。堂吉诃德登上右边的扶梯，水手们按欢迎贵宾的惯例，高呼"呜、呜、呜!"三次。舰队司令是巴兰西亚①贵族，这里就称为将军；他和堂吉诃德握手为礼，又拥抱了他说：

"我今天见到堂吉诃德·台·拉·曼却先生，真是一辈子最可庆幸的日子，该用白石标志②，纪念游侠骑士的师表到了我们这儿来。"

堂吉诃德受到这样尊敬，非常高兴，也彬彬有礼地答谢。宾主过去坐在船尾半圆形的凳上，那里陈设得很漂亮。水手长跑到中间的过道上，吹哨为号，叫划手脱衣③。他们转眼都把衣服脱下。桑丘看见那么许多人光着膀子，诧怪得眼睛都瞪出来了，又瞧他们一下子扯起船篷，干活儿快得出奇，简直像地狱里出来的一群魔鬼，越发惊讶。不过比了接着来的事，那就算不得什么了。当时桑丘正坐在过道尽头的木凳上④，他旁边是右面末排的划手⑤。那人是奉了命的，他捉住桑丘，把他高高举起；全船的划手都站在位子上等着，他们从右边开始，一双双胳膊依次轮替着把桑丘高举空中，顺着一个个座儿飞快地往前传送。可怜桑丘给他们转得头晕眼黑，满以为自己落在魔鬼手里了。他们把他传到前排，又转到左边往后转，直把他送回船尾才罢。那可怜虫折磨得喘吁吁直流汗，不明白那是怎么回事。堂吉诃德看见桑丘不生翅膀却在空中飞行，就问将军：这是否初上海船的照例规矩；他不想干这一行，即使有这规矩，他也不愿受这种训练。他对上帝发誓，谁要捉住他叫他在空中飞转，他一定踢得那人魂不附体；说着就按剑站起来。

这时划手们卸下船篷，放倒桅杆，响声惊天动地。桑丘以为天顶脱了榫，要塌在头上了，弯腰坐着把脑袋藏在两腿中间。堂吉诃德也有点吃惊，缩着脖子，面容失色。划手们又竖起桅杆，动作还那么神速，响声也一样大；他们自己却始终哑默悄静，仿佛是没有声音也没有气息的。水手长吹哨命令起锚，一面跳到中间过道上，挥鞭向划手背上乱抽；船就慢慢儿向海上开出去。桑丘把桨当作船身上的脚，看见那么许多红脚一齐挪动，暗想：

"我主人说的着魔是没有的事，这些东西才真是魔法支使的。这群倒霉蛋

---

① 此地名现在常译为"巴伦西亚"。

② 希腊风俗白石志喜，已见本部第十章第72页注①。——原书译者注。译本第72页注①的内容是：古希腊风俗以白石志喜，黑石志忧。

③ 海船上要划手使大劲摇船，就叫他们脱衣。——原书译者注。

④ 船尾歇船篷绳子的木桩，作战时，司令官就站在上面指挥。——原书译者注。

⑤ 这个人控制全船划手的速度，大家都按照他的快慢划船。——原书译者注。

干了什么事，要挨这样的鞭打呀？吹哨的家伙怎么一个人胆敢鞭打这么许多人呀？现在看来，这里就是地狱了，至少也是炼狱。"

堂吉诃德瞧桑丘在留心观看，就对他说：

"哎，桑丘朋友，你要是肯脱光了膀子，和这群人一起吃鞭子，你解脱杜尔西内娅①的魔缠可多省事啊！有这许多人陪着受罪，你的痛苦就分掉了。说不定梅尔林法师瞧这里抽的鞭子劲道足，一鞭当十鞭折算呢。"

将军在旁听了这话不懂，正要请问，瞭望的水手忽有传报：

"蒙灰②发来信号：沿西边海岸有一艘划船。"

将军听了就跳到中间过道上喊道：

"嗬！孩子们！瞭望塔发来信号，望见一艘划船，准是阿尔及尔③海盗船，咱们别让它溜了！"

其他三艘海船立即开到司令船旁来听指挥。将军命令两艘开到海上去，另一艘跟着司令船沿海岸航行，不让敌船溜走。水手使劲划桨，几艘船如飞地赶去。出海的两艘大约两海里④外就看见敌船了。船上有十四五对桨，远望也看得出是那样配备的船。那艘船上看见了追捕的海船，就赶紧逃跑，以为增加速度就可以脱险。可是这艘司令船恰恰是数一数二的海上快船，一会儿就追上去。那边船上估计逃不了，船长不敢冒犯我们的海船司令，打算叫划手放下桨投降。可是命运另有安排。当时两船已经挨得很近，敌船上能听到喝令投降的声音。那艘船上有十四五个土耳其人；两个喝醉酒的放了两枪，打死了我们船头靠边上的两名水兵。将军因此发誓，等拿住那条船，要把船上的人一一处死。他的船狠命往前冲，反让敌船在桨底下溜跑了；司令船冲过头去好老远，还得掉转身来。敌船自知情势危急，乘这个当儿扯起风帆，帆桨并用，拼命逃跑；可是冒冒失失闯下了祸，卖力也挽救不回，不出半海里就给司令船追上，船舷给司令船上的一排桨搭上⑤，船上人都活捉过来。另外两艘海船这时也赶到了，四艘船一起带着俘获的船回岸。岸上瞧热闹的人山人海。将军下令各船傍岸抛锚。他望见城里总督也在岸边，忙叫放下小艇去接，又命令放倒桅杆，把捉来的船长和其他土耳其人立即吊在桅杆上绞死。他们一起有三十六人，都是雄赳赳的壮汉，多半是土耳其火枪手。将军问谁

---

① 一位普通的农村姑娘，堂吉诃德想象中的恋人和女主人。

② 巴塞罗那的堡垒。——原书译者注。

③ 地中海南岸港口城市，现为阿尔及利亚首都。在中世纪和现代早期，阿尔及尔是一个海盗聚集地，其中多为穆斯林海盗，他们需要跟当地政府分享战利品才能入驻港口。

④ 一海里（milla）合一点六公里。——原书译者注。

⑤ 海船俘虏了一条船，就把一排桨像搭浮桥似的搭在那条船的船舷上。——原书译者注。

是船长。俘虏里有个叛教的西班牙人用西班牙语答道：

"大人，这小伙子是我们的船长。"

他指点的是个俊俏的绝世美少年，看来还不满二十岁。将军对这少年说：

"你这大胆的狗崽子！我问你，你明知逃不了，干吗杀害我的水兵？对司令船有这个礼吗？你该知道，莽撞不是勇敢；希望很渺茫的时候，应该勇敢，可是不能莽撞啊！"

船长不及回答，总督已经带着些仆从和一群城里人上船了，将军忙赶去迎接。

总督说："将军大人，您这场围猎真是满载而归啊！"

将军答道："您大人待会儿瞧瞧这根桅杆上挂的野味，就知道收获着实不小。"

总督问道："这是怎么说呀？"

将军答道："他们无法无天，也不顾向例规矩，杀了我船上两名最好的水兵；我发誓要把俘虏一个个都绞死；最该死的是这小伙子，他是船长。"

他就指给总督看；这小伙子在等死，捆着两手，颈间套着绳索。美貌是无言的推荐①，总督举目，瞧他相貌漂亮文秀，神气很卑逊，就有意饶他一死。他问小伙子道：

"船长，我问你，你是土耳其人，还是摩尔人，还是叛教徒②呢？"

少年用西班牙语答道：

"我不是土耳其人，也不是摩尔人，也不是叛教徒。"

总督说："那你是什么呢？"

少年说："是虔信基督教的女人。"

"女人？又是基督徒？却这样打扮，干下这等事来？太奇怪了！谁相信啊！"

少年说："各位且慢一慢把我处死，先听听我的身世吧；报复早晚一点没多大出入。"

哪个硬心肠听了这话不发慈悲呢？至少也先要听听那可怜虫有什么说的。将军准许他有话尽管讲，不过他罪大恶极，休想赦免。那少年就讲了自己的身世。

---

① 古拉丁诗人（Publius Syrus）所著《格言集》（*Sententiae*）中第一百九十九句。——原书译者注。

② "叛教徒"在文中多次出现，结合下文语境，这个词的意思应为叛离伊斯兰教、改信基督教之人。

"我爹妈是摩尔人。我们民族不智又不幸，陷进了水深火热的灾难。我两个舅舅当时就把我带到蛮邦①去。我声明自己是基督徒——我确实是真正的基督徒，不是假装的，可是他们满不理会。我把这话告诉督促我们流放的官员，也一点没用。我两个舅舅压根不信，以为我是要赖在家乡，撒谎捏造的，所以他们硬逼着我一起走了。我妈妈是基督徒；我爸爸是顶高明的，他也是基督徒。我的信仰是吃娘奶一起吃进去的。我家很有管教；我觉得自己说话行动没一点像摩尔人。这大概可算是美德吧；如果我有几分美貌，我相貌的美和品性的美一齐随着年岁增长。我很谨慎，经常关在家里，不过还是给一个青年公子看见了。他名叫堂伽斯巴·格瑞果琉②，是贵人家的大公子，他父亲的采地和我们的村子毗连。我们怎么碰见的、怎么来往、他怎么对我倾倒、我又怎么对他有情，这些事说来话长，况且我这会儿脖子上套着绞索，没工夫细讲了。只说堂格瑞果琉愿意陪我们流放。他好在一口摩尔话说得很流利，就和别处出来的摩尔人混在一起，路上和我两个舅舅交上了朋友。我父亲很有远见，听到第一次的驱逐令，就到国外去找安身的地方。他埋藏了许多珍珠宝石和葡萄牙、西班牙的金币，埋藏的地方只有我知道③。他吩咐我，万一他赶不及回来我们就遭到流放，千万别碰他的宝藏。我是听话的。我和那两个舅舅还有别的亲戚朋友们一起到了蛮邦，在阿尔及尔住下；我们从此就好像落在地狱里了。国王听说我是个大美人；可是也算我运气吧，他又听说我是个大财主。他召我去，问我在西班牙住在哪里，带多少钱，有什么珍宝。我把家乡的住址告诉他，说珍宝和钱都在那村里埋着呢，如果让我亲自回去拿，很容易到手。我说着话心上直打哆嗦，只怕他不是贪财而是好色。他和我谈话的时候有人来说，我们一伙有个俊俏无比的美少年。我立刻知道说的是堂伽斯巴·格瑞果琉，他的美貌是难以形容的。野蛮的土耳其人眼里，女人再美也比不上美童子或美少年。我看到堂伽斯巴的危险，代他捏着一把汗，国王立即命令把那少年人带上来让他过目，又问我传说的话是否真实。我当时灵机一动，说那些话是真的，不过我奉告他，那少年不是男子，是像我一样的姑娘。我求他让我去给她换上女装；因为男装不免遮掩了她的美貌，而且她男装拜见国王，也不好意思。国王居然允许，还说过一天再和我商量回西班牙掘藏的事。我和堂伽斯巴见了面，告诉他男装要出乱子，就把他扮成

---

① 指穆斯林世界，此为当时基督教徒对穆斯林世界的贬称。具体来说，这个词在选文中主要指北非的穆斯林聚集地，如阿尔及尔及其附近地区。

② 本部第五十四章，桑丘和李果德谈起这人，名叫贝德罗·格瑞果留。——原书译者注。

③ 据本部第五十四章，李果德说，只有他本人知道。——原书译者注。

摩尔姑娘，当天下午带他晋见国王。国王一见大喜，打算把这个美人留下献给苏丹。他怕后宫的女人忌妒暗害，也怕自己把持不住，就把他寄放在摩尔贵夫人家里，委托她们监护照料。堂伽斯巴就此走了。我不否认自己爱他；我们俩的痛苦，让曾经离别的情人自己体会吧。国王随即定下计策，叫我乘了这艘船回西班牙，叫那两个杀您水兵的土耳其人陪我同走。"她指指最先开口的那人说："一起还有这个西班牙叛教徒；我知道他暗里信奉基督教，指望留在西班牙不再回蛮邦。别的水手都是摩尔人和土耳其人，他们不过是划手。照国王的命令，船到西班牙，我和叛教徒就换上随身带的基督徒服装；由那两个土耳其人送到岸上。可是那两人又贪又狠，想先沿海游弋，乘机抢劫些财物。他们不听国王的指示，暂且不让我们俩上岸，怕出了岔子，走漏风声，他们给捉住。昨晚我们望见了西班牙海岸，却没注意你们这四艘海船，就给你们看见了。以后的事你们都一清二楚，不用我再多说。现在堂格瑞果琉乔装了女人，混在女人一起，身命难保；我在这里束手等死——也许该说是怕死；我实在也活得腻了。各位先生，我可怜的一生就如此结束了；我命薄运低，讲的都是真情实事。我已经说过，我同族兄弟犯的罪一点没我的份；我求你们许我像基督徒那样忏悔了再死。"

她热泪盈眶，闭口不再多说。许多人陪着直流眼泪。总督恻然动了怜悯之心，一言不发，走到摩尔女郎身边，亲自解开了她的纤手。

信基督教的摩尔姑娘讲她怎么流离颠沛的时候，有个跟总督上船的朝圣老人两眼直盯着她。摩尔姑娘刚讲完，他就赶上去伏在她身边，抱住她的脚泣不成声，说道：

"哎！我可怜的女儿安娜·斐丽斯啊！我是你爸爸李果德！我特地回来找你的；你是我的灵魂，没了你我不能过日子。"

桑丘正低着脑袋，想他这趟出游倒了霉，忽听得这番话，忙睁开眼把那朝圣者细细端详。他认得这人正是自己丢官那天碰到的李果德，这姑娘也确是李果德的女儿。她已经解掉束缚，父女俩抱头大哭。李果德向将军和总督说：

"两位大人，她是我的女儿安娜·斐丽斯·李果德，名字吉利①，遭遇却很不幸。她因为长得美，家里又有钱，很有点名气。我到外国去找安身之地，在德国找到了，就扮成朝圣者和几个德国人结伴回来，打算寻觅我的女儿，发掘我的宝藏。我没找着女儿，只挖到了我埋下的财宝；已经随身带出来。经过这些曲折离奇的事，我找到了我这无价之宝——我亲爱的女儿。我们民

---

① 斐丽斯（Felix）的意思是幸福。——原书译者注。

族遭流放确是罪有应得，可是我们父女并不和他们一条心，从不想冒犯你们；请两位顾念我们无罪无辜，可怜我们身世悲惨，对我们网开一面吧。"

桑丘插嘴道：

"我认识李果德，安娜·斐丽斯确是他的女儿，我知道他这话是不错的；至于什么出去呀，回来呀，好心坏心呀，等等，我不想多嘴。"

大家觉得事出意外。将军说：

"不管怎样，我看到你们的眼泪，就把刚才发的誓收回了。美丽的安娜·斐丽斯啊，你留着性命，安享天年吧；犯罪的是那两个大胆的家伙，叫他们受罚就行。"

他下令把两个土耳其杀人犯立即吊在桅杆上绞死。可是总督为那两人恳切求情，说他们是一时疯狂，并非狠心毒手。将军就饶了他们，因为他已经冷静下来，报复得乘着一腔火气才行。他们随就设法营救堂格瑞果琉。李果德愿意拿出价值两千多杜加的珍珠宝石来办这件事。大家想了许多办法，可是都不如那西班牙叛教徒出的主意好。他建议置备一艘六对桨的小船，雇基督徒划桨，他就乘了这只船回阿尔及尔去，因为他知道上岸的地点、方法和时间，并且熟悉堂格瑞果琉住的那宅房子。将军和总督不敢信任叛教徒，也不愿把划桨的基督徒交托给他，安娜·斐丽斯担保这人可靠；她父亲李果德声明，如果当划手的基督徒陷落蛮邦，由他出钱为他们赎身。

大家商定办法，总督就下船了，堂安东尼欧·莫瑞诺带了摩尔姑娘和她父亲一起回家。总督嘱咐堂安东尼欧对他们父女务必尽心款待，他本人也愿意倾家供养。他的仁心厚意都是安娜·斐丽斯的美貌激发的。

第六十四章①

堂吉诃德生平最伤心的遭遇。

据记载，堂安东尼欧·台·莫瑞诺的妻子很欢迎安娜·斐丽斯住在她家。她喜欢这摩尔姑娘聪明美丽，不同寻常，对她款待得十分殷勤。城里人好像听到钟声召唤，一齐上门去瞧这位姑娘。

堂吉诃德对堂安东尼欧说，他们营救堂格瑞果琉的办法不妥，又费事，又危险；最好是把他堂吉诃德连他的武器和马匹一起送到蛮邦，他不怕摩尔

---

① 参见（西）塞万提斯著，杨绛译：《堂吉诃德（下）》，北京：人民文学出版社1987年版，第516－517页。

人全族的阻挡，准像堂盖斐罗斯救他妻子梅丽珊德拉那样①把堂格瑞果琉救出来。

桑丘道："您可别忘了：堂盖斐罗斯先生把老婆救回法国，来去都是陆路。咱们现在要是救了堂格瑞果琉先生，回西班牙隔着个大海呢，怎么办呀？"

堂吉诃德答道："'只有命里该死，才是没法的事'②。把船开到岸边，咱们还上不去吗！全世界所有的人也拦挡不住呀！"

"您想得真美，说得也真容易，可是'说是说，干是干，相隔很远'③。我还是赞成让那个叛教徒去；我觉得他是老实人，也很热心。"

堂安东尼欧说：如果叛教徒成不了事，就改变方法，请伟大的堂吉诃德亲自到蛮邦去。

…………

作品评析

选文讲述的是堂吉诃德和桑丘在巴塞罗那海岸和海上的见闻和经历。故事的主要情节如下：二人在侠盗罗盖的带领下抵达巴塞罗那海边，在那里平生首次见到大海和海船，并与罗盖的朋友认识和交谈，随后遭到顽童戏弄；他们在海军舰队司令船上惨遭捉弄，桑丘认为海船是一座地狱或炼狱；目睹海军舰队捕获一艘阿尔及尔海盗船；见证信仰基督教的摩尔美人在海船上自述身世遭遇并与父亲团聚；堂吉诃德参与商议渡海营救摩尔美人的情人，想要发挥骑士精神，孤身立功，但此议遭到众人否决。

塞万提斯在《堂吉诃德》上部第一章开篇就提到，堂吉诃德是一位来自内陆乡村的没落绅士，整天沉迷于骑士小说的书中世界，对现实世界缺少足够的了解和理性的感受，而桑丘是其同村的一位农民，这些信息多少有助于我们理解选文内容。如二人在巴塞罗那见到大海和海船时，至少有如下反应："堂吉诃德和桑丘放眼四看，见到了生平未见的大海，只觉浩浩渺渺，一望无际，比他们在拉·曼却所见的如伊台拉湖大多了"；"桑丘不明白怎么海上浮动着的庞然巨物会有那么许多脚"；"桑丘看见那么许多人光着膀子，诧怪得眼睛都瞪出来了，又瞧他们一下子扯起船篷，干活儿快得出奇，简直像地狱里出来的一群魔鬼，越发惊讶"；当"划手们卸下船篷，放倒桅杆，响声惊天

---

① 故事见本部第二十六章。——原书译者注。
② 西班牙谚语。——原书译者注。
③ 西班牙谚语。——原书译者注。

动地","桑丘以为天顶脱了榫,要塌在头上了,弯腰坐着把脑袋藏在两腿中间",而"堂吉诃德也有点吃惊,缩着脖子,面容失色";当"水手长吹哨命令起锚",并"挥鞭向划手背上乱抽"时,桑丘感觉"这里就是地狱了,至少也是炼狱"。主仆二人的这类反应确实让人忍俊不禁,但又在情理之中,因为作者在小说开篇已经对人物的背景信息做了必要的介绍,使得读者不至于对这样的描写感到突兀。二人对大海和海船的认识,跟此前堂吉诃德把小旅店当成城堡、把风车当成巨人、把羊群当成魔法师军队的反应类似,读者对此早就习以为常,但依旧能油然而生会心之笑,甚或捧腹大笑。

堂吉诃德的巴塞罗那海边之行,是其"行侠仗义"历程的尾声。正是在此海岸上,他败给同村人假扮的白月骑士,不得不按照承诺,结束自己的"骑士"生涯,并在去世前幡然醒悟,从骑士小说引发的疯狂状态转向理性的思考。

堂吉诃德的骑士理想,源于书本,深植内心深处;其游侠实践,起于乡村,遍及内陆大地;但这一切终止于大海边上。从这个意义上说,大海是堂吉诃德骑士梦想的终结地,为其理智的回归和理性的觉醒提供了重要的契机,是其梦醒的地方。

下 编

18 世纪海洋文学

鲁滨孙漂流记

（英）丹尼尔·笛福

作者及作品简介

丹尼尔·笛福（Daniel Defoe，1660—1731），英国启蒙时期的作家，英国现实主义小说的奠基人，被誉为"欧洲小说之父"。笛福出生于英国伦敦商人家庭，成年后在欧洲大陆各国经商，游历广泛。1692 年，笛福经商破产。为偿还债务，他尝试了多种职业，同时从事写作和政治活动。1719 年，59 岁的笛福发表了自己的第一部长篇小说《鲁滨孙漂流记》，大受欢迎，畅销一时，同年又出版了续篇。此后，笛福又创作了《鲁滨孙的沉思集》《辛格尔顿船长》《摩尔·弗兰德斯》《杰克上校》等小说，以及传记《聋哑仆人坎贝尔传》《彼得大帝纪》等，国内外游记《新环球游记》《罗伯茨船长四次旅行记》等。晚年的笛福为了躲避债务寓居伦敦，逝世于寓所。

《鲁滨孙漂流记》是笛福在一个真实故事的启发下创作的。一名苏格兰水手因与船长争吵而被遗弃在荒岛上，四年后才被救回英国。与现实不同，小说中的鲁滨孙在荒岛上生存了二十八年，将这个荒岛开辟为自己的领土，是一位新兴资产阶级的代表人物，以及具备各种美德的理想化的英雄。鲁滨孙出生于英国约克郡的一个中产家庭，父亲苦心劝告他不要出海，希望他安心在家成为幸福的中产阶层一员，但鲁滨孙执意出海遨游、探险天下，于是不告而别，离家做了船员。在遭遇海上风暴后，他已经后悔自己的鲁莽，但又不甘心，于是再次出海，后来在非洲沿岸遭到海盗袭击被掳为奴隶，逃脱后在巴西开始经营种植园，没几年就发了财。农场主们鼓动他去非洲贩卖黑人做庄园劳动力，他在去非洲的航海途中又遭遇风暴，船毁人亡，只有他一人幸存，挣扎到无人荒岛上。他从船上运出可以用的食物、器具和枪支弹药等物，在岛上开垦荒地、种植作物、建筑房屋、驯养山羊、研习《圣经》，开始了二十多年孤独、自足而坚韧不拔的生活。在生活稳定之后，鲁滨孙发现了食人的野人，于是又加强防御。后来他从野人堆里解救了一个土著小伙子，给他起名为"星期五",收作仆人,后又解救了星期五的父亲和一个水手,鲁滨孙成为荒岛上的领主。某天,一艘英国船搁浅在荒岛边,鲁滨孙帮助船长制伏了叛乱的水手,带着自己的财富和仆人,驾船返回英国,找到自己的哥哥和妹妹们。鲁滨孙又去巴西收回他的庄园收益,资产丰厚起来后,他把一部分财产赠给那些帮助过他的人,自己结婚育子,过了几年安居日子。后来又出海历险,还曾返回管理他当领主的那个小岛。

这部小说在中国深受读者喜爱,中译本也较多。目前较为常见者为郭建中、鹿金、吕韦运、张蕾芳、金长蔚、徐霞村等人的译本。下面的选文取自郭建中所译(译林出版社2012年版)。

选 文

鲁滨孙漂流记 (节选)①

最后我们到达圣奥古斯丁角,那是在巴西东部突入海里的一块高地。过了圣奥古斯丁角,我们就离开海岸,向大海中驶去,航向东北偏北,似乎要驶向费尔南多德诺罗尼亚岛,再越过那些岛屿向西开去。我们沿着这条航线航行,大约十二天之后穿过了赤道。根据我们最后一次观测,我们已经到了北纬七度二十二分的地方。不料这时我们突然遭到一股强烈飓风的袭击。这股飓风开始从东南刮来,接着转向西北,最后转到东北,风势强劲。猛烈的大风连刮十二天,使我们一筹莫展,只得让船随风逐浪漂流,听任命运和狂风的摆布。不必说,在这十二天中,我每天都担心被大浪吞没,船上的其他人也没有一个指望能活命。

风暴已使我们惊恐万状,在这危急的情况下,船上一个人又患热带病死去,还有一个人和那个小用人被大浪卷到海里去了。到第二十二天,风浪稍息。船长尽其所能进行了观察,发现我们的船已被刮到北纬十一度左右的地方,但在圣奥古斯丁角以西二十二经度。船长发现,我们的船现在所处的位置在巴西北部或圭亚那②海岸。我们已经漂过了亚马孙河③的入海口,靠近那条号称"大河"的俄利诺科河④了。于是,船长与我商量航行线路。他主张

---

① 选自(英)丹尼尔·笛福著,郭建中译:《鲁滨孙漂流记》,南京:译林出版社2012年版,第31–36页。

② 圭亚那,在巴西西北。这儿是指南美洲北部的一个广大地区。——原书译者注。

③ 亚马孙河,南美最大的河流,也是世界最长的河流之一,发源于秘鲁附近,东流横贯全洲,在巴西入海。——原书译者注。

④ 俄利诺科河,又名"大河",在委内瑞拉境内。——原书译者注。

把船开回巴西海岸，因为船已渗漏得很厉害，而且损坏严重。

我竭力反对驶回巴西。我和他一起查看了美洲沿岸的航海图，最后得到的结论是，除非我们驶到加勒比群岛①，否则就找不到有人烟的地方可以求援。因此，我们决定向巴尔巴多群岛②驶去。据我们估计，只要我们能避开墨西哥湾的逆流，在大海里航行，就可在半个月之内到达。在那儿，如果我们不能把船修一下，补充食物和人员，我们就不可能到达非洲海岸。

计划一定，我们便改变航向，向西北偏西方向驶去，希望能到达一个英属海岛，在那儿我希望能获得救援。但航行方向却不由我们自己决定。在北纬十二度十八分处，我们又遇到了第二阵风暴，风势与前一次同样凶猛，把我们的船向西方刮去，最后把我们刮出当时正常的贸易航线，远离人类文明地区。在这种情境下，即使我们侥幸不葬身鱼腹，也会给野人吃掉，至于回国，那谈都不用谈了。

狂风不停地劲吹，情况万分危急。一天早上，船上有个人突然大喊一声："陆地！"我们刚想跑出舱外，去看看我们究竟到了什么地方，船却突然搁浅在一片沙滩上动弹不得了。翻天大浪不断冲进船里，我们都感到死亡已经临头了。我们大家都躲到舱里去，逃避海浪的冲击。

没有身临其境，是不可能描述或领会我们当时惊惧交加的情景的。我们不知道当时身处何地，也不知道给风暴刮到了什么地方：是岛屿还是大陆，是有人烟的地方，还是杳无人迹的蛮荒地区。这时风势虽比先前略减，但依然凶猛异常。我们知道，我们的船已支持不了几分钟了，随时都可能被撞成碎片——除非出现奇迹，风势会突然停止。总之，我们大家坐在一起，面面相觑，等待着死亡时刻的来临，准备去另一个世界，因为，在这个世界上，我们已无能为力了。这时，船没有像我们所担心的那样被撞得粉碎，同时风势也渐渐减弱，使我们稍感安慰。

风势虽然稍减，可船搁浅在沙里，无法动弹，因此情况依然十分危急。我们只能尽力自救了。在风暴到来之前，船尾曾拖着一只小艇。可是大风把小船刮到大船的舵上撞破了，后来又被卷到海里，不知是沉了，还是漂走了。所以对此我们只得作罢了。船上还有一只小艇，只是不知道如何才能把它放到海里去。但现在我们已没有时间商量这个问题了，因为我们觉得大船时刻都会被撞得粉碎。有些人甚至还说，船实际上已经破了。

在这危急之际，大副拉住那只小艇，大家一起用力，把小艇放到大船旁。

---

① 加勒比群岛，在南美西北，介于南美、中美和西印度群岛之间。——原书译者注。

② 巴尔巴多群岛，加勒比群岛南部，在西印度群岛中间。——原书译者注。

然后，我们十一个人一起上了小艇，解开小艇缆绳，就听凭上帝和风浪支配我们的命运了。虽然这时风势已减弱了不少，但大海依然波涛汹涌，排山倒海向岸上冲去。难怪荷兰人把暴风雨中的大海称之为"疯狂的海洋"，真是形象极了。

我们当时的处境是非常凄惨的。我们明白，在这种洪涛巨浪中，我们的小艇肯定会被打翻，我们也不可避免地都要被淹死。我们没有帆，即使有，也无法使用。我们只能用桨向岸上划去，就像是走上刑场的犯人，心情十分沉重。因为，我们知道，小艇一靠近海岸，马上就会被海浪撞得粉碎。然而，我们只能听天由命，顺着风势拼命向岸上划去。我们这么做，无疑是自己加速自己的灭亡。

等待着我们的海岸是岩石还是沙滩，是陡岸还是浅滩，我们一无所知。我们仅存的一线希望是，进入一个海湾或河口，侥幸把小艇划进去；或划近避风的陡岸，找到一片风平浪静的水面。但我们既看不到海湾或河口，也看不到陡岸。而且，我们越靠近海岸，越感到陆地比大海更可怕。

我们半划着桨，半被风驱赶着，大约走了四海里多。忽然一个巨浪排山倒海从我们后面滚滚而来，无疑将给我们的小艇以致命一击。说时迟，那时快，巨浪顿时把我们的小艇打得船底朝天，我们都落到海里，东一个，西一个。大家还来不及喊一声"噢，上帝啊！"，就通通被波涛吞没了。

当我沉入水中时，心乱如麻，实难言表。我平日虽善泅水，但在这种惊涛骇浪之中，连浮起来呼吸一下也十分困难。最后，海浪把我冲上了岸，等浪势使尽而退时，我被留在半干的岸上。虽然海水已把我灌得半死，但我头脑尚清醒，见到自己已靠近陆地，就立即爬起来拼命向陆上奔去，以免第二个浪头打来时再把我卷入大海。可是，我立即发现，这种情境已无法逃脱，只见身后高山似的海浪汹涌而至，我根本无法抗拒，也无力抗拒。这时，我只能尽力屏息浮出水面，并竭力向岸上游去。我唯一的希望是，海浪把我冲近岸边后，不再把我卷回大海。

巨浪扑来，把我埋入水中二三十英尺深。我感到海浪迅速而猛力地把我推向岸边。同时，我自己屏住呼吸，也拼命向岸上游去。我屏住呼吸屏得肺都快炸了。正当此时，我感到头和手已露出水面，虽然只短短两秒钟，却使我得以重新呼吸，并大大增强了勇气，也大大减少了痛苦。紧接着我又被埋入浪中，但这一次时间没有上次那么长，我总算挺了过来。等我感到海浪势尽而退时，就拼命在后退的浪里向前挣扎。我的脚又重新触到了海滩。我站了一会儿，喘了口气，一等海水退尽，立即拔脚向岸上没命奔去。但我还是无法逃脱巨浪的袭击。巨浪再次从我背后汹涌而至，一连两次又像以前那样把我卷起来，推向平坦的海岸。

这两次大浪的冲击，后一次几乎要了我的命，因为海浪把我向前推时，把我冲撞到一块岩石上，使我立即失去了知觉，动弹不得。原来这一撞，正好撞在我胸口上，使我几乎透不过气来。假如此时再来一个浪头，我必定憋死在水里了。好在第二个浪头打来之前我已苏醒，看到情势危急，自己必定会被海水吞没，就决定紧抱岩石，等海水一退，又往前狂奔一阵，跑近了海岸。后一个浪头赶来时，只从我头上盖了过去，已无力把我吞没或卷走了。我又继续向前跑，终于跑到岸边，攀上岸上的岩石，在草地上坐了下来。这时，我总算脱离了危险，海浪已不可能再袭击我了，心里感到无限的宽慰。

我现在既已登上了陆地，平安上岸，便仰脸向天，感谢上帝令我绝处逢生，因为几分钟之前，我还几乎无一线生还的希望。现在我相信，当一个人像我这样能死里逃生，他那种心荡神怡、喜不自胜的心情，确实难以言表。我也完全能理解我们英国的一种风俗，即当恶人被套上绞索，收紧绳结，正要被吊起来的时刻，赦书适到，这种情况下，往往外科医生随赦书同时到达，以便给犯人放血，免得他喜极而血气攻心，晕死过去：

狂喜极悲，
均令人灵魂出窍。

我在岸上狂乱地跑来跑去，高举双手，做出千百种古怪的姿势。这时，我全部的身心都在回忆着自己死里逃生的经过，并想到同伴们全都葬身大海，唯我独生，真是不可思议。因为后来我只见到三顶帽子和一顶无沿便帽以及两只不成双的鞋子在随波逐流。

我遥望那只搁浅了的大船，这时海上烟波浩渺，船离岸甚远，只能隐约可见。我不由感叹："上帝啊，我怎么竟能上岸呢！"

我自我安慰了一番，庆幸自己死而复生。然后，我开始环顾四周，看看我究竟到了什么地方，想想下一步该怎么办。但不看则已，这一看使我的情绪立即低落下来。我虽获救，却又陷入了另一种绝境。我浑身湿透，却没有衣服可更换；我又饥又渴，却没有任何东西可充饥解渴。我看不到有任何出路，除了饿死，就是给野兽吃掉。我身上除了一把小刀、一个烟斗和一小匣烟叶，别无他物。这使我忧心如焚，有好一阵子，我在岸上狂乱地跑来跑去，像疯子一样。夜色降临，我想到野兽多半在夜间出来觅食，更是愁思满腹。我想，若这儿真有猛兽出没，我的命运将会如何呢？

作品评析

　　鲁滨孙是一个让人肃然起敬的海洋探险者和开拓者，他性格里有着不安分的冒险激情，又勇敢智慧、意志坚强和热爱劳动，不但具有新兴资产阶级理想人物的实干精神，还秉持清教徒的宗教信仰和严谨态度。小说用了第一人称叙事，对鲁滨孙在海上遇难的过程，在荒岛上的开荒行为，描写得事无巨细，让读者如临其境。"在当时，它只是一部畅销的通俗小说，连粗通文化的厨娘也人手一册。究其原因，我想不外乎两点：一是故事情节引人入胜；二是叙事语言通俗易懂。"① 如今，它是一部老少咸宜、深受大众喜爱的经典文学作品。

　　关于海洋，《鲁滨孙漂流记》提出让人深思的两个问题。第一，鲁滨孙为什么要出海？在鲁滨孙时代，海洋通往财富和异域生活，让热血的冒险者甘心一搏、难以割舍。出海去发财，是当时英法美等国很多人的共识，在18—20世纪包括海洋题材的各类小说中皆可得到佐证。但鲁滨孙出身中产阶级，不出海就可以过上舒适优渥的生活。可见，出海当然是为了获得财富，但获得财富并非他出海的主要目的。有人说："鲁滨孙们之所以离开家园，既不是像《伊利亚特》中的古代英雄们那样去完成使命，不是像《天路历程》中的基督徒那样去涤除自身的罪恶，也不是像菲尔丁笔下的汤姆·琼斯那样去接受道德磨砺，而是为了摆脱家园或与家园构成一体的父权传统的束缚，获得新的生存空间，实现个人的自由意志，其最终目标是自我的建构。"② 然而，出海是离家诸种方式之一而已。所以，出海必是有着实现自由和自我建构之外的独特追求，那是海洋所特赋的东西。鲁滨孙屡次出海，屡次受挫，屡次不舍，表面上看似对海洋有热度不减的浪漫情怀，实质是对神秘海洋和海洋彼岸的向往。海洋凶险莫测，考验着冒险者们的意志和运气；海洋力量无穷，促进了鲁滨孙们的自我建构。

　　第二，怎样看待鲁滨孙的海岛生活？大洋中的海岛远离欧洲文明大陆，正是有志者施展才能之地。作为一个文明人，鲁滨孙独自被困在荒岛，逐渐建立起自给自补的惬意生活。一般公认的观点是，这样一个海洋英雄人物身上正体现了上升时期的资产阶级的进取精神，展现了人类强大的改造环境的能力，体现了以人类为中心的世界观和价值观。但站在21世纪的时间点来

---

　　① （英）丹尼尔·笛福著，郭建中译：《鲁滨孙漂流记·译序》，南京：译林出版社2012年版，第1页。

　　② 王爱菊、任晓晋：《自我的建构：洛克哲学视角下的〈鲁滨孙漂流记〉》，《外国文学研究》2012年第5期，第59页。

看，虽然鲁滨孙在荒岛上的一系列征服活动都是人类中心主义的行为，但鲁滨孙很满意荒岛的自由生活，甚至在回到文明社会后还对荒岛念念不忘，其简单生活观与当前某些物欲横流的享乐观形成了鲜明的对照。鲁滨孙在荒岛真正实现了"诗意地栖居"①。

笛福在小说中写鲁滨孙的几次出海，主要是来往巴西和非洲之间的南大西洋，最后鲁滨孙开荒的小岛是在北纬 12 度左右靠近美洲的大西洋上。笛福重点刻画了人对自然的征服，展示了大海和海岛对人的功利性价值，但并没有从欣赏者的角度，去展示海洋本身的美和魅力。

选文讲述去往非洲贩卖奴隶途中，航船遭遇了暴风雨，经过多日的艰难求生，鲁滨孙作为唯一的海难幸存者，艰难地爬上荒岛，开始建设新生活。笛福用摄像机般的文字详细地记录了船员们和鲁滨孙在大海上的艰难求生历程和危险境况，辅之以鲁滨孙的感受，揭示了风雨飘摇和生机渺茫的困境中的绝望心理。看到陆地，本以为逃生在望，孰料最艰难的历程恰是游向岸边，这个过程可以结合斯蒂芬·克莱恩的《海上扁舟》去理解。在海浪和岩石的夹击中艰难登岸，鲁滨孙确实是一个百折不挠、英勇睿智的战海英雄，他的身影多次出现在后世的海洋小说中。

格列佛游记

（英）乔纳森·斯威夫特

作者及作品简介

乔纳森·斯威夫特（Jonathan Swift，1667—1745），英国作家、政论家、讽刺文学大师，出生于爱尔兰的首都都柏林，是遗腹子，因家境贫寒，母亲将他送给叔父抚养。斯威夫特 15 岁入读都柏林三一学院，因厌恶大学里的神学和哲学，1686 年毕业时只取得"特许学位"文凭，以致在社会上找不到一份好的工作，于是开始担任威廉·坦普尔爵士的私人秘书，阅读古典名著。1692 年，斯威夫特获得赫特佛德学院的文科硕士学位，成为爱尔兰的牧师、教区负责人。后又获得神学博士学位。1696 年，斯威夫特为爵士整理回忆录准备出版，并写成了《书的战争》，于 1704 年发表。1710 年，斯威夫特担任

---

① 孙宏新：《生态批评视域中的〈鲁滨孙漂流记〉》，《江淮论坛》2009 年第 3 期，第 161 – 163 页。

了上台执政的托利党党报《考察报》的主编，很快成为伦敦的重要作家和政治家。1714 年，托利党下台，斯威夫特回到爱尔兰都柏林，在圣帕特里克教堂担任教长。斯威夫特写作了大量的文章和小说，积极号召爱尔兰人民抵制英国殖民者的残酷剥削，为自由独立而斗争。1726 年出版讽刺杰作《格列佛游记》，一周内销售一空。斯威夫特晚年耳聋、头痛病严重，将自己一生的积蓄用于慈善事业，被人视为精神失常的疯子，死后葬于圣帕特里克大教堂。

《格列佛游记》是以里梅尔·格列佛船长的第一人称视角，叙述他的四次航海游历，即在小人国、大人国、飞岛国和慧骃国的奇遇。第一次出海，格列佛乘坐的船触礁遇险，他漂流到"小人国"利立浦特，这里的居民身高只有普通人身高的十二分之一，整个国家的人都贪婪残忍、野心勃勃，格列佛为国立了战功，却遭到排挤，不得不逃离此国。第二次出海，格列佛乘坐的"冒险号"商船遭遇风暴，他来到了一个小岛上居民身高二十多米的"大人国"，成为一户人家用作街头表演赚钱的怪物，继而被卖给了王后做宠物，备受王后恩宠。大人国民风淳朴，但格列佛思乡心切，用计逃脱回国。第三次出海，格列佛乘坐的"好望号"遭遇了海盗，因缘际会到了飞岛国、巫人岛和日本等地，见到了长生不老之人，亲历了当地人新奇而荒诞的生活。第四次出海，格列佛受聘为船长，不料被反叛的水手扔到了荒岛上，于是到访"慧骃国"，这个国家的统治者是一种名叫"慧骃"的马，它们高贵而有理性。被统治的是一种像人的名叫"野胡"的动物，野胡贪婪残忍，是外来物种，繁殖很快。格列佛受到慧骃们的美德感化，愿意余生生活于慧骃国。但慧骃国全国代表大会通过决议要以阉割的方式消灭野胡，主人只好送格列佛离开。格列佛无奈之下回到英国，厌恶与人交往，与两匹马为友，过着隐居生活。

《格列佛游记》中译本也较多，目前常见的有杨昊成、龚勋、沈明琦、程锡麟、吴柱存等人的译本。以下选本取自杨昊成译（译林出版社 2011 年版）。选文记述格列佛在出海途中，遭遇风暴，流落到巨人国，初识巨人国的特异。一切日常生活，在身形庞大的巨人那里，有了奇特陌生的状貌。因语言不通、休量大小对比悬殊，一岁的婴儿简直成为置格列佛这个壮汉于死地的杀手，让人忍俊不禁。结合作者的讽刺手法，读者尽可展开想象，思忖弱者和强者的强烈对比。格列佛在巨人国的处境险象环生，夸张的艺术手法与第一人称视角，让小说奇观更有感染力。

格列佛游记（节选）

第二卷　布罗卜丁奈格游记

第一章①

关于一场大风暴的描写；船长派出长舢板去取淡水；为了看看那是什么地方，作者随长舢板一同前往——他被丢在岸上；被一个当地人捉住，随后带到一个农民家里——他在那里受到招待，接着发生了几起事件——关于当地居民的描写。

不论是本性还是命运，都决定了我得劳劳碌碌过一辈子。回家才两个月，就又离开了祖国。一七〇二年六月二十日，我在唐兹登上了"冒险号"商船，启程前往苏拉特，船长是康沃尔郡②人约翰·尼古拉斯。我们一帆风顺到了好望角，在那儿上岸取淡水；但发现船身有漏，就卸下东西就地过冬。船长害疟疾，所以我们一直到三月底才离开好望角。启航后一路顺利直到穿过了马达加斯加海峡③。但是当船行驶到那个岛的北面大约南纬五度的地方时，风势突变。据观测，那一带海上，十二月初到五月初这段时间里，西北之间总是吹着不变的恒风。可是四月十九日那天，风势比平常要猛烈得多，也比平常更偏西一点，这样一连刮了二十天，我们就被刮到了摩鹿加群岛④的东面。根据船长五月二日的观测，我们所在的地方大约是北纬三度。这时风停了，海上风平浪静，我真是非常高兴。可是船长在这一带海域有着十分丰富的航海经验，他要我们做好迎接风暴的准备。果然，第二天风暴就出现了，开始刮起了南风，那就是所谓的南季节风。

我们看到风有可能要把东西吹落，就收起了斜杠帆，同时站在一边准备收前桅帆；可是发现天气非常恶劣，我们就查看了一下船上的炮是否都已拴牢，接着将后帆也收了。船偏离航道太远了，所以我们想与其这样让它吃力

---

① 选自（英）乔纳森·斯威夫特著，杨昊成译：《格列佛游记》，南京：译林出版社1995年版，第57-65页。

② 康沃尔郡是英国英格兰的一个郡。

③ 马达加斯加是印度洋上靠近非洲东海岸的一个大岛。

④ 摩鹿加群岛位于印度尼西亚东北部马鲁古群岛的旧称。

地慢慢行驶或者下帆随波逐流，还不如让它在海面上扬帆猛进。我们卷起前桅帆把它定住，随后将前桅帆下端索拉向船尾。船舵吃风很紧，船尾猛地转向风的一面。我们把前桅落帆索拴在套索桩上，可是帆碎裂了，我们就把帆桁收下来，将帆收进船内，解掉了上面所有的东西。这是一场十分凶猛的风暴，大海一下子变得非常惊险。我们紧拉舵柄上的绳索以改变航向，避开风浪，接着帮助舵工一起掌舵。中桅我们不想把它降下来，而是让它照旧直立着，因为船在海上行得很好；我们也知道，中桅这么直立在那里，船也更安全一些，既然在海上有操纵的余地，船就可以更顺利地向前行驶。风暴过后，我们扯起了前帆和主帆，并把船停了下来。接着我们又挂起后帆、中桅主帆、中桅前帆。我们的航向是东北偏东，风向西南。我们把右舷的上下角索收到船边，解开迎风一面的转帆索和空中供应线，背风一面的转帆索则通过上风滚筒朝前拉紧、套牢，再把后帆上下角索拉过来迎着风，这样使船尽可能沿着航道满帆前进。

这场风暴过后，又刮了强劲的西南偏西风，据我估算，我们已被吹到了东面大约五百里格的地方，就是船上最年长的水手这时也说不清我们是在世界的哪个部分了。我们的给养还足可以维持，船很坚固，全体船员身体也都很好，但是我们却严重缺淡水。我们觉得最好还是坚持走原来的航道，而不要转向北边去，那样的话我们很可能进入大鞑靼①的西北部，驶入冰冻的海洋。

一七〇三年六月十六日，中桅上的一个水手发现了陆地。十七日，我们清清楚楚看到有一座大岛或者是一片大陆（我们不知道是不是大陆），岛的南边有一片狭长地伸入海中，还有一个小小的港湾，但港内水太浅，一百吨以上的船无法停泊。我们在离这港湾一里格内的地方抛锚停船。船长派出十二名武装水手带着各种容器坐长舢板出去寻找淡水。我请求船长让我和他们一起去，到那地方去看看能不能有什么发现。上岸后，我们既没发现有河流、泉水，也没有看到任何人烟的迹象。我们的人因此就在海岸边来回寻找，看看海边上可有淡水。我则独自一人到另一边走了大约一英里，发现这地方全是岩石，一片荒凉。我开始感到无趣，看不到有什么东西可以引起我的好奇心，就慢慢朝港湾处走回去。大海一览无余，我看到我们的那些水手已经上了舢板在拼着命朝大船划去。我正要向他们呼喊（尽管这也没有什么用），却忽然看到有个巨人在海水中飞快地追赶他们。他迈着大步，海水还不到他的膝盖。但我们的水手比他占先了半里格路，那一带的海水里又到处是锋利的

① 指西伯利亚。

礁石，所以那怪物追不上小船。这都是后来我听人说的，因为当时我哪还敢呆在那里观看这个惊险的场面会落得个什么结果。我循着原先走过的路拼命地跑，接着爬上了一座陡峭的小山，从那里我大致看清了这是个什么地方。我发现这是一片耕地，但首先让我吃惊的是那草的高度；在那片似乎是种着秣草的地上，草的高度在二十英尺以上。

我走上了一条大道；我想这是一条大道，其实对当地人来说，那只是一片大麦地里的一条小径。我在这路上走了一些时候，两边什么也看不到。快到收割的时候了，麦子长得至少有四十英尺高。我走了一个小时才走到这一片田的尽头。田的四周有一道篱笆围着，高至少有一百二十英尺。树木就更高大了，我简直无法估算出它们的高度。从这块田到另一块田之间有一段台阶。台阶有四级，爬到最高一级之后还要跨过一块石头。我是无法爬上这台阶的，因为每一级都有六英尺高，而最上面的那块石头高度在二十英尺以上。我正竭力在篱笆间寻找一个缺口，忽然发现一个当地人正从隔壁的田里朝台阶走来。这人和我看到的在海水中追赶我们小船的那一个一样高大。他有普通教堂的尖塔那么高，我估计他一步就是十来码。我惊恐不已，就跑到麦田中间躲了起来。我看到他站在台阶的顶端正回头看他右边的那块田，又听到他叫喊，声音比喇叭筒还要响好多倍，但由于那声音是从很高的空中发出的，我起初还以为一定是打雷了呢。他这一喊，就有七个和他一模一样的怪物手拿着镰刀向他走来；那镰刀大约每把是我们的长柄镰的六倍。这些人穿的不如第一个人好，像是他的用人或者雇工，因为听他说了几句话之后，他们就来到了我所趴着的这块田里来收割麦子了。我尽可能远远地躲着他们，但是因为麦秆与麦秆间的距离有时还不到一英尺，我移动起来就极其困难。尽管这样，我还是设法往前移，一直到了麦子被风雨吹倒的一块地方。这里我就再也无法向前移动一步了，因为麦秆全都缠结在一起，我没办法从中间爬过去，而落在地上的麦芒是又硬又尖，戳穿了我的衣服，直刺到肉里去。与此同时，我听到割麦子的人在我后面已经不到一百码了。我精疲力尽，悲伤绝望透顶，就躺倒在两道田垄间，一心想着就在这里死掉算了。想到我妻子要成为孤苦无依的寡妇，孩子要成为没有父亲的孤儿，我悲伤不已。我又悔恨自己愚蠢、任性，全不听亲友的忠告，一心就想着要作这第二次航行。我心里这样激动不安，不由得倒又想起利立浦特来。那里的居民全都把我看做是世界上最大的庞然大物；在那里我可以只手牵走一支皇家舰队；创造的其他一些业绩，也将永远载入那个帝国的史册。虽说这一切后人难以相信，但有千百万人可以作证。可我在这个民族中间可能就微不足道，就像一个利立浦特人在我们中间微不足道一样，想到这一点，我真感到是奇耻大辱。但是我想这还不是我最大的不幸，因为据说人类的野蛮和残暴与他们的身材是成比例的，身材越高大，就越野蛮越残暴。那么，要是这帮巨大的野人中有一个碰巧第一个将我捉到，我除了成为他口中的一小块食物之外，还能指望什么呢？毫无疑问，哲学家们的话还是对的，他们告诉我们：万事万物只有比较才能有大小之分。命运也许就喜欢这样捉弄人，让利立浦特人也找到一个民族，那里的人比他们还要小，就像他们比我们小一样。谁又知道，就是这么高大的一族巨人，不会同样被世界上某个遥远地方的更高大的人比下去呢？不过那样的巨人我们至今还没有发现罢了。

我那时心里又怕又乱，禁不住这样乱想下去。这时有一个割麦人离我趴着的田垄已经不到十码远了，我怕他再走一步，就会把我踩扁，或者用镰刀把我割成两段。因此，就在他又要向前移动的时候，我吓得拼命尖叫起来。一听到这叫喊声，巨人忽地停住了脚步，他朝下面向四周看了半天，终于发现了躺在地上的我。他迟疑了一会儿，那小心的样子就仿佛一个人努力想去捉住一只危险的小动物而又生怕被它抓伤或咬伤一样；我自己在英国时，有时候捉一只黄鼠狼也就是这样的。最后，他大胆地从我的身后用拇指和食指捏住我的腰将我提到了离他眼睛不到三码的地方，他这样是为了更好地看清楚我的形体。我猜到了他的意思，幸亏当时我还冷静，他把我举在空中，离地六十英尺，又怕我从他的指缝中间滑落，所以狠命地捏住我的腰部，但我却下定决心绝不挣扎一下。我敢做的一切，只是抬眼望着太阳，双手合拢做出一副哀求的可怜相，又低声下气、哀哀切切地说了几句适合我当时处境的话，因为我时刻担心他会把我砸到地上，就像我们通常对待我们不想让它活命的任何可恶的小动物一样。可是我也真是福星照命，他似乎很喜欢我的声音和姿态，开始把我当做一件稀罕的宝贝。听到我发音清晰地说话，虽然听不懂是什么意思，他还是感到非常好奇。这同时我却忍不住呻吟流泪起来；我把头扭向腰部两侧，尽可能让他明白，他的拇指和食指捏得我好疼啊。他好像弄懂了我的意思，因为他随手就提起了上衣的下摆，把我轻轻地放了进去，然后兜着我立即跑去见他的主人。他的主人是个殷实的富农，也就是我在田里首先看到的那一个。

那农民听完他的用人报告我的情况后（我从他们的谈话猜想是这样），就拾起一根手杖左右粗细的小麦秆儿，挑起我上衣的下摆；他似乎觉得我也许生下来就有这么一种外壳。他把我的头发吹向两边好把我的脸看得更清楚。他把雇工们叫到他身边，问他们有没有在田里看到与我相近似的小动物。这是我后来才弄明白的。接着他把我轻轻地平放在地上，不过我马上就爬了起来，慢慢地来回踱步，让这些人明白我并不想逃走。他们全都围着我坐了下来，这样可以更清楚地看到我的举动。我脱下帽子，向那个农民深深地鞠了一躬。我又双膝跪地，举起双手，抬起双眼，尽可能大声地说了几句话。我从口袋里掏出一袋金币，十分谦恭地呈献给他。他用手掌接过来，拿到眼前看看到底是什么，后来又从他衣袖上取下一根别针，用针尖拨弄了半天，还是弄不明白那究竟是什么东西。于是我就示意他把手放在地上，我再拿过钱袋，打开来，将金币尽数倒入他的手心。除了二三十枚小金币以外，还有六枚西班牙大金币，每一枚值四个皮斯陀①。我见他把小指指尖在舌头上润了润，捡起一块大金币，接着又捡起一块，可是他看来完全不明白这是些什么。他对我做了一个手势，让我把金币收进钱包，再把钱包放进衣袋。我向他献了几次，他都不肯收，我就想最好还是先收起来罢。

至此，那农民已经相信我一定是一个有理性的动物了。他一再和我说话，可是声音大得像水磨一样刺耳，清楚倒够清楚的。我尽量提高嗓门用几种不同的语言回答他，他也老是把耳朵凑近到离我不足两码的地方来听，可全都没有用，因为我们彼此完全听不懂对方的话。他接下来让用人们回去干活，自己就从口袋里摸出一块手帕，摊在左手上叠成双层，再手心朝上平放在地上，作手势让我跨上去。他的手还不到一英尺厚，所以我很容易就跨了上去。我想我只有顺从的份儿，又怕跌下来，就伸直了身子在手帕上躺下。他用手帕四周余下的部分把我兜起来只露出个头，这样就更安全了。他就这样将我提回了家。一到家他就喊来他的妻子，把我拿给她看。可她吓得尖叫起来，回头就跑，仿佛英国的女人见了癞蛤蟆或蜘蛛一般。可是过了一会儿，她见我行为安祥，并且她丈夫示意我做什么我就做什么，十分听话，也就很快放心了，还渐渐地喜欢我起来。

中午十二点钟光景，仆人将饭送了上来。菜也就是满满的一盘肉（农民生活简单，吃这样的菜是相称的），装在一只直径达二十四英尺的碟子里。一道吃饭的有农民和他的妻子、三个孩子以及一位老奶奶。他们坐下来之后，农民把我放到桌子上，离开他有一段距离。桌子离地面有三十英尺。我怕得要命，尽可能远离桌子边唯恐跌下去。农民的妻子切下了一小块肉，又在一只木碟子里把一些面包弄碎，然后一起放到了我的面前。我对她深深地鞠了一躬，拿出刀叉就吃了起来。大家见状十分开心。女主人吩咐女佣取来一只容量约为三加仑的小酒杯，斟满了酒；我十分吃力地用两只手将酒杯捧了起来，以极为恭敬的态度把酒喝下，一边竭力提高嗓门用英语说：为夫人的健康干杯。大家听到这话全都开怀大笑，我却差点被这笑声震聋了耳朵。酒的

---

① 皮斯陀是西班牙的一种古金币。

味道像淡淡的苹果酒，并不难喝。接着主人做了一个手势让我走到他切面包用的木碟那边去。宽容的读者很容易就能体会到并且原谅我，就是，由于我一直惊魂未定，所以走在桌上的时候，不巧被一块面包屑绊了一跤，来了个脸啃桌子，不过没有伤着。我马上爬了起来，看到这些好人都很关切的样子，我就拿起帽子（为了礼貌起见我一直把帽子夹在腋下），举过头顶挥了挥，连呼三声万岁，表示我并没有跌伤。但就在我往前向我的主人（从此我就这么称呼他）走去的时候，坐在他边上的他的那个最小的儿子，一个十岁左右的小调皮，一把抓住了我的两条腿把我高高地提到了半空中，吓得我四脚直颤。他父亲赶紧把我从他手里抢了过来，同时狠狠地给了他左脸一记耳光，命令人把他带走，不许上桌。这一记耳光足可以打倒一队欧洲骑兵。但是我怕小孩子可能要记我仇，又想起我们的孩子天生都爱捉弄些麻雀、兔子、小猫和小狗，就跪了下来，指着孩子，尽可能地让主人明白，我希望他能饶了儿子。父亲答应了，小家伙重新回到座位上。我走过去吻了他的手，我的主人也拉过他的手让他轻轻地抚摸我。

正吃着饭，女主人宠爱的猫跳到她膝盖上来了。我听到身后闹哄哄的声音，像有十几个织袜工人在干活，掉头一看，发现原来是那只猫在满足地哼哼，女主人正在边抚摸边喂它吃东西呢。我看到了它的头和一只爪子，估计这猫有三头公牛那么大。我老远地站在桌子的另一边，与猫相距五十多英尺；女主人也怕它万一跳过来抓我，所以紧紧地抱住它；即使这样，那畜生狰狞的面相还是让我感到十分不安。可是碰巧倒也并没有危险，我的主人把我放到离它不足三码的地方，它连理都没理我一下。我常听人说，自己旅行中的亲身经历也证明是这样，就是，当着猛兽的面逃跑或者表现出恐惧，它就肯定会来追你或者向你进攻。因此，在这危险关头，我是拿定主意要表现得满不在乎。我在猫头的前面毫无惧色地踱了五六次，有时离它还不到半码远；那猫倒是像更怕我似的，把身子缩了回去。至于狗，我就更不怕了。这时候有三四条狗进了屋子，这在农民家里是常见的事，其中有一条是獒犬，身胚抵得上四头大象，还有一只灵提，不如獒犬大，却更高些。

饭快吃完的时候，保姆怀里抱着个一岁的小孩走了进来。他一见我就大声啼哭起来，那哭声从伦敦桥到切尔西①那么远也可以听得到。他像平常孩子那样咿呀了半天要拿我去当玩具。母亲也真是一味地溺爱孩子，就把我拿起来送到了孩子跟前。他立刻一把拦腰将我抓住，把我的头直往嘴里塞。我大吼起来，吓得这小淘气一松手把我扔了。要不是他母亲用围裙在下面接住我，

---

① 切尔西是伦敦西南部的一个住宅区，从伦敦桥到切尔西约有五英里。

我肯定是跌死了。保姆为了哄孩子不哭，就用了一只拨浪鼓。这是一种中空的盒子，里边装上几块大石头，用一根缆绳拴在孩子的腰间。但这一切全都没有用，她只有使出最后一招，让孩子吃奶。我得承认，还从来没有过什么东西有这乳房让我这样恶心的，它长得那么怪异，我真不知道拿什么来比它，所以也无法对好奇的读者说清这乳房的大小、形状和颜色。乳房挺着六英尺高，周长少说也有十六英尺，乳头大概有我半个头那么大。乳房上布满了黑点、丘疹和雀斑，那颜色那样子真是再没有什么比它更叫人作呕的了。她坐着喂奶比较方便，而我是站在桌上，离得近，所以这一切我看得清清楚楚。这使我想起我们英国的太太们皮肤白皙细嫩，在我们眼中是多么的漂亮。不过那也只是因为她们身材和我们是一般大小罢了，有什么缺点瑕疵，还得借助于放大镜才能看得清。我们作过试验，从放大镜里看，最光滑洁白的皮肤也是粗糙不平、颜色难看的。

....

作品评析

　　《格列佛游记》以隐喻的方式表达深刻的思想内容，反映了 18 世纪前半期英国社会的尖锐矛盾，深刻有力地批判了英国统治阶级的腐败和罪恶。"斯威夫特的大名，至少在英国讽刺作家中，至今仍罕有其匹。也实在是斯威夫特的手段太高明了，把那些乌有之邦的故事讲得煞有介事，连最容易被人忽视的细节也描写得一丝不苟，以致近三百年来多少读者只贪婪地享受书中那异想天开的情节和横生的妙趣，而不去管那些故事背后的意义以及作者写这部游记的真正动机。"[①] 寓庄于谐，《格列佛游记》的艺术技巧堪称完美。第一，用虚构的情节和幻想手法刻画了当时英国的现实，创造出一个个丰富多彩、童话般的幻想世界。第二，以漫画的夸张技巧塑造了一些可恶、怪诞的形象，如野胡、飞岛人和长生不老人等，讽刺丑陋的现实。第三，以貌似正经的态度、细致逼真的细节描绘了虚拟国人的生活和斗争，极为成功地反映出当时英国的现实。

　　研究者们多从教育意义、影射现实和讽刺艺术的角度去解读《格列佛游记》，认为它"集影射、反语、佯谬、象征、夸张、对比、文体戏拟等讽刺手法之大成，特别是集中体现了斯威夫特式反讽所独具的'含混'特色……斯

---

　　① （英）乔纳森·斯威夫特著，杨昊成译：《格列佛游记·译序》，南京：译林出版社 2011 年版，第 1-2 页。

威夫特的辛辣与深刻却是蒲伯、艾迪生、约翰生等人所不能望其项背的"①。《格列佛游记》还是英语文学中传统游记小说、流浪汉小说的创新之作，其鲜明的独特之处是"海岛游记"，这与清代李汝珍的《镜花缘》有惊人的相似。两者都是对海洋上遥不可知的海岛的想象，海岛上的风景、人类、社会都与读者习以为常的状况迥然不同。海岛的奇异，无疑大大渲染了海洋的魅力。

《格列佛游记》对海洋本身和海上生活的描述不多，主要是对奇遇海上四岛的背景做简单交代。四次都是来往于英国和印度途中的海洋，第一次是在南太平洋海域，第二次是印度尼西亚东北的太平洋小岛，第三次是在北纬四十六度东经一百八十三度附近的海上，第四次是加勒比海东部及相近大西洋海域。对读者而言，魔幻的海上四岛给予了海洋极致魅力；对格列佛而言，痴迷于上船远航，主要原因是前往印度等地贩运货物、获取财富，也不排除神秘岛屿、陌生国度的吸引力。格列佛屡次遭遇挫折逃离险境，屡次重振信心整装出海，反映了 18 世纪作为海洋强国的英国在世界海上贸易的霸主地位，也反映了英国当时的社会共识和海洋价值观：去远隔重洋的非洲、亚洲、美洲，是发家致富的最好途径。

古舟子咏

（英）塞缪尔·泰勒·柯勒律治

作者及作品简介

塞缪尔·泰勒·柯勒律治（Samuel Taylor Coleridge，1772—1834）是英国诗人、评论家、哲学家和神学家。他曾就读于剑桥大学，其间结识好友、后来的英国桂冠诗人罗伯特·骚塞（Robert Southey，1774—1843），后与华兹华斯（William Wordsworth，1770—1850）、骚塞隐居于英国西北部湖区，寄情山水，歌咏自然，故三人有"湖畔派诗人"之称，共为英国早期浪漫主义文学之代表。

柯勒律治的诗歌创作不丰，不足二十篇，其中代表作为《古舟子咏》《克里斯德蓓》和《忽必烈汗》，它们确立了作者著名诗人的地位。柯勒律治作为文学批评家的地位则是由其文评集《文学传记》（亦译为《文学生涯》）奠定

---

① 伍厚恺：《简论讽喻体小说〈格列佛游记〉及其文学地位》，《四川大学学报（哲学社会科学版）》1999 年第 5 期，第 9–16 页。

的，其中关于莎士比亚和华兹华斯的评论至今仍有重要意义。

《古舟子咏》（*The Rime of the Ancient Mariner*，一译为《老水手行》《老水手之歌》《老水手谣》）是柯勒律治的诗歌代表作，讲述了一个充满神秘气氛和宗教色彩的航海故事。它最初发表在作者与华兹华斯合著的《抒情歌谣集》（*Lyrical Ballads*）中。这部诗集在英国文学史上有重要的地位，它标志着英国浪漫主义文学的开端，而《古舟子咏》是其中的首篇诗作。诗歌中的故事以老水手的一次海上经历为中心内容展开，重心则在讲述他因射死一只信天翁而不断遭遇灾难和惩罚、终因虔诚忏悔而得救的故事，"表现了罪恶和拯救、堕落和再生的道德寓意"并"充满了神秘气氛"和"梦幻色彩"。①

《古舟子咏》一诗共七章，选文为前两章，译者为顾子欣。

选 文

古舟子咏（节选）

第 1 章②

他是一个年迈的水手，
从三个行人中他拦住一人。
"凭你的白须和闪亮的眼睛，
请问你为何阻拦我的路程？

"新郎家的大门已经敞开，
而我是他的密友良朋；
宾客已到齐，宴席已摆好：
远远能听到笑语喧阗③。"

他枯瘦的手把行人抓住，
喃喃言道，"曾有一艘船，"

---

① 参见胡家峦编注：《英国名诗详注（第二版）》，北京：外语教学与研究出版社 2017 年版，第 334 页。

② 参见胡家峦编注：《英国名诗详注（第二版）》，北京：外语教学与研究出版社 2017 年版，第 291–333 页。

③ 喧闹杂乱的样子。

"走开，撒手，你这老疯子！"
他随即放手不再纠缠。

但他炯炯的目光将行人摄住——
使赴宴的客人停步不前，
像三岁的孩子听他讲述：
老水手实现了他的意愿。

赴宴的客人坐在石头上，
不由自主听他把故事讲；
就这样老水手继续往下说，
两眼闪烁着奇异的光芒。

"船在欢呼声中驶出海港，
乘着落潮我们①愉快出航，
驶过教堂，驶过山冈，
最后连灯塔也消失在远方。

"只见太阳从左边升起②，
从那万顷碧波的汪洋里！
它终日在天空辉煌照耀，
然后从右边落进大海里。③

"它每天升得越来越高，
正午时直射桅杆的顶级——"④
赴宴的客人捶打着胸膛⑤，
当听到巴松管嘹亮的乐曲⑥。

---

①　从第 3 章结尾处的诗句看，"我们"这批航海者"算起来总共有二百人"。
②　船向南航行，所以看到太阳从左边升起。——原书编者注。
③　从全诗来看，这只船向南行驶，穿过赤道，再经过巴西沿岸，但被一场风暴吹到南极海域。——原书编者注。
④　到了赤道，中午的太阳就升至船的正上方。——原书编者注。
⑤　人们常用捶打胸膛的举动来表示焦急而无奈的心情。
⑥　巴松管：一种木管乐器，音调低于双簧管；其音调预示老水手的故事中潜在的、魔幻的气氛。——原书编者注。

这时新娘已跨进大门，
她如鲜红的玫瑰一样漂亮；
行吟诗人们走在她前面，
摇头晃脑快乐地歌唱。

赴宴的客人捶打着胸膛，
但不由自主听他把故事讲；
就这样老水手继续往下说，
两眼闪烁着奇异的光芒。

"这时大海上刮起了风暴，
它来势凶猛真叫人胆寒；
它张开飞翅追击着船只，
不停地把我们向南驱赶。

"桅杆弓着身，船头淌着水，
像有人在背后追打叫喊，
却总是躲不开敌人的影子，
只好低着头任其摧残，
船儿在疾驶，狂风在呼啸，
我们一个劲儿往南逃窜。

"接着出现了浓雾和冰雪，
天气奇寒，冻彻骨髓：
如墙的冰山从船旁漂过，
晶莹碧绿，色如翡翠。

"冰山射出惨淡的光芒，
在漂流的云雾中若明若灭；
四周既无人迹也无鸟兽——
只有一望无垠的冰雪。

"这儿是冰雪，那儿是冰雪，

到处都是冰雪茫茫：
冰雪在怒吼，冰雪在咆哮，
像人昏厥时听到隆隆巨响！

"终于飞来了一头信天翁①，
它穿过海上弥漫的云雾，
仿佛它也是一个基督徒②，
我们以上帝的名义向它欢呼。

"它吃着从未吃过的食物，
又绕着船儿盘旋飞舞。
坚冰霹雳一声突然裂开，
舵手把我们引上了新途③！

"南来的好风在船后吹送；
船旁紧跟着那头信天翁，
每天为了食物或玩耍，
水手们一招呼它就飞进船中！

"它在桅索上栖息了九夜；
无论是雾夜或满天阴云；
而一轮皎月透过白雾
迷离闪烁，朦朦胧胧。"

"上帝保佑你吧，老水手！

---

① 信天翁是一种大型海鸟，根据种类不同，体长从一米左右到三米多不等，主要分布在南半球海域。在信天翁科中，体型最大者为漂泊信天翁，平均体长为三米以上，栖居在南冰洋附近海域，因活动范围及踪迹极其广阔而得名。据《英国名诗详注》一书的编注者胡家峦考证：信天翁"这个意象见于当时无数的游记之中，迷信的水手们把信天翁当作令人敬畏的鸟，认为它是吉祥的象征"，而柯勒律治把它写进《古舟子咏》一诗，是由于听从了华兹华斯的建议，"因为射死信天翁可以提供老水手的'罪状'"。详见胡家峦编注：《英国名诗详注（第二版）》，北京：外语教学与研究出版社 2017 年版，第 338 页。

② 这一诗句至少提供了两点信息：一是出航的这些水手都是基督徒；二是在当时的非基督教世界，基督徒之间一般严禁相互残杀，而此信天翁既然看起来很像一个基督徒，仍被老水手无情地射杀，这无疑也增加了凶手的罪状。

③ 即不再被裹挟着"往南逃窜"，而是转过船头，向北航行。

别让魔鬼把你缠住身！——
你怎么啦？"① ——"是我用箭
射死了那头信天翁。"

第 2 章

"现在太阳从右边升起，
从那万顷碧波的汪洋里：
但它终日被云雾缭绕，
然后从左边落进大海里。②

"南来的好风仍在船后吹送，
但再不见那可爱的信天翁，
也不再为了食物或玩耍，
水手们一招呼就飞进船中！

"我干了一件可怕的事情，
它使全船的人遭到了不幸：
他们都说我射死了那头鸟，
正是它带来了海上的和风。
他们咒骂我是个恶棍，
不该杀死那只信天翁！

"当艳阳高照不再又暗又红，
而像上帝头上灿烂的光轮：
大家又改口说我做得对，
应该射死那带来迷雾的信天翁。
大家说，'这种鸟杀得对，
就是它们带来迷雾蒙蒙。'

---

① 婚礼来宾提出的这个问题，暗示老水手在他回忆自己罪恶的时候脸上露出了恐怖的神色。这种间接的暗示也是古民谣的技巧特点之一。——原书编者注。
② 船现在已绕过好望角，向北行驶。——原书编者注。

"惠风吹拂，白浪飞溅，
船儿轻快地破浪向前；
我们是这里的第一批来客，
闯进这一片沉寂的海面。

"风全停了，帆也落了，
四周的景象好不凄凉；
只为打破海上的沉寂，
我们才偶尔开口把话讲！

"正午血红的太阳，高悬在
灼热的铜黄色的天上，
正好直射着桅杆的尖顶，
大小不过像一个月亮。

"过了一天，又是一天，
我们停滞在海上无法动弹；
就像一艘画中的航船，
停在一幅画中的海面。

"水呵水，到处都是水，
船上的甲板却在干缩；
水呵水，到处都是水，
却没有一滴能解我焦渴。

"大海本身在腐烂，呵上帝！
这景象实在令人心悸！
一些长着腿的黏滑的东西，
在黏滑的海面上爬来爬去。

"到了夜晚死火出现在海上，
在我们四周旋舞飞扬；
而海水好似女巫的毒油，
燃着青、白、碧绿的幽光。

"有人说他在睡梦中看见了
那给我们带来灾难的精灵①；
他来自那冰封雾锁的地方②，
在九呏的水下紧紧相跟。

"我们滴水不进极度干渴，
连舌头也好像已经枯萎；
我们说不出话发不出声，
整个咽喉像塞满了烟灰。

"呵！天哪！这全船老小
都向我射来凶恶的目光！
他们摘下我戴的十字架，
而把死鸟挂在我脖子上。③"

作品评析

选文主要讲一位不知名老水手在航海途中因杀死一头信天翁而导致厄运降临的故事。其基本内容和情节如下：老水手及其同伴乘船向南航行，初始阶段风和日丽，人与海之间非常谐和；后来他们在赤道地带遭遇海上风暴，被裹挟着一路南下，进入南极附近的极寒海域，并陷入绝境；此时一只信天翁如救星般出现，使他们脱离绝境，并连续九天伴随他们，人鸟友好和谐相处，一起乘顺利的南风向北航行；老水手竟然用弓箭射杀了这只无辜的信天翁，报应因之而来，给所有人带来不幸和灾难；不久后航船陷入一片沉寂的死亡海域，因无风而无法航行，绝望的水手们把信天翁的尸体挂在老水手的脖子上。

诗篇的第 3 章写到：随后一艘在无风状态下疾驶而来的快船出现在天边，给绝望中的水手们带来希冀，没想到它却是死神的魔船，所有的水手都瞬间倒毙，死前带着极度的痛苦和对老水手的诅咒，只剩下他这个见证者继续遭

---

① 指为信天翁复仇的精灵。——原书编者注。
② "冰封雾锁的地方"指南极。
③ 老水手是天主教徒，脖子上一直戴着十字架。他的同船水手们把它摘下，因为他们认为他已不配戴它……他们把死信天翁挂在他的脖子上，暗示他有罪，以示惩罚。——原书编者注。

受磨难。《古舟子咏》的后四章告诉我们，老水手带着沉重的诅咒和痛苦，在孤独和磨难中结束航行并回到家乡，最终在无尽的悔恨和虔诚的忏悔中获得救赎、解脱和新生。

诗人对海上美景、海上风暴、海鸟、海船、若干海域的描写极其出色，充满神秘梦幻色彩，极具想象力。对于柯勒律治的这一写作特点，英国维多利亚时期的诗人兼评论家史文朋（Algernon Charles Swinburne，一译为斯温伯恩，1837—1909）有很高的评价：

> 最好的抒情作品或充满激情，或具有想象力。要说激情，柯勒律治不具备；但就想象力的崇高和完美而言，他却是抒情诗人中最伟大的。这是他的独特才能，这是对他的特别称赞。①

在《古舟子咏》中，柯勒律治借老水手之口，以极具想象力的语言，对人与自然的关系做了诗性的梳理和解读。诗人形象地勾勒出以老水手及其同伴为代表的人，与以海洋为代表的大自然之间关系的演变过程：最初的和谐（如水手们利用落潮愉快地启航，在风和日丽中享受海上时光）—正常的冲突（如海上风暴对人造成干扰和危机）—偶然但珍贵的和谐（如作为大自然使者的信天翁帮助人类度过危机）—剧烈的冲突（老水手突然杀死信天翁，大自然回以报应，灾厄降临人类，老水手的同伴们集体暴死）—解决冲突、恢复和谐的路径和努力（人类的赎罪、忏悔和进步，如老水手的悔恨、反思和新生）—新的和谐。

那么，新的和谐是什么呢？在《古舟子咏》第7章的结尾，老水手告诉听他讲故事的婚宴嘉宾："只有兼爱人类和鸟兽的人，/他的祈祷才能灵验"；"谁爱得最深谁祈祷得最好，/兼爱万物不管伟大或渺小"。② 这四个诗行点出了《古舟子咏》最为核心的主题——爱与和谐，即人应该兼爱人类和万物，人类应该与大自然和谐相处，万物之间应该和谐共处。这是老水手历经磨难、幡然醒悟后的深刻认识，也是作者柯勒律治的诗性哲学主张，是他对人类的建议和期望。

从这个意义上说，《古舟子咏》讲的是一篇基于现实的、深刻的寓言故

---

① 转引自（英）约翰·德林瓦特主编，陈永国、尹晶译：《世界文学史》，北京：北京大学出版社2011年版，第545页。

② 参见胡家峦编注：《英国名诗详注（第二版）》，北京：外语教学与研究出版社2017年版，第333页。

事。有学者认为："《古舟子咏》记述了人类对自然的认识过程，是人类成长过程中人与自然关系的真实写照，因而是含有人类成长主题的长篇叙事诗。它既包含了人与自然关系的过去，也揭示了柯氏时代人与自然关系日益恶化的现状，以生态末世论警示着世人，同时展望了未来人与自然关系的美好前景。"① 斯言是也。

19 世纪海洋文学

▌格林童话

（德）格林兄弟

格林兄弟，是雅各布·格林（Jacob Grimm，1785—1863）和威廉·格林（Wilhelm Grimm，1786—1859）兄弟两人的合称，他们是德国 19 世纪历史学家、语言学家、作家。他们经历相似、兴趣相近，合作研究语言学、搜集和整理民间童话与传说。格林兄弟生于莱茵河畔法兰克福附近的哈瑙，在乡村长大，家境贫困，从卡塞尔的弗里德里希文科中学毕业后，又一同就读于马尔堡大学法律专业，开始了语言学与文字学方面的研究。1812 年，格林兄弟出版了第一卷童话，即《献给孩子和家庭的童话》。1816 年，兄弟两人成为卡塞尔的图书管理员，并于 1814、1815、1822 年分别出版了《德国儿童与家庭童话集》的三卷，俗称《格林童话》。1838 年，格林兄弟受普鲁士国王之邀请前往柏林定居，在这个时期，他们努力把研究历史遗产与人民对自由、民主、统一的要求结合起来。他们研究德国语言，编写了《德语语法》《德国语言史》以及未完成的《德语词典》，兄弟两人是德国语言学的奠基人，在 1840 年同时成为皇家科学院院士。弟弟威廉·格林结婚并有子女，哥哥雅各布·格林一生未婚。兄弟二人一生相邻而居、一起工作。

目前国内常见的中译本有杨武能、魏以新、施种等人译的版本，以下选

---

① 刘国清：《人类成长的寓言史诗——生态批评视域下的〈古舟子咏〉》，《东北师大学报（哲学社会科学版）》2006 年第 6 期，第 106 – 111 页。

文取自杨武能所译（春风文艺出版社 2017 年版）《格林童话》中的《渔夫和他的妻子》。这是个关于向海洋索取的寓言故事。渔夫和他的妻子居住在海边渔舍，渔夫为了生存每天不停钓鱼。有一天，他钓到了一条很大的比目鱼，那是中了魔法的王子变成的，渔夫把它放归大海。妻子鼓动渔夫向比目鱼提出各种愿望，比目鱼先后给予他们漂亮的小屋、辉煌的宫殿，让渔夫的妻子当上了国王、皇帝、教皇。但渔夫的妻子仍不满足，还想控制太阳和月亮，比目鱼被激怒并收回所有赐予。渔夫和妻子最终住回原先的破落渔舍中度过余生。

选 文

渔夫和他的妻子[①]

从前，有个渔夫，他和妻子住在海边的一个小渔舍里。渔夫每天都去海边钓鱼，他总是钓啊，钓啊，一天都没有休息。

有一天，他拿着钓竿又坐在海边，两眼望着清澈的海水，就这样坐在那里一直发呆。

忽然，渔夫感觉到钓钩猛地往下一沉，沉得很深很深，都快到海底了。他使劲儿往上拉，等他把钓钩拉上来时，竟然发现钓上来一条很大的比目鱼。他还没来得及看清楚，就听到比目鱼对他说："渔夫啊，请听我说，我恳求你放我一条生路。我并不是什么比目鱼，我是一位中了魔法的王子。你要是杀死我，对你也没什么好处啊。我的肉不好吃的。请把我放回水里，让我游走吧。"

"唉，"渔夫说，"你不必说这么多。一条会说话的比目鱼，我怎么会留下呢？"说着，他就将比目鱼扔回了清澈的水里。比目鱼立刻游向海底，身后留下一条长长的血痕。随后，渔夫站起身回到了他的小屋。

他走到他妻子的身边。妻子问道："今天你什么也没钓到吗？"

"没有，"他回答说，"不过呢，我本来钓到了一条比目鱼，可它说它是一位中了魔法的王子，我就把它放了。"

"难道你没有提什么愿望吗？"妻子问。

"没有，"丈夫回答说，"我有什么好希望的呢？"

---

① 参见（德）格林兄弟著，杨武能译：《格林童话》，北京：春风文艺出版社 2017 年版，第 41–50 页。

"噢，亲爱的，"妻子说，"永远住在这么一间又破又臭的小房子里，实在是受罪。你应该提出希望得到一座漂亮的小屋呀。快去叫它出来！告诉它我们要一幢小屋，我敢肯定，它一定会满足咱们的愿望的。"

"可是，"丈夫说，"我怎么好再去呢？"

"哎呀，"妻子说，"你捉住了它，又放走了它。它肯定会满足咱们的愿望的，快去吧。"

渔夫还是不太愿意去，可又不想惹他妻子生气，只好又去了海边。

他来到海边时，海水绿得泛黄，也不像以往那样清亮。他走了过去，站在海岸上说：

"小王子啊小王子，你变成鱼儿住在海里。我的老婆很烦人，硬要我提愿望我不想提。"

刚喊完，只见那条比目鱼果真朝他游了过来，问道："她想要什么呀？"

"嗨，"渔夫说，"刚才我把你逮住了，我老婆说，我应该向你提出一个愿望。她不想再住在那个小屋子里了，希望住进漂亮的小屋里。"

"回去吧，"比目鱼说，"她已经有一幢漂亮的小屋啦。"

渔夫便回家去了。原来那个破破烂烂的渔舍早已不见，而在原地矗立起了一幢小楼，妻子正坐在门前的一条长凳上。她见丈夫回来了，就拉着他的手说："快进来看一看。现在不是好多了吗？"

接着，他们进了屋。楼里有一间小前厅，一间漂亮的小客厅，一间干干净净的卧室，卧室里摆放着一张床，还有厨房和食物贮藏室，摆放着必备的家具，各种锡制铜制的餐具也一应俱全，安放布置得整整齐齐、漂漂亮亮的。屋子后面还有一个养着鸡鸭的小院子，和一片长满蔬菜水果的小园子。

"瞧，"妻子说，"这不漂亮吗？"

"漂亮！"丈夫回答说，"咱们就住在这儿，好好过日子吧。"

"这个嘛，咱们还要想一想。"妻子说。说完，他们吃了晚饭，就上床休息了。

他们就这样生活了大半个月。有一天，妻子突然说："亲爱的，这房子太挤了，后院也太小了。那条比目鱼可以送咱们一幢更大一些的。现在我想住在一座石头建造的大宫殿里。快去找比目鱼，叫它送咱们一座宫殿吧！"

"唉，老婆，"丈夫说，"这房子不是够好的了嘛？咱们干吗非得要住在宫殿里呢？"

"胡说，"妻子回答说，"你只管去吧。它会满足咱们的愿望的。"

"不行啊，老婆，"丈夫说，"比目鱼已经送给咱们一幢小屋了，我不能现在又去要，它会不高兴的。"

"去吧，快去吧，"妻子撒着娇说，"它办得到，也乐意这么办。就照我说的去做吧！"

渔夫心情很沉重，他万般不情愿地再去找比目鱼，他自言自语说："这是不对的呀！"可他还是去了。

他来到海边时，海水不仅是绿得泛黄，还变得混浊不清，时而暗蓝，时而深紫，时而灰黑，不过仍然很平静。渔夫站在岸边说："小王子啊小王子，你变成鱼儿住在海里。我的老婆很烦人，硬要我提愿望我不想提。"

"那么，她想要什么呀？"比目鱼问。

"唉，"渔夫有些忐忑，"她想住在一座石头建造的宫殿里。"

"回去吧，"比目鱼说，"她现在正站在宫殿门前了。"

渔夫于是往回走，心里想着快点儿到家吧。谁知走到原来的地方一看，那儿真的矗立着一座石头建造的宫殿，非常宏伟壮观。他老婆站在高高的台阶上，正准备进去，一见丈夫回来了，就拉着他的手说："快，快跟我进去。"

他和老婆走进宫殿，只见宫殿里的大厅铺着大理石；许多仆人候在那里，为他们打开一扇又一扇的大门；宫中的墙壁糊着精美的墙纸，色彩艳丽；房间里摆放着许多金子做的桌椅；水晶吊灯从天花板上垂下来，耀眼夺目；所有的房间都铺上了地毯；桌子上摆满了美味佳肴和各种名贵的酒水。宫殿背后还有一个大院子，院子里设有马厩、牛棚，全是上等的牲口；另外，还有一座美丽的大花园，花园里开满了鲜花，还有即将丰收的果树；花园里还有鹿啊，野兔啊等，凡能想象出来的东西里面都有。

"你看，"妻子说，"这不漂亮吗？"

"漂亮，当然漂亮啦，"丈夫回答说，"咱们就好好地住在这座美丽的宫殿里吧。你总该心满意足啦。"

"这个嘛，咱们还要想一想，"妻子说，"不过，现在可该上床休息了。"说完，他们就回到卧室休息了。

第二天早晨，天刚蒙蒙亮，妻子就醒了，她坐在床上看见窗外的土地，富饶而美丽。于是她用胳膊肘捅了捅丈夫的腰，然后说，"喂，起床吧，快看看这窗外啊！咱们难道不可以当一当这个国家的国王吗？快去找比目鱼，说咱们要当国王。"

"哎呀，老婆呀！"丈夫说，"咱们干吗要当什么国王呢？我可不想当国王。"

"喂，"妻子说，"你不想当，我可想当。快去找比目鱼，告诉它说我必须当国王。"

"唉，老婆，"丈夫嚷嚷着说，"你干吗要当什么国王呢？我跟它说不出口的呀。"

"为什么说不出口呢？"妻子反驳说，"你给我快点儿去，我非当国王不可。"

渔夫只得走了出去。一想到老婆非要当国王，心里就感到特别担忧。"这不对呀，这怎么想都不对呀。"尽管十分不情愿，可他还是去了。

他来到海边时，海水一片灰黑，波涛汹涌，从海底翻涌上来的海水散发着恶臭。他站在海边说："小王子啊小王子，你变成鱼儿住在海里。我的老婆很烦人，硬要我提愿望我不想提。"

"她想要什么呀？"比目鱼问。

"唉，"渔夫回答说，"她要当国王。"

"回去吧，"比目鱼说，"她的愿望已经实现了。"

渔夫于是回家去了。来到宫前时，他发现宫殿大了许多，增加了一座高塔，塔身上有漂亮的雕饰。一排警卫守卫在宫殿门口，附近还有许多士兵和乐手。他走进宫殿一看，里面所有东西都是金子和大理石做成的；桌椅上铺着天鹅绒，垂挂着硕大的金流苏。一道道的门忽地打开，整座王宫处处体现着富丽堂皇。只见他的老婆坐在镶嵌着无数钻石的高大金宝座上，头戴一顶宽大的金冠，手握一根用纯金和宝石做成的王杖。在宝座的两旁，六名宫女按身高依次排开。渔夫走上前去对她说："喂，老婆，你现在真的当上了国王吗？"

"是的，"妻子回答说，"咱现在就是国王啦。"他站在那里打量了一阵，过了一会儿说："唉，老婆，如今你当了国王，就再也没有想要的了吧？"

"老公，那可不行，"妻子有些不耐烦地回答说，"我已经感到无聊了，再也受不了了！快去找比目鱼，告诉它我现在当了国王，还要当皇帝。"

"哎呀，老婆，"丈夫说，"你干吗要当皇帝呢？"

"老公，"妻子说，"快去找比目鱼。说我必须当皇帝。"

"唉，老婆，"丈夫回答说，"比目鱼没法让你当皇帝。我也不想对它提出这个愿望。整个帝国就一个皇帝呀，比目鱼哪能随便让谁当皇帝呢？"

"什么！"妻子大声喝道，"我是国王，你不过是我的丈夫而已。你还不马上去？快去！它既然可以让我当上国王，它也能让我当皇帝。我非当上皇帝不可，马上给我去！"

渔夫只好去了。他走在路上时，心里非常害怕，边走边想："这不会有好下场的。要当皇帝！真是厚颜无耻。比目鱼肯定会生气的。"

渔夫来到了海边。只见海水一片墨黑，混浊不清，不仅汹涌翻腾，泡沫飞溅，而且旋风阵阵，海浪铺天盖地地卷过来。这一切令渔夫感到心惊胆战。他站在海岸上说：

"小王子啊小王子，你变成鱼儿住在海里。我的老婆很烦人，硬要我提愿望我不想提。"

"她想要什么呀？"比目鱼问。

"唉，"渔夫回答说，"她想当皇帝。"

"回去吧，"比目鱼说，"她已当上了皇帝。"

于是，渔夫往回走，到家一看，发现整座宫殿都由研磨抛光的大理石砌成，石膏浮雕和纯金装饰四处可见。宫殿门前，士兵们正在列队行进，号角声、锣鼓声，震耳欲聋。在宫殿里，伯爵、公爵走来走去，个个一副奴才相。纯金铸造的房门为他一道道打开，他走进去一看，妻子正坐在宝座上，宝座用一整块金子锻造而成，有足足一千六百米高。她头戴一顶宽大的金冠，高约两米半，上面镶嵌着无数珠宝；她一只手里握着皇杖，另一只手托着金球。在她的两侧，站着两列侍从，依旧按身高排列，最高的看上去像个巨人，最矮的是个小侏儒，只有小拇指这么一丁点大，在她的面前站着许许多多的侯爵、公爵。

渔夫从人群中挤了过去，站到最前面，说道："老婆，你这回真的当皇帝啦？"

"是的，"她回答说，"我真的当皇帝了。"

渔夫往前移动了几步，想好好看看她。看了一会儿，他说："嘿，老婆，你当上了皇帝，真不错！"

"喂！"她对渔夫说，"你还愣着干吗？我现在当上了皇帝，可是我还想当教皇。快去找比目鱼告诉它。"

"哎呀，老婆，"渔夫说，"你怎么什么都想当啊？你当不了教皇。在整个基督教世界里教皇只有一个呀，比目鱼无法让你当教皇。"

"你闭嘴！"她说，"我要当教皇。快去吧！"

"不行呀，老婆，"渔夫回答说，"我可不想再去告诉比目鱼这个，那太过分啦。比目鱼无法让你当教皇的呀。"

"好啦，别再胡说八道啦！"她说，"它既然能让我当上皇帝，它当然也就能够让我当教皇了。我是皇帝，你只不过是我的丈夫而已，你马上就去！"

渔夫胆战心惊，只得去了。他走在路上，感到浑身无力，两腿哆嗦，颤抖不止。海岸边的山上狂风呼啸，乌云滚滚，一片昏黑。树叶沙沙作响，海水像开锅了似的汹涌澎湃，不断拍打着海岸。他远远地看见有些船只在狂涛中颠簸，燃放着求救的信号。天空只露出中间一点儿蓝色，周围一片火红，好像一场暴风雨即将来临。渔夫战战兢兢地走到岸边，说道："小王子啊小王子，你变成鱼儿住在海里。我的老婆很烦人，硬要我提愿望我不想提。"

"她想要什么呀？"比目鱼问。

"唉！"渔夫回答说，"她要当教皇。"

"回去吧，她已当上了教皇。"比目鱼说。

于是，渔夫往回走，到家时一看，皇宫已经转眼变成了一座大教堂矗立在那里，周围全是宫殿。人们正潮水般拥挤着往里走。大教堂被上千只蜡烛照得通明雪亮，他老婆浑身上下穿戴着金子，坐在更高更大的宝座上，头上戴着三重大金冠，周围簇拥着众多达官显贵，她的两侧竖立着两排大蜡烛，最大一根大得就像一座高大的宝塔，而最小的一根则跟普通老百姓厨房里用的差不多。天下所有的皇帝和国王都跪在她的面前，争先恐后地吻着她的鞋子。

"老婆，"渔夫看着她说，"你现在真的是教皇了吧？"

"是的，"她回答说，"我是教皇。"

说着他走上前去，好好打量了一番，感觉她像耀眼的太阳一般，光辉灿烂。看了好长时间终于说："老婆，你当了教皇，这可真是太了不起啦！"可是他老婆却坐在那里像棵树一样，一动不动。接着他又说："老婆，你已经当上了教皇，这回可该满足了，不可能还有比这更高的什么愿望啦。"

"这个嘛，我还得想一想。"妻子回答说。说完，他们就上床休息了。可是，她还是感到不满足，她的野心在不断地膨胀，使她久久不能入睡，她左思右想，看看自己还能成为什么。

丈夫因为白天跑了那么多的路，睡得又香又沉，可妻子呢，在床上辗转反侧，不停地考虑着自己还能成为什么，却怎么也想不出来了，所以整整一夜没能睡着。这时，太阳浮出了地平面，她看见了黎明的曙光，一下子从床上坐起身来，望着窗外，她看见一轮红日冉冉升起，忽然产生了一个念头："哈哈！我难道不可以对太阳和月亮发号施令吗？""喂，老公老公，"她用胳膊肘捅了捅丈夫的腰，说道，"快起来，去找比目鱼去，告诉它我要控制太阳和月亮。"

丈夫睡得迷迷糊糊的，一听她这话，吓得从床上滚了下来。他以为是自己听错了，揉了揉眼睛，大声地问："老婆，你说什么来着？"

"老公啊，"她说，"要是我不能命令太阳和月亮升起和落下，我就没法活了。我要按自己的意愿要它们升起落下，不然我就难以安宁。"

她恶狠狠地瞪着丈夫，吓得他不寒而栗。

"快去！"她喊叫起来，"我要成为太阳和月亮的主人。""哎呀，我的老婆呀！"渔夫跪在她面前说，"比目鱼办不到这个呀，它只能让你成为皇帝和教皇。我求你收收心吧，就当教皇算啦。"

一听这话，她勃然大怒，朝着丈夫狠狠地踢了一脚，冲他吼道："我等不及了！你给我快去！"

渔夫赶紧穿上衣服，发疯似的跑了出去。

外边已是狂风呼啸，刮得他脚都站不住了。房屋树木都被掀翻了，连山都在震颤着身子，一块块的岩石滚落在大海中。天空雷鸣电闪，一片漆黑，大海掀起滚滚的黑色巨浪，足有山峰一样高。

渔夫声嘶力竭地喊道："小王子啊小王子，你变成鱼儿住在海里。我的老婆很烦人，硬要我提愿望我不想提。"

"那么，她到底想要什么呀？"比目鱼问。

"唉，"渔夫回答说，"她想要当太阳和月亮的主人。"

"回去吧，"比目鱼说，"她又重新住进了那个破渔舍。"

就这样，他们一直在破渔舍里生活到了今天。

所以说呢，过度的欲望将使我们一无所获。

作品评析

格林兄弟的《渔夫和他的妻子》是发生在海边的故事，故事的最后一句"过度的欲望将使我们一无所获"批评人们依赖大海生活，对大海却无感恩之心，也警示人们要自我节制。比目鱼，我们可以将其看作海洋之神，是海洋与大自然的象征，渔夫和他的妻子则是贪婪无度、毫不感恩、肆意破坏自然的人类。随着渔夫妻子愿望的升级，海水的形态、渔夫妻子欲望的膨胀速度、夫妻两人的关系，相应地加速恶化。也就是随着人类对海洋的索取与消耗越来越多，海洋变得越来越晦暗、混乱而恼怒。当海洋被破坏、被凌辱达到极限之时，也是人类丧失一切之时。海洋变化的节奏、寓言的叙述节奏逐步加强，当矛盾和节奏达到顶点，故事也戛然而止，却让读者回味悠长，对广博深厚的海洋油然而生敬畏之感。

《渔夫和他的妻子》被俄罗斯诗人普希金借鉴写成了童话叙事诗《渔夫和金鱼的故事》。两者的故事情节都很简单，叙事结构存在场景的重复，人物形象设定较为单一，符合儿童的接受习惯，成年读者很容易在故事和人物中悟出关于人生、生活等哲理，论者也多从故事的寓意阐述。有人认为"老太婆、渔夫和金鱼三者之间的关系是主人、奴才和工具的关系。我们既不能像老太婆那样无休无止地放纵自己的欲望，也不能像渔夫那样进入到一种无欲的精神境界；为满足欲望，我们既不能放弃先进工具的使用，也不能依赖先进工具的使用。因此，我们总是被迫置身在生活的夹缝里，尴尬成了我们人类基本的生存状态"①。

海盗

（英）乔治·戈登·拜伦

作者及作品简介

乔治·戈登·拜伦（George Gordon Byron，1788—1824），英国伟大的浪漫主义诗人。拜伦出生于伦敦的没落贵族家庭，天生跛足，性情敏感。十岁时承袭家族的世袭爵位及产业，成为拜伦第六世勋爵，于是进入名校哈罗公学就读。1805—1808 年就读于剑桥大学，上课很少，阅读很多，深受启蒙思想影响。1809 年作为世袭贵族进入贵族院。因受英国贵族排挤，自 1816 年起旅居国外，在瑞士日内瓦结识流亡诗人雪莱，写成故事诗《锡隆的囚徒》等。1821 年移居意大利，1823 年率领远征军奔赴希腊，支援反抗土耳其的希腊民族解放运动，同年完成长诗《青铜世纪》和《唐璜》。1824 年因病逝世，希腊人民为他举行了国葬。拜伦的诗歌里塑造了一种"拜伦式英雄"，他们傲视独立，狂放不羁，为理想战斗。

《海盗》讲述了海盗康纳德的故事，他带领一群希腊海盗占据了一个海中孤岛，率领部下从海路袭击土耳其异族统治者。他的未婚妻米多娜深深地爱着他，总为他提心吊胆，希望他不再出海，至少在他出发前能给他准备一顿温馨的餐饭。但康纳德毅然辞别了。海盗们迅速取得了战争的主动权，在行将胜利之时，却没有追击慌乱逃走的总督王爷和他的部属，而是去拯救战火中有生命危险的妇女，康纳德救出了王妃葛娜拉。敌人回过神来，猛烈反扑，打击了海盗，擒获了康纳德。葛娜拉在总督王爷那里没有自己想要的自由，决心拯救并跟随康纳德。康纳德坦诚自己心有所属，甘心赴死。葛娜拉和王爷再三周旋，王爷执意要折磨康纳德致死。葛娜拉刺杀了王爷，与康纳德一起乘小船逃跑。康纳德在海上重遇自己的部下，一起乘大船回到海盗的孤岛后立刻去寻找自己深爱的米多娜，但米多娜误以为康纳德遭遇不幸，已经香消玉殒。康纳德悲痛不已，第二天也消失在了宽广无垠的大海上。

---

① 周甲辰：《尴尬：人类基本的生存状态——〈渔夫和金鱼的故事〉之哲学解读·摘要》，《湛江师范学院学报》2000 年第 4 期，第 21 页。

选 文

海 盗（节选）

第三章

第三节①

日已西沉——米多娜的忧心比夜色昏暗，
随着夕阳余晖坠落灯塔上端。
第三天已来而复往，
仍不见他归返——也无片函——好狠的心肠！
海风虽弱，却是顺风！也无惊涛骇浪。
昨晚安瑟摩乘船返回，
带来的唯一消息是他和康纳德不曾相会！
米多娜这时虽然极度烦恼忧伤，
假设康纳德等候了这艘孤舟，故事就会大不一样。
晚风又一度吹来——她在凝眺海面中度过整天，
无非希望一根船桅清楚出现；
他忧郁地坐在高处远望——
内心的焦急终于使她移步到海岸旁。
他彳亍徘徊，不顾浪花时时溅湿衣袍，
警告她还是离开海滩为妙；
她视而不见，感觉漠然——只怕离开海边，
她也不觉寒冷——寒冷只在心间；
惟当她从迷惘中清醒，寒冷才会消敛——
那就是康纳德本人活生生突然出现！

一艘不幸的破船终于抵岸，
船上的人最先瞥见他们急于寻找的人；
他们有些人流着血——情形都很凄惨，

---

① 参见（英）拜伦著，李锦秀译：《东方故事诗（上集）》，长沙：湖南人民出版社 1988 年版，第 140 - 142 页。

回来的人寥寥可数——只知道自己莫名其妙脱险。
他们黯然伤神，静无一言，
好似期待伙伴悲哀地猜测康纳德的命运；
他们欲言又止，
好似耽心说出的话使米多娜深信不疑。
她立即意识到孤单的命运已经降临，
却还能不使自己沉陷、颤栗于悲苦逆境；
她那柔弱的玉体包藏着崇高的情操，
这情操未发现自己的力量时，不以为自己崇高。
当"希望"尚存，崇高的情操会化成柔情，心绪不宁，哭泣伤感，
当一切落空——"柔情"却未死去——只是入眠；
一旦"柔情"入眠，"力量"就现身说法：
"失去所爱的一切，就什么都不可怕。"
谁也忍受不了当前这种情况——
高烧凝聚成似火焰强烈的神志错乱。

"你们都站着一言不发——我不想听你们的陈述——
别说话——也别呼吸——我已经知道得清清楚楚——
可是我还要问——我几乎说不出话来——
快点回答我——他现在究竟在哪里。"

"夫人！我们不知道——我们当时几乎命都逃不了；
不过这里有一个人否认他已经死了：
他看见康纳德被绑、流血——可是还活着。"

她听完这句话，强打精神也听不见其他，
她根根血管、种种思虑都震荡得使她坚持不下；
她绝望的心灵马上就相信这些话：
她步履蹒跚，失足倒地，知觉完全失掉，
如果海浪要以另一种方式葬送她，把她突然卷跑，她也不会知晓；
幸赖那些人手，他们手虽粗糙，泪却双流，
满怀同情地把她急救；
潮湿的海风掠过她死灰般的容颜，
人们扶起她，搧扇，支撑——直到她死里回生；

又唤醒侍女们，把她交给年长的妇女看护，
凝望着她柔弱无力的身体他们内心悲苦；
随后又找安瑟摩居住的岩洞，
报告乏味烦人的消息——胜利短得可怜。

第七节①

第一天过去了——他没见葛娜拉——
第二、第三天——她还是没来见他；
若非她做了保证，又对王爷轻颦浅笑，
康纳德再也看不见太阳又高照。
第四天往前流转，
随夜晚来临，暴风雨与黑暗紧密交缠。
啊！他怎样凝神倾听大海的奔腾，
浪声从未如此使他从梦中惊醒；
他深恋的大海的吼声使他奋起，
他的野性希望他更悍野不羁！
他以往常在带翅的波浪上驶船驰骋，
由于速度异常他深爱海浪暴烈翻腾；
如今拍岸的波涛回响耳际，
多熟悉的声音——哎！近也无益！
天上风声喧喧，
他受囚的塔楼上空雷声加倍震响；
铁栅栏前电光闪闪不绝，
他眼里觉得比半夜星光亲切：
拖曳着锁链走近朦亮的窗棂前，
他希望自己遭受雷击的危险。
他对天高举套着镣铐的手臂，
祈求来一个可怜他的闪电，把他那天赐的身躯消毁：
他身上的钢铁、渎神的祈祷都同带吸力，
雷电虽隆隆不断，却不屑朝他劈击；

① 参见（英）拜伦著，李锦秀译：《东方故事诗（上集）》，长沙：湖南人民出版社1988年版，第148-149页。

雷声越来越弱——他感到孤零，

似乎某个不忠实的朋友不理睬他的呻吟！

第十八节①

薄暮时分他们抵达了自己的孤岛，

块块岩石也似乎都向他们微笑；

海港欢乐地不断低声吟唱，

个个灯塔把他们习惯停泊的地点周围照亮；

几艘小艇在蜿蜒的海湾内奔驰前进，

嬉戏的海豚出没浪花里弯腰曲身；

甚至是海鸟粗哑的尖鸣，聒耳的叫声，

也好似以鸣不成调的嘴喙表示欢迎！

仰视透出每个窗棂的灯光点点，

他们在想象里描绘朋友们在刨修船梁。

啊！还有什么能使回家的欢乐变为如此神圣，

当你在惊涛骇浪中眼里欣喜地看见了希望？

第二十四节②

已经是早晨——罕见谁敢在他寂寞的时刻把他打扰；

虽然此时安瑟摩正在他住的塔楼把他寻找。

他不在那儿，沿着海滨找他也找不见；

安瑟摩心里惊惶，夜色降临之前把他们的岛屿全都找遍。

又是另一个早晨——又有人吩咐他们去寻找，

他们呼唤他的名字，直到那回声变得又弱又小；

山顶——岩洞——地窟——溪谷都徒然找遍，

他们在海滨发现船艇的一条断链：

希望复苏——他们在海上追踪远远。

---

① 参见（英）拜伦著，李锦秀译：《东方故事诗（上集）》，长沙：湖南人民出版社 1988 年版，第 162 页。

② 参见（英）拜伦著，李锦秀译：《东方故事诗（上集）》，长沙：湖南人民出版社 1988 年版，第 168 页。

一切都徒劳——新月不断运转把旧月替代，

康纳德还是不回来，从那一天起就一直不回来：

没有任何踪迹，也没有任何讯息把他的命运宣告；

他在哪儿哀伤生存，或在哪儿绝望死掉！

他的队伍——此外再不会有谁——为他久久哀悼，

为他的新娘树立的纪念碑也很美好；

不曾为他立下有志铭的墓石——

只因他的死还是悬疑，他的作为又遐迩皆知；

他留下海盗的名字直到永远，

一个德行和一千个罪行与这名字紧密相联。

作品评析

1813—1816 年间，拜伦创作了主要以近东故事为题材的六部中篇叙事诗，人们将其合称为《东方故事诗》（*Oriental Tales*）。《海盗》是其中一篇，于 1814 年出版，共 3 章 57 节 1 864 诗行。

《海盗》中的故事发生在加勒比海，主人公是海盗首领康纳德。他传奇、神秘、有魄力，是一个浪漫主义色彩浓厚的英雄，但他"只能是一个君临群众之上、性格孤傲的个人英雄主义的反抗者而已。康纳德也是所谓'拜伦式英雄'的一个典型"①。相比而言，两位女性人物更为纯粹，米多娜为爱献身，而葛娜拉既美貌多情、温柔善良，又勇敢、机智、有决断，为了自由甘愿放弃一切。由此看来，《海盗》的主题是歌颂坚贞的爱情、精神的自由，批判黑暗的异族压迫、冷酷的阶级社会。

《海盗》还具有高超的艺术水平。"在技巧和风格上，《海盗》也是拜伦杰出诗才的综合表现。这里既有叙事，又有抒情；既有描写，又有讽刺；既有口语体的对话，又有深刻细腻的心理描写和深奥抽象的哲理发挥。如果《海盗》是散文体，这种技巧和风格倒不足为奇，问题在于《海盗》是诗，而诗人必须受诗歌韵律的制约，却又那么应付裕如，一气呵成。"② 《海盗》极具浪漫主义特色，对后世影响颇深，包括鲁迅的小说创作，如《孤独者》和《铸剑》，但这种"影响就不止于复仇和个性精神了，而且还表现在艺术风

---

① （英）拜伦著，李锦秀译：《东方故事诗（上集）》，长沙：湖南人民出版社 1988 年版，第 170 页。

② （英）拜伦著，李锦秀译：《东方故事诗（上集）》，长沙：湖南人民出版社 1988 年版，第 172 页。

格上：故事情节的戏剧性和传奇色彩，令人恐惧的强力色彩，以及带有某种非现实性的神秘色彩"①。

选文取自第三章，大致呈现了康纳德和米多娜的爱情悲剧。相爱的两人彼此忠贞，不过海盗在爱情之外还有对海洋和世界的征服欲；当爱人不在，他们都选择了为爱情抛弃生命。

选文还描绘了浩瀚的海洋，以及海盗对海洋的热爱。康纳德"深爱海浪暴烈翻腾"，正是出于对海洋的迷恋。感受到海浪海风的召唤，康纳德才愿意接受葛娜拉的帮助，逃出牢狱返回孤岛。在没有生命危险的时候，海岩、灯塔、海豚、海鸟、灯光……海洋和孤岛都是那么美好。但在米多娜的心中，海洋是爱情最大的障碍，她日日在海边焦灼等待，大海意味着离别的愁怨和爱而不得的恐惧，唯有死亡才是永久的宁静。

致大海

（俄）亚历山大·谢尔盖耶维奇·普希金

作者及作品简介

亚历山大·谢尔盖耶维奇·普希金（Alexander Sergeyevich Pushkin，1799—1837），俄国著名文学家、诗人、小说家，被誉为"俄罗斯文学之父""俄罗斯诗歌的太阳"。普希金出生于莫斯科的贵族家庭，家中藏书丰富，往来文学名流，文学氛围浓厚。普希金8岁时已可以用法语写诗，16岁发表第一首诗《致诗友》，成为崭露头角的少年诗人。18岁中学毕业，到彼得堡外交部供职，参与了与十二月党人秘密组织有联系的文学团体"绿灯社"，创作了许多反对农奴制、讴歌自由的诗歌，如《自由颂》《致恰达耶夫》《乡村》。1820年，普希金创作童话叙事长诗《鲁斯兰与柳德米拉》，诗中运用了生动的民间语言，从内容到形式向贵族传统文学提出挑战，引起了沙皇政府的不安，他被外派到俄国南部任职。变相的流放使普希金更坚定了追求自由的思想，他写下了多篇浪漫主义叙事长诗和抒情诗，如《太阳沉没了》等。1830年秋，普希金完成了创作八年的诗体小说《叶甫盖尼·奥涅金》，写了《别尔金小说集》、4部诗体小说和近30首抒情诗。1836年，普希金创办了文学杂

---

① 高旭东：《拜伦的〈海盗〉与鲁迅的〈孤独者〉〈铸剑〉》，《湖北大学学报（哲学社会科学版）》1985年第6期，第95页。

志《现代人》，培养了大批优秀作家。1837 年 2 月 10 日，他在与法国籍宪兵队长丹特斯的决斗中受重伤而亡。其他代表作有叙事长诗《青铜骑士》、小说《黑桃皇后》《杜布洛夫斯基》和《上尉的女儿》。

1824—1825 年，普希金被沙皇当局送回了普斯科夫省父母的领地米哈依洛夫斯克村，实质是变相囚禁。这两年里，普希金常与大海为伴，在写作中将大海比作自由的象征，《致大海》就写于此时。普希金以海洋为写作对象的著名诗作还有《我嫉妒你，大海的勇敢子弟》《陆地和海洋》《渔夫和金鱼的故事》《阿那克里翁之墓》《白昼的巨星已经黯淡》《孤帆》《为了遥远的祖国的海岸》等。

选 文

致大海①

别了，自由的元素！
这是最后一次在我面前
你翻滚蓝色的波涛，
和闪耀骄傲美丽的容颜。

好像朋友忧郁的絮语，
好像告别时刻的叮咛，
你沉郁的喧响，你呼唤的喧响，
在我，已是最后一次地倾听。

你是我灵魂期望的归宿呀！
多少次啊，平静而茫然的我
踯躅在你的岸边，
为那珍贵的私愿而愁绪万端。

我多么爱你的回音，
你悠远的声调，空谷的哀鸣，

---

① 参见（俄）普希金著，刘湛秋译：《普希金抒情诗选》，长沙：湖南人民出版社 1984 年版，第 25–28 页。

还有你反复无常的咆哮，
和那黄昏时的宁静！

渔夫们柔顺的风帆，
受到你奇妙的保护，
勇敢地在峰峦间滑行，
但当你狂暴地汹涌时，
成群的船只又会轻易地丧生。

我永远无法留住。
那寂寞而又不能行动的海岸，
也没有用狂喜来祝贺你，
也没有在你的浪尖上
投出我的诗的敬礼！

你等待过，你呼唤过……而我
却被捆住，我的心徒然地挣扎：
那强力的热情迷住了我，
我又留在了你的岸边……

有什么可怜惜的？此刻我去哪儿
寻觅那无牵无挂的路程？
在你的寥阔中只有一件东西
或许能击中我的灵魂。

那是一个峭岩，光荣的坟墓……
那里一个伟人的一生
沉没在冰冷的梦里，
那里陨落了拿破仑。

他在苦难中安息了。
跟在他脚后的，像一阵骤雨狂风，

又一个天才①飞离了我们，
又一个我们灵魂的统治者消失了影踪。

就这样走了，为自由所哭泣的诗人！
他只给世间留下了自己的桂冠。
喧嚣吧，让坏天气搅动起你的恶浪吧，
啊，大海，他曾是你的歌者呀！

你的形象集中在他的身上，
你的精魂铸造了他的性格，
他像你一样：强大，深邃，沉郁，
他像你一样：任何力量不能使他驯服。

世界空虚了……啊，海洋，
你此刻要把我带向何方？
人们的命运到处都一样：
无论是开明人士，还是暴君，
都会牢牢守住利益死死不放。

啊，别了，大海，我不会忘记
你那辉煌无比的美丽，
我会久久地久久地谛听
你在黄昏时发出的低鸣。

我的心里充满了你，
我将把你的峭岩，你的港湾，
还有闪光、阴影和波浪的絮语，
都带到森林，带到那沉默的荒原。

作品评析

《致大海》是一首政治抒情诗，全诗包括"海之恋""海之思""海之念"

---

① 指拜伦。他因参加希腊革命，于 1824 年 4 月病死在希腊西部迈索隆吉翁。——原书译者注。

三个部分。第一部分是 1~7 节，写诗人要告别大海却又无法成行，他热爱大海的力量和自由，也困惑于大海给人带来的伤害。情感在自身所受束缚和大海的变幻不定中往复，诗人感到内心无尽的悲伤痛苦。第二部分是 8~13 节，诗人情思驰骋，深情缅怀历史英雄拿破仑和伟大诗人拜伦，大海曾经见证了两位伟人的功绩。诗人敬慕英雄创下举世伟业，联想自己尚青春而壮志难酬，不由深感前途渺茫。这两个部分先写诗人面前具形的大海：骄傲美丽、喧响，再写英雄生活过的大海：拿破仑在苦难中安息，拜伦曾为自由哭泣。由海及人，由人及己，诗人提出了一个困扰自己的问题——"此刻我去哪儿"。"人们的命运到处都一样"，"都会牢牢守住利益死死不放"。第三部分是 14~15 节，诗人决意告别大海，但永远铭记大海。

普希金从形态到意蕴赞美大海，大海有湛蓝的颜色，有多变的声态：悠远的声调、空谷的哀鸣、反复无常的咆哮，有峭岩和港湾，"还有闪光、阴影和波浪的絮语"。大海是骄傲美丽的，大海还蕴含着深沉的力量，是自由精神的象征。《致大海》"将大海人格化、象征化，通过'我'对大海（你）的直抒胸臆，来表达对人生命运的深沉慨叹，开启内心深处的迷惘苦闷，赞美自然伟力的奔放不羁，揭橥诗人对自由的热烈向往"①。大海是不可驯服的，是诗人的偶像和自我比拟。诗人向大海倾诉，讴歌大海，表达了诗人反抗暴政和独裁、不满社会现实、追求光明和自由的思想情感。诗歌第一句"别了，自由的元素"蕴含了作者深情的告白、凝重的情感。

领航人

（美）詹姆斯·费尼莫尔·库柏

作者及作品简介

詹姆斯·费尼莫尔·库柏（James Fenimore Cooper，库柏一译为库珀，1789—1851）是 19 世纪美国浪漫主义文学代表作家之一，被评论家称为"美国小说的鼻祖"，与同时代的另一位作家华盛顿·欧文（Washington Irving，1783—1859）并列为美国民族文学的先驱和奠基人。

库柏是一位多产作家，一生写下五十多部作品，包括三十多部小说。其

---

① 周朔：《路漫漫其修远兮，吾将上下而求索——读普希金〈致大海〉》，《名作欣赏》2005 年第 5 期，第 69 页。

小说代表作有《皮袜子故事集》（一译为《皮裹腿故事集》和《皮袜子的故事》）和海洋小说三部曲。前者为西部边疆传奇系列小说，由《开拓者》《最后一个莫希干人》《草原》《探路者》和《打鹿将》组成，其中《最后一个莫希干人》最获读者好评。后者包括《领航人》《红海盗》和《水妖》，它们是库柏十多部涉海题材小说中的代表作。《领航人》（*The Pilot*，一译为《舵手》）是海洋小说三部曲中的第一部，也是库柏的第一部海洋小说，被称为"美国文学史上第一部海上冒险小说"[1]。有学者认为，库柏"不仅是整个美国文学与文化事业的先驱，也是海洋小说、历史题材小说和边疆小说的开拓者"[2]。

《领航人》以美国独立战争为背景，讲述以领航人格雷为代表的美国海军同英国舰队斗智斗勇、最终顺利完成革命任务的故事，刻画了为国家独立而英勇奋战的航海英雄形象。

下面的选文取自饶建华所译《领航人》（长江文艺出版社 2007 年版）第一章，描写美国海军军官格里菲斯和巴恩斯泰伯遵照上级指令，率领舰队到英格兰东北海岸迎接一位神秘的领航人（即小说的同题主人公）。

选 文

领航人（节选）

第一章[3]

黑色的怒涛，翻腾不息，
猛烈地冲击着船舷。

——《歌》

读者只要对地图瞥上一眼，就可以看清大不列颠岛的东海岸与它对面的欧洲大陆海岸的位置关系。以这两边的海岸为界的这个小小的海域[4]，千百年来世人皆知是海上建功立业的场所，又是北欧诸国的商船队和舰队来往的重

① 参见（美）詹姆斯·费尼莫尔·库柏著，饶建华译：《领航人·名家导读》，武汉：长江文艺出版社 2007 年版，第 2 页。
② 段波：《库柏的海洋文学作品与国家建构》，《外国文学评论》2011 年第 1 期，第 90－98 页。
③ 参见（美）詹姆斯·费尼莫尔·库柏著，饶建华译：《领航人》，武汉：长江文艺出版社 2007 年版，第 1－8 页。
④ 即英吉利海峡一带海域。

要通道。英国人长期以来声称对这片海域有管辖权。本来，任何雄踞交通要道的国家都会这样做，只要不太过分，列国也会予以承认。然而英国对这一海域的管制超出了常理所能容许的限度，因此常常引起武装冲突，这样，所牺牲的生命和耗费的资财，与维护这一抽象无益的权利所得到的好处，是完全不相称的。

今天我们想带读者到这块所属权有争议的地方去走一趟，至于事件发生的时间，我们选在一个美国人会特别感兴趣的时期，因为那不仅是他们国家①诞生的日子，而且还是一个开始用理智和常识，而不是依据旧俗和封建法规来处理国际事务的时代。

革命时期②发生的一些重大事件把法兰西王国、西班牙王国和荷兰共和国也卷进我们的纠纷里来了。③ 这以后不久，一群劳工在英格兰东北海岸常年受海风吹袭的旷野里聚集起来，那是十二月里一个阴霾满天的日子，这些人为了干活轻快些，就信口发表一些他们对当时政治形势的浅薄看法。他们早已知道英国正在和大西洋彼岸的一些属地作战，本来是道听途说，影影绰绰，不甚了然，加之地隔遥远，他们并不感兴趣，但是英国过去就常与之抗衡的那些近处国家，这时也卷入了这场冲突，与它兵戎相见，战争的喧嚣甚至已经惊扰了这些与世隔绝的乡野粗汉的宁静生活。当时主要是两个人在那里交谈：一个是卖牲口的苏格兰人，他在等地里的农夫收工，另一个是爱尔兰的劳工，他渡过海峡，长途跋涉，到这个偏远地方来找活干。

"要不是那些法国佬跟西班牙人也跟着凑热闹来自找苦吃，殖民地那帮爱无事生非的家伙根本不是老英格兰的对手，且不提还有咱们爱尔兰呢，"后者用一口不纯正的英语说着，"一个人如果害怕糊里糊涂地被拉去当兵，得时刻节制自己的酒量，就像牧师做弥撒那样，我敢说我可没有什么好感谢他们的！"

"呸，去你的吧！在爱尔兰你就是用盛满威士忌的酒桶当鼓来敲，也招募不到几个兵的，"卖牲口的用浓重的苏格兰土音向旁边的听众眨眨眼说，"可在我们北方呀，一个个家族的人会自动集合起来，伴着风笛吹奏的乐曲从容

---

① 库柏用"他们国家"一语，来表明自己是站在中立和客观的立场来叙事的。

② 指美国独立战争时期（1775—1783）。——原书译者注。

③ 独立战争期间，北美殖民地人民派特使富兰克林赴欧进行外交活动。当时英国依仗自己的海军优势在海上横行霸道，拦阻、搜查、炮击中立国的商船，引起列国的强烈不满。富兰克林利用了这一矛盾，争取到法国、西班牙、荷兰等国对殖民地人民革命斗争的声援，三国海军相继对英作战，使英国陷入四面楚歌的境地。——原书译者注。

不迫地出征，就像安息日①早晨上教堂去做祷告似的。我见过一个苏格兰高地联队的名单，那张小纸片只有一个小姐的巴掌那么大，联队虽有六百人之多，但全都是卡梅伦和麦克唐纳②两个家族的。嗨，你们瞧！那个小家伙怎么那样喜欢沾着陆地呀，这对一个在海上过日子的东西来说，未免太过分了吧。倘若海底也有丁点儿像海浪这样高低起伏，那就大有触礁沉没的危险啦！"

眼睛尖的牲口贩子突然把话题这么一转，大家的眼珠子就都跟着去望他鞭子所指的那件东西，使大伙感到万分惊讶的是，一条小船正慢慢地绕到小岬那边去——这个小海湾一边是那个小岬，另一边就是庄稼汉在干活的这片田野。这个不寻常的来客在那样一个偏远的地方出现，本来就使人感到诧异，再加上它的外表有些地方很不平常，就更令人愕然了。因为那一带的海岸附近礁石林立，沙洲浅滩星罗棋布，平时没有大船到这里来，只偶尔有人驾一叶轻舟在沙洲礁石间穿行，间或还有不顾死活的走私船，才冒险驶到离岸这样近的地方来。这一回，那些不顾一切拼死到这危险海域来的水手，乘坐的是一艘低矮的黑色的纵帆船，船身看来跟船上倾斜的桅杆完全不成比例，桅杆上支撑着一套较轻的帆桁，越往上越细，看上去它们的上部跟那面懒洋洋低垂着的细长三角旗一般大小。那时海上风小，这面旗无法迎风招展开来。

在那个高纬度的北方地区，白天较短，这时已经接近傍晚的时候。落日把它那即将逝去的余晖斜斜地投射在水面上，黑沉沉的波涛上这里那里现出了一道道惨白的光带，日耳曼海上的暴风雨已暂时停息下来了。拍岸的惊涛虽然仍在翻腾不息，使暮色显得更苍茫，景物显得更幽暗，但直接从陆地上刮来的微风却早能吹起阵阵的涟漪，弄皱欲眠的波浪。虽然目前形势平静，但若从海面上的情况来看，仍隐伏着危机：大海像即将爆发的火山一样，正发出空洞而深沉的低响。这使正在观看突然闯进他们平静的小海湾里来的怪船的那些庄稼汉心中深感惊恐。船只升起它那张沉重的主帆和一张伸出船头很远的三角轻帆，来承受风力，其余的风帆都没有张开，轻盈灵活地在海面上滑行。看到这情景的人都感到不可思议，他们将疑惑的目光从海上收回来，惊愕地你看看我，我看看你，说不出一句话。最后那位卖牲口的语气庄严地低声说道："驾驶这条船的人，胆子真大呀！要是那船也像在伦敦和雷斯湾之间定期来回的双桅帆船，船底是木头做的，那危险可就大啦，谨慎的人是不会去冒这个险的。哎呀！它跑到那块一退潮就露出来的大石头旁边去了。要不是神仙在掌舵，这条路它肯定是走不长的，很快就会沉到海底去啦。"

---

① 犹太人是星期六，基督教是星期日。——原书译者注。
② 卡梅伦和麦克唐纳都是常见的苏格兰人姓氏。——原书译者注。

然而，小纵帆船却仍旧稳稳地按照自己的航向，在礁石和沙洲间穿行，可见船上的指挥者很明白他的危险处境。最后，它深入到了海湾中一个较为安全的地方，这时船上的主帆好像无人操纵似的一叠一叠收拢来，船在从大洋中涌进来的长波阔浪上颠簸了几分钟，随着潮水转动几下，终于抛锚停了下来。

于是庄稼汉对这个来访者的身份和目的，更加信口开河地猜测起来。有人说是来干走私买卖的，有人说是不安好心来寻衅打仗的。还有人甚至胡思乱想，隐晦地暗示说，那条船不是人间凡物，因为这时候即使最没经验的毛头水手，也能看出暴风雨肯定要来了，没人敢冒险把任何世俗制造的船只，开到这样危险的地方来。那个苏格兰人对后一种结论深表同意，并且给他那些同胞的远见卓识大肆添油加醋，加上了不少的迷信成分。正当他带着敬畏的神情小心翼翼地加以阐述时，那个对此问题似乎并无非常明确看法的爱尔兰人，突然大叫起来，打断了他的话：

"哎呀！有两条船呵！是一大一小呢！海妖也像基督徒一样，喜欢结伴同行呵！"

"两条！"卖牲口的应声说，"两条！你们中间有人要倒霉了。这地方的人眼睛是看不出哪儿有危险，哪儿没有危险的。两条船，没有人驾驶，在这样的地方航行，对看到它们的人来说，可不是好兆头。嘿！那可不是个小家伙呢！你看，老兄！它多威武呀，是一条大船呵。"说到这里他住了口，把包袱从地上提起来，先用锐利的目光再扫了一眼引起他怀疑的两条船，然后对听他说话的人点点头，做出料事如神的样子，一边慢慢朝内地走去，一边继续说："要是船上带着乔治国王①的委任状，我也不会感到奇怪。好啦，好啦，我要进城去，跟那些有身份的人聊聊。这两条船样子可疑，那个小家伙要是抓人抢东西，必定十分麻利，大的能把我们全都给装下，而且装完了以后，就好像没装东西进去一样。"

大家一听他的这个警告，觉得很有道理，便马上行动起来，因为那时候正谣传说要强征一些人入伍。庄稼汉们收拾起劳动工具，纷纷回家去。不过还有许多好奇的人，站在远山上继续注视那两条船的动向。其中只有很少几个人，切身利益与这两个神秘的来客不相关，居然大着胆子，走近海湾边那块小小的哨壁，去望个仔细。

使人们心怀戒备，采取行动的那条船，是一艘威武的大舰。它那巨大的

---

① 即英国国王乔治三世（George Ⅲ，1738—1820；1760—1820 在位），在位期间带领英国赢得对拿破仑一世战争的胜利，但输了美国独立战争，失去了美洲殖民地。

舰身、高耸的桅杆和与龙骨成直角的帆桁，在暮色苍茫的海上隐隐出现，好似从海洋深处冒出来的一座远山。船上没有升起多少风帆，虽然它不像那艘纵帆船，试图抄近路接近海岸，而是小心翼翼地避免那样做；但它们行动上还是有一些相似之处，表明它们是为了执行同样的任务而来，人们的推测显然很有道理。那条船是属于巡洋舰一级的战舰，它随着潮水，威风凛凛地漂进了这个小海湾。除了控制自己的行进而做一些动作，其他时候都是随波逐流。直到驶到它的僚舰的停泊处的对面，才吃力地把船头转向逆风方向，调正主桅上那些巨大的帆桁，使各帆所受的风力互相抵消，让舰停住不动。从岸上吹过来的轻风，本来从不曾把它那些沉重的船帆鼓满过，这时开始停息下来；从大海那边涌进来的长波阔浪，也没有风儿来把它们吹皱了。海潮和巨浪正迅速地把巡洋舰朝海湾中的一个小岬推去，在那儿，许多露着黑黝黝脑袋的岩石，向海中远远地延伸出去。舰上的水手这时连忙把铁锚沉入水底，把帆索放松，让船帆像结彩似的悬在帆桁上。当船随着潮水转动时，桅杆的顶端升起了一面大旗。一阵风吹过来，把旗展开了一小会儿，人们看到是一面白底红十字的英国国旗。那个警觉的牲口贩，也一边走，一边停下来在远处眺望。当看到两舰各放下一条小船来时，他便加快了脚步，边走边对那些既感到惊讶又觉得有趣的同伴们说："两条船看倒是挺好看，坐上去可不是滋味呵！"

从巡洋舰放下来的那条平底驳船上，已经载了许多水手，当一位军官和跟着他的一个年轻人①也上了船，驳船就离开了大舰。水手们动作整齐地划着桨，直朝海湾边驶去。当他们在离开纵帆舰不远的地方划过时，一条小捕鲸艇由四个健壮的水手操桨，从纵帆舰边箭一般地飞开，与其说冲开波浪行驶，还不如说是以惊人的速度在波涛上跳跃前进。当两条小船划到一起的时候，水手们听从军官的命令把桨停住，两条船便停在水面上随波漂浮了几分钟。在这段时间里进行了下面这段对话：

"老头子是不是疯了？"捕鲸艇上的那个青年军官②高声说，这时他手下的人已停止了划桨，"他是以为'阿瑞尔号'的船底是铁打的，不会让礁石碰穿，还是以为船上装的都是些淹不死的鳄鱼？"

斜靠在驳船尾座上的那个青年长相很英俊，答话时没精打采的脸上露出了一丝微笑："他深知你为人谨慎、精明，巴恩斯泰伯舰长，所以既不怕你的

---

① 从下文可知，这位"军官"名为格里菲斯，是此次行动的长官；"跟着他的一个年轻人"则为麦瑞。

② 指巴恩斯泰伯，一位舰长。他在此次行动中的地位处于格里菲斯之下。

船出事，也不担心船上的水手淹死。你的船离海底还有多少距离？"

"我不敢去测水深，"巴恩斯泰伯回答说，"我一看到那么多礁石，一个个像海豚钻出水面来吸气，我就没勇气去碰一碰测深绳了。"

"你们不是还漂浮在水面上没沉吗？"青年军官热烈地大声说，表明他心中潜藏着无限的激情。

"在漂浮着！"他的朋友重复他的话，"嘿！小'阿瑞尔'在空中也可以飘起来呢①！"说着在艇中站起来，摘下头上的皮帽子，把遮住他那太阳晒黑了的脸膛的浓黑头发抹到后面去，同时得意扬扬地瞅着他那条纵帆舰，为它的良好性能而自豪。"不过也够险的了，格里菲斯先生。在这样一个黄昏，又是在这样一个地方，就靠一只锚把船停下来，不容易呀。你得到了什么命令？"

"要我把驳船划到近岸的地方去；你要带着麦瑞先生，乘捕鲸艇穿过礁石上海滩。"

"海滩！"巴恩斯泰伯不由得反驳道，"你把一百英尺高的悬岩峭壁叫做海滩？"

"我们不要抠字眼吧，"格里菲斯微笑着说，"但是你必须设法上岸去。我们已经见到了岸上发来的信号，知道那位我们盼望已久的领航人②，已做好了随时动身的准备。"巴恩斯泰伯一边严肃地摇着头，一边喃喃自语："这样的航行可真好笑，先闯进一个布满礁石、浅滩、沙洲、人迹罕至的海湾里来，然后再去迎接我们的领航人。可是我怎样认出他来呢？"

"麦瑞会把口令告诉你的，并且通知你到哪儿去找他。我本想自己也上岸去，但给我的命令不许我那样做。你若遇到困难，马上并排举起三叶桨，我就会把船划过来，助你一臂之力的。举起三叶桨，再放一枪，就可以得到我手下人步枪火力的支援，驳船上若发出同样的信号，就可以引来军舰上的炮火支援。"

"谢谢你，谢谢你，"巴恩斯泰伯满不在乎地说，"我相信我能够对付得了在这一带海岸上我们可能遇到的任何敌人。老头子肯定是发了疯，我——"

"你会服从他的命令的，他要是在这里的话。现在就请你服从我的命令吧，"格里菲斯说话时口气严厉，但眼睛里流露出来的表情却是友善的，"把船划到岸边去，注意找寻一个个子矮小、穿淡褐色水兵呢子服的人，麦瑞会把口令告诉你的。这个人如果答对了，就马上把他带到驳船上来。"

---

① 阿瑞尔（Ariel）是中世纪传说中的气精。——原书译者注。
② 这部小说的同题主人公和最杰出的航海英雄。从小说后面的章节可知，这位领航人名叫格雷。

两位年轻人亲热地相互点了点头，巴恩斯泰伯等那个叫麦瑞的小伙子从驳船上跨进了捕鲸艇，便一屁股往自己位子上一坐，打了个手势，水手们立刻又使劲地划起桨来。小艇从驳船边飞也似的驶开，勇敢地向礁石丛中冲去，沿着海岸走了一段，想找个有利的地点上岸，突然间，它掉转船头，掠过碎浪，朝一个可以安全登陆的地方猛冲上去。

在这同时，驳船隔开一段距离在后面尾随着，它前进的时候更加小心谨慎了。上头的人们看到捕鲸艇靠上了一块岩石，马上就像先前说好的那样，把一只小锚扔进水里，开始从容不迫地准备手中的枪支，以便立刻就可以用上。一切好像都是在按照严格的事先已讲清楚了的命令执行，因为那位已经介绍给读者了的名叫格里菲斯的年轻人很少讲话，他同那些知道别人肯定会服从自己的人一样，只简短地说了几个字。驳船停住后，他全身朝有垫子的座位上一倒，无精打采地把帽檐拉下来遮住自己的眼睛，显然在全神贯注地想一些和目前情况毫不相干的事情。他想了很久，有时偶尔也站起来，先把目光转到岸上搜寻他的伙伴，然后再把那双富于表情的眼睛转向大海。最近以来，他那本来聪颖生动的脸上，常常带着茫然若失的神情，此时这种痴呆的样子却被一种少年老成的水手所特有的焦虑和明智的表情所代替。他手下那些饱经风霜、吃苦耐劳的水手，都已经做好了攻击的准备，他们双手插在怀里，默默无语地坐候。从大洋中涌进海湾里来的长波巨浪越来越大，速度也越来越快，每回小船被一个浪头高高托起，水手们都睁大双眼，紧张地望着那阴沉沉的天空中逐渐聚拢来的朵朵乌云，互相交换着忧心忡忡的目光。

作品评析

在这篇小说的前两段，作者交代了故事的时空背景，使我们有可能一下子猜测出：这是一个于美国独立战争时期发生在英吉利海峡一带的海洋战争故事。

作者对这片海域显然有着较多的了解。他说，英吉利海峡"这个小小的海域，千百年来世人皆知是海上建功立业的场所，又是北欧诸国的商船队和舰队来往的重要通道"。这句话至少涉及以下海洋历史文化信息：①自凯撒于公元前 1 世纪渡过英吉利海峡征讨不列颠以来，至此已有 1 800 年左右，其间发生了诸多重要事件，如威廉一世渡海发起对英国的诺曼征服等，此即库柏所谓建功立业场所之意；②16—17 世纪以来，欧洲海上贸易的中心由地中海转移到北海一带的大西洋海域，而英吉利海峡无疑是一个重要的海上商贸通道；③由于海盗和敌对国家间劫掠现象的存在，各国常常派海军舰队护航本国商船的安全。库柏还指出，"英国人长期以来声称对这片海域有管辖权"，然而它"对这一海域的管制超出了常理所能容许的限度，因此常常引起武装冲突"。库柏通过这些信息表明，美国海军进入这片海域是具有正当理由的，并将延续在此建功立业的历史传统，即取得对英国海军作战的胜利，为美国独立战争贡献力量。

在巧妙地介绍故事发生的时空背景后，库柏描述了美国海军舰队进入英国东北海岸的过程。小说借助旁观者（主要有一位"卖牲口的苏格兰人"、一位"爱尔兰的劳工"，还有几个庄稼汉）的视角，描绘了海军掌舵者及其水手高超的航海技艺和惊人的胆量，并在随后告诉我们，这支舰队劈波斩浪来到这里，仅仅是为了迎接一位神秘的领航人。

据学者考证，小说同题主人公领航人的原型"是在独立战争期间著名的海上冒险家约翰·保罗·琼斯（John Paul Jones）"。琼斯在美国独立战争打响后，"先以私掠船侵扰英军，后则加入了正式成立的'大陆海军'，为殖民地一方效力"，成为"独立战争时期最有名的海军船长"，并在20世纪"被遵奉为'美国海军之父'，成为美国海军建军史中的关键人物"。值得注意的是，"在神圣化琼斯的过程之中，库柏（珀）可谓第一位重要的作家"。① 这表明，库柏在《领航人》中的海洋书写，确实有革命历史想象的意味。

此外，库柏对大海的汹涌诡谲和领航人的神秘色彩，有非常细致动人的描绘，从而为小说接下来的叙事做了充分而必要的铺垫，并为读者留下了足够的悬念。

▎海中之城

（美）埃德加·爱伦·坡

┌─ 作者及作品简介 ─┐

埃德加·爱伦·坡（Edgar Allan Poe，1809—1849），19世纪美国诗人、小说家和文学评论家，被称为"推理小说之父"。埃德加生于马萨诸塞州的波士顿，三岁时父母双亡，兄妹三人均被人领养，埃德加被弗吉尼亚州里士满

---

① 详见张陟：《船如国家：〈领航人〉中的海洋书写与库珀的革命历史想象》，《中国海洋大学学报（社会科学版）》2020年第4期，第100页。

的富裕烟草商爱伦夫妇收养，改姓爱伦，从小接受了很好的教育，表现出文学天赋。爱伦·坡与家庭关系紧张，辍学并离家出走，报名入伍当兵。其间，出版了他的第一本书《帖木儿及其他诗》。1831 年到纽约，用军校同学捐赠的钱出版《诗集》第二版。1833 年，其短篇小说《瓶中手稿》和诗歌《罗马大圆形竞技场》两篇获奖作品均刊登于《游客报》。爱伦·坡没有继承到养父遗产，一生拮据，通过写文章、做编辑、发表诗歌、出版小说的方式赚取生活费。又因为不能与人友善相处，或者酗酒，他常被解雇。1839 年，出版《怪异故事集》上下卷。1845 年，出版包括 12 个短篇小说的《故事集》，大受欢迎，他在文坛声名鹊起。但因写评论批评当时著名诗人朗费罗，导致自己声名狼藉。爱伦·坡还曾以作家和演讲家的身份活跃在费城等地。但精神的挫折、生活的贫困、妻子病重和去世、周期性酗酒，使他的身心健康每况愈下，1849 年，爱伦·坡被人发现因脑出血死于巴尔的摩的一个投票站外。

《海中之城》最早发表于 1831 年，当时名为《毁灭之城》，后改为《罪恶之城》，1845 年又以《海中之城》为名再次发表。诗歌以"死亡"为主题，具有浪漫奇幻色彩，是爱伦·坡最具代表性的早期作品之一。

选 文

海中之城①

看啦！死神为自己垒起了宝座
在一座孤零零的古怪城郭
就在那迷蒙遥远的西边，
那里的一切，好坏恶善
都已沉入永久的休眠。
城里的神龛、塔楼和宫殿
(时光削蚀的高塔竟岿然不动！)
迥异于我们在别处所见。
近处消散了飘忽上扬的长风，
苍穹下海水仆俯恭顺
波浪不兴，一片凄清。

---

① 熊荣斌、彭贵菊编著：《爱伦·坡作品导读（第二版）》，武汉：武汉大学出版社 2007 年版，第 19 – 21 页。

高洁的苍宇不见投下星光
荒城的黑夜那么漫长；
只有碧海微光静静泛起
洒上角楼塔尖悄无声息——
映上了尖塔，幽远而闲憩
映上穹顶——尖顶——巍峨的大厅——
映上神庙——映上高墙恰似当年的巴比伦
映在寥无人迹的阴暗凉亭
亭沿缀饰着石刻的花卉和常春藤——
映上众多的神庙真壮观
古琴、藤蔓和紫罗兰
把廊柱门扉相互勾联。

苍穹下海水仆俯恭顺
波浪不兴，一片凄清。
塔楼和暗影在水中交晃
一切仿佛都在空中悬浮飘荡，
从城中一座耸立的高塔上
死神正高傲地朝下张望。
下面，神庙和坟墓都咧着豁口，
吸吮着海面幻光的浪颤波抖；
但每尊神像铮亮的双眼——
并不见金银珠宝闪现
不见哪位死人身挂珠宝
从海床上抚弄起波涛；
因为，老天啦，不见波澜微卷！
泛开在茫茫如镜的海面——
不见涟漪乍起当做预兆
轻风可能正在远方幸福的海上欢闹——
也不闻波浪喧嚣铮铮
暗示长风吹拂海面愈加宁静。

可是瞧吧，空气中突然一阵骚乱！
波浪——海水开始了涌动震颤！

仿佛那些塔楼正微微下沉，
倾斜着陷入潮水阴冷——
仿佛那些塔顶已颓然崩塌
在迷蒙的天阙留下隙罅。
这时海浪突然绽出一片火红——
时光呼吸着气息轻微低沉——
而这时，再不闻人世所闻的呻吟，
只有城阙在渐渐下沉、下沉，
地狱，建筑于千座王台之上，
也向它表示衷心的景仰。

作品评析

爱伦·坡英年早逝，但经历丰富、个性分明，这在诗歌中表现为意境晦暗、意义复杂等。《海中之城》中的意象、意境、氛围和主题梦幻缥缈、光怪陆离、阴森恐怖，让评论家都觉得难以把握，认为其与诗人本身的心境和性格一样复杂诡谲。诗歌开篇直入，展现给读者一个"古怪"的"海中之城"，奠定了诗歌的意境氛围和感情基调。接着，描述城中的怪异而寂凉的意象：神龛、塔楼和宫殿都与人们平时所见的不同；天空没有星光，黑夜那么漫长；海上一片死寂，轻风不见涟漪；塔楼城阙突然下沉，人世间消失了呻吟。诗中有一种迷幻气息，隐含着复杂的意义，有人从中看到了生命的徒劳、死亡的降临；有人解读出深层结构上性爱优胜于死亡的主题[①]；有人可能感受到社会的没落、文化的毁灭。

海中之城的怪异，是城的怪异，也是海的怪异。开始时"苍穹下海水仆俯恭顺/波浪不兴，一片凄清"，"碧海微光静静泛起"，海面茫茫如镜，没有"波澜微卷"，"不闻波浪喧嚣铮铮"。继而"空气中突然一阵骚乱"，大海才有了反应，"海水开始了涌动震颤"，"海浪突然绽出一片火红"，那是海中之城下沉坍塌之时，死亡笼罩了城与海。

诗中城市悲寂、大海凄清、黑夜漫长、万物凋零，弥漫着哥特式的神秘、阴森、恐怖，笼罩着令人窒息的死亡气息。联想到诗人在现实生活中遭受的物质贫困和精神压抑的痛苦，读者能在审美疼痛中感受到诗歌的极致之美。

---

① 黄宗贤、贺权宁：《埃德加·爱伦·坡〈海中之城〉中性爱与死亡主题的解读》，《北京第二外国语学院学报》2009 年第 10 期，第 63 页。

海的女儿

（丹麦）汉斯·克里斯汀·安徒生

作者及作品简介

汉斯·克里斯汀·安徒生（Hans Christian Andersen，1805—1875），丹麦19世纪童话作家，被誉为"现代童话之父""世界儿童文学的太阳"。安徒生出生于丹麦欧登塞城的一个贫穷的鞋匠家庭。他幼时热爱文学，入读一所慈善学校，11岁时父亲去世，14岁时前往哥本哈根谋求发展。17岁创作发表悲剧《维森堡大盗》和《阿芙索尔》，才华初露，申请皇家公费而入读教会学校，开始自己的文学创作之路。21岁被哥本哈根大学录取，毕业后主要靠稿费维持生活，一生未婚，创作160多篇童话和故事。安徒生因肝癌逝世于朋友的乡间别墅。

安徒生的童话创作可分为早、中、晚三个时期。早期童话多充满绮丽的幻想、乐观的精神，体现现实主义和浪漫主义相结合的特点。代表作有《打火匣》《小意达的花儿》《拇指姑娘》《海的女儿》《野天鹅》《丑小鸭》《皇帝的新衣》。中期童话，幻想成分减弱，现实成分相对增强，在鞭挞丑恶、歌颂善良的同时表现了对美好生活的执着追求，也流露了缺乏信心的忧郁情绪。代表作有《卖火柴的小女孩》《冰雪皇后》《影子》《一滴水》《母亲的故事》《演木偶戏的人》。晚期童话比中期更加面对现实，着力描写底层民众的悲苦命运，揭露社会生活的阴冷、黑暗和人间的不平，作品基调低沉。代表作有《单身汉的睡帽》《幸运的贝儿》。安徒生孜孜不倦地写作，也到英、法等国旅行，结识狄更斯、大仲马等著名作家。

《海的女儿》是个爱情悲剧故事。大海里15岁的人鱼公主，有着最美妙的歌喉，她救了一位失事轮船上的美貌王子，并爱上了他，渴望拥有灵魂而变成人类。公主让巫婆割掉了自己的舌头，以声音交换了两条腿，变成了人形。公主忍着疼痛，迈着文雅轻盈的步子，跟着王子到了宫殿。王子像爱一个孩子一样越来越爱公主，但公主只有嫁给王子才能拥有人的灵魂。王子最后要与他误认为在海上遇难时救过自己的那位女子结婚，公主却无法发声告诉他事实真相。公主还有最后的选择，就是在王子的结婚之夜，把姐妹们用秀发换来的尖刀，刺入熟睡的王子的心脏，只要王子的鲜血流到她的脚上，她就能恢复原形，返回海底愉快地度过她作为人鱼公主的三百年岁月。但公主深爱王子，毅然地投入大海，在晨曦中化为泡沫。她会无形无影地给贫苦人民和孩子带去欢乐，也许三百年后可获灵魂。

海的女儿（节选）①

"拿去吧！"巫婆说。于是她就把小人鱼的舌头割掉了。小人鱼现在成了一个哑巴，既不能唱歌，也不能说话。

"当你穿过我的森林回去的时候，如果珊瑚虫捉住了你的话，"巫婆说，"你只需把这药水洒一滴到它们的身上，它们的手臂和指头就会裂成碎片，向四边纷飞了。"可是小人鱼没有这样做的必要，因为当珊瑚虫一看到这亮晶晶的药水——它在她的手里亮得像一颗闪耀的星星的时候，它们就在她面前惶恐地缩回去了。这样，她很快地就走过了森林、沼泽和急转的漩涡。

她可以看到她父亲的宫殿了。那宽大的跳舞厅里的火把已经灭了，无疑地，里面的人已经入睡了。不过她不敢再去看他们，因为她现在已经是一个哑巴，而且就要永远离开他们。她的心痛苦得似乎要裂成碎片。她偷偷地走进花园，从每个姐姐的花坛上摘下一朵花，对着皇宫用手指飞了一千个吻，然后她就浮出这深蓝色的海。

当她看到那王子的宫殿的时候，太阳还没有升起来。她庄严地走上那大理石台阶。月亮照得透明，非常美丽。小人鱼喝下那服强烈的药剂。她马上觉到好像有一柄两面都快的刀子劈开了她纤细的身体。她马上昏了。躺在那儿好像死去一样。当太阳照到海上的时候，她才醒过来，她感到一阵剧痛。这时那位年轻貌美的王子正立在她的面前。他乌黑的眼珠正在望着她，弄得她不好意思地低下头来。这时她发现她的鱼尾已经没有了，而获得一双只有少女才有的、最美丽的小小白腿。可是她没有穿衣服，所以她用她浓密的长头发来掩住自己的身体。

王子问她是谁，怎样到这儿来的。她用她深蓝色的眼睛温柔而又悲哀地望着他，因为她现在已经不会讲话了。他挽着她的手，把她领进宫殿里去。正如那巫婆以前跟她讲过的一样，她觉得每一步都好像是在锥子和利刃上行

---

① 参见（丹麦）安徒生著，叶君健译：《安徒生童话集》，成都：四川文艺出版社 2017 年版，第 180 – 188 页。

走。可是她情愿忍受这苦痛。她挽着王子的手臂，走起路来轻盈得像一个水泡。他和所有的人望着她这文雅轻盈的步子，感到惊奇。

现在她穿上了丝绸和细纱做的贵重衣服。她是宫里一个最美丽的人，然而她是一个哑巴，既不能唱歌，也不能讲话。漂亮的女奴隶，穿着丝绸，戴着金银饰物，走上前来，为王子和他的父母唱着歌。有一个奴隶唱得最迷人，王子不禁鼓起掌来，对她发出微笑。这时小人鱼就感到一阵悲哀。她知道，有个时候她的歌声比那种歌声要美得多！她想：

"啊！只愿他知道，为了要和他在一起，我永远牺牲了我的声音！"

现在奴隶们跟着美妙的音乐，跳起优雅的、轻飘飘的舞来。这时小人鱼就举起一双美丽的、白嫩的手，用脚尖站着，在地板上轻盈地跳着舞——从来还没有人这样舞过。她的每一个动作都衬托出她的美。她的眼珠比奴隶们的歌声更能打动人的心坎。

大家都看得入了迷，特别是那位王子——他把她叫作他的"孤儿"。她不停地舞着，虽然每次当她的脚接触到地面的时候，她就像是在锋利的刀上行走一样。王子说，她此后应该永远跟他在一起，因此她就得到了许可睡在他门外的一个天鹅绒的垫子上面。

他叫人为她做了一套男子穿的衣服，好使她可以陪他骑着马同行。他们走过香气扑鼻的树林，绿色的树枝扫过他们的肩膀，鸟儿在新鲜的叶子后面唱着歌。她和王子爬上高山。虽然她纤细的脚已经流出血来，而且也叫大家都看见了，她仍然只是大笑，继续伴随着他，一直到他们看到云块在下面移动、像一群向遥远国家飞去的小鸟为止。

在王子的宫殿里，夜里大家都睡了以后，她就向那宽大的台阶走去。为了使她那双发烧的脚可以感到一点清凉，她就站进寒冷的海水里。这时她不禁想起了住在海底的人们。

有一天夜里，她的姐姐们手挽着手浮过来了。她们一面在水上游泳，一面唱出凄怆的歌。这时她就向她们招手。她们认出了她；她们说她曾经叫她们多么难过。这次以后，她们每天晚上都来看她。有一晚，她远远地看到了多年不曾浮出海面的老祖母和戴着王冠的海王。他们对她伸出手来，但他们不像她的那些姐姐，没有敢游近地面。

王子一天比一天更爱她。他像爱一个亲热的好孩子那样爱她，但是他从来没有娶她为皇后的思想。然而她必须做他的妻子，否则她就不能得到一个不灭的灵魂，而且会在他结婚的头一个早上就变成海上的泡沫。

"在所有的人当中，你是最爱我的吗？"当他把她抱进怀里吻她前额的时候，小人鱼的眼睛似乎在这样说。

"是的，你是我最亲爱的人！"王子说，"因为你在一切人中有一颗最善良的心。你对我是最亲爱的，你很像我某次看到过的一个年轻女子，可是我永远再也看不见她了。那时我是坐在一艘船上——这船已经沉了。巨浪把我推到一个神庙旁的岸上。有几个年轻女子在那儿做祈祷。她们中最年轻的一位在岸边发现了我，因此救了我的生命。我只看到过她两次，她是我在这世界上唯一能够爱的人，但是你很像她，你几乎代替了她留在我的灵魂中的印象。她是属于这个神庙的，因此我的幸运特别把你送给我。让我们永远不要分离吧！"

"啊，他不知道是我救了他的生命！"小人鱼想，"我把他从海里托出来，送到神庙所在的一个树林里。我坐在泡沫后面，窥望是不是有人会来。我看到那个美丽的姑娘——他爱她胜过爱我。"这时小人鱼深深地叹了一口气——她哭不出声来，"那个姑娘是属于那个神庙的——他曾说过。她永远不会走向这个人间的世界里来——他们永远不会见面了。我是跟他在一起，每天看到他的。我要照看他、热爱他，对他献出我的生命！"

现在大家在传说王子快要结婚了，他的妻子就是邻国国王的一个女儿。他为这事特别准备好了一艘美丽的船。王子在表面上说是要到邻近王国里去观光，事实上他是为了要去看邻国君主的女儿。他将带着一大批随员同去。小人鱼摇了摇头，微笑了一下。她比任何人都能猜透王子的心事。

"我得去旅行一下！"他对她说过，"我得去看一位美丽的公主，这是我父母的命令，但是他们不能强迫我把她作为未婚妻带回家来！我不会爱她的。你很像神庙里的那个美丽的姑娘，而她却不像。如果我要选择新娘的话，那么我就要先选你——我亲爱的、有一双能讲话的眼睛的哑巴孤女。"

于是他吻了她鲜红的嘴唇，抚摸着她的长头发，把他的头贴到她的心上，弄得她的这颗心又梦想起人间的幸福和一个不灭的灵魂来。

"你不害怕海吗，我的哑巴孤儿？"他问。这时他们正站在那艘华丽的船上，船正向邻近的王国开去。他和她谈论着风暴和平静的海，生活在海里的奇奇怪怪的鱼和潜水夫在海底所能看到的东西。对于这类的故事，她只是微微地一笑，因为关于海底的事儿她比谁都知道得清楚。

在月光照着的夜里，大家都睡了，只有掌舵的人立在舵旁。这时她就坐在船边上，凝望着下面清亮的海水，她似乎看到了她父亲的王宫。她的老祖母头上戴着银子做的皇冠，正高高地站在王宫顶上，透过激流朝这条船的龙骨瞭望。不一会儿，她的姐姐们都浮到水面上来了，她们悲哀地望着她，痛苦地扭着她们白净的手。她向她们招手，微笑，同时很想告诉她们，说她现在一切都很美好和幸福。不过这时船上的一个侍者忽然向她这边走来。她的姐姐们马上就沉到水里，侍者以为自己所看到的那些白色的东西，只不过是些海上的泡沫。

第二天早晨，船开进邻国壮丽的首都的港口。所有教堂的钟都响起来了，号笛从许多高楼上吹来，兵士们拿着飘扬的旗子和明晃的刺刀在敬礼。每天都有一个宴会。舞会和晚会在轮流地举行着，可是公主还没有出现。人们说她在一个遥远的神庙里受教育，学习皇家的一切美德。最后她终于到来了。

小人鱼迫切地想要看看她的美貌。她不得不承认她的美了，她从来没有看见过比这更美的形体。她的皮肤是那么细嫩、洁白，在她黑而长的睫毛后面是一对微笑的、忠诚的、深蓝色的眼珠。

"就是你！"王子说，"当我像一具死尸躺在岸上的时候，救活我的就是你！"于是他把这位羞答答的新娘紧紧地抱在自己的怀里。"啊，我太幸福了！"他对小人鱼说，"我从来不敢希望的最好的东西，现在终于成为事实了。你会为我的幸福而高兴吧，因为你是一切人中最喜欢我的人！"

小人鱼把他的手吻了一下。她觉得她的心在碎裂。他举行婚礼后的头一个早晨就会带给她灭亡，就会使她变成海上的泡沫。

教堂的钟都响起来了，传令人骑着马在街上宣布订立婚约的喜讯。每一个祭台上，芬芳的油脂在贵重的油灯里燃烧。祭司们荡着香炉，新郎和新娘互相挽着手来接受主教的祝福。小人鱼这时穿着丝绸，戴着金饰，托着新娘的披纱，可是她的耳朵听不见这欢乐的音乐，她的眼睛看不见这神圣的仪式。她想起了她要灭亡的早晨，和她在这世界上已经失去了的一切东西。

在同一天晚上，新郎和新娘来到船上。礼炮响起来了，旗帜在飘扬着。一个金色和紫色的华贵的帐篷在船中央架起来了，里面陈设着最美丽的垫子。在这儿，这对美丽的新婚夫妇将度过他们这清凉和寂静的夜晚。

风儿在鼓着船帆。船在这清亮的海上，轻柔地航行着，没有很大的波动。当暮色渐渐垂下来的时候，彩色的灯光就亮起来了，水手们愉快地在甲板上跳起舞来。小人鱼不禁想起她第一次浮到海面上来的情景，想起她那时看到的同样华丽和欢乐的场面。她于是旋舞起来，飞翔着，正如一只被追逐的燕子在飞翔着一样。大家都在喝彩，称赞她，她从来没有跳得这么美丽。快利的刀子似乎在砍着她的细嫩的脚，但是她并不感觉到痛，因为她的心比这还要痛。她知道这是她看到他的最后一晚——为了他，她离开了她的族人和家庭，她交出了她美丽的声音，她每天忍受着没有止境的苦痛，然而他却一点儿也不知道。这是她能和他在一起呼吸同样空气的最后一晚，这是她能看到深沉的海和布满了星星的天空的最后一晚。同时一个没有思想和梦境的永恒的夜在等待着她——没有灵魂，而且也得不到一个灵魂的她。一直到半夜过后，船上的一切还是欢乐和愉快的。她笑着，舞着，但是她心中怀着死的念头。王子吻着自己的美丽的新娘，新娘抚弄着他的乌亮的头发。他们手牵着手到那华丽的帐篷里去休息。

船上现在是很安静的了。只有舵手站在舵旁。小人鱼把她洁白的手臂倚在船舷上，向东方凝望，等待着晨曦的出现——她知道，头一道太阳光就会叫她灭亡。她看到她的姐姐们从波涛中涌现出来了。她们是像她自己一样的苍白，她们美丽的长头发已经不在风中飘荡了——因为它已经被剪掉了。

"我们已经把头发交给了那个巫婆，希望她能帮助你，使你不至于灭亡。她给了我们一把刀子。拿去吧，你看，它是多么快！在太阳没有出来以前，你得把它插进那个王子的心里去。当他的热血流到你脚上时，你的双脚将会又连到一起，成为一条鱼尾，那么你就可以恢复人鱼的原形，你就可以回到我们这儿的水里来。这样，在你没有变成无生命的咸水泡沫以前，你仍旧可以活过你三百年的岁月。快动手！在太阳没有出来以前，不是他死，就是你死了！我们的老祖母悲恸得连她的白发都落光了，正如我们的头发在巫婆的剪刀下落掉一样。刺死那个王子，赶快回来吧！快动手呀！你没有看到天上的红光吗，几分钟以后，太阳就出来了，那时你就必然灭亡！"

她们发出一个奇怪的、深沉的叹息声，于是她们便沉入浪涛里去了。

小人鱼把那帐篷上紫色的帘子掀开，看到那位美丽的新娘把头枕在王子的怀里睡着了。她弯下腰，在王子清秀的眉毛上吻了一下，于是她向天空凝视——朝霞渐渐地变得更亮了。她向尖刀看了一眼，接着又把眼睛掉向这个王子：他正在梦中喃喃地念着他的新娘的名字。他思想中只有她存在。刀子在小人鱼的手里发抖。但是正在这时候，她把这刀子远远地向浪花里扔去。刀子沉下的地方，浪花就发出一道红光，好像有许多血滴溅出了水面。她再一次把她迷糊的视线投向这王子，然后她就从船上跳到海里，她觉得她的身躯在融化成为泡沫。

现在太阳从海里升起来了。阳光柔和地、温暖地照在冰冷的泡沫上。因此小人鱼并没有感到灭亡。她看到光明的太阳，同时在她上面飞着无数透明的、美丽的生物。透过它们，她可以看到船上的白帆和天空的彩云。它们的声音是和谐的音乐，可是那么虚无缥缈，人类的耳朵简直没有办法听见，正如俗人的眼睛不能看见它们一样。它们没有翅膀，只是凭它们轻飘的形体在空中浮动。小人鱼觉得自己也获得了它们这样的形体，渐渐地从泡沫中升起来。

"我将向谁走去呢？"她问。她的声音跟这些其他的生物一样，显得虚无缥缈，人世间的任何音乐都不能和它相比。

"到天空的女儿那儿去呀!"别的声音回答说,"人鱼是没有不灭的灵魂的,而且永远也不会有这样的灵魂,除非她获得了一个凡人的爱情。她的永恒的存在要依靠外来的力量。天空的女儿也没有永恒的灵魂,不过她们可以通过善良的行为而创造出一个灵魂。我们飞向炎热的国度里去,那儿散布着病疫的空气在伤害着人民,我们可以吹起清凉的风,可以把花香在空气中传播,我们可以散布健康和愉快的精神。三百年以后,当我们尽力做完了我们可能做的一切善行以后,我们就可以获得一个不灭的灵魂,就可以分享人类一切永恒的幸福了。你,可怜的小人鱼,像我们一样,曾经全心全意地为那个目标而奋斗。你忍受过痛苦,你坚持下去了,你已经超升到精灵的世界里来了。通过你的善良的工作,在三百年以后,你就可以为你自己创造出一个不灭的灵魂。"

小人鱼向上帝的太阳举起了她光亮的手臂,她第一次感到要流出眼泪。

在那条船上,人声和活动又开始了。她看到王子和他美丽的新娘在寻找她。他们悲痛地望着那翻腾的泡沫,好像他们知道她已经跳到浪涛里去了似的。在冥冥中她吻着这位新娘的前额,她对王子微笑。于是她就跟其他的空气中的孩子们一道,骑上玫瑰色的云块,升入天空里去了。

"这样,三百年以后,我们就可以升入天国!"

"我们也许还不需等那么久!"一个声音低语着,"我们无形无影地飞进人类的住房里去,那里面生活着一些孩子。如果我们每一天找到一个好孩子,如果他给他父母带来快乐,值得他父母爱他的话,上帝就可以缩短考验我们的时间。当我们飞过屋子的时候,孩子是不会知道的。当我们幸福地对着他笑的时候,我们就可以在这三百年中减去一年;但当我们看到一个顽皮和恶劣的孩子,而不得不伤心地哭出来的时候,那么每一滴眼泪就使考验我们的日子多加一天。"

作品评析

安徒生塑造了一个美丽善良的人鱼公主,并给她一个美丽纯洁的海洋世界。海中的景色那么美:鱼儿自由游动,像天上的鸟儿;宫殿恢宏气派、装饰华丽。海中的精灵关系那么融洽,人鱼公主自始至终得到老祖母、父王和姐姐们无私真诚的爱。即使如此,人鱼公主还是向往不同的所在:陆地和人类,并愿意为此付出生命。

翻译家叶君健先生认为,隐藏在这个悲惨故事后面的主题思想是:

"人"，作为一个高等动物的标志是有一个"灵魂"，人鱼公主所追求的就是进入"人"的领域，成为高等动物，因而愿意牺牲一切来获得这个"灵魂"。反过来说，已经具有高等动物"人"的本身，如果没有"灵魂"，那么算得是什么呢？安徒生要他的读者深思的就是这个问题。当今世界没有灵魂的"人"太多了，所以这个纯幻想的故事，却具有极为现实的意义。①

也有论者指出："在这部作品中，安徒生营造出 3 个空间：海洋、陆地和天空。小美人鱼由最底层空间（海洋）向最高层空间（天空）攀升的过程也是她的灵魂得以净化和升华的过程。3 个空间不仅是主人公个体存在的层面，也彰显小美人鱼不同的生存状态和主体意识，见证小美人鱼在不同的权力体系中的抗争和突破。空间既被建构为具体的物质形式，同时又是安徒生笔下主人公的个体乃至集体层面上的精神建构。"②

不同年龄和性别的读者能结合自己的心境，在《海的女儿》中读到不同的东西。从人鱼公主身上，青少年看到了爱情的纯贞和崇高，获得了爱与信仰的教育，中老年看到了追求自由的痛苦和艰难，获得了情感的共鸣和慰藉；男性看到了爱情与婚姻的割裂，女性看到了人格和生活的独立。这故事是爱和人生的隐喻文本。

选文截取了故事的后半段，人鱼公主为追随爱情走出大海，又因爱情破灭归亡于大海。大海养育了她，却无法再度给她生命。大海是深蓝色的，一如人鱼公主的眼睛和心境，自从离开大海，她的身心就备受痛苦折磨，"没有止境的苦痛"，与清亮的大海、优美的舞蹈形成鲜明的对比。"阳光柔和地、温暖地照在冰冷的泡沫上"，王子和公主"悲痛地望着那翻腾的泡沫"，人鱼公主对自己的死，却没有感到难过。她热爱自己的海洋之家，又向往新异的大陆和人类，即使最后化为海洋中的泡沫，依然相信无私的爱能使海洋中的生命涅槃，这让处于悲痛之中的读者亦感到了慰藉。《海的女儿》中的海洋和生灵，无疑是海洋文学作品中最柔美、最壮丽、最温情、最强力的了。

---

① （丹麦）安徒生著，叶君健译：《安徒生童话集·译者序》，成都：四川文艺出版社 2017 年版，第 3 页。

② 陈靓：《女性的第三空间——从空间视角看〈海的女儿〉的权力机制与美学主题》，《外语学刊》2016 年第 2 期，第 134 页。

白　鲸

（美）赫尔曼·梅尔维尔

作者及作品简介

　　赫尔曼·梅尔维尔（Herman Melville，1819—1891）一译为赫尔曼·麦尔维尔，19 世纪美国小说家、散文家和诗人，有"美国的莎士比亚"之称，被认为是美国文学的巅峰人物之一。梅尔维尔出身纽约市的望族，幼时博览群书，受到良好教育。12 岁时，父亲因破产而抑郁离世，梅尔维尔开始辍学做工，先后当过银行职员、农场工人、皮货店店员、农村教师等。家境的急剧变化使梅尔维尔形成了复杂深沉的性格。1841—1844 年，梅尔维尔在开往英国的货轮上当过差，也在捕鲸船上当水手，在努库希瓦岛、塔希提岛、火奴鲁鲁岛上居住了数月，并在美国海军服役 14 个月。海上经历促使梅尔维尔思想成熟，也成为他的创作素材。据此，描写南太平洋岛屿上的土著人风情的游记体小说《泰皮》，在 1846 年一出版即轰动文坛，畅销一时。1847 年，梅尔维尔结婚并安居纽约市，出版描写塔希提等岛的游记体小说《欧穆》。1849 年出版以海上游历为背景的小说《玛地》。这三部以南太平洋海域为背景的小说统称"波利尼西亚三部曲"。1850 年，梅尔维尔因债台高筑，迁居马萨诸塞州的农场，先后结识霍桑和皮茨菲尔德，在农场埋头写作 13 年。1851 年，出版献给著名作家霍桑的《白鲸》，但遭到冷遇。1852 年，出版具有玄学色彩的《皮埃尔》，声誉继续下滑。此后，又先后出版了《伊萨雷尔·波特》《广场的故事》《骗子》，但其文学生涯仍然没有转机，生活也陷入了困顿。1866—1885 年，梅尔维尔任纽约海关检查员，直至退休。晚年转而写诗，有《战事集》《克拉瑞尔》《约韩·玛尔和其他水手》《梯摩里昂》等。1891 年 9 月 28 日，梅尔维尔去世，留下小说遗稿《比利·伯德》。

　　《白鲸》被誉为"一部关于捕鲸的百科全书"，故事情节相对简单，人物设置也不复杂。故事是唯一幸存者以实玛利用第一人称讲述的。以实玛利从一个校长变为一个喜欢漂泊生活的水手，他结识了吃人生番季奎格，一起应募到捕鲸船"披谷德"号。船长是埃哈伯，曾在一次海上作业中被一条名为莫比·迪克的白鲸咬掉了一条腿。埃哈伯虽然在 50 岁时娶了年轻姑娘组织了家庭，但复仇之心让他离开家，招募了一批来自各个国家和地区的水手，名为出海捕鲸，实则是到海洋上搜寻白鲸。他们从大西洋的南塔克特岛出发，在茫茫的大海上，捕到了鲸鱼，遇见了很多捕鲸船，水手们和"披谷德"号都已经疲惫不堪。立意复仇的埃哈伯执意不归，终于历尽艰险后发现了白鲸。于是，一场连续三天的人鲸恶战开始了。猎手们多次刺伤了白鲸；受伤的白鲸则疯狂地反扑，咬碎了小艇，颠覆了大船。在这场殊死搏斗中，埃哈伯和所有水手都与白鲸同归于尽，只有以实玛利幸存。

选 文

白 鲸（节选）

第一百三十二章 交响乐章①

这一天天空一碧如洗。在这拥抱一切的一片蔚蓝中，天与海简直分不出来了。只是这凄清的天空洁净得臻于透明而且柔和，有一种女性的风韵；而大海强壮如男子汉，它一吞一吐，形成长而有力、欲去还留的波涛，犹如参孙②在酣梦中的胸膛。

扑棱着雪白的翅膀的没有色斑的小鸟在高空忽东忽西地滑翔而过，那是女性的天空涌动着的温柔的思绪。然而在深水中，在那深不见底的碧水里，往来奔突着力大无穷的大鲸、剑鱼、鲨鱼，这些都是男性的大海的暴烈、焦躁不安、透着一股杀气的思想。

然而两者虽在内部形成反差，在外表上，它们的反差只在细微的层次上有所区别。海天的外观像是浑然一体，它们的彼此有别似乎只是在它们的男女性别上。

高高在上的太阳，犹如帝王君临一切，它好像把这柔和的天空交给了豪迈的奔腾不息的大海，甚至像是把天空当做新娘，嫁给了大海。而在环绕天际的地平线上，有一种轻柔的颤动——这在赤道上最为常见——表示那可怜的新娘在献出自己时既爱怜又心悸的信任，亦惊亦喜的心情。

埃哈伯心事重重，愁眉不展，满脸皱纹都打了结，面色憔悴却又显得坚毅不屈，一双像火炭一样的眼睛此刻仍然放光，但已是炭火将灭的余烬。他稳稳地站在早晨的晴空下，抬起他的犹如碎裂了的头盔似的额头对着那有如

---

① 参见（美）梅尔维尔著，成时译：《白鲸》，北京：人民文学出版社 2001 年版，第 449－553 页。

② 《圣经·旧约》中力大无比的勇士。——原书译者注。

俊美姑娘前额似的上天。

啊，蓝天的永恒的稚气和天真无邪啊！一些看不见的有翼的精灵在我们周边到处嬉戏！天空的美好的童年！你对老埃哈伯的深藏不露的苦痛多么地漠不关心！不过我也看到小蜜琳和小玛莎这两个笑眯眯的精灵在他们的老主人身边对他的痛苦不闻不问地自顾玩耍，戏弄着他的长在喷发过的火山口似的脑袋周围一圈枯焦的头发。

埃哈伯从舱口上来，缓缓地走过甲板，到了船沿。他探出头去看他的水中的影子如何在他凝视下一点点地沉下去，他越是想看透它有多深，影子便沉得越来越快。然而那迷人的天空中散发出可爱的香味，暂时驱走了他的灵魂中的腐蚀剂。这令人心旷神怡的长空，这令人陶醉的上天最后终于来抚慰他了。这个继母心肠的世界多少年来对他如此狠心，如此不可亲近，现在终于用双臂亲亲热热地搂住了他的倔强的脖子，终于对他发出了快乐的呜咽，仿佛是对着一个她无论如何也不忍心不去救援和祝福的人，不管这个人多么任意妄为。于是借着压到他的眉眼边的帽子的掩护，埃哈伯让自己的一滴眼泪掉到海中。整个浩渺无涯的太平洋也难以盛下这一颗如此珍贵的小小泪珠。

斯塔勃克看着这老人，看着他心事重重地从船沿探出头去。他似乎在自己内心听到了那从四周的静谧中偷偷吐出来的无尽无休的呜咽。他走近他，小心翼翼地不去触动他，也不让他注意到他的存在。

埃哈伯转过身来。

"斯塔勃克！"

"在，长官。"

"啊，斯塔勃克！这风有多温和，这天也是一副温和的模样。就是在这样一个日子，差不多跟眼前一样美好的日子里，我打到了我的第一头鲸——那时我还是个十八岁的娃娃镖枪手！那是四十——四十——四十年以前的事了！捕了连续不断的四十年的鲸！四十年的缺衣少食，出生入死，风里来雨里去！四十年在这没有半点怜惜之心的海上过！四十年来我埃哈伯抛弃了平平安安的乡土，四十年来一直在和深不可测的大洋上的凶险开战！真是这样，斯塔勃克，这四十年中，我在岸上过了三年。当我想起我过的生活，独自一人的凄凉处境，关起门来当船长，得不到外面这个年轻世界的任何一点儿同情——啊，好累啊！好沉重啊！孤家寡人式的首领其实是几内亚海岸的奴隶！我想到的这一切在过去只是偶尔有所感觉但并无深刻认识——四十年来，我的吃食尽是些腌过的干货，正好代表我的灵魂的干巴巴的营养；而最贫穷的岸上人每天都能吃到新鲜的水果，掰开新鲜的面包；相形之下，我吃的是发霉的面包干——我过了五十才有了一位年轻姑娘做妻子，结婚第二天上船去霍恩角，我在新婚的枕上只留下了一次凹形；如今两人远隔重洋。那也算是妻子？算是妻子？不如说是活守寡！唉，斯塔勃克，我和她结婚，其实是让这可怜的姑娘守寡；随后是如疯如狂，热血沸腾，额头冒烟的生活，我埃哈伯在这样的生活中下过上千次的艇子，口吐白沫，死命追捕我的猎物——说是人，还不如说是个恶魔！唉，唉！当了四十年的傻瓜蛋——傻瓜蛋——老傻瓜蛋，这就是我埃哈伯！这豁出命去追捕，手扳长桨，扔镖枪长矛，有多累啊，胳膊都快瘫啦，这都为的什么？如今我埃哈伯发了没有？日子过得美美的没有？你瞧，啊，斯塔勃克！我挑这一副重担的报答是一条腿从我身子底下给咬掉了，你说这惨不惨？喂，给我把这绺头发撩开点儿，它挡我的眼睛，让我好像是在哭泣。这样花白的头发只有从某些灰烬中才长得出来！但是我是不是显得老，非常非常之老，斯塔勃克？我已到了力竭神疲的地步，伛腰曲背。我是亚当，被赶出了天堂以后跟跟跄跄走了不知多少个世纪。上帝啊！上帝啊！上帝啊！打我吧，打得我的心破碎！打得我脑浆迸裂！嘲弄吧！嘲弄吧！对我的花白头发尽情狠狠嘲弄吧，难道是我活得幸福才长了这一头花白头发，才显得、才感到如此衰老？过来些！站得离我近些，斯塔勃克；让我好好看看人的眼睛，这要比望着海，望着天强，比望着上帝强。青翠的故乡啊！快乐的家庭生活啊！人的眼睛是面神奇的镜子，伙计。从你的眼睛里我看到我的妻子，我的孩子。不，不，你留在船上，留在船上！我下去的时候，你千万不可下去，让我额上打了烙印的埃哈伯去追击莫比·迪克。你不该冒这一次风险。不，不！我从你的眼睛里看到了远在天边的家，就为了这，你也不能下去！"

"啊，我的好船长！我的好船长！你是个好人哪！毕竟是个好老头儿哪！为什么非得有人去追击那头可恨的鱼！和我一块儿离开吧！让我们快快逃离这要命的水域！让我们回家！我斯塔勃克也有老婆孩子——那些我年轻时候亲如兄弟姊妹的玩伴也有老婆和孩子；甚至你也一样，长官，你到老年时是你的老婆孩子的知疼知爱，眼思梦想，犹如他们的父亲一般的亲人！走吧，咱们走吧！——让我即刻来调整航向！啊！我的好船长，让我们稳稳当当、太太平平地驶回到南塔克特去，这有多快活，有多开心啊！长官，我想在南塔克特，有时候也有这种蓝天白云的明媚日子，甚至跟这一样。"

"有过，有过，我见过这种天气——夏天有些日子的早上就是这样。差不多就在这一刻，不错，这是他的午睡时间，啊，这娃娃好不活泼地醒来啦，在床上坐起来啦；于是他妈妈就给他讲起我这个食人生番的老头儿来，我怎样在深海大洋上飘流，不过有一天会回来再教他跳舞。"

"这是我的玛丽啊,我的玛丽!她答应过我,每天早晨都要抱我的儿子到那山岗上去等着第一个看到他父亲船上的帆!好!好!别多说啦!就这么办!我们朝南塔克特开!来,我的好船长,研究研究,定下我们的航线,让我们回家去!瞧,瞧!我的儿子的脸在窗口露出来啦!我的儿子在山岗上向我招手!"

可是埃哈伯的眼珠一转,他像一棵遭了病虫害的苹果树一般地把最后一个蛀空了的苹果抖落到地上。

"这是什么,这是什么莫名其妙、不可思议的神秘东西?我受了哪一个隐秘的招摇撞骗的君主以及残忍的毫不留情的皇帝的控制,才会违背一切天生的爱和渴望,始终如此横冲直撞,不顾一切地迫使自己去做就我自己本心来说想也不敢想的事情?是我埃哈伯,埃哈伯吗?举起这只胳膊来的是我,是上帝,还是别的什么人?然而假使伟大的太阳不是自己在运转,而只是天上的一个跑腿的小厮;假使没有一颗星星能够自己转动,而是背后有某种看不见的力量使然;那么,我这一颗小小的心怎么会自己跳动呢;我这一颗小小的脑子怎么会自己思想呢;除非跳动的不是我的心,思想的不是我的脑子,生活的不是我这个人,而是上帝。天哪,伙计,咱们在这个世界上就像那边的绞车一样由别的力量在推着它转呀转,而命运就是那根使绞车转动的推杆。而在同时,天空始终在微笑,海洋始终深不可测。看!看那边那条大青花鱼!是谁使它去追那条飞鱼,要咬死它?朋友,杀人凶手上哪儿去呀,伙计!法官本人都已被拉上法庭去啦,谁又来定罪呀?可这是一阵好温和的风,天空也显得温和;而此刻的空气里有一股香味,像是从遥远的草场上吹来。斯塔勃克,在安第斯山脉哪一个山坡底下,准是有人在晒干草,刈草人则在刚刈下的草堆中睡觉。睡觉?是啊,我们不管如何辛苦劳作,我们大家最后都要在草场上睡觉。睡觉?是啊,斯塔勃克,当去年的镰刀扔到地上,丢在还未割下的半行草里,它从此就在青草堆里生锈!"

可是大副的脸色由于绝望白得像死人的颜色一样,趁他不注意溜走了。

埃哈伯跨过甲板,到对面去望海,但他看到了水里映着一双定定的眼睛的影子,吃了一惊。原来是费达拉一动不动地趴在同一栏杆上。

作品评析

《白鲸》,一译为《莫比·迪克》。梅尔维尔从 1820 年 11 月 20 日捕鲸船"埃塞克斯"号被鲸鱼撞沉的事件中得到创作灵感。但小说在出版后多年都不被读者认可,在梅尔维尔去世后才成为备受推崇的文学经典。梅尔维尔一生创作有七部海洋小说，《白鲸》是其中之一，也是世界文学史上最伟大的作品之一。"奇丽的大海风光，惊险的情节描写，强烈的人物性格，深刻的哲理寓意，都使得这部作品成为一部近代史诗。"① 这本"邪书"也凝聚了作者艰难困苦的生活经历所引发的对人生的思索，往往给人一种沉重感，引人深思。②

《白鲸》的成功至少可以归结为四点。一是丰富深刻的象征。白鲸象征最可怕危险的敌人，大海象征大自然，是人类的摇篮和葬身之地。唯一生还者"以实玛利"，名字来源于《圣经》，暗示他是理性与感性并存的社会观察者、思考者、恋海者。船长埃哈伯是人类的代表，人类在征服和掠夺自然时，也被自然毁灭。二是性格突出的人物形象。埃哈伯满身野性的力量，是永不言败的神一般的英雄，但为复仇而疯狂。那些来自社会边缘和底层的水手们，如以实玛利、季奎格，他们质朴、勇敢、团结，是作者赞颂的对象。三是富有艺术感染力的场景描写，如人物的日常交际谈话、海上的风景、捕鲸的战斗。四是大篇幅的对鲸鱼和捕鲸业的介绍和阐释，这些穿插在人物出海捕鲸的活动过程，使得文学叙述和故事发展形成了独特的节奏。喜欢《白鲸》的读者认为小说再现了美国 19 世纪中期捕鲸业的盛况，是捕鲸百科全书和捕鲸英雄史诗的完美结合，"融汇了浪漫主义情调与莎士比亚式悲剧元素，堪称海洋史诗，被公认为海洋文学的巅峰之作③；不喜欢《白鲸》的读者认为小说中过多的捕鲸知识扰乱了故事发展。

《白鲸》中的"披谷德"号，航行在太平洋、大西洋和印度洋的广阔海域中，在作者对海洋和鲸鱼的叙述中，间接或直接地蕴含着赞叹与欣赏之情，可以与 20 世纪中期生态作家蕾切尔·卡逊的"海洋三部曲"相呼应。船长埃哈伯对大海的热爱之情是建立在海洋能提供丰富物产、能实现个人抱负的基础上。船员以实玛利却以"我"的视角，表达了对海洋这一心灵归宿的挚爱，由衷地赞叹海洋的美丽壮阔、自由浩瀚，赞叹鲸鱼的庞大雄壮。白鲸像一个神话般存在于海员们的心中，它多年来身披梭矛之创伤在全世界的大洋中痛苦而悠然地遨游，最后与船、人同归于尽，竟然让读者颇有痛惜之感。

选文讲述船长埃哈伯因久久搜寻不到白鲸而痛心疾首。在航海人的眼中，大海强壮如男子汉，并永远不会衰老。埃哈伯久在大海中浸润，性情恰如大

---

① （美）赫尔曼·梅尔维尔著，卢匡译：《白鲸·译本序》，西安：陕西人民出版社 1998 年版，第 2 页。

② （美）麦尔维尔著，罗川译：《白鲸·译本序》，北京：国际文化出版公司 2005 年版，第 3 页。

③ 张科：《麦尔维尔的海洋书写与美国的海洋想象》，《东吴学术》2020 年第 3 期，第 25 页。

海。他不甘心于大海对他的不公和白鲸对他的伤害，哪怕不能给妻儿幸福，不能颐养晚年，拼死仍要捕杀侮辱过他的白鲸。选文中的埃哈伯，呈现了心怀柔情、身是铁骨的矛盾性。然而，人的欲念在大海面前是如此渺小、可笑，也悲壮。事实上，不久后，白鲸就出现了。此后，故事迎来了高潮和结局：他们与白鲸展开了艰苦、不计后果的三次决战，最终同归于尽。

▌多佛海滩

（英）马修·阿诺德

作者及作品简介

马修·阿诺德（Matthew Arnold，1822—1888）是英国维多利亚时期（1837—1901）诗人、文学批评家和教育家，年轻时就读并工作于牛津大学，后长期担任英国政府的教育巡查员，1857—1867 年被聘为牛津大学诗歌教授。

阿诺德的诗歌代表作有《诗集》《诗歌二集》和《新诗集》。其评论著作有两集本《批评论文集》《文化与无政府主义》《文学与教条》等。

阿诺德对当时的文化、道德和宗教问题较为关注，其诗歌常常充满对社会与人生的感悟和思考。评论家认为，阿诺德的"诗歌常常表现低落的情绪，它们反映内心的痛苦，同时也反映一种特殊的生活观和人生观"，它们"作为一个病态社会的病态心灵的记录，的确反映了维多利亚社会的心绪走向和发展主线"。[①] 这一特点在其最著名的诗篇《多佛海滩》中有集中的体现。

《多佛海滩》为阿诺德于 1851 年和新婚妻子赴欧共度蜜月时所写。诗人途经多佛时，在宾馆的窗边观看海滩夜景，不由得思接千载，并虑及当世，于是用戏剧独白的形式，写出这首被誉为"维多利亚时代最值得纪念的唯一诗作"[②]。选文译者为飞白。

---

① 钱青主编：《英国 19 世纪文学史》，北京：外语教学与研究出版社 2005 年版，第 175、181 页。

② 莱昂内尔·特里林语。详见胡家峦编注：《英国名诗详注（第二版）》，北京：外语教学与研究出版社 2017 年版，第 490 页。

多佛海滩①

今夜大海平静，

潮水正满，月色朗朗，

临照海峡②，——法国海岸上

微光渐隐，而英国的峭壁③高竖，

在宁静的海湾里显出巨大模糊的身影。

到窗边来吧，晚风多么甜！

可是你听！月光漂白了的陆地④

与大海相接处，那一条长长的浪花线

传来磨牙般的喧声，

这是海浪卷走卵石，然后转回头来，

又把它们抛到高高的海滩之上，

涌起，停息，再重新涌起，

以缓慢而颤动的节拍

送来永恒的悲哀的音响。

索福克勒斯⑤很久以前

在爱琴海⑥边听过这喧声，

在他心中引起了人类苦难的

浊浪滚滚的潮汐，

我们在此遥远的北海边聆听，

也在此声中听到了深意。

信仰之海

---

① 参见胡家峦编注：《英国名诗详注（第二版）》，北京：外语教学与研究出版社 2017 年版，第 488–491 页。按：多佛（Dover）是英国东南部著名海港，与法国港口城市加莱（Calais）隔海相望，为英国距离欧洲大陆最近的地方。

② 指多佛海峡，连接英吉利海峡与北海，法国称之为加莱海峡。

③ 即多佛白崖（White Cliffs of Dover），多佛著名景点之一，被称为英格兰的象征。

④ 指法国海岸。——原书编者注。

⑤ 索福克勒斯为公元前 5 世纪的古希腊著名悲剧作家，代表作有《安提戈涅》《俄狄浦斯王》。他与埃斯库罗斯、欧里庇德斯被后人称为古希腊三大悲剧作家。

⑥ 地中海的一个海湾，位于希腊和土耳其之间，往往与古希腊文明相关联。——原书编者注。

也曾有过满潮，像一根灿烂的腰带
把全球的海岸围绕。①

但如今我只听得
它那忧伤的退潮的咆哮②久久不息，
它退向夜风的呼吸，
退过世界广阔阴沉的边界，
只留下一滩光秃秃的卵石。

啊，爱人，愿我们
彼此真诚！③ 因为世界虽然
展开在我们面前如梦幻的国度，
那么多彩、美丽而新鲜，
实际上却没有欢乐，没有爱和光明，
没有肯定，没有和平，没有对痛苦的救助；
我们犹如处在黑暗的旷野，
斗争和逃跑构成一片混乱与惊怖，
无知的军队在黑夜中互相冲突。④

---

① 暗示人们曾经普遍地具有虔敬的信仰。在第 3 节，大海作为一种隐喻，变成了"信仰之海"。"信仰之海"退潮，这就是诗人所发现的一种新的"深意"。"信仰之海"也曾有过"满潮"时期，这主要指古代结束之后基督教确立并达到鼎盛时期的中世纪，那时人们有着坚定的信念和真诚的信仰。——原书编者注。

② 忧郁的落潮长啸，指信仰之海的退潮；与前面所说的满潮形成对照，暗示人类文明的衰落，信念的丧失，信仰的衰退。这与诗人那个时代出现的"信仰危机"相联系。在 19 世纪中叶，英国工业革命进一步发展，社会处于"转型"时期，充满重重矛盾，新旧观念并存，宗教信仰受到空前的冲击。这种冲击首先来自当时的理性思潮，不少人以理性衡量一切，并认为宗教是迷信，已经过时；然而，最猛烈的冲击来自重大的科学成就，如达尔文的《物种起源》（*The Origin of Species by Means of Natural Selection*），该书以众多事实极大地冲击着上帝创世的传统观念。这一切都导致宗教信仰的衰退。阿诺德认为，伴随宗教信仰的衰退而来的必然是个人精神、活力、自信的衰退，以及对生活的本能依恋的衰退。——原书编者注。

③ 这是诗人再次对他的妻子说话，表明在这荒原般的世界上，人们所能依靠的只有相互的真诚。——原书编者注。

④ 学界对最后两行诗有不同的解释。有评论家认为，这两行诗可能指 1848 年欧洲革命或 1849 年法国军队对罗马的围攻。但这两行诗很可能指古希腊雅典历史学家修昔底德（Thucydides，约公元前 460—约前 404）在《伯罗奔尼撒战争史》（*History of the Peloponnesian War*）中描述的雅典人侵入西西里岛时在海滩上发生的艾比波里（Epipolae）战役（公元前 413 年）。艾比波里是西西里岛上叙拉古城附近的一座堡垒，雅典人在夜间和叙拉古的一支军队作战，进攻的军队迷失方向，敌友难辨，导致许多士兵在黑暗中盲目地相互攻击。有评论家认为，这两行诗暗示相互冲突的"维多利亚中期的各种价值观"。不管怎么说，本诗从开头那轻风和海水的意象，突然转到黑夜中这互相斗争的军队的旷野，增强了人类堕落的意味，暗示如今的世界已变成了一片荒原。——原书编者注。

作品评析

　　《多佛海滩》抒写诗人（与爱人）在多佛海滩停留时的观感与思考。全诗共有三节，但各节诗行的分布并无一定规律。

　　在第一节（从首行到"也在此声中听到了深意"）中，诗人谈自己夜览多佛沙滩夜景时的所见与所想。诗篇前六行以"大海平静""潮水正满""月色朗朗""宁静的海湾"等语，描绘出一幅美好、圆满、和谐的画面。"晚风多么甜"一句，则进一步微妙地指出，在夜色笼罩下，眼中的一切都显得甜美和幸福。

　　但眼见并非为实。在诗篇末节即第三节，诗人对他的爱人说：我们面前的这个"如梦幻的国度"，看起来"那么多彩、美丽而新鲜"，但"实际上却没有欢乐，没有爱和光明，/没有肯定，没有和平，没有对痛苦的救助"。显然，诗人是在影射当时英国（和世界）的社会现实。我们将以上两节的诗句并置，则不难发现：首节开头诸行借对多佛海滩夜景的描绘指出，当时英国（诗歌首节第四行有"英国"二字）呈现的繁荣与和谐景象，只是一种华而不实的表象，实际上它已经深藏诸多严重的社会问题，人们正生活在"痛苦"之中。

　　诗篇首节前六行在描写多佛海滩的甜美夜景后，急转直下，从第七行开始引领读者进入一个"悲哀"的意境。作者提请自己的爱人去聆听一种"磨牙般的喧声"，指出"这喧声"来自大海那"浊浪滚滚的潮汐"，代表着"永恒的悲哀的音响"。而在古希腊悲剧诗人索福克勒斯心中，这喧声与"人类苦难"紧密相关，并引起了这位古人对人类命运的深切关怀。忆古思今，阿诺德此时在多佛海滩也感同身受，同为诗人的他似乎在冥冥之中，与索福克勒斯隔着遥远的时空产生了共鸣，同样在这喧声中"听到了深意"。

　　这"深意"体现在诗篇第二节中，阿诺德在此节将笔触从现实中的大海转向思想大海中的"信仰之海"。第二行中的"满潮"一词对应首节第二行中的"潮水正满"一语，前三行借海水满潮的意象，描绘出世界遍布信仰、人们沐浴信仰之光的盛况；后五行则写信仰之海的退潮即信仰的衰落。有学者认为："诗中的'海潮'意象的确是指涉'信仰之海'的退潮，指涉达尔文的'进化论'以及科技发展给宗教信仰带来的打击。"①

　　关于诗篇最后两行的理解，研究者见仁见智，尚无定论。但这首诗整体上呈现出极为忧郁的色彩和悲哀的格调，这一点是比较明显的。

---

　　① 殷企平：《夜尽了，昼将至：〈多佛海滩〉的文化命题》，《外国文学评论》2010 年第 4 期，第 82 页。

信天翁

（法）夏尔·皮埃尔·波德莱尔

作者及作品简介

夏尔·皮埃尔·波德莱尔（Charles Pierre Baudelaire，1821—1867），法国著名现代派诗人，象征派诗歌先驱。生于巴黎，幼年丧父，母亲改嫁，波德莱尔与继父关系恶劣。20 岁的波德莱尔出国旅行，曾停留毛里求斯岛等地。21 岁回法国继承了生父的 10 万法郎遗产，并很快挥霍精光，只好卖文为生。从 1843 年起，波德莱尔开始创作后来陆续收入《恶之花》的诗歌，1857 年 6 月，诗集《恶之花》出版，恶评如潮，还因"有碍公共道德及风化"等罪名受到轻罪法庭的判罚。《恶之花》表达了资产阶级青年的苦闷，首次把丑恶作为主题写入诗歌，被视为文艺审丑开始的标志，对后世影响极大。波德莱尔病逝于巴黎，并被安葬在蒙巴纳斯公墓。

《信天翁》一诗最初发表于 1859 年 4 月 10 日的《法国评论》，后收入诗集《恶之花》，是诗集的第三首诗歌。

选文

信天翁①

水手们常常是为了开心取乐，
捉住信天翁，这些海上的飞禽，
它们懒懒地追寻陪伴着旅客，
而船是在苦涩的深渊上滑进。

一当水手们将其放在甲板上，
这些青天之王，既笨拙又羞惭，
就可怜地垂下了雪白的翅膀，

---

① 参见（法）波德莱尔著，郭宏安译：《恶之花》，北京：北京燕山出版社 2005 年版，第 83 页。

仿佛两只桨拖在它们的身边。

这有翼的旅行者多么地萎靡！
往日何其健美，而今丑陋可笑！
有的水手用烟斗戏弄它的嘴，
有的又跛着脚学这残废的鸟。

诗人啊就好像这位云中之君，
出没于暴风雨，敢把弓手笑看；
一旦落地，就被嘘声围得紧紧，
长羽大翼，反而使它步履艰难。

作品评析

　　诗中情景源于诗人 1841 年在毛里求斯岛所见。全诗共四节十六句，形制简短，语言简练，但寓意深刻。在天空中美丽自信、自由翱翔的信天翁，当被水手捉在甲板上戏弄时，是丑陋笨拙、拘谨痛苦的，这象征了诗人自身境遇的变化，在艺术世界中精神充实、自由驰骋的诗人，在现实世界中却备受挫折、苦难不断。波德莱尔描写信天翁可能另有深意，"信天翁的形象在这里，对比于柯勒律治的《古代水手的诗韵》实现了与传统的呼应与革新，标志着波德莱尔自己以及整个西方诗歌审美对象以及趣味的巨大转变，对后世影响深远"①。另外，信天翁所面对的，又何尝不是社会中遭受挫折的个体的境况呢？所以，诗歌的情景触目惊心，情境动人心扉，诗意深邃高雅，令人读之唏嘘不已。

　　信天翁健硕美丽，飞得又高又快，喜欢在海洋上翱翔，是西方诸多海洋文学作品中常见的海洋精灵，是海洋形象和精神的象征。除此之外，《信天翁》中的海洋也引人深思——"船是在苦涩的深渊上滑进"，对人对鸟，海洋竟是苦涩的深渊、受难的场所。大海的这种形象也与信天翁的窘态和悲剧形成照应。

---

　　① 张涛：《论波德莱尔诗歌理想的变迁——以对诗歌〈信天翁〉的解读为例》，《江西科技学院学报》2017 年第 3 期，第 88 页。按：柯勒律治《古代水手的诗韵》的另一译名为《古舟子咏》，本书前文对此诗已有介绍。

啊，船长！我的船长

（美）沃尔特·惠特曼

作者及作品简介

　　沃尔特·惠特曼（Walt Whitman，1819—1892），美国著名诗人、人文主义者。生于纽约州长岛亨廷顿的农民家庭，在九个兄弟姐妹中排行第二。1829年，他开始在律师事务所做勤杂工，在各个印刷厂做学徒。1834年，返回家乡长岛，三年多时间里在多所乡村学校执教，其间办了一份名为《长岛人》的报纸。1841年，惠特曼回到纽约当了一名记者，同时担任一些主流杂志的自由撰稿人或报纸编辑，并开始写诗。1842年，在纽约出版了小说《富兰克林·埃文斯》。1855年，惠特曼自费出版由12首长篇无标题的诗组成的《草叶集》，此为第一版，是他的代表作品。惠特曼创造了诗歌的自由体，得到当时著名作家爱默生的热情赞扬，爱默生公开发表致敬信。1856年，有20组诗的第二版《草叶集》出版，收录了爱默生的祝贺信："现在我在《草叶集》中找到了（一名新的美国诗人）。"

　　1865年林肯总统被暗杀，惠特曼出版战时诗集《桴鼓集》（后来收入《草叶集》），包括《啊，船长！我的船长》在内的诸多诗篇为悼念林肯总统而作。1873年1月惠特曼身患瘫痪症，写作大受影响。1881年第七版的《草叶集》已经是畅销诗集。《草叶集》不断修订和编入新诗，共有九个版本，1891年是最后一版，共收诗383首。诗集中提到的"草叶"象征着普通万物的神奇，象征着广大普通人的神圣与不朽。1892年3月26日，惠特曼去世，被安葬在哈利公墓。

选文

啊，船长！我的船长①

啊，船长！我的船长！我们可怕的航程已终了，

---

　　①　参见（美）惠特曼著，赵萝蕤译：《草叶集》，上海：上海译文出版社1991年版，第585－586页。

船只渡过了每一个难关，我们寻求的奖品已得到，
港口就在眼前，钟声已经听见，人们在狂热地呼喊，
眼睛在望着稳稳驶进的船只，船儿既坚定又勇敢，
　　但是心啊！心啊！心啊！
　　　啊，鲜红的血在流滴，
　　　　我的船长躺卧在甲板上，
　　　　　人已倒下，已完全停止了呼吸。

啊，船长！我的船长！请起来倾听钟声的敲撞！
请起来——旗帜在为你招展——号角在为你吹响，
为了你，才有花束和飘着缎带的花圈——为了你人群才挤满了海岸，
为了你，汹涌的人群才呼唤，殷切的脸才朝着你看；
　　　在这里，啊，船长！亲爱的父亲！
　　　　请把你的头枕靠着这只手臂！
　　　　　在甲板这地方真像是一场梦，
　　　　　　你已倒下，已完全停止了呼吸。

我的船长没有回答，他的嘴唇惨白而僵冷，
我的父亲感不到我的臂膀，他已没有了脉搏和意志的反应，
船只已安全地抛下了锚，旅程已宣告完成，
胜利的船只已达到目的，已走完了可怕的航程；
　　　欢呼吧，啊海岸，敲撞吧，啊钟声！
　　　　但是我每一举步都怀着悲凄，
　　　　　漫步在我船长躺卧的甲板上，
　　　　　　人已倒下，已完全停止了呼吸。

作品评析

　　《啊，船长！我的船长》是惠特曼为悼念美国第 16 任总统林肯而写的诗篇。林肯为维护国家统一、摧毁蓄奴制而领导了南北战争并取得了胜利，解放了黑人奴隶，却遭到反动势力雇佣的刺客刺杀，于 1865 年 4 月 15 日去世。惠特曼支持南北统一，也曾亲自到过前线，他为林肯之死感到极度悲痛，写下了很多纪念诗歌，这是最著名的一首。

　　诗人在《啊，船长！我的船长》中先是描绘了可怕的航程、稳稳驶进的船只、招展的旗帜、吹响的号角、挤满人群的海岸，这是人们获得胜利的、

倍感振奋的海洋。诗歌的后半段主要呈现船长躺卧的甲板，人们悲戚难耐、心情沉痛。船长的牺牲引发诗人内心的悲痛，而沉浸于航程胜利中不知情的人群仍在热切欢呼，这两者融合在一起又形成了鲜明对比，使诗歌的基调慷慨悲壮，情感饱满深沉，让读者倍感诗歌审美的力量。诗人运用了比喻和象征的手法，把美国比作一艘航船，把林肯总统比作船长，把维护国家的统一和废奴运动比作一段艰险的航程。诗人出生在海边，酷爱海洋，在他的诗歌中，他习惯于以"海岸"作为生与死的分界线，"大陆代表固体的、生硬的、短暂的物质世界，而大海则代表液体的、流动的、永恒的精神世界"①。船长的形体抵达陆地时不再有生命活力，但他的精神在海洋历险后永远留存人间。

上海译文出版社 1991 年出版的《草叶集》，将这首诗歌特意排版成了航船的形态，真正做到了诗意、诗形两者在内容和形式上的完美和谐，颇值得玩味。

海上劳工

（法）维克多·雨果

作者及作品简介

维克多·雨果（Victor Hugo，1802—1885），19 世纪法国浪漫主义文学代表作家，被誉为"法兰西的莎士比亚"。雨果出生于法国贝桑松的一个军官家庭。13 岁进入寄读学校，成为学生领袖，开始写诗，为《文学保守派》杂志撰稿。21 岁因出版诗集《颂歌集》而声名鹊起。《汉·伊斯兰特》是他的第一部长篇小说。22 岁时，他与浪漫派文艺青年缪塞、大仲马等人组成"第二文社"，开始明确反对伪古典主义。1827 年，雨果为自己的剧本《克伦威尔》写了长篇序言，被认为是反对古典主义的浪漫派文艺宣言。1831 年，雨果发表浪漫主义代表作长篇小说《巴黎圣母院》。1841 年，雨果被选为法兰西学士院院士。1845 年，雨果被封为法兰西贵族世卿，并任贵族院议员，开始从政。1851 年，他因攻击拿破仑三世称帝而被放逐国外，长达 20 年。1862 年，长篇小说《悲惨世界》问世。1870 年 3 月，拿破仑三世垮台后，法兰西第三共和国成立，雨果回到巴黎，并于次年当选为国民大会代表。1883 年，雨果完成创作长达 25 年的《世纪传说》。1885 年 5 月 22 日，雨果在巴黎逝世，法国政府和公众在潘德拉为雨果举行了国葬。

---

① （美）瓦·惠特曼著，张禹九译：《惠特曼散文选·序言》，长沙：湖南人民出版社 1986 年版，第 4 - 5 页。

雨果一生作品等身，包括诗歌 26 卷、小说 20 卷、剧本 12 卷、哲理论著 21 卷，合计 79 卷。代表作还有长篇小说《九三年》《海上劳工》等，短篇小说《"诺曼底"号遇难记》等。

　　《海上劳工》的故事开篇，讲述了一个圣诞节早晨，德玉西特在雪地上写了吉利亚特的名字，造船厂烧锅炉的小工吉利亚特看见了，把姑娘的倩影深深地刻在了心上。德玉西特父母双亡，由叔叔李特尔芮抚养。李特尔芮拥有一艘往来于圣·马诺和格尔伦斯之间的轮船，他为德玉西特储蓄了五万法郎的嫁妆，却被狡诈的伙计朗泰伦骗去。船长西尔·克吕班在航行中捉住了骗钱的朗泰伦，把他骗去的本金和利息共计七万五千法郎要了回来，但意图据为己有。克吕班开船触礁，自己准备携款逃跑，不料被大章鱼缠死在海中。李特尔芮声称，愿意把侄女嫁给任何将机器打捞回来的人。吉利亚特向李特尔芮确认誓言后，就驾驶着小木船出发了。在茫茫大海中寻找和打捞一台沉入海底的机器是几乎不可能完成的任务，但为了赢得心仪的姑娘，吉利亚特用超人的勇气和信心，克服了无数无法想象的艰难困苦。他挨过了大海的暴风雨，维修好他的小木船，杀死了凶猛的大章鱼，并无意间发现了携带巨款潜逃的克吕班的尸骨。吉利亚特携着德玉西特价值七万五千法郎的嫁妆，用小船拖着李特尔芮的杜兰特号胜利返航了。他满怀期待地走进花园望着德玉西特的倩影，却看到她在花园里被一个年轻俊美的男子拥抱和求婚，后者是被吉利亚特救过一命的教区主任埃培尼塞。李特尔芮遵守承诺，要德玉西特和吉利亚特马上结婚。但是吉利亚特坚决拒绝了，他帮助德玉西特和埃培尼塞登记结婚后，目送他们乘船去蜜月旅行，而自己则被海潮淹没，永眠于大海的怀抱中。

选 文

海上劳工（节选）

第二部　第三章　斗争

六　战斗[①]

　　风暴一直刮在船身上。

　　不需要别的力量，便可完成全部的毁灭。甲板上的铁皮已经摺叠得像一

───────────────

　　① 参见（法）雨果著，罗玉君译：《海上劳工》，成都：四川人民出版社 1980 年版，第 326 – 331 页。

本翻开了的书。肢解业已开始。在风暴中吉利亚特耳朵里听见的，便是这种破裂的声响。

他走近破船的时候所看见的灾祸，差不多是不可能补救的了。

他在船底上锯开了的那个方孔，成了一个大的伤口。风更把这个伤口造成了一个折骨。横向的裂缝简直把破船分裂成了两段。靠近单桅船后面的那一部分，牢牢地夹在岩石的钳口里。正对着吉利亚特那一部分虚悬在空中了。维系着它的破烂木料成了铰链。这个庞然大物，好像绕着铰链旋转一般在裂口上摆动，风把它摇撼着，发出可怕的凄厉的响声。

幸而单桅船已经不在它的下面了。

但是这样的摇摆却动摇了仍然嵌在两座杜弗礁当中的那一部分船壳。从动摇到跌下来并不太远。在风暴不断的攻击下，脱离的那部分可能忽然拉着差不多接触到单桅船的那一部分一齐掉下来。在这样的情形下面，整个的破船，单桅船连带机器，必定卷进大海里，被海全部吞没。

吉利亚特看清楚了摆在他眼睛面前的这个情况。

这叫做大祸临头。

怎样去避免呢？

吉利亚特是能够从危险当中得救的人。他仔细思索了一会儿。

吉利亚特跑到他的仓库里，取出了斧头。

铁锤已经替他出了力，现在是轮着斧头出力的时候了。

他爬上破船，在还没挠屈的铁皮上站住了脚，在两座杜弗的狭巷中的深渊上空，弯着身体，他开始砍掉那些还悬在船壳的木板。

他的目的是要把破船的两部分分开，使仍然坚实的那一部分摆脱了累赘，把波浪打倒了的那部分抛向海里，这样便把风暴的捕获物平分一半给它。悬吊着的那一半船身，被风和它的重量拖着，只有几点还牵挂着。整个的破船像一张半卷的帘幕，悬吊着的一段拍打着卷起的一段。只有五六片木板，已经折裂，弯曲，可是还没有断，仍然牵连在那里。在每一阵狂风下，它们的裂痕迅速扩大，发出破裂的声响，斧子的工作，帮助了风的工作。这样少的联系，固然便利了工作，可是也增加了他的地位的危险，一切灾祸都可能在吉利亚特的脚下发生，使他顷刻间坠落在惊涛骇浪里。

风暴达到了它的最高点。它不但可怕，而且可憎可怖。大海的翻腾一直达到了天穹。密云到现在还笼罩在头顶上，它似乎为所欲为，它施加压力，使波涛暴怒，它自身却保持不祥的镇静。下面是发狂，上面是发怒。满天都在吹气，整个大海成了泡沫，这就是风的权力。飓风是司命的神，他被自己的凶恶弄沉醉了、糊涂了，它变成了旋风。这是盲目的在制造黑夜。有的风暴发了狂，疯疯癫癫爬上了天穹的脑顶。天穹也张皇失措，只好暗暗的用雷鸣来回答。再没有什么比这个更可怕的了。这真是最凶恶的时刻。对礁石的践踏已经无以复加。一切风暴都有它神秘的去向，可是在这时候却迷失了方向。这是风暴的恶劣地带。在这种时刻，多马·弗列尔说，"风就是一个疯子"。也说正是在这些时刻，风暴里发出大量的闪电，皮丁顿把它叫做"瀑布式的闪电"。也正是在这些时候，在最黑的密云里，出现了一圈的蓝光，古代西班牙的航海人把它叫做"飓风眼（el ojo de la tempestad）"，除了假想它是来窥探宇宙恐怖的情形之外，没有人知道这是为了什么。这可怕的眼睛正向下界觑着吉利亚特。

吉利亚特，在他那一方面，现在也抬起头来望着密云。他每次用斧头砍一下，总威严屹立。他似乎太失望了，因而更加自豪。他会绝望吗？不会的。在海洋登峰造极的冲动面前，他又谨慎，又勇敢。他只把脚站在破船上坚实的地方。他拿性命来冒险，却又在拯救自己；因为他的决心也达到了最高点。他的精力增加了十倍。他被他的大胆燃烧着。他一斧一斧的劈下去，响亮得好像在挑战一般。好像他已经赢得了风暴所丧失的明智。这真是一场惊心动魄的交锋！一方面是不可屈服的意志，一方面是消耗不尽的能力。这是一场争夺式的搏斗。可怕的黑云在无涯的天上塑造出哥尔拱①的面具，把一切可能的最恐怖的形象一齐显现出来。雨从海里来，浪在云中滚，风的幽灵在打旋，形形色色的天象时隐时现；在这光怪陆离的变幻之后，黑暗更加可怕了；除了来自四面八方的洪流——一片沸腾的大海——之外，什么全看不见了；挟带着冰雹的，灰暗的，褴褛的云堆，像害了旋转、蜷曲的癫狂病；空中有一种奇怪的响声，像干豌豆在筛子里被摇簸的响声。弗打②观察过的反复电流，在云与云之间爆炸，可怕的雷霆连续不断，闪电在吉利亚特的身边闪灼。海洋面对着他也像是惊了一样，他在那摇摆不定的破船上走来走去，甲板在他的脚下震动，他一手执大斧，又砍，又劈，又削，又捶，在电光照耀下，他面色苍白，长发飘扬，赤着脚，衣服褴褛，满脸泡沫，在大雷雨的渣滓中，显得威严伟大。

对着疯狂的暴力，只有机智才能抵抗。吉利亚特胜利的原因全在于机智。他的目的是要使破船的脱节部分整个落下去。因此，他削弱那些破裂的部分，却不完全把它们砍断，还留下一些细小的联系支持悬空的一部分，他忽然住

---

① 哥尔拱（Gorgons）：据希腊神话，福耳库斯和刻托的三个女儿，其中之一的墨杜萨是蛇发女怪，人见了立刻吓得化成石头。——原书译者注。

② 弗打（Volta，1745—1827），意大利物理学家，电池的发明人。——原书译者注。

手，高举斧头，因为手术已经结束。整个的一块，哗啦一声跌下去了。

这一半破船的尸体在吉利亚特脚下，在两座杜弗礁之间直落下去。他站在破船的另一部分的边沿，身子向前倾侧地瞧着。这一块东西在落下水去时，碰着了岩石，还没落到水底，就被狭巷最窄处挡住了。它有相当高一部分在水面上，可以制服高十二英尺的浪涛。直立着的这一大块船板，在两座杜弗礁之间形成了一堵墙；由于被他掀下、横卧在狭巷里的岩石更高一些，只让泡沫的细流从它两端流通；这就成为吉利亚特在那海上的孔道里抵御风暴，用智慧创造的第五道堤防。

盲目的风暴乱刮乱吹，帮助他做成了这道最后的堤防。

幸而狭道的两旁峭壁是那样接近，阻止了破船的这一整块落到海底去。这使得它有相当的高度；而且因为水可以从障碍的下面流过，减少了波浪的威力。从下面冲过的，就不至于从上面跳过。这便是浮着的防浪堤的秘诀。

现在，让风暴做它所能做的吧，对于单桅船和机器，没有什么可忧虑的了。周围的水不能再被风浪扰乱了。西方，有两座杜弗礁口的闸门保护；东方，有这一道新建筑的高墙，大浪大风的打击都不能达到它们那里了。

吉利亚特从灾祸里觅得了救护，风暴竟至变成了他的好助手。

这件事情办完以后，他从水坑里用双手捧了几名雨水来喝，抬起头对着云叱咤道：“蠢才！”

这是人类的智慧和自然的暴力争斗的时候，体会到的一种有讽刺意味的欢乐，那时人们证实了敌方的蠢笨，利用它的强暴来为人类服务，吉利亚特感觉到有辱骂他的敌人的意愿，这意愿已经早就表现在荷马所歌唱的英雄们的口里了。

吉利亚特下到单桅船里去，利用闪电来检查它一番。这正是那可怜的小船需要救助的时候了。在前一段时间，它受了太大的震荡，开始支持不住了。吉利亚特匆匆望了它一眼，还没有发现任何损害。然而它肯定曾经受到了凶猛的冲击。波浪一平伏，船体自然恢复了常态，锚抓得很紧了；至于机器，它的四条链子仍然好好的拉住它的。

吉利亚特检查完毕时，有一个白色的东西在他眼前飞过，消逝在黑暗里。这是一只海鸥。

在大风暴里，没有比海鸥更受欢迎的了。鸟儿再度出现的时候，风暴快要过去了。

雷又响起来；这又是一个吉兆。

风暴最大的暴力瓦解了自己。所有的航海人都知道：最后的考验，是最严峻的，却也是最短暂的。特大的雷声，便是收场的预告。

雨倏然停止了。在浓云里，只有一阵郁怒的隆隆的雷鸣。风暴忽然停息，好像一块木板落地。大堆的乌云在解散里飞驰。一线明亮的天出现在黑暗的云堆里。吉利亚特惊呆了；原来天大亮了。

风暴差不多继续了二十个钟头。

风暴带来的狂风，现在又被风带走了。黑暗的崩溃在天边显现着，破碎的云雾在天空中混乱地飞过，从一条线的这一端飞到那一端，有整个退却的模样；他听得见一阵阵长长的却渐渐减弱的喧嚷声音，最后的一阵雨落过后，这些夹着雷电的黑团像一群可怕的大车那样，全走开了。

忽然间，天空变成了蔚蓝的颜色。

吉利亚特才感到他疲倦了。瞌睡降落在这个极端疲乏的身躯上，如像一只鸷鸟捕捉了它的牺牲品。吉利亚特倒身下去，在小船的甲板上，没有选择地方就睡着了。直直的伸长了身子，一点儿也不动，他就这样睡了好几个钟头，几乎和他身边的横梁和木棒没有区别。

当他醒来的时候，他感觉饿了。

作品评析

《海上劳工》是雨果的浪漫主义代表作，出版于 1866 年，当时受到法国中下阶层读者的热烈欢迎，一版再版。雨果在写作前专门到赛克尔岛搜集了大量资料，历时七年完成，出版前命名为"精怪吉利亚特"。《海上劳工》的浪漫主义色彩，在对海洋的描写上可见一斑。大海像一头怒吼的巨兽，而杜兰特号就像出入海中的蛟龙，杜弗礁像海中的毒龙，暴风雨像暴君。众多的比喻描写了变幻不定的海洋事物，讴歌了人与大海波澜壮阔的战斗。

至于人物，译者认为"《海上劳工》这部杰作是雨果社会思想的表白，他应用高度的浪漫主义手法，把主角吉利亚特塑造得多么伟大，多么理想！有些地方甚至理想化得有些不近情理了。可是由他所表现出来的人道主义的精神，大无畏的精神，是由作者对整个人类的深爱所产生、所温暖、所哺育的"[1]。吉利亚特有超乎时代的深邃思想、超乎常人的意志和智慧、超乎凡人的情感，他完成了不可能的打捞沉船的任务，把心爱的姑娘让给他人，完全不在意巨额财富，自己承担了所有痛苦和绝望，决绝地自沉大海。塑造了这样近乎完美的英雄吉利亚特，显示出《海上劳工》的浪漫主义特色。

---

[1] （法）雨果著，罗玉君译：《海上劳工·译后记》，成都：四川人民出版社 1980 年，第 436 页。

《海上劳工》中的海洋，一方面是雄浑壮大的，作家成功地描述了海洋的变幻莫测、无穷力量，让人对大海肃然起敬；另一方面，海洋的伟大乃是衬托英雄壮举的，吉利亚特战胜了大海，而又寄身于大海，让人在敬仰中有些许失落，痛惜中又有些许欣慰。

选文讲述吉利亚特因遭遇两次暴风雨，而被困在地中海礁石之间的故事。雨果笔下的海洋神秘莫测、狂暴肆虐，洋溢着崇高力感。描写达到最高点的风暴："不但可怕，而且可憎可怖。大海的翻腾一直达到了天穹。"密云笼罩、波涛暴怒、旋风凶恶、天穹张皇失措、雷鸣闪电交叠。雨果对海洋风暴中的事物作了拟人化描写，场景逼真而富有想象力，震撼力极强。吉利亚特在暴风雨中筑造栅栏来抵御风暴，堤防崩塌，他再次修筑，二十个小时的战斗后，他的单桅船终得保护存留。"作者将吉利亚特放在从大海中打捞一台机器这样一个情节当中来刻画，极力渲染了大自然的险恶和无情：大海把吉利亚特带来的食物冲得一干二净，使他忍饥挨饿去干沉重的体力活；各种凶险的动物时时刻刻要把这个无依无靠的人置于死地；暴风和怒涛一次又一次地把吉利亚特的劳动成果毁得荡然无存。在这样恶劣环境的衬托下，吉利亚特表现出超凡的能力和超凡的意志。他不仅用简陋的工具，克服了常人难以想象的困难，像神话中的勇士那样与海洋生死搏斗，在狂风暴雨和悬崖深渊中夺回杜特兰号的'心脏'。一个年轻的渔民小子成长为'超人'，作者借这类人物充分显示了人类的智慧和毅力，歌颂了理想中的人物。"[1] 雨果在展现了狂暴海洋的巨大力量的同时，也毫不吝啬地赞美吉利亚特在不可战胜之风暴面前的智慧和意志。

▌海底两万里

（法）儒勒·凡尔纳

◖ **作者及作品简介** ◗

儒勒·凡尔纳（Jules Verne，1828—1905），19 世纪法国小说家、剧作家及诗人，生于法国的南特费多岛。1947 年，凡尔纳到巴黎学习法律，其间经常参加文学沙龙的活动。1849 年取得法学学位。1850 年，凡尔纳出版的第一

---

① 沈露儒：《论雨果浪漫主义小说中的理想因素》，《江西社会科学》2005 年第 2 期，第 84 页。

部剧本《折断的麦秆》经改编上演。1851 年，凡尔纳最早的两篇小说《墨西哥的幽灵》和《乘气球的一次旅行》发表。1852 年，他转向专业文学创作。此后的半个多世纪中，凡尔纳创作小说等作品超过八十部。他的作品大多与出版商赫泽尔父子合作出版。1905 年，凡尔纳在亚眠逝世。

1863 年起，凡尔纳开始发表以科学幻想冒险为主题的小说，总名称为《在已知和未知的世界中的奇异旅行》。代表作为《格兰特船长的儿女》《海底两万里》《神秘岛》三部小说，被称为"海洋三部曲"，其他一直常销于世界各国的小说还有《气球上的五星期》《八十天环游地球》《地心游记》等。凡尔纳与赫伯特·乔治·威尔斯并称为"科幻小说之父"。1927 年法国赫切特图书公司设立儒勒·凡尔纳奖，专门奖励优秀的科幻原创作品。法国政府把 2005 年定为凡尔纳年，以纪念他百年忌辰。

《海底两万里》的故事从 1866 年开始讲起，海上出现了撞裂多艘航船的大怪物，"我"——法国博物学家阿罗纳克斯——应邀登上驱逐舰林肯号去追查怪物。林肯号被怪物击沉，"我"和仆人孔塞伊，以及加拿大捕鲸手内德·兰德，被怪物搭救，原来那是一艘名为鹦鹉螺号的潜水艇。艇长尼摩不肯放他们俩上岸，但带着他们开始了在海底长达两万里的旅行。"我"亲眼见识了潜水艇的奇妙构造和功能、海洋中奇特的生物，"我"跟着尼摩穿戴着设备漫步海底平原、海底森林，随艇游历了瓦尼克罗群岛、托雷斯海峡、珊瑚王国、印度洋、红海、维哥湾等地，经历了与章鱼、鲸鱼的战斗，从南极冰盖的困境中脱离。他们在北极海域策划了第五次逃跑，彼时潜水艇恰被卷入迈尔海峡的大漩涡流中。他们逃离了漩涡，尼摩艇长和鹦鹉螺号不知所踪。

选文

海底两万里（节选）[①]

二十四　珊瑚王国

第二天早晨，我上了平台。尼摩艇长已经在那儿了。他一见我上来，便立刻朝我走过来。

"教授先生，"他对我说道，"今天去一次海底，您意下如何？"

"带我的两个同伴一起去吗？"我问道。

---

① 参见（法）凡尔纳著，陈筱卿译：《海底两万里》，北京：中央编译出版社 2010 年版。

"只要他们愿意同行的话。"

"我们听从您的命令，艇长。"

"那就请你们去穿好潜水服吧。"

他只字未提那个垂死或者已经死了的人。我下到内德·兰德和孔塞伊的房间，把尼摩艇长的建议告诉了他们。孔塞伊立即便欣然同意了，而内德·兰德这一次也表示非常愿意与我们同行。

说话时是早上八点。八点半时，我们便穿好了这次海底漫游的行头，带上了照明和呼吸装备。双重门启开，我们便随同尼摩艇长及其十多名艇员，踏上离海面十米深的海底。鹦鹉螺号就停泊在那儿。

过了一个缓坡，便是一处高低不平的凹地，深度在十五米左右。这里与上次所见到的地方不同，没有细沙，没有海底草地，更无海底森林。我立即发现，尼摩艇长今天带我们来的是一个神奇的地方——珊瑚王国。

在植虫动物门海鸡冠纲中，有一个柳珊瑚目。此目分三个科：柳珊瑚科、木贼科和珊瑚科。珊瑚属于最后这一科。珊瑚很有趣，先是被归入矿物界，后又被归入植物界，最后又被归入动物界。古时候的人把它视为药材，而现代的人则把它视为饰物。是马赛人佩索内尔于1694年最终把它归入动物界的。

珊瑚是聚集在易碎的石质珊瑚骨上的微小动物群。珊瑚虫具有独特的繁殖能力，系无性繁殖，它们有着各自的生活，同时又有共同的生活。因而，它们这是一种天然的社会主义。我了解关于这种奇特的植虫动物的最新研究成果。根据博物学家们的精确观察，它们起着矿化作用，同时形成树枝状结晶体。对我来说，没有什么可以与参观大自然在海底种下石化森林相媲美的了。

鲁姆科尔夫灯打开了。我们顺着正在形成中的珊瑚层走着。随着时间的推移，这些珊瑚层总有一天将会把印度洋的这一部分海域给封锁住的。路旁满是杂乱无章地缠在一起的小珊瑚丛，上面开满了闪烁着白光的星形小花朵。不过，与陆地上的植物生长形式相反，这些附着在地面礁石上的树枝状结晶体，是从上往下长的。

灯光照在这些色彩艳丽的珊瑚树上，景象万千，煞是迷人。我仿佛看见这些圆柱形薄膜细管在水波下颤动着。我真想动手采摘几片带有纤细娇嫩触须的新鲜花冠。这些花冠有的已经盛开，有的则含苞欲放。正在这时，一些身子轻捷、鳍在迅速摆动的鱼儿，像飞鱼似的在珊瑚枝间游来游去。而在我的手稍稍靠近点儿这些有着生命活力的花朵和含羞草的时候，整个花丛便立即发出警报，白色花冠便缩进红色的花套中去，花朵在我眼前消失，珊瑚丛因而变成了一堆圆形石头。

这次偶然的机会让我得以置身其间，一睹这种植虫动物最珍贵品种的风采，这儿的珊瑚可与地中海沿岸各国——法国、意大利和柏柏尔人国家①——的珊瑚相媲美。它们中最美丽的几个品种被冠之以"血红花""血红泡"之美名，在交易市场上十分抢手，每公斤售价高达五百法郎。这儿海底下的珊瑚是全世界采集珊瑚者的"金矿"。这种珍贵物质常与其他珊瑚骨混杂，形成密实而难以分辨的整体，被称之为"马克西奥塔"，我认为那是一些地地道道的美丽的红珊瑚。

稍往前走，珊瑚丛变得愈加密集，树枝状结晶体也越来越大。展现在我们面前的是真正石化了的矮树丛，千姿百态，犹如结构奇特的建筑。尼摩艇长走进一条昏暗的长廊，长廊的缓坡把我们渐渐地引到一百米的深处。我们的蛇形玻璃管灯的灯光照射到那些粗糙凹凸的门拱上面，照射到像枝形吊灯一样的穹隔上面，不时地产生着一些魔幻般的效果。在这个矮珊瑚丛中我还观察到一些别的珊瑚虫，十分有趣，比如海虱珊瑚和节叉鸢尾珊瑚；还有几丛珊瑚藻，有绿有红，是真正带有咸石灰质硬皮的海藻，博物学家们经过长期争论之后，最后才把它们划归到植物界。然而，根据一位思想家的说法，"这里可能是真正的起点，生命在此从无知觉的沉睡之中隐隐约约地苏醒过来，但并未脱离其初始时的粗犷状态"。

走了两个小时之后，我们终于走到深约三百米的海底，也就是来到了珊瑚开始形成的极限深度。在这里所见到的已不再是珊瑚丛和零散孤立的不起眼的珊瑚矮林，而是大片的森林，是巨大的矿化植物，是成为化石的参天大树。它们与美丽的羽毛花彩状植物交织在一起，而这类海洋藻类植物颜色鲜艳，婀娜多姿，煞是养眼。我们从它们那隐于海水阴暗中的高大树枝下顺顺当当地穿越，脚下却别有洞天，那是由笙珊瑚、星形贝、菌贝等铺成的五彩缤纷的花毯。

景色真是美不胜收，非笔墨所能描述！多么遗憾，我们竟无法交流感受！为什么我们非要禁锢在这种金属和玻璃的头盔之中，彼此无法畅谈呢！至少也得让我们像水中的鱼儿一样生活，或者让我们像两栖动物一样，可以随心所欲，可入水可登陆，不受限制！

此时，尼摩艇长停下了脚步。我和我的两个同伴也止步不前。我回过头去，只见艇员们把他们的艇长围成了个半圆形。我再仔细一照，发现其中的四个艇员肩上扛着一个长长的玩意儿。

我们是站在一大片林间空地的中央，周围围绕着的是最大的海底森林的树枝状结晶体。灯光照射在这片林间空地上，那光亮变得模糊，宛如黄昏，

---

① 指北非马格里布的突尼斯、摩洛哥等国家。——原书译者注。

地上的影子被拉得很长。空地尽头更加地暗淡，只有几缕珊瑚尖发出的微弱的光亮。

内德·兰德和孔塞伊就站在我的身旁。我们在观看，可此刻在我脑海中闪过一个念头：我马上就会看到一个奇特的场面。我朝地面望去，发现地面上有一些鼓起来的地方，鼓得不算很高，上面堆着一层石灰质的土，整齐有序，像是人为所致。

林间空地的中央，在一个用石块草草地搭起的台基上，立着一个珊瑚十字架，伸着长长的双臂，宛如石化了的血液制成的。

尼摩艇长做了个手势，一名艇员走上前去，走到离十字架几步远处，从腰间取下一把十字镐，开始挖坑。

我立刻明白过来！这个林间空地是一块墓地，这个坑，是一个墓穴，那长长的东西是昨天夜里死去的人的尸体！尼摩艇长及其艇员前来此处，为的是要把自己死去的同伴安葬于这个与世隔绝的海底墓园中！

不！我的情绪从未如此激动过！从未有如此强烈的念头闯进我的脑海中！我真不愿意看到眼前的这个场面！

墓穴在慢慢地挖着。鱼儿受到惊扰，四处逃窜。我听得见十字镐击地时的响声，镐尖碰到沉于海底的散落燧石，时不时地会迸出火星来，墓穴在变长，变宽。很快便深可容纳尸体了。

这时候，抬尸体的艇员们走近前来。尸体用白色足丝裹着，被放入灌满水的墓穴中。尼摩艇长双臂呈十字形搂抱着，死者生前的朋友们都跪倒在地，祈祷着……我和我的两个同伴也都在虔诚地鞠躬致礼。

墓穴随即用刚才挖出的土给填上了，形成了一个不太大的坟头。

坟墓完成后，尼摩艇长及其艇员便站起身来，走到坟前，再次跪倒，双手前伸，作最后的告别……

此刻，送葬队伍已踏上返回鹦鹉螺号的路径，经过林中拱形物，沿着矮树丛和珊瑚丛，一路上坡而行。

艇上的灯光终于隐约可见了。我们朝着那亮光处向前走。一点钟光景，我们回到了鹦鹉螺号上。

我一换完衣服，就登上艇顶平台，走到舷灯旁坐了下来，脑子里闪现着一些可怕的念头。

尼摩艇长走到我的身旁。我站起身来，对他说道：

"这么说，那个人如我所说，昨夜里死了？"

"是的，阿罗纳克斯先生。"尼摩艇长回答我说。

"那他现在是在珊瑚墓园里与他的同伴们长眠在一起了？"

"是的，他将被众人遗忘，但我们却不会忘记他的！他们挖了坟墓，珊瑚虫将会尽职尽责地把我们那些死去的人永远封闭起来的！"

艇长突然以颤抖的手掩面，想止住悲声，但却未能如愿，他抽泣着说道：

"那离波涛汹涌的海面数百尺的地方，就是我们静谧的墓地！"

"艇长，您那些死去的伙伴至少能够安静地长眠着，不会受到鲨鱼的侵扰！"

"是的，先生，"尼摩艇长神情严肃地说，"不会受到鲨鱼以及人的侵扰！"

作品评析

《海底两万里》是一部以海洋为背景的科学幻想小说，还有不少冒险的情节。鹦鹉螺号依次游历了太平洋、印度洋、红海、地中海、大西洋、南极海域、大西洋、北冰洋，共计两万五千里。无边无际的海洋自然景色和海洋深处丰富多彩的海生动植物是作家描绘的主要对象，篇幅几乎占了全书的二分之一。在小说中，凡尔纳以他渊博的海洋知识对大海的奇美壮观进行了描述。那壮观的海生动植物，千姿百态；那迷人的水中奇景、气象万千，把读者带入了一个崭新的海底世界，令人迷醉惊羡，既引人入胜，又耐人寻味。[1]《海底两万里》几乎完全以展现海底两万里的奇幻美景和人们在海底的奇特经历为旨归，人物的情感和相互之间的冲突是次要的。小说中海上与海下的美丽、奇妙、广博、雄浑，被作者不断铺陈，与探险家对海洋的热爱与洞见相互昭彰。因其海洋科学知识之丰富，《海底两万里》自被译介到中国，就一直是青少年喜爱的小说，如今已被教育部列入中学生课外读物建议名单。

《海底两万里》的主要受众是青少年，以及对科幻和海洋感兴趣的成年人，究其原因，主要有四点。一是小说中的海洋探险充满刺激与挑战，能丰富读者对世界多样性的认知。二是小说的主人公具有突出的英雄气质，"凡尔纳不同于那些脱离生活的书斋学者，他力图将那些集高度的科学知识和丰富的实践经验于一身的人作为自己的正面人物……尼摩艇长也是这样的人"[2]。尼摩艇长博学、富有、正直、神秘，几乎符合青少年对偶像的所有幻想，无所不知的博物学家阿罗纳克斯和他忠诚的仆人孔塞伊也具有理想主义色彩。三是海洋里的奇幻生物和场景、潜水艇的先进科技、人对各种困境的突破，

---

① 参见鲁江堤：《凡尔纳和他的〈海底两万里〉》，《外国文学研究》1980 年第 3 期，第 130 页。

② （法）凡尔纳著，陈筱卿译：《海底两万里·译序》，北京：中央编译出版社 2010 年版，第 1-2 页。

都让读者大开眼界。四是小说兼具科幻性和文学性，富有想象力和浪漫色彩，极具阅读趣味。

选文讲述尼摩艇长带领大家，将一位在战斗中牺牲的船员埋葬在了美丽安寂的海底。肃穆的葬礼仪式，让"我"深为感动。凡尔纳先从科学的角度对珊瑚做具体的解说，又以摄像机般的笔触，详尽地描写了海底珊瑚层林的绮丽。科学知识与文学描述交织，呈现了既写实又唯美的海底珊瑚王国。选文的后半段记录了海底葬礼的全过程，氛围庄严肃穆，让人动容。一向睿智、冷静、理性的艇长也控制不住地抽泣，他神情严肃地解释把同伴葬于海底珊瑚王国的原因，是让他们再"不会受到鲨鱼以及人的侵扰"。这既表明了艇长对陆上人类社会的绝望，又借人物之口表明了作者的海洋观：大洋深处远离人群，是逝者灵魂最宁静、最美丽的归宿，是生者最深沉、最美好的爱的寄托。

▌ 醉 舟

（法）阿尔蒂尔·兰波

⌈ 作者及作品简介 ⌋

阿尔蒂尔·兰波（Arthur Rimbaud，1854—1891），法国著名诗人，早期象征主义诗歌的代表人物。兰波生于法国夏尔维勒，极具学习天赋和反抗精神，14 岁开始写诗，并用拉丁文写了一首 60 行的诗寄给拿破仑的第三个儿子。16 岁离家出逃，17 岁第三次出逃是为了参加巴黎公社运动；出逃过程中结识诗人魏尔伦，两位诗人相遇相知，一起漂泊。17—19 岁写作完成诗作《地狱一季》和散文诗集《彩图集》，从此基本放弃文学创作。1876 年从爪哇岛逃出后做了半年的水手，也做过监工等短期工作，后成为商人。1891 年 11月，因病逝世于马赛。

《醉舟》写于 1871 年，是兰波前期诗歌中的一篇，是象征主义诗歌的代表作。全诗共 25 节，每节 4 句，以醉舟在海上漂荡为时间线索展开描述，形制整齐，意象奇幻，形成了形与意的富有音乐感的节奏。兰波被奉为象征派的代表、超现实主义诗歌的鼻祖、第一位朋克诗人，他任性而反叛，一生短暂而传奇，对后世的影响极大。

醉 舟①

沿着沉沉的河水顺流而下，
我感觉已没有纤夫引航：
咿咿呀呀的红种人已把他们当成活靶，
赤条条钉在彩色的旗杆上。

我已抛开所有的船队，
它们载着弗拉芒小麦或英吉利棉花。
当喧闹声和我的纤夫们一同破碎，
河水便托着我漂流天涯。

在另一个冬季，当澎湃的潮水汩汩滔滔，
而我，却比孩子们的头脑更沉闷，
我狂奔！松开缆绳的半岛
也从未领受过如此壮丽的混沌。

进入大海守夜，我接受风暴的洗礼，
在波浪上舞蹈，比浮标更轻；
据说这波浪上常漂来遇难者的尸体，
可一连十夜，我并不留恋灯塔稚嫩的眼睛。

比酸苹果肉在孩子的嘴里更甜蜜，
绿水浸入我的松木船壳，
洗去我身上的蓝色酒污和呕吐的污迹，
冲散了铁锚与船舵。

从此我漂进了如诗的海面，

---

① 参见（法）阿尔蒂尔·兰波著，王以培译：《兰波作品全集》，北京：东方出版社 2000 年版，第 136 – 141 页。

静静吮吸着群星的乳汁，
吞噬绿色的地平线；惨白而疯狂的浪尖，
偶尔会漂来一具沉思的浮尸；

此时天光骤然染红了碧波，
照彻迷狂与舒缓的节奏，
比酒精更烈，比竖琴更辽阔，
那爱情的苦水在汹涌奔流！

我了解溢彩流光的云天，了解碧浪、
湍流与龙卷风；我了解暗夜，
了解鸽群般游荡的霞光，
我曾见过人们幻想中的一切！

我看见低垂的落日，带着诡秘的黑点，
洒落紫红的凝血，
有如远古戏剧中的演员，
远去的波浪波动着窗上的百叶！

我梦见雪花纷飞的绿色夜晚，
缓缓升腾，亲吻大海的眼睛，
新奇的液汁涌流循环，
轻歌的磷光在橙黄与碧蓝中苏醒！

在思如泉涌的岁月，我一次次冲撞着暗礁，
就像歇斯底里的母牛，
不顾玛利亚光亮的双脚
能在喘息的海洋中降服猛兽！

你可知我撞上了不可思议的佛罗里达，
在鲜花中渗入豹眼和人皮！
紧绷的彩虹如缰绳悬挂，

勒着海平面上碧绿的马驹！

我看见大片的沼泽澎湃、发酵，
海中怪兽在灯心草的网中腐烂！
风暴来临之前巨浪倾倒，
遥远的瀑布坠入深渊！

冰川，银亮的阳光，珍珠色的碧波，
赤色苍天！棕色海湾深处艰涩的沙滩上，
虫蛀的巨蟒从扭曲的树枝间坠落，
发出迷人的黑色幽香！

我真想让孩子们看看剑鱼浮游，
这些金光闪闪的鱼，会唱歌的鱼。
——鲜花的泡沫轻荡着我的漂流，
难以言说的微风偶尔鼓起我的翅羽。

有时，殉道者厌倦了海角天涯，
大海的呜咽为我轻轻摇橹，
波浪向黄色船舱抛洒阴暗的鲜花，
我静静地呆着，如双膝下跪的少妇……

有如一座小岛，鸟粪和纷乱的鸟叫
从栗色眼睛的飞鸟之间纷纷飘坠，
我正航行，这时，沉睡的浮尸碰到
我脆弱的缆绳，牵着我后退！……

而我，一叶迷失的轻舟陷入了杂草丛生的海湾，
又被风暴卷入一片无鸟的天湖，
我的炮舰和汉萨帆船
已不再打捞水中沉醉的尸骨；

静静地吸烟，在紫气中升腾，自由自在，
有如穿墙而过，我洞穿了赤色上苍，
通过碧空的涕泪与阳光的苍苔，
给诗人带来甜美的果酱；

披着新月形的电光，我疾速奔流，
如疯狂的踏板，由黑色的海马护送，
天空像一只燃烧的漏斗，
当七月用乱棍击溃天青石的苍穹。

一阵战栗，我感到五十里之外，
发情的巨兽和沉重的漩涡正呻吟、颤抖；
随着蓝色的静穆逐浪徘徊，
我痛惜那围在古老栅栏中的欧洲！

我看见恒星的群岛，岛上
迷狂的苍天向着航海者敞开：
你就在这无底的深夜安睡、流放？
夜间金鸟成群地飞翔，噢，那便是蓬勃的未来？

——可我伤心恸哭！黎明这般凄楚，
残忍的冷月，苦涩的阳光：
辛酸的爱情充斥着我的沉醉、麻木。
噢，让我通体迸裂，散入海洋！

若是我渴慕欧洲之水，它只是
一片阴冷的碧潭，芬芳的黄昏后，
一个伤心的孩子跪蹲着放出一只
脆弱有如五月蝴蝶的轻舟。

噢，波浪，在你的疲惫之中起伏跌宕，
我已无力去强占运棉者的航道，

无心再经受火焰与旗帜的荣光，

也不想再穿过那怒目而视的浮桥。

作品评析

《醉舟》中诗人自比醉舟，以第一人称的方式想象自己是一艘自由自在的醉舟，挣脱了一切的束缚，听凭自己的内心，在一条河上顺流漂入汪洋大海中，随海浪四处游荡，在大海上看到了风暴、海怪等各种稀奇古怪的事物，最终被飓风卷上天空，又复归大海。

《醉舟》生动形象地描述了小船、海洋、海涛和海洋上的奇异事物，运用了梦幻、象征的手法，具有超现实主义特色。第 3～5 节，醉舟狂奔入大海，领受海洋"壮丽的混沌"，"接受风暴的洗礼"，被洗去"蓝色酒污和呕吐的痕迹"，"冲散了铁锚与船舵"，这象征诗人挣脱所有沉重的压抑、污浊的熏染和牢固的束缚，获得了彻底的自由。第 6～22 节，自由的醉舟在梦幻般的海洋上任意漂荡。海洋上的景象有：如诗的海面、沉思的浮尸、低垂的落日、杂草丛生的海湾、无鸟的天湖、黑色的海马、发情的巨兽、沉重的漩涡、迷狂的苍天。写星光是群星的乳汁，写阳光是紫红的凝血，怪兽在腐烂，虫蛀的巨蟒"发出迷人的黑色幽香"，看似醉舟的亲眼所见、真实经历，实则是诗人丰富的超现实的想象。运用怪诞和非逻辑的艺术手法，抽象、夸张、打破时空、颠倒因果关系，"把想象当作存在，把现实当作梦，以及前言不搭后语或牛头不对马嘴"[1]，创造抽象化了的艺术形象，制造具有神秘感的情境。第 23～25 节，醉舟伤心恸哭，因为黎明凄楚、冷月残忍、阳光苦涩、爱情辛酸，它再无力远航，呐喊"让我通体迸裂，散入海洋"，象征着自由的虚妄和终结。

醉舟挣脱丑恶现实而驶向自由天地，梦想的渴望得到了实现。但醉舟在大海上漂泊，周围的一切如梦幻一般，处处羁绊，终究只能徒然求索。诗人以醉舟的海上漂荡来象征人的精神历程，人舟合一，物我一体，营造了一种虚幻神秘的情境。诗中的意象凌乱而奇特，情绪萎靡又躁狂，格调深沉却忧郁，印证了 17 岁的兰波躁动焦灼的心境、对自由的强烈渴求、喷薄而出的才情。诗人一如醉舟，在诗歌的海洋里徜徉三五年，一时诗坛俊杰，而后决然

---

① 冯光荣：《珠联璧合　异曲同工——〈醉舟〉与〈金舟〉比较研究》，《四川外语学院学报》1994 年第 2 期，第 14 页。

抽离，又选择了其他轰轰烈烈的生存方式。何其率性！难怪兰波的追随者越来越多。

潮水升，潮水落　停　船

（美）亨利·瓦兹沃斯·朗费罗

作者及作品简介

亨利·瓦兹沃斯·朗费罗（Henry Wadsworth Longfellow，1807—1882）是美国诗人和翻译家，生前享受盛誉，一度是美国最受欢迎的诗人，也是深受当时欧洲人喜欢的美国诗人，代表作有诗集《夜吟》、组诗《奴役篇》、三首叙事长诗《伊凡吉林》《海华沙之歌》《迈尔斯·斯坦狄什的求婚》等。

朗费罗天性善良，热爱民主和自由，尤其关注和同情底层民众和弱势群体。译者杨德豫认为，朗费罗"是一个坚定的废奴运动者，他的同情完全在被奴役的黑人方面"，"虽然没有直接投身于政治斗争，但他拿起笔来参加了战斗：写出了传诵一时的组诗《奴役篇》"，对当时的废奴运动起到了一定的推动作用；同时他对遭受不幸待遇的美洲印第安人"也抱着恳挚的同情和关切"，写下了很多以印第安人为题材的诗篇。① 除才情和天赋卓著外，朗费罗的民主思想和行为，也是其诗歌深受读者喜爱的重要原因。

但朗费罗最擅长抒写的却是那些"以日常生活为题材的篇章"。如杨德豫所说，朗费罗"以细腻隽永的笔触，描写了美国人民的生活，美国的自然风景，田野和农庄，海洋和潮汐，牧歌式的家常景象，生活的情趣，孩子的天真，还娓娓动听地讲述了一些韵味盎然的民间故事和传说。朗费罗是以写这类的诗见长的，也是以写这类的诗闻名于世的。他的这类作品中不乏出色的名篇"②。

选文为两首海洋诗歌《潮水升，潮水落》和《停船》，正是这类"以日常生活为题材的篇章"，且均为朗费罗晚年之作，分别收录在诗集《天涯岛》和《泊港集》中。

---

① 参见（美）亨利·瓦兹沃斯·朗费罗著，杨德豫译：《朗费罗诗选·译本序》，北京：人民文学出版社1985年版，第3-6页。

② （美）亨利·瓦兹沃斯·朗费罗著，杨德豫译：《朗费罗诗选·译本序》，北京：人民文学出版社1985年版，第7页。

潮水升，潮水落①

潮水升了，潮水落了，
　　天色已晚，鹬鸟②啼鸣；
踏着暗黄色湿润海沙，
　　行人赶路，前往小城。
　　　　潮水升，潮水落。

屋顶、墙垣都沉入黑暗里，
　　黑暗里，大海呼号不息；
细浪用又软又白的手儿
　　抹去沙上行人的脚迹。
　　　　潮水升，潮水落。

厩里的驿马跦蹄长嘶，
　　天亮了，它听见马夫呼唤；
白天回来了，那位行人呢，
　　他却永远不再回海岸。
　　　　潮水升，潮水落。

停 船③

没有到达它④要去的口岸⑤，
　　就在思想的大海里停船，

---

① 参见（美）亨利·瓦兹沃斯·朗费罗著，杨德豫译：《朗费罗诗选》，北京：人民义学出版社1985年版，第155页。
② 鹬鸟：一种中小型水滨鸟类，常栖息于海岸、湖泊、河川、沼泽等地。
③ 参见（美）亨利·瓦兹沃斯·朗费罗著，杨德豫译：《朗费罗诗选》，北京：人民文学出版社1985年版，第158页。"停船"，原文 Becalmed，指帆船因无风而停止前进。——原书译者注。
④ 指"我的心"（第一节第三行），也指"心灵之船"（第三节第四行），第一节第二行中"思想的大海"一语有助于理解这一点。
⑤ "要去的口岸"即"我的心"想要达到的目标，或我的"心灵之船"的航行目的地。从第四节第一行"诗歌的气息"一语可知，"口岸"喻指诗篇，尤其是优美动人的诗篇。

我的心，挂着松弛的帆篷，
在这儿停着，等待顺风①。

船的两边，后面和前面，
大海横陈，像一块地板，——
像紫晶地板一样平静，
高处是金色雾霭的穹顶。

吹吧，灵感的气息，快吹！
摇撼和擎举这金色的光辉！
用你一阵一阵的天风
涨满心灵之船的帆篷。

吹吧，诗歌的气息！直吹到
风帆绷紧，龙骨升高，
大海苏醒，焕发生机，
活跃，骚动，神奇无比！

作品评析

朗费罗写了很多海洋题材的诗歌，其中不乏脍炙人口的名篇，上述两首可为例证，但它们之中的"海"并不相同。

《潮水升，潮水落》一诗中的海，是现实中的海，是人们所熟知的海。海水每天潮升潮落，还会在黑夜中"呼号不息"；行人在白天赶往海岸，在傍晚则踏着海沙回归居所。跟诗中的其他意象相比，潮水和行人贯穿始终，出现在每一个诗节之中，从而表明人海关系是诗篇探讨的核心问题。但行人在某一天傍晚踏着沙滩，回到小城居所后，"却永远不再回海岸"，而在之前，潮水一如既往，早已抹去他曾在海沙上留下的印迹。这使得诗篇呈现出一丝平静的忧郁，或许还有淡淡的遗憾和伤感。

跟大海及它所代表的大自然相比，人的一生太过短暂；跟自然伟力相比，人的力量又过于微小，其所作所为，甚至难以在宇宙时空中留下一丝痕迹。那么人生的意义是什么呢？诗人通过对潮起潮落的大海、海岸一带的环境、

---

① 即"灵感的气息"（第三节第一行）和"诗歌的气息"（第四节第一行）。

人与海之间关系等细节的观察和描绘，表达了对自然与人生、腐朽与永恒的思考。

而《停船》一诗中的海，是思想之海，是心灵之海。诗人感到文思匮乏，才情滞涩，难以写出合意的诗篇，于是祈祷"灵感的气息"快快吹起，用其"天风""涨满心灵之船的帆篷"；他吁求"诗歌的气息"猛烈吹起，使"思想的大海"迅速"苏醒，焕发生机，/活跃，骚动"。显然《停船》这首诗充满大量比喻，如写诗被喻为诗思或心灵之船在思想海洋中航行的过程，"顺风""天风"被喻为诗歌灵感的气息，诗篇被喻为这一航行的目标海港。"神奇无比"是这首诗的最后四个字，显示出诗人内心深处的迫切和期待。鉴于《停船》是诗人晚年的作品，这四个字显然也透露出他的自信和自负：他是在思想大海中驾驭诗思之舟的高手，深有体会且受益良多。

金银岛

（英）罗伯特·路易斯·史蒂文森

作者及作品简介

罗伯特·路易斯·史蒂文森（Robert Louis Stevenson，1850—1894），英国小说家，出生于爱丁堡的工程师家庭，家境优渥，但从小身体虚弱。17 岁入读爱丁堡大学学习土木工程，后改学法律。史蒂文森发现自己很难按照家人的设想成为灯塔工程师，却对所游历的岛屿和海岸的传奇故事更为着迷。他在大学毕业并考取律师资格后，开始了为期四年的世界旅行，其间结识了艺术界的很多朋友，开始写文章和评论，并发表在杂志上。此后他的日常生活是旅行与写作，直到 1880 年 8 月从纽约回到英国。此后创作了小说《金银岛》《绑架》《化身博士》。1887 年，史蒂文森移居美国，1889 年完成《巴伦特雷的少爷》。1894 年 12 月 3 日，史蒂文森因中风逝世于美国萨摩亚群岛的乌波卢岛家中。史蒂文森还创作有幽默风趣的游记《内河航程》《驴背旅程》，随笔《给少男少女》和充满童趣的诗集《一个孩子的诗园》等。

《金银岛》发表于 1881 年，一译为《宝岛》，是史蒂文森第一部也是奠定他文坛地位、最负盛名的小说。小说以少年吉姆·霍金斯的第一人称进行倒叙。父亲去世，吉姆与母亲经营着自家客栈，客栈里住进一个性情暴躁、行事古怪的水手，他似乎在躲避仇家。仇家找上门，水手去世，混乱中吉姆留下了水手的皮箱，发现了金银岛的藏宝图。地方治安官兼医生李甫西，带着吉姆找到了有钱的乡绅屈里劳尼，他们决定一起去寻宝。屈里劳尼买了一艘名叫伊斯班袅拉号的大帆船，雇佣了船长斯摩列特以及大批手水。觊觎宝藏的海盗头目西尔弗及其爪牙也混入其中。伊斯班袅拉号起航去金银岛寻宝。西尔弗伪装成温和善良的厨师，骗取了吉姆和屈里劳尼等人的信任。吉姆机智大胆，躲藏在苹果桶里听到了西尔弗等海盗们的阴谋诡计，并把消息告诉了屈里劳尼、李甫西和斯摩列特，与人数上占绝对优势的海盗们展开了殊死搏斗。吉姆离开大船来到了金银岛，结识了被流放岛上三年的野人本·甘恩。吉姆割断绳索，杀死了留守船上的海盗，把伊斯班袅拉号开到了无人能看见的海湾，使海盗们陷于绝境。当吉姆夜回岛上故地时，被西尔弗等海盗抓获，成了人质。在本·甘恩的帮助下，吉姆等人获得了宝藏。西尔弗先后杀死了不服从他的几个海盗，剩余的海盗们与他决裂了。西尔弗只好归顺吉姆，并请求屈里劳尼让自己搭乘伊斯班袅拉号返航，还狡猾地私吞了一袋黄金。屈里劳尼、斯摩列特、李甫西和吉姆则分得了丰厚的财宝。

选　文

金银岛（节选）

第五部　我在海上的惊险奇遇

第二十六章　伊斯莱尔·汉兹①

　　风像是竭力讨好我们，现在已转为西风。我们毫不费事地从岛的东北角驶到北汉的入口处。不过，由于没有锚，我们不敢让船冲上岸滩，必须等潮水涨得更高些。时间过得很慢。副水手长教我怎样掉转船头向风停驶；经过多次试验，终于成功了。于是我们坐下来，默默地再吃一点东西。

　　"船长，"他终于说，脸上还是带着那种叫人不痛快的笑容，"地上躺着的是我的同船老伙伴奥布赖恩；你还是把他扔到船外去吧。我对这样的事一向不大在乎，也不因为把他送上了西天，良心上有什么过不去。我只是觉得，让他留在船上不大好看，你说呢？"

---

① 参见（英）史蒂文森著，荣如德、杨彩霞译：《金银岛　化身博士》，北京：人民文学出版社2004年版，第138–144页。

"我没有那么大的力气，我也不喜欢干这种事。依我说，就让他躺着吧。"我答道。

"伊斯班袅拉号真是一条不吉利的船，吉姆，"他眨了眨眼睛又往下说。"这条船上已经死了好多人——自从你我离开布里斯托尔出海以来，多少倒霉的水手送了命！我从来没有碰到过这样背运的事。就拿这个奥布赖恩来说，他不是也死了吗？我肚子里没有学问，你是个能读会算的孩子；你能不能直截了当告诉我：一个人死了就完了呢，还是能重新活过来？"

"你可以杀死一个人的肉体，汉兹先生，但不能杀死他的灵魂——这你应该知道的，"我回答说，"奥布赖恩已经到了另一个世界，他也许正从那里遥望着我们。"

"啊，真倒霉！"他说，"看来杀人完全是浪费时间。不管怎样，依我说，鬼魂终究成不了气候。我跟鬼打过交道，吉姆。你已经把话说明白了，现在我想要求你到房舱里去给我拿——他妈的！我想不起那玩意儿叫什么来着——你给我去拿一瓶葡萄酒来吧，吉姆；这白兰地太凶，我的脑袋受不了。"

副水手长的健忘好像不大自然，至于他说要葡萄酒，不要白兰地，我绝对不信。这一切无非是一种借口。事情很清楚，他要把我从甲板上支开；但他的意图何在，我怎么也想象不出来。他的视线从来不跟我的视线相遇，总是东张西望，左顾右盼：忽而看看天上，忽而向死去的奥布赖恩投上一瞥。在这期间他始终皮笑肉不笑，有时伸伸舌头做出抱歉和不好意思的样子，连三岁小孩也看得出这家伙不安好心眼。不过我很爽快地回答了他，因为我明知优势在我这一边；对付这样一颗木头脑袋，我很容易做到自始至终不流露出我的疑心。

"葡萄酒？"我说，"很好。你要白的还是红的？"

"随便什么样的都行，朋友，"他回答说，"只要凶一些、多一些就可以了，旁的都无所谓。"

"好，"我应道，"我去给你拿红葡萄酒来，汉兹先生。不过我还得找一找。"

说完，我急忙从升降口跑下去，一边尽量制造很大的响声。然后，我脱去了鞋，悄悄地穿过圆木走廊，登上水手舱的梯子，把头探出前升降口。我知道他料不到我会躲在那里，不过我还是尽可能小心谨慎，免得被他发觉。果然不出所料，我的怀疑完全得到了证实。

他已离开原来的位置，用两手和两个膝盖爬行。尽管在移动的时候他的一条腿显然疼得很厉害（我听见他竭力把呻吟硬压下去），他还是以很快的程度在甲板上匍匐前进。只花了半分钟工夫，他已横越甲板爬到左舷的排水孔那里，从盘成一堆的绳子底下摸出一把长长的小刀，不，简直是一把短剑，上面的血直沾到齐柄处。汉兹伸出下颚对它端详了一会，用手试试刀尖，急忙把它藏在上衣襟怀里，然后又爬回到舷墙旁的老位置上。

这正是我需要知道的一切。伊斯莱尔能够爬行；他现在有了武器；既然他想尽办法把我支开，很明显我是他心目中的牺牲品。接下来他想干什么：打算从北汉爬行穿越海岛回到沼泽间的营地去呢，还是鸣炮叫他的同伙来救他？这我就不知道了。

不过在一点上我可以相信他，那就是：在如何处置伊斯班衷拉号的问题上我们的利益是一致的。我们俩都希望它完全搁浅在一个避风的地点，到时候可以不费大气力、不冒风险地重新把它带出去。在做到这一点以前，我认为我的生命肯定没有危险。

我脑子里转着这些念头的时候，身体并没有闲着。我悄悄地溜回房舱，重新穿好鞋子，胡乱抓起一瓶葡萄酒作为口实，然后回到甲板上。

汉兹仍像我离开他的时候那样躺着，全身缩做一团，眼皮耷拉着，仿佛虚弱得怕见阳光。不过，我走到他跟前时，他还是抬起头来，以熟练的动作砸去瓶颈，照例说一声"百事如意！"，咕嘟咕嘟喝了个痛快。接着，他掏出一条烟草，要我切下一小块给他嚼。

"你给我切一块下来，"他说，"我没有刀子；有刀子也没有力气。唉，吉姆，吉姆，这下我垮定了！给我切一块，这大概是我嚼的最后一口烟了。我不久就要回老家去，这是没有疑问的。"

"行，"我说，"我给你切一点下来。不过要是我处在你的地位，自己觉得不行了，我一定跪下来做祷告忏悔，这才像一个基督徒。"

"为什么？"他问，"我有什么可忏悔的？"

"为什么？"我表示惊讶，"刚才你问我，人死了以后会怎么样。你背弃了你的信仰，你犯了许多罪过，身上沾满了血。眼前就有一个被你杀死的人躺在那里，你还问有什么可忏悔的。求上帝饶恕你，汉兹先生，这就是你应当做的。"

我讲得稍许激动了些，因为我想到他怀里揣着一把血迹斑斑的短剑准备结果我的性命。他大概多喝了葡萄酒的缘故，也用异乎寻常的正经语调回答。

"三十年来，"他说，"我一直在海上航行，好的、歹的、顺利的、倒霉的，风平浪静和大风大浪，断粮食、拼刀子，什么都看见过啦。我可以告诉你，我从来没有看见过做好人得好结果。我相信先下手为强，后下手遭殃。死人不咬活人——这就是我的看法。好了，"他忽然变更腔调，"咱们扯淡得够了。潮水已经涨得很高。你只要听我的命令，霍金斯船长，咱们一定能把船开进港汊。"

我们的船充其量只要再前进两英里，但航行起来颇费周折。这个北锚地的入口不仅又窄又浅，而且曲曲弯弯，没有非常高明的驾驶技术是进不去的。我认为我是个干练的执行者，我确信汉兹是个出色的领航员。我们左拐右绕，东躲西闪，擦过一处处沙洲浅滩，船走得稳当利索，瞧着十分舒服。

我们的船刚通过两个尖角，立刻进入陆地的包围之中。北汊的岸上同南锚地沿岸一样覆盖着茂密的树林，但这里的水面比较狭长，实际上更像一个河口湾子。在船头正前方的南端，我们看见一艘船的残骸正处在崩坏腐朽的最后阶段。那是一艘很大的三桅帆船，但被风吹雨淋了那么久，全身挂满湿漉漉的海藻，灌木已在甲板上扎根，盛开着鲜艳的花朵。这是一幅凄凉的景象，但也表明这里是一个安稳的碇泊场。

"你瞧，"汉兹说，"从那里冲上岸滩正合适。沙地平滑光洁，一点风浪也没有，周围都是树林，那条破船上花开得像在果园里似的。"

"可是上了岸滩回头怎样再把它带出去呢?"我问道。

"那好办，"他回答说，"你只要在落潮时拉一条缆绳到那边岸上去，绕住一棵高大的松树，再拉回来绕在绞盘上，然后躺下静候潮水。等水涨高了，大伙一起拉缆绳，船就会像个美人儿似的扭扭捏捏挪动身子。注意，孩子，作好准备。现在咱们已靠近沙滩，船走得太快。稍稍向右——对——照直走——右舵——稍稍向右——照直走——照直走!"

他这样发布着命令，我全神贯注地执行着，直到他突然叫道:

"嗨，我的宝贝，转舵向风!"

我使劲转舵，伊斯班奥拉号来了个急转弯，船头冲上了长着矮树的低岸。

在这以前，我一直相当警惕地注意着副水手长。但在做刚才那一连串机动动作时思想太紧张了，关心的只是船和沙滩接触的事，完全忘了威胁着我的危险。我伸长脖子探出右舷墙，看船头下面翻腾的泡沫。要不是一阵突如其来的不安抓住了我的心，使我回过头去的话，我也许来不及进行任何自卫就完蛋了。也许我听到了吱吱嘎嘎的声音，或者凭眼梢发觉他的影子在移动，甚至可能出于一种类似猫儿的本能;总之，当我回过头去的时候，发现汉兹右手握着那把短剑快到我跟前了。

在我们四目相遇的当口，我们两个人想必都叫了起来。但是，如果说我发出的是恐怖的尖叫，那末，他的叫声像一头蛮牛进攻时的怒吼。就在这刹那间，他已经扑了过来，我朝着船头那边跳到一旁。我躲开时，舵柄从我手中松脱，立刻反弹回来，大概正是这一下救了我的命:舵柄弹在汉兹的胸膛上，使他一时不能动弹。

在他定下神来之前，我已经离开了被他逼近的角落。现在我可以在整个甲板上躲闪逃避。我在主桅前站住，从口袋里掏出一支手枪。尽管他已经转过身子，再一次直接向我扑来，我还是镇静地瞄准了扣动扳机。撞针已经落下，可是既没有火光，也没有响声；原来引爆的火药给海水打湿了。我咒骂自己不该这样粗心大意。我为什么不事先把我仅有的武器重新装上弹药呢？倘若如此，我就不会落得现在这般像一只羊在屠夫面前那样狼狈了。

汉兹虽然负伤，他的动作之快却是惊人的。他的斑白的头发披散在因气急败坏而涨得通红的脸前。我没有时间试我的另一支手枪，事实上也不大想试，因为我相信它肯定也打不响。有一点我看得很清楚：我不能在他面前一味后退，否则他很快就可以把我逼到船头上去，正像刚才他几乎把我逼到船尾上去一样。只要被他捉住，那把血淋淋的短剑的九或十英寸钢刃，将是我这辈子尝到的最后一种滋味。我抱住相当粗大的主桅等着，每一根神经都绷得紧紧的。

汉兹看到我准备采用躲闪的办法，他也停下来。有几秒钟他佯装要从这一边或那一边兜过来抓我。我就相应地时而往这一边，时而往那一边避开他。我在家乡黑山湾的岩石附近经常做这种游戏，但是，不用说，过去心从来没有跳得像现在这样厉害。然而，我已经说过，这到底是小孩子玩的把戏，我想我决计不会输给一个上了年纪、大腿又受了伤的水手。我的勇气提高了不少，甚至有心思盘算这件事情的结局如何。诚然，我知道自己能周旋很长时间，但我看不到最终逃生的任何希望。

就在这样的情况下，伊斯班袅拉号突然冲上浅滩，船身猛地一震，顷刻间船底擦到沙地，旋即迅速地向左舷倾侧，直至甲板竖起成四十五度角，并有大约一百加仑的水从排水孔里涌进来，在甲板和舷墙之间形成一个池子。

我们俩都失去平衡，几乎扭做一团滚向排水孔。戴红睡帽的死人依旧伸出胳臂，也跟着我们直挺挺地滑过去。我和副水手长挨得那么近，我的头撞在他的一只脚上，几乎把牙齿磕掉。尽管撞得很疼，我还是先站起来，因为汉兹给尸体缠住了。船身突然倾侧使甲板上已没有地方可跑。我必须想出新的办法逃生，而且一秒钟也不能迟疑，因为我的敌人马上就会向我扑过来。说时迟，彼时快，我纵身一跃，攀住后桅支索的软梯，两手交替节节向上爬，直到在桅顶横桁上坐下，才喘过一口气来。

我全靠动作敏捷才得救。我往上逃的时候，只见短剑在我下面不到半英尺处刷地一闪，刺了一个空。伊斯莱尔·汉兹张口仰面站在那里，酷似一座惊愕和懊丧的雕像。

现在我得到了一个喘息的机会，便抓紧时机把我的手枪换上弹药。一支已准备好；但为了更加保险起见，我索性把另一支枪也重新装上弹药。

汉兹做梦也想不到我会玩这一手新花样；他明白自己这下可倒了霉。他犹豫了一下，竟然也费力地扶住软梯，口衔短剑，忍着疼痛慢慢地往上爬。他爬得非常慢，拖着一条受伤的腿不断哼出声来。我已经把两支手枪全都重新装好了弹药，他还刚爬了三分之一。于是，我两手各执一支手枪，开始对他讲话。

"汉兹先生，"我说，"你再爬一步，我就叫你的脑袋开花！你知道死人是不咬活人的，"我忍住笑添了这么一句。

他立刻停下来。根据他面部肌肉的牵动，我看出他在竭力想办法。他想得那么慢，那么费劲，我仗着处在新的安全地位，不禁放声大笑。他咽了几口唾液才开口，脸上还带着极度困惑的表情。为了说话，他得取下衔在嘴里的短剑，但其余都保持原来的姿势。

"吉姆，"他说，"看来你我都耍了不少花招，咱们得订个条约。要不是船突然倾斜，我早把你干掉了。可是我运气不好，实在不好。看来我只得投降。一个老航海在你这样一个才上船的娃娃面前服输是不好受的，吉姆。"

我正陶醉在他的这番话里，像一只飞上围墙的公鸡现出得意洋洋的笑容。忽然，只见他的右手向背后一挥。一件东西在空中发出嗖的一声，像一支箭飞过。我感到自己挨了一击，接着是一阵剧痛，一只肩膀竟被钉住在桅杆上。就在这痛彻心肺和大吃一惊的顷刻间，我的两支手枪一齐射响，接着都从我手中掉下去。我究竟是不是凭自己的意志扣动了扳机，我不敢说；但我肯定并未有意识地瞄准。不过，掉下去的不光是两支手枪。随着一声卡在喉咙口的叫喊，副水手长松开了抓住软梯的手，头朝下也掉到水里去了。

作品评析

《金银岛》中的寻宝历程险象环生，故事情节跌宕起伏、扣人心弦。"这部脉络清晰、波澜迭起的海上历险、探宝小说，堪称整个西方文学传统中最著名的海岛冒险故事。"①

主人公吉姆机智勇敢，一次次化解险境，在寻宝历险中学会了识别坏人，在好人的帮助下、惊人心魄的血腥斗争中迅速成长，是激励无数青少年读者的人物形象。其他人物也各具特色，如医生李甫西正直善良，在与海盗为敌

---

① （英）史蒂文森著，张贯之译：《金银岛·译本序》，北京：光明日报出版社 2008 年版。

的情况下依然为海盗们治病，履行着自己作为医生的神圣使命和职责；船主屈里劳尼知错就改；船长斯摩列特足智多谋；海盗头目西尔弗残忍狡猾又善变。

《金银岛》把寻宝之战作为重点，在此基础上塑造水手和海盗的形象，海洋和海岛主要作为人物活动的背景，增加了夺宝之战的惊险和曲折。小说中吉姆等人作为正义之师的航海之行，是源于对宝藏的探寻，对海洋和海岛本身没有多少感情。倒是那些海盗们和流放海岛的野人，他们的生命紧紧地与海洋融为一体，自得其乐。

选文讲述吉姆从海岛回到伊斯班袅拉号上，机智地杀死了留守轮船的两个海盗，成为操控轮船的新任船长。在吉姆的眼中，抛锚在海岛的大船的残骸，"被风吹雨淋了那么久，全身挂满湿漉漉的海藻，灌木已在甲板上扎根，盛开着鲜艳的花朵。这是一幅凄凉的景象"，而在海盗汉兹看来，"那条破船上花开得像在果园里似的"。两人的海洋事物审美观迥然不同。汉兹能迅速发现周围树木多、沙滩很平、隐蔽性好的上岸地点，熟悉退潮时返船回海的策略，不愧是经验丰富的海盗。可见，凶狠莫测的大海使汉兹得到了历练，他才是真正欣赏和热爱大海的人。通过这些叙述，我们可以发现作者对海盗并非没有钦佩之意。

吉姆的所见所感所为，符合一个成长中的机智灵敏而斗争经验不足的少年身份。坏人汉兹，在大海上生活了三十年，一生颠沛，奉行丛林法则，自己认为失败乃是因为运气不好。小说并没有像常见的少年儿童文学那样将反面人物脸谱化、平面化，坏人不是只有坏。作者在小说中隐隐传达了悲天悯人之情怀，暗含了对大海之上人生苦楚、命运无常的思考。

▌冰岛渔夫

（法）皮埃尔·洛蒂

▶ 作者及作品简介

皮埃尔·洛蒂（Pierre Loti，1850—1923），法国作家。他出生于法国西部夏朗德河口罗什福尔市的职员家庭，原名路易·马里·于里安·维欧，在海军军官学校学习3年后，成为一名海军军官。在42年的海上职业生涯中，皮埃尔·洛蒂游历过世界各地的海洋和国家，丰富的海外经历是他独有的创作素材。他使用塔希提岛当地女王给他取的绰号"洛蒂"为笔名写作。1879年，皮埃尔·洛蒂发表了处女作《阿姬亚黛》，1880年发表了《洛蒂的婚姻》，由此奠定了在法国文坛的名作家地位。此后以每年一本书的速度出版作品，共计12部小说、9部随笔。其中著名的有：《冰岛渔夫》《菊子夫人》《水手》《秋天的日本》《东方的怪影》《英国人治下的印度》《吴哥的进香者》。海外风情成为皮埃尔·洛蒂作品的突出特色，使他享有世界声誉，他从而成功入选法兰西学院院士。

《冰岛渔夫》的故事比较简单，居住在布列尼亚北部地区的岛民，是以打鱼为业的航海民族，男人们常年出海到冰岛周围的海上劳作。尧恩和西尔维斯特是玛丽号上的水手，也是好朋友。西尔维斯特与尧恩的妹妹结婚后应征入伍，年仅19岁的他在中国海的战斗中负伤而死。尧恩本来抱着如果要结婚就和大海结婚的想法，但在家乡认识了一位年轻貌美的富家姑娘歌弋，歌弋对健硕俊美的尧恩情有独钟。在一场婚礼中，他俩是一对傧相，婚礼舞蹈中，尧恩忍不住对歌弋表达了爱慕之情，歌弋非常高兴。但尧恩热爱大海和大海上的工作，他让歌弋在痛苦中等待了两年。其间，歌弋的父亲因生意失败破产而溘然长逝，孤独而贫苦的歌弋不得不打工谋生。尧恩心疼劳苦的歌弋，向她求婚，两人度过了幸福的六天新婚时光。之后，尧恩又出海了。歌弋在等待中煎熬，但尧恩已经殁于海难中，永远与大海为伴了。

选 文

冰岛渔夫（节选）

第一部

一①

他们总共五个人，都有着非常横阔的肩膀，在那阴暗的闻得到盐水和海的气味的房间里，凭着桌子喝酒。那对于他们的身材实在太矮的住室，一端细小起来，同挖空的大海鸥的肚子一样；这住室以一种引起睡眠的悠徐，微

---

① 参见（法）罗逖著，黎烈文译：《冰岛渔夫》，广州：广东人民出版社1981年版，第4-14页。

弱地摆动着，同时发出一种单调的叹息。

外面，该是海与夜，但从里面却什么也看不出来：开在室顶的唯一的出口，用木盖关闭了，照亮他们的是一盏摇来晃去的旧挂灯。

炉子里烧着火；他们的潮湿的衣服给火烘着，发散出一些和他们的旱烟的烟混合起来的蒸汽。

他们那粗笨的桌子占据着他们所有的住处；桌子的大小恰如其地，周围只剩下仅有的空隙让人把身子溜进去坐在一些贴着橡树板壁安放着的长箱上面。室顶横着几条巨大的梁木，差不多触着他们的脑袋；而在他们背后，一些像用厚木挖成的小床，仿佛安置死人的坟穴一样袒露在那里。这一切的木板都粗糙而且黯淡，浸有湿气和盐；并且都用旧了，都被他们的手掌擦得发光了。

他们各人用碗喝了一些葡萄酒和苹果酒，因此生活的快乐浮上了那些直爽而又诚实的脸孔。现在他们仍旧围了桌子坐着，用着布勒达涅的土话谈论女人和结婚的问题。

靠着顶里面的板壁，在一个算是尊敬的地位，钉有一块木板，那上面安着一尊陶制的圣母。这些水夫的保护神是一种稍稍古旧的陶制物，且还是用着一种天真的艺术着色了的。可是陶制的人物比真的人活得长久多了；因此她那涂着红蓝两色的衣裳，在这贫陋的木屋的灰暗的环境里，还给人一种非常新鲜的小物件的感觉。她定曾不止一次地在危难的时候听着热烈的祈祷；她的脚下钉有两束假花和一串念珠。

这五个人都一律穿着厚的蓝色毛绳衣，把上身束得紧紧的，一直套进裤带里面；头上则戴着一种叫作 suroit（这是从在我们这半球上会引起雨来的西南风取来的名字）的油布帽。

他们的年龄彼此不同。船长约莫有四十光景；其余三个介乎二十五至三十之间。最后一个被他们叫作西尔维斯特或鲁尔鲁的，还只十七岁。从身材和力气上说，他已是一个大人；他的两颊上长满了黑的、很细而又很曲的胡须；不过他还保有一双非常温和而且充满天真的，灰碧色的，孩子的眼睛。

因为地方太小的缘故，他们彼此挤得很紧地坐着，虽是这样缩伏在他们那黑暗的住室里，他们却像是感着一种真的幸福似的。

……外面，该是海与夜，该是黑而且深的水的无穷的悲叹。挂在壁上的一只铜表指着十一点，无疑的是晚上十一点；而靠着木板的室顶，我们可以听到外面的雨声。

他们彼此非常快乐地议论着这类婚姻的问题，——但却绝没说出什么无耻的话。没有，他们所说的是对于那些还没结婚的人的计划，或是故乡某人结婚时发生的可笑的故事。有时他们也带着一声大笑，说出一种稍稍过于直爽的对于爱的快乐的暗示。可是爱情在受着这样磨炼的人们看来，始终是一种正当的东西，即使用放纵的言词说出，它也还差不多是贞洁的。

这之间，因为另一个叫作詹恩（这是一个被布勒达涅人念作尧恩的名字）没有下来的缘故，西尔维斯特觉得厌烦了。

真的，尧恩在哪儿去了呢；始终在那上面工作着吗？为什么他不下来参与一下他们的节庆呢？

"可是一会儿就是午夜了。"船长说道。

说完他便站直起来，用头举起木盖，以便从那洞口去叫尧恩。于是一种非常奇特的亮光从上面落了下来：

"尧恩！尧恩！……喂！'人'啦！"

"人"从外面粗暴地答应着。

而那从暂时半开着的木盖溜进来的亮光，是那样淡白，简直像是白天的光一样。"一会儿便是午夜了……"可是这亮光却确乎像是太阳的光，像是一种由许多神秘的镜子从极远的地方反射过来的薄明的阳光。

洞又盖上了，室内仍旧给夜占据着，小灯重又闪出黄色的亮光，大家听到"人"穿着粗笨的木鞋走下扶梯。

他进来了，因为异常高大的缘故，他不能不像一只大熊似的弯作两段。他起初因为盐水的激烈的气味，捏着鼻子做了一个怪脸。

他是稍稍超过了普通人的身量，特别由于他那像木头一样挺直的肩背；当他正面向人时，在那蓝色毛绳衣底下凸现出来的他那两肩的筋络，好像两只分置在他的手臂上的球一样。他生着一对具有野蛮而又雄伟的表情的、非常灵活的褐色大眼睛。

西尔维斯特出乎爱怜地伸出两臂，像小孩子似的把这尧恩拖近自己；他是尧恩妹妹的未婚夫，他把他当作大哥哥一样看待。另一个便带着一种撒娇的狮的神情，任他爱抚，同时报以一个露出洁白的牙齿的微笑。

在他的嘴里有着比较宽裕的地方来安顿的牙齿，疏疏地排列着，现得每颗都是很小的样子。他的金栗色的胡子，虽然从来没有剪过，但却很浅；这胡子在那有着优婉的轮廓的嘴唇上面，非常紧地卷成整齐的两撮；随后，却在两端，在他的口的两个深角上散乱起来。其余地方的胡须都剃得干干净净。他那红艳艳的两颊上只有着一层新鲜的绒毛，正像从没给人触过的果实的绒毛一样。

当尧恩坐下了时，大家便重新斟满酒，把那见习水夫叫来装上烟斗，并给点燃起来。

这种点燃烟斗的工作，在这见习水夫是和自己抽两口烟一样。这是一个强健、圆脸的小孩，是这些彼此都有点亲戚关系的水夫的远亲；在他的相当吃力的工作以外，他是这船上娇纵着的孩子。尧恩叫他在自己的杯里喝了一点酒，随后便打发他再去睡了。

这以后，大家重又提起那关于结婚的重要的话题。

"那么你呢，尧恩，"西尔维斯特问道，"我们什么时候可以喝你的喜酒呢？"

"你不害羞吗，"船长说，"一个像你这样高大的，有了二十七岁的汉子，还没结婚！年轻的姑娘们看见你时会怎样着想呢？"

他却现出一种非常轻视女人的样子，摇着他那可怕的肩膀回答道：

"我的婚礼吗，我是随便什么时候都可举行婚礼的，这看情形怎样。"

他刚刚度完了他那五年的兵役，这位尧恩。他是在舰队上当炮手时学会说法国话并使用怀疑的言辞的。——这当儿，他开始叙述他最近经过的，那像是持续过半个月之久的结婚。

这是在朗特和一个歌女的事情。有一天晚上，由海上转来的他，带着薄醉走进了一家游艺场。门口有一个女人出卖每扎一路易（二十佛郎①）的巨大的花束。他买了一扎，却并不知道要怎样处置。随后当他走到里面时，便立刻把他的花束尽力对着正在台上歌唱的女人掷去，——这一半是一种突发的告白，一半却是对于那在他看来搽得太红的着色傀儡的嘲谑。那女人当时竟被他的花束掷倒了；随后呢，她差不多将他热爱了三个星期。

"并且，"他说道，"当我走的时候，她还把这金表送了给我呢。"

于是，为使大家看到那表起见，他把它当作一件毫没价值的玩具似的掷在台上。

这事是用着一些粗鲁的话语和他个人特有的比喻叙述出来的。但这种文明生活的平常故事，对于这班周围有着海的深沉的静寂，有着那给人以北极的残夏之想的，从顶上瞥见过的午夜的光的原始的人们，是非常听不入耳的。

并且尧恩的这种举动颇使西尔维斯特难过，兼叫他感着惊异。他是由他的老祖母——卜洛巴兹纳列克村的一个渔夫的寡妇——在尊重圣礼的氛围中养育大的纯洁的孩子。顶小的时候，他便每天和他祖母一路到他母亲的坟前跪着作一番祈祷。从那位置在断岸上面的墓场，他可以遥遥地望见他父亲以

---

① "佛郎"为法郎的旧译。

前遭难沉没了的英吉利海峡的灰色的波涛。——因为他祖母和他都没有钱，他很早便得航海捕鱼，他的儿童时代是在海上度过的。他现在每晚还做着祷告，他的两眼还保有着一种宗教的纯真。他也生得漂亮，除掉尧恩，他可算得这船上长得最好的人。他的喉咙非常温和，他那小孩子的音调是和他的高大的身材，黑色的胡须，现得稍稍不相称的。因为他长得非常迅速，他差不多因为突然变得这样高大而感着几分困惑。他预备不久便和尧恩的妹妹结婚，可是他至今从没接受过任何别的女孩的引诱。

在船上，他们总共只有三个铺位，——两人共一个——因此他们每晚分作两班，轮流着去睡。

当他们完毕了他们的宴会——为着他们的保护神圣母升天节举行的宴会——时，已经稍稍过了午夜了。他们里面的三个人便溜到那像坟墓一样的黑而小的铺位上去睡，其余的三个便回到甲板上去继续那中断了的重要的钓鱼工作；上去的是尧恩、西尔维斯特和一个名叫基约姆的他们的同乡。

外面天是亮的，永远是亮的。

可是这是一种什么也不像的，苍白而又苍白的亮光；这种亮光和消失了的太阳的反射一样，懒洋洋地照在物像上面。在他们的身边，立刻展开一片没有任何颜色可以形容的无穷的空虚，并且除掉他们的船板外，一切都像透明的，难以触知的，荒唐无稽的样子。

肉眼几乎连海都瞧不出来。一眼望去，这像是一种没有任何影像可以反射的颤动的镜子；再看过去，又像是变成了一片弥漫着雾气的平原，——再过去呢，再过去便什么都没有；这是既没有边际也没有轮廓的。

空气的湿润的凉味比真的寒冷还要凛列①，还要侵入肌骨，并且，当呼吸着这种空气时，可以闻到很厉害的盐味。一切都宁静，雨已没有再下了；天空有着一些不成形状且没有颜色的云，仿佛在包藏着这不可名状的潜在的亮光一样；人们可以看得见东西，但同时又觉着是在夜里，并且这一切东西的苍白，没有任何色差可以称呼。

立在那儿的这三个汉子是从小便在这寒冷的海上，在他们那和幻影一样模糊而又昏昧的影绘里面生活着的。他们长日瞧着这无限的变化在他们那狭小的板屋周围演着，他们的眼睛已经像海洋上的大鸟的眼睛一样把这景象看惯了。

船在原处慢慢摇摆着；老是发出那同样单调的，像由一个睡了的人在梦中反复念着的布勒达涅地方的歌曲一般的叹息。尧恩和西尔维斯特很快地便

① 凛列，应为"凛冽"。——编者注

预备好了他们的钓钩和钓丝，而另一个则开了一桶盐，并磨快他的大刀，坐在他们后面等待着。

这是不消等待好久的。他们刚刚把钓丝投在宁静而又寒冷的水中，便立刻钓着了沉重的、和钢一样闪亮的、灰色的鱼。

于是活跳的鳖鱼接二连三地被他们钓了上来；这种沉默的渔业是迅速而又没有间断的。另一个便用着他的大刀将鱼剖开，弄平，洒上盐，计着数目。于是，那当他们转去时可以获得厚利的咸鱼，便湿淋淋的，新鲜的，在他们身后堆积起来。

时间是单调地过去了，亮光在外界那空漠而又广大的天地慢慢地变化起来；它现在像是比较真切了。以前是灰白色的薄暮，是一种极北地的夏季的黄昏，现在却没有黑夜的间隔便变成了曙光似的光景，被所有的海的镜反射成一条条的蔷薇色的潋滟。

"你确是应当结婚的，尧恩。"西尔维斯特这回把眼睛凝视着水面，以一种非常严肃的声调突然说。（看他的样子，他似乎知道布勒达涅有什么女郎受了他那大哥的棕色眼睛的诱惑，可是他没有胆量说到这严重的问题上去。）

"我吗！……对啦，最近期内我便会结婚的。"尧恩微笑说，老是现出轻视的样子，转动着他那双灵活的眼睛。"但不是和故乡的任何女人，而是和海结婚，并且那时我会把所有在这船上的人，都请去参加我的跳舞会……"

他们继续钓着鱼，因为时间是不当消磨在谈话上面的：他们正处在一个无限大的鱼群当中，一个经过两天还不曾过尽的移动着的鱼群当中。

前一个晚上，他们大家都不曾睡，在三十小时内，他们钓到了千尾以上的非常肥大的鳖鱼；因此他们的强壮的手臂也疲倦了，他们都昏然睡着了。当他们的身体还醒着，并且机械地继续着那钓鱼的动作时，他们的精神却时时飘浮在熟眠的境界。可是他们所呼吸的大海的空气，是和世界刚刚创造出来的时候一样洁净，并且是那样的使人兴奋，因而他们虽是疲倦，但还觉得肺脏膨胀，两颊新鲜。

朝晨的亮光，真的亮光，终于到来了；像在浑沌初开的时候一样，这亮光和那仿佛堆积在地平线上的，并且成为沉重的块团停在那儿的黑暗分离起来；因为现在可以看得那么清楚，他们便知道已经脱离了黑夜，——并知道以前的亮光是梦一般的模糊而又奇特。

在这被云遮盖着的天空，正像开在圆屋顶上的窗洞一样，这儿那儿随处有着一些裂口，从那些裂口里透进了许多微红的银色的光线。

底层的云排成一条浓黑的带子，包围着所有的水，使得远处充满了黑暗和暧昧。这些云使人觉得空间是被封锁了，是被加上了一条界限；这些云像是一些遮在无限之前的帘帷，像是为着掩藏那些足以扰乱人类想象的太大的秘密而张开来的帐幕。这天早上，在这载着尧恩与西尔维斯特的小小的木板钉成的船的周围变动着的外界，现出了一种包罗万象的样子；它排列成教堂的模样，而由这穹窿形的殿宇的裂缝露进来的光束，扩张起来反映在死寂的水面，正像反映在寺院的大理石的前庭一样。随后呢，在很远的地方又渐渐地出现了另一种不可思议的景象：一种高耸的蔷薇色的凸凹的切口，那即是暗郁的冰岛的海岬……

尧恩和海的结婚！……西尔维斯特一面钓鱼，一面思索着这事，却再也不敢说出什么了。他听见尧恩把结婚的神圣的仪式当作嘲弄的话头，不免黯然；并且因为他是迷信的人，这事还特别使他感着恐惧。

他多时以来便在想着这事，想着尧恩的婚事！他曾梦想他和歌忒·麦维尔——潘保尔的一个金发的姑娘——结婚，而他是高兴在动身去服兵役之前看到他们举行婚礼的。瞧着这归期无定的五年的流放，不可避免地一天迫近一天，他不觉难受起来……

早上四点钟。在下面睡着的其他三个男子一同上来和他们换班了。他们还带着几分睡意，一面尽量呼吸着寒冷的大气，一面跑上来穿好他们的长靴。起初因为受不住这一切苍白的光线的反射，他们都把眼睛闭紧着。

于是尧恩和西尔维斯特把一些硬面包当作早餐很快地吃着；他们用槌子将那些面包捶开以后，便放在口里很响地啮着，因为那些面包硬到那样地步，他们不觉笑了起来。他们一想到立刻可以下去睡觉，可以非常暖和地睡在他们的床铺里，他们便完全恢复了以前的快乐。于是互挽着腰身，踏着一首旧歌的拍子，摇摇摆摆地跑到了舱口。

在从这洞口降落之前，他们停下来和船上喂着的一只名叫土耳其的狗玩着。这是一只还很幼小的，有着四只粗大拙劣而又稚气的脚的纽芬兰产的狗。他们用手去玩弄它；而狗便和狼一样地咬啮他们，结果竟将他们咬痛了。于是尧恩那变动的眼睛里现出了怒容，用力地将它一推，使得那狗伏在地上叫了起来。

尧恩这人的心是好的，可是他的性情有点儿蛮横，当只有他的肉体在活动的时候，温柔的爱抚，在他身上也常常近乎粗野的暴行的。

作品评析

《冰岛渔夫》以尧恩和歌忒的爱情为故事主线，情节和人物都清晰明朗。小说最具特色的是弥漫着的忧郁情绪和悲剧色彩，对海洋的描写细致而真实。

人们那么热爱和依赖大海，大海让人们生存，也吞噬人的生命，留给人们丧失亲人的悲痛。人类的宿命，在浩瀚的大海面前显得如此渺小。

小说中人们与海洋的关系如此深切亲密，大海是赐予人们财富和生命的恩主，也反复无常、毫不留情地吞噬人的生命。男人们的灵魂仿佛留在海上，而女人们对大海不免怨艾。尧恩眼中的海，魅力超过了任何世间女子，在海上作业就是感受大海之美，葬身海底宛如偎依恋人怀抱。"读《冰岛渔夫》时，使人最受感动的还是海，那伟大而又神秘的海。Loti（洛蒂）在这里把他从小所见到的海最具体且最明了地人格化了。古往今来描写海洋的作家虽多，但像Loti（洛蒂）一样把海描写得这么雄奇，这么瑰丽，而又这么缥缈不可捉摸的，实在没有第二个。Loti（洛蒂）笔下的海简直具有不可抗拒的诱惑，人们明明知道它是吞噬人的怪物，但还像飞蛾扑火似的投在它的怀中。……《冰岛渔夫》的文章尤其饶有绘画与音乐的魅力。"① 大海以让人无法理解的复杂，吸引着书中人物和现实读者。

选文是小说开篇对大海和尧恩的入场介绍。海上捕鱼是条件艰苦、无聊乏味的，但尧恩眼中的大海变化多端、瑰丽神奇，他心里满是对大海的倾慕和爱恋。因此，尧恩轻视世间的女子和世俗的爱情，这也是尧恩和歌式爱情悲剧的原因之一。较之大海，战争是摧毁性力量更大的灾难。尧恩越是以这样英俊洒脱、爱海如命的面貌进入读者的视野，读者越是为后文尧恩和西尔维斯特等男人丧生海中、歌式等女人劳苦又孤独的余生而悲痛。

大海美丽无比，作者写朝晨的亮光，"像在浑沌初开的时候一样"，分离了黑暗，形成微红的银色的光线。朝晨似乎是蕴含着希望与欣喜的美，但美的底下涌动着危险和不祥：底层的云，像掩藏"太大的秘密而张开来的帐幕"，"死寂的水面"，"暗郁的冰岛的海岬"，"远处充满了黑暗和暧昧"。在作者的笔下，大海又是危险、神秘而不可捉摸的。这既是对渔夫艰苦的劳动环境的描述，也是对人物悲惨命运的暗示。由此可见富有海上生活经历的作者的海洋观：大海是渔民人生中爱与美、愁与痛的来源。

作者对海上劳作和生活做了细致入微的描述，并倾注了热爱、赞颂和悲悯的复杂情感。尧恩和西尔维斯特像机器一样在海上劳作，钓鱼、睡觉，捶开石头一样的硬面包，笑着啃食，"一想到立刻可以下去睡觉，可以非常暖和地睡在他们的床铺里，他们便完全恢复了以前的快乐"。生活的艰辛、生命的坚韧在博大深广的海洋面前，仿佛一首赞歌。冰岛渔夫以渔为生，与冰岛作

---

① （法）罗逖著，黎烈文译：《冰岛渔夫·〈冰岛渔夫〉小引》，广州：广东人民出版社1981年版，第2-3页。

家赫尔多尔·奇里扬·拉克司内斯的小说《青鱼》中岛民的贫寒生活形成文学场景和人物形象的互文。《青鱼》中老妇人几近舍命地处理青鱼，麻木的大脑不断闪回生命中的片段。海洋恩惠着也虐待着卑微的人们，对于海洋，人们该顶礼膜拜还是深恶痛疾？谁说得清楚！

少年与海

（英）约瑟夫·鲁德亚德·吉卜林

作者及作品简介

约瑟夫·鲁德亚德·吉卜林（Joseph Rudyard Kipling，1865—1936），英国作家、诗人。吉卜林出生于印度孟买，6 岁时被送到英国的一家儿童寄养院学习了 5 年。12 岁时，他进入一家专门为英国培训海外军事人员的联合服务学院学习，其间开始诗歌创作。此后做过编辑、记者。1907 年，42 岁的吉卜林便凭借小说《吉姆》成为最年轻的诺贝尔文学奖获得者。他的代表作有小说《黑羊咩咩》《消失的光芒》《少年与海》《丛林之书》《丛林之书续集》《老虎！老虎!》，特写集《从大海到大海》，诗集《营房谣》等。

《少年与海》，一译为《勇敢的船长们》《怒海余生》，是一部关于海洋、渔民和少年成长的长篇小说。哈维·切尼是 19 世纪末美国一个千万富翁的独生子，年满 15 岁，骄纵做作，从大西洋的旅游船上失足落水，被一艘双桅纵帆渔船上的渔夫搭救。船长迪斯科根本不相信哈维是富二代，命令哈维给儿子丹做助手。哈维在船上与渔夫们一起捕鱼劳作，极其疲累地工作，月薪 10 元 5 角。但他每天与善良勤劳的渔夫们相处，戒骄戒躁，渐渐喜欢上了同伴和捕鱼。经历了艰苦枯燥的海上生活，哈维成长为勇敢踏实的少年。渔船终于满载而归，哈维的父母也乘着专列来接他。哈维和丹保持着友谊，都成长为有为青年。

选 文

少年与海（节选）

第七章①

第二天，他们周围聚集了更多的帆船，盘旋着从东北方向西缓慢行驶。正当他们打算在处女滩捕鱼时，大雾袭来，他们只好抛锚停了下来，四周模糊，只传来叮叮当当的铃声。没有鱼可捕，只是偶尔有平底船相遇，互相交换信息。

丹和哈维差不多一白天都在睡觉，那天夜里黎明即将来临时，他们醒了，正想蹑手蹑脚地去厨房"钓"些煎饼。虽然没人禁止他们正大光明地吃煎饼，可他们就是喜欢这样的恶作剧，而且，这还会使厨子怒不可遏。下面的热浪和臭味使得他们只能爬上甲板去享受战利品。他们发现迪斯科正站在钟的旁边，他把敲钟的活儿交给了哈维。

"接着敲，"迪斯科说，"我怀疑我听到了些什么声音，如果真有什么，我最好留在这里。"

这是一只废弃的钟，浓雾似乎都能把它捏碎。钟声停下来的间隙里，哈维听到周围传来大客轮尖利的汽笛声。他对大浅滩非常了解，所以很清楚汽笛声意味着什么，内心的恐惧清晰地向他袭来。一个身穿鲜红色套头毛衫的男孩——作为渔夫，现在的他讨厌任何可以想象出来的鲜艳的衣服——多么鲁莽无知，曾经认为让大蒸汽客轮撞上一艘渔船是多么酷的一件事。这个男孩住在提供冷热水洗漱的头等舱里，每天早晨会用 10 分钟时间在镶金边的菜单上点菜。还是这个男孩——不，应该说是比他成熟很多的兄长——天刚蒙蒙亮，四点就起床了，穿着滴水的油布雨衣，为拯救宝贵的生命卖力地敲钟。这口钟比服务生的早餐铃还要小。因为在他附近的什么地方，可能会出现 30 英尺高的钢甲船头，以每小时 20 英里的速度在海上呼啸而来。最令人心痛的是，那些在铺着柔软床垫的干燥的船舱里熟睡的乘客永远不会知道，他们也许在早饭前已经撞上了一艘小船，夺去了他人的生命。于是，哈维一刻不停地敲着钟。

"瞧，他们转动该死的螺旋桨，放慢速度了。"丹说。他正在吹曼纽尔的

---

① 参见（英）鲁德亚德·吉卜林著，霍彦京译：《少年与海》，哈尔滨：哈尔滨出版社 2019 年版，第 109－117 页。

海螺，"保持在法定速度内，就算我们都沉在海底，到时候也还可以自我安慰。听，拉响警报了！"

汽笛"嗡——嗡——嗡"响个不停，哈维还在"叮——叮——当——当"地敲钟，"呜——呜——呜"的海螺声也响了起来。白色的浓雾中，海天融合在一起。这时，哈维觉得有什么东西从自己身旁经过。他抬头仰望，看到了悬崖般的船头，湿漉漉的船身，似乎正跳跃着直接奔向纵帆船，卷起调皮的水花。大船升起时，露出刻着一串罗马数字的悬梯——XV，XVI，XVII，XVIII等等——在闪着橙红色光芒的船舷一侧。然后，它突然向前倾了一下，发出令人心跳骤停的"嗖嗖"声。悬梯消失了。一排铜框舷窗迅速闪过，大船喷出蒸汽，哈维举起双手无助地做了抵挡。滚滚的热水柱在"我们在此"号的身边咆哮而过。大客轮的汽笛声消失在浓雾里，小个子纵帆船跟跟跄跄地在汹涌的波涛里摇晃。哈维正要晕倒时，耳边传来噼噼啪啪的声音，仿佛树干在人行道上轰然倒下，一个低低的声音从远处传来，像电话声一样慢慢靠近："顶风停船！你把我们撞沉了。"

"是我们的吗？"哈维上气不接下气地问道。

"不是！那边的船。敲钟！我们过去看看。"说着，丹跑着去放平底船。

除了哈维、宾和厨子以外，所有人都在半分钟内跳上了平底船。顷刻间，一艘纵帆船的前桅咔的一声折断了，从船舷滑落。又一艘空荡荡的绿色小船经过，撞上了"我们在此"号，仿佛想让大船带自己走。接着，别的东西漂了过来，脸朝下，身穿一件蓝色毛衫——一具残缺的尸体。宾脸色大变，倒吸一口冷气。哈维拼命敲钟，担心自己的纵帆船也随时会被吞没，船员们回来时，听到丹的声音，立刻跑了过去。

"'詹妮·库什曼'号，"丹歇斯底里地叫着，"被拦腰截成两段——翻了个底朝天，碎得稀巴烂！就在离这儿不到25英里的地方。爸爸救了个老头，其他人都没了——还有，他儿子也死了。哦，哈维，哈维。我真受不了！我亲眼看见——"说着，丹抱头痛哭。这时，其他人把一个老头拖上船来。

"你们为什么要救我？"陌生老头嚎啕大哭，"迪斯科，你为什么要救我？"

迪斯科把一只有力的大手放在老头肩上，老头的嘴唇在不停颤抖，眼神狂乱盯着沉默不语的船员。宾夕法尼亚·普拉特站起来有话要说。索尔特叔叔想不起他的名字时，会叫他哈金斯，里奇，或者麦克。此刻，他的脸上不再是愚蠢无知的表情，他像聪明睿智的老人一样，语气坚定地说："上帝赐予你的，上帝会把他带走，上帝保佑你！我是——我是传播福音的牧师。把他交给我吧。"

"噢，你是？可以吗？"老头说，"那请你祈祷把儿子还给我！祈祷还我9 000美元的船，还有1 000公担的鱼啊。你们要是不救我，我就去见上帝了。我老伴儿做了寡妇，她会节俭过日子，不会知道，永远都不会知道。现在，我却不得不亲口告诉她。"

"没什么可说的，"迪斯科说，"稍微躺下会好点，詹森·奥利。"

三十秒钟的时间里，一个男人失去了他唯一的儿子、整个夏天的劳动成果、他赖以生存的一切，任何安慰都是徒劳的。

"他们都是格洛斯特人，是吧？"汤姆·普拉特无奈地摆弄着平底船的把手环。

"嗯，那没什么区别，"詹森拧干胡子上的水，说，"今年秋天，我要一直在东格洛斯特，划船接送夏天的游客。"他跌跌撞撞地跑到船沿边，哀唱起来：

快乐的鸟儿在歌唱
绕着神坛在飞翔
哦，高高在上的上帝啊！

"跟我来，下来！"宾在说话，好像他有权力发号施令一样。他俩的眼睛正好相遇，对视了片刻。

"我不知道你是谁，但我会去的，"詹森顺从地答道，"也许我会挽回一些——一些——9 000美元。"宾领着他走进船舱，随后把门关上。

"那不是宾，"索尔特叔叔大叫，"那是雅各布·鲍勒，而且——他想起了约翰斯敦！我从没在活人脸上见过这样的眼睛。现在该干吗？现在我该怎么办？"

外面的人也能听到宾和詹森的谈话声。后来只剩宾一个人在说话，索尔特摘下帽子，因为宾正在祷告。很快那个小个子男人走上楼梯，豆大的汗珠滑落脸颊，看着眼前的船员。这时的丹还在轮舵那里啜泣。

"他不记得我们了，"索尔特低声抱怨道，"又得重新开始，总是捉摸不定——他会对我说什么？"

宾说话了，他们能听出这番话是对陌生老头说的。"我已经祷告了，"他说，"我们的人都相信祷告。我为这个男人的孩子祷告。我眼睁睁地看着我儿子死在我眼前——我俩最大的儿子——还有其他人。难道还有谁比上帝更明智吗？我从没为其他人做过祷告，唯独给他的儿子做祷告，祈祷他的儿子回来。"

索尔特用乞求的眼神看着他，想知道宾是不是记起了什么。

"我发疯多久了？"宾突然问道，嘴角在颤抖。

"扯，宾！你从没疯过，"索尔特开始说话了，"稍微有点儿注意力不集中。"

"我看见房子砸在桥上，然后就起火了。别的没印象。那是什么时候的事？"

"我受不了啦！受不了啦！"丹大叫起来，哈维在一旁深感同情，低声呜咽起来。

"大概 5 年前。"迪斯科的声音有些颤抖。

"那这几年我每天都是别人的负担吧。那个人是谁？"

迪斯科指了指索尔特。

"没有——没有！"这个海上农民不停地搓手，哭着说道，"你赚的钱是你开销的两倍，宾，我在船上那四分之一的股份还要分你一半，那是你该得的。"

"你们都是好人，从你们的脸上就能看出来。可——"

"仁慈的圣母啊，"长腿杰克低声说，"他一路跟着我们，现在终于解除魔咒了。"

旁边传来一艘纵帆船的铃声，浓雾中有人高声喊："嗨，迪斯科！听说'詹妮·库什曼'号的消息了吗？"

"他们找到他儿子了，"宾大叫，"站好，亲眼看一看上帝的救赎！"

"詹森在船上，"迪斯科用颤抖的声音回答，"没有——其他人吗？"

"可我们只找到一个。他蜷缩在一堆木头上，那可能是原来的船舷。他的头破了。"

"那是谁？""我们在此"号的人激动万分，急切地问。

"我猜是小奥利。"那个人拉长声音说。

宾举起双手，讲了几句德语。哈维敢发誓说，耀眼的光照在他扬起的脸上，但那个声音又说："喂！你们这些家伙昨晚还狠狠地嘲笑我们。"

"现在我们可没嘲笑。"迪斯科说。

"我知道，但说实话，提到小奥利时，我们的船有点儿——有点儿漂得找不着方向。"

这是口无遮拦的克里·匹特曼说的。"我们在此"号甲板上传来一阵阵笑声。

"你们能把老头送上船吗？我们在这儿放鱼饵和索具呢。我想，不管怎么样，你们留着他没用。这个可恶的起锚机弄得我们人手不够了。我们会照顾好他的，他是我老婆的姑父。"

"我愿意给你船上的任何东西。"特鲁普说。

"什么也不要，或许，可能锚有用。嗨！小奥利受了点制激，把老头也一起送过来吧。"

宾把昏厥过去的老头叫醒，汤姆·普拉特划着船把他送了过去。他连一句谢谢都没说就走了，不知道接下来会发生什么事情。大雾笼罩了一切。

"现在，"宾深深吸了一口气，似乎要祷告。"现在，"——笔直的身子像一把剑回到剑鞘一样；闪闪发光的眼睛也褪去了光芒；声音也回到了往常一样窃窃低语的状态——"现在，"宾·普拉特说，"索尔特先生，现在下棋会不会有点早？"

"有件事情——有件事情，我正要说，"索尔特立刻大声说，"我服了，宾，你怎么能知道别人心里想什么？"

小个子满脸通红，温顺地跟着索尔特往前走。

"起锚！快点！让我们离开这片疯狂的大海吧！"迪斯科大喊。船员们从来没这么迅速地服从过命令。

"你觉得这是什么意思？"长腿杰克问。他们再次穿梭在潮湿的海雾中，茫然不知所措。

"我认为它，"迪斯科在轮舵前说道，"是这样的：'詹妮·库什曼'号这件事堵着我们空荡荡的心——"

"他——我们看见他从旁边漂过去了。"哈维呜咽着说道。

"当然，把他从水里捞出来，把小船推上岸；正好把他推上来，我带着他，是为了让他记得约翰斯敦，雅各布·鲍勒这类的。我们会安慰詹森，鼓励他振作起来，就像是让船靠岸。由于不够强大，慢慢就又滑下去了，现在他就又掉到水里了。我认为是这样的。"

众人认为迪斯科说得非常正确。

"要是宾一直把自己当雅各布·鲍勒，"长腿杰克说，"那可够索尔特受了，宾问这几年谁一直照顾他时，你们没看到他的脸色吗？怎么样，索尔特？"

"睡了——死一样地沉，像孩子一样翻身上床睡觉了，"索尔特轻手轻脚地跟在后面，回答道，"当然，他醒来后不能没有吃的。你以前见过祈祷能有这样的效果吗？他的祷告把小奥利从大海里救了上来。这是我的想法。詹森为他的儿子感到非常自豪。我一直都不相信崇拜空虚的偶像是一种明智的表现。"

迪斯科说："可是，到底还是有这类人的。"

"那肯定是，"索尔特迅速反驳道，"宾脑子没糊涂，我只是在他身边做好我该做的。"

这群饥饿的人一直等了三个小时，宾才再次出现。他脸色沉静，思绪一片空白。他以为自己一直在做梦。接着，他想不明白人们为什么沉默，可大家又没法跟他说。

接下来的三四天里，迪斯科冷漠地让所有人忙起来。不能出海时，他们就会到鱼舱把船上的库存堆叠起来，以便腾出更多的地方放鱼。从船舱到壁炉后边的风门，到处都是鱼。迪斯科向众人展示了如何堆放货物才能让纵帆船处于最佳吃水状态，这是一门诀窍。于是，船员们在恢复精神后再次活跃了起来。长腿杰克拿绳子的一端挠哈维痒痒，就像戈尔韦人说的那样，"像一只病猫为自己的无能为力而伤心"。在这些疲惫的日子里，哈维思考了很多，向丹吐露了自己的心事，丹也表示赞同——包括以后想吃煎饼时就去要，不再用鱼钩偷钓了。

然而，一周后，他俩又想出了疯狂的点子，把旧刺刀绑在一根棍子上，竟然想去刺鲨鱼，差点让"海蒂"号翻了船。这个残忍野蛮的家伙在平底船旁边游来游去，其实只是想吃些小鱼而已，好在鲨鱼和他俩最后都安然无恙。

终于，纵帆船结束了在大雾中捉迷藏的日子。一个早晨，迪斯科在甲板上大喊："快！孩子们！我们到'城里'了！"

作品评析

《少年与海》富有浪漫主义和理想主义色彩，是适合青少年阅读的成长小说。作者通过叙述船员们的海上捕鱼过程，展现了海洋对人们的意义：大海塑造了人们坚毅的性格，让少年成长，给人们带来丰富的水产。小说中渔夫们的海上生活艰苦、命运悲苦，渔妇们人生寂寞，为随时可能失去丈夫与儿子而愁怨。读者们会为此而动容。哈维毕竟只是一个在海上锻炼了一个夏天的过客，但经历困苦让他蜕变为友爱少年，丹的人生也因为小伙伴的家庭资源而走向了坦途，成长和成功让读者心感欣慰、备受激励。小说里的主人公洋溢着积极乐观，但读者并不会忽视乐观之下海上渔人的生活艰辛。兼具励志的快乐和生活的苦涩，这部小说因此成为经典。

《少年与海》描写了大海和捕鱼的真实情况。海上捕捞辛苦、危险，但渔夫们自信、坚忍、引以自豪。人物的世界观、人生观和海洋观，决定了他们与大海的苦乐参半的关系和情感，决定了他们眼中的大海模样。有付出、有智慧，就有收获，这是小说中海上生活的信条。因此，人们为了生计而劳作于其上的大海，才显得那么温柔、壮丽和迷人。这是小说中透露出的海洋价值观、海洋人生观。

选文讲述了一场海上悲剧。船员们在海上作业的间隙愉快地交谈着，气氛融洽，但不久滩上起雾了，一艘大蒸汽客轮撞裂了一艘纵帆船，一个老头说他的儿子被撞沉死了。在惨剧的刺激下，疯了五年的宾恢复了记忆，并以自己的牧师身份为死者祈祷，然后老头的儿子被找到。不久后，船也要靠岸满载回城了。撞船事件是海上航行的高潮，作者再现了危险当前海员们紧张应对的惊险场景以及危险过后的悲剧情景。惨烈的场景重创了疯傻五年的宾的内心，宾得以清醒和重拾牧师身份。宾祈祷死者复生的成功，显示了作者对海员们的悲悯之心和赞美之情，也符合青少年读者的审美期待。

海上扁舟

（美）斯蒂芬·克莱恩

作者及作品简介

斯蒂芬·克莱恩（Stephen Crane，1871—1900），美国著名作家，自然主义文学的先驱。出生于新泽西州纽瓦克的一个卫理公会牧师家庭，是这家的第 14 个孩子。18 岁时克莱恩成了他哥哥汤利在新泽西新闻社的助手，开始写署名文章。大学期间，写了第一部小说《街头女郎玛吉》，于 1893 年自费出版。1895 年，去西部采访并进入墨西哥，出版了诗集《黑骑者》以及关于美国内战的小说《红色英勇勋章》，后者使克莱恩迅速成为在美国和英国最受关注的青年作家和记者。1897 年，去古巴采访，途中轮船遭遇风暴沉没，这段经历促成了其短篇小说《海上扁舟》在 1898 年的诞生。克莱恩后来与妻子定居英国，1900 年 6 月 5 日，因患肺结核在德国的一所疗养院去世。

《海上扁舟》是斯蒂芬·克莱恩最脍炙人口的短篇小说。故事开篇就是让人紧张的场景，在轮船失事中幸存下来四个人——船长、加油工、厨子和记者，他们划动着一艘仅能让四人勉强容身的小船，在波涛汹涌的大海上求生。两天两夜后，他们轮流划船和休息，已经非常饥饿和疲累，所幸的是远远地看到了沙滩和灯塔，他们期望陆地上能有救护站，而实际上没有。风浪很大，小船随时可能倾覆，岸上有人发现了他们，却无能为力。四个人疲累至极，只能继续轮流划桨。一月的寒冷夜晚，鲨鱼在船边出没。船长只有一只好手，仍然沉着冷静地指挥。记者在恍惚中记起了一首描写阿尔及尔士兵临终的诗歌。早晨的光亮中，船长命令加油工向岸边划去，在巨浪中叮嘱大家必须一次性成功跳到海中。他们奋力游向沙滩，人们发现了他们，赶来救助。船长把先机让给了同伴，自己却牺牲在沙滩边的大海中。

选文

海上扁舟①

　　记者又睁开眼睛的时候，海天各呈鱼肚白。后来，海水涂上了胭脂红和金黄。黎明终于来临，光辉灿烂，天空是纯蓝的，阳光在浪尖上燃烧着。

　　在远方的沙丘上，立着许多黑色的小屋，一个很高的白色的风车耸立在它们之上。海滩上，没有人，没有狗，也没有自行车。那些小屋可能是个荒村。

　　那几个航海的人仔细观察海岸。船上开了一个会。"好，"船长说，"假使没有援助来，我们最好马上抢滩。我们要是在这儿再呆下去，就根本没力气自己干任何事了。"其他的人默默同意这个道理。船向着海岸进行。记者怀疑是否真没人上过那高耸的风塔，是否他们那时真没向海上看一眼。那塔是个庞然大物，对于芸芸蝼蚁漠不关心地屹立着。那在记者看来，有点象征自然在个人挣扎中的沉静——风中的自然，人类想象中的自然。在他看来，那时自然并不残酷，也不仁慈，也不狡黠，也不智慧。然而，她却是冷漠的，绝然的冷漠。说起来也许好像颇有道理，一个人在这种情况之下，受了宇宙冷漠的影响，应该看出自己生命中无数缺点，把它们在脑中一一痛苦地回味一下，而希望再有一个机会改正。就在当时，就在对于坟墓的边缘重新木然无知的时候，是非的分野对于他显得出奇地清晰，而他知道，假使他再得到一个机会，他就会改正他的言行，就会在一次介绍的场合，或是一个茶会上，表现得更好、更出色一点儿。

　　"现在，各位，"船长说，"船一定要翻了。我们所能做到的就是尽可能把船向岸划，然后，船翻掉的时候，赶紧跳水，赶紧向岸上游。现在保持镇静，等到船确确实实翻掉的时候才跳水。"

　　加油工人划着桨。他转头查看近岸的急滩。"船长，他说："我想我最好

---

　　① 参见（美）斯蒂芬·克莱恩著，聂华苓译：《海上扁舟》，见余华选编：《温暖的旅程》，北京：新世界出版社 1999 年版，第 175 – 182 页。

还是把船转过去，把船头一直对着海，向后划。"

"对，彼利，"船长说。"向后划。"于是加油工人把船转了过来，坐在船尾，厨子和记者就不得不转过头去注视那孤独的、冷漠的海岸。

可怕的向岸的巨浪将船高高抛起，高得船上的人又能看到大片大片白色的水向倾斜的海滩上掠去。"我们不会靠岸很近的，"船长说。每当一个人能够把他的注意力由大浪上扭转过来，他就将目光转向海岸，而如此凝目注视的时候，在那双眼睛的表情中，有一种奇异的特质。记者观察其他的人，知道他们并不害怕，可是，他们目光中整个的含意却是隐藏着的。

至于他自己，他太累了，不能绞（尽）脑汁从根本上来了解这回事。他极力强制自己的脑子来思索，但脑子此刻是受着肌肉的支配的；肌肉说它们是不在乎的。他只是想到，假若他淹死了，那真太可惜了。

没有仓促的话，没有苍白的脸色，没有显然的激动。他们只是注视着海岸。"现在，记着，你们跳水的时候，要跳离船愈远愈好。"船长说。

海上一个大浪的浪头突然轰轰隆隆地崩溃了，那长长的、白色的卷浪呴哮着向着船冲来。

"现在镇定，"船长说。他们沉默着。他们的眼睛由岸上转向卷浪，等待着。船滑上水坡，在汹涌的浪头上一跳，便跳了过去，在那长长的浪背上摇晃下去了。船上进了些水，厨子掏着水。

然而，下一个浪头又轰然而至。翻滚的、沸腾的滔滔白水卷上了船，把船旋得几乎垂直了。水由四面八方涌进来了。记者此刻正把手搁在舷边上，水由那儿涌进来的时候，他急忙把手指头缩回了，好像是他不愿弄湿了手。

那小小的船，由于水的载重而醺醺然，摇摇晃晃，更向海里偎下去了。

"掏水，厨子！掏水！"船长说。

"好，船长。"厨子回答。

"现在，各位，下一个浪我们一定得跳水了，"加油工人说，"注意要跳得离船愈远愈好。"

第三阵浪向前滚来了，巨大无比，怒涛汹涌，毫不容情。那阵浪完全把小船吞噬了，几乎就在同时，船上的人滚到海里去了。一条救生带放在船底，记者滚出去的时候，用左手抱在胸前。

正月的水是冰冷的，他立刻发觉那水比他在佛罗里达海上所预料的更为寒冷。这对于他昏乱的脑子，就像是一件重要得应在此刻注意的事。水冷是可悲的，是叫人伤心的。这件事与他对自己处境的看法，不知怎么就搅和在一起、混淆不清了，以至于那就好像几乎是使人流泪的适当理由了。水是寒冷的。

他浮到水面的时候，除了喧嚣的水之外，他差不多甚么也没意识到。后来，他才看见了在海面的伙伴们。加油工人一路领先。他游得很有劲，很快。在记者左边远处，厨子一大片白色的软木背凸在水上；在后边，船长用他一只没有受伤的手攀在倾覆的小船的船脊上。

海岸有一种固定不动的特性，记者在海上一片昏乱之中，对于那一点却觉得很是奇怪。

海岸似乎也是非常诱人的。可是，记者知道，那是一段漫长的路程，他就慢悠悠地游着。那条救生带在他身子底下，有时候，他由一个大浪的水坡上旋下去，就好像是坐在一个小雪橇上。

但是，最后，他游到一个地方，在那儿游水是非常困难的。他并没停下来，追究一下究竟是甚么样的水流把他阻住了，但他在那儿就是不得前进了。海岸就在眼前，好像舞台上的一小块布景，他看着那儿，凭他的眼睛了解那上面的每一细节。

厨子漂过去了，在左边漂得很远了，那时候，船长在对他大声叫，"转身朝天，厨子！转身朝天，用桨划！"

"好，船长。"厨子转身朝天，用一把桨划着，向前进行，好似一条独木舟。

一会儿，小船也由记者左边漂过去了，船长用一只手抓着船脊。要不是因为那船所作的非凡的健身运动，船长看上去就会像是一个人抬起身子由一块木栏上观望一样。记者惊异船长居然还能牢牢把船抓住。

他们向前游得离岸更近了——加油工人、厨子和船长——他们后面漂着水壶，快活地在大海上跳跃着。

记者仍然在这个奇怪的新敌人——一股水流——的掌握中。海岸像一幅画似的展现在他眼前：白色的沙坡，绿色的悬崖，顶上有静静的小屋。当时那儿离他非常之近，可是，他的印象却好像是一个人在画廊里，看着布列塔尼或是阿尔及尔的一幅风景画。

他想："我要淹死了吗？可能吗？可能吗？可能吗？"也许一个人必须认为自己的死亡是自然万象中最后的一象。

但是，后来，也许是一阵浪将他由这一股小小的、致命的水流中卷了出去，因为他突然发觉自己又能够朝着海岸前进了。后来，他还发觉船长一只手攀着小船的船脊，把他的脸由海岸那边转过来朝着他，呼喊他的名字。"到船这儿来！到船这儿来！"

在他挣扎着游到船长和小船那儿去的时候，他想一个人完全精疲力竭的时候，淹死必定真是一个解除痛苦的好办法——中止战斗，附带还有大大的解脱；他乐于那样，因为有一阵子，他脑子里所想到的只是对于那短暂一阵痛苦的恐怖。他不愿受苦。

一会儿，他看见一个人沿着海岸跑来了。他以最惊人的速度脱去衣服。大衣、裤子、衬衫，每一件都神奇地由他身上溜下了。

"到船这儿来！"船长叫着。

"好，船长。"记者游去的时候，他看见船长潜下水，离开了船。然后，记者就施展他那小小的航海绝技。一个大浪卷上来，轻巧、神速地把他整个儿由船上抛了过去，抛到船那边很远的地方。就是在那个时候，记者也觉得那是健身运动中一件了不起的事，是大海的一个真正奇迹。在急滩里的一条倾覆的船，可不是游泳人耍着玩的东西。

记者被抛到的地方，水仅及腰部，可是，他当时的情况使他不能站住片刻。每一阵浪都把他打成一团，退回的浪又推着他。

后来，他看见那个一直奔跑、脱衣，脱衣、奔跑的人一下跳入水中，他将厨子拖上岸，然后涉水走向船长；但是，船长挥开他，要他到记者那儿去。他是赤裸的——赤裸得好像冬天的树；然而，他头上有一圈光轮，他焕发得宛如一位圣人。他将记者的手用手一拉，拖了很远，又精彩地一摔。对于客套训练有素的记者说："谢谢您，老兄。"然而，突然地，那人叫道："那是甚么？"他指着一个瞬息即逝的手指。记者说："去吧。"

在浅水处，躺着加油工人，脸朝下。他的额头抵着沙地，那儿每隔一个时候在每阵浪之间便由海水中露出来了。

记者对于以后所发生的事全然不知。他一安然到岸，就倒下了，整个身子一股脑儿撞在沙滩上。仿佛他是由屋顶上摔下来的，但是，那砰的一声对他却是可喜的。

好像是，海滩上立刻到处是人，男人们带着毛毯、衣服和水瓶，女人们带着咖啡壶以及一切她们自认为万灵的救援物品。陆地对于海上来的人的欢迎是热烈而盛大的；然而，一个静默的、水淋淋的形体向海滩上慢慢抬来了，陆地对于它的欢迎只能是另一种阴森的坟墓的招待了。

天黑时，白浪在月光中荡来荡去，风将伟大的海的声音传给岸上的人，他们觉得他们那时是能够解释海的语言的。

作品评析

小说的核心事件是四人与大海搏斗，最终一人牺牲三人得救。小说没有交代多余的背景和情节，而是深入描绘面对死亡之海时，四个勇士内心复杂的心理活动，刻画他们齐心协力、绝不放弃的战斗品格。人物的语言非常简练，极度疲累中，勇士的精神活动却非常丰富。小说对海洋形象、海难境况、人物形象的刻画细致真实，是当之无愧的是美国自然主义文学的代表作。

小说情节简单、环境单一，却蕴含深刻的哲理。"在海上漂浮的昼夜中，在看不见生的希望的困境中，宇宙的庞大，人类的渺小，宇宙对人类的漠离和人类自身的无意义都在读者的面前一一展现。这很可能就是这篇小说一直被认为是美国最为伟大的小说之一的原因。"①

《海上扁舟》中有大量对海洋的描写，大海是从四人的视角呈现的，它呈蓝灰色或碧绿色，暴躁、晦暗、凶险、无情、冷漠，耍弄着四人和漂泊的小船，仿佛铁了心要把他们摧毁，可视为无情命运的象征。寄希望于外力的拯救是无济于事的，四人必须奋力自救。大海始终阴冷汹涌、危机四伏，读者也始终紧张战栗。

选文是这篇短篇小说的后半段，从记者的视角，呈现四人跳入海中、奋力游向海岸的过程。拼尽全力却丝毫没有离海岸近一点的绝境是那么逼真而让人绝望，记者的第一视角使死亡降临之时人物的心理活动非常可信和有感染力。船长指挥若定，把生的希望让给船员，尽完职责而亡，其精神和形象让读者肃然起敬。

20 世纪海洋文学

▌海燕之歌

（苏联）马克西姆·高尔基

〔 **作者及作品简介** 〕

马克西姆·高尔基（Maxim Gorky，1868—1936），原名阿列克塞·马克西姆维奇·彼什科夫，苏联著名作家、评论家、政论家、学者。高尔基生于伏尔加河畔的下诺夫戈罗德镇的一个木匠家庭。4 岁时父亲去世，高尔基跟母

---

① 全志敏：《〈海上扁舟〉中的宇宙反讽主题解析》，《河南师范大学学报（哲学社会科学版）》2012 年第 4 期，第 252 页。

亲回到外祖父家生活，11 岁就走上社会谋生，先后做过学徒、搬运工、看门人、面包工等，深切体会到底层人民生活的苦难，接受进步思想，参加革命组织。1892 年，用马克西姆·高尔基的笔名在《高加索报》发表处女作短篇小说《马卡尔·楚德拉》，自此在地方报刊当编辑、记者，专职写作。1899 年，完成第一部长篇小说《福玛·高尔杰耶夫》。1901 年，完成第一个剧本《小市民》。此后十年，他先后创作了《底层》《仇敌》《避暑客》《太阳的孩子们》《野蛮人》等社会政治剧本，在美国出版长篇小说《母亲》。1913 年，主持《真理报》的文艺专栏。1916 年，发表《童年》和《在人间》，这与其1923 年发表的《我的大学》合称"自传体三部曲"。"十月革命"后，因为疾病、与列宁及新政权之间的矛盾，高尔基于 1921 年出国疗养，发表回忆录《回忆托尔斯泰》和特写《列宁》。1931 年，他接受斯大林的安排，回到莫斯科定居，并于 1934 年当选为苏联作家协会第一任主席。1936 年 6 月 18 日，高尔基因病去世。

《海燕之歌》又名《海燕》。高尔基在 1901 年 3 月写了散文《春天的旋律》，因革命象征意义明显而无法发表。结尾一章《海燕之歌》被单独发表在四月号的《生活》杂志上，引起巨大社会反响。随后不久，审查当局下令查封了《生活》杂志。

选　文

海燕之歌①

在苍茫的大海之上，狂风翻卷着乌云。在乌云和大海之间，一只海燕如黑色的闪电一般，正高傲地展翅翱翔。

它时而掠过波浪，时而像箭一样冲向乌云。它呐喊着，在它勇敢的呐喊声中，乌云听到了喜悦。

在这呐喊声中还有对暴风雨的渴望！乌云听到，里面还有愤怒的力量、激情的火焰和对胜利的信心。

海鸥们呻吟着，哀怨着，在海面之上不辨方向地疾飞，准备扑进海底深处，去掩藏自己对暴风雨的恐惧。

海鸭们也在呻吟——它们这些海鸭啊，享受不到生命的战斗，一声闷雷

---

① 参见（苏联）高尔基著，苏昀晗译：《海燕》，南京：江苏凤凰文艺出版社 2018 年版，第 3 – 4 页。

便让它们惊恐万分。

蠢笨的企鹅战战兢兢，把肥胖的身体隐入悬崖当中……在那被泡沫染成灰白的海面之上，只有高傲的海燕在勇敢地翱翔！

乌云愈加灰暗，不断压向海面。海浪歌唱着，跃向高空迎接雷声。

雷声隆隆。在愤怒的泡沫中，海浪呻吟着，与风争辩着。狂风拥卷起海浪，把它们狠狠地摔向悬崖，碧绿的巨浪瞬间化作四溅的水珠。

海燕一边翱翔，一边呐喊，如黑色闪电，如利箭一般，冲向乌云，用翅膀刺穿海浪的飞沫。

它疾飞，像一个魔灵——一个高傲的黑色魔灵。它大笑，它号叫……它嘲笑乌云，它因为喜悦而号叫！

在雷声的愤怒当中，这只灵敏的魔灵早已听出疲倦。它相信，乌云无法遮挡太阳，是的，无法遮挡！

风在呼啸……雷在怒吼……

乌云层层，像蓝色的火焰一样，在无底的大海上燃烧着。大海捉住闪电的锋芒，把它们熄灭在自己的深渊里。闪电的倒影，就像火红的长蛇，蜿蜒进海，消失得无影无踪。

——暴风雨！暴风雨就要来了！

在闪电和咆哮的大海之间，这只勇敢的海燕还在骄傲地翱翔，这是胜利的先知在呐喊：

——就让暴风雨来得更猛烈些吧！

作品评析

散文诗《海燕之歌》是高尔基革命浪漫主义艺术的突出体现。"海燕"在俄文寓意"暴风雨的预言者"。《海燕之歌》描绘了暴风雨来临前的海面景象，海浪滔天翻滚，海空风云突变。海鸥、海鸭等呻吟恐惧，海燕却快乐勇敢地欢迎暴风雨来临。波澜壮阔的海上画面，象征1905年俄国革命前夕急剧发展的革命形势；风雨中翱翔的海燕，象征英勇无畏的俄国无产阶级革命先驱。

高尔基的作品从20世纪30年代开始对中国文坛和革命现实产生巨大影响。《海燕之歌》虽然篇幅不长，但在中国传播非常广泛，它被改编成连环画、话剧，收入中小学语文课本，被广大人民群众朗诵，深深影响了几代中国人。《海燕之歌》被看作散文、诗歌，或是简短的小说，"从整个篇章来看，它确实有着动物小说的形式。当然，它是充满哲理的，以动物的面目来呈现的寓言小说。……也可以看作象征主义诗歌，因为它在整体上运用了象征手法。……对中国现代文学（尤其是左翼文学）中的诗歌、散文和散文诗的创作产生了巨大的影响"①。

《海燕之歌》诞生于革命年代，但海燕迎难而上的飞翔姿态、无畏快乐的昂扬精神，使其成为经典的海洋精灵意象，跨越时空，激励着无数勇敢追求理想的读者。

航海热

（英）约翰·梅斯菲尔德

作者及作品简介

约翰·梅斯菲尔德（John Masefield，1878—1967），英国著名诗人、小说家、剧作家。14 岁成为水手，16 岁远航到智利，过了三年的海上漂泊生活。1902 年出版描述远航感受和经历的诗歌集《盐水谣》，《航海热》是其中一首。1910 年出版了引起争议的《歌谣与诗》，1923 年出版了畅销二十万册的《诗集》，1930 年被任命为英国第 22 届"桂冠诗人"。代表作品有：诗歌《永恒的宽恕》《轰动一时的奇闻》《致水兵》，剧本《庞培大帝的悲剧》《威廉·莎士比亚》，探险小说《马格丽特船长》《失去的努力》《萨德·哈克》《奥塔》等。

选文

航海热②

我必须再去大海，投向寂寥的天空和海涛，
我要的只是一只大船和一颗星为它引导，
还有那舵轮的反冲和风的歌唱和白帆的振摇，
以及海面上灰色的雾幕和那灰色的破晓。

---

① 蔡静、方维保：《〈海燕之歌〉〈鹰之歌〉汉译与中国左翼政治寓言诗》，《文艺理论与批评》2016 年第 6 期，第 124 页。

② 参见（英）托马斯·胡德等著，屠岸译：《英国历代诗歌选（下）》，哈尔滨：北方文艺出版社 2019 年版，第 420 页。

我必须再去大海，因为那潮水的汹涌呼叫

是一种不可抗拒的狂野而又清晰的号召；

我要的只是个大风猛刮的日子，白云飞飘，

还有那迸散的浪花、飞溅的泡沫和海鸥的呼啸。

我必须再去大海，去学那吉卜赛人流浪逍遥，

到海鸥的路和海鲸的路上去，那儿的风如利刀；

我要的只是伙伴们笑说着愉快的故事滔滔，

以及长时间掌舵后安恬的睡眠和美梦的来到。

作品评析

《航海热》一译为《海之恋》，写于 1900 年，令约翰·梅斯菲尔德名震诗坛而被誉为"大海的诗人"，被后人广为传诵。诗中描绘了让人眷恋的寂寥大海：水天相连、航船航行、海风轻唱、海鸟歌吟、海雾蒙蒙、海涛咆哮、晨光朦胧。诗人描绘美好的海上风光时，倾注了对大海的热爱，流露出诗人到大海上去流浪的渴望，"潮水的汹涌呼叫"，是大海"不可抗拒的狂野而又清晰的号召"。大海是自由精神的象征，那里的一切释放出自由肆意的力量："大风猛刮"，"白云飞飘"，"还有那迸散的浪花、飞溅的泡沫和海鸥的呼啸"。诗人最后指出，与伙伴一起去大海徜徉，要的是"长时间掌舵后安恬的睡眠和美梦的来到"，可见诗人渴望再去大海，实际上是其回归自然、向往自由的心声，是付出努力、实现梦想的希冀。去大海，成为追寻理想的象征，鼓舞着诗人和读者去实现自我。

短短的十二行诗，语言凝练，从韵律、形式与主题三个方面，体现着诗歌艺术的张力之美，"抑扬格与扬扬格的交替使用，使该诗不仅拥有了一种歌的旋律，也让我们感到了大海自然波动的韵律美。……海、天、人组成一个立体的三维空间。在这空间里面，流动着诗人对大海深深的眷恋，对人生之海的认真思索"[1]。诗人对大海的一往情深，实质上是对自由精神、人生价值的思考，通过这优美简短的诗歌形象而深情地吟唱出来，让读者陶醉。

---

[1] 施兆莉：《海之美——论约翰·梅斯菲尔德〈海之狂热〉中的张力美》，《美与时代》2006 年第 6 期，第 85 页。

黑暗的心脏

（英）约瑟夫·康拉德

作者及作品简介

约瑟夫·康拉德（Joseph Conrad，1857—1924），英国著名作家。康拉德生于波兰，父亲是喜欢莎士比亚作品的没落贵族。17 岁时，父亲携带全家从俄国统治下的波兰逃到法国。为了谋生，康拉德开始了二十余年的航海生涯，从零开始学习英语，闲暇时尝试写小说。因身体缘故放弃航海后，转型成为小说家。丰富的海上航行生活，成为康拉德最擅长的海洋冒险小说的素材来源，他被誉为"海洋小说大师"。著名的作品有长篇小说《水仙号上的黑水手》《吉姆老爷》《诺斯特罗莫》《间谍》《机缘》《胜利》中篇小说《黑暗的心脏》，短篇小说《青春》等。1924 年，康拉德逝世于英国肯特郡。

《黑暗的心脏》（一译为《黑暗的心》）以康拉德 1890 年的刚果之旅为写作基础，被认为是 20 世纪最深刻有力的小说之一，被美国导演弗朗西斯·福特·科波拉改编成以越南战争为背景的电影《现代启示录》，以其深刻的人性刻画，载入影史。《黑暗的心脏》讲述了小说主人公马洛的刚果历险。在一次乘船游览泰晤士河的过程中，英国人马洛以第一人称的叙述口吻，向包括"我"在内的朋友们讲述了他的非洲之旅。马洛乘坐汽船来到非洲，沿着刚果河到达非洲腹地的荒林莽原，看到在外国殖民者的掠夺奴役下，非洲丛林里阴森恐怖、贫瘠凋敝、众生皆苦的情状。一路上，马洛遇到了公司的经理、独居的俄国冒险者等人，听闻他们推重的英法混血的库尔茨是个非凡卓越的人。库尔茨掠夺了大量的象牙，建立了一个殖民团队，被当地人尊为领袖、奉为神灵。马洛当时对库尔茨心生崇拜，但在叙述往事时掺杂了后来的批判。马洛历尽艰险终于见到库尔茨，却发现现实的库尔茨贪婪成性，通过贸易基地疯狂掠夺财富，那时他已经病入膏肓，成为一个孤独空虚、疯狂扭曲、众叛亲离的病人，他喊着"可怕呀，可怕！"死在了船上。马洛拿着库尔茨交付的信件等物回到英国，转交给虚妄地崇拜并怀念着丈夫的库尔茨的妻子。

选 文

黑暗的心脏（节选）①

　　太阳落下去了；黄昏降临在河上，沿河两岸开始显露出灯光。在一片泥滩地上搭起的那个三条腿的查普曼灯塔，射出强烈的光芒：船上的灯光在航道上漂移——只见星星点点的亮光，纷繁杂乱地上下穿行。再往西看，在河流上游的那座庞大的都市上空，仍然呈现出不祥的征兆，夕照中的阴沉朦胧，星光下的惨淡灰亮。

　　"还有这儿，"马洛突然开口说，"一直是世界上一个黑暗的地方。"

　　他是我们中间惟一的一个仍在"追随海洋"的人。往坏里说，最多也只能说他和他那个阶层的其他人不一样。他是一名海员，却又是个流浪汉；而其他大多数海员，如果可以这样说的话，都过这②一种蜗居的生活。他们的心里仍是居家意识，他们的家永远和他们在一起——那就是船；他们的国家也是那样——那就是海。船与船都很相像，而大海也是一个模样。在他们这一成不变的环境中，外国的海岸、外国人的面孔、那变化万端的大千世界都在他们面前一掠而过，对他们说来根本没有什么神秘感，而只是有点莫名其妙，不屑一顾。因为对一个海员来说，除了大海本身，再没有什么东西是神秘的了，只有大海才是主宰他命运的女神，她和命运一样不可思议。另外，如工作之余上岸溜达一下，或狂饮一番，都足以让他领略到一个新大陆的神秘了，而他往往会觉得这种神秘也没有什么值得了解的。海员信口胡诌出来的故事都是那样直截了当，简单明了，其中全部寓意都包含在已打破了的坚壳果中。然而马洛却是例外（如果把他爱编故事的癖好除外的话）。在他看来，一个故事的含意并不像果仁那样藏在外壳之中，而是在故事之外，围绕在故事的外层，让故事像白炽的光放出辉雾一般显现出它的含意来。那情景就好像是迷蒙的月晕，有时在月夜的幽光中才能看得见一样。

　　他的话丝毫没有惊人之处。这就是马洛的风格。大家都静静地听他讲。谁也懒得哼一声。这时，他又讲了起来，讲得非常缓慢：

　　…………

　　"最后，我们驶进了一片开阔的水域。迎面出现了一段陡峭的石壁，岸上是一堆堆翻起的土丘，山坡上有几座房子，另外还有一些是铁皮顶的，建在

------

　　① 参见（英）约瑟夫·康拉德著，胡南平译：《黑暗的心脏·"水仙号"上的黑家伙》，南京：译林出版社 2001 年版，第 5 - 6、19 - 25 页。

　　② 这，应为"着"。——编者注。

被挖掘过的荒地上，或是建在山坡上。山上湍急的流水声不停地回荡在这一片荒废的住地上空。只见有一大群人，大都是光着身子的黑人，像蚂蚁般四处走动。一座小码头直插河中。有时候突然一阵耀眼的阳光，刺得人们头晕目眩，什么也看不见了。'那儿就是你们公司的贸易站，'那个瑞典人说，一边用手指着岩石重叠的山坡上三间像营房似的木头建筑，'我会把你的东西送上去的。四个箱子是吗？好吧，再见。'

"我碰见一只翻倒在杂草中的锅炉，接着发现一条通往山上的小路。它绕过一些大盘石，还绕过一辆小火车厢，那车厢轮子朝天躺在那里。还掉了一个轮子。看上去好像是一具动物的尸体，躺在那里一动不动。路上我还见到一些锈蚀的机器零件和一堆生锈的铁轨。左边树丛下有一片阴凉处，有一些黑色的东西在无力地蠕动。我眨眼看了看，前面的路很陡。左边传来嘟嘟的号角声，只见一些黑人在奔跑。接着响起了一声沉闷的爆炸声，脚下的大地在颤动，一股白烟从峭壁中冒了出来，后来就没动静了。山崖表面看不到有什么变化。他们在修铁路。这里的悬崖并没有挡路或妨碍什么；而这盲目的爆破却是目前正在进行的全部工作。

"我听到后面传来了一阵轻微的丁当声，六个黑人连成一串，一步一步吃力地沿着小路往上登。他们挺直腰板缓慢地走着，头上顶着装满泥土的小筐，每踏一步就发出那种合拍的丁当声。他们腰上系着黑色的破布片，腰后的碎布条像尾巴一样来回摇摆。他们每条肋骨都看得一清二楚，四肢的关节像绳子的结头；每个人的脖子上都套着铁环，彼此间被铁链拴在一起，链条的环节在他们中间摆动，有节奏地丁当作响。山崖上又传来一声爆炸声，这使我突然想起那艘向大陆开炮的军舰。也是这样一种邪恶的声音。但是眼前这些人，无论你怎么想，都不能叫做敌人。他们被当成罪犯，所谓触犯法律的罪名，就像那爆炸的炮弹一样落在他们的头上，这是从海上飞来的不解之谜。枯瘦的胸脯在同时喘气，使劲张大的鼻孔在颤动，眼睛木然无神地呆望着山上。他们从我身边经过，相隔不到六英寸，看也不看我一眼，显出一种可怜的野蛮人常有的十足的死一般的冷漠。就在这群生番后面，却有一位是受过教化的，他是正在发挥作用的新势力的产物。他腰间挎着一支步枪，垂头丧气地溜达着。他穿了一件军装上衣，上面掉了一粒扣子，看见路上来了一个白人，刷地一下把武器扛上肩头。这只是谨慎而已，因为从远处看，白人都很相像，根本看不清我是谁。一看他就放心了，便咧开大嘴，露出白牙，流里流气地朝我笑起来，又对他看管的那群人扫了一眼，仿佛把我当成他崇高职责中的伙伴。而我毕竟也是这些高尚正义的行为所属的那个伟大事业的一部分。

"我没有往上走，而是转身朝左边下来。我是想等看不见那帮用铁链锁住的人以后再上山去。你知道，我并不是一个心肠很软的人；以前我也曾不得不奋击、挡架，不得不抵抗、进攻——那也是以攻为守——有时候还不顾一切，只看自己不慎陷入的那种生活的需要。我见识过残暴的魔鬼，贪婪的魔鬼，荒淫的魔鬼；可是，老天作证！那些拿人——我说的是人——当牲畜一般使唤的，都是些强壮的、精力充沛的红眼睛魔鬼。但是当我站在这片山坡上，我能预见到，在这块大陆上令人目眩的阳光下，我将去结识的魔鬼是一个软弱无力、装腔作势、目光短浅而又贪婪残忍的蠢蛋。他能阴险到什么程度，我在几个月之后、一千里之外才会了解。我惊恐地站了一会儿，像是得到某种警告。最后我斜着向山下走去，走向先前看见的那片树林。

"山坡上，有人挖了一个巨大的洞，我避开绕了过去。为什么要挖这个洞，我不得而知。它既不是个采石坑，也不是个沙坑，只是一个洞而已。它可能与某种仁慈的愿望有关，那就是想给犯人找点活干。我不知道是不是。后来我差一点掉进一条很窄的深沟里，它只不过是山坡上的一道裂痕。我看见有许多从外地运来供定居点使用的排水管，横七竖八地滚落在那里。没有一根不是破的，砸得一塌糊涂。最后我来到那片树林底下。我本打算到树阴底下散一会儿步；但是刚走进里面，我就觉得好像是跨进了地狱中一个阴暗的圈子。山上的急流就在附近，单调急速的冲击声使这一片沉静凄惨的树丛充满了一种神秘的声音，那儿的空气宁静，连一片树叶也不晃动一下——好像地球飞奔的声音突然间充耳可闻了。

"树林中有些黑色的人形，有的缩着，有的躺着，有的坐着，有的背靠着树干，有的趴在地上，一半露在光线下，一半掩在阴影中，呈现出各种各样痛苦的、认命的和绝望的姿态。悬崖上又传来一声地雷的爆炸声，紧接着脚底下感到大地轻微颤动。那里的工作正在进行。这叫工作！这儿却是参加那项工作的人撤下来等死的地方。

"他们在慢慢死去——这是一目了然的事。他们不是敌人，他们不是罪犯，他们现在已不是世上的生灵了——什么也不是，只是疾病和饥饿的黑色阴影，七倒八歪地躺在绿色的黑暗之中。他们是按照各种定期合同，从海岸各个角落被弄到这里来的，流离在这水土不服的环境中，吃着从未吃过的食物，他们病倒了，失去了工作能力，于是被准许爬到一边去歇着。这些垂死的人形，像空气一样自由——并且几乎一样稀薄。我渐渐看清了树下有一双眼睛在闪烁。随后，向下一瞥，我发现我身边很近有一张脸。一把黑骨头直挺挺地斜倚着，一边肩头依靠着树，眼皮慢慢抬起，用那深陷的眼睛看了看我，一双大大的无神的眼睛，眼珠深处那种迷茫的白光正在慢慢消失。这人看来很年轻——几乎还是孩子——不过对于他们，这一点很难说准。我看我也都不了什么忙，只是把口袋里那位好心的瑞典人船上的饼干递给他一块。他的手指缓缓地合拢在饼干上，捏住了它——再看不到有别的动作和别的眼神了：他脖上系着一段白毛线——这是为什么？他从哪里弄来的？是一种标记——一种饰物——一种符咒——还是一种许愿的表示？这种东西难道与什么意念有关吗？这小段从海外带来的白毛线，拴在他的黑脖子上，看上去很刺眼。

"就在这棵树的旁边，还有两把棱棱角角的瘦骨，抱腿坐着。其中一个将下巴撑在膝盖上，迷茫地瞪着眼睛，那样子真使人目不忍睹，看来已被彻底累垮了。其余那些人，东一个西一个，以各种各样扭曲的姿势瘫在那里，活像一场大屠杀或瘟疫中的场面。就在我站在那里惊得目瞪口呆的时候，其中一个生灵用膝盖和手撑了起来，爬到河边去喝水。他用手捧起水来喝，然后在阳光下坐起来，盘起双腿，过了一会儿，就让那蓬乱的头耷拉下来靠在他的胸骨上。

"我再也没有心思在树阴下闲遛了，便急匆匆朝站上走去。快走到那些房屋时，我遇见一个白人，其衣装打扮出人意料地讲究，猛一照面，还以为他是个什么幻影。只见他高高的浆硬的领子、白色的袖口、一件轻薄的羊驼毛上装、雪白的长裤、整洁的领带，还有一双擦得锃亮的皮靴。头上没戴帽子。头发向两边分，刷得油亮。一只大白手握着一顶绿条纹的阳伞，耳朵后夹了一支笔杆。

"我和这位奇迹握了握手，并且得知他是公司的账务总管，公司所有的记账工作都在这个站上做的。他说他已经出来了一会儿，'想呼吸一下新鲜空气'。那语气特别带有一种书卷气，听起来尤为古怪。我本来一点也不想对你们提起这个人，只是因为是从他的口中我才第一次听到一个人的名字，这个人与我在那段时期的经历有着不可分割的联系。再说，我尊重这位老兄。真的，我尊重他的领子、他的大袖口和他刷亮的头发。他的外表活像理发店的假人模特儿；然而在这片道德沦丧的土地上，他仍保持着形象。这就是骨气。那浆硬的领子和挺括的衬衣便是他品德的建树。他离家出来快三年了；后来我忍不住问他，怎么能够穿得出这样的衬衣。他只是微微地红了一下脸，谦虚地说：'我一直在教一个土著女人做点站上的事。很费劲。她不爱做这种工作。'这么说，这个人还真的有所成就。而且他把全部心思都扑在账簿上了，一本本摆得整整齐齐。

"除此之外，站上的一切全都一团糟——人员、东西、房子。一帮帮满身尘土的黑人踏着又宽又扁的脚进进出出，工业品、废棉布、珠子和铜丝像流水般陆续运到那黑暗的深处，换回来的却是名贵象牙的涓涓细流。

"我还得在站上呆上十天——简直是遥遥无期。我住在院子里的一间棚屋里，有时为了图个清静，我会跑进会计室里去。那房子是用横条木板盖的，七拼八凑，盖得非常粗劣。当他趴在他高高的写字台上时，他从头到脚被一条条光带划成一道一道。要想看看外边，也用不着打开大百叶窗。这儿还很热；那些大苍蝇穷凶极恶，嗡嗡作响，它们不是叮人，而是到处乱碰。我通常坐在地板上，而他仍是衣冠楚楚（有时身上还稍稍洒了点香水），坐在高凳子上写啊写。有时还站起来活动活动。当有人把躺着一个病人（某个从内地来的病倒的公司代理人）的手推床推到他那里时，他只表现出一种含而不露的厌烦。'这个病人的呻吟声，'他说，'分散了我的注意力。没有高度的注意力，要想在这样的气候条件下算账不出错是极为困难的。'

"有一天，他头也没抬对我说：'等你到了内地，毫无疑问你会遇见库尔茨先生。'我问库尔茨先生是什么人，他说他是一流的公司代理人。看到我对这个解释不太满意，他便放下笔，慢吞吞补充说：'他是一位非常出众的人。'经我再问，这才从他嘴里得知，库尔茨先生眼下负责一个贸易站，一个很重要的贸易站，设在真正的象牙产地，在'那边的最深处。他送来的象牙，相当于所有其他站送来的总和……'他又开始写了起来。那个病人病得连呻吟声也发不出来。一片寂静中，只听到苍蝇嗡嗡地叫个不停。

"突然传来一阵越来越响的说话声和沉重的脚步声。原来是一个运输队进了站。木板房外面，粗野的吵嚷声像开了锅一般。所有的脚夫七嘴八舌说个不停。在这一片喧哗声中，总代理人的悲哀的声音仍依稀可辨，'真是没办法！'这一天他含着眼泪说这话也是第二十次了。……他慢慢地站了起来。'多么可怕的吵闹声，'他说。他轻轻地走到房间的另一边，看了看病人，又转身走回来对我说，'他听不见了。''什么！死了！'我吃惊地问道。'没有，还没死，'他镇定地回答。接着把头一抬，意思是指院里的喧闹声，'当你惟恐把账记错时，就会恨那些野蛮人——恨得要命。'他又若有所思地停了一会儿。'当你见到库尔茨先生时，'他继续说，'替我告诉他，这儿的一切'——他瞟了桌子一眼——'都非常令人满意。我不想给他写信了——交给我们这些信差，你永远也没法知道信会落在谁的手里——我是说在总站那边，'他用他那双柔和的金鱼眼睛直盯盯地看了我一会儿。'哦，他前途远大，非常远大，'他又讲了起来，'他无需多久就会成为公司管理部门的一位重要人物。他们上面的人——也就是欧洲的董事会——有意要提拔他。'

"他转过身去干他的事。外面的喧闹声已经停息下来，这时我想出去，走到门口又停了下来。在苍蝇无休止的嗡嗡声中，准备往回送的那个代理人躺在那里，满脸发红，失去了知觉；而这一位，却趴在他的账本上，正在为一笔笔准确无误的交易做出准确的账目；在门口台阶以下五十英尺的地方，可以看见那死亡之林的静止不动的树梢。"
…………

作品评析

　　《黑暗的心脏》之所以能给读者非同一般的震撼，首先是因为这是在非洲历险过、内心醒悟的马洛对刚果之旅的所见所想。马洛的刚果之行是深入了解被殖民者破坏得千疮百孔的非洲腹地的过程，也是发现人之黑暗内心、剖析世界不平衡发展原因的历程。马洛看到了大自然和土著被迫害的惨象、殖民者的贪婪嘴脸和强盗行为，表达了对现实的批判和反思。其次是因为库尔茨这个人物形象。库尔茨本来是一个西方文明中有理想、有抱负的青年，他到了非洲却变成人性尽失、欲望膨胀、心灵黑暗的殖民主义者，他的掠夺思想和强盗逻辑居然还让他成为很多后来者的精神领袖。"库尔茨"们残害非洲人，非洲人为了维护家园默默忍受，但也奋起反抗。库尔茨死时方知万事皆空，意识到自己的错误。借由库尔茨的悲剧，康拉德探讨了人在现代社会中被大环境异化的问题。再次是因为小说的叙事技巧——故事套故事，马洛以第一人称向作者"我"讲述非洲之行，让读者对故事产生既疏离又亲近的感觉。最后是因为小说深邃有力的语言。《黑暗的心脏》具有历险故事的全部特征——恐怖、神秘、异国、风光、逃跑、追踪、伏击……在《黑暗的心脏》里，康拉德触及了人类最古老的秘密，在原始和文明的交错中发现了震撼人心的奇观。这就是《黑暗的心脏》成为迄今英国非洲"探险"故事中最深刻的一部的原因。[①]

　　《黑暗的心脏》中描述的海洋，严格说来，并非主体故事的发生地，罪恶横流、神秘莫测的刚果河才是。但小说是公认的经典海洋文学作品，究其原因，是马洛刚果之行遭遇的现实打击，代表了人们海外梦想的破灭。马洛在出海前，对非洲有着美好的想象，海洋通往令人发家致富的海外殖民地，对英国社会来说代表着阶层爬升的途径，海洋因为连接着财富而充满魅力。小说中见识过海外世界的马洛，秉着与世无争的心态，乘坐着轮船，悠游于泰晤士河外的大海，海面辽阔，烟雾笼罩，平和惆怅，海洋是非常舒适而美丽的，但它所连接的非洲殖民地却是罪恶横流、狰狞丑恶的。博尔赫斯说："比地狱可怕万分的是《黑暗的心》所描绘的那条非洲河流，也就是马洛船长在

---

　　① （英）约瑟夫·康拉德著，袁家骅等译：《康拉德小说选·译本序》，上海：上海译文出版社1985年版。

上面追寻的非洲之河。河流的两岸是倒塌的废墟和密不透风的让人压抑的丛林，但是这些也许就是他追寻的目标——神秘而可怕的库尔兹（茨）——的浓重的投影。"[1] 通过非洲腹地的被掠夺场景，通过恶魔库尔茨、追寻恶魔后醒悟的马洛这两个人物形象，康拉德在小说中提出自己鲜明的海洋价值观：海洋如果成为人类相互杀戮、满足自己欲望的通道，就不会让人幸福。

选文是小说《黑暗的心脏》的两个部分。在第一部分，马洛在船上讲述自己的非洲之行，点明其海员身份以及与众不同的海上经历。第二部分讲马洛初到非洲，看到刚果河沿岸的一派凋敝惨象，殖民者疯狂掠夺、奴役原住民，黑人们被折磨得生不如死，社会矛盾尖锐，他内心感到沉郁又烦躁。康拉德把穿着讲究的财务总管与疲敝的非洲大地、病弱的黑人奴隶放在同一个场景中，显得触目惊心。被众人奉为典范的库尔兹与后文"我"目睹的真实境况形成鲜明对比。这些强烈的对比带来了对思想的震撼。

▌ 海 狼

（美）杰克·伦敦

⟮ 作者及作品简介 ⟯

杰克·伦敦（Jack London，1876—1916），美国著名作家。出生于加利福尼亚州旧金山的一个破产农民家庭，10—16 岁半工半读，做过报童、码头小工、帆船水手、麻织厂工人等。17 岁应聘在海豹猎捕船做水手，在北冰洋、朝鲜、日本等海域捕猎海豹。非同寻常的海上生活为他带来创作海洋小说的素材。上岸后，杰克·伦敦曾在加利福尼亚大学就读一年，阅读了大量文学名著。1898 年，第一篇小说《北方的奥德赛》发表在《大西洋月刊》上。1900 年，第一部短篇小说集《狼的儿子》出版。1903 年，《野性的呼唤》出版，使杰克·伦敦成为美国的最畅销作家。1904 年，以记者的身份接受美国政府派遣前去远东采访日俄战争消息的任务，其间驾驶无篷船出生入死。1906 年，驾着自己建造的船跨海旅行，经夏威夷，到达澳大利亚。杰克·伦敦对现实生活的体会在《海狼》《群岛猎犬杰瑞》等海洋小说中有生动的描述。1916 年 11 月 22 日，杰克·伦敦在家中疑似因注射过量吗啡去世。

---

① （英）约瑟夫·康拉德著，梁遇春、宋龙艺译：《黑暗的心·〈黑暗的心〉：人们所能想象的最动人心魄的故事》，北京：北京理工大学出版社 2018 年版，第 15 页。

《海狼》是杰克·伦敦最有代表性的海洋小说。故事情节跌宕起伏，名为凡·韦登的"我"，本是一位作家和评论者，周末乘船与朋友相聚，返途中遭遇大雾，船在旧金山海湾被撞沉，"我"在挣扎濒死之际，被狼·拉森掌控的"幽灵"号捕海豹帆船搭救。拉森阻止了"我"回旧金山的求救行为，逼"我"同去太平洋捕猎海豹，派"我"在船上做杂役。"我"在船上倍感艰辛，也愈加钦佩拉森的英俊、强健，他有超人的学习能力、文学理解能力；但"我"也在船上的日常生活中目睹了拉森的冷酷无情和暴虐统治。拉森为保住一条舢板，牺牲了水手凯利；把厨子托马斯扔到海里折磨以发泄，致使托马斯的一只脚被鲨鱼咬掉。水手们暗暗联合，奋起反抗，把拉森扔到海中，他却又爬回船上。拉森重新掌权后，借海上风暴，使带头反抗的两名水手葬身大海。"幽灵"号搭救了轮船失事中幸存的女作家莫德，莫德貌美又睿智，与"我"志趣相投、两情相悦。拉森却想将莫德据为己有。莫德也被迫在船上做杂工，渐渐依赖"我"。两人终于找到机会逃离，在白令海的"恩待我"岛上艰难地安顿下来。"幽灵"号上的拉森和水手也到了这个小岛上，水手们叛逃到拉森的敌方阵营。拉森的头疼病更加严重，身体迅速衰弱，不久后失明、偏瘫。"我"与莫德安葬了拉森，修复了"幽灵"号，后来终于见到了营救船只。

选 文

海 狼（节选）

第十八章①

第二天，暴风渐渐刮不动了。狼·拉森和我反复琢磨解剖学和外科手术，总算把马格利奇的肋骨对付上了。然后，当暴风又刮起来时，狼·拉森便在这片我们一开始便相遇的海域来回游弋，并向多少偏西的方向逡巡。与此同时，舢板都在检修，新的帆也缝制好了，张挂起来。我们每看见一艘海豹捕猎大帆船就登上去看看。一艘接一艘的，多数大帆船都是在寻找失踪的舢板，而且多数大帆船都收留了舢板和船员。因为捕猎海豹的帆船队基本上都在我们的西边活动，所以本来都广阔地散布在海面上的舢板，遇到风暴时都拼命

---

① 参见（美）杰克·伦敦著，苏福忠译：《海狼》，北京：中国友谊出版公司2015年版，第143 – 149页。

向最近的庇护所逃去。

我们的两条舢板和船员也都安然无恙，我们在"金山"号上找到了他们，这让狼·拉森喜出望外。让我自己倍感痛苦的是，他在"圣地亚哥"号又找到了"思谋克"、尼尔森和利奇。这样一来，到了第五天头上，我们发现只少了四个人——亨德森、霍尔约克、威廉姆斯和凯利——于是又到海豹群的侧翼去打猎了。

我们跟随海豹群向北行进，开始遭遇那些可怕的海雾。日复一日，我们把舢板放下船去，舢板还没碰到海面便被浓雾吞没了，我们只好每隔一定时间就在船上吹响号角，每过十五分钟就鸣枪示警一次。舢板在不断地丢失，不断地被找到。按海上打猎的规矩，舢板要为搭救它们的大帆船打猎，直到它们自己的大帆船找到它们为止。于是，狼·拉森，不出所料，因为丢失了一只舢板，便把第一只迷途的舢板霸占下来，逼迫舢板上的船员为"幽灵"号打猎，在我们看见他们的大帆船后也不放他们回去。我记得他如何在下舱强迫那个猎人和两名水手。他们的船长从离我们很近的地方过去，向我们喊话询问情况，他竟然用枪对准了他们的胸膛。

托马斯·马格利奇，对生命出奇地依恋，表现得格外顽强，没过多久便一瘸一拐地到处走动，把厨子和茶房的双份工作都担当起来了。约翰逊和利奇遭受讹诈和毒打，已成家常便饭，他们两个知道狩猎季节一旦结束他们就活到头了。别的船员也都过着猪狗的日子，在他们冷酷无情的主子的威迫下像猪狗一样干活儿。至于狼·拉森和我本人呢，我们倒是相处得相当不错；不过，我一直无法让自己摆脱那个念头，那就是我应该仗义行事，把他杀死。他让我无比感兴趣，又让我感到无比恐惧。但是，我无法想象他会倒下死掉。他身上有持续的耐力，像永驻的青春活力，蓬勃向上，遮挡住了死亡的图画。我只能看见他总是生气勃勃地活着，总是左右别人，打架，摧毁，自己却好好地活着。

他有一种娱乐，那便是我们在海豹群中，因为大海汹涌澎湃，放不下舢板，所以放下去两个划手和一个舵手，他自己带着他们出海。他还是一个很好的射手，可以在猎人们都认定不可能出猎的情况下，带回到船上许多海豹皮。仿佛是他鼻孔里的气息，让他轻而易举地两手掌握着自己的生命，与各种巨大的艰难困苦抗争，保住性命。

我正在掌握越来越多的航海技术。有一天天气晴好——这时候这种好事我们很难碰上——我很满意地独自驾驭和对付"幽灵"号，还把舢板一一吊上船来。狼·拉森又让头疼病折磨得痛不欲生，我站在舵轮边从早干到晚，紧跟最后一只处在下风的舢板，迎风停船，把舢板吊上来，然后又把其余五条舢板一一收上船来，没有依靠他的命令和提示。

我们时不时就会碰上风暴，因为这一带是原始和多风的地带。六月中旬的一次台风更是让我难忘，可谓头等大事，因为它改变了我未来的生活。我们那次必定是撞进了这种循环风暴的中心，狼·拉森开船向外突围，直奔南边而去，一开始只靠一面折叠起来的三角帆，最后索性只靠光秃秃的桅杆了。我从来没有想象过茫茫海波会如此广袤无垠。过去碰见过的海涛，和这些滔滔海浪相比，不过粼粼水波而已。这些滔滔海浪一波与一波相距半英里远，我相信浪头立起来比我们的桅顶都高出一截子。海涛浩浩荡荡，狼·拉森本人都不敢顶风停船，尽管他的船已经被吹到南边很远很远，离开海豹群了。

等台风平静下来时，我们一定已经被吹到横跨太平洋的轮船航道上了。在这里，令猎人们大感惊奇的是，我们正好就在海豹群里——第二个海豹群，或者如猎人们所说的，是殿后的群体，可谓千年难遇的事情。不过这引起的自然是"快放舢板"，猎枪砰砰射击不停，漫长的一天都在残酷无情地进行屠杀。

就在这个时候，利奇来到了我的身边。我刚刚把最后一条拉上船的舢板的海豹皮统计过，他趁天黑来到了我身旁，悄悄地对我说："你能告诉我，凡·韦登先生，我们离海岸有多远吗？横滨市在哪个方位？"

我的心跳起来，感到一阵欣喜，因为我知道他在心里盘算什么，便指给了他方位——西北偏西，五百英里远吧。

"谢谢你，先生。"他只说了这句话，便消失在黑暗里了。

第二天早上，三号舢板、约翰逊和利奇就不见了。所有别的舢板上的淡水桶和食物盒也都不见了，而且这两个人的床和航海袋也不知去向。狼·拉森怒不可遏。他张起帆，向西北偏西的方向赶去。两名猎人不停地爬上桅顶，用望远镜张望。他自己在甲板上走来走去，像一头怒气冲冲的狮子。他非常清楚我对两个逃亡者深怀同情，于是就不让我到高处瞭望。

海风好使，只是有时刮有时不刮，在这浩瀚的茫茫大海上寻找一只小舢板，如同在干草堆里寻找一根针。但是，他把"幽灵"号开到最大航速，打算赶到逃亡者和大陆的中间地带。做到这点后，他便在逃亡者的必经之路一带来回游弋。

到了第三天早上，刚刚敲过八击钟，站在桅顶的"思谋克"叫嚷说发现那只舢板了。所有的船员都来到了栏杆边。一阵和风从西边吹过来，表明更多的风将接踵而来。在下风处，缓缓升起的太阳照出不安宁的银色，一个黑点一会儿出现，一会儿消失。

我们正向那边驶去。我的心像铅块一样往下坠。我一想到以后的情景就感到恶心。我看见狼·拉森眼睛里全是扬扬得意的光芒，他的影子在我的面前晃来晃去，我简直恨不得扑上去和他拼命。想到利奇和约翰逊难以躲过的暴行，我神经出了毛病，我的理智一定离我而去了。我知道我懵懵懂懂地溜下统舱，拿起一支装满弹药的猎枪，正要开始登上甲板，却听见有人惊叫起来。

"舢板上有五个人！"

我倚靠在升降口，虚弱，哆嗦，听见别人也说没错，舢板上是有五个人。随后，我的膝盖哆嗦得难以站立，我瘫软下来，又站起来，对我差一点儿要做的事情感到无比吃惊。还好，谢天谢地，没人发现我把枪放回去，悄悄溜回到了甲板上。

没有人注意到我离开了一会儿。舢板已经很近了，我们都能看清楚它比任何一只猎捕海豹的舢板都大，构造的线条也不一样。我们的帆船越靠越近，船帆收起来，桅杆卸掉了，桨也收了起来。舢板上的人等待我们顶风停船，把他们救上船去。

"思谋克"已经从桅顶下到了甲板上，我们现在站在一起，他开始意味深长地咯咯笑起来。我用探询的眼光看着他。

"这叫什么话！"他咯咯笑道。

"出什么事儿了吗？"我追问道。

他又咯咯笑起来。

"你睁开眼睛好好看看，舢板的后边，最后边。那要不是一个女人，算我压根儿就没有打过一只海豹！"

我仔细看了看，不过心里还是没有底，这时候船栏边的人都欢呼起来。舢板上有四个男人，第五个的确是一个女人。我们兴奋异常，焦急地等待，只有狼·拉森例外。他显然深感失望，因为那不是他的舢板，上边没有他想惩罚的那两个牺牲品。

我们放下飘动的三角帆，把帆脚索拉到迎风的方位，主帆放平，迎风驶去。桨一下下划在海水里，没有划多少下舢板就到了大帆船旁边。我现在第一次看清楚了那个女人。她裹在一件长长的宽大衣里，因为早上还是很冷的。我只能看清楚她的脸，还有一团浅棕色头发从她头上的水手帽下边跌落下来。两只眼睛很大，棕色，炯炯有神；嘴很秀气，很敏感；脸是鹅蛋形，十分俏丽，尽管太阳曝晒，咸味的海风吹拂，已经把那张脸糟蹋坏了。

我觉得她好像是从另一个世界来的人。我意识到我对她产生了一种饥饿的获取欲望，如同一个饥肠辘辘的人想得到面包。但是，这之前，我很久很久没有看见一个女人了。我知道我陷入了一种莫名其妙的情绪，几乎是一种精神恍惚的状态——这个，那么，是一个女人吗？——因此我忘记了自己，忘记了我作为大副的种种责任，没有过去帮助这些新上船来的人。一名水手把她举起来，送入狼·拉森向下伸出的手臂里。她向上看着我们一张张好奇的脸，微微一笑，笑得开心，笑得甜美，是女人才有的微笑。我很久很久没有看见一个人微笑了，我已经忘记了世界上还有这样的微笑。

"凡·韦登先生！"

狼·拉森的话音让我一下子清醒过来。

"你把这位女士带下船舱，把她照顾一下好吗？把那个备用舱室收拾出来。让厨子去收拾一下。你看看能把这张脸怎么处置一下，她的脸已经晒坏了。"

他孟浪地从我们面前转过身去，开始询问那几个新来的人。舢板漂走了，他们中间有人称那条舢板"丢死人了"，横滨就在眼前却没有到达。

我陪着这个女人向船后走去，觉得对她有一种奇怪的惧怕，还有些手足无措。我好像觉得，我第一次意识到一个女人是这么一种纤巧、脆弱的人；我拉住她的胳膊扶她走下升降口的楼梯时，被那条胳膊的细小和柔软吓了一跳。的确，像普通女人应该的那样，她是那么苗条，那么娇嫩。不过她在我看来却是过分苗条和娇嫩了，仿佛我只要多少用一用劲儿，就会一把将她的手臂捏断了。坦率地说，无论怎样也否认不了，这一切就是我对普通女人的最初印象，也是对莫德·布鲁斯特个人的第一印象。

"别为我过分麻烦了。"我急急忙忙从狼·拉森的舱室里拉来一把扶手椅子，请她坐下，她表示过意不去地说，"那些人今天早上一直在寻找陆地，这艘船到夜里一定可以到达吧；你说不是吗？"

她对近在咫尺的前景的朴素信仰，让我大吃一惊。我怎么能够向她解释真相，说明白那个像命运一样在大海上高视阔步的人呢？我可是花了几个月工夫才弄明白的。不过，我还是真诚地回答说："如果是任何船长，而不是我们的船长，那我敢说明天会到达横滨的海岸。但是，我们的船长是一个怪人，我要请你做好充分准备，明白吗？——什么事情都可能发生。"

"我——我坦率说我没有怎么听明白。"她犹豫一下说，眼睛里流露出迟疑却不恐惧的神色，"在我看来，船只遇难的人一贯要得到应有尽有的照顾，这种想法不对吗？这只是小事一件，你知道。我们离陆地很近了。"

"说实话，我不知道。"我竭力让她明白我的意思，"我只是想让你做好最坏的打算，如果最坏的事情发生的话。这个人，这个船长，是一个畜生，一个魔鬼，谁都不知道他下一步会有什么出格儿的行动。"

我渐渐地兴奋起来，但是她打断了我的话，说："我明白了。"她的声音听起来很疲倦。动脑子想事情明显是需要力气的。她显然是体力不支了。

她没有再问什么问题，我也不再多话，全力按照狼·拉森的吩咐行事，把她照顾得舒服一些。我一通忙乱，像家庭妇女一样，拿出防晒膏让她涂抹晒伤的脸，在狼·拉森的私人贮藏室里找出一瓶葡萄酒，我知道那里藏着好东西，并且吩咐托马斯·马格利奇清理出那间备用的舱室。

海风迅速刮起来了，"幽灵"号倾斜得越来越厉害，等到那间舱室清理出来，大帆船已经活力十足地在海面上行驶了。我已经把利奇和约翰逊完全忘到脑后去了，这时候却有人大叫起来，宛如晴天响起霹雳一样。声音从敞开的升降口传下来："快看舢板啊！"这是"思谋克"的喊叫声，是从桅顶传来的。我朝那个女人看了一眼，但是她倚靠在扶手椅子上，两眼微闭，一副疲惫不堪的样子。我怀疑她听清楚了，因此索性决意不让她看见那两个逃亡者必定会遭遇的残酷暴行。她累了。很好。她应该好好睡一觉了。

甲板上立即响起一连串的命令，接着是脚步声和砰砰啪啪收缩帆索的响动，"幽灵"号驶向风头，转向了另一面。大帆船吃满风，侧身行驶，那把扶手椅子开始在舱室的地板上滑动，我及时跳起来跑到椅子前边稳住那个得救的女人，没有让她甩出去。

她的眼睛沉重得睁不开，只是流露出睡眼蒙眬的惊吓，疑惑不解地看着我，脚下磕磕绊绊，跟跟跄跄，由我把她领到她自己的舱室。马格利奇心怀叵测地咧嘴坏笑，我不客气地把他推了出去，命令他回厨房干自个儿的活儿；他为了报复，在猎人中间散布流言蜚语，说我不愧为一个"女士跟屁虫"。

她差不多把身体都倚靠在了我身上，我真的相信她从扶手椅子走向舱室的路上又昏昏入睡了。大帆船突然间摇晃一下，她因此差一点儿从床铺上掉下来，我因此看出来她确实睡过去了。她猛地坐起来，睡眼蒙眬地莞尔一笑，接着又睡过去了。她睡下后我离开了，给她盖上了一条厚厚的水手毯子。她的头枕在枕头上，那是我从狼·拉森的床铺上顺手拿来的。

作品评析

《海狼》中主要人物形象鲜明，狼·拉森是一个兼具"人性"和"兽性"的强权者，强权却让他灭亡。凡·韦登原本学识渊博、教养良好、性格懦弱，为了生存而变为依靠暴力的强权者。这两个男性人物的角色互换颇具象征意义。"一个具备超人体魄的"超人"，其精神境界突然坍塌下来；一个凡人具备健全的精神信仰，原本是一个手无缚鸡之力的文人，却经受住了自然界和人类社会险恶环境的考验，体力和意志得到锤炼，成为最后的胜利者。"[1] 莫德本是一个独立睿智的新女性，在小说的后半段被塑造成依赖男性、回归传统的俗世女子。这应是当时的文学创作对阅读市场的刻意迎合，镌刻了男性

---

[1] （美）杰克·伦敦著，苏福忠译：《海狼·译者序》，北京：中国友谊出版公司2015年版，第5 –6页。

作家的思想意识。

《海狼》中的海洋，服从于小说营构情节和塑造人物形象的需要，退居于次要的背景位置，但为情节发展提供了壮阔的场景。小说开篇就是对海洋的描述：海湾雾气迷蒙、海风冷峭、海涛轰鸣，一幅晦暗又宏伟的海洋画面。在这样的海面上，"我"跳入大海，面临生命危险。在此后的航海捕猎过程中，这样风雨雾交加的海空景象已是常态，是令人心惊胆战、事故不断的故事展开背景。小说后半段，"我"和莫德流落到荒岛上自力更生的生活状况，明显受到《鲁滨孙漂流记》的影响。

让读者印象最为深刻的，还有在海洋雄阔而轮船狭仄的状态下，建立起的让人压抑的海上生活和社会生态。第一，水手在海上捕捞海豹的生活是枯燥的，而且危险重重，不断有撞船和沉船事件发生，船员的去世是常有的事。第二，船上人员等级森严、关系复杂，狼·拉森是船上的暴君，肆意虐待船员，在船长的暴力高压统治下，海上生活、海上作业让人备受折磨，船员为了生存或拉帮结派或各怀鬼胎。当有了女人之后，又增加了性资源的争夺。船上的小群体就是一个复杂黑暗的小社会。第三，海洋生态被破坏，海洋动物被肆意虐杀，"猎枪砰砰射击不停，漫长的一天都在残酷无情地进行屠杀"，人类的欲望没有边界。

选文出自小说中段，讲述两个水手私自逃走后，"幽灵"号在搜寻中搭救了女作家莫德·布鲁斯特，"我"对她一见钟情。杰克·伦敦没有写大海的可爱之处，而是呈现了汹涌的让人望而生畏的大海，六月台风呼啸，风暴后和风中"缓缓升起的太阳照出不安宁的银色"，预示了后面将发生不测之事。选文对狼·拉森意志坚强、睚眦必报的性格做了充分展示，人物之间的对立关系也基本定型。杰克·伦敦非常善于不断地设置悬念，营造危机四伏、波折不断、人物命运不定的紧张情境，使阅读成为历险。

▌彼得·潘

（苏格兰）詹姆斯·马修·巴里

◖ 作者及作品简介 ◗

詹姆斯·马修·巴里（James Matthew Barrie, 1860—1937），苏格兰著名小说家、剧作家。他出生于纺织工人家庭，是第九个孩子，自幼生活清苦，但是热爱读书写作，从爱丁堡大学毕业后，移居伦敦成为记者，并开始小说和戏剧创作。1891 年，小说《小牧师》的发表让他一举成名。1913 年，因文学成就突出，被授予从男爵头衔。1928 年当选为英国作家协会主席。曾任圣安德鲁斯大学校长、爱丁堡大学荣誉校长。巴里为孩子们创作了许多童话故事和童话剧。一般认为，剧作《亲爱的布鲁特斯》代表了他的最高艺术成就，《彼得·潘》是他的代表作。

《彼得·潘》，又译为《彼得·潘与温迪》，故事是讲孩子的奇遇，神秘的彼得·潘飞到达林先生家，教会温迪、约翰和迈克尔三个孩子飞翔，诱惑他们飞到奇异的缥缈岛（一译为永无岛、梦幻岛）。在与具有梦幻色彩的野兽、原始"红人"、海盗、胡克船长、仙女、美人鱼等对象的斗争或交往中，孩子们成长了。温迪姐弟思念自己的父母，离开不愿长大的彼得·潘和永远欢乐的缥缈岛，飞回到自己的家。作品的最后一句是这样写的："只要孩子们是欢乐的、天真的、无忧无虑的，他们就可以飞向缥缈岛去。"《彼得·潘》由 1904 年的舞台剧本《肯辛顿公园里的彼得·潘》改编而来，又被多次改编成舞台剧、动画、电影等作品，如 1991 年史蒂文·斯皮尔伯格执导的《铁钩船长》、2003 年 P·J. 霍根执导的《彼得·潘》。

选 文

彼得·潘（节选）

5　小岛成真①

预感到彼得快到家，缥缈岛就苏醒过来，开始活动。我们本该用过去完成时，用"已经醒来"，但是"醒过来"比"已经醒来"说来利索，而且彼得也总是这样说。

他不在的时候，岛上一般都波澜不兴。小仙子们早上多睡一个小时，野兽们照看着幼崽，红皮肤印第安人一周六天六夜大吃大喝，海盗与无家可归的孩子们相遇时也只是对着彼此咬咬大拇指。但是彼得讨厌懒散，他一回来，一切都活动起来：如果你把耳朵贴在地面上听，你会听到整个岛上的生命都在沸腾。

---

① 参见（苏格兰）詹姆斯·马修·巴里著，朱宾忠译：《彼得·潘》，北京：北京理工大学出版社 2014 年版，第 45－55 页。

　　这天晚上，岛上的各主要力量部署如下：无家可归的小男孩们正在寻找彼得，海盗们正在追寻小男孩们，红皮肤印第安人正追踪海盗，野兽们在追逐红皮肤印第安人。他们在岛上转了一圈又一圈，但是由于他们总是保持着同样的速度，谁也追不上谁。

　　他们都想杀人害命，小男孩们除外。一般来说，他们也喜欢，但是今晚他们出来是为了迎接队长归来。由于被杀或者别的缘故，岛上小男孩的人数当然是不时变化的，当小孩子们好像要长大时——而这是违反规定的——彼得就清除一批。把一对双胞胎算作两人的话，眼下有六个小男孩。让我们假装在甘蔗地里躺下来，观察他们人人手持一把匕首，排成一列纵队悄悄地行进吧。

　　彼得禁止任何人看上去跟他有丝毫相像，于是他们都穿上他们亲自猎杀的熊身上剥下来的熊皮，这样他们就变得圆滚滚、毛绒绒的，以至于一摔倒就会不停地翻滚，所以他们都练得走起路来脚步稳当。

　　第一个走过的是嘟嘟士，在这一队勇士当中他绝不是最胆小的，运气却最不好。他参加的冒险比别人都少，因为每次他刚一走开，就出一件大事；本来平安无事的，他趁机去捡几根烧火用的柴棍，等他返回时，大家已经在打扫战场、清除血污了。运气不好，使他脸上挂着些许愁苦相，他没有因此变得暴躁刻薄，反而更和气厚道，成了小男孩中最谦逊的人。可怜的、善良的嘟嘟士，对你来说，今晚空气中飘荡着危险。当心啊，否则一场祸事就会送上门来，你要是卷了进去，是要追悔莫及的。嘟嘟士啊，小仙子婷咔今晚要干一件坏事，她正在寻找（做坏事的）工具呢，她认为你最容易上当。你要当心婷咔·贝尔喔。

　　他要是能听见我们的话该多好哇，但是我们毕竟不在岛上，所以他就走过去了，一边咬着手指关节。

　　下一个走过来的是快乐又文雅的尼布斯，接踵而至的是斯赖特力，他用树木削成哨子，一路吹着，舞之蹈之，自我陶醉。斯赖特力是他们当中最自负的。他认为自己记得走丢以前的日子，记得那时的礼貌与习俗，因此他把鼻子翘得高高的，惹人讨厌。第四个是卷毛，他是个调皮鬼（常因调皮惹出麻烦），他经常在彼得厉声命令"谁干了这事儿站出来"的时候站出队列，以至于养成习惯，每当彼得下令的时候，不管是不是他干的，他都自动站出来。最后走来的是一对双胞胎，我没办法描述他们，因为我们肯定会把他俩搞混。彼得不大懂得双胞胎是怎么回事，他不懂的事情他也不允许他手下人懂，因此这哥俩对自己也搞不清楚，所以总是形影不离，面带歉意，好让大家满意。

　　孩子们消失在黑暗中，过了一会儿，但是不长的一会儿，因为岛上的事情都发生得很快，海盗们跟踪而至。我们还没见到人，就听见他们的声音，他们总是唱着同一首可怕的歌：

> 慢慢拴，唷，唷，紧紧系，
> 我们来当海盗去，
> 要是一枪打死了，
> 地狱里面再团聚。

这伙人面相凶恶，刑场的绞架上从来没挂过一串比他们更坏的歹徒。这里，走在前面，不时俯首到地上倾听的是仪表堂堂的意大利人塞柯，他光着粗大的膀子，耳朵上挂着几枚西班牙古银币作为装饰，他曾经在高尔监狱长的背上血淋淋地刻上自己的名字。他后面的那个大个子黑人改名换姓之后，又已经有过很多名字了，然而瓜达越墨河两岸的妈妈们每到夜晚还在用他以前的名字吓唬不听话的孩子。下一个是比尔·鸠克斯，遍体文身，他就是那个乘着海象号抢劫，被弗林特轰了几十炮还不肯丢下那袋葡萄牙金币的比尔·鸠克斯；还有库克森，据说是黑墨菲的兄弟（不过未经证实），以及斯塔克先生，他曾经在一所公立学校担任传达员，杀起人来还保持着优雅的动作；还有斯凯赖特（摩根的斯凯赖特）；还有爱尔兰水手长斯迈，一个举止和善的古怪家伙，就是说，他没生气，也会忽然捅人一刀，他是胡克手下唯一一个不奉国教的新教徒；还有路德勒，他的手长反了；还有罗伯特·马林斯，阿尔弗·马森以及许多在西班牙大陆上臭名远扬、令人恐惧的恶棍。

在他们中间，在那黑暗的背景下，那个最黑、最大的，是詹姆士·胡克，或者像他签名时写的那样：杰斯·胡克，据说船上厨师唯一害怕的人就是他。他悠闲地躺在一架粗糙的马车里，由他的手下前边拖，后边推着，他没有右手，取而代之的是一只铁钩，他用这只铁钩不时地督促他们加快脚步。这个可怕的人像对待狗一样对待手下人，像对狗一样对他们发号施令，而他们也像狗一样服从他。他身上白得像死人，而脸却是黑的，头发梳成长长的卷曲状，老远看上去就像黑色的蜡烛，给他那英俊的面容添上一种异乎寻常的威胁感。他的眼睛是勿忘草的那种蓝色，显得非常忧郁，然而当他用铁钩捅人的时候，眼珠变成两团红球，亮得可怕。他的仪态保留着一点封建君主的味道，因此当他用钩子把人撕裂时，显得很有风度，我听说他很健谈，名气相当大。他表现得最彬彬有礼的时候，最是凶狠，这大约是他有教养的最佳证明。他咒骂人时，措词优雅，跟他非凡的举止一样，使他与手下人有天渊之别。他是个天不怕地不怕的人，据说他唯一害怕的东西是见到自己那稠浓、颜色与众不同的血。衣着方面，他有几分模仿查尔斯二世家族的服饰，因为在他早年的生涯中，他听人说，他长得有点像倒霉的斯图亚特王朝的君主们：他嘴里叼着一个自己制作的烟嘴，使他可以同时吸两支烟。但是，毫无疑问，最令人生畏的还是他那只铁爪子。

为了展示胡克的杀人方法，我们来杀一个海盗吧。就选斯凯赖特好了。他们往前奔时，斯凯赖特走歪了一步，笨拙地撞上了胡克，把他的绣花领口碰敝了。只见钩子激射而出，接着响起肌肉撕裂的声音和一声尖叫，然后尸体就被踢到一边，海盗们继续前进。他嘴里的雪茄甚至都没有拿下来。

彼得·潘要与之抗衡的就是这样一个可怕的人。哪一方会赢呢？

循着海盗们那没有经验的人难以察觉的踪迹，红皮肤印第安人不声不响地跟踪而来。他们都圆睁双眼，手持战斧和砍刀，赤裸的身体上涂着油彩，闪闪发亮。他们身上挂着头皮，既有从男孩子们头上剥的，也有从海盗们头上剥的。他们是皮卡尼黎部落的，跟心肠软的特拉华部落或者休伦部落大不相同。四肢着地匍匐行进在最前面的，是"伟大的大豹小豹"，他是一位英勇的战士，身上挂的头皮太多，走路都有点不方便了。负责殿后的，那是最危险的位置，是虎百合，她骄傲地直立着身体，她的身份是公主，她是黑暗的森林女神中最漂亮的，也是全体皮卡尼黎男人倾慕的美女，她一会儿卖弄风骚，一会儿冷若冰霜，一会儿风情万种，勇士们人人都想娶这个任性的女人为妻，但是她用斧头守卫着自己的童贞。看，他们怎样踩过掉落在地的枯枝而不弄出一点点响声。唯一可以听见的声音是他们那有点沉重的呼吸声。事实上，最近他们一直大吃大喝，有点发胖了，但是不要多久他们会瘦下来的。然而眼前，肥胖是他们最大的危险。

红皮肤印第安人像影子一样来到，又像影子一样消失了，现在取而代之的是一群野兽。一大群五花八门的动物，有狮子、老虎、熊，还有数不清的见了他们就逃的小型猛兽，在这个得天独厚的岛上，各种动物，尤其是所有吃人猛兽，都肩并肩地生活在一起。它们都伸着舌头，今晚他们饿了。

它们走过之后，最后一个人物登场，是一条巨型鳄鱼。后面我们会看到她正在找谁。

鳄鱼过去了，但是小男孩们很快又走来，因为整个队伍必须一直走，除非他们当中某一个停下来或者改变了速度，一旦这样，他们就立刻扑在一起厮打起来。

大家都敏锐地注意前面，谁也没想到危险正从后面袭来。这显示这个岛是多么真实。

小男孩们首先脱离了这个不断旋转的圈，在他们的地下住所附近，他们猛地扑在草地上。

"我真希望彼得回来。"人人都紧张地说，虽然就身体而言，他们都长得比队长高，比队长宽。

"我是唯一不怕海盗的人，"斯赖特力说，他说话的腔调使他不可能成为一个受大家欢迎的人。但是，也许远处的什么声音干扰了他，因为他匆忙补充道，"但是我希望他回来，给我们讲他是否又听到了更多关于灰姑娘的故事。"

他们谈起灰姑娘来，嘟嘟士确信他妈妈就像灰姑娘。

只有彼得不在场的时候他们才可以说说妈妈，彼得禁止他们谈论这个愚蠢的话题。

"我唯一记得我妈妈的，"尼布斯告诉大家，"是她经常对爸爸说，'哦，我多么希望自己有一本支票簿！'我不知道支票簿是什么东西，但是，我很想送妈妈一本。"

他们说话的时候，听到远处的一个声音，你，或者我，因为不是森林里的野物，是听不见这种声音的，但是他们听见了，是那首可怕的歌：

唷嗬，唷嗬，海盗的日子，
骷髅黑旗下，
生活多惬意，
拉起大麻绳，
爷们出海去！

无家可归的小男孩们立刻——呃，他们在哪儿？他们不见了。兔子跑起来也没他们快。

我来告诉你他们在哪儿。除开尼布斯飞跑开去侦察敌情，他们都回到地下住所了，这是一个非常舒适的地方，以后我们要经常看到的。但是，他们怎么进去的？因为看不见入口喔，甚至看不见一个挪开后可以露出洞口的大石头。仔细看吧，你会注意到有7株大树，树身是空的，上面有一个跟孩子们身体一样大小的洞。这些就是到达地下住所的入口，许久以来胡克一直在找入口处，却白费力气。今天晚上他会找到吗？

海盗们前进时，眼尖的斯塔克看到尼布斯闪进树林不见了，他立刻开枪，但是一只①铁爪抓住了他的肩膀。

---

① 原文为"直"，改为"只"。——编者注。

"船长，请放手！"他扭动着身体叫道。

现在，我们第一次听见胡克说话。他声音阴沉。"先把手枪收起来。"他威胁道。

"那正是你仇恨的小男孩之一。我本可以一枪打死他的。"

"哼，枪声会把虎百合的红皮肤印第安人招来。你不想要头皮了么？"

"船长，要不要我去，"可怜的斯迈问，"用约翰尼螺丝锥给他挠挠痒？"斯迈给每件事情都取一个好听的名字，他把短弯刀叫约翰尼螺丝锥，因为他总是用刀在别人伤口里面旋。斯迈有很多可爱的特点值得一提。例如，他杀人后，不是擦武器，而是擦眼镜。

"约翰尼是没有声音的。"他提醒道。

"斯迈，暂时不要，"胡克阴沉地说，"那只是一个，我要把全部7个都整死。散开，去找他们。"

海盗们消失在树林里，不一会儿，就只剩下了船长和斯迈。胡克深深叹了一口气，我不知道这是为什么，也许是因为夜色柔和美丽吧。他这时忽然起了一个念头，想把自己的生平讲给忠实的水手长听，他说了好长时间，语气诚挚，但是说的什么，斯迈却一点也不懂，因为他很蠢。

不久，他听到"彼得"这个词儿。

"我最想要的，"胡克激愤地说，"是他们的队长彼得·潘。是他砍掉了我的胳膊。"他威胁地挥舞着铁钩。"我很久以来就想用这个东西跟他握握手。噢，我要撕碎他。"

"然而，"斯迈说，"我经常听你说，这个钩子抵得上好几只手，可以梳头，还有其他日常用途。"

"嗯，"船长回答，"假若我是个母亲，我会求上帝让我的孩子们出生时长着这只手，而不是那只手。"说着，骄傲地看了一眼铁手，同时对另一只手投以鄙夷的一瞥。然后，他又皱起眉头。

"彼得把我的胳膊，"他说，面现痛苦之色，"丢给了一条碰巧路过的鳄鱼。"

"我经常看到，"斯迈说，"你对鳄鱼有一种奇怪的恐惧。"

"不是怕鳄鱼，"胡克纠正他道，"而是怕这条鳄鱼。"他放低了声音。"它太喜欢我的胳膊了，从那以后一直追着我，海里海里追，陆上陆上追，舔着嘴巴要吃我身体其余的部分。"

"这也算是，"斯迈说，"一种恭维吧。"

"我不要恭维，"胡克怒气冲冲地说，"我要彼得·潘，就是他让鳄鱼第一次尝到了我的滋味。"

他在一个大蘑菇上面坐了下来，现在他的声音有点发抖。"斯迈，"他嘶哑着嗓子说，"那条鳄鱼上一次本来要咬住我了，但是幸运的是它吞下了一只钟，从那以后，钟就在它身体里嘀嗒嘀嗒走个不停，因此不等它走近，我就听见嘀嗒声，赶快逃走。"他笑道，但是笑声沉闷虚假。

"总有一天，"斯迈说，"钟会坏掉，那时，他就要捉住你了。"

胡克舔了舔发干的嘴唇。"是啊，"他说，"我一直担心这个。"

自从坐下来他一直觉得热。"斯迈，"他说，"这个座位好烫。"他跳起来。"哎唷，他妈的，烫死我了。"

他们把蘑菇检查了一番，大陆上从来没有这么大、这么结实的蘑菇；他们试着把它拔起来，结果他们手一拿就拔了起来，因为它没有根。更奇怪的是，马上有烟子冒了起来。两个海盗对看了一眼。"一个烟囱！"他们俩同声叫起来。

确实，他们发现了地下住所的烟囱。每当敌人在附近活动时，孩子们就习惯性地用蘑菇把烟囱堵上。

里面不仅冒出烟来，还飘出孩子们的声音，因为觉得藏在地下非常安全，所以孩子们在高高兴兴叽叽喳喳地说话。海盗们阴沉着脸倾听着，然后盖上了蘑菇。他们环顾四周，发现了 7 株大树上的洞。

"你有没有听见他们说彼得·潘不在家？"斯迈低声说，手上摆弄着约翰尼螺丝锥。

胡克点点头。他站在那里，陷入久久的沉思，最后，他那黑色的面孔上现出一丝狞笑。斯迈一直在等着。"说出你的计划吧，船长。"他急不可耐地叫道。

"回船上去，"胡克从牙缝里慢慢挤出一声回答，"做一个又大又厚、颜色鲜艳的美味蛋糕，上面放上青糖。这下面肯定只有一间房，因为只有一个烟囱。这些傻鼹鼠们蠢得很，不懂得根本不需要每人一个出口。这说明他们没有妈妈。我们把蛋糕放在美人鱼泻湖的岸上。这帮孩子总是到那儿去游泳，跟美人鱼们一起玩。他们会看见蛋糕，然后狼吞虎咽地吃掉，因为没有妈妈，他们不知道吃油腻的鲜蛋糕有多么危险。"他放声大笑，这一次不是勉强的假笑，而是货真价实的真笑，"啊哈，他们死定了！"

斯迈越听越佩服。

"这是我听到过的最了不起、最毒的计谋！"他叫道。他们高兴得又唱又跳：

且慢，且慢，我来了，

吓得他们魂丢了；

只消跟胡克握握手，

你浑身皮肉就掉光。

他们唱了起来，但是来不及唱完，因为另外传来了一个声音，让他们哑巴了。开始的时候，声音很小，要是有一片落叶掉在上面，就可以把它盖住。但是，随着它越走越近，声音也越来越清晰。

嘀嗒嘀嗒嘀嗒嘀嗒！

胡克站在那里浑身发抖，一只脚悬在空中。

"鳄鱼！"他气喘吁吁地喊道，随后跳起来就跑，水手长紧随其后。

确实是鳄鱼。它越过正在追踪海盗的红皮肤印第安人，突然冒出来，要捉胡克。

孩子们再一次出现在空地上，但是这个夜晚的危险还没完，因为尼布斯不久就上气不接下气地冲了过来，一群饿狼在后面紧追不舍。它们都伸着长长的舌头，发出可怕的嚎叫声。

"救救我，救救我！"尼布斯喊道，一头栽在地上。

"但是，我们该怎么办呢，我们该怎么办呢？"

在这可怕的时刻，他们想起了彼得，对他来说这是最好的恭维。

"彼得会怎么做呢？"

大家几乎异口同声地说，"彼得会反过身来从裤裆里看它们"。

于是，"我们就这样做吧"。

这是最有效的藐视狼的办法，他们步调一致从裤裆里看着狼。这一刻过得好久，但是胜利迅速来到，因为孩子们以这种可怕的姿态向狼逼过去，狼夹起尾巴逃跑了。

尼布斯现在从地上爬起来，他大瞪着眼睛，别的孩子以为他还看见有狼呢。但是，他看见的不是狼。

"我看到了一件更稀奇的东西，"孩子们急切地向他围拢来时，他叫道，"一只大白鸟正向我们这边飞来。"

"你认为是什么鸟？"

"我不知道，"尼布斯说，一脸敬畏的表情，"但是它看上去很疲劳，边飞边呜咽说，'可怜的温迪'。"

"可怜的温迪？"

"我记得，"斯赖特力脱口而出，"有种鸟叫做温迪鸟。"

"看，它来了！"卷毛喊，指着天上的温迪。

温迪现在几乎就在他们头顶上，他们可以听见她的哀鸣。但是，听得更清楚的是婷咔·贝尔的尖叫声。这个嫉妒的小仙子现在抛开了一切友谊的伪装，从四面八方向受害者攻击，每次碰到她，都狠狠拧她一下。

"喂，婷咔。"迷惑不解的孩子们喊道。

婷咔大声回答："彼得要你们射死这只温迪鸟。"

对于彼得的命令，他们从不怀疑，这是本性使然。"彼得要我们干什么，我们就干什么！"这些头脑简单的孩子们喊道，"快，拿弓拿箭。"

除开嘟嘟士，他们都飞快下树去了。他身边带着弓和箭，婷咔看见了，兴奋地搓着小手。

"快，嘟嘟士，快，"她尖声喊道。"彼得会很高兴的。"

嘟嘟士激动地张弓搭箭。"闪开，婷咔"，他叫道，一箭射去，温迪胸口中箭，扑腾着掉到地上。

作品评析

《彼得·潘》是文学史上儿童读者最多的小说之一，其特色至少有四个方面。第一，故事情节曲折动人，有仙子、美人鱼与人的交往，有白人与印第安人的对立合作，有孩子与海盗的斗争较量等。第二，想象力丰富，小说里出现的奇幻人物、事物、景物，在现实世界中是不存在的，但是符合儿童的特有逻辑和心理。第三，性格鲜明的人物形象，如淘气勇敢的彼得·潘和善良的温迪。"故事能够曲折动人，引人入胜，靠的是作者收放自如、不断设置悬念，制造戏剧效果的叙事技巧，靠的是他把传统故事情节重新组合构成一系列因果联系紧密的事件的能力，靠的是他以夸张、漫画式的笔法所塑造的栩栩如生的人物形象。"[①] 第四，引人深思的成长主题，彼得·潘拒绝长大也永远不会长大，但成长是每个人现实中必须面对的，选择、经历、成长是永恒的人生课题。反之，长不大的彼得·潘能一直快乐吗？这是长大过程中人们的迷思。有论者认为："这部童话在形象欲望、情节模式、叙事方式、内蕴指向上都隐藏了含混其中的矛盾，二元对立的异质元素交叠变奏，使得思想和艺术充满张力。"[②]

《彼得·潘》中的海洋和海岛，是童话艺术中尽善尽美的领土，是每一个

---

① （苏格兰）詹姆斯·马修·巴里著，朱宾忠译：《彼得·潘·译者序》，北京：北京理工大学出版社 2014 年版，第 2 页。

② 谈凤霞：《隐藏的含混与张力：重释〈彼得·潘〉兼论儿童文学的悖论美学》，《西南民族大学学报（人文社会科学版）》2018 年第 6 期，第 182 页。

孩子梦寐以求的奇幻之境。精灵和孩子们上天入海，游戏般在海岛、海中、天空中争斗、玩乐，彼得·潘跟《西游记》中去西天取经前的孙悟空一样顽皮、自由，让孩子们不由得对有彼得·潘的大海与缥缈岛心生向往。

《彼得·潘》中的大海与缥缈岛是很美的，但其存在意义并不是美丽，而是好玩。表面上看，它们是儿童文学中符合低幼读者感知需求的事物设定，实则蕴含着深沉哲理。大海中隐藏的缥缈岛是人之欲望的象征。这个海岛恰如人们留给自己的一方隐私之地，海岛上的孩子们嬉闹快乐，没有父母的管教约束，永远不会变老，隐喻了一种循着本能自由生活的渴望。所以，《彼得·潘》中的缥缈岛也是对成人的理想世界的映射。

选文讲述彼得·潘带着温迪姐弟飞到缥缈岛。野兽、红皮肤印第安人、海盗和孩子们，依次追逐，小岛上一片混乱。鳄鱼吞掉了闹钟，又追赶着海盗胡克，孩子们期望彼得·潘赶紧回岛，飞在小岛上空的温迪被善妒的婷咔射中倒在地上。小岛上的这些奇特事件，以及如低头从裤裆中向后看而让狼退走的怪异行为，只能出现在缥缈岛和孩子们心中，可谓妙趣横生。胡克随意杀戮的铁钩手、印第安人腰挂的头皮、孩子们被海盗捕杀的情形，这些都被作者置于游戏化的战斗中，并做了去血腥化的描绘。所以，作为儿童文学的《彼得·潘》，其实很能给成人以哲学的思考。

天边外

（美）尤金·奥尼尔

作者及作品简介

尤金·奥尼尔（Eugene O'Neill，1888—1953），美国现代剧作家，出生在纽约的爱尔兰裔家庭，父亲是专演《基督山伯爵》的演员。奥尼尔少年时期随父亲到各地演出，走遍了美国的大城市。1906年，奥尼尔入读普林斯顿大学，一年后辍学。1909—1911年，到南美洲、非洲等地做过水手、小职员、演员、导演、记者，也曾无业游荡。回国后在父亲的剧团里做过临时演员，后因患病住院疗养，其间大量阅读希腊悲剧、莎士比亚和易卜生等名家剧作。1914年参加哈佛大学的"第47号戏剧研习班"，开始戏剧写作，第一部作品《东航加迪夫》成功上演。1916年，担任普洛文斯坦剧团的编剧。1920年，成名作《天边外》在百老汇上演，并斩获普利策奖，奠定了他在美国戏剧界的地位。1953 年 11 月 27 日，奥尼尔逝世于波士顿。

《天边外》写成于 1918 年，上演于 1920 年，是一出三幕悲剧。海边的村庄里，有一个农民的儿子，他是俊美的青年罗伯特。罗伯特喜欢诗歌和幻想，渴望离开家乡，到广阔的大海上航行。他的舅父迪克是个船长，愿意带他出海。罗伯特非常兴奋，临走时激动地向暗恋的露斯表达了爱慕之情。露斯是罗伯特的哥哥安朱的心上人，露斯表白说自己爱的其实是罗伯特，并请求他为了爱情留下来。安朱本来喜欢土地和耕作，知道消息后非常痛苦，于是代替弟弟上了圣代号出海。三年后，罗伯特的田庄经营不善，要抵押出去。露斯生育了孩子，对落魄的罗伯特大为不满。安朱成了船上的管事，回到家乡，露斯又告诉安朱自己其实爱的是他。安朱没有停留，又出海去经商。五年之后，安朱回到家，曾是百万富翁的他几近破产。安朱拒绝了露斯的爱情，说他爱弟弟胜过一切。罗伯特的女儿死了，自己也病入膏肓，他来到山上，把露斯托付给哥哥安朱，带着对天边外的希望和梦想，在惆怅中死去。

选 文

天边外（节选）①

第三幕

第二场

和第一幕第一场一样——乡下大路的一段。东方的天空已有亮光，一条细细的、颤动的红线正沿着暗色小山的边缘慢慢铺开。大路旁边仍然浸沉在黎明的灰色中，隐约而模糊。前面的田野有一种荒芜未耕的面貌，好像是夏天留下来的休耕地。后面的蛇形栅栏有几部分坍了。苹果树没有叶子，似乎是死的。

罗伯特从左边摇摇晃晃走上，没有气力。他跌进沟里，躺了片刻；随后费力地爬到可以看见日出的堤岸上，虚弱地倒了下去。露斯和安朱从左边顺着大路急急忙忙跑来。

---

① 参见（美）尤金·奥尼尔著，荒芜、汪义群等译：《天边外》，桂林：漓江出版社 1985 年版，第 95－98 页。

安朱　（停下，四面张望）他在那儿！我知道！我知道我们在这里会找到他。

罗伯特　（当他们跑近他身边时，他想抬起身子坐起来——带着倦容的微笑）我以为我可以溜掉哩。

安朱　（带着和气的威吓）你溜不掉，你这个调皮蛋。我们要马上送你回去，回到床上去。（他预备要架起他来。）

罗伯特　不要，阿安。我跟你说，不要。

安朱　你痛吗？

罗伯特　（简单地）不痛。我快要死了。（他虚弱地倒下。露斯一面哭，一面坐到他身边，让他的头枕在她膝头上。安朱站在那里无可奈何地俯视着他。罗伯特的头在露斯的膝头上不停地转动）再回到那间屋里去，我可受不了。好像我这一辈子都关在那间屋里似的。所以我想我要试一试，像我希望的那样，来结束我自己——如果我有勇气——一个人——在开阔的大路旁边的一条沟里——眼望着日出。

安朱　阿罗！不要说话。你是在消耗你的体力。休息一下，我们就抬你——

罗伯特　还抱着希望吗，阿安？不用啦。我知道。（一顿。他呼吸困难，睁着眼睛竭力望着天边）太阳出来这么慢。（带着一种讽刺的微笑）大夫告诉我到遥远的地方去——我的病就会好。他说得对。对我来说，那永远是个好方子。不过——这一辈子——来不及了。（一阵剧烈的咳嗽使他浑身乱颤。）

安朱　（带着嘶哑的哭声）阿罗！（面对命运，无可奈何，气得他攥紧拳头）上帝！上帝！（露斯痛哭，拿她的手帕揩罗伯特的嘴唇。）

罗伯特　（他的声音里突然回响着幸福希望的调子）你不要为我难过了。你没有看见，我最后得到幸福了——自由了——自由了！——从农庄里解放出来——自由地去漫游——永远漫游下去！（他用臂肘撑起身子，脸上容光焕发，指着天边。）瞧！小山外面不是很美吗？我能听见从前的声音呼唤我去——（兴高采烈地）这一次我要走了。那不是终点，而是自由的开始——我的航行的起点！我得到了旅行的权利——解放的权利——到天边外去！噢，你应该高兴——为我高兴！（他虚弱地倒下去）阿安！（安朱俯身向他）记住露斯——

安朱　我一定会照顾她的，我向你发誓，阿罗！

罗伯特　露斯受了罪——记住，阿安——只有通过牺牲——天边外的秘密——（他突然用剩下的最后气力抬起身来，指着天边，天边上，日轮的边缘正从小山的边缘往上升）太阳！（他的眼睛盯住太阳瞅了片刻。他的喉咙里发出咯咯的响声，他喃喃说）记住！（他向后倒下去，不动了。露斯发出一种恐怖的喊叫，跳起来，发着抖，双手蒙住眼睛。安朱在他身边跪下一条腿，伸一只手摸摸他的心房，随后恭恭敬敬地吻吻他弟弟的前额，站了起来。）

安朱 （面向露斯，尸体横躺在他们中间——用一种沉闷的声音）他死了。（突然发怒）该死，你没有告诉他呀！

露斯 （可怜地）不用我骗他，他已经很幸福了。

安朱 （指着尸首——气极，浑身发抖）这都是你干的，你这个该死的女人，你这个胆小鬼，你这个杀人凶手！

露斯 （哭泣）不要骂我，阿安！我没有办法呀——他也知道我多么受罪。他跟你说过——要记住。

安朱 （盯了她片刻，他的怒气消了，他的脸上逐渐露出深切怜悯的表情。于是他低头望望他弟弟，用一种衰怜的声音伤心地说）原谅我吧，露斯——看在他的面上——我会记住的——（露斯从脸上放下她的双手，莫名其妙望着他。他抬起头来望着她的眼睛费劲地结结巴巴地说）我——你——我们两个把事情搞得一团糟！我们一定要互相帮助——到了一定时候——我们会懂得什么是该做的——（不顾一切地）也许我们——（可是露斯，如果她听见他的话，却没有做任何表示。她默默不语，迟钝地，带着悲哀、惭愧和精疲力竭的神情望着他，她的头脑已经沉入麻木之中，再也不会受到任何希望的干扰了。）

［幕落］

——剧终

作品评析

《天边外》中的三个男女青年，性格各异，梦想不同，但现实让他们做出了违背自己本性的选择，他们对生活充满梦想，努力争取，但身边的人无能为力，生活也不曾善待自己。人物的思想在闪光，行动却总碰壁，命运弄人，人生困顿。作者用超然的眼光、同情的笔调，写出青年人在现实面前的无奈，他们期望跳出当前，去天边外游历，终究是一片虚妄。

《天边外》中的故事发生在海边的乡村，而大海是罗伯特梦想的自由与诗意之地，因此有着虚幻的美好光辉。在罗伯特临终之际，远处的大海呈现出迷蒙之美，映衬了罗伯特梦想仍在而人已逝去的悲剧命运。但海洋梦即便实现，也可能仍是竹篮打水一场空，从安朱出海八年由穷变富、由富变穷的经历可知，真正的海洋是变幻莫测的。戏剧通过渴望航海和航海归来的两种人生窘况，给海洋祛魅，表达了海洋无情、命运无常的主题。有人从自然主义的角度解读《天边外》的农场生活，有人用悲剧理论阐释爱情的虚妄、命运的捉弄、亲情的无力，也有人从女性主义的理论视角来分析情节和人物。

选文是《天边外》最后一幕最后一场。在萧瑟的秋季，罗伯特挣扎着来到可以看见日出的堤岸上，安朱和露斯寻来。安朱答应照顾露斯，罗伯特看着天边出现的日轮，倒地而死。这是全剧的落幕。《天边外》戏剧语言的塑造力是极强的。反映在选文中，一是环境的描写，开始时田野是"荒芜未耕的面貌"，"苹果树没有叶子，似乎是死的"，预示着罗伯特的死亡。罗伯特去世前，"天边上，日轮的边缘正从小山的边缘往上升"，暗示着虚无的希望。二是人物的语言，罗伯特死前诉说自己对美丽的小山外的向往，他无惧死亡，"那不是终点，而是自由的开始——我的航行的起点！"去天边外大海上自由自在地航行，终究只能是想象。

选文中主人公离世的场景饱含了悲痛情感，去"天边外"的人得到了解脱，而活着的人要怎样在困苦的命运中挣扎，同样让人揪心。故事的结局把悲剧的氛围推到了最高点，联想到作者奥尼尔本人的生活，他从支离破碎的家庭生活中所受的无法弥合的创伤，在戏剧中得到了深刻的体现。

最危险的狩猎

（美）理查德·康奈尔

作者及作品简介

理查德·康奈尔（Richard Connell，1893—1949）是美国著名短篇小说作家、记者、电影剧本家，作品主要刊载在《周六晚邮报》及其他杂志上，曾因创作电影剧本《遇见约翰·多》获 1942 年奥斯卡金像奖最佳原创故事奖提名。

《最危险的狩猎》一译为《最危险的游戏》，出版于 1924 年，曾荣获欧·亨利短篇小说奖，并被改编为电影。故事发生在第一次世界大战后，名为萨洛夫的前哥萨克将军，带着他的助手伊凡，隐居在加勒比海的一个小岛上。

萨洛夫引诱航海员进入他的岛屿，以他们为对象开展狩猎游戏，把人比作最危险的猎物，获取狩猎的快感。雷英士福德是具有丰富狩猎经验的年轻人，因遭遇海难，来到萨洛夫的豪华别墅，受到他的款待，也被迫成为萨洛夫的狩猎对象。经过三天三夜共三次的狩猎反击，雷英士福德终于反杀了萨洛夫。

选 文

最危险的狩猎①

雷英士福德在灌木丛中挣扎前进了两个小时。"我必须镇定，我必须镇定！"他咬着牙说。

当城堡的铁门在他后面啪地关上时，他并不是完全冷静的。他最初的想法是让他和萨洛夫将军之间保持最大限度的空间距离。而为了达到这一目的，他跌跌跄跄往前走，让一种近乎惊慌失措的强烈感觉催促着自己。现在他控制着了，他停下来，研究一下自己和周围的情况。

他知道往前直走是徒劳的；这必然使他走到大海之滨。他的处境是四面环水，很明显，他的一切活动只能在这种条件下考虑。

"要给他一些足迹使他追踪。"雷英士福德喃喃自语说。他从原先要走进销踪匿迹的荒野的路线走出来。他接连兜了一连串错综复杂的圈子；不断重复原来的足迹，因为他记起过去听说过的有关猎狐的传说，决定仿拟那狐狸的躲避方法。夜幕降临，他已双脚疲累，手部面部都被树枝弄得破损，站在密林深翳的山脊上。他知道，这时即使他还有余勇可贾，但在昏暗中无目标地到处乱闯，也是最愚蠢不过的。他最需要的是休息。这时他想："狐狸的伎俩我已用上了，现在该用猫儿的法宝了。"附近有一腰围粗大、枝叶茂密的树。经过苦心思虑消灭了任何痕迹之后，他爬上一枝树叉，想方设法在一枝宽阔的侧枝上躺下休息。他对自己说，即使是最狂热的猎者如萨洛夫之流，也追踪不到他的。在黑夜中能在密林里找寻出这错综复杂的踪迹，只有魔鬼才能做到。但是，也许这将军就是魔鬼吧！

阴森可怕的黑夜像一条受伤的蛇向雷英士福德卷来，睡眠并没有光顾他，尽管密林就似死亡似的寂静。接近早晨，阴暗的灰色把天空涂上一层光泽，一些被惊动的晨鸟的尖叫使雷英士福德的注意力转到那方向来。有东西在丛

---

① 参见（美）理查德·康奈尔等著，陈继文等译：《最危险的狩猎》，广州：花城出版社1981年版，第22－30页。

林中移动，慢慢地、小心地、沿着雷英士福德曾经迂回曲折走过的路线移动。他把身子紧贴在侧枝上，然后透过一层厚厚的帷幕似的叶的簇丛细心注视着。走近来的原来是一个人。

他是萨洛夫将军。他全神贯注在他前边的地面逐步向前走近。他停下来，几乎就是在树底下跪下来观察地面。雷英士福德本能地想要像只黑豹那样向他扑过去，但他发现将军的右手拿着一些金属的东西——一支小巧的自动手枪。

这猎人几次摇摇头，似乎是大惑不解。然后他站起来，从烟盒里拿出一支黑色的香烟；一种刺鼻的像烧香时发出的烟浮升起来，袭向雷英士福德的鼻孔。

雷英士福德屏息呼吸。将军的目光已离开了地面渐渐向树上移动。雷英士福德发愣了，全身肌肉紧张，随时准备下扑。但是那猎人的尖锐目光还未望到侧枝就停了下来，他的脸孔现出笑容。他故意地向空中吐了一口烟圈，转过身来背着大树，漫不经心地沿着原来的路线走了。他的猎靴踏着地面的枝叶发出来的嚓嚓声，逐步变得轻不可闻了。

压在雷英士福德肺内的气几乎要爆出来。出现在他心里的头一个念头使他感到震惊麻木。这个将军竟然可以在黑夜中在丛林里跟踪追击，他可以搜索出极其隐蔽的踪迹，他的猎术是不可思议的。如果这位哥萨克人这次没发现他的猎物，那不过是千虑一失而已。

他的第二个念头就更加可怕。一阵恐怖使他发冷得全身战栗。为什么这将军发笑呢？为什么他转身便走呢？

他不愿意相信他的理智告诉他的情况是真的。但是情况就像现在已经拨开朝雾而出现的太阳那么一清二楚了。这个将军是要作弄他，他要把他留下来再狩猎一天。这哥萨克人是猫，而他是只耗子，要玩够了然后杀死它。只有到了这时雷英士福德才明白恐怖的全部意义。

"不能神经衰弱，绝不能。"

他从树上滑下来，又一次走进森林里。他脸色严峻，强迫着自己开动脑筋去思考。他离开他躲藏的地方三百码，把一棵枯死了的大树靠傍在一棵活的小树上，他停下来，把食物背包放下，从刀鞘里把刀拔出，就开始全力以赴地干起来。

要做的终于做完了，他就在离开树干约一百英尺那里躺了下来。用不着等多久，猫儿会回来作弄耗子的。

就像猎犬那样准确，萨洛夫又寻踪觅迹来了。没有任何东西——被践踏过的每一根草、弯曲过的树枝、苔藓上哪怕是最不引人注目的标志——可以逃脱他那观察入微的目光。他这样专心致志地低头搜索，还没看到雷英士福德精心设计的东西就已碰上它了：他的脚踏在那个作为开关扳机的横亘在地面的横枝。但就在这一接触中，这位将军就立刻感到危险的侵袭，而他就像只猿猴那样的矫捷纵身往后一跳。但他还不够快，小心地靠放在活树旁的大树已颓然压下来，向将军的肩膀猛击了一下。要不是他机警，他本来会被压在树底的。他摇晃了一下，但并没有倒下来。又一次感到惊惶万分的雷英士福德又听见响彻丛林的将军轻蔑的笑声。

"雷英士福德，"将军叫道，"我估计您是听见我说话的，如果是的话，让我祝贺您吧！并不是很多人懂得马来亚人这种作弄人的把戏的。对我说来，幸运的是我也曾在马六甲打过猎。您已经证明您是个有趣的对手，雷英士福德先生。我现在回去把伤口包扎一下。伤势很轻。我就会回来的。我就会回来的。"

将军用手搓着受伤的肩膀走了，雷英士福德又一次逃走。这是逃命的问题。绝望的拼命挣扎的逃命，使他夺路奔逃了好几个小时。黄昏降临，接着又是黑夜，而他还是乱闯乱走。鹿皮靴底下的地变得松软了，草木显得更加茂密，蚊虫无情地叮咬着他。然后，当他再往前走的时候，他的脚踩在淤泥里。他拼命想把它拔出来，但污泥毫不留情地把他的腿吮着，就像一个硕大无比的吸血鬼似的。他用了极大的努力，总算把脚拔出来。他知道他现在在那里了。那是"死沼"和它的流沙。

他的双手紧握着，似乎自己的神经是可以死抱着不放的实物，而有人要在黑夜里把它抢走似的。这些淤泥使他想出一个主意。他从流沙那里往后退十二步左右，然后就像一只史前期啮齿兽一样，他开始往土里深挖下去。

战时在法国，雷英士福德亦曾挖过战壕。那时一秒钟的延误可能意味着死亡。但比之现在的挖泥，那时也说是好整以暇的消遣了。洞愈挖愈深，等到它深过他肩膀的高度时，他爬出来，然后把一些硬树枝，削成尖端的棍子。他把这些尖条插在洞里，尖端向上。然后飞快地把草皮和树枝织成一小块，盖在洞口之上。然后，他蹲伏在一棵被雷霹焦了的树桩后面，全身透湿，疲累不堪，腰酸骨痛。

他知道他的敌人快追到了：他听见了踏在软土上的脚步，而晚风也吹来将军吸的香烟的烟味。雷英士福德似乎感到这次将军走得特别快；他并不是逐步探索前进。雷英士福德蹲伏在那里，既看不见将军，也看不到陷阱。不只是度日如年，一分钟也难受得很。他突然感到一阵高兴，真想大声欢呼，因为他听见陷阱上盖下陷和枝干折断的噼啪之声，他听见尖条插进体内时被害者发出痛苦的尖叫声。他从躲伏的地方站起来。但又立即退回来蹲伏着。

一个人在距离陷阱三尺那里站着，手里拿着一支电筒。

"你干得不坏呀，雷英士福德，"这是将军的声音，"你这缅甸人的擒虎法干掉我最好的一条狼狗。你赢了。雷英士福德先生，我想看看我把整群狼狗带来时你有什么办法。我现在要回去休息一下了。你使我过了一个很有趣的晚上，我要感谢你。"

天将破晓。躺在沼泽旁的雷英士福德被一种声音惊醒了，他这时知道：可怕的事情还在后头呢！声音还很遥远，模糊不清，起伏不定。但他知道：那是一群狼犬嗥叫的声音。

他知道他只有两种办法。他可以就地不动，等着。这就等于自杀。他也可以逃走，这就是把必然的命运推延一段时间。他站在那里，想了一会。他想起一个主意，不太实际，但可能还有一个机会。他把裤带拉紧，就离开了沼泽。

狼犬的嗥叫声显得近了，更近了，更近了，愈来愈近了。雷英士福德在山脊上爬到一棵树上去。他发现在四分之一英里外，沿着一条河道周围的灌木丛里出现一些骚动。他极目远视，发现了萨洛夫将军修长的身影；在他前面，雷英士福德发现另一个人，他的宽阔的肩膀在长长的草丛中不时往前移动。那是巨人伊凡，似乎有种看不见的力量把他拖着往前走。雷英士福德知道，伊凡必然是用皮带拉着那群狼犬了。

他们很快就会到来的。他的脑袋拼命地想。他想到在乌干达时向土人学到的一种土法。他从树上滑下来。抓着一根有弹力的树枝，然后把猎刀缚在上面，刀尖指向路面。然后他用小小的葡萄藤把树枝拉着。接着就开始夺路狂奔。狼犬嗅到新的踪迹，更加尖声嗥叫起来。雷英士福德现在明白：所谓作困兽犹斗究竟是怎样一回事了。

他要停下来喘息一下。狼犬的尖叫声突然停止，雷英士福德的心脏跳动也好像突然停止。他们该来到缚猎刀的地方了！

他兴奋地爬上一棵大树，往后望去。搜索者们已经停下来。但他爬向树上时那种希望也在刹时间消失得一干二净。因为在那浅浅的峡谷里，萨洛夫还在站着。伊凡再也站不起来了。靠着反弹力飞出的猎刀的设计，还不能说是完全枉费心机。

雷英士福德刚刚摔在地上，狼犬们又狂吼起来。

"镇定，镇定，镇定！"他喘着气说，继续飞步狂奔。前面树丛之中露出蓝色的隙缝。狼犬的嗥声愈来愈近。雷英士福德向那隙缝的方向走。他走到了。原来是海边。转向后面，他隐约可以看见那城堡的暗灰色的巨石。下面二十英尺，海水翻滚轰鸣。雷英士福德迟疑了一会。后面的嗥叫声又近了。

他纵身一跃，向海中的远处跳去。

将军和他的狼犬群来到海边，这位哥萨克人停了下来。他对着蓝绿色的茫茫的海水望了几分钟，耸耸肩膀。然后坐下来，从一个银瓶里喝一口白兰地，点了一根香烟，哼一小段《蝴蝶夫人》。

那晚，萨洛夫将军在他那宽敞的有镶板的餐厅里，进了一顿特别精美的晚餐。同时喝了一瓶波尔罗杰尔，半瓶张伯亭。极尽享受之余，只有两件小事使他不快。一个想法是找一个替代伊凡的人可不容易；另一个是他的猎物没有俯首受擒。当然，这个美国人已无所施其技——将军在餐后品尝他的烈性甜酒时是这样想的。为了安慰自己，他在图书馆阅读马加斯·奥里雷斯大帝的著作。十点钟，他走进他的寝室。他累得够痛快了，他自言自语说着话，然后关起门来。外面有点月色，于是，在开电灯之前，他走近窗前，并向下面的院子望去。那群狼犬还在那里。他对它们说："下次运气好一点吧！"然后他开了电灯。

一个躲在帘后的人现在站出来。

"雷英士福德！"将军大叫起来，"我的天，您怎么能到这里的？"

"游泳呀，"雷英士福德说，"我发现游泳比之在丛林里走路要快嘛！"

将军吞了一口气，笑着。"我祝贺你，"他说，"你胜利了。"

雷英士福德并没有笑。"我还是走投无路的困兽呢，"他以低沉嘶哑的声音说，"萨洛夫将军，准备吧！"

将军弯尽了腰鞠躬。"是这样！"他说，"好极了，我们当中的一个可以给猎犬们当一顿美餐。另一个可以在这个舒适异常的床睡个好觉。注意，雷英士福德……"

这是他一生中睡过的最舒适的床了，雷英士福德这样想。

作品评析

在《最危险的狩猎》中，加勒比海是故事发生的重要背景，海洋和小岛危机四伏，海洋上迷雾浓重，海底暗礁分布，海岛上植被茂密，别墅里的灯光阴险恐怖，自然环境与人处于紧张对立的状态。作者在小说中特意营造了恐怖、危险、神秘的海岛狩猎气氛，这样的环境增加了狩猎的惨烈可怕程度。

选文是故事的后半段，讲述两个猎人狩猎游戏的高潮和结局。人成为狩猎对象的设定，让故事读来更显惊险、惨烈。萨洛夫将军狩猎人类的行为让人愤恨，他被反杀固然让读者为雷英士福德逃离危险而松一口气，但雷英士福德也是狩猎人类的参与者。人类弱肉强食，相互猎杀，在为己的生存中丧失人性，这让人不寒而栗。

小说具有强烈的隐喻意味，海洋和海岛既是故事发生的背景，也是小说中蕴意深刻的意象，可视为人类社会的缩影和象征。"小说中的海洋沿袭了19世纪美国海洋文学作家如库柏、爱伦·坡、麦（梅）尔维尔等笔下的一贯形象：神秘、凶险、邪恶、暴躁、变幻无常，是人类难以驾驭的大自然的象征。""康奈尔利用读者喜闻乐见的海洋文学形式，谴责人类中心主义和社会达尔文主义思想，暗示人与海洋、人与自然、人与人之间的关系就像猎人与猎物，猎物有可能变成猎人，这种超前的海洋生态意识不能不令今天深受生态恶化之苦的人们所折服，也是小说之所以长盛不衰，深受各国读者喜爱的原因之一。"① 这种对人类猎杀动物、践踏海洋、破坏自然的灾难性行为的批评，对人性黑暗的揭露，让所有人为之警醒。另外，萨洛夫和雷英士福德都是战争亲历者，他们作战经验丰富，相互间的斗智斗勇就显得更加激烈。最终的你死我活，也暗含了作者对战争的批判：战争的本质无非是以人为猎物的狩猎。作者也借助海洋和海岛的意象表明了人与海应该和谐相处的海洋生态意识。

▌到灯塔去

（英）艾德琳·弗吉尼亚·伍尔夫

作者及作品简介

艾德琳·弗吉尼亚·伍尔夫（Adeline Virginia Woolf，1882—1941），英国女作家、文学批评家和理论家。是两次世界大战期间伦敦文学界的核心人物，是意识流文学代表人物，是20世纪现代主义与女性主义的先锋。父亲莱斯利·斯蒂芬爵士是出身于剑桥的著名学者、文学评论家和传记作家，伍尔夫在家接受教育。13岁时母亲去世，伍尔夫第一次精神崩溃。22岁时父亲去世，伍尔夫第二次精神崩溃，同年，伍尔夫开始在报刊上发表书评和散文，并在夜校任教。自1906年起，家中经常有伍尔夫的兄弟在剑桥结识的朋友们

---

① 薛玉凤：《〈最危险的游戏〉中的海洋生态意识》，《西安外国语大学学报》2009年第1期，第66–69页。

来聚会，逐渐形成了一个文艺学术交流中心，即著名的布卢姆斯伯里集团，包括了当时文化界的大批精英。1912 年，与作家、社会政治评论家伦纳德·伍尔夫结婚。1915 年，伍尔夫发表《远航》。1917 年在家中建立了霍加斯出版社，出版的小说《达洛维夫人》《到灯塔去》《海浪》等都是伍尔夫的代表作。伍尔夫一生罹患精神病而疯癫多次，最终于 1941 年沉河自杀。

《到灯塔去》分为"长—短—长"三个部分，第一部分是拉姆齐夫妇携孩子们和朋友们，在九月去自家的海滨别墅度暑假。小儿子詹姆斯请求乘船出海去矗立于岩礁上的灯塔游玩，拉姆齐夫人承诺第二天天晴就去。在拉姆齐夫人的操持下，大家过了一个相对融洽的黄昏和夜晚。但是，第二天天气不好，终究没有成行。中间部分写十年时间飞逝而过，"一战"结束，拉姆齐一家和朋友们重返别墅，但拉姆齐夫人已经去世，孩子中的两个也死了。后面部分是拉姆齐先生与詹姆斯等人登上灯塔，得偿所愿。

选 文

到灯塔去（节选）

第二部 岁月流逝①

1

"嗯，究竟如何，我们必须等到将来才见分晓。"班克斯先生边说边从平台上走进屋里。

"天黑得几乎看不见了。"安德鲁从海滩上走过来说。

"几乎黑得连大海和陆地也分不清了。"普鲁说。

"我们还让那盏灯继续点着吗？"当他们在屋里脱下外套时莉丽问道。

"不，"普鲁说，"如果大家都进来了，就把它熄了吧。"

"安德鲁，"她回头唤道，"把门厅里那盏灯熄了。"

屋里的灯都一一熄灭了，只有卡迈克尔先生房间里还有灯光，他喜欢躺着读一点维吉尔②的诗，他的蜡烛熄得比其他人迟得多。

---

① 参见（英）弗吉尼亚·伍尔夫著，瞿世镜译：《到灯塔去》，上海：上海译文出版社 2011 年版，第 122－127 页。

② 维吉尔（公元前 70—前 19），古罗马诗人，其代表作为史诗《伊尼特》，对欧洲文艺复兴和古典主义文学影响较大。——原书译者注。按：《伊尼特》一书，现通译为《埃涅阿斯纪》。

2

灯火都熄灭了，月亮落下去了，一阵细雨沙沙地打在屋顶上，黑暗无边的夜幕开始降临。似乎没有任何东西能在这黑暗的洪流中幸存：无穷的黑暗从钥匙孔和缝隙中溜进来，蹑手蹑脚地绕过百叶窗，钻进了卧室，吞没了水壶和脸盆，吞噬了红色、黄色的大利花，淹没了五斗橱轮廓分明的边缘与结实的形体。不仅各种家具都形态模糊、混淆不清，几乎没有一个人的躯体或心灵置身于黑暗之外，可以让你来区分："这就是他"或"那就是她"。有时，一只手举了起来，好像要抓住或挡开什么东西；或者有人在梦中呻吟；或者有人在高声大笑，好像在与虚无共同欣赏一个笑话。

客厅里、餐厅里或楼梯上，没有一丝动静。只有从那阵海风的躯体上分离出来的一些空气，它们穿过生锈的铰链和吸饱了海水潮气而膨胀的木板（那幢屋子毕竟破旧不堪了），偷偷地绕过墙角，闯进了屋里。你几乎可以想象：它们进入客厅，到处徘徊、询问，和悬挂在那儿噼啪扇动的糊墙纸嬉戏，问问它还要在那儿悬挂多久，什么时候它将会剥落下来。然后，它们平静地拂过墙壁，在经过之时若有所思，好像在询问糊墙纸上那些红色、黄色的玫瑰，它们是否会褪色，并且温文尔雅地询问（它们有的是时间）废纸篓里撕碎的信件、房间里的花卉和书籍（这一切现在都敞开地呈现在它们面前）：它们是盟友吗？它们是敌人吗？它们还能保存多久？

一些不规则的光线，从没有被云朵遮住的星星、漂泊的船只或那座灯塔发射出来，苍白地投射到楼梯或地席上，指引着那几股小小的空气爬上了楼梯，在卧室门口探头探脑。但是在这儿，它们肯定必须止步。其他一切都会烟消云散，躺在这儿的东西却持久不变。你可以告诉那些悄悄溜过的光线和到处摸索的空气（它们自己正在呼吸，并且向床上俯视）：这儿的东西你们可碰不得，也毁不了。它们似乎有着轻如羽毛的手指，并且像羽毛般轻柔持久，它们疲乏地、像幽灵一般地俯视床上那闭着的眼睛、松弛的手指，然后它们倦怠地折起它们的长袍消失了。它们就这样探头探脑地、挨挨擦擦地来到了楼梯的窗口，来到了仆人的卧室，来到了顶楼的小屋；它们又下楼去了，使餐厅桌上的苹果变得颜色苍白，抚摸着玫瑰的花瓣，试试画架上的图画，扫过那张地席，把一点儿沙土吹落到地上。最后，它们终于停息，大家一道止步、聚集、叹气：它们大家一起发出一阵无名的悲叹，使厨房里的一扇门发出了回响：它霍然洞开，但什么也没放进来，又砰地一声关上了。

〔这时，正在阅读维吉尔的卡迈克尔先生吹熄了他的蜡烛。已是午夜时分。〕

3

但是，一个夜晚究竟又算得了什么？不过是短短的一段时间罢了。何况黑暗的消逝是如此迅速，不久鸟就叫了，鸡也啼了，或者在那波谷之中，像渐渐转换颜色的树叶一般，很快披上了一层淡淡的绿色。然而，黑夜的来临是周而复始、循环不休的。冬天储存了大量的黑夜，用它永不疲倦的手指，等量地、平均地分配安排它们。它们延得更长，它们变得更黑。在有些夜晚，清晰可见的行星，像闪亮的金盘高悬在空中。秋天的树木尽管已经枝叶凋零，它们像破烂的旗帜，在幽暗阴冷的教堂地窖里闪光，在那儿，雕刻在大理石书页上的金字，描述了人们如何在战争中死去，尸骨如何在印度的沙土中发白、燃烧。秋天的树木在黄色的月光下微微闪亮，那收获季节的月光，使劳动的精力充沛旺盛，使割过麦子的田埂显得光滑平整，并且带着波涛拍击海岸，使它染上一片蓝色。

神圣的上帝现在似乎被人类的忏悔和勤劳所感动，他拉开了帷幕，展现出幕后独一无二、截然不同的东西：直立的野兔，退潮的海浪，颠簸的小船；如果我们理应受到报偿的话，它们应该永远属于我们。但是，哎哟，神妙的真谛拉动了幕索，合拢了帷幕；这并不使他感到高兴；他用一阵冰雹来覆盖他的宝藏，把它们砸碎、搅乱，似乎它们永远不会恢复平静，我们也永远不能把它们的碎片凑成一个完美的整体，不可能在那些散乱的片断上清晰地看出真理的字句。因为，我们的忏悔只能换来短暂的一瞥，我们的勤劳只配得到片刻的休息作为报偿。

现在，这些夜晚充满了寒风和毁灭：树干在摇晃弯曲；叶片到处纷飞，直到它们沾满了草坪、填满了沟壑、堵塞了水管、布满了潮湿的小径。大海中波涛叠起，浪花四溅。如果有哪位失眠者幻想他可能在海滩上找到他心中疑问的答案，找到一个人来分享他的孤独，他会掀开被子，独自到沙滩上去徘徊，但他却找不到那非常机敏、随时准备伺候他的倩影，来把这夜晚变得井然有序，使这个世界反映出心灵的航向。那纤纤玉手在他的手心里萎缩消失了；那个声音却在他的耳际震响。怎么回事？为了什么？在什么地方？孤衾独眠者被这些问题所吸引，躺在床上寻求一个答案，看来，在这一片混乱之中，向茫茫黑夜提出这些问题，几乎毫无用处。

〔在一个阴暗的早晨，拉姆齐先生沿着走廊蹒跚而行，他向前伸出了胳膊，但拉姆齐夫人已于前晚突然逝世，他虽然伸出了双臂，却无人投入他的怀抱。〕

4

屋子空了，门锁上了，地毯也卷起来了，那些和伙伴们失散了的空气，它们是一支大军的先锋，闯进了屋子，拂过光秃秃的板壁，咬啮着，扇动着，在卧室和客厅里没有遇到任何东西来完整地抵抗它们，只有噼啪作响的挂帘，叽叽嘎嘎的木器，油漆剥落的桌腿，发霉长毛、失去光泽、裂缝破碎的砂锅和瓷器。人们抛弃和遗留的东西——一双靴子，一顶猎帽，衣橱里几件褪色的衣裙——只有这些东西，才保留了人的遗迹，并且在一片空虚之中，表明它们一度曾经多么充实而有生气：纤纤玉手曾经匆匆忙忙地搭上衣钩、扣上纽襻；梳妆镜里曾经映照出玉貌花容，反射出一个空幻的世界，在这个世界中，一个身躯旋转过来，一只手挥动一下，门开了，孩子们一窝蜂涌了进来，又走了出去。如今日复一日，光线转换了，像映在水中的花朵，它轮廓分明的形象，投射到对面的墙壁上。只有那些树影在风中摇曳，在对面墙上弯腰致敬，偶尔遮暗了阳光在其中反射的水池；或者有鸟儿飞过，于是一个柔和的阴影缓慢地扑动着翅膀，在卧室的地板上掠过。

就这样，优美和寂静统治着一切，它们俩共同构成了优美本身的形态——一个生命从中分离出来的形态——像一个黄昏的水池一般寂寞、遥远；从一列迅速开过的火车的窗户中望出去，那个在黄昏中显得苍白的水池骤然消失，虽然被人瞥了一眼，却几乎没有稍减它的孤单寂寞。优美和寂静在卧室里携手，甚至风儿也在用布套起来的水壶和用被单罩起来的椅子之间窥探，那粘湿冰凉的海风的柔软的鼻子，到处挨擦、闻嗅，反复地询问着——"你们会褪色吗？你们会消失吗？"——但几乎没有扰乱那安静、冷漠、纯洁完整的气氛，似乎它所提出的问题几乎不需要回答：我们依然留存。

似乎没有任何东西可以破坏它的形象，玷污它的清白，或者扰乱那支配笼罩一切的寂静，一个星期又一个星期，它在那空虚的房间里，把鸟儿飘落的悲啼、轮船高亢的汽笛、田野里单调低沉的响声、犬的吠叫和人的呼喊，都编织到它自己体内，并且把它们悄悄地折拢，包裹在屋子四周。只有一次，在午夜时分，一块木板大吼一声，断裂下来，落到楼梯的平台上，好像在几个世纪的寂静之后，一块岩石从山上崩裂开来，飞到山谷里，摔得粉碎；于是，围绕着这屋子的寂静的纱巾才松开了一角，在风中来回飘荡。然后又恢复了平静；树影婆娑；日光向投射在墙壁上的自己的身影鞠躬致敬；管家婆麦克奈布太太终于用插在水盆中的双手撕开了寂静的面纱，用嘎扎嘎扎踩在屋板上的靴子碾碎了它。

她奉命而来，打开所有的窗户，掸去卧室里的灰尘。

作品评析

伍尔夫一生写有三部海洋小说：《远航》《到灯塔去》《海浪》。

《到灯塔去》的故事情节很简单，人物和主题也很鲜明。拉姆齐夫人宽容、善良、慈爱，其人格光芒像灯塔一样在亲友的心中闪耀。时光流逝，世事变迁，爱才是永恒。细致入微的描写，人物主观的叙述角度，舒缓自如的意识流，优美娴熟的语言，伍尔夫在《到灯塔去》中展现了炉火纯青的小说写作技巧。"诗歌的语言形式、抒情的内容和象征性的内涵使《到灯塔去》成为一首长诗，充满了诗情诗意。而戏剧性结构、戏剧性冲突和戏剧性语言的运用，同样使这部小说也成为一部舞台的艺术。"[1] "具有多方面性格的人物，沉思着超越时空限制的各种问题；带有诗情画意的抒情语言；富于象征意义的结构形式——所有这些因素，使《到灯塔去》成为伍尔夫意识流小说中的压卷之作。"[2] 具体到选文中，作为小说的中间部分，伍尔夫用细腻的语言和意识流手法，缓缓书写了十年里的一些生活片段：细雨之夜中卡迈克尔先生在读书；拉姆齐夫人难产去世的第二夜，拉姆齐先生痛苦难眠；管家婆麦克奈布太太来打扫弃用很久的别墅，长大的女孩子们要来度假。作者信手写来，描写了总是独身一人的人物沉浸在思绪中，描写人物眼中事物的特征和变化，间杂作者的叙述者话语，意境优美婉约。十年岁月匆匆流逝，人的情绪如海浪，这些生活片段和场景，宛如驻留水中的礁石。

选文中的大海总时不时出现在人物的意识流中，是人物行为和思想的背景所在。"安德鲁从海滩上走过来"，天"几乎黑得连大海和陆地也分不清了"，这是宁静而不无惆怅的傍晚；"漂泊的船只"发射出的光线，"苍白地投射到楼梯或地席上"，这是午夜时分卡迈克尔先生阅读维吉尔的寂寞；"退潮的海浪，颠簸的小船"，这些是大海上的闲适和美好，是上帝给人的报偿；但"夜晚充满了寒风和毁灭……大海中波涛叠起，浪花四溅"，这是失眠的拉姆齐先生在海滩上孤独地徘徊，失去爱妻，再也没有以往的倩影"来把这夜晚变得井然有序，使这个世界反映出心灵的航向"。伍尔夫的笔触如同海风习习，细腻而轻柔地抚过生活中的小事小物，表达了人们面对无垠大海时的孤寂渺小。诗歌一般的语言自然倾泻，诉说了时间的涓涓流逝，人生弥漫着无尽的忧伤。

《到灯塔去》中的海洋和灯塔是象征性的存在，海洋如同弥散的现实或人

① 傅艺、陈志杰：《现代小说的跨文体特征：以伍尔夫的〈到灯塔去〉为例》，《江西社会科学》2010年第5期，第127页。
② 甄艳华：《伍尔夫的小说理念》，哈尔滨：黑龙江人民出版社2006年版，第129页。

生，灯塔则是爱或信念。伍尔夫笔下的海洋虽阴晴不定，却是温情而可入画的；灯塔虽然远在海中，但高高矗立，给人以安慰，是大海中坚定的一部分。

海水谣

（西）费德里戈·加西亚·洛尔迦

作者及作品简介

费德里戈·加西亚·洛尔迦（Federico Garcia Lorca，1898—1936），西班牙著名诗人。出生在格拉纳达的村庄，父亲是大农场主，他自幼受到很好的教育，不到 20 岁就开始写诗，自编成集。1919 年，洛尔迦搬到首都马德里，入读著名的寄宿学院，凭借音乐和诗歌才华，很快成为沙龙的中心人物。1921 年，洛尔迦写成了诗集《深歌集》。1927 年，西班牙诗歌"二七年一代"诞生，洛尔迦是代表人物之一。1928 年，洛尔迦的诗集《吉卜赛谣曲集》出版，大获成功。1929 年，洛尔迦在美国哥伦比亚大学注册，但无心学习，于次年返回西班牙，开始戏剧创作和导演，收入丰厚。戏剧代表作有《玛丽亚娜·皮内达》《鞋匠的妙老婆》《老处女堂娜罗西塔》等。1933 年，洛尔迦随剧团到访阿根廷，结识了博尔赫斯和聂鲁达。1934 年，洛尔迦写成巅峰之作——长诗《伊涅修·桑切斯·梅亚斯的挽歌》。1936 年西班牙内战爆发，洛尔迦遭长枪党枪杀。

《海水谣》收录于洛尔迦 1921 年发表的《诗集》，是诗人的早期代表诗作。洛尔迦的诗歌，以民间歌谣为创作源泉，形式上节奏多样，内容上形象丰富，以浓郁的民间色彩、独特的诗歌形体、深广的现实题材，广为传唱，影响世界。

选 文

海水谣[1]

在远方
大海在微笑。

---

[1] 参见（西班牙）费德里戈·加西亚·洛尔迦著，王家新译：《死于黎明：洛尔迦诗选》，上海：华东师范大学出版社 2015 年版，第 22 - 23 页。

浪的牙齿，
天的嘴唇。

你卖的什么呀，傻姑娘，
在风中露着你的乳房？

我卖，先生
大海的水。

你带来的什么呀，黑少年
和你的鲜血混在一起？

我带来，先生
大海的水。

这些咸涩的泪
大妈，是从哪儿来的？

是我哭出的，先生
大海的水。

心，这浓重的
苦味是从哪儿产生的？

它本来就很苦呀
大海的水！

在远方
大海在微笑。
浪的牙齿，
天的嘴唇。

作品评析

诗中首先展现了碧海蓝天白浪的海洋美景。风景虽好，但现实困苦。所以，诗人说海浪是牙齿，啃噬着穷苦的人。第二节转为问答的形式，海边的青年男女诉说了他们生活的悲苦，女子出卖肉体，男子出卖血汗；母亲的心灵承受着生的苦痛。大海无垠，兀自壮美，而它的另一副面孔是狰狞，天与海合一，恰似吞噬着傻姑娘、黑少年和他们母亲的生命的唇齿。大海美好和残酷的两面，反映了社会现实的诱惑和苦涩不堪。"傻""黑"二字支起了无法挣脱命运的海边青年的形象，在读者心中荡起心酸之情，人生如苦海的境况，也通过短短的诗句跃然纸上。

译介者汪天艾盛赞洛尔迦诗歌："今天的我们依旧在阅读洛尔迦，不仅因为他的文字之美构思之巧，也不仅因为他是横跨诗歌、音乐、戏剧、绘画的完全的艺术家，更因为他是将社会责任感和人道主义精神付诸实践的知识分子。他的诗歌与人生是对西班牙本可能有的一个更好时代的留念与预想，那是保持谦卑、满怀勇气地用写作反抗不公，是替社会底层没有声音的人奔走发声，是把戏剧艺术带到最偏远的乡村，是站在民族的立场上拥抱世界。"① 青年时代的洛尔迦就用诗作犀利地揭示了海边人生活的艰难，沉痛地控诉了吃人的黑暗现实，在海洋文学史上，留下了微笑着以利齿噬人的独特的海洋意象。

绯红的海　水手是爱的翅膀

（西）路易斯·塞尔努达

作者及作品简介

路易斯·塞尔努达（Luis Cernuda，1902—1963），西班牙诗人，出生于塞维利亚。17 岁入读塞维利亚大学学习法律，23 岁获硕士学位，24 岁时出版第一部诗集《天空的侧影》。1927 年住进大学生公寓，成为西班牙文学史上著名的"二七年一代"的一员。塞尔努达赴法教授西班牙语，在超现实主义的影响下，出版了诗集《一条河，一种爱》《被禁止的欢愉》。因西班牙内

---

① 汪天艾：《加西亚·洛尔迦：在提琴与坟墓之间凿写诗歌》，《上海文化（新批评）》2020 年第 5 期，第 110 页。

战，从 1938 年开始在英国和美国教书，1952 年起定居墨西哥。1963 年，塞尔努达逝世于墨西哥城。

塞尔努达一生创作出版有 14 本诗集，把《愿望与现实》作为自己诗歌总集的名字。翻译了艾吕雅、荷尔德林、华兹华斯等欧洲诗人的作品，以及出版《当代西班牙诗歌研究》《英国抒情诗的诗歌思想》《诗歌与文学》等多本文学研究著作。塞尔努达从法国超现实主义、德国浪漫主义以及英美现代诗歌中汲取创作的养料，成为西班牙诗坛罕见的"欧洲诗人"。

《绯红的海》收录在塞尔努达创作于 1928 年的第三本诗集《一条河，一种爱》。《水手是爱的翅膀》创作于 1931 年，发表于 1932 年 2 月 5 日，收录于塞尔努达的第四本诗集《被禁止的欢愉》中。诗集具有超现实主义风格，表达了对身体欲望与精神灵感之间关系的理解。

选 文

绯红的海[①]

一声软体呻吟，
似乎毫不重要；
夜里一声呻吟却是海浪
来自点燃的大理石，
疲乏的花冠
或情色的柱。

一声呻吟不算什么；是秋天
戴上冠冕的海停在
干涸的门前，像河床
全盘遗忘，
它的痛苦抵住一堵墙。

一声喊叫也许能给更多魅惑，
用绯红的皮囊，

---

① 参见（西班牙）路易斯·塞尔努达著，汪天艾译：《现实与欲望：塞尔努达流亡前诗全集（1924—1938）》，成都：四川文艺出版社 2016 年版，第 96–97 页。

用绯红的胸膛。

是海，是决堤的海
漫过烟雾迷绕的城池。

水手是爱的翅膀①

水手是爱的翅膀，
是爱的镜子，
大海伴随他们，
他们的眼睛金色就像爱
也是金色，和他们的眼睛一样。

血管里涌出生动的快乐
也是金色，
和露出的皮肤一样；
别放他们走，因为他们笑得
像自由在微笑，
海上升起的夺目光。

如果水手是大海，
金色多情的大海颂歌般存在，
我不要灰色梦境搭出的城市；
我只想去海里淹没自己，
没有方向的船，
没有方向的身体我沉溺在它金色的光。

作品评析

　　《绯红的海》把男子的呻吟、绯红的胸膛与海浪的声态和形态联系起来，以描写年轻男子身体的魅力。诗歌中的意象朦胧，戴上冠冕的海、绯红的皮

---

　　① 参见（西班牙）路易斯·塞尔努达著，汪天艾译：《现实与欲望：塞尔努达流亡前诗全集（1924—1938）》，成都：四川文艺出版社 2016 年版，第 141 – 142 页。

囊、决堤的海，黏稠而恣肆，弥漫着情欲力量。同欧美海洋文学作品中大海宏伟、危险、凶狠的形象截然不同，塞尔努达诗歌中的大海无关财富、权力，而是充溢着绮丽的、梦幻般的景象。

《水手是爱的翅膀》描写了年轻水手的眼睛、皮肤和微笑等身体意象：眼睛和皮肤不可能真的是金色的，而是美丽如同耀眼的金色；微笑如同"海上升起的夺目光"，美丽的身体如同大海般让诗人为之痴迷。水手与大海的美相互昭彰，放射着金光，充溢着欢乐，诗人只想去水手这大海里"淹没自己"。身体的欲望与精神的渴求融合在一起，诗人热情地表达了自己对水手和大海之美的颂扬。

▎环绕我们的海洋

（美）蕾切尔·卡逊

作者及作品简介

蕾切尔·卡逊（Rachel Carson，1907—1964），一译为瑞秋·卡森，美国生物学家、作家。出生于宾夕法尼亚州斯普林达尔的农民家庭，自幼喜欢在房前屋后的草林中探索，读中学时喜欢写作，入读宾州女子学院文学系，担任文艺俱乐部和校刊的编辑工作。大学三年级转入动物系，毕业后入读约翰·霍普金斯大学研究所，曾在森林洞海洋站工作一个暑期，从此钟情于大海。获得生物科学硕士学位后，留在大学当助教，同时写作。1935 年，卡逊得到一份渔业署的工作，成为生物学专家和渔报主编。1937 年出版《海风之下》，1951 年，《环绕我们的海洋》出版。两部畅销书给卡逊带来了财富，她辞去公职，在海边购买一栋小屋，专心写作。1955 年《海洋的边缘》出版，再度畅销。这是在世界生态学研究中有着重要地位的"海洋三部曲"。1962 年出版《寂静的春天》，指出滥用杀虫剂致使许多生命受到伤害、自然生态被破坏，向人类提出"如果再不改变，春天将不再鸟语花香"的警讯。此书在美国引起轩然大波，最终促成国会立法禁止使用 DDT，成为环保史上的里程碑。1964 年，卡逊因病逝世。

《环绕我们的海洋》是卡逊"海洋三部曲"中的巅峰之作，连续 86 周位列《纽约时报》杂志畅销书榜单，1952 年获美国国家图书奖，1953 年同名纪录片获奥斯卡最佳纪录长片奖。《环绕我们的海洋》共三卷，每卷以专题的形式简述海洋的故事。第一卷"母亲海洋"追溯了海洋的诞生和发展，表层海水中有丰富而热闹的生命，沟壑纵横山脉奇崛的深海模样渐渐被人知晓，海洋在四季中有哪些迷人变化，沉积物是最旷日持久的无尽降雪，生物在海洋中升起的岛屿上出现并演化，古代海洋是什么样子。第二卷"不安的海洋"解析了风和水、行星流、潮汐涨落的海洋运动。第三卷"人与人周围的海洋"提出，海洋是全球恒温器，主宰着全球气候，为人类提供了碘和镁等矿物质以及石油宝藏，人类在海洋上的探险旅行从前 330 年开始，古代航海历史悠久。

选 文

环绕我们的海洋（节选）

岁月更迭①

> 年轮流转，四季交替。
> ——弥尔顿②

就海洋整体而言，日夜变换、四季更新和年轮流转都消失在了它的广阔无垠中，磨灭在了它的亘古不变里。但是表层海水是不同的。海面永远在变化。它因为交错的色彩、光线和阴影而斑驳，在灿烂的阳光下闪耀，在昏黄的日落中散发着神秘的气息，它的样子和情绪每个小时都在变化。表层海水随着潮汐而运动，因风的呼吸而搅乱，起起伏伏成就了永远追逐着的波浪。通常时候，它们随着季节的推进而变化。春天在北半球的温带地区走过，带来了新的生命潮汐：绿芽和含苞待放的苞蕾被催生了出来，北归的鸟儿蕴含着所有的神秘和意义，迟钝的两栖动物伴随着青蛙从潮湿的土地中发出的合唱慢慢醒来，风儿扰动了绿叶，发出了不同的声音，而在一个月以前，它还仅仅只是吹得枯枝作响。这些事情都与陆地有关联，因此我们可以很容易地想到海上的春天是不会让我们产生这种推进的感觉的。但是其实景象就在那里；有善于观察的眼睛，你就会发现海洋也有同样神奇的觉醒的感觉。

---

① 参见（美）蕾切尔·卡逊著，宋龙艺译：《环绕我们的海洋》，北京：北京理工大学出版社 2018 年版，第 34 – 43 页。

② 弥尔顿（John Milton，1608—1674），英国著名诗人，代表作品有长诗《失乐园》《复乐园》。——原书译者注。

在海上和在陆地上一样，春天都是万物复苏的时节。在温带地区漫长的冬天里，表层海水一直在吸收寒意。表层重的海水开始下沉、滑落，下层的温暖海水升了起来。大陆架的海床上积累起丰富的矿物质——其中一些是从大陆河流上运输而来；一些源自死去的海洋生物，它们的遗骸落到了海底；一些来自硅藻的壳、放射虫流动的原生质或翼足类动物的透明物质。海洋中的物质从不会浪费。物质中的每一个颗粒都被不同的生物反复利用。到了春天，海水被大规模搅动，海底温暖的海水升到海面上来，提供了丰富的矿物质，为新生命的诞生做好了准备。

1

就像陆生植物需要依赖土壤中的矿物质才能生长一样，每一棵海洋植物，甚至连最小的海洋植物，都要依赖海水中的营养盐或矿物质。硅藻需要二氧化硅才能形成它们脆弱的外壳。对这些和其他的微型植物来说，磷是不可或缺的矿物质。一些此类的元素含量很低，到了冬天甚至减少到了维持生长最低需要的水平以下。硅藻群落必须竭尽全力才能熬过这个季节。它面临着严重的生存问题——就是通过形成坚韧的保护性芽孢来对抗残酷的冬天，从而保持生命的火花不灭；就是在已经收回了最基本的生命给养的环境中，在不能向环境有任何索取的沉睡状态下保持生存状态。因此硅藻在冬天的海洋中坚持着，就像小麦的种子在冰雪覆盖的田野里坚持着一样。春天的生机就来自这样的种子。

因此，这些就是促使海洋的春天爆发的元素：沉睡植物的"种子"、丰富的化学元素和春日阳光的温度。

在速度惊人的突然觉醒中，海洋中最简单的植物开始繁殖。它们以天文级的速度增长。春天的海洋最初属于硅藻和所有其他的微型浮游植物。在疯长的时候，它们的细胞编织成的活地毯铺满了大片的海洋。数英里的海域呈现出红色、棕色或绿色，大片海面呈现出了每一棵植物细胞中含有的微小色素颗粒的颜色。一时之间，这些植物统治海洋的地位无可动摇。几乎在同一时间里，一种小型浮游动物的增长规模几乎追赶上了硅藻的繁殖爆发力。春天还是桡足类动物和箭虫、海虾和有翼蜗牛（winged snail）繁殖的季节。一群群这样的浮游小怪兽饥饿地在海水中游荡，捕食丰富的植物，而它们自己又会不小心沦为更大动物的猎物。在春天，表层海水就变成了巨大的育儿室。从躺在深海的大陆架边缘，从分散的浅滩和沙洲上，许多海底生物的卵或后代或游或爬，来到了海面上。甚至连那些成熟时会沉到海底定居的生物，也会在生命的前几个周里成为自由游动的浮游生物捕食者。因此，伴随着春天的推进，每天都有新一批年轻生物来到水面上，一段时间里，鱼儿、蟹、贻贝和管虫的后代跟浮游生物的常规成员过起了群居的生活。

在它们持之以恒的贪婪啃食下，表层海水中的"牧场"很快就被耗尽了。硅藻越来越没有生气，数量也越来越少，同样如此的还有其他简单植物。不过在这段时间里，仍然还有一个或另一个物种的短暂爆发，在细胞分裂的突然狂欢中，某一物种就宣布占领了整片海域。因此，每年春天都会有一段时间，这里的水一片片被果冻一样的棕色物质占据，渔民们拽上来的网也仅仅挂着一些棕色的烂泥，根本没有鱼。因为这时候鲱鱼已经离开了这片海水，仿佛是厌恶这些散发着恶臭的黏稠海藻。然而，在满月还没有完全变为新月的时候，棕囊藻的春季花期就过去了，海水也又一次洗干净了。

2

到了春天，海水中充满了正在迁徙的鱼儿，它们中的一些要奔赴大河的河口，而且将会在那里产卵。它们中有从幽深的太平洋觅食场来到哥伦比亚河翻滚的洪流中进行春季洄游的大鳞大麻哈鱼群，有向切萨皮克湾、哈德孙湾和康涅狄格河迁徙的美洲西鲱，有迁徙到新英格兰的上百条沿海河流的灰西鲱，还有摸索着奔赴佩诺布斯科特河和肯尼贝克河的鲑鱼。数月或数年来，这些鱼儿都只知道海洋这巨大的空间。如今春季的海洋和它们自己身体的成熟敦促它们回到了出生的河流。

其他神秘的来来去去都与一年的推进关联着。毛鳞鱼聚集在巴伦支海冰冷的深水中，跟随在后面追逐着这些鱼群的还有成群的像海雀、暴风鹱和三趾鸥这样的天敌。鳕鱼会靠近罗夫敦群岛的海岸，又在冰岛的海岸边聚集。冬天在整个大西洋或太平洋上捕食的鸟儿，如今会聚集在某个小岛上，整个繁殖种群在几天的时间里都来到了这里。鲸鱼也突然出现在了成群的虾（比如磷虾）产卵的海岸斜坡外。没有人知道这些鲸鱼来自哪里，也没有人知道它们走的是什么样的路线。

随着硅藻的下沉和许多浮游动物和大部分鱼儿产卵的完成，表层水中的生物减缓了速度，来到了慢节奏的仲夏。在洋流交汇的地方，成千上万只浅色的海月水母聚集着，形成了弯弯曲曲的线，或是在几英里的海上排起了队伍。鸟儿们看见它们的灰色身形在绿色的深海中发着微微的光亮。在仲夏之前，大大的红色水母——霞水母就已经从顶针那么大长到了雨伞那样大。这些巨大的水母带着有规律的脉动在海面上前行，拖着长长的触手，很可能驱赶着一小群小鳕鱼或黑线鳕。这些鳕鱼在水母的伞下找到了庇护，于是和它一起旅行。

夏季的海洋常常会被一种十分璀璨的磷光点亮。在夜光虫这种原生动物十分丰富的水域中，这种生物就是夏季荧光的主要来源。因此，鱼儿、鱿鱼和海豚笼罩在了鬼影一般的光彩中，它们就像飞驰的火焰一样充满了海洋。或者说夏季的海洋闪烁着数不尽的星星点点的火光，就像在幽暗的森林中飞舞的大群萤火虫。制造出这种磷光的，还有一群荧光璀璨的虾——北方磷虾。这种生物生活在冰冷漆黑的地方，是在海洋深处冰冷的海水上涌、在海面上翻滚出白色波纹时来到这里的。

在北大西洋的浮游生物形成的"牧场"上空，瓣蹼鹬这种棕色的小鸟盘旋、折回、俯冲或飞起，直到此时才发出了初春之后的第一声干涩的喊喳叫。瓣蹼鹬在北极的冻土上筑巢产卵，孵育幼鸟。如今它们中的第一批鸟儿开始回归海洋了。它们中的大多数要继续前行，跨越远离陆地的大片海域，穿过赤道来到南大西洋。它们要追随着大鲸鱼的路线，因为鲸鱼所在的地方有着大群的浮游生物，而这些奇怪的小鸟们就靠着这些食物才养肥了自己。

3

随着秋季的到来，还有一些其他的活动在进行着，有的发生在海面上，有的隐藏在绿色的深渊中，它们都预示着夏季的结束。在白令海峡迷雾笼罩的海上，在阿留申群岛之间危机暗藏的海道上，成群的海狗正在向南方开阔的太平洋上游去。被它们留在身后的是两座火山灰形成的小岛，它们耸立在白令海峡的水上，岛上没有长一棵树。这些岛上现在沉寂无声，但是在夏季的几个月里，这里回响着来这里生产、养育后代的海狗喧闹的咆哮，东太平洋中的所有海狗都簇拥着赶到了这个充斥着乱石和干裂土壤的、只有几平方英里大的地方。如今这些海狗再一次回归南方，沿着完全淹没在水下的大陆架的崖壁前行，这些深海中的断崖十分陡峭。在比北极水还要漆黑的海水中，当海狗游动着捕食在这漆黑的水域中的鱼类时，它们会找到丰富的食物。

秋天带着新鲜的磷光回到了海上，这时候每一个波浪都像是被点燃了一样。整个海面上到处都闪烁着大片冰冷的火焰，而在水下，成群的鱼儿推动着像熔化的金属一样的波浪。通常秋季的磷光是由秋季开花的鞭毛藻导致的，在春季的花期过后，在这次短暂的花期中，它们疯狂地繁殖。

有时候，闪光的水域代表的意义并不吉利。在北美洲的太平洋海岸外，它或许会意味着海洋中充满了膝沟藻这种微小的植物。这种植物中含有一种有着奇怪而可怕毒性的毒素。在这种植物占据这片海域的四天后，附近的一些鱼类和贝类就会产生毒性。这是因为，在正常的进食过程中，它们会把有毒的浮游生物从海水中过滤出来。贻贝会在它们的肝脏中聚集膝沟藻毒素，这种毒素对人体的神经系统的作用和士的宁相似。因为这些原因，太平洋沿岸的居民都知道吃从暴露在开放的海洋面前的海岸上捕获上来的贝类是不明智的。因为在夏季或者早秋，在海洋中膝沟藻的数量也许很丰富。在白人到来之前的年月里，印第安人也懂得这一点。海面上一旦出现红色的斑块，而且在夜里海浪中开始闪烁神秘的蓝绿色火光，部落的首领们就会禁止捡拾贻贝，一直到这样的警告信号不再出现。他们甚至还会在海岸一线隔不远安排一个守卫。当内陆人来到这里，想要捡拾贝类却不懂得海洋的语言时，他们就会上去警告他们。

但是通常海洋的火焰和闪光，无论制造这些火焰和闪光的生物要表达什么，对人类来说都不是威胁。在开放的海洋上，一艘船就像在海天之间广阔世界里的一个人造瞭望塔，站在这艘船的甲板上看去，会让人产生怪异而神秘的感觉。人，虚荣狂妄，总是无意识地将除了日月星辰以外的所有光亮归结于人自己的原因。海岸上的灯火和水上移动的灯火意味着被其他人点燃和控制的灯火，起着人的头脑能够理解的作用。然而还有一些灯火闪烁过后又消失，还有一些灯火因为对人类毫无意义的原因出现又离去，还有一些灯火自时间伊始就在这样闪烁着，那时候还没有人因为他莫名的不安去干扰它的光亮。

在这样一个磷光闪烁的夜晚，查尔斯·达尔文站在贝格尔号的甲板上，自大西洋向南驶往巴西的海岸。

磷光闪烁的海洋展示出了它精彩而且异常美丽的一面（他在自己的日记中写道）。在白天看上去像泡沫一样的海洋到了夜晚每一个部分都闪烁着暗淡的光芒。船头驱赶着两个液态磷一样的巨浪，在她的船尾则是长长的乳白色巨浪。目之所及，每一朵浪花都光彩夺目，在水面反射的光亮中，刚刚高过地平线的天空并不完全像余下的天空那样漆黑。看着这样朴素的景象融化消失在太阳光下，你会不由得想起来弥尔顿对混乱和无政府状态的地区的描写。

4

就像秋天的叶子在枯萎和凋零之前会长出火一样的颜色一样，秋天的磷光也预示着冬天的到来。在焕发了短暂的生机过后，鞭毛藻和其他微小的藻类减少到了零落的几株；虾和桡足类还有箭虫和栉水母也是如此。海底生物的幼虫早已经完成了生长发育，漂浮了上来，随遇而安地生活了起来。甚至连游动的鱼群也抛弃了表层海水，迁徙到了温暖的维度或者在大陆架边缘更深处的安静水域中找到了相同的温暖。在那里，半冬眠的迟缓状态将会降临到它们身上，让它们在整个冬季沉沉睡去。

这时表层海水成了冬季狂风的玩物。当狂风在海面上卷起巨大的风浪，在浪头上咆哮，将海水鞭打成泡沫和漫天的水雾时，看上去就像生命永远地抛弃了这个地方。

关于冬季海洋的情绪，我们可以从约瑟夫·康拉德的描写中去了解：

笼罩在整片巨大海面上的灰色、波浪表面被风吹起的沟壑、像灰白毛发一样翻滚摇曳的巨大泡沫让狂风中的海洋看起来老态龙钟、暗淡无光，仿佛在光还没有被创造以前，它就在了。

但是甚至在这冬季苍凉的灰色海上，希望的迹象也不缺乏。在陆地上，我们知道冬季看似毫无生气是一种错觉。仔细观察一棵树木光秃秃的枝条，这时候还看不到一丝绿意。然而，沿着枝条每隔不远就有一个叶芽，所有春天神秘纷繁的绿意都隐藏在这里，安然无恙地储存在互相间隔又互相重叠的一层层树木组织中。剥掉树干上的一层粗糙的树皮，在那里你会发现冬眠的昆虫。挖开地面上的一层积雪，在那里你会看到诞生出下一个夏季的蚱蜢的卵，还有将会长出青草、作物和橡树的休眠的种子。

因此，冬季海洋的了无生机、满目苍凉和绝望也都是假象。处处都是一个循环完美结束的证据，包含着重新启动的手段。新的春天来临的希望就蕴藏在冰冷的冬季海洋中，就蕴藏在冰冷的海水中。用不了几个周，表层海水就会变得如此沉重，开始向下沉去，促成了海水的倒转。而海水倒转就是春天这场戏剧的第一幕。在小小的植物中蕴藏着新生命的希望。就像黏附在海底岩石上类似植物的水螅珊瑚，它几乎不成形状。到了春天，新一代水母会从它们上面长起来然后游到海面上去。在海底冬眠的桡足类动物，躲避了海洋表面的暴风雨。出于某个无意识的目的，它们拥有着懒散的身形。在它们微小的身体中储存的额外脂肪维持着它们度过冬眠，让它们在春天到来的时候重新醒来。

　　拥有着灰色身形的鳕鱼穿越人类看不见的冰冷海水去到产卵地，它们玻璃珠一样的卵会升起到表层海水中。甚至在冬季海洋这个残酷的世界中，这些卵还是会快速分化，一颗原生质颗粒慢慢变成了一条快活蹦跳的小鱼苗。

　　最重要的或许是，在表层海水的微尘中，看不见的硅藻孢子只需要温暖的阳光和肥沃的化学物质的轻轻触碰，就可以重新开启神奇的春天。

作品评析

　　《环绕我们的海洋》一译为《大海环绕》。在卡逊的笔下，海洋庞杂、神秘并充满了魅力，卡逊饱含着对海洋的热爱，用广博的海洋知识和丰富的文学想象力，用科学的务实态度和海洋生态意识，呈现了一个美丽而浩瀚的海洋世界。"她文字中表现出来的孜孜以求的研究精神、直面逆境的勇气以及诗人的天赋使她的作品成为科学与文学完美的结合体。"[1] 亦如研究者所说："人类对海洋的陌生无疑会导致对海洋的肆意破坏。卡森（逊）阅读了上千种独立出版的海洋文献，占据了通过亲自观察研究获得的充足资料，希望从科研进展的角度反映一些海洋学的新概念，使普通读者对海洋有更深层面的了解，使人们能在了解海洋的基础上合理地处理人海关系。卡森主要从海洋的自然属性来创作《大海环绕》。"[2] 正是这样的创作意图，才让《环绕我们的海洋》成为一本资料翔实可靠、文笔优美流畅的科普图书，为全世界的读者所欢迎，深远地影响了海洋生态保护运动。

　　选文出自《环绕我们的海洋》第一卷"母亲海洋"。海面永远在变化，春天，海水变暖，海洋植物生长，鱼儿迁徙产卵。夏季，海洋中生物繁多。秋天，新鲜的磷光回到了海上。冬季，海洋变成灰色，看似满目苍凉，其实，海水倒转，新生命的希望就蕴藏在冰冷的海水中。从四季变换的角度勾画海洋的面貌，可选的事物太多，作者以生命不息为主线，避繁就简，从生物学角度，引用学术和文学著作，以优美的语言展现了季节时间线上海洋的无穷力量，描绘了海洋和海洋生物四季变化的动态画卷。

---

　　① （美）保罗·布鲁克斯著，叶凡译：《生命之家：蕾切尔·卡逊传·前言》，南昌：江西教育出版社 1999 年版，第 9 页。

　　② 钟燕：《瑞秋·卡森：海洋环境主义的先锋——读瑞秋·卡森的生态著作》，《中国农业大学学报（社会科学版）》2010 年第 3 期，第 187 页。

老人与海

（美）欧内斯特·米勒·海明威

　　欧内斯特·米勒·海明威（Ernest Miller Hemingway，1899—1961），美国著名作家、记者。出生于美国伊利诺伊州芝加哥以西的郊区城镇。初中时就开始为文学社写作，拒绝入读大学，18 岁高中毕业后，在美国的知名报社《堪城星报》任记者。半年后辞职，前往"一战"前线。"一战"后继续记者和自由作家的生涯，辗转工作于加拿大多伦多、美国芝加哥、法国巴黎等地。1925—1927 年，以每年一部作品的速度出版了《在我们的时代里》《太阳照常升起》《没有女人的男人》。1929 年发表长篇小说《永别了，武器》，1935 年出版了《非洲的青山》《乞力马扎罗山的雪》《弗朗西斯·麦康伯短促的幸福生活》。海明威以记者身份参加了西班牙内战和"二战"，于 1940 年出版反法西斯小说《丧钟为谁而鸣》。中篇小说《老人与海》使海明威获得 1953 年的普利策奖和 1954 年的诺贝尔文学奖。1961 年，备受病痛折磨的海明威在爱达荷州用猎枪自杀。海明威一生结婚四次，获奖多种，在美国文坛以"硬汉"著称，被认为是"迷惘的一代"的代表作家，是美利坚民族的精神丰碑。

　　《老人与海》的故事很简单，古巴老渔夫圣地亚哥在海上漂泊了 84 天后，终于钓到了一条庞大的马林鱼。马林鱼体大力大，在海上拖了圣地亚哥的小帆船三天才筋疲力尽而亡。老渔夫把马林鱼绑在小船边返航，却接连被鲨鱼袭击。老渔夫与鲨鱼展开了一场场护鱼战斗，最后只能带着剩下的一副鱼骨回到港口，任由他人评论。打鱼仍是生活的必需，后来老人和男孩马诺林约定再次出海。

选文

老人与海（节选）[①]

　　"不过人活着可不是为失败准备的，"他说，"人可以被消灭，但不能被打

---

　　① 参见（美）欧内斯特·海明威著，张姗译：《老人与海》，杭州：浙江工商大学出版社，2017 年版，第 68 – 79 页。

倒。"不过我很后悔杀了这条鱼，他想。现在麻烦就要来了，可我连鱼矛都丢了。这条登多索鲨是残暴、有力、强壮而狡猾的。但是我比它更狡猾。但也许不是，他想。也许我只是武器比它强一点儿。

"别再想啦，老家伙，"他说出声来，"顺着向前走吧，遇到了再对付吧。"

但是我还是要想想，他想。因为我就剩这个了。就剩这个和棒球。不知那神奇的迪马吉奥是否会喜欢我用那样的方式击中它的脑子？这倒不是什么了不起的大事儿，他想。什么人都做得到。但是，你可以认为，我这双伤手和骨刺一样是个巨大的不利因素？我无法知道。我的脚后跟还从没出过问题，除了有一次被海鳐扎了一下，那是在游泳时我把它踩着了，当时真是痛得受不了，小腿都麻了。

"想点儿高兴的事情吧，老家伙，"他说，"每多一分钟，你离家就更近一步。丢了四十磅鱼肉，你航行起来更轻快了。"

他很明白，等他驶入海流中部会发生什么事。可是眼下毫无办法。

"不，还是有办法的，"他说出声来，"我可以在一支桨的把子上绑上刀子。"

于是他用腋下夹住舵柄，把帆脚索踩在一只脚下，绑好了刀子。

"行了，"他说，"我仍然是个老头儿。不过我有武器的。"

此时风刮得更大了，他的航行还算顺利。他只管朝着鱼的前半截看，恢复了部分希望。

完全放弃希望是愚蠢的，他想。而且，我觉得这是一种罪过。别再想着罪过了，他想。已经足够麻烦了，还考虑什么罪过。何况我对这个完全不懂。

我完全不懂这个，而且我是否真信这个还两说呢。也许把这条鱼杀死就是一种罪过。我看应该是吧，虽然我这样干是为了生存并且给很多人提供食物。但话又说回来，照这个逻辑，任何事都是罪过了。别再想着罪过了吧。现在才想它未免太迟了，而且还有人是以此赚钱的。让他们去考虑吧。你生来就是渔夫，就如同那鱼生来就是条鱼。圣彼得罗①和神奇的迪马吉奥的父亲不都一样是渔夫。

但是他喜欢去考虑所有他所面临的事，因为既没有报纸，又没有收音机的缘故，他想得就特别多，一直都想着罪过。你可不光是为了生存以及把鱼卖掉换食物才杀它的，他想。你还是为了身为渔夫的尊严。无论它活着还是

---

① 一般称作"彼得"，即耶稣刚开始传道时，最初的四个门徒之一。是在加利利海边开始跟随耶稣的。——原书译者注。

死掉了，你都爱着它。如果你真的爱它，杀掉它可就不是罪过，或者也可能是更大的罪过？

"你想得实在太多了吧，老家伙。"他说出声来。

但是你很高兴杀死了那条登多索鲨，他想。它靠吃鱼为生，和你一样。它可不吃腐烂的肉，也不像某些鲨鱼那样，只知四处游荡什么都吃。它是优美而尊贵的，无所畏惧。

"我是为了自卫才杀死它的，"老人说出声来，"杀得也很艺术。"

再说，他想，任何东西都会杀害别的东西，只不过方式不同。我以捕鱼为生，同样也深受其害。有那孩子我才活下来，他想。我不能太自欺欺人了。

他在船舷旁探出身去，从鲨鱼在大鱼身上咬出的伤口处撕下一块肉。他吃在嘴里，觉得口感好、味道鲜。又结实又多汁，像牛羊的肉，不过并非红色，也没有一点儿筋，他知道在市场上这样的肉最值钱了。可是无法阻止它的味道不散发到海水里，老人知道最糟的时刻快要到了。

风还在吹着。风向稍微偏向东北，他知道这表示它是不会停的。老人朝前望去，看不到一丝船的痕迹，没有帆影、没有船身，也看不到一丝烟。只看得到飞鱼从他船头下跃起，逃向两侧，还有一片片的黄色马尾藻。视野里一只鸟也没有。

小船已经走了两个小时，他一直在船尾休息着，偶尔撕下一片青枪鱼肉来吃着，尽量休息，保持体力，这时他发现了两条鲨鱼的其中一条。

"Ay!"他叫出声来。这个词儿还真没法解释，可能就是一声喊叫，就像一个人的手被钉子钉在木头上时凭本能发出的声音。

"加拉诺鲨①!"他叫出声来。他看见第二个鳍出现在那个鳍后面的水面上，根据这三角形的褐色背鳍和尾巴甩动的样子，他认出这是铲鼻鲨。它们嗅到了血腥味，特别激动，因为饿昏了头，它们兴奋得一会儿跟丢了味道，一会儿又重新嗅到了。它们始终在逼近。

老人将帆脚索系紧，把舵柄固定，然后拿起柄上装着刀子的桨。他尽量用轻柔的动作，把它举起来，因为他那双手痛得不受控制。然后他把双手张开松弛一下，再把桨捏稳了。他把手紧紧地合拢，让它们忍受着痛苦而不会缩回去，同时眼看着鲨鱼的迫近。他此时已能看得见它们那铲子形的头又宽又扁，宽阔的胸鳍尖端呈现白色。它们是非常可恶的鲨鱼，不但气味难闻，而且既好杀戮，也吃腐肉，饿急的时候，它们会咬船上的桨或者舵。而且这

---

① 是音译，原文为西班牙语 Galano，是铲鼻鲨在当地的俗称，意为"豪侠、优雅"，在这里也可理解为"色彩斑驳的"。——原书译者注。

些鲨鱼，会咬掉在水面上睡觉的海龟的脚和鳍状肢，饿的时候还会攻击水里的人，即使这人身上并未沾上鱼血或黏液的腥味。

"Ay，"老人说，"加拉诺鲨，你就来吧，加拉诺鲨。"

它们来啦。但是它们采取了和灰鲭鲨不同的方式。其中一条转身钻到小船船底，它用嘴撕咬着大鱼，老人感到小船都被它晃动了。另一条则用它黄色的眯缝眼盯着老人，飞快地冲来，把半圆形的嘴张得很开，狠狠咬向鱼身上被咬过的位置。它的褐色头顶以及大脑跟脊髓连接处的背上有道明显的纹路，老人把桨柄上的刀子对准交叉点刺进，拔出，再刺向这鲨鱼的黄色眯缝眼。被刺痛的鲨鱼松开了嘴，身体沉了下去，临死都不忘把到嘴的肉咽下去。

另一条鲨鱼正在船底啃咬大鱼，弄得小船一直晃，老人就把帆脚索松开，让小船打横，从船底下把鲨鱼暴露出来。并在他看见鲨鱼的第一时间就把身体探出船舷，拿桨朝它一下子戳去。他扎到肉上，但是刀子基本无法刺进鲨鱼的坚韧皮肤。这一戳把他的双手连带肩膀都给震痛了，但是鲨鱼快速地浮起，脑袋都露出了水面，在它的鼻子刚伸出水面正挨上那条大鱼的时候，老人趁机对准它扁平的脑袋中央戳下去。老人又拔出刀，朝同一位置又戳了一下。它仍然死死咬住大鱼，上下颚纹丝不动，就是不放。老人又一刀刺入它的左眼，鲨鱼还是毫不松口。

"还觉得不够吗？"老人说着，把小刀刺进它的脊骨和后脑之间。这次的刺入很顺利，他感到弄断了它的软骨了。老人把桨调过来，把刀刃插进鲨鱼的上下颚的缝隙里，想撬开它的嘴。他转动刀刃，鲨鱼就松开嘴滑了下去。他说："去吧，加拉诺鲨，滑到一英里下的海里去吧。去陪你的朋友，那也可能是你的妈妈。"

老人把刀刃擦干净，放下船桨。然后他摸起帆脚索，把帆张开来，使小船继续沿着原来的航线前进。

"这鱼恐怕被它们吃掉了四分之一，而且都是最好的部分，"他说出声来，"希望这就是场梦，我根本没有钓到过它。为这件事，我真感到抱歉，大鱼。现在一切都是一团糟。"他停住了，现在不想朝那条鱼看了。它的血已经流干，海浪拍打着它，闪着银光，看起来就像镜子背面的镀层，身上的条纹还未完全褪尽。

"我真不该到这么远的地方来，大鱼，"他说，"这对我们双方都不好。我很抱歉，大鱼。"好了，他对自己说。去检查一下绑刀的绳子，看看有没有断。然后处理好你的手，因为还会再来鲨鱼的。

"真希望有块可以磨刀的石头，"老人看完绑在桨柄上的小刀后说，"我真该带块石头来的。"你该带的东西多了去啦，他想。但是你却没带，老家伙啊。现在可不是想你有什么东西该带而没带的时候，还是看看你用手头现成的东西还能做成点儿什么吧。

"你都给了我多少劝告了，"他说出声来，"我都听烦啦。"

他用腋下夹着舵柄，双手泡在海水里，小船一直前行。

"上帝知道最后有多少肉被那条鲨鱼咬掉了，"他说，"现在这船明显变轻了。"他都不愿去想那条腹部残缺不全的鱼。他知道鲨鱼的每次冲撞，都会撕去一块肉，还知道这条鱼现在被所有鲨鱼都留下了一道腥臭的痕迹，宽得如同一条海面上铺的公路。

这是条大鱼，可以供一个人足足吃一个冬天，他想。先别想这么多啦，还是休息一下，把你的手处理好，以便保护鱼肉剩下的部分吧。水里有这样浓的血腥味，我带着血腥味的手就不算什么了，再说，这双手本就出血不多。被勒伤的地方都无大碍。出血说不定还能防止我的左手再抽筋。

现在我还能想什么事呢？他想。啥也没有。我必须排除杂念，静待下一条要到来的鲨鱼。真希望这就是一场梦，他想。不过谁能说一定不好呢？也可能会有好结果呢。

随后到来的是一条独自行动的铲鼻鲨。它来势凶猛，就像一头冲向猪槽的大猪，如果说猪也能有这么一张能装进人头的大嘴的话。老人等它咬住鱼的时候，把绑在桨柄上的刀子戳进它的大脑。但是鲨鱼突然朝后猛力扭转，"啪"的一声，把刀刃拧断了。

老人坐下来掌着舵。他都不去看那条正在水中缓慢下沉的大鲨鱼，它在视线里从原来那么大，逐渐缩小了，最后只剩一个点儿。老人原来总是对这个情景看得入迷，但是现在他一眼都懒得看。

"现在，我还剩那个鱼钩，"他说，"不过它派不上用场。我能依靠的是一双桨、一根舵把还有一根短棍。"

现在我可算是被它们打败了，他想。我年纪太大了，已经不能用棍子把鲨鱼打死了。但是只要船桨、短棍和舵把还在我手里，我就要试一试。

他再次把双手放进海水里浸泡着。渐渐到了下午较晚的时候，他的视线里什么都没有，除了大海和天空。风力又比刚才加大了一些，他希望陆地不久就能出现。

"你累坏了，老家伙，"他说，"你的累已经透进骨子里了。"

接近傍晚的时候，又出现了来袭的鲨鱼。

老人看见顺着那鱼在水里留下的宽阔的、血腥的"公路"上，有两片鲨鱼的褐鳍正在接近。它们竟完全省略对腥味痕迹的搜索，并着肩笔直地游向小船。

他将舵把稳住，将帆脚索系牢，将棍子从船尾下拿在手里。它原本是个桨把，大约二点五英尺长，是从一支断桨上卸下的。他只有一只手能使上劲儿，因为它上面还带有把手，于是他就稳稳地把它握在右手里，一边弯着手将它抓紧，一边注视着那两条正冲过来的加拉诺鲨。

我只能等前一条鲨鱼咬结实了才好打中它的鼻尖，或者直接打中它头顶中央，他想。

两条鲨鱼齐头并进，紧逼过来，他看到靠前的那条张嘴咬上了大鱼银色的肋部，就立刻将棍子高高举起、重重落下，打在鲨鱼宽大的脑门上，发出"砰"的一声。他觉得棍子打中的地方，好像橡胶一样坚韧。但他也感觉到骨头的坚硬，所以趁鲨鱼滑下那条大鱼的瞬间，又重重地一棍打在它的鼻尖上。

另一条鲨鱼刚才冲过来就游开了，这时又大张着嘴扑上来。它猛撞在大鱼身上，合上了嘴巴，眼看着从它嘴角里漏出来白花花的鱼肉。老人抢着棍子向它打下去，只打着了它的头，鲨鱼看了他一眼，一口撕下咬进嘴里的鱼肉。老人趁它滑下去吞肉的瞬间，抢起棍子再次朝它打下去，也只打中那块像厚橡胶一样坚韧的地方。

"来吧，加拉诺鲨，"老人说，"再来一次吧。"

鲨鱼又冲了上来，老人在它上下颚合拢的瞬间给了它一下。他这一下打得很结实，把棍子举高到极限才打下去。这次，他感到打中了它后脑部的骨头，于是又朝同一部位打了一下，鲨鱼木然地撕下咬住的鱼肉，从鱼旁边滑了下去。

老人戒备着，怕它卷土重来，但是两条鲨鱼都放弃了。接下来，其中的一条环游着出现在海面上，而另外一条的鳍没再出现。

我没指望打死它们，他想。如果是我年轻时还成。但是我把它们俩都已经打成了重伤，它们中任何一条都不会好受。要是我还有靠双手抢起棒球棒的力气，我一定能把前一条打死。就算是现在也行，他想。

他不忍心看那条鱼。他明白它已经被咬烂一半了。刚才他跟鲨鱼搏斗的时候，太阳坠到海平面之下去了。

"天马上就要黑透了，"他说，"我那时将看见哈瓦那的灯光。如果我向东边走得太远，则会看见从一个新海滩上发出的灯光。"

我现在已经离岸边不远了，他想。我希望不会有人担心我。当然，会为我担心的只有那孩子。但是我觉得他一定会对我有信心。其实好多老渔民和不少其他人也会为我担心的。他想。我确实住在一个好地方啊。

他无法再对这鱼说话了，因为它被破坏得太厉害了。接着从他头脑里迸出一件事。

"半条鱼，"他说，"你原来还是整条的。我很抱歉，我走得太远了。我把你我都害了。不过你和我一起，杀死了几条鲨鱼，我们还打伤了不少条。你曾经杀死过多少呢，大鱼？你那张长在头上的长嘴，可不是吃素的啊。"

他想象这条鱼的事情，使他感到很愉快，想到要是它还自由自在地游着，会如何与一条鲨鱼搏斗。我应该把它的长嘴砍下做武器，用来对付那些鲨鱼，他想。可是没有斧头，那把刀子也弄没了。

但是，我如果真能把它砍下，把它绑在桨把上，就是很不错的武器啦。这样，我们就能合作对付它们啦。要是夜里遇到它们来，你会怎么做？你又有何应对的办法？

"和它们斗，"他说，"我要和它们斗个不死不休。"

但是，在目前的黑暗中，没有天边的反光，也没有灯光，只感觉到风和那持续地拉扯着的船帆，他感到搞不好自己其实已经死了。他合上双手，摸着掌心。这双手还活着，只需在它们开合之间，就能感觉到活着的疼痛。他把脊背靠在船尾上，明白自己还活着。这是他疼痛的肩膀传递给他的信息。

我发过誓，只要逮住这条大鱼，要背多少遍祈祷文，不过我此时实在太疲惫了，没法背。我还是先把肩膀用麻袋围住。

他在船尾躺着掌舵，仰望着天空，等待天边出现反光。我还剩下半条鱼，他想。如果我运气好，说不定还能把前半段带回去。我多少也该走点儿好运吧。不，他说。你走得实在太远，把好运给破坏啦。

"快别傻了，"他说出声来，"你要保持清醒，把船舵掌好。也许你的好运还剩很多呢。"

"要是哪里有卖运气，我倒挺想买点儿。"他说。

我能拿出什么代价呢？他问自己。是用一支弄丢的鱼矛、用一把损坏的刀子、用一双受伤的手去换吗？

"也许可以，"他说，"你曾想用出海的八十四天来换它。你也几乎把它给换到了。"

我别再胡思乱想了，他想。运气这东西，有很多不同的到来方式，谁看得出来啊？可是我不管哪种运气都想要一点儿，不计代价。希望我能看到闪亮的灯光，他想。我有太多的希望，但目前就只有这一个愿望了。他尽力使自己坐得舒服点儿，好好掌舵，因为还能有疼痛的知觉，所以明白自己还没死。

大概到了夜里十点钟，他终于看见了从天边反射来的城里的灯光。开始只能依稀看到，就像天空在月亮升起前所反映的微光。然后渐渐地清楚了，那灯光就隔着被逐渐转强的风吹得大浪翻滚的海水。他终于驶进了反光的区域，他想，再过不久就能驶进湾流的范围了。

现在一切都过去了，他想。它们可能还要来攻击我。但是，在黑暗里，又没有武器，我拿什么来对付它们呢？

此时，他的身体感觉又痛又僵，在寒冷的夜里，他全身的伤口和用力过猛的地方开始发痛。但愿不用再斗了，他想。我真希望别再面临搏斗了。

但是到了半夜时分，他又面临搏斗了，而这一次他知道搏斗已是徒劳。它们的夜袭是成群结队来的，朝那鱼前扑后涌，他只能看清一道道在海面上被鳍划出的水线，还有自它们身上映射出的磷光。他击打它们的头，只听到它们"啪"地咬住的声音和撕咬鱼肉时摇晃船底的声音。他无法看清目标，只能凭着感觉和听力，不顾一切地挥舞短棍打下去，他感到有什么力量抓住了棍子，它便就此脱手了。

他从舵上猛力扭下舵把，继续用它猛打猛抽，握住舵把的双手一次次用力朝下戳去。可是它们都在船头前边，轮番突蹿，成群撕咬，把鱼肉一块一块撕下，当它们转过头又冲来时，这些鱼肉在水下明晰发亮。

最后，有条鲨鱼扑向鱼头，他知道这下全完了。他抄起舵把抡向鲨鱼的脑袋，打向它的颚部，它正被鱼头的肉陷住了，咬不下来。他打了一次，两次，再来一次。他听见"啪"的一声，舵把折断了，就把断端扎向鲨鱼。他感到已经扎了进去，知道断端很锋利，就又把它扎了进去。鲨鱼松开嘴，翻个身逃走了。这是鲨鱼群中来袭的最后一条。已经没什么可让它们咬的了。

老人这时几乎背过气去，他发现嘴里有股奇怪的味道，带着铜器的腥味儿，甜丝丝的，一时间，他害怕起来。好在这味道比较淡。

他向海里吐了一口说："来把他也吃了吧，加拉诺鲨。做个美梦吧，梦见你把一个人杀掉了。"

他明白他最终完全失败了，无法补救了，就回到船尾，发现呈锯齿状的舵把断端还可以安回舵柱上的槽里，正好让他方便掌舵。他在肩头把麻袋围好，让小船顺着航线前进。航行很顺利，他万念俱灰，完全失去了感觉。他什么都不关心了，一门心思想把小船平稳安全地驶回他家所在的港口。夜里还有些鲨鱼要来咬这鱼剩余的尸体，就像人捡起桌子上的面包屑来吃一样。老人懒得理它们，除了掌好舵，他现在什么都懒得理。他只感觉到船舷边没了累赘，此时小船走起来多么轻松，多么顺心。

船还是完好的，他想。它是完整的，没受什么损坏，除了舵把以外。但是那很容易更换。

他感觉到已经驶入了湾流，看见了那些海边住宅区沿海的灯光。他已经认得所到的地方，到家只是时间问题。

作品评析

　　英国当代著名小说家、评论家安东尼·伯吉斯，在 1984 年发表的《现代小说：九十九本佳作》中，写过这样几句关于《老人与海》的话："这个朴素的故事里充满了并非故意卖弄的寓意……作为一篇干净利落的'陈述性'散文，它在海明威的全部作品中都是无与伦比的。每一个词都有它的作用，没有一个词是多余的。"① 这看法并非言过其实。翻译家董衡巽认为《老人与海》的艺术描写公认是精湛的。像一切杰作一样，这篇小说去尽枝蔓，发掘深入。海明威说，"《老人与海》本来可以长达一千多页，把村里每个人都写进去，包括他们如何谋生、怎么出生、受教育、生孩子等等"，但"我试图把一切不必要向读者传达的东西删去"（《海明威访问记》）。这一方面是说，一切无关主题的人和事被作者砍得一干二净；从另一方面说，一切关系到主题开掘之处，作者不吝惜笔墨，驰骋想象，大力描写。②

　　《老人与海》之所以老少咸宜、闻名世界，大概有两个主要原因。一是海明威在小说中塑造了最具力感的"老人"与"大海"的形象：老人圣地亚哥是自信、勇敢、强悍、坚韧的英雄，永不言败的硬汉；大海美丽、富饶、残酷、诡谲多变，是人生搏斗场和社会竞技场的象征。二是最具力感的主题，可以用小说中的一句话，即选文的第一句话来概括："不过人活着可不是为失败准备的。"

　　《老人与海》中的大海，在老人圣地亚哥的眼中，是女性化的，她虽然不温顺，却是可亲可近、可以征服的，是个长期相伴的老相识。大海，因为有了老人和男孩（马诺林）这样为之痴迷的人，才更富有魅力。

　　《老人与海》中的大海、鱼和钓鱼还有象征含义和宗教隐喻。马林鱼象征着大自然的力量和美丽，但是在暴力的咬噬下，只剩下森森骨架。大海是大自然，也是人生，啃食马林鱼的鲨鱼象征着自然的暴力和生活的苦难，老人对海的热爱象征人和大海的合而为一。"老人和大海、大马林鱼都闪耀着神性的光环，超越了人的世俗性和动物单纯的兽性。海明威用人性和神性、兽性和神性的相互渗透来表达他的英雄主义情结和对顽强生命力的赞美，用对神的虔诚表达对人和自然的意志力的推崇和对崇高精神的敬意，从深层关系上

---

　　① （美）海明威著，吴劳译：《老人与海·〈老人与海〉的多层涵义》，上海：上海译文出版社2009 年版。

　　② （美）海明威著，董衡巽等译：《老人与海·译本前言》，上海：上海译文出版社 1987 年版。

揭示了这种人与神的关系恰是人与自然关系的投射。"①

选文描述圣地亚哥在墨西哥湾的大海捕猎大马林鱼,与之鏖战三天三夜,在终于耗尽后者的气力后,载鱼而归。不久一批一批的鲨鱼前来咬食大马林鱼,老人又与鲨鱼展开惊心动魄的战斗。战斗中老人观鱼观海,心中思考良多,一直在筋疲力尽而崩溃的边缘,但始终斗志昂扬,从不沮丧气馁。最后鲨鱼负伤而逃,大马林鱼也只剩下了骨架。进港回家已经是计时可待。

老人护鱼之战何其艰辛,他调动了自己所有的智慧与力量,生命不止,战斗不息。战斗中的老人,拥有何其悲悯和豪迈的胸怀。他向大马林鱼和自己诉说、反省。是的,老人在杀戮,他为杀戮而忏悔,同时也感到自豪。这一方面让人倍感生存之艰难,另一方面激起读者对海的征服欲。在两者交融间透露出作者矛盾的心态。

蓝色的海豚岛

（美）司各特·奥台尔

作者及作品简介

司各特·奥台尔（Scott O'Dell, 1898—1989）,出生在美国西海岸洛杉矶,童年时随家庭搬迁于西部印第安人聚居的海岛和莽山等地,因此奥台尔很多小说描写了拓荒者、印第安人。奥台尔在电影公司做过电影脚本评论、化妆师、摄影师等工作,后转行做杂志编辑。1934年,出版第一部小说《西班牙的女人》。在参加了第二次世界大战之后,成为《洛杉矶日报》的编辑。1947年,出版第二部小说《鹰之山》。1953年,发表与人合作的《孤独的人》,此后全职写作。1957年,出版《阳光大地:南加利福尼亚简易导游》。1958年,出版第三部小说《大海是红色的》。1960年,出版《蓝色的海豚岛》。其他代表作主要有小说《黑珍珠》、历史剧《班豪》等。

《蓝色的海豚岛》是一部老少咸宜而尤其适合少年儿童阅读的文学作品,为奥台尔赢得包括美国图书馆协会的"纽伯瑞奖"和国际少年儿童读物联盟的"安徒生奖"在内的七个奖项。作品中的描述,一部分来自奥台尔童年时与伙伴们到印第安人居住的海岛周围的探险经历。小说的灵感,源于奥台尔

---

① 丰国林:《〈老人与海〉中自然观和宗教观的互动》,《河南师范大学学报（哲学社会科学版）》2010年第4期,第199页。

偶然读到的一位女孩独自在圣尼古拉斯岛上生活了 18 年的故事。《蓝色的海豚岛》的故事起始，名为卡拉娜的女孩才 12 岁，她与卡拉斯—阿特村的百名族人生活在一个状似海豚的小岛上，小岛位于白令海与北太平洋附近。阿留申人来到海豚岛捕猎海豹，不遵守承诺，杀害了 27 个男人后离去，卡拉娜的父亲是其中之一。村人乘船逃难离开海岛，卡拉娜因为弟弟拉莫没赶上船而游回海岛。不料拉莫被野狗咬死，卡拉娜只好独自在海豚岛上生存。卡拉娜知道救援船的到来不可预知，就一步步地建设自己的家园。她建造了住所，驯化了野狗，采猎食物，缝制羽毛裙，在危机四伏的孤岛上自得其乐，接受海洋的馈赠，享受海洋生物的陪伴。18 年后，卡拉娜终于乘救援船离开，才得知当年村人离岛不久后，所乘船只失事于大海中。

选 文

蓝色的海豚岛（节选）

第十章　独自出海①

夏天是蓝色的海豚岛最好的季节。那时太阳暖洋洋的，海风有时从西边，有时从南边吹来，都比较温和。

船很可能在这样的日子里回来。现在我绝大部分时间都待在岩石上，越过高地凝视东方，朝我们部落远渡茫茫大海而去的国家眺望。

有一次，我在守望时发现了一个小小的目标，我以为是艘船，后来看见从它身上升起一股海水，才知道那是一条正在喷水的鲸鱼。整个夏天我再也没有看见别的东西。

冬天的头一场暴风雨破灭了我的希望。如果白人的船要来接我，也得在气候好的时候才来。现在我只好等到冬天过去，说不定还要等得更久。

太阳从海里升起，又慢慢地回到海里，就这样日复一日。岛上只有我一个人，想到这点，我心里充满了孤独的感觉。前些日子我没有感到过这样孤独，因为我相信船会回来，正如马塔赛普说的那样。现在希望落空了，才觉得真正的孤独。我吃不下多少饭，也没有一天晚上不做噩梦。

暴风雨从北边刮来，掀起汹涌的波涛，撞击着海豚岛。风是那样的大，

---

① 参见（美）斯·奥台尔著，傅定邦译：《蓝色的海豚岛》，天津：新蕾出版社 2011 年版，第 57－65 页。

我无法在岩石上继续待下去，把床移到了岩石脚下。为了安全起见，我彻夜都燃着火。就这样，我睡了五个晚上。头一个晚上野狗就来了，站在篝火外围。我用箭射死了其中三条，只是没有射死那条领头的狗。以后它们也就没有再来过。

第六天，暴风雨过去了，我去到藏独木舟的地方，从峭壁上攀绳下去。这部分海岸风吹不着，我发现独木舟还跟刚放在那里时一样。干粮还保存得很好，只是淡水变了质，于是我又回到泉水边，装了满满一袋新鲜水。

在那些暴风雨的日子里，我放弃了重新见到大船的希望，已经做出决定，准备划独木舟到东方那个国家去。我记得克姆基临走以前曾经通过巫术跟好几代以前的祖先商量，这些祖先就是从东方那个国家移居到海豚岛来的，同时他也跟驾驭风和海的巫医茹玛商量过。可是这些事情我都干不了，茹玛让阿留申人杀害了，而且我的一生中尽管尝试过好多回，却从来没能做到和死人对话。

不过我当时站在海岸上，却说不上有什么真正的恐惧。我知道我的祖先来自遥远的地方，而且是乘独木舟渡海而来的。克姆基不是也曾渡过了大海？我划独木舟的技术当然无法同这些人比，不过我得说，我当时并不怎样操心，也不同浩瀚的大海会将什么降临在我的头上。这比想到一个人孤苦伶仃住在岛上，没有家，没有同伴，还要受野狗追逐要好得多，这个岛上的一切都使我想起死去和离去的亲人。

我从停放在紧靠峭壁的四条独木舟中挑选了一条最小的，可这条还是很重，因为它可以载六个人。摆在我面前的一件难事是如何把它推下多石的海岸、滑入水中，这段距离有四五条独木舟那么长。

我首先把独木舟前面的大石头搬开，然后用鹅卵石把洞填满，用水草铺成一长条滑道。这段海岸很陡，只要我能推动独木舟，它本身的重量就能使它滑下小道，进入水里。

我离开海岸时，太阳已经偏西了，在高大的峭壁后面，海很平静。我使用双叶桨，很快划动独木舟，在岛的南部绕圈。到达沙坑时，忽然刮起一阵大风。我在独木舟后面划桨，因为跪在那里可以把船划得快些，可是在大风中我就掌握不好了。

于是我跪在独木舟中央，使劲地划，而且一下不停直至穿过沙坑周围湍急的潮水。这时有许多小浪打来，我很快就湿透了。不过我从沙坑后面穿出来，那里的浪花就不再四处飞溅，海浪也渐渐缓慢地向前滚动。虽说顺着浪头推进的方向划要容易一些，可是这样会把我带到错误的方向去。因此，我使这股海浪保持在我的左手，也就是保持在岛的左边。这时海豚岛已被我抛在后面，变得越来越小。

黄昏时候我回头看了看。蓝色的海豚岛已经消逝。这时我头一次感到害怕起来。

现在，我的周围只有水的山，水的峡谷。我在浪谷里，什么也看不见，独木舟从浪谷里冒出来时，我看见的只是一望无际的海洋。

夜已经来临，我从水袋里喝了几口水。干渴的喉咙感到很凉快。

大海黑沉沉的，分不出哪是海哪是天。滚滚的海浪听不见声息，只有当它们在独木舟下穿过或撞击在独木舟上时才发出微弱的响声。有时这种响声仿佛是人在发怒，有时又像人在哈哈大笑。恐惧使我忘记了饥饿。

天空出现的第一颗星星减少了我的恐惧。它闪现在我正前方的低空——也就是东方。一些别的星星也开始在它周围露面，可是我的眼睛却一直盯在这一颗上面。这是我们形象地称作巨蛇星座里边的一颗星，也是我所知道的一颗闪烁绿光的星星。它不时被云雾封锁，不过过一阵子却总会明亮地重新出现。

要是没有这颗星星，我兴许会迷失方向，因为滚滚海浪一直没有改变。它们总是从同一个方向滚来，总是把我从想去的地方推开。因为这个缘故，独木舟像一条蛇一样在黑沉沉的大海里蜿蜒前进。不过不管怎么说，我还是在朝那颗闪烁在东方的星星移动。

这颗星星已经高高升起，于是我又把北极星保持在我的左边。这颗星星我们称之为"不动的星"。这时风渐渐减弱，由于风往往在半夜平息，所以航行了多长时间，离天亮还有多久，我都知道。

就在这时，我发现独木舟在漏水。天黑以前我曾腾出一只装食物的篮子，用它去舀船边上漫进来的水。可是现在流在我膝盖周围的水却不是浪头打进来的。

我停止划桨，用篮子往外舀水，一直舀到独木舟里差不多没水了为止。于是我便在四周仔细检查，黑暗中我用手去摸光滑的木板，发现船舷附近正在渗水，裂缝有一手长，一指宽。大部分时间这条裂缝露出在水面上，每当独木舟沉入劈头盖脸的浪头时，它就漏水。

木板与木板之间的缝隙原来填的是黑沥青，这种东西是我们在海岸上捡来的。没有沥青，我只好从裙子上撕下一团布塞到裂缝中，把水堵住。

清澈的天空中已露出曙光，太阳从波涛里跳了出来，我一看，它在我左边很远的地方。夜里船漂到目的地的南边来了，因此我马上改变方向，沿着朝阳在海面上铺出的一条光带划去。

这天早晨没有风，缓缓的波浪在独木舟下静静逝去。独木舟因此比晚上跑得快。

我已经十分困乏，不过比我刚才离开岛时更加满怀希望了。要是这种好天气不发生变化，天黑以前我还能划上许多里格。再过一天一夜说不定我就能看见我要去的海岸了。

天亮后不久，正当我在想这个陌生地方，琢磨它是什么样子的时候，独木舟又漏起水来。裂缝的地方还是那两块木板之间，不过要大得多，而且靠近我跪着的地方。

我又从裙子上撕下一团布塞进裂缝，独木舟随波起落，布条堵不住不断渗水的裂缝。而且我看得出来，这两块木板很脆，这也许是独木舟在太阳底下存放过久的缘故。要是浪头再大，它们整个都会开裂的。

突然间我清楚地认识到，再继续向前是很危险的。整个航行还需要两天，或许更长一些时间。回到岛上倒不需要那样长的时间。不过，我还下不了回去这个决心。大海风平浪静，而且已经走了那么远了。一想到经过这番努力又返回岛去，我简直受不了。想到又要回到那个荒岛，在那儿孤孤单单、无依无靠地生活，我更加受不了。我要在那儿住到哪年哪月呢？

这些想法在我脑子里翻来覆去，独木舟却在平静的海面上懒洋洋地漂泊，可是当我看见海水又在从裂缝里渗进来时，我赶紧拿起了桨。除了返回岛去以外，没有别的选择余地。

我知道只有靠天大的运气才能回到岛上去。

太阳爬到当空才开始刮风。在这以前我已经划了好长一段路。只有在不得不舀干渗水时我才停下来。由于有风，船走得慢多了，我也不得不常常停下来，因为水老是从船边上渗进来，好在漏水倒并不比刚才更严重。

这是我头一个好运气。第二个好运气是当时出现了一群海豚。它们从西边游来，可是看见独木舟后又绕了个大圈掉过身来，跟在我后面游。它们游得很慢，离我很近，我看得见它们的眼睛，眼睛很大，和海洋一个颜色。随后它们又游到独木舟前头，在独木舟前面来回穿梭，一会儿沉入水中，一会儿浮出水面，仿佛在用宽阔的嘴鼻织布似的。

海豚是一种吉祥的动物。它们在我的独木舟周围游来游去，这使我很高兴，尽管我的手在船桨上摩擦得流起血来，但只要看看它们，就能使我忘却疼痛。它们出现以前，我很寂寞。现在有朋友和我在一起，感觉就不一样了。

蓝色的海豚在天快黑时才离开我。它们来得快，去得也快，继续朝西边游去，过了好久我还能看到落日的余晖照耀在它们身上。入夜以后，我的脑海里还不断出现它们的影子，正因为这样，在我想要躺下睡觉时，还能一直坚持划桨。

不是别的，正是蓝色的海豚把我送回了老家。

随着夜幕降临，又起了雾，不过我还能不时看到高悬西天的一颗星星，那颗星叫作蜊蛄星，属于一个形状像蜊蛄一样的星座。它的名称也由此而来。木板之间的裂缝愈来愈宽，我不得不经常停下来用布堵塞，把渗进来的水舀出去。

这一夜显得很长，比前一夜还长。虽说我很害怕，可我还是跪在独木舟里打了两次盹。天终于破晓了，我前面呈现出海豚岛模模糊糊的轮廓，像一条浮在海面晒太阳的大鱼。

太阳还不算高的时候，我就到了海豚岛，涨入沙坑的潮水把我推上了海岸。我的两条腿已经跪得发僵，独木舟撞到沙滩上的时候我摔了一跤，站起来爬出独木舟的时候，又摔了一跤。我爬过浅水扑上沙滩。在那里我抱着沙子美滋滋地躺了好久。

我太疲倦了。顾不得去想野狗，很快就睡熟了。

作品评析

《蓝色的海豚岛》塑造了一位坚强独立、知善爱美、心境豁达的女性形象。卡拉娜一个人生活在偏远的海豚岛上，她一点一滴建设自己的家园，乐观坚强，生活自立，精神自立。没有与人交流的机会，与动物、海洋和大自然的相处，就是卡拉娜生活的全部。"她千方百计地使生活过得好些，再好些。她用漂亮的鸬鹚羽毛做了一条裙子，又用美丽的卵石做了一对耳环，把自己打扮起来。她感到孤独，就设法把驯服了的野狗、救活了的海獭变成自己的新朋友，使生活增加不少乐趣。特别可贵的是，在很多饥寒交迫、死神威逼的困境中，卡拉娜始终没有改变自己善良的性格。"[1] 卡拉娜对孤独艰苦的岛上生活安之若素，只会为了生存的需要而向海洋获取生活资料，不再为了用海豹筋捆扎作物而猎杀海豹。卡拉娜与海洋、大自然那么和谐。小说表达了作者对逝去文化的敬意，对弱小族群的同情，对动物被屠杀的愤怒，对人与自然和谐相处的热爱。卡拉娜被誉为文学史上的女版鲁滨孙，受到读者的喜爱。

《蓝色的海豚岛》展现的是"我"（卡拉娜）的视角的海洋和海豚岛，那是个温厚美丽的家园。海豚岛安静恬然地坐落于人迹罕至的海洋中，海洋毫不吝啬、源源不断地提供着丰饶的物产。卡拉娜就像是海洋和海岛的女儿，

---

① （美）斯·奥台尔著，傅定邦、陈伟民译：《蓝色的海豚岛·前言》，上海：少年儿童出版社1999年版，第3页。

感恩、陪伴它们，使浩瀚无垠的大海、孤寂原始的海岛成为不无诗意的远方。

海豚岛可以看作人与自然和谐共处之地的象征，卡拉娜的海豚岛生活实现了真正的诗意栖居。由此可见，大海赋予了人类美好生活。读者能够从海洋伦理、生态学、女性主义等不同角度来解读卡拉娜的孤岛生活。有人认为："卡拉娜成功地超越了为满足自我需要而剥夺其他生物生存权的利己思想，认识到人类不过是生态系统这个整体中的一个部分，应与其他各种要素相互依赖地结合在一起，组成一个富于美感的、和谐的、多样性的整体。这里的深层生态伦理是意味深长的。至此，卡拉娜已完成由普通人的有限性、不完满性到精神层面的无限性、完满性的飞跃，实现了超凡入圣的终极追求。卡拉娜的成长过程隐喻着人类自我升华的神圣伦理本质。作家奥台尔透过卡拉娜的成长，表达了人类由凡入圣的伦理诉求。"①

选文描述了在蓝色的海豚岛冬天暴风雨的日子里，卡拉娜放弃了重新见到大船来营救的希望，决定划独木舟到村民们所去的那个东方国家。海上划船一天一夜后，独木舟裂缝处不断漏水，卡拉娜决定返回海豚岛，蓝色的海豚游在独木舟旁，卡拉娜看着它们，忘却疼痛，坚持划回了海豚岛，然后打消了离岛的念头，开始真正动手建立新家。卡拉娜是海的女儿，她年纪小，航海本领却很高，她淳朴善良地把星星和海豚们视为朋友。她出海又返岛，艰难求生，让人想到那个打败大鱼、与鲨鱼搏斗的永不言败的老人圣地亚哥。大海对人的慷慨馈赠，不分性别与年龄。

战争风云

（美）赫尔曼·沃克

作者及作品简介

赫尔曼·沃克（Herman Wouk，1915—2019），美国著名作家，出生于纽约布朗克斯区，父母是俄裔犹太移民。1930年，他入读哥伦比亚大学文学与哲学专业，并于在校期间担任哥伦比亚大学幽默杂志《哥伦比亚小丑》的编辑。1937年，进入美国财政部工作，并兼职神学院教授。珍珠港事件后，加入美国海军，被派往南太平洋，参加了多场海上战役。赫尔曼的出身和经历，

---

① 关合凤：《〈蓝色的海豚岛〉的伦理解读》，《外国文学研究》2008 年第 5 期，第 117 页。

反映在他的创作中。1947 年，服役期间创作的第一部小说《奥罗拉岛的黎明》出版。1945 年，与贝蒂·布朗结婚，开始专职小说创作，贝蒂后来成为沃克的出版经纪人。1952 年，凭借小说《凯恩舰哗变》获得普利策文学奖。1971 年和 1978 年，分别出版了《战争风云》及其续篇《战争与回忆》，此二书是描绘"二战"的经典著作。最后一本小说《水兵和小提琴手》于 2015 年出版。2019 年 5 月 17 日，103 岁高龄的赫尔曼·沃克病逝于加利福尼亚州棕榈泉市的家中。他一生著有九部长篇小说、五部剧本和一部犹太人研究专著。

《战争风云》展现了 1939—1941 年日军轰炸夏威夷群岛以前的"二战"全景。小说围绕主人公维克多·亨利的活动展开。维克多·亨利是美国海军中校，他的两个儿子拜伦和华伦也都加入了海军，作为军人，他们热爱美国和相信美国。维克多敏捷、认真而严谨，他作为军官出任柏林大使，受到罗斯福总统信任，见到希特勒、丘吉尔、斯大林等世界级国家领导人。作为大人物的他们各有特色。拜伦在欧洲游历时爱上了一个犹太姑娘娜塔丽，他们仓促结婚，娜塔丽为接叔父回到美国而困在欧洲并诞下一子。华伦成绩优异，非常具有政治野心和前途，娶了议员的女儿杰妮丝，带妻子和新生儿在战时服役于夏威夷，"二战"爆发后牺牲。维克多的小女儿梅德林辍学到哥伦比亚广播公司上班，很快独立。妻子罗达虽然爱过他人，但在日军轰炸夏威夷时，又撤回了离婚申请。维克多踏踏实实工作，成绩卓著，终于接连升级为上校，成为巡洋舰舰长，准备投入与法西斯的战斗。

> 选 文

战争风云（节选）①

第四十七章

第二天早晨，他在司令部餐室刚吃完火腿和鸡蛋，一个餐室服务员递给他一封信，里面一张黄色的便条纸：

老弟，如果没轮到你值班，在十点钟左右来看我。

船长

---

① 参见（美）赫尔曼·沃克著，施咸荣等译：《战争风云》，长沙：湖南文艺出版社 2015 年版。

他仔细地叠好便条，放进口袋。这些通信，不管多么无关紧要，帕格都保存着，为了将来给孙子们。十点钟的时候，他走到司令部总统房间门口，一个粗壮的、双目凝视着的海军陆战队士兵看见他，立刻立正。

"来了，帕格！正好赶上听新闻广播！"罗斯福独自在一把圈椅上坐着，面前一张铺绿呢布的桌子上放着一台袖珍收音机，正在叽里呱啦播广告。透过夹鼻眼镜，可以看到罗斯福眼睛底下的黑眼圈，但是他敞着衬衫领子，里面穿着一件灰色旧运动衫，样子看起来又挺自在。刮胡子的时候他割伤了自己，宽阔的下巴上留着一个凝着血块的伤口。他的气色很好，愉快地嗅着小圆舷窗里吹进来的海风，风吹乱了他稀疏的灰发。

莫斯科承认，挺进的德国人已经远远过了斯摩棱斯克。听到这儿，他悲哀地摇了摇头。然后，广播员说，罗斯福总统现在在什么地方已经不再是秘密；接着又装腔作势地说，罗斯福正乘着"波多马克"号游艇度假，昨天晚上八点钟，有的新闻记者看见他在游艇的后甲板上，驶过科德角运河。罗斯福听到这里，狡猾地扫了亨利上校一眼，微笑着的脸上露出了自满和聪明的神气。"哈哈，八点钟的时候我在这里，在大海上。你猜猜我是怎么干的，帕格？"

"这是一个巧妙的骗局，先生。游艇上有人假扮你？"

"正是！汤姆·威尔逊，那个机械师。我们给他穿一套白衣服，戴一顶白帽子。好吧，这真不错。挺有用！"他把收音机声音拧小，里边在播送另一段广告。"我们不能让潜艇来轰丘吉尔和我。可是我承认，骗过了新闻记者，我挺高兴，他们真把我的生活害苦了。"罗斯福在桌子上的文件堆里寻找着，"哦，在这里了。你看看这个，老弟。"这份打字机打的文件的题目是："呈总统——绝密，仅两份。"

总统又开大了收音机，在圈椅上坐下。广播员在描述报纸对众议院表决延长征兵法案的民意预测，当他宣布说这个提案将以六票对八票失败时，总统那张多变的脸变得厌倦而严肃起来。"这是不对的。"总统插嘴说，带着深深的黑眼圈的眼睛盯着收音机，好像在与广播员辩论。在下个节目里，德国宣传部嘲笑了世界犹太领袖对德占苏区犹太人被屠杀提出的控诉。德国宣传部说，犹太人是在散布盟国的恶意宣传，红十字会可以随时随地去进行证实。"这又在撒谎，"总统说，用厌恶的动作关上收音机，"真的，这些纳粹是最无法无天的撒谎家。红十字会根本不可能到那里去。我觉得，我当然也希望这些故事是夸大了。我们的情报人员说是这样。不过，只要有烟——"他取下夹鼻眼镜，用拇指和食指使劲揉眼睛，"帕格，你的儿媳妇和她的叔叔回来了没有？"

"听说他们已经在路上了，先生。"

"好，很好。"罗斯福长长地吁了口气，"你的那个潜艇水兵还是一个孩子呢。"

"恐怕是一个莽撞的小家伙。"维克多·亨利一边和罗斯福聊天，一边想看看这份具有爆炸性的文件，但是很难看得下去，因为里面有很多数字。

"我有个儿子也是海军少尉，帕格。他在舰上，我希望你认识他。"

"我很愿意，先生。"

罗斯福点了一支烟，咳嗽起来。"我收到一份这些犹太人的声明，是几个要好的老朋友的代表团带来给我的。犹太人抱成一团的那股劲真惊人，帕格。可是怎么办呢？如果光是谴责一下德国人，这样做未免丢脸，而且根本没用。办法我早就使尽了。我们已经设法搞了一项移民法，用了些这种手段和那种手段。的确，我们还算是幸运。可是，我正在对付这个准备解散军队的国会，你能想象我会在这时候向他们提出让更多犹太人入境的法案吗？我看我们在征兵问题上会打败他们，不过最多也就是一个平手。"

富兰克林·罗斯福一边说着这些话，一边在桌子上清出了一块地方，拿出两副扑克牌，专心致志地玩起一个复杂的独家牌局。舰身在缓缓地晃动，他默默地玩了会儿牌，然后以一种新的高兴的声调说："天哪，帕格，重新到了海上是不是感到特别兴奋？"

"当然是的，总统先生。"

"在这一带，我航行过许多次。我能替他们驾驶这艘船，毫无疑问！"他瞧着帕格翻到最后一页，"怎么样？你说呢？"

"这是给我上司的东西，总统先生。"

"是的，不过凯莱·特纳在'塔斯卡卢萨'号上。无论如何，我可实在不愿意再让各军的头子吵一架。"总统像是讨好似的亲热地对他微微一笑，"帕格，你对事实有感受，而且你说的话我理解。这是两种不平常的优点。所以，咱们一起干吧。不急，你慢慢来吧。"

"好的，总统先生。"

帕格又从头翻阅这份文件，在拍纸簿上很快地记要点。总统又连着点了一支烟，仔细地一张一张翻牌。

文件里没有使亨利觉得意外的东西，以前在和陆军作战计划处的人员争论时，这些他都听说过了。不过在这里，陆军把问题向总统提出，可能是通过马歇尔，或者是通过什么非正式的途径，这在一般情况下，总统总是允许的。这份文件的确有爆炸性，如果把它泄露给主张中立的议员，《租借法案》也许就此完蛋，选拔兵役法案也会被扼杀，甚至会引起一场弹劾运动。所以，他看见它竟然存在，不免心里吃惊。

罗斯福曾经提出准备一份"胜利纲领"，作为打破《租借法案》和军事生产瘫痪状态的新起点。有五六个机构让它们自己和一些大企业纠缠了进去，不能动弹——陆军和海军的军需部，战争资源部，紧急管理办公室，国家保卫顾问委员会，生产管理办公室。它们的头子都在骗取总统的欢心，全华盛顿都被那么多的新名称弄得目瞪口呆。缺货和扣压越来越多，而真正的军火生产却少得可怜。为了打破这个局面，罗斯福命令军队列表，把他们打赢一场全球战争所需要的一切东西都列进去，然后根据这张总表来制订新的先后次序。

维克多·亨利这些计划工作者曾经工作了好几个星期，计算美国可能进行的对法国、非洲、德国、意大利、中国和日本本土的进攻，对工业城市的空袭，以及和英国人甚至俄国人的联合作战。陆军和海军特别互不信任，对这份纲领很少通气，各自准备了一个草案，而且当然各自要求最大可能份额的人力和工业产品。他们煞费苦心使这份胜利纲领保持机密，使文件尽量减少。现在在维克多·亨利手里的文件就是陆军对海军提出的要求的尖锐批评。

"喝点儿橘子汁吧？"一个服务员用托盘托着一只水壶进来的时候，总统说，"你喜欢这个吗？菲尔用新鲜橘子挤的，他弄到了一些上等橘子。"

"谢谢，先生。"帕格呷着杯子里起泡沫的橘子汁，"这件事需要同样长的一份文件来答复，总统先生。主要是，海军和陆军用的是两个不同的水晶球。这是无法避免的。陆军是一支巨大的军队，它的最终职责是保证美国的安全。这没有什么可争辩的。他们想象，在俄国和英国关门以后，他们会单独和轴心国作战，所以他们要求很多。他们达到了全军九百万人这个数字，把美国的总人力减少了。这是我们国家能够送上战场的最大规模的军队。"

"也许我们需要那么多。"总统说。

"是的，先生。主要是，在《租借法案》上我们对事情的看法不同。陆军说，我们如果把太多的武器和机器拿出去，就可能被德国人俘获，反过来打我们。可是我们的论点是，即使苏联会很快地垮台，英国也垮台，德国人在把他们打垮之前，自己也得先死掉一大堆。死掉一个德国人，就是将来有一天少一个德国人来打我们。"

"我同意。"总统很直截了当地说。

"好吧，那么，总统先生，为什么我们不应该不顾一切代价，支持那些现在正在杀死德国人的人呢？我们能够很快地重建和补充损失掉的物资，可是要培养一个活的德国佬来补充一个被打死的德国佬，需要二十年。"

总统咧嘴笑了笑，说："说得好。然而，《租借法案》并不是这里争论的唯一焦点。我注意到，海军要求我们总钢产量的相当大的份额。"

"总统先生——"帕格把身子向前倾，两肘撑在膝头，双手伸出，尽他的可能用力地说，"希特勒去年没有攻打英国，因为他不能使世界上最强的军队在几英里外的海岸上登陆。他有把他们渡过海去所需要的全部船只，但是他没法儿使它们在对面靠岸。从海上进行攻击是一个困难的战术问题，总统先生，没有比这更困难的了。把你的人从一个地方或者两个地方送上岸很容易，但是怎么使对方的守军不把他们赶跑呢？你的人进退两难。但是守军有全部的机动性，有数量上的优势和火力上的优势。他们能够集中起来把你打垮。"帕格讲的时候，总统点着头，烟嘴挂在嘴边，眼光锐利而专注。"好吧，先生，解决的办法是使用特殊的船只，以很大的数量冲向开阔的海滩。你把一股较大的兵力送上海岸，然后不断地供应它、支援它，直到它占领了一个港口。于是你就能用你的普通运输船往里运，你的豪华邮船也行，如果你有的话。于是入侵就能继续进行。可是，这些登陆艇你需要一大群，先生，而且要各种不同类型的。这项分析工作是委派给我的。看来我们非得制造十万艘左右，一切包括在内。"

"十万艘！"总统摇着他的大脑袋说，"什么？美国所有的船坞造十年也造不出来，帕格，即使他们什么别的都不干。你完全是在胡说八道。每个人总是夸大他的小小专业。"然而，罗斯福在激动地微笑着，眼睛里射出光来。他谈起了上一次大战的时候海军使用过的登陆船只，当时他是海军部助理部长；他也谈起了英国那次倒霉的加利波利登陆事件。维克多·亨利从公文包里取出德国的进攻舰艇和英国的新型船只的照片，以及一些美国船只的设计图。总统很有兴趣地仔细看着。帕格说，不同的舰艇担任不同的任务，大的登陆舰肚子里装着大量坦克和卡车横渡大洋，小的水陆两用坦克能够爬上海岸，跑回水里，甚至也许能潜水。显然罗斯福喜爱这些东西，他的独家牌局在摊着的这些照片和图片下面散乱了，被遗忘了。

"喂，你们这些人有没有想到这个？"总统拿起一本横格黄纸拍纸簿，一面说，一面用粗黑的铅笔描绘起来，"这个念头还是我在一九一七年研究加利波利的报告时想到的。我把它送到舰船局，包括草图等等，从此没有得到回音。我还是认为它是有用的，尽管直到刚才，我才再次想起它来。你瞧，帕格。"

这图画的是一艘长方形的平底船，船中央蹲着的士兵们头上有一个弓起的架子，上面有一部飞机引擎转动着罩子罩着的巨大螺旋桨。"我知道有一个稳定的问题，那么重的东西那么高，但是如果船的横梁足够宽，而且用铝的话——你瞧这种船，能够直接开上沙滩，帕格，穿过沼泽，哪儿都行。水下的障碍变得毫无意义了。"总统微笑着，得意地看着自己的作品，然后在下面草草写上：罗斯福——一九四一年八月七日，"奥古斯塔"号巡洋舰上，会见丘吉尔途中。"给你。不要像舰船局那样把它埋没了！研究研究它。也许这不过是瞎想，然而——哎哟，你要不要出去见见太阳，它总算从那个舷窗里进来了！"

总统戴上白帽子，双手按着桌子，用几乎是类人猿那样的力量把自己撑起来，挪动着，平稳地移到了轮椅上。维克多·亨利打开了一扇通往有阳光的甲板的门，罗斯福轻捷地转动自己的轮椅，越过了盖在舱门门槛上的灰漆长木板。"啊，这有多舒畅啊！温暖的阳光和海洋的空气，这正是医生所要求的。拉我一把，帕格。"总统坐进了一把蓝皮的躺椅，正好在甲板建筑挡住风的一个角落。他们向后看着长长的灰色炮筒，看着微微俯仰着的巡洋舰舰尾飞溅起的浪花。"我还是要说，你在造船厂或者海军船坞里绝对找不到制造这些登陆舰艇的地方，帕格。需要建造商船，还需要建造护航驱逐舰、航空母舰。你只能利用你能找到的随便什么工厂——内河的几百家小工厂。"罗斯福总统抬起头，望着大海。"你知道吗，这份纲领对小企业来说也许是上帝的恩赐。为了它，国会给了我们各种各样的麻烦。这倒是一个真正的念头。钱到了许多州的小工厂里——"总统点了支烟，灵巧地用手围住火柴挡风，"很好。让我看看你对那份陆军文件的评语，帕格。你亲自把它写下来，今天就给我。"

"好的，总统先生。"

"现在我对那个登陆舰艇的问题十分有兴趣，可是我不愿意让你陷在这里面。胜利纲领一完成，就把你从作战计划处调出来，送你到海上去。你已经超过时间了。"

维克多·亨利看到自己已经赢得了罗斯福的好感，也看到目前正是有利时机。他说："好吧，总统先生，长期以来我就盼望着当一艘战列舰的副舰长。"

"副舰长？你不认为你能够担任舰长？"

亨利内心明白自己的一辈子也许就靠下面的一两句话，就极力不使自己在脸上或声音中表露感情，接口说："我认为我能够，先生。"

"好吧，你已经让没有报酬的任务耽搁在岸上了。总司令应该对这情况说句公道话。我们就让你指挥一艘战列舰吧。"

总统说得很轻松，但是他那有教养的说话口气，他那斜着脑袋的自满神气，他那两臂扶着椅子的庄严气派，以及对亨利上校的微笑，表现出他对自己权力的享受和赏赐恩典的满足。

"谢谢您，总统先生。"

"现在，帕格，你在司令室里能找到文书长塔雷，请你把他叫来好吗？"

维克多·亨利已被最后的话题搞得晕头转向，他回到总统的房间，打断了马歇尔将军、金海军中将、斯塔克海军中将和沃森将军四个人的闲谈。他们都穿着漂亮的制服，舒适地坐在长沙发和圈椅上，四个年老威严的脑袋都转过来看他。金海军中将还疑惑地瞪了他一眼。帕格不让自己跑起来，很快地穿过房间，走了出去。

作品评析

《战争风云》描绘了"二战"全面爆发前复杂的世界格局，既有宏观的战斗、政要的活动，又有细致的人物情感、多变的人物关系和命运。赫尔曼·沃克善于布局谋篇，维克多·亨利及其家人合乎情理地置身于重大历史事件中。这篇小说的特点，一是主题突出，海军军官维克多父子三人把对大海的热爱和海军军人的职守放在首位，在战争中由普通人成长为英雄；二是故事性强，情节跌宕起伏，人物命运多舛；三是有真实性，取材自历史事件，具备真实的细节。赫尔曼·沃克说："我深信人类的精神会证明：它是能胜任结束战争这一漫长而艰巨的任务的。尽管我们这时代充满了悲观情绪，尽管我在本书中写的有阴暗的一面，我想，人类的精神在本质上是英勇无畏的。这部小说中所叙述的种种英雄事迹，目的就在于表现这种英勇无畏的本质在行动。"①

《战争风云》可以称为涉海小说，小说对海洋的具体描写很少，海洋主要作为故事发生和人物活动的背景，对海上和海底的军人生活有相当真实详细的描绘。维克多父子三人的职业是海军，分别供职于军舰、空军、潜艇，他们崇敬自己的职业，对广阔的海洋、海空、海底，有着极其强烈的领域意识，他们身上体现出卓著的海洋精神。

选文描述在凌晨时分，维克多·亨利被叫醒，来到巡洋舰上。早晨的海上，迷雾渐褪，维克多·亨利被罗斯福总统接见和谈话，向总统提供工作报告，总统决定让他升任一艘战列舰的舰长。这场海上会面，是总统与将领的智慧交锋。总统果断远见，又不免骄傲自满；将领灵敏卓识，也有仕途野心。重要的是，小说在对领袖人物的言行描述中，展示了战争英雄们英勇无畏的精神。

然而，换一个角度理解《战争风云》，不难看出作者作为男性和美国人的骄傲。小说中维克多·亨利家的三个海军军官，是以女人的拯救者和国家的英雄的姿态对待自己的爱情和家庭的。选文中维克多·亨利因为一场与总统的对话而平步青云，军舰上的这场对话似乎将天下运筹帷幄于股掌之中，其

---

① （美）赫尔曼·沃克著，陈良廷等译：《战争与回忆（上）·作者前言》，西安：陕西师范大学出版社 2004 年版，第 1 页。

中蕴含的美国人高高在上的救世主情结，让人不由觉得可笑。所以，在对文学作品的欣赏之外，不可忽视百十年来美国海上霸主意识在小说中的体现，"小说中流露出来的强烈的种族情绪，也就是后来徘徊在美国哈佛大学教授塞缪尔·亨廷顿脑海中的文化幽灵"①。

21 世纪海洋文学

少年 Pi 的奇幻漂流

（加）扬·马特尔

作者及作品简介

扬·马特尔（Yann Martel，1963 年生），当代加拿大作家，出生于西班牙萨拉曼卡，父母是法裔加拿大人。他幼时跟随担任外交官的父亲旅居哥斯达黎加、法国、墨西哥、加拿大，成年后居住过伊朗、土耳其和印度。中学就读安大略省霍普港的寄宿制学校圣三一学院，毕业于加拿大特伦特大学哲学系，做过植树工、洗碗工、保安等。第一部小说《七个故事》出版于 1993 年。《少年 Pi 的奇幻漂流》出版于 2001 年，获得 2002 年的布克奖。马特尔从 2003 年 9 月开始在恶魔岛监狱担任为期一年的公共图书馆驻馆作家。2005 年 11 月成为加拿大萨斯喀彻温大学的驻校学者。2010 年出版描述犹太人大屠杀的小说《标本师的魔幻剧本》。

《少年 Pi 的奇幻漂流》是关于海洋、生存、哲学、信仰等的深入思考。"我"是一个作家，来到印度写作，听说了一个印度人派·帕特尔的奇特经历，于是找到他并把他的故事写了下来。小说接下来是用这个印度人的第一人称叙述的。在 20 世纪 70 年代的印度，"我"是个父母和师生眼中的特殊少年，家境优渥，喜欢大自然，热爱家中园里的野生动物，信奉上帝和甘地。"我们"一家乘日本船前往加拿大移民，在太平洋公海上，船只失事沉没，只有"我"在一只救生艇上幸存下来。救生艇上还有断了腿的斑马、红色的狒

---

① 塞昌槐、褚蓓娟：《帝国的崛起与撒旦的诗篇——重解赫尔曼·沃克的二战题材小说》，《外国文学研究》2009 年第 4 期，第 91 页。

狒、残暴贪吃的鬣狗、名叫理查德·帕克的孟加拉虎。"我"幸而在救生艇上发现了一些水和食物。鬣狗咬死和啃食了斑马、狒狒,"我"愤而杀死了鬣狗。老虎对"我"的生存是个巨大的威胁,但是也激励"我"活下去,"我"因此学会了收集雨水、钓鱼和钓海龟等从大海中捕获食物的技能,勉强维持"我"和老虎的生存。其间有一艘轮船经过,却没有发现"我"。"我"和老虎继续漂流,到了一个食肉植物遍布的岛上,"我"储备了食用海藻果断逃生。情况越来越恶劣,"我"和老虎丧失了视力,濒临死亡。为了活下去,"我"杀死了偶然漂流来的对"我"起了歹意的一个瞎子。"我"操纵救生艇奇迹般地爬上了海滩,被墨西哥小村的一群人搭救,住进了医院。故事的尾声是失事轮船所属公司的理赔员来到医院,找到帕特尔了解轮船失事的事实。帕特尔把自己和老虎在海上漂流227天的故事讲述给理赔员听,他们拒绝相信。帕特尔又讲了另外一个版本的故事:他、母亲、法国厨师、断了腿的台湾水手在救生艇上幸存,厨师为了活命,杀死了水手和母亲,取食了他们的血肉。"我"杀死了没有生存意愿的厨师,漂流后获救,生存了下来。

　　事实真相到底是怎样的,作者在小说中并没有明显倾向。读者尽可打通两种版本的故事来思考生存、人性、孤独和信仰,并将思考升华到哲学高度。所以,人们在小说中既可以看到离奇的故事,也可以听到灵魂的回声。

选 文

少年 Pi 的奇幻漂流(节选)

第二部分　太平洋

61 节①

　　第二天早上,我身上不那么湿了,也感觉自己强壮了些。考虑到我有多么紧张,过去几天里我吃得多么少,我想这是一件非常了不起的事。

　　这是个晴天。我决定试试钓鱼,这是我平生第一次。早饭吃了三块饼干,喝了一罐水之后,我读了求生指南中关于这件事是怎么说的。第一个问题出现了:鱼饵。我想了想。船上有死动物,但是从老虎鼻子底下偷食物,这可

━━━━━━━━━━━━

　　① 参见(加)扬·马特尔著,姚媛译:《少年 Pi 的奇幻漂流》,南京:译林出版社 2018 年版,第 195–205 页。

不是我能做到的事。他不会认识到这是一种投资，会给他带来高额的回报。我决定用自己的皮鞋，我还有一只鞋，另一只在船沉的时候弄丢了。

我爬到救生艇上，从锁柜里拿了一套钓鱼工具和刀，还拿了一只桶，用来装钓到的鱼。理查德·帕克侧身躺着。我到船头时，他的尾巴突然竖了起来，但他没有抬头。我把小筏子放了出去。

我把鱼钩系在金属丝导缆器上，再把导缆器系在鱼线上，然后加上铅坠。我挑了三只有着迷惑力的水雷形状的坠子。我把鞋脱下来，切成片。这很困难，因为皮很硬。我小心翼翼地把鱼钩穿进一块平展的皮里，不是穿过去，而是穿进去，这样钩尖就藏在了皮里面。我把鱼线放进深深的水里。前一天晚上鱼太多了，所以我以为很容易就能钓到。

我一条都没有钓到。整只鞋一点又一点地消失了，鱼线一次又一次地被轻轻拉动，来了一条又一条快乐的吃白食的鱼，鱼钩上一块又一块的饵被吃光了，最后我只剩下了橡胶鞋底和鞋带。当结果证明鞋带不能让鱼相信那是蚯蚓之后，完全出于绝望，我试了鞋底，整只鞋底都用上了。这是个好主意。我感到鱼线被很有希望地轻轻拉了一下，接着变得出乎意料地轻。我拉上来的只有鱼线。整套钓具都丢了。

这次损失并没有给我带来沉重的打击。那套钓鱼工具里还有其他的鱼钩、导缆金属丝和坠子，另外还有一整套钓鱼工具。而且我甚至不是在为自己钓鱼，我的食物储备还有很多。

虽然如此，我大脑的一个部分——说逆耳之言的那部分——却责备了我。"愚蠢是有代价的。下次你应该更小心些，更聪明些。"

那天上午，第二只海龟出现了。它径直游到了小筏子旁边。要是它愿意，它把头伸上来就可以咬我的屁股。它转过身去时，我伸手去抓它的后鳍，但刚一碰到，我就害怕地把手缩了回来，海龟游走了。

责备我钓鱼失败的那部分大脑又批评我了。"你究竟想用什么去喂你那只老虎？你以为他靠吃三只死动物能活多久？我是否需要提醒你，老虎不是腐食动物？就算是，当他濒临死亡的时候，也许他不会挑挑拣拣。但是难道你不认为他在甘愿吃肿胀腐烂的死斑马之前会先尝尝只要游几下就能到口的鲜美多汁的印度小伙子吗？还有，我们怎么解决水的问题呢？你知道老虎渴的时候是多么不耐烦地要喝水。最近你闻了他的口气了吗？相当糟糕。这是个不好的信号。也许你是在希望他会把太平洋的水都舔光，既解了他的渴，又能让你走到美洲去？松达班的老虎有了这种从身体里排出盐分的有限能力，真让人惊奇。我估计这种能力来自它们生活的潮汐林。但它毕竟是有限的。难道他们没有说过喝了太多的海水会让老虎吃人吗？噢，看哪。说到他，他就来了。他在打哈欠。天啊，天啊，一个多么巨大的粉红色岩洞啊。看看那些长长的、黄色的钟乳石和石笋。也许今天你就有机会进去参观了。"

理查德·帕克那条大小颜色都和橡胶热水瓶一样的舌头缩了回去，他的嘴合上了。他吞咽了一下。

那天接下来的时间里，我担心得要死。我一直远离救生艇。虽然我自己的预测十分悲惨，但是理查德·帕克却过得相当平静。他还有下雨的时候积的水，而且他似乎并不特别担心饥饿。但是他却发出了老虎会发出的各种声音——咆哮、呜咽以及诸如此类的声音——让我不能安心。这个谜题似乎无法解开：要钓鱼我就需要鱼饵，但是我只有了鱼才能有鱼饵。我该怎么办呢？用我的一个脚趾？割下我的一只耳朵？

下午，一个解决办法以最出人意料的方式出现了。我扒上了救生艇。不仅如此：我爬到了船上，在锁柜里仔细翻找，发疯般地寻找着能够救命的主意。我把小筏子系在船上，让它离船有六英尺。我设想，只需一跳，或松开一个绳结，我就能把自己从理查德·帕克的口中救出来。绝望驱使我冒了这个险。

我什么也没找到，没有鱼饵也没有新的主意，于是我坐了起来——却发现他正目不转睛地凝视着我。他在救生艇的另一头，斑马原来待的地方，转身对着我，坐在那儿，看上去好像他一直在耐心地等着我注意到他。我怎么会没有听见他动呢？我以为自己比他聪明，这是什么样的错觉啊？突然，我脸上被重重打了一下。我大叫一声，闭上了眼睛。他用猫科动物的速度在救生艇上跃过，袭击了我。我的脸会被抓掉的——我会以这样令人厌恶的方式死去。痛得太厉害了，我什么都感觉不到了。感谢震惊。感谢保护我们、让我们免受太多痛苦悲伤的那个部分。生命的中心是一只保险丝盒。我抽泣着说："来吧，理查德·帕克，杀死我吧。但是我求你，无论你必须做什么，都请快一些。一根烧坏的保险丝不该被考验太多次。"

他不慌不忙。他就在我脚边，发出叫声。毫无疑问，他发现了锁柜和里面的宝物。我害怕地睁开一只眼睛。

是一条鱼，锁柜里有一条鱼。它像所有离开水的鱼一样拍打着身体。它大约有十五英寸长，长着翅膀一样的胸鳍。一条飞鱼。它的身体细长，颜色是深灰蓝色，没长羽毛的翅膀是干的，一双圆圆的发黄的眼睛一眨不眨。打在我脸上的是这条飞鱼，不是理查德·帕克。他离我还有十五英尺，肯定正在想我在干什么呢。但是他看见了那条鱼。我能在他脸上看见极度的好奇。他似乎要准备开始调查了。

我弯下腰，把鱼捡起来，朝他扔过去，这就是驯服他的方法！老鼠去的地方，飞鱼可以跟着去，不幸的是，飞鱼会飞。就在理查德·帕克张开的嘴面前，飞鱼在半空中突然转弯，掉进了水里。这一切就像闪电一样迅速发生了。理查德·帕克转过头，猛地咬过去，颈部垂肉晃荡着，但是鱼的速度太快了，他根本咬不到。他看上去很吃惊，很不高兴。他又转向我。"你请我吃的东西呢？"他脸上的表情似乎在问。恐惧和悲伤紧紧攫住了我。我半心半意地转过身去，心里半是希望在他跳起来扑向我之前我能跳到小筏子上去。

就在那一刻，空气一阵震动，我们遭到了一大群飞鱼的袭击。它们就像一群蝗虫一样拥来。说它们像蝗虫，不仅因为它们数量很多，而且因为它们的胸鳍发出像昆虫一样咔嚓咔嚓、嗡嗡嗡嗡的声音。它们猛地从水里冲出来，每次有几十条，其中有几条嗖嗖地迅速在空中飞出一百多码远。许多鱼就在船面前潜进了水里。不少鱼从船上飞了过去。有些鱼撞上了船舷，发出像燃放鞭炮一样的声音。有几条幸运地在油布上弹了一下，又回到了水里。另一些不那么幸运的直接落在了船上，开始拍打着舞动着身体，扑通扑通地蹦跳着，喧嚷不已。还有一些鱼就直接撞到了我们身上。我站在那儿，没有任何保护，感到自己像圣塞巴斯蒂安一样在乱箭下殉难。每一条鱼撞上我，都像一支箭射进我的身体。我一边抓起一条毯子保护自己，一边试图抓住一条鱼。我浑身都是伤口和青肿。

这场猛攻的原因很快就清楚了：很多鲯鳅正跃出水面，追赶它们。体型大得多的鲯鳅飞起来无法和它们相比，但却比它们游得快得多，而且近距离猛扑的动作十分有力。如果鲯鳅紧跟在飞鱼后面，与飞鱼同时从水里冲出来，朝同一方向冲过去，就能追上飞鱼。还有鲨鱼；它们也从水里跳出来，虽然跳得不高，但却给一些鲯鳅带来了灾难性的后果。水上的这种极端混乱的状态没有持续多长时间；但是在这期间，海水冒着泡泡翻滚着，鱼在跳，嘴在用力地咬。

理查德·帕克在这群鱼面前比我强硬得多，效率也高得多。他站立起来，开始阻挡、猛击、狠咬所有他能够到的鱼。许多鱼被活生生地整条吃了下去，胸鳍还在他嘴里挣扎着、拍打着。这是力量和速度的表现，令人惊叹不已。实际上，给人深刻印象的不是速度，而是纯粹的动物所具有的信心，是那一刻的全神贯注。这种既轻松自在，又专心致志的状态，这种禅定①的状态，就连最高超的瑜伽大师也要羡慕。

混乱结束之后，战果除了我痛得厉害的身体，还有锁柜里的六条鱼和救

---

① 禅定，瑜伽三个内助阶段之一，指不间断地默想自己沉思的对象，超越任何自我的回忆。——原书译者注。

生艇上比这多得多的鱼。我急急忙忙用毯子裹起一条鱼，拿起一把斧子，朝小筏子走去。

我非常小心翼翼地开始做这件事情。那天早晨丢了钓具的事让我清醒了，我不能允许自己再犯错误。我小心地打开毯子，同时一直用一只手按着鱼，心里非常清楚，它会试图跳走，救自己一命。鱼越是快要出现了，我越是感到害怕和恶心。我看见它的头了，我那样抓着它，让它看上去像从羊毛毯蛋筒里伸出来的一勺讨厌的鱼冰淇淋。那个东西正喘息着要喝水，嘴和鳃慢慢地一张一合。我能感到它的胸鳍在推我的手。我把桶倒过来，把鱼头压在桶下面。我拿起斧子。我把斧子举了起来。

有好几次，我举起了斧子要往下砍，但却无法完成这个动作。考虑到我在这之前几天所目睹的一切，这样的感情用事也许看上去很滑稽，但那些事不是我干的，是食肉动物干的。我想我对老鼠的死应该负部分的责任，但我只是把它扔了过去；是理查德·帕克杀死了它。我一生奉行的和平的素食主义阻止了我去蓄意砍下鱼头。

我用毯子盖住鱼头，把斧子掉转过来。我的手又一次在空中动摇了。用一把锤子去砸一个软软的活生生的头，这个想法太让人受不了了。

我放下了斧子。我决定要拧断它的脖子，这样就看不见那幅景象了。我把鱼紧紧地裹在毯子里，开始用两只手去拧它。我按得越重，鱼便挣扎得越厉害。我想象如果我自己被裹在毯子里，有人正试图拧断我的脖子，我会有什么样的感觉。我惊呆了。我放弃了很多次。然而我知道这是必须做的，而且我等的时间越长，鱼受折磨的时间便会越长。

泪水在我的双颊滚落，我不断地鼓励自己，直到听见咔嚓一声，我的手不再感到有任何生命在挣扎。我把裹着的毯子打开。飞鱼死了，它的身体被拧断了，头部一侧的鱼鳃处有血。

我为这可怜的小小的逝去的灵魂大哭一场。这是我杀死的第一条有知觉的生命，现在我成了一个杀手，现在我和该隐一样有罪。我是个十六岁的无辜的小伙子，酷爱读书，虔信宗教，而现在我的双手却沾满了鲜血。这是个可怕的重负。所有有知觉的生命都是神圣的。我祷告时从没有忘记过为这条鱼祈祷。

在那之后事情就简单多了。既然这条飞鱼已经死了，它看上去就像我在本地治里的市场上看见过的其他鱼一样。它成了别的东西，在基本的造物计划之外的东西。我用斧子把它砍成几块，放进桶里。

白天快要过去时，我又试着钓了一次鱼。开始我的运气不比早上好。但是成功似乎不那么难以得到了。鱼热切地咬着鱼饵，它们显然很感兴趣。我注意到这都是些小鱼，太小了，没法用鱼钩钓上来。于是我把鱼线抛得更远，抛进更深的水里，抛到小筏子和救生艇周围聚集的小鱼够不到的地方。

我用飞鱼鱼头做饵，只用一只坠子，把鱼线抛出去，然后很快拉上来，让鱼头在水面上掠过，我正是用这种方法第一次让鱼上钩了。一条鲯鳅迅速游过来，猛地朝鱼头冲过来。我稍稍放长鱼线，确保它把鱼饵全吞了下去，然后把鱼线猛地一拉。鲯鳅一下子从水里蹦了出来，它用力向下拖着鱼线，力气大得让我以为自己要被它从小筏子上拽下去了。我做好了准备，鱼线开始绷得很紧，这条鱼线很牢，它不会断的。我开始把鲯鳅往上拉。它用足全身力气使劲挣扎，蹦着跳着，往水里扑，溅起了一阵阵水花。鱼线勒进了我手里，我用毯子裹住手。我的心怦怦直跳，这条鱼像一头牛一样壮实，我不知道自己能不能把它拉上来。

我注意到所有其他鱼都从小筏子和船的周围消失了。毫无疑问，它们一定感觉到了这条鲯鳅的痛苦。我加快了动作。它这样挣扎会引来鲨鱼的。但它却拼命斗争。我的胳膊已经疼了。每次我把它拉近小筏子，它都疯狂地拍打着，我吓得不得不把鱼线放长一些。

最后，我终于把它拉了上来。它有三英尺多长。桶是没有用了。用桶来装鲯鳅就像给它戴上一顶帽子。我跪在鱼身上，用两只手按住它。它完全就是一堆痛苦扭动的肌肉。它太大了，尾巴从我身体下面伸了出来，重重地敲打着小筏子。我想，牛仔骑在一匹弓着背跃起的野马背上的感觉就和我骑在它身上的感觉是一样的吧。我情绪激动，心里充满了胜利的喜悦。鲯鳅模样高贵，个大，肉多，线条优美，突出的前额说明了它坚强的个性，长长的背鳍像鸡冠一样骄傲地竖着，身上覆盖的鳞片又滑又亮。我感到自己与这样漂亮的对手交战是给了命运沉重一击。我在用这条鱼报复大海，报复风，报复沉船事件，报复所有对我不利的事情。"谢谢你，毗湿奴，谢谢你！"我叫道，"你曾变成鱼，拯救了世界。现在你变成鱼，拯救了我。谢谢你！谢谢你！"

杀鱼没有问题。我本来不必找此麻烦——毕竟这是给理查德·帕克的，他可以不费吹灰之力就利索地把鱼杀死——但是他取不出扎进鱼嘴里的鱼钩。我因为鱼线末端有一条鲯鳅而感到欢欣鼓舞——如果那是一只老虎我就不会那么高兴了。我直截了当地开始干活了。我双手抓住斧子，用斧背用力砸鱼头（我还不想用锋利的刀刃）。鲯鳅死的时候做了一件特别不同寻常的事：它开始闪烁各种各样的颜色，这些颜色一种接一种迅速变化着。伴随着它的不断挣扎，蓝色、绿色、红色、金色和紫罗兰色像霓虹灯一样在它身体表面忽隐忽现，闪闪发光。我感到自己正在打死一道彩虹。（后来我发现鲯鳅是以其宣告死亡的彩虹色而闻名的。）最后，它一动不动地躺在那儿，身上颜色暗淡，我可以取出鱼钩了。我甚至取回了一部分鱼饵。

我曾经因为把飞鱼裹住杀死而哭泣，现在却高兴地用斧头把鲯鳅打死，在这么短的时间内，我的转变如此之快，也许你感到很惊讶。我可以用这个理由来解释，那就是，利用可怜的飞鱼的航海失误而得益，那让我感到害羞和伤心，而主动抓住一条大鲯鳅，这种兴奋却让我变得残忍和自信。但是事实上却另有解释，这很简单也很严峻：人可以习惯任何事情，甚至习惯杀戮。

我是带着猎人的骄傲把小筏子靠近救生艇的。我让小筏子与救生艇并排，低低地猫着腰。我挥舞胳膊，把鲯鳅扔进船里。鱼砰的一声重重地掉在船上，让理查德·帕克惊讶得低低叫了一声。他先闻了几下，接着我便听见咂嘴的声音。我把自己从救生艇旁推开，同时没有忘记用力吹几声哨子，提醒理查德·帕克是谁仁慈地给他提供了新鲜的食物。我停下来拿几块饼干和一罐水。锁柜里剩下的五条飞鱼都死了。我把它们的胸鳍拽下来扔掉，把鱼裹在现在已经变得神圣的裹鱼的毯子里。

我把身上的血迹冲洗干净，清理好鱼具，把东西放好，吃过晚饭，这时夜幕已经降临了。薄薄的云层遮住了星星和月亮，周围非常黑。我累了，但仍然在为前几个小时里发生的事而兴奋。忙碌的感觉非常令人满足；我一点儿也没有想到我的困境或是我自己。与绕毛线或玩"我看见"游戏相比，钓鱼肯定是打发时间的更好办法。我决定第二天天一亮就再开始钓鱼。

我睡着了，奄奄一息的鲯鳅身上像变色蜥蜴一样变换闪烁的鳞光照亮了我的大脑。

作品评析

选文讲述"我"不得不摒弃素食主义，开始钓鱼。第一天失败丢失了渔具，接着遭到了大群飞鱼的袭击。"我"终于学会了宰鱼和钓鱼，能够训练和安抚同船的孟加拉虎了。"我"原本从不杀生，与世无争，但为了生存，学会了杀戮，又在杀戮中体味到了成长的骄傲与喜悦。作者不但细致地描写了"我"经历这个过程的心灵煎熬，而且借"我"的反思来叩问人的生存、信仰，以及人与自然的关系，这些问题在极端境况下呈现出赤裸裸的锐利。

《少年Pi的奇幻漂流》表面是讲一个少年的海上历险，少年怎样处理好他与海洋、动物的关系，怎样孤舟生存以求漂流到岸，实际上故事的深层含义可以从叙事结构、生态、宗教等角度解读。老虎隐喻着人本能的求生欲望，是生存所需要的为"我"的自私或兽性。老虎嗜血吃肉才能生存，这意味着人的兽性和本性必须得到满足，人首先是动物，然后才是人。"我"与老虎共处一个救生艇在大海上漂流，这是人与本我相处的隐喻。飘荡的救生艇隐喻人的生存过程，"我"被迫一个人在救生艇上求生，所以必须从一个素食主义者成为捕鱼、杀鱼、吃鱼的肉食者，即成为老虎，老虎与"我"是人的一体两面。"我"到过的食肉植物遍布的岛是漂浮在大海上的，隐喻着给予人们短暂精神安慰的亲密关系或宗教信仰。老虎是"我"能在大海上漂流并生存下来的压力和动力，但个体在现实中的生存，是一个从不适应到适应、抛弃压力和动力的过程，最后的适应很难说是同化还是异化。最后老虎离开了"我"，可能是兽性和本能在形式上的离开，实质是它内化到人心中，人变成了内心是老虎的人。"我"最终上岸，似乎是回归社会，得到救赎，也可能是人对自我的放弃。这是一个有关人与自我、人与自然、人与社会等的对抗和共处的隐喻故事，不同的读者可以对其有不同的解读。

小说中"我"在海洋上漂流至生命极限，才靠岸获得救助，可谓苦海无边。在生命受到威胁的情况下，大海上的一切也很难具有美感。"我"学会从海洋中获取食物以生存，也备受海洋耍戏法一样的折磨，大海的无边、捕鱼的辛苦、肆虐的风暴、炙热的阳光、庞大海洋生物的威胁，海洋展示了它不可一世的力量，让读者不由畏惧之、仰望之，心生崇高敬意，感喟人生如海、现实如海，思考活着的意义。

▌海

（爱尔兰）约翰·班维尔

╭─── **作者及作品简介** ───╮

约翰·班维尔（John Banville，1945 年生），爱尔兰著名作家、评论家，出生于爱尔兰海港小城韦克斯福德。中学时热衷美术，因此弃读大学，供职于都柏林的爱尔兰国家航空公司，利用员工的低折扣机票到希腊、意大利、美国等国家旅游，这些相关经历成为他文学创作的灵感和素材来源。1970 年出版第一本短篇故事集《朗·莱金》，1971 年出版第一部小说《夜卵》，此后接连出版十几部小说，《哥白尼博士》《开普勒》《牛顿信札》《魔鬼梅菲丝特》四部小说探究作为意识形态的科学与叙事文学之间的深层关系，被称为"科学革命四部曲"。《证据之书》《幽灵》《雅典娜》三部小说以海洋、孤岛和城市为背景，探究人类认识和语言局限性之间的联系，被称为"框架三部曲"。其他作品有《无法企及》《蚀》《裹尸布》《布拉格画像》等。他的小说创作技法新颖，语言表达脱俗，多次获得布克奖、卡夫卡文学奖、奥地利欧洲国家文学奖、爱尔兰笔会奖、爱尔兰图书奖等奖项。他被公认为最有可能获得诺贝尔文学奖的爱尔兰作家。现居于都柏林。

《海》在 2005 年为约翰·班维尔赢得布克奖。《海》是一部具有意识流特色的散文体小说。名为马克斯·莫顿的"我"幼时生活于海滨小镇，父亲离家出走，与母亲相依为命、生活窘困。"我"经过努力成为一名艺术史学家，却遭遇了中年丧妻。女儿克莱尔恋上出身低微的男人，导致父女关系恶化。为了消除妻亡的痛苦，缓解神经衰弱，"我"回到幼时生活过的爱尔兰海边小镇。重返故乡，让"我"忆起自己的人生经历，包括与格雷斯一家交往的童年往事。格雷斯一家是到海滨小镇度假的城里中产阶级，家庭看上去富裕和谐，让人很羡慕。"我"本能而虚荣地靠近格雷斯一家，与同龄的双胞胎姐弟克洛伊和迈尔斯玩耍，实际上暗恋着性感幽怨的格雷斯夫人。"我"发现双胞胎姐弟之间感情很奇异，格雷斯先生出轨了家庭女教师罗斯。在阴冷的海滩上，刚刚开始青春发育的克洛伊吻了"我"，与罗斯吵架之后，拥着弟弟迈尔斯走进了大海。"我"和罗斯目睹了他们的消失。成年后，"我"与妻子安娜相识、结婚、生活，陪她抗癌，与女儿由对抗到和解。

选 文

海（节选）

第二部①

潮水涌上海滩，一直漫到沙丘下，好像是大海漫溢了出来。在寂静中，我们看着水面稳稳上涨，我们三个坐成一排，克洛伊、迈尔斯和我，背对着从废弃的球场管理员小屋剥下的灰白的木板。我们游了一会儿泳，然后心神不宁地看着这无风无浪但也无法阻挡的潮水，保持着它阴险的平静。天空笼罩着微微的薄雾，太阳像一盏暗金色的圆盘静静地粘在空中。海鸥滑翔着，尖叫着。我清楚地回忆起那片野草是如何蔓延过沙滩，划出整洁的半圆，轻轻摆动着，告诉人们现在是大风还是微风。也许是另外一天，我注意到草坪这样标记着沙滩。克洛伊穿着游泳衣，肩上披着件白色开衫。头发湿着敷在

---

① 参见（爱尔兰）约翰·班维尔著，王睿译：《海》，北京：人民文学出版社 2018 年版。

头皮上。在毫无阴影的奶白色的光线下，她的脸看起来非常平凡，她和身旁的迈尔斯相像得就像两枚硬币上的人像侧影。我们下面的沙丘上，罗斯正仰躺在沙滩巾上，双手背在脑后，看起来像是睡着了。翻着浮渣的海浪就在她脚边不到一码远的地方。克洛伊看看她，笑了。"也许她会被冲走的。"她说。

迈尔斯把小屋的门打开，扭动着挂锁直到门闩的螺丝坏了掉进他手里。里面是一间小房间，空的，散发出陈旧的尿臊味。一个木头长椅摆在墙边，上面是一扇小窗，窗棂完整，但玻璃已不知去向。克洛伊跪在长椅上，脸朝向窗户，双肘撑在窗台上。我坐在她旁边，迈尔斯坐在另一边。为什么埃及人的动作与我们那么相像，克洛伊跪坐着看着外面，迈尔斯和我坐在长椅上面朝着房间里？是否是因为我正在演绎一本死亡之书？她是斯芬克司，而我们是她的祭司。一片寂静，只传来海鸥的悲号声。

"我真希望她被淹死。"克洛伊朝着窗户说着，发出她那种尖锐的咯咯笑声，"我希望她这样，"——咯咯——"我恨她。"

临终遗言。这是清晨，天亮不久，安娜刚刚恢复意识。我不能确切地说我是否已经清醒，或者只是做梦而已。那些晚上，我四肢摊开躺在沙发椅上，在她的床边，充满着好奇的世俗的幻觉，一半是梦到为她准备饭菜，或是与以前我从没见过的人谈起她，或者只是在她旁边走着，穿过黯淡的无可名状的街道，我走着，她毫无意识地躺在我身边，仍然设法想动，赶上我的步伐，不知何故，在坚硬的空气中滑动着，踏上通往芦苇之地①的旅途。边走着，她转头看着潮湿的枕头，又睁大眼睛看着我，带着震惊的表情。我想她不认识我。我有那种麻痹的感觉，一半是敬畏，一半是惊慌，好像是不期间突然孤身遇到一头野生动物。我能感到自己的心脏在缓慢跳动，清晰的怦怦声，好像它正在笨拙地跳过一系列无休止的同样的障碍。安娜咳嗽了，发出骨头咔嗒的声音。我知道这是结局了。我对这一刻准备仍不充分，想要大叫着救命。护士，护士，快来，我妻子要离我而去了！我不能思考，我的意识里似乎充满了倾倒的石块。安娜仍然看着我，仍然那样惊讶，仍然充满怀疑。在走廊那头，有看不清的什么人掉下什么东西，发出咔嗒声，她听到了，看起来打消了疑虑。也许她在想那就是我说的东西，我认为她明白了，因为她点了点头，但是又非常不耐心，好像在说，不，你错了，根本不是它！她伸出一只手，像爪子一样抓住我的手腕。像猴子一样抓着我。我带着惊慌，从椅子上跌跌撞撞向前，膝盖跪在床边，像是一个被吓蒙了的信徒在神怪面前带着崇拜。安娜仍然抓着我的手腕。我把另一只手放在她的额上，像是能够感觉到

---

① 古埃及人眼中的天堂。——原书译者注。

她的大脑在里面兴奋地运转着，做着最后的巨大努力在思考着终极的想法。我是否曾经在生命中带着这样热切的关心注视她，就像我现在注视她这样？好像目光可以将她留在这里，好像我的眼神不退缩她就不能走得太远，她在喘着气，轻轻地，慢慢地，像个赛跑的人在中途休息，前方还有好几公里。她发出轻柔的呼吸，干燥的臭味，像是凋零了的花。我叫着她的名字，但她只是暂时闭上眼睛，表示轻视一样，好像我应该知道她将不再是安娜，不再是任何人，然后她睁开眼，又看着我，艰难地，并不惊讶但带着居高临下的威严，希望我能听到，听到并且明白，她要说些什么。她松开了我的手腕，手指在床上扒拉着，好像在寻找什么。我握起她的手。我能感觉到她拇指根部的脉动。我说了些什么，一些愚昧的话比如不要走，或是留下来，但是她又不耐烦地晃晃头，拖着我的手把我拉近。"他们把钟停了，"她说，只是一声低语，带着阴谋，"我把时间停止了。"然后她点点头，又笑了，我敢发誓那是笑容。

⋯⋯⋯⋯⋯

我没听到门开了，只是感到小屋里的光线变了。克洛伊黏着我，转头说了些什么，我一个字都没听清。罗斯站在门口。她穿着游泳衣，但是套着她的黑色平底鞋，这让她瘦削苍白的长腿显得更长、更白、更瘦。她提醒了我些什么，我想不起是什么，她一只手扶在门上，另一只搭在门框上，看起来像是在两股飓风之间暂留在那里，一股来自小屋里，推着她，另一股则从外面挤着她的背。克洛伊迅速地拉起她游泳衣的附翼，重新捆上脖子后面的肩带，严厉地说着什么，那个词我没有听清楚——罗斯的名字，是不是，或者只是一声诅咒——俯身下了长椅，像只狐狸一样灵巧，她闪避过罗斯的胳膊，出门离开了。"回来，小姐！"罗斯用一种嘶哑的声音叫道，"就是你，立刻回来！"她看了我一眼，用一种悲哀多于愤怒的眼神，摇了摇头，转过身，迈着鹳一样的长腿离开了。迈尔斯仍然躺卧在长椅上，低声笑了。我看着他。感觉他好像说了话。

之后的一切就像在看一个微缩模型，或者是从空中俯视全景，仿佛是老画师在描绘海天一色中容易被遗漏的那些细节。我在长椅上又徘徊了一阵，喘着气。迈尔斯看着我，等着瞧我要做什么。当我从小屋出来，克洛伊和罗斯正在下面沙丘与水面之间半圆形的沙地上，面对面朝着对方的脸大叫着。我听不到她们在说什么。接着克洛伊突然离开，搅动着沙子，在身边踩着狂乱的圈。她踢着罗斯的毛巾。那只是我的想象，我知道，但是我看到小小的浪花愤怒地搭叠着她的脚踝。最后，她大叫一声，做了个奇怪的手势，转身走向海潮中，剪开波浪，一屁股坐在沙地上，双手抱膝，抬起头看着远处的地平线。罗斯把手背在身后，盯着她的背影，但是看到没有什么回应，就转过身，开始生气地收拾她的东西，铺着的毛巾、书、浴帽，都搭到她的胳膊上，像是个卖鱼妇把鱼扔进鱼篓。我听到迈尔斯在我身后，过了一秒，他经过我身旁头向前冲去，更像是在翻滚而不是跑。当他到了克洛伊坐着的地方，便坐在她身旁，一只胳膊搭在她肩膀上，头靠着她。罗斯停下来，用不确定的眼神看着他们一起躲在那里，背对着整个世界。然后他们平静地站起来向海里跑去，水像油一样平滑地在他们身边分开，他们弯下身慢慢游着，两人的脑袋在白色的波浪中摇摆着，越来越远。

我们看着他俩，罗斯和我，她把收拾起的东西抱在身前，而我只是站着。我不知道当时我在想什么，我不记得想什么了。头脑一片空白，有时会这样，倒也不经常。他们现在已经很远了，他们俩，远得成了白色的海与更白的天空间的两个小白点，突然，其中一个白点消失了。刹那间，一切都结束了，我是指我们能看到的。一片醒目的白色浪花，似乎比周围浩荡的水域都要白，然后，世界闭合了。

随着一声叫喊，罗斯和我转身看到一个身材高大的灰发红脸男人从沙丘上向我们跑来，用一种可笑的匆忙滑下沙子。他穿着黄衬衫，卡其布裤子，脚上穿着两种颜色的鞋，挥舞着一根高尔夫球杆。鞋子可能是我想象出来的。我敢肯定他挥着球杆的右手上戴着手套，浅棕色，根部打穿洞露出手指。我不明白为什么这个细节这样引起我的注意。他一直叫着让人去找救生员。看起来非常气愤，在空中挥舞着球杆，像是个祖鲁战士摇着他的圆头棒。祖鲁，圆头棒？也许我是说长矛吧。他的球童站在岸上，那是个瘦弱的小个子，穿着扣紧了的斜纹软呢夹克和软呢帽，带着一种讽刺的表情凝神望着下面发生的这一幕，两脚交叉，随意地靠在高尔夫球袋上。接着，一个穿着蓝色泳裤身材强壮的年轻人出现了，我不知道他是从哪里跑来的，看起来像是从空气中钻出来一样，他毫不迟疑地跳进水中，迅速游过去。现在罗斯在水边来来回回走着，往这边走三步，停下，转身，往那边走三步，停下，转身，像是可怜的阿里阿德涅①站在纳克索斯的海岸上。她仍然把毛巾、书和浴帽抓在胸前。过了一会儿，救生员模样的人来了，从平静的海面中大步走向我们，摇着头喷着气。不行了，他说，不行。罗斯叫出声来，带着呜咽，迅速地摇晃着头，那个打高尔夫球的人瞪着她。接着他们都在我身后缩小了，因为我正在狂奔，努力狂奔，沿着海滩，朝着站前路和雪松屋的方向。为什么我没有

---

① 希腊神话中克里特岛国王米诺斯的女儿，她帮助雅典王子忒修斯走出了米诺斯的迷宫并一起私奔，但在纳克索斯岛，忒修斯遗弃了阿里阿德涅独自返回雅典。——原书译者注。

逃掉，穿过高尔夫酒店，跑到大路上，在那里逃跑是很容易的？但是我不想让离开变得容易。我不想到达我将要去的地方。常常，在梦中我又回到那里，徘徊在那片沙滩上，双足像是用厚重却一碰即碎的东西构成。我感觉到什么？最强烈的，我想，是敬畏之情，对自己的敬畏，眼看着两个鲜活的生命突然间，令人惊骇地消失了。但是我是否相信他们已经死了？在我的头脑中，他们暂时停留在一个巨大的明亮的空间里，悬垂着，拉着手，眼睛大睁着，严峻地看着面前无尽的光。

最终还是到达了绿色的铁门，车停在沙石路上，前门像往日一样大开着。房子里一切都那样安静。我在房间中走着，好像我是一股气体，一个飘移的灵魂，埃里厄尔①自由自在，不知所措。我看到格雷斯夫人在客厅中，她看着我，一只手放在嘴上，午后奶白色的阳光照在她的背上。一切都那么安静，只有不知从哪里传来的令人昏昏欲睡的夏天的嗡嗡声。接着，卡洛·格雷斯进来了，一边说着"妈的，看起来……"然后他也停下来，我们静静地站着，我们三个，最后。

不是很好吗？

作品评析

《海》中"我"的童年生活和成年经历这两条线索相互交织，时空不断转换，看似不相干的童年往事和成年生活，其实纠缠在"我"的内心、情感、性格的深处，忧伤如同阴霾笼罩着人生，读来让人嗟叹不已。海洋见证了人们的情与爱、欢乐与哀愁。人与事倏然而去，大海却亘古不变，不言不语。英国布克奖评委会认为："《海》运用了约翰·班维尔精准而优美的散文体语言，既包含着对人生缺失的妥协，也有对记忆和认知的非同寻常的反思。它完全令人信服、又有着深刻的感动和阐述，毫无疑问，是伟大的语言大师最好的作品之一。《海》对悲痛、记忆和冷静的爱进行了精妙的探讨。在班维尔的作品中，你可以清晰地感觉到乔伊斯、贝克特和纳博科夫的影子。"

《海》中的海，是在岸的海，是带来童年痛苦、见证生活困顿的场域。大海波浪翻涌，空气阴冷，天空阴霾，让人想远离它而去。这样的大海似乎是在压抑人的精神，可以说是疏离冷漠、虚假欲望的现代社会的隐喻。

选文讲述在开始涨潮的海滩边，"我"告诉克洛伊，"我"看到她父亲与家庭教师罗斯的私情，克洛伊很不耐烦地第一次吻了"我"。"我"和罗斯远

---

① 莎士比亚戏剧《暴风雨》中的精灵。按：一译为爱丽儿。——原书译者注。

远地看着，弟弟迈尔斯跑去和克洛伊依偎着，然后姐弟俩跑向大海，游向远方，消失了。这是小说中童年故事的高潮和结局，双胞胎姐弟以极其决绝的毁灭自身的方式，宣告对这个世界的失望。小说在看似随意的漫长铺垫之后，同样漫不经心地叙述两个孩子走向大海，故事戛然而止，而这事件对亲历者造成的精神创伤，小说只字未提，其实早已弥漫在人物的性格中，以及小说阴郁的叙述节奏与叙事语调中。这样的叙事让人觉得恍惚如梦不可确定，约翰·班维尔在新书《海》发布时的采访中说："我认为世界以及我们所称之为事实真相的本质是非常不明确的东西，对我来说，似乎不可靠本身才是叙述一本书唯一可靠的方法。"① 《海》中看似完全写实的叙述，可能是后现代的隐喻，大海象征着超离于现实的彼岸，不愿意说话、不与人沟通的孩子是叛逆者，两个孩子手挽手走向并消失于大海的场景，隐喻着一切如幼童般纯粹美好的东西通过消融于浩瀚大海的方式宣告自我，表达了与虚假肮脏的现实势不两立的态度。

---

① 凯·怀婷、王洪江：《探寻世界的奇妙——约翰·班维尔访谈录》，《外国文学动态》2006 年第 4 期，第 12 页。

后　记

　　本书是 2019 年广东海洋大学"冲一流"与"创新强校"工程科研项目——广东海洋大学海上丝绸之路文化研究院科研平台的研究成果之一。我们感谢校发展规划处、文学与新闻传播学院、暨南大学出版社的大力支持。暨南大学出版社杜小陆、潘江曼等编辑为本书的出版付出了诸多劳苦和心血；同事叶澜涛博士曾抽空阅读书稿并不吝赐教，提出了很多宝贵的建议，我们在此对他们表示诚挚的谢意。

　　本书可作为高校外国文学课程教材和海洋人文通识教育课程教材，亦可作为外国海洋文学研究的一般性资料和海洋人文类普及读物。

　　前言部分已经谈及与本书编写相关的事宜，这里略作以下补充：

　　一是在编选体例方面，每篇由作者及作品简介、选文、作品评析三部分组成。在介绍作家时，适当突出其个人经历对海洋文学创作的影响；在介绍作品时，适当突出其海洋性。对于拥有多种中文译本的外国海洋文学作品，我们优先选取名家名译版本。在评析作品时，我们既注重对作品整体和选文的普及性分析，又有选择地引入学界同仁的观点，同时尽量阐释作品中蕴含的海洋意识和海洋审美特点，以体现选文的海洋文学特色。

　　二是为表达对入编作品原译者的尊重，本书在选文标题部分以脚注的方式标明译者、出版社、出版时间等信息。同时，我们在选文中尽量保留了原译文的面貌，只对个别不符合现在表述规范的词语做了修正，如"好象"和"就象"一律改为"好像"和"就像"。

　　再次恳请各位专家和读者朋友批评指正。